아비가일

**ABIGÉL**

Copyright ⓒ 1970 by Szabó Magda
All rights reserved.

Korean translation copyright ⓒ 2022 by PSYCHE'S FOREST BOOKS
Published by arrangement with Éditions Viviane Hamy.

이 책의 한국어판 저작권은 Éditions Viviane Hamy를 통해 저작권자인 저자 유족과
독점 계약한 도서출판 프시케의 숲에 있습니다. 저작권법에 의해 한국 내에서
보호 받는 저작물이므로 무단 전재와 복제를 금합니다.

# 아비가일

ABIGÉL

서보 머그더 지음 | 진경애 옮김

## 차례

다른 세계로 • 007
머툴러 주교 학교 • 019
처음 만난 사람들 • 034
아비가일의 전설 • 051
테라리움, 그리고 배신 • 063
따돌림 • 082
모색 • 100
저택에서의 탈출 • 115
아픈 아이 • 143
허이더 씨의 제과점에서 • 161
석상이 말을 하다 • 175
공습경보 • 193
소풍 • 209
그로테스크 • 233
쾨니그의 방 • 251
부서진 수족관 • 266
미클로시 날의 예배 • 281
서류들 • 299
크리스마스 • 324
한밤중의 데이트 • 351
아르코드의 레지스탕스 • 371
검은 교장 • 394
게데온 날 • 408
아비가일 • 436

옮긴이의 말 • 463

## 다른 세계로

기녀의 인생에 닥친 변화는 집에 떨어진 폭탄처럼 그녀의 모든 것을 빼앗아버렸다.

제일 먼저 마르셀이 사라졌다. 그녀를 항상 '마드모아젤'이라고 불렀지만, 기녀는 12년 동안 옆방에 살면서 자신을 키워온 마르셀을 한 번도 그냥 프랑스 아가씨라고 생각해본 적이 없었다. 마르셀은 그냥 월급 받는 가정교사 이상이었다. 사실은 남이고, 겨우 두 살 때 여윈 엄마를 대신할 수는 없다는 사실까지도 때때로 잊게 만드는 존재였다. 기녀가 '그거'라고 하거나 이해하지 못할 말을 더듬거리며 한두 마디 할 때도 마르셀은 항상 알아들었다. 어떤 때는 마르셀이 아버지만큼이나 가깝다고 느껴지는 순간들도 있었다. 마르셀은 향수병이 도지거나 기녀가 투정을 부릴 때면, 적어도 그 누구보다 널 사랑하는 아빠가 여기 계신 것을 기뻐하라고, 자기 부모님은 벌써 오래전에 돌아가셨는데 그분들께 배운 모국어로 먹고살아야 하는 날 보라고 했다. 물론 자신이 어차피 이렇게 지내야 할 처지에 기녀의 집에서 지내게 된 일이 얼마나 다행인지 모른다는 말도 항상 빼놓지 않았다. 시집은 안 갔지만 여기 비터이 씨 댁은 그녀에게 가족 같다고, 적어도 기녀는 자기 아이인 것 같다고 했다. 마르셀은 기녀가 집을 떠나 있을 때면 진짜 부모처럼 항상 그리워지는 그런 사람이었다. 마르셀이 친절한 것은 돈 때문이 아니라 정말로 사랑하기 때문이라는 것을 기녀는 알고 있었다.

이제 마르셀은 없다. 그녀는 프랑스로 돌아갔다. 기녀의 아버지는 마르셀이 더 이상 머물 수 없다고 했고, 분명 아버지의 말은 옳았다. 아버지는 그들을 떨어트리는 일이 어떤 관계를 끊어내는 것인지 잘 알고 있었다. 불가피한 상황이 아니었다면 장군은 그녀를 보내지 않았을 것이다. 장군은 설명했다. 전쟁이다. 마르셀과 기녀의 나라는 서로 싸우고 있다. 그들의 집에 프랑스 여자가 계속 살게 할 수는 없다. 언젠가 다시 평화가 온다면, 그때 마르셀도 다시 돌아와 그들이 멈췄던 삶을 이어가게 될 거다. 마르셀은 소지품도 다 가져가지 않고 상자 속에 넣어 지하실에 내려다 놓았다.

그러나 미모 고모는 프랑스 사람이 아니라 헝가리 사람이다. 마르셀이 떠나야 한다고 해서 왜 날 기숙학교에 보내야 하는 거지? 왜 고모가 날 맡을 수 없는 거지? 무슨 일이 있더라도 지속적으로 통제와 감시가 필요하다고 생각한다면 고모와 합가해도 되지 않겠냐고 기녀가 호소했을 때, 아버지는 고개를 저을 뿐이었다. 집에 남고 싶어서 어떤 방법이라도 찾아야 하는 게 아니었다면, 기녀도 미모 고모가 마르셀의 후임자가 될 수는 없다고 인정했을 것이다. 미모 고모를 얼마나 사랑하는지를 떠나서 그녀는 그냥 적임자가 아니었다. 기녀는 미모 고모가 정말 재미있었다. 가끔은 미망인에 마흔도 훌쩍 넘은 고모보다 열네 살 먹은 자신이 더 어른스러운 것 같았다. 하지만 고모와도 헤어져야 할 거라는 사실이 밝혀지자 고모마저 잃을 수 있다는 자각이 그 존재를 다소 과장하고 미화시켰다. 어떤 방법을 써서라도 사라진 젊음을 보존하려는 노력, 모든 사교 모임에서 자기만 주목받기를 바라는 소유욕, 새로운 패션 아이템과 화장품들에 기적을 바라며 보이는 소란한 관심을 두고 얼마나 재미있어 했는지 기녀는 갑자기 잊어버렸다. 또 그 일종의 티파티에 대해 기녀는 마르셀과 함께 얼마나 빨리 진실을 알아차렸던가. 미모 고모는 매주 목요일 오후에 무도 티파티를 열곤 했다. 장군은 아무리 간청해도 여기 참석하려 하지 않았지만, 고모는 엄마 없는 어린 질녀가 사교장에 익숙해지고 사교적 장소에서 어떻게 행동해야 하는지 배우고 춤을 연습하게 하려면, 그런 기회를 만들어줘야 한다고 주장했다. 하지만 그게 아니었다. 이 티파티는 사실 미모 고모가 좋아서, 본인의 새옷이나 자주 바뀌는 머리 스타일을 보여주고 싶어서, 춤을 추고 싶어서, 그리고 할 수 있다면 자신과 결혼할 신랑감을 찾기 위해서 열렸다. 그래서 이 자리에는 기녀의 아버지나 할아버지뻘의 어른들이 대부분이었고 젊은이는 겨우 한두 명 있을까 했다. 마르셀은 티파티나 춤추는 자리에서만 어른이 되어 필요한 기본 소양을 배우는 것은 아니라고 말했다. 또 미용사가 머리를 잘못 잘랐다고 울고 있는 미모 고모를 보고 화를 냈기도 했다. 그런 그녀가 옳았다고 하더라도 한 가지 맞지 않는 것도 있었다. 물론 삶에는 의심할 여지없이 인간으로서의 존엄과 규율이 필요하다. 자신에게 닥친 일이 정말 큰일인지, 그냥 좀 짜증스런 일인지 정상적으로 반응하는 것도 필요하다. 특히 전시 상황에, 전 세계에서 몇 십, 몇 만 명이 죽어가는 때에 헤어 컷이 조금 서툴게 된 것은 정말이지 별일이 아니었다. 그럼에도 미모 고모의 그 유명한 티파티 중 한 자리에서 기녀는 쿤츠 페리 대위를 알게 되었다. 대위는 기녀 외의 다른 사람들은 안중에도 없는 듯 거의 무례의 선을 넘기 직전이었다. 예상치 못했던 다소 이른 선물같이 기녀는 자신이 쿤츠 페리를 사랑하고 언젠가 그의 아내가 되고 싶어한다는 것을 깨닫게 되자 한편 놀라웠고 한편으로는 너무 행복했다.

　마르셀은 별나게도 이 페리 사건―그녀의 아버지에게 한 번도 말할 엄두도 내지 못했던 유일한 일이었다―을 절대 좋게 보지 않았다. 기녀와 대위 사이에 뭔가 있다는 것을 고모가 눈치 챘을 땐 그녀의 이해심이 훨씬 더 깊다는 것이 증명되었다. 미모 고모는 첫사랑만큼 아름답고 순수한 것은 없고 결혼까지 가지 못하더라도 그 기억은 그 무엇보다 빛나는 것으로 남게 된다고 기녀에게 설명하면서 이 순수하고 고귀한 사랑의 수호천사가 되어주겠노라고 기꺼이 자청했고, 또 그렇게 했다. 마르셀은 페리를 좋아하지 않았고, 페리 사건은 훨씬 더 그랬다. 장군이 그녀에게 프랑스로 돌아가야 한다고 말하기 얼마 전, 마르셀은 목요일마다 일어나는 밀회와 속삭임들을 기녀의 아버지에게 모두 말해버리겠다고 그녀를 협박하고 있었다. 장군이 이 프랑스 아가씨에게 자신의 경솔한 여동생 대신 기녀를 잘 살펴달라고 자주 강조해왔기 때문이다. 군인 중 어느 누구도 딸에게 접근하지 못하도록 해야 한다고, 누군가 딸에게 청혼하는 일은 정말 일어나지 않았으면 한다고 했다. 결국 마르셀은 아무 말도 하지 않았고, 떠날 준비와 헤어짐이 기녀의 생각을 온통 채워버렸다. 프랑스 아가씨, 미모 고모, 그다음엔 대위도 사라질 상황이라 한편 속 시원히 말했어도 괜찮았을 것이다. 기녀가 부다페스트에 머물 수 없다면, 어떻게 쿤츠 페리와 연락을 이어갈 수 있겠는가?

마르셀은 없다. 내일이 되면 미모 고모도, 페리도 없을 것이다. 마치 새가 날개에 끼고 날아가버리듯 쇼코러이 어털러 학교도 사라진다. 이것도 그렇게 쉽게 이해할 수 없다. 학교에 입학할 나이가 된 이후, 기녀는 쇼코러이 어털러라 불리는 학교에 다녔다. 구석구석 돌 하나까지 전부 알고 있었다. 유명한 구도시의 여학교로 훌륭한 자격의 사려 깊은 교사진을 갖추고 있었다. 미모 고모가 하우스 파티나 보르발러 영명축일 파티, 미클로시 축일 파티를 열 때면 교장선생님은 항상 그녀를 보내주었고, 극장이나 오페라에 정기적으로 다니는 것도 당연한 일이었다. 정기권 공연이 있는 날이면 종종 장군도 공연에 따라가서 기녀와 마르셀, 미모 고모가 앉아 있는 칸막이 좌석 뒤쪽에 가 앉았다. 그 순간, 그러니까 칸막이 좌석의 문이 열리고, 등과 목에 약간의 찬 공기가 닿고, 붉은 천을 씌운 의자가 끼익 소리를 내고, 아버지가 그들 뒤에 앉는 바로 그 순간을 그녀는 보고 있던 연극이나 뮤지컬보다 훨씬 더 좋아했다. 기녀는 뒤돌아보고 자신과 꼭 닮은 얼굴에 미소를 지어 보였다. 자신과 꼭 닮은 눈썹, 그 밑에 자신과 꼭 같은 회색 눈을 지닌 장군의 얼굴이 그녀를 바라보고 있었다. 부녀는 머리카락도 똑같았다. 장군의 머리는 회색이고 기녀의 머리는 갈색이라는 차이가 있을 뿐, 머리카락의 질감이나 부드러움이 같았다. 그들의 입과 치열 모양도 모두 똑같았다. 기녀가 열네 살이 될 동안 둘 중 어느 누구도 대놓고 먼저 말은 하지 않았지만, 아버지와 딸은 서로를 열정적으로 사랑했다. 사실 그들은 함께 있을 때에만 세상이 온전하다고 느꼈다. 그렇기 때문에 마르셀이 떠난 뒤에 기녀가 지방에 있는 기숙학교로 가서 학업을 계속해야 한다는 갑작스러운 결정은 있을 수 없는 일이었다. 평소였다면 거의 모든 것을 허락해주던 아버지였지만, 이번에는 기녀가 아무리 간청해도 귀를 막았다. 더군다나 사전에 어떤 언급도 없이 그냥 무엇을 결정했는지 통보할 뿐이었다.

만약 이해할 수 있거나 받아들일 수 있는 그 어떤 설명이라도 해준다면, 익숙한 세계에서 떨어져야 한다는 사실을 좀 더 쉽게 견딜 수 있었을 것이다. 하지만 아버지는 단호히 사실을 말하지 않았다. 아버지는 기녀가 이제 가정교사의 도움으로 집에서 교육을 받기보다는 좀 더 큰 기관에서 규칙을 익힐 때가 왔으며, 뿐만 아니라 지방은 공기가 더 좋고, 자신은 아이 돌보기에 대해 아는 것이 너무 없으니 훌륭한 전문가들이 기녀를 돌보는 게 나을 것이라고 했다. 하지만 이것은 생각할 가치도 없었다. 그들의 저택은 두 너강과 도시를 바라보는 겔리르트산 위에 자리 잡고 있다. 산 측면에 거대한 정원이 있는 이곳보다 공기 좋은 곳이 어디 있으며, 누가 마르셀보다 더 대단한 격식을 가르친다는 말인가? 더 훌륭한 선생님들? 전에 자녀를 위해 선택했던 최고의 학교는 아버지 자신이 고른 곳이 아니었던가? 아니다. 지금 장군은 기녀를 그저 멀리 보내고 싶어 할 뿐 진실을 말하지 않았다. 이것은 미모 고모의 말이 옳을 수밖에 없음을 의미했다. 미모 고모는 몇 달 전부터 기녀에게 말했다. "오빠가 변했어. 더 우울해하고 더 말도 없어. 근무를 한다지만 그렇게 오랫동안 그러는 건 그냥 말이 안 돼. 비현실적이야. 여자가 있을 거야. 기녀, 봐라, 언젠가 장군은 갑자기 결혼할 거야." 새 부인이 기녀를 키우고 싶어하지 않는 걸까? 아버지는 자기 자식보다 낯선 여자를 더 사랑할 수도 있겠지?

기녀는 아버지의 딸이었다. 몇 시간 헛된 간청 뒤에 그녀는 입을 꾹 단았다. 아무깃도 부탁하지 않았고 더 이상 불평하지도 않았다. 아버지가 아니라 엄마처럼 딸을 잘 알고 있었던 장군은 이 자제된 침묵 뒤에 얼마나 큰 상심이, 절망적 슬픔이 자리하고 있는지 알고 있었다. 기녀는 눈물을 흘리거나 소동을 부리지 않고 떠나기 전날 오후에 짐까지 쌌다. 마르셀의 도움 없이도 오래 걸리지 않았다. 가져갈 수 있는 짐은 아주 적었다. 밝혀진 바와 같이 그녀의 아버지는 마르셀이 떠나기 전에 이미 그 새로운 학교가 있는 지방 도시에 다녀왔고, 그 학교에서는 학생들을 위한 특별한 용품이 있기 때문에 목욕 가운과 속옷 정도만 챙기면 기타 용품들은 다 거기서 받을 것이라고 했다. 가방 문을 닫으려다가 기녀는 방을 둘러보고 벨벳 강아지 인형을 잠옷 옆에 쑤셔 넣었다. 그러나 생각을 바꾸고 제자리에 갖다 놓았다. 낯선 세상에서 완전히 새로운 사람이 되어야 한다면 강아지 인형도 가져가지 않을 거야! 교과서, 공책도 어차피 새것이 필요했다. 지금까지는 국영 학교에 다녔지만 이제 교회 재단 학교에 다니게 된다. 교과서, 잉크 닦는 종이마저도 다른 것을 사용할 것이다.

이날 그들은 작별 방문도 하게 되었다. 먼저 고모에게 갔고 그런 다음에는 묘지에 갔다.

미모 고모는 그들이 왜 방문했는지 알고 나서 주기적으로 신경 발작을 일으켰다. 한편으로는 기너를 곁에서 데려간다는 사실, 또 다른 한편으로는 다음 날 바로 떠나면서 어느 누구도 아무 말도 하지 않았다는 것에 화를 냈다. 좀처럼 멈출 것 같지 않은 비난을 들으며 기너는 비참했지만, 정말 그녀가 할 수 있는 일은 아무것도 없었다. 아버지로부터 무슨 일이 일어날지 들었을 때, 그녀는 위로와 도움을 받기 위해 곧장 고모에게 달려가고 싶었지만 그럴 수가 없었다. 고모에게 전화를 걸려고 홀로 뛰쳐나갔지만 번호 여섯 개를 모두 누르기도 전에 장군은 기너 뒤에 서서 손에서 전화기를 빼앗았다. "누구에게도 말하면 안 된다." 평소와 달리 아버지는 마치 명령을 기다리는 군인을 대하듯 기너에게 말했다. "미모에게는 내가 데려가마. 하지만 다른 사람과는 친구, 지인, 직원들이라고 해도 어느 누구와도 작별 인사는 없어. 내가 널 부다페스트에서 데리고 나간다고 말하면 안 돼. 손을 올려 맹세해라!" 그녀는 손을 내밀었지만 아버지를 쳐다볼 수가 없었다. 불평할 기회, 작별의 순간, 페리에게 잘 지내라는 이별 인사를 건넬 수 있는 기회마저 빼앗긴 것은 너무 아팠다.

미모 고모는 오빠와 생전 처음으로 아주 심하게 싸웠다. 장군이 기녀를 어디로 데려가는지 그녀에게도 알려주지 않으려 하자―
"끊임없이 편지를 쓰고, 짐을 보내고, 매주 방문하겠지. 말 못한다, 미모!"―미모 고모는 일어서서 말했다. "와주셔서 감사합니다. 한동안 오빠를 만나고 싶지 않네요." 그러더니 미모 고모는 울음을 터트렸고 기녀에게 키스를 퍼부었다. 그녀는 점점 더 화를 내며 울다가 방에서 뛰쳐나가버렸다. 이렇게 고모 집을 떠나야 했기에, 기녀는 페리에게 전달할 어떤 메시지도 고모에게 속삭이지 못했다. 지난주 목요일에만 해도 기녀는 아버지의 결정에 대해서 들은 게 아무것도 없었고, 대위와는 이번 주 미모 고모의 티파티에서 다시 만나기로 하고 헤어졌기 때문에 특히 더 절망스러웠다. 그는 바람을 맞을 것이다. 아버지는 기녀를 고모네에서 묘지로 데려갔다. 그들은 죽은 부인의 비석 앞에 말없이 섰다. 기녀는 지금 이 작별 인사도 평소 그들이 부다페스트를 장기간 비울 때 하던 작별 인사와는 다르다고 생각했다. 어쩌면 아버지는 지금 엄마에게 진짜 이별 인사를 하는지도 모른다. 정말 새로운 삶을 시작하기 전에 이별 인사를 하는 것이리라.

겉으로 보기에 그날 저녁은 마르셀이 떠난 이후 여느 때와 꼭 같았다. 그들은 저녁식사를 했고, 그런 다음 장군은 벽난로 옆에 앉아 책을 읽고, 기녀도 플로어램프 아래 등받이 없는 낮은 의자를 끌어다 놓고 책을 꺼내 들었다. 기녀는 글씨를 보고 있었지만 문장을 이해하지 못했고, 책장을 넘기지도 않으면서 그냥 읽는 척만 했다. 문득 어느 순간 그녀의 등 뒤에서도 책장 넘기는 소리가 들리지 않았고, 큰 의자 깊숙한 곳에서도 사실 책을 읽지 않는다는 것을 그녀는 알아차렸다. 그녀는 아버지와 눈을 마주쳤다. '말해주세요.' 소녀는 눈빛으로 말했다. '뭘 하시려는지 말씀하세요. 이게 다 무슨 일인지. 여기 누구를 데려오셔도 전 아버지를 사랑할 거예요. 아버지의 취향과 선택이 잘못될 리 없어요. 아버지가 사랑하는 사람인데 어떻게 제게 남이고 증오할 만하겠어요? 하지만 무슨 계획인지 말씀해주세요. 아버지의 인생에서 절 제외시키지 마세요. 제발 누군가로 인해 우리가 서로 헤어지는 일이 없게 해주세요. 저는 방해도 장애물도 되지 않을 거예요. 제가 얼마나 아버지를 사랑하는데요. 아직도 늦지 않았어요. 저를 보내지 마세요! 제가 적이 아니라 친구가 될 거라고 그 부인께 알려주세요. 아버지! 저랑 말 좀 해요!'

"넌 다른 세계로 가는 거야." 장군이 말했다. "이상하기도 하지, 스위스, 파리, 이탈리아에 마르셀과 얼마나 많이 다녔니. 빈에는 내가 데리고 다닌 것도 여러 번인데, 아직 시골에서 살아본 적은 없었지? 잘 견뎌야 한다. 부탁해."

기녀는 대답하지 않았다. 뭐라 할 수 있었겠는가? 무릎에 놓여 있던 책이 카펫으로 떨어졌다. 여름이었지만 산속의 밤은 서늘했다. 9월 1일이었지만 벌써 난방을 했다. 전기 벽난로가 화구 안에서 마치 진짜 나무 장작이 타고 있는 것처럼 붉게 빛나고 있었다.

"다른 해결책이 없다." 장군이 말했다. "잘 들어, 기너. 없다. 마르셀이 여기 머무를 수 있었다면, 그렇다면 상황이 달랐을 거야. 마르셀은 똑똑하고 완벽히 믿을 수 있었으니까. 아빠가 집에 있을 수 있는 시간이 거의 없어. 그런데 미모는 철이 없어서 믿을 수가 없으니…. 널 보내야 하는 이유가 있지만, 말하고 싶지는 않아. 나도 너만큼 속상하구나. 정말이야."

소녀는 불을 바라보다가 손을 뻗어 손가락을 불에 쬐었다. 그녀는 장군이 말하고 싶어하지 않는 이유를 이미 알아냈다고 생각했지만, 아버지가 언급하지 않으면 그녀도 입을 다물 것이다. 그 이유라는 것이 그녀가 없는 동안 아버지를 위로할 것이고, 그러고 나면 모든 것이 다 정리되리라. 5학년 학생이 김나지움 기숙사에 들어가면 졸업 때까지 대부분 그곳에 머무른다[당시 4년제 초등 과정 이후 8년제 김나지움이 있었다-옮긴이]. 집에는 방학 때에나 돌아올 것이나. 무슨 이유로 내년 학교를 바꾸겠는가? '아직 시골에 살아본 적은 없지? 잘 견뎌야 한다. 부탁이야.' 어떤 곳으로 데려가기에 이런 주의를 주는 걸까?

"내일 일찍 일어나야 하니 자거라!" 장군이 말했다. "내가 직접 차로 데려다 줄 거야." 그들은 둘 다 일어섰다. 아버지는 소녀를 끌어안고 딸의 얼굴에 자신의 얼굴을 가져다 댔다. '아버지도 많이 슬퍼하시는구나.' 그녀는 생각했다. '내가 떠나는 게 슬프신 거야. 그 부인은 잔인해. 이렇게 약한 아버지 모습은 생전 처음이야.'

그녀는 침실이 있는 2층으로 올라갔다. 방공防空 규정에 따라 방의 모든 창문에 덧문이 내려져 있었다. 이제 도시도 정원도 내다볼 수 없는 방은 벌써 자기 방 같지 않았다. 태어나서부터 여기 살지 않았던 것처럼 특히 낯설게 느껴졌다. 그녀는 손님처럼 침대 가장자리에 앉아 이불 문양을 쳐다보았다. 잔디 같은 풀빛 실크 위의 양귀비꽃 문양. '지니, 지니, 요정 같은 소녀여.' 페리의 말들이 양귀비꽃 문양 이불 위에 나비처럼 조용히 되돌아왔다. 몰래 전화기가 있는 홀로 다시 돌아가 대위에게 전화를 걸어보고 싶다는 생각이 저항하기 어렵게 그녀를 유혹했다. 장군은 벽난로가 있는 거실에 앉아 있고, 일하는 사람들이 지하층에서 저녁식사를 하고 있으니 그녀가 통화를 한다고 해도 아무도 듣지 못할 것이다. 하지만 그녀는 문까지 갔다가 무기력하게 되돌아섰다. 이해할 수 없거나 비인간적이거나 용납할 수 없는 일일지라도 손을 들어 맹세한 일을 어길 수는 없었기에 그녀는 절망스러웠다. 침대로 돌아가 그녀는 내일이면 잠들어야 할 곳이 어떤 곳일까 생각해보려 했지만 상상할 수가 없었다.

## 머툴러 주교 학교

그들은 아침 일찍 출발했다. 어디로, 또 얼마간의 일정으로, 왜 가는지는 아무에게도 말하지 않았다.

기녀가 태어나기 훨씬 이전부터 비터이 집안의 가계를 돌봐오던 로저 아주머니나 하녀 일리와 마찬가지로 장군의 당번병 야노쉬는 자동차를 준비하며 당연히 그들이 개학 전에 한 번 더 어딘가로 소풍을 다녀오는 것이라고 생각했다. 전화벨이 울릴 때 그들은 아직 홀에 있었지만 장군은 누군가 전화를 받기도 전에 어느 누가 찾아도 그들은 이미 부다페스트에 없다고 하라고 뒤돌아서 소리를 질렀다. 기녀는 일리가 누군가에게 인사를 하고 "죄송하지만 벌써 떠나셨어요"라고 하는 말을 들었다. '미모 고모겠지,' 소녀는 생각했다. '마지막으로 한 번 더 전화를 하신 걸 거야. 이렇게 일찍 일어나다니, 얼마나 힘드셨을까.'

마음속으로는 이미 어젯밤에 집과 사랑하는 사람들에게 작별 인사를 했다. 장군이 자동차에 시동을 걸었을 때 그녀는 충실히 손을 흔들던 로저 아주머니나 집을 향해서도 뒤돌아보지 않았다. 점점 작아지고 점점 멀어질 모든 것들과 사람들을 뭣 하러 본단 말인가? 그녀는 정면을 응시하며 아버지가 어디로 그녀를 데려가는지 알아내려고 했다. 기녀는 아드리아해로 자주 다녔기 때문에 국도 중 벌러톤 국도를 가장 잘 알고 있었다. 자동차는 부더 지역에 머물지 않고 다리를 건넜다. '벌러톤 호수 방향으로 가지 않네.' 기녀는 생각했다. '어딘가 다른 곳으로 가나 봐. 기차들이 동부역에서 서쪽으로 출발하고 있어. 서쪽으로 가는 걸까? 빈 쪽에 좀 큰 도시로 뭐가 있지? 죄르? 소프론은 아니겠지?'

칼뱅 광장에 이르자 가장 친했던 두 친구, 에디트와 엘리스가 생각났다. 에디트는 아스토리아 옆, 이 근처에 살았고, 엘리스는 조금 더 멀리, 대학 교회의 뒤편에 살았다. 작별 인사나 설명도 없이 이렇게 그들을 떠나다니 기가 막혔다. 이제부터 함께 다니지 못하게 되었다고 편지로나 전할 수 있을 것이다. 그 이른 시간에도 벌써 차량이 많았다. 장군은 주행 신호를 기다리며 운전대에서 손을 내리고 한참 심각하게 그녀 얼굴을 쳐다보았다. '아버지도 지금 에디트와 엘리스 생각이 나셨겠지. 작별 인사를 못하게 한 것도.' 소녀는 생각했다. '지금 내가 어떤 표정인지 살피시는 거야. 표정은 무슨. 어차피 마찬가지인걸, 뭐.'

도시를 벗어났다. 부녀는 거의 대화를 나누지 않았다. 기녀는 할 말이 없었고, 장군은 길을 살피고 있었다. 장군이 이런 식으로 민간인 복장을 하고 있는 건 드문 일이었다. 거의 알아보지 못할 정도였고, 실제보다 더 늙어 보이기도 했다. 기녀는 지나치는 마을 이름을 눈여겨보았다. 헝가리 동부 지역을 향해 가고 있다는 것을 깨달을 정도의 지리적 지식은 가지고 있었다. 8시 정도에 티써강에 다다르자 그녀는 자신의 추리가 옳다는 것을 알았다. 강변에 자리한 도시에서 아침식사를 했다. 그들은 밥맛이 없었고 서로 예의를 차렸다. 장군은 한자리에 오래 앉아서 다리가 뻣뻣해졌다면서 잠깐 걷자고 말했다. 그는 기녀의 팔을 잡았다. 기녀는 키가 컸다. 또래 소녀들보다 키가 커서, 꼿꼿이 등을 펴고 서면 아버지보다 겨우 머리 하나 정도만 작았다. 그들은 산책을 하며 진열장들을 구경했다. 징군은 여기에도 서고 저기서도 멈춰 서서 스카프와 장갑, 손수건을 가리키며 필요한 게 없는지, 사줄까 물었다. 그러자 기녀가 얼마나 날카롭게 질색하며 싫다고 했는지 본인도 깜짝 놀랄 정도였다. 아니, 이건 그렇게 간단한 문제가 아니다. 그렇게 해결할 수 없다. 어렸을 때 그녀가 약을 먹지 않으려고 하면, 아버지는 그렇게 침대 옆에 서 있다가 갑자기 마르셀 뒤에서 뭔가 선물을 보여주곤 했다. 그러면 아버지가 약속한 것을 받기 위해 그녀는 싫어도 그들이 처방한 것을 서둘러 삼키곤 했다. 이런 식의 일들은 홍역과 유아기의 질병들과 자의식이 결여된 시기와 함께 사라졌다. 이제 그녀는 약을 삼킬 수 있다. 선물도 뇌물도 필요 없다.

그들은 한 골목길에서 보석상을 발견했다. 물론 전쟁이 터지자마자 자취를 감춰버린 금은 진열대에 없었다. 하지만 벨벳 진열대 위에서 은목걸이와 몇 개의 메달이 빛나고 있었다.

"나는 그래도 뭔가 사줄 거야." 장군은 말했다. "이제 정말 살 거야. 장난치지 마. 다른 땐 이렇게 이상하게 굴지 않았잖아. 가게에 가기만 해도 좋아하더니. 자, 들어가자."

그 가게는 오직 작업대만 특이하게 밝았다. 작업대 옆 아주 밝은 조명 속에서 주인이 시계를 고치고 있었다. 주인은 정중하고 작은 사람이었는데, 손님이 원하는 것을 찾을 수 있도록 최선을 다했다. 기녀가 아주 까다로운 손님이기는 했다. 작은 보석상의 소박한 세트들이 정교하고도 훌륭하게 세공되어 있어서 고르기가 쉽지 않은 게 아니라, 그냥 단순히 지금은 선물을 받고 싶지 않았다. 자신의 이 좌절된 슬픔을 아주 작은 어떤 무엇으로도 위로하게 하고 싶지 않았다. 결국 장군이 딸 대신 보석 하나를 골랐다. 묵직한 달이 달려 있는 아주 곱고 가는 목걸이였다. 기녀는 극구 사양했지만 아버지와 보석상 주인이 목에 걸어주자마자 이 목걸이를 좋아하게 되어버렸다. 엄격하고도 작은 달이었다. 입을 꼭 다문 내성적인 달, 밝고 명랑한 달이 아니라 오히려 신비하고 진지한 달이었다. 어쨌든 기녀는 결국 무언가를 받았고, 이제 그녀의 목에 걸린 것을 되돌릴 수는 없다. 하지만 그녀는 변한 게 아무것도 없다는 것을 아버지가 느끼게 하려고 마지못한 듯이 받았다.

기녀는 주위를 둘러보았다. 목걸이나 보석이 아니라 금속으로 된 물건들과 봉인 인장, 작은 피규어와 재떨이가 든 서랍이 하나 있었다. 기녀는 길쭉하고 아무것도 새겨지지 않은 재떨이를 가리키며 지갑을 꺼냈다. 그녀의 용돈은 항상 아버지가 주신 것보다 두둑했다. 미모 고모가 정기적으로 채워줬다.

"저도 무언가 사드릴게요." 기녀가 말했다. "기념으로. 절 보지 못해도 기억하시라고요."

　보석상은 이들 부녀가 서로의 얼굴을 바라보다가 마치 이런 침묵으로 너무 많은 걸 이야기했다는 듯 갑자기 서로 다른 쪽으로 시선을 돌리는 것을 지켜보았다. 그들의 눈빛을 읽을 수는 없었다. 어떻게 알 수 있었겠는가? 기녀의 눈빛은 이렇게 말하고 있었다. '바로 보답할게요. 지금 당장. 무슨 기념일까지 기다리지 않을 거예요. 재떨이예요. 아버지, 느끼시겠죠? 이건 완전히 그냥 예의상, 관례적인 거예요. 아버지가 담배도 피우지 않는다는 걸 저보다 잘 아는 사람은 없으니까요. 아니요, 옛날처럼 그렇게 선물을 주실 수는 없어요. 왜, 그리고 어디로 절 멀리 보내는지 모르는 이 길에서 말이죠.' '제발 부탁이다.' 장군의 눈빛이 대답했다, '남에게 보답하듯 하는 게 좋다면 그렇게 해. 마르셀도 나도 그렇게 가르쳤지. 남에게 선물을 받으면 보답해야 하는 거라고. 언젠가 이 순간은 아주 소중해질 거야. 신이시여, 우리 둘이 다시 만날 수 있게 해주십시오.'

　그들은 다시 출발했다. 강을 지나자 풍경이 달라졌다. 기녀는 유럽의 대도시나 눈 쌓인 곳과 바다만 알았지, 얼푈드[헝가리 동부 대평원 지역-옮긴이]와 보통 평원은 잘 몰랐다. 얼푈드라는 대평원이 대충 어떻다는 것도 시인 페퇴피를 통해 배웠다 뿐이지 평원을 찬양하는 시들이 특별한 감흥을 일으킨 적은 한 번도 없었다. 자동차가 점점 더 동쪽으로 향하고 있는 지금도 그저 갈아놓은 가을밭과 때때로 멀리서 하얗게 반짝이는 농가, 한두 그루의 춤추는 자작나무, 듬성한 작은 숲, 구리색 내륙수內陸水 외에는 별다른 것을 볼 수 없었다. 바람, 평원의 바람이 불었다. 그들의 앞, 뒤, 옆에, 4대 원소 중 셋인 물, 흙, 공기 외에는 아무것도 없었다. 지금까지 살아오면서 한 번도 알지 못했고, 이름조차 지어주고 싶지 않았던 어떤 것을 기녀는 차 안 아버지의 옆자리에 비스듬히 쭈그려 앉아 쓸쓸하게 느끼고 있었다. 훗날 더 이상 모두 비밀이 아니게 되고, 더 이상 황홀한 광경에 놀라워하는 그녀의 눈을 슬픔이 가리지 않게 되고 나서야 기녀는 이 대평원과 마주했던 첫 만남을 기억했다. 폭염 속 무겁고 달달한 햇볕과는 너무나도 달랐던 황량한 가을 햇살을.

'아르코드.' 기녀는 생각했다. '우리는 아르코드로 가고 있어.'

그녀는 기억력이 뛰어났다. 예전 지리시간에 배운 것들이 하나 하나 그대로 떠올랐다. '7만 2,000명의 주민이 살고 있는 아르코드는 동부 헝가리에서 가장 오래된 교육 도시다. 주민의 97.5퍼센트가 프로테스탄트이며 현재 산업 발전이 이뤄지고 있다. 중세 시대 이 지역의 길드는 세계 곳곳에서 유명했고 대학은 스코틀랜드와 독일 대평원, 스칸디나비아와 독일 대학과 자매결연을 맺고 있다. 유명한 고등학교로는 개신교 재단의 남학교와 머툴러 주교의 이름을 딴 여자 기숙학교가 있으며, 이곳은 헝가리에서 정식 교사 사감들이 정기적으로 여성 교육을 맡아온 최초의 학교다.' 기녀는 자신이 답을 찾았다고 느끼고는 하마터면 크게 소리를 지를 뻔했다. 아르코드가 실제로 어떤 곳인지, 그 유명한 여학교가 어떤지 몰랐지만 지상낙원이라고 할지라도 부다페스트에서 까마득하게 멀었다. 막연히 수도에서 그렇게 멀어지진 않을 거라고, 일요일마다 집에 돌아가지는 못하더라도 적어도 아버지는 방문할 수 있지 않을까 생각했었다. 아르코드는 거의 국경에 위치하기 때문에 잠깐 들를 수 있는 그런 곳이 아니다. 이것은 가장 막막한 순간에 상상했던 것보다 훨씬 나빴다. 무슨 일이 일어나는 걸까? 그녀는 뭘 잘못한 걸까? 있을 수 없는 일이 벌어지고 있었다.

"아무 말 말렴." 장군이 말했지만 그는 딸이 아니라 그저 국도를 응시하고 있었다. "부탁이야, 더 힘들게 하지 마. 지금도 충분히 힘드니까."

기녀가 태어난 이후, 그 둘은 동시에 똑같은 말을 하거나 상대가 지금 무슨 생각을 하는지 알아맞히고 서로를 보며 웃을 정도로 아주 가까운 사이였다. 좋이. 어차피 희망은 없어. 그녀는 눈을 감았다. 억지로 참고 있던 눈물이 갑자기 너무 무겁게 느껴졌다. 그녀는 얼마나 더 멀리 갈 수 있을지, 그 학교가 그녀를 어떻게 받아들일지 상상해보려고 했다. 그곳의 학생들은 어떨까. 슬픔 속에서도 그녀는 정말 기운을 내보려 했다. 그다음에는 생각이 마구 엉키더니 혼란스러워졌다. 아버지가 부르며 잠을 깨우는 바람에 그녀는 자신이 잠들었다는 것을, 그것도 한참을 잤다는 것을 알았다. 자동차는 서 있었다.

그녀는 기지개를 펴고 위를 올려보았다. 풍경은 잠들기 전과 마찬가지로 뿌연 빛 속에서 나뭇가지들이 흔들리고 있었지만 저만치, 그렇게 멀지 않은 곳에 탑들이 솟아 있었다. 비교적 좁은 면적에 솟아 있는 수많은 탑. 마치 돌 쌍둥이들처럼 여기 한 무더기, 저기 한 무더기 탑들이 솟아 있었다. 마침내 모습을 드러낸 도시가 탑들 끝에 팽팽하게 하늘을 매단 것 같았다.

"너무 일찍 일어났지?" 장군이 말했다. "네가 한 시간쯤 잠을 자서 기쁘구나. 깨워서 미안하지만 몇 분 후면 시내에 있게 될 텐데 도시나 학교에서는 너와 제대로 작별 인사를 할 수 없을 거야. 너와 나 말고는 아무도 없는 곳, 여기서밖에."

마침내 이야기를 해주시려고 하는 걸까. 기녀는 그를 말없이 쳐다보았다. 하지만 아버지는 그녀가 바라는 말을 하지 않았다.

"자신을 돌보겠다고 약속하렴. 다 큰 성인처럼 조심하겠다고. 네가 아니라, 우리 곁을 떠난 네 엄마처럼. 들었니, 기녀?"

말을 듣고 있었지만 기녀는 이 급작스러운 걱정이 무엇 때문인지 이해할 수 없었다. 아쉽긴 하지만 교사진 전체가 그녀를 돌볼 것이고, 그녀가 특별히 조심해야 할 일은 정말 없을 것이기 때문이었다. 아버지는 그녀가 승마를 하거나 펜싱을 배울 때도 별다른 걱정이나 염려를 하지 않았다. 바닷가에서도 원하는 만큼, 항상 멀리까지 수영하도록 허락했다. 마르셀이 동행하지 않을 때도 그랬다.

"키스해주렴. 그리고 학교에 내가 널 놓고 가더라도 제발, 울지 말아라. 적어도 내 앞에서는. 내가 견딜 수 없을 것 같아서 그래."

이런 말은 하나 마나 불필요한 당부였다. 기녀가 아버지를 낯선 사람들 앞에서 불편하게 만들거나, 단 두 사람 사이의 일을 밝히는 일은 없을 것이라는 사실을 아버지는 알았을 것이다. 그들은 서로에게 키스했다. 마치 그들이 나누지 못한 말로 무언가가 돌이킬 수 없이 서툴고 불행하게 변한 것 같았다.

그들은 출발했고 몇 분 뒤에는 정말 도시 안에 있었다. 이런 도시를 처음 본 기녀는 무엇을 느껴야 할지 몰랐다. 아르코드는 수도와 비슷하지 않았고 그녀가 다녔던 외국의 다른 어떤 도시와도 달랐다. 나중에, 한참 지난 후에는 진짜 아르코드가 다른 어떤 도시와도 비슷하지 않다는 것을, 동그란 완전체, 흑과 백, 완전히 다른 세상이라는 것을 알았다. 장군은 길을 잘 알고 있는 사람처럼 학교까지 차를 몰았다. 땅딸막한 교회 옆을 지났는데, 분필처럼 하얀색에 지붕엔 새로 금칠을 한 커다란 별들이 빛나고 있었다. 교회 맞은편에 나 있는 골목길이 머툴러 주교 거리였고, 그 길 끝에 이르자 거대한 하얀 건물, 곧 학교 건물이 눈에 띄었다.

'이 건물도 땅딸막하네.' 기녀는 생각했다. '땅딸막하고, 차갑고, 하얗다. 창문들이 작고, 철을 두른 문, 철창문, 굉장히 오래된 곳으로 학교 건물 같지도 않아. 여기와 비슷한 곳이 있을까? 차라리 요새라고 하면 비슷하겠어.'

요새에 들어가는 일은 쉽지 않았다. 철을 두른 문이 닫혀 있었고 초인종을 눌러야 했다. 누군가 그들의 도착을 알아차릴 때까지 한참이 걸렸다. 문틈 사이로 내다본 사람도 땅딸막하고 콧수염에 심각한 표정을 짓고 있었다. 기녀가 다니던 학교에는 눈웃음을 짓는 수위가 살았다. 학생들이 땅콩을 흘리고 다니거나 복도에서 괴성을 질러대서 꾸짖을 때도 그는 항상 학생들 편에 서서 응원했다. 지금 그들을 향해 돌아서서 누구를 왜 찾아왔는지 무뚝뚝하게 질문하는 사람의 얼굴에는 즐거움이나 유머가 없었고, 마치 돌로 만든 석상처럼 표정이 없었다. 장군의 요청에 수위는 인터폰으로 어딘가에 전화를 걸었다. 분명 교장일 듯한 누군가가 지금 도착한 사람들 말이 맞다고, 비터이 게오르기너라는 이름으로 예약이 돼 있으니 아버지와 함께 그녀를 올려 보내도 좋다는 확인을 해주기 전까지 수위는 정원을 막고 있는 내부 철창 앞에 그들을 세워놓았다. 내부 철창의 한쪽에는 열 수 있는 문이 있었다. 경비가 문을 열어주자 그들은 마침내 측면 계단을 따라 위층으로 올라갈 수 있었다. 이전에 많은 사람들이 지나다녔는지 계단의 가운데는 모두 우묵하게 패어 있었다. 소녀는 또다시 이곳의 흰색은 다른 곳보다 훨씬 더 희다고 느꼈다. 늘씬하고, 민첩하고, 붐비는 부다페스트에 비해 이곳은 모든 것이 통통하고, 넓고, 텅 비어 있었다. 복도에는 아무런 장식도 없고, 그저 꽃 몇 송이와 벽에 걸린 검은색 마분지에 금색으로 쓴 성경 인용구가 전부였다. 1층 교장실 입구 위에는 커다란 문장紋章이 걸려 있었는데, 그것도 짧고 통통했다. 당연히 문장은 흑백으로만 그릴 수 없기 때문에 그것까지 흑백으로 되어 있지는 않았다. 황금 방패를 배경으로 그 앞에 기도를 위해 깍지를 낀 두 손이 시편이나 성경을 감싸고 있었고, 그 손 위에 반원형태로 "Non est currentis"라는 라틴어 문장이 쓰여 있었다. 3학년 때부터 라틴어를 배웠던 기너는 라틴어를 꽤 잘 알고 있었다. 하지만 이 세 단어가 이렇게 함께 무엇을 의미하는지는 번역할 수 없었다. Non은 '아니다', est는 '있다', 이 둘이 같이 있으면, '없다', currentis는 currere, 즉 '달리다'라는 동사의 분사과거형으로 '달리는 사람에게 없다', 뭐 이런 뜻이 된다. 하지만 달리는 사람에게 뭐가 없다는 것인가?

　복도는 비어 있었다. 마치 내일 학기가 시작되지 않는 듯, 혹은 이곳에서는 학급이나 회의실 외의 장소에는 선생님들마저 나타나면 안 되는 듯했다. 교장실의 손잡이를 막 잡았을 때, 장군은 기녀의 손길이 닿는 것을 느꼈다. 씁쓸한 마음에 그는 거의 화를 내듯 딸을 돌아보았다. 왜 이 힘든 순간을 연장시키는 거지? 그도 얼마나 힘든지 느끼지 못하는 걸까? 또 시작이구나. 집으로 데려가주세요, 집에서 내보내지 마세요. 마치 그럴 수 있는 것처럼!

"결혼은 언제 하세요?" 소녀가 물었다.

그는 너무 놀라 딸을 물끄러미 쳐다보았다. 그것으로 말없이 답을 대신했다. 미모가 그랬구나. 사랑과 목가적 삶에 맞춰진 멍청한 환상, 이건 미모가 아니면 생각해낼 수 없어. 가여운 내 새끼, 가엾고 불쌍한 내 새끼. 지금 일어나는 일이 그런 이유 때문이라고 믿는 건 아니겠지?

"말도 안 돼." 그는 답했다. "이게 무슨 바보 같은 소리니? 어떻게 그런 생각을 할 수 있어?"

장군은 절대 거짓말을 하지 않았다. 안개에 가려진 미지의 여인이, 의심이 산산이 부서지고 사라져버렸다. 기녀의 아버지는 인생을 바꾸려 하는 게 아니다. 그렇다면 왜 아버지 곁에 머물 수 없는 걸까? 아버지는 물어볼 시간을 주지 않고 교장실 문을 열었다. 그들은 들어갔다. 안에 있는 사람들이 이미 그들을 보았기 때문에 들어가야만 했다. 문지방을 넘어갔을 때 기녀는 이미 다른 세계 속에, 새로운 집으로 정해놓은 곳에 있었다. 아기의 탄생, 병자의 죽음처럼 그녀의 존재 형태는 완벽하게 바뀌었다.

교장실 벽은 바깥의 흰색보다 더 희었고, 교장은 어떤 검은 색보다 검었다. 여기에도 그림은 걸려 있지 않았고, 그저 몇몇 그래프와 아이콘들, 유럽 지도 위에 작은 국기들이 여기저기 핀으로 고정되어 있었다. 이 국기들이 다양한 외국의 자매 학교들의 위치를 나타낸다는 것을 기녀는 나중에야 알았다. 교장실에는 검은색 가죽 소파 세트와 금고, 책상, 그리고 여닫을 수 있는 서류장, 보기 드물게 커다란 수족관이 있었다.

모두 마치 혼수상태에서 일어나는 일 같았다. 언젠가 한번 작은 수술 때문에 마취를 했을 때, 그때 세상에서 뚝 떨어져 나와 둥둥 떠 있었던 상태, 그때와 비슷한 불확실함. 기녀는 아버지와 교장이 서로 말을 놓으며 마치 오랜 지인처럼 대한다는 것, 교장이 그녀에게는 악수를 하지 않고 단지 쳐다보며 고개만 끄덕이더니 장군에게만 자리를 권했다는 것을 알아차렸다. 교장은 서류를 건네받고 돈도 받았다. 기녀는 학비나 교재비라기에는 너무 큰돈이라고 생각했다. 교장은 영수증을 발급하고 나서 장군에게 다시 한 번 학교 규정과 생활 규범을 끝까지 읽어보고 동의한다는 사인을 반드시 해야 한다고 말했다. 장군은 한참 동안 인쇄된 신청서를 읽었다. 마음에 드는지 그렇지 않은지 표정에 드러나지 않았지만, 그는 어쨌든 사인을 했다.

"아이의 기숙사 사감은 주전너 자매가 될 걸세." 기녀는 바로 옆에서 이 말을 들었지만, 마치 아주 먼 곳에서 나누는 이야기 같았다. "학생에게 쓴 편지들은 아이의 이름을 표기해서 자매님에게 보내도록 해."

"차라리 전화를 하겠네." 장군이 말했다. "쓰는 건 좋아하지 않아. 시간도 없고. 얼마나 자주 전화할 수 있지?"

"토요일마다. 토요일 오후가 편지 나눠주는 날이라네."

기너는 기뻤다. 그렇다면 서로 연락이 끊기는 것은 아니다. 매주 이야기할 수 있다면 항상 기다릴 무언가가 있다는 것이다.

"다른 것들은 지난번 얘기 나눈 대로 될 거야." 교장이 말했다.

장군은 고개를 끄덕였다. 마치 양심의 가책을 느끼는 듯 소녀를 쳐다보지 않았다. 소녀는 그저 서서 창문 바깥쪽으로 시선을 옮겼다. 서 있는 곳에서는 머툴러 거리에서 보이는 부분이 U자형으로 뒤로 뻗은 거대한 건물의 일부뿐이었다. 교장이 전화 수화기를 들고 수위에게 비터이 게오르기너의 짐을 기숙사에 가져다 주고 교장실에 주진니 지메를 보내달라고 요청했을 때, 기너는 아버지가 그녀를 데리러 올 때까지, 그가 바라는 것처럼 규율을 잘 지키고 어른스럽게 기다릴 수 있을까 생각하고 있었다. 아버지가 결혼하려 한다고 믿었던 때보다 지금 이 순간 훨씬 더 아버지를 이해할 수 없었다. 교장이 사감을 자매라고 언급한 것만 봐도 수녀[개신교에도 교파에 따라 수녀 제도가 있으며, 결혼이 가능한 경우도 있다-옮긴이]가 오리라는 것을 알 수 있었는데, 정말 그랬다. 젊고 신중한 여자였다. 사감이 마침내 미소를 짓자 기너도 아름다운 미소로 답하고 싶었지만 실패했다. 입이 경직된 채 움직이지 않았다. 이 견딜 수 없는 긴장을 끝내고 싶어서 그녀는 그만 가고 싶었다. 기운이 다하고 있었다.

"비터이 게오르기너입니다." 교장이 기너를 소개했다. 그러고 나서 마치 갓난아기와 이야기를 하듯 기너에게 이렇게 말했다. "비터이 게오르기너, 아버지와 교장선생님께 인사드리고 가보세요."

"안녕." 소녀는 속삭였다. 기녀는 감히 장군의 얼굴을 볼 엄두를 내지 못했다.

"부모님께 그렇게 인사드리지는 않지요." 교장이 말했다.

"안녕히 가세요." 기녀는 숨을 내쉬었다.

장군은 일어서서 그녀의 어깨를 꽉 쥐고는 말없이, 한없이 부드럽게 그녀를 출입문 쪽으로 밀었다. 기녀가 거의 밖으로 나가려 할 때, 주전녀는 멈추라는 몸짓을 하더니 다시금 미소를 지으며 갑자기 기녀의 목에서 목걸이를 뺐다. 묵직하고 걱정스러운 달이 달린 새로 산 은목걸이였다.

"우리는 학생들에게 어떤 액세서리나 장신구도 허용하지 않습니다." 주전녀가 말했다. "장군님께서 바로 가져가주세요."

달 메달이 장군 앞 책상에 툭 놓였다. 아버지와 딸은 다시 서로를 보지 않고 둘 다 주의 깊게 카펫을 쳐다보았다. 어쩌다가 열린 창문으로 들어온 벌이 쉼 없이 윙윙거리는 소리도 들을 수 있을 만큼 조용했다.

"감사합니다." 수녀가 말했다. 기녀는 서서 기다렸다. 이 흑백의 땅딸막한 세상에서는 교장선생님에게 어떻게 인사해야 하는지 알 수 없었다. '안녕히 계세요!' 라고 하면 충분한 걸까?

"안녕히 계세요, 교장선생님!" 마치 초등학교 1학년을 대하듯, 주전녀가 그녀에게 노래하듯 말했다.

"안녕히 계세요, 교장선생님!" 소녀가 속삭였다. 그리고 목까지 벌게졌다. 평생 한 번도 이렇게 당황스럽고 서툰 적이 없었다. 마르셀과 미모 고모, 이전 학교는 부다페스트에서 알아야 하는 모든 것을 가르쳤다. 여기서는 어떤 정보도 얻을 수 없었고 어떤 것도 예상할 수 없었다.

"하나님의 은총이!" 교장이 말하고 나서 뒤돌아섰다. 주전녀는 펠트 밑창이 달린 단화를 신고 있었다. 그녀는 기너를 안내하며 소리 없이 복도를 미끄러져갔다. 소녀는 주전녀의 가벼운 발걸음 옆에서 또각또각 소리를 내는 자신의 가죽 밑창 신발이 부끄러워 차라리 벗어버리고 싶었다. 사감은 그녀 앞에서 드물게 작은, 거의 어린이 사이즈의 벽문을 열었다. 그 문은 건물의 다른 날개 쪽, 분명 기숙사로 나 있었다. 기너는 이 문턱에 서서 뒤돌아보았다. 몇 분민 여기서 기디린다면, 한 번 더 아버지를 보고, 그에게 달려가 끌어안고, 벌써 꿈보다 더 멀어진 옛 세계, 집을 떠올리게 하는 익숙한 체온을 느낄 수도 있을 것이다. 하지만 주전녀가 그녀의 손을 잡았고, 문을 지나 부드럽게 잡아당겼다.

## 처음 만난 사람들

기녀는 이렇게 복도가 서로 중첩되어 있는 특이한 건물에 와본 적이 없었다.

나중에서야 머툴러 주교 학교가 중세에 유명한 수도원이었고, 그래서 그렇게 벽이 두껍고 교실들이 아치 모양이며, 이 때문에 몇몇 교실의 모양이 그렇게 독특하다는 것을 알게 되었다. 기숙사의 취침실들은 한때 수도자들의 작은 방이 있었던 곳으로, 적당한 크기로 만들기 위해 벽을 뚫고 철거하거나 다른 장소에 벽을 세운 반면 실내 가구들은 기녀가 전에 다니던 학교에 있던 것보다 훨씬 현대적이고 모든 것이 청결하고 반짝거렸다. 누군가 화장실 문 닫는 것을 잊고 열어놨는데, 하얗게 타일들이 빛났고 거대한 욕조가 설치되어 있었다. 주전너는 바로 문을 닫았다. 비어 있어도 학생들이 주로 벌거벗는 장소가 보이는 것은 적절치 않다고 생각하는 듯했다.

그들은 장군과 교장이 아직 이야기를 나누고 있을 건물의 다른 쪽 날개에서 점점 더 멀어지고 있었다. 이곳 창문들은 닫혀 있었고, 두껍고 불투명한 유리창을 통해서는 정원을 볼 수 없었다. 기숙사의 일상생활이 이루어지는 곳에 다다랐는지, 기녀는 처음으로 학생들을 보았다. 크고 작은 소녀들이 벽 옆에 서서 옷장을 정리하고 있었다. 그들이 학생들 앞을 지나가자 모두들 뒤로 돌아 몸을 세우고 인사를 했다. 학생들은 긴 소매에 몸 전체를 가리고 종아리 중간까지 내려오는, 빨간 바이어스를 두른 검은 주름 앞치마를 입고 있었다. 기녀는 학생들이 너무 똑같아 보여서 절대 구별할 수 없을 거라고 생각했다. 머리도 모두 양 갈래로 길거나 짧게 땋았고, 땋은 머리끝은 신발 끈과 비슷한 검은색 끈으로 묶었다.

주전너는 기녀를 창고에 데려가 창고 담당 자매에게 용품을 받도록 하고, 탈의실에 들어가 겉옷뿐 아니라 란제리 슬립도 갈아입으라고 했다. 기녀의 노란 실크 속옷에는 어느 호수 위로 날개를 펼친 파란 새들이 날아가고 있었다. 창고 담당은 마치 이 새들이 창고의 벽들 사이로 무언가 특별하고 낯선, 전염되는 위험을 갖고 들어온 듯, 비난하는 눈빛으로 기녀의 란제리 슬립을 접었다. 새 기숙사의 속옷, 교복, 모자, 장갑으로 그녀의 옷들을 바꿔주었다. 앞치마를 가까이서 보니 소매에 팔꿈치 패드까지 달려 있었다. 그녀가 받은 모든 것은 정 사이즈에, 옷감을 보더라도 흠잡을 데 없었지만, 정말 놀라울 정도로 촌스러웠다. 마치 누군가 디자이너가 어떻게 하면 이 사랑스러운 소녀들의 옷을 망칠 수 있는지 사람들이 경악하며 쳐다보게 하려고 한 게 아니라면, 어떤 식으로든 머툴러 학교 학생들이 어느 누구의 시선도 끌지 못하게 하려는 것 같았다. 어쩌면 선원복과 비슷한 예복인데, 날렵한 재단 하나 없이 높은 칼라로 목을 꼭 조여 놓았다. 선원 칼라나 리본 대신 칼라에 놓인 흰 튤립 자수가 예복이라는 것을 알리고 있었다.

그들은 기녀의 가방을 비우고 가져온 것들을 샅샅이 검사했다. 집에서 가져온 물건은 아무것도 허락하지 않았다. 슬리퍼, 수건, 잠옷, 목욕 가운 같은 것들을 새로 받았고 흰색 손수건도 열두 장 받았다. 기녀는 조심스럽게 다시 싸서 압수당한 물건들이 빠진 가방 속을 주의 깊게 살펴보았다. 부드러운 수건들의 핑크색, 하늘색, 그리고 집에서 사용하던 잠옷의 향기 구름이 떠나온 집과 아버지, 미모 고모, 마르셀을 강렬히 떠오르게 했다. 마르셀은 그녀에게 부드럽고 귀여운 잠옷과, 동화처럼 작은 하마들과 입 벌린 악어들이 숨어 있는 갈대가 그려진 목욕 가운을 만들게 했었다. 창고 담당 자매가 그렇게 낙담하며 쳐다보지 말라면서, 설마 기독교 신앙을 가진 소녀가 이런 아무것도 아닌 것에 큰 의미를 두고 있다는 것을 자기더러 믿게 하려는 거냐고 했다. 주전녀와 창고 담당 자매는 전쟁 중이니만큼 물자 절약 차원에서 기녀가 가져온 칫솔을 허락할지를 두고 논쟁을 벌였지만 결국 허락하지 않기로 했다. 칫솔도 비누도 미모 고모의 비밀스러운 공급처를 통해 기녀에게 온 것이었다. 연두색 비누에서는 진한 동백꽃 향기가 났다. 칫솔 손잡이는 빨간 체리색이었는데, 창고지기 자매는 이 칫솔은 색이 그렇다 해도 비스듬하게 난 칫솔모가 불손하고 불규칙적이라고 단정 지었다. 기녀는 그 대신 창고 담당이 마커 잉크로 기녀의 학생 번호를 바로 적어넣은 흰 칫솔과 커다란 연노랑 비누를 받았다. 비누는 이곳에서 만든 것으로 교장선생님까지 모두 사용한다고 주전녀가 말했다.

검은 스타킹에 뭉툭하고 굽이 있는 신발을 신었을 때, 기녀는 준비가 다 되었다고 믿었지만 그게 아니라는 것이 밝혀졌다. 남아 있는 절차는 새로 받은 용품들보다 훨씬 특이하고 흥미진진했다. 오래전부터 사용해오던 은장식 머리빗 대신 새로 배당받은 나무빗으로 주전녀가 기녀의 길고 구불구불한 머리카락을 곧게 빗기 시작했다. 다른 여학생들과 꼭 같이 뒷머리 가운데를 가르고 양쪽으로 땋아 끈으로 묶을 때, 기녀는 떨기 시작했다. '모두 다 삼켜 없애버렸어. 이건 더 이상 내가 아냐.' 이렇게 생각하고 숨을 몰아 쉬었다. 주전녀는 갑자기 소녀의 숨이 가빠진다는 것이 무엇을 의미하는지 아는 사람처럼, 가능한 한 빨리 준비를 끝내기 위해 점점 더 빨리 머리 손질을 했다. '내 머리마저 가져가버리다니. 나였던 것은 이제 내게 아무것도 없어.'

"울지 마." 주전녀가 경고했다. "꼭 울어야 한다면, 고작 머리 때문에 울지는 마. 그럴 가치가 없는 일이거든."

기녀는 울지 않았다. 하지만 그것은 그들이 남이라는 것을, 그녀의 고통에 증인이 될 수 있는 그런 믿음 있는 사이가 아니라는 경계를 보여주기 위해서였다.

"자, 알았지?" 수녀가 말했다. "여기서는 이렇게 옷을 입고 머리를 해. 이게 규칙이니까 따라야 해. 다 이유가 있어서 그런 거야. 믿어도 좋다."

"그 이유란 게 뭐죠?" 기녀가 물었다. 인사하고 나서 처음으로 한 말이었다.

"그 설명이 네 핏속에 스며서 더 이상 궁금하지 않게 되면 그때 대답해줄게." 주전너가 대답했다. "잔말 말고 따르는 법도 배워야 한다. 인사하렴. 가자."

새 신발은 조금 컸다. 무겁고 이상하게 느껴졌다. 주전너를 따라가면서 기녀는 반짝거릴 정도로 잘 닦인 돌바닥 위에 넘어지지 않도록 조심해야 했다. 창고 담당 자매는 기녀의 옛 소지품을 넣은 뒤에 창고 문을 잠그고, 그녀의 빈 가방에 여기서 받은 용품들을 옮겨 넣었다. 그 옆에 주전너는 침구를 가져왔다. 주전너는 기녀와 복도를 지나가다가 'A거실, 5~6학년'이라는 안내판이 위에 달려 있는 문을 열었다. 안에는 소녀들이 긴 탁자를 둘러싸고 앉아 이야기를 나누고 있었다. 그들은 문이 열리는 것을 보자 동시에 벌떡 일어나 주전너에게 인사를 했다.

"침실, 식당 또는 학교에 있지 않으면 여기서 지내게 될 거야." 주전너가 말했다. "이 아이들은 네 학급 친구들이다. 곧 사귀게 되겠지. 이 학생은 비터이 게오르기녀다." 소녀들에게 소개했다. "지금 도착했으니 도와주렴."

소녀들은 방금 사감에게 그랬듯이 그녀에게도 "안녕하세요!" 하고 인사를 했다. "하나님의 은총이!" 교장에게 방금 들었던 대로 기녀는 속삭이듯 답했다. 주전너가 고쳐주지 않은 것을 보면 거의 맞는 답을 한 것 같았다. 곧바로 그들은 계속 걸어갔다. 주전너는 침실로 들어가 침대보를 씌우지 않은 침대 위에 침구를 올려놓왔다. 그리고 바로 문 가까이에 있는 침대가 기녀의 자리이고 복도 밖에 옷장도 있으며, 그 안에 그녀의 짐을 넣어야 하는데 벌써 이름표가 달려 있다고, 열쇠는 자물쇠 안에 꽂혀 있으니 준비가 되면 옷장 문을 잠그고 목에 열쇠를 걸어야 한다고, 만약 잃어버리면 벌을 받을 것이라고 말했다.

침실은 비어 있지 않았다. 두 소녀가 일하고 있었는데, 그들도 침대보를 씌우고 있었다. 주전녀가 들어가자 그들은 하던 일을 멈추고 아까 거실에서 이야기를 나누던 소녀들처럼 일어서 차려 자세를 취했다. 소녀들이 손에 쥐고 있던 침대 커버가 떨어졌다. 주전니는 이들에게도 기녀를 소개하고는 나가려 했다. 기녀는 지금 이 순간 이후부터 모든 게 시작될 것이고, 이 두 낯선 소녀와 남게 된다는 생각, 그리고 그들과 말을 하고 질문에 답해야 한다는 생각에 겁이 났다. '무슨 사람이 그래요?' 소녀는 속으로 수녀에게 물었다. '제가 얼마나 두려워하는지 못 알아차리는 거예요? 당신은 누구죠? 당신이 안타까워하는지 아니면 적어도 절 이해하는지 알아차릴 수 있게 무슨 말이라도 해보세요. 여기 사람들이 아무리 이상한 관습이 있다고 해도 그렇지 어쩌면 이럴 수 있죠? 말 좀 해봐요. 이런 식으로 절 너무 힘들게 하지 말아요!'

"신이여 도우소서!" 주전녀가 문턱에서 뒤돌며 말했다. 주전녀는 기녀에게 예쁜 미소를 짓고 밖으로 나갔다. '조금 더 이해할 수 있는 말을 해 줄 것이지.' 기녀는 생각했다. '내가 숨을 좀 쉽게 쉴 수 있게, 뭔가 더 내게 맞는 말을.' 몇 달이 지나 주전녀를 잘 알게 되고 나서야 기녀는 주전녀에게 그 표현이야말로 가장 간결하고 주전녀가 유일하게 생각해낼 수 있는 말이었음을 깨닫게 되었다. 사감 수녀는 신과 아주 가깝게 살았기에 기녀도 별 다르지 않을 것이라 믿었던 것이다. 주전녀가 했던 그 짧은 바람의 말은 '정말 유감이구나, 아이야. 여기는 분명히 네게 힘든 곳일 테니까 말이야. 네가 이곳에 가능한 한 빨리 적응할 수 있도록 할 수 있는 모든 것을 다할게. 하지만 나는 아주 작은 사람이란다. 언젠가 나보다 훨씬 더 위대한 분이 해결하실 거야. 해결해주실 테니 두려워하지 마!'를 의미하는 것이었다.

기녀는 주위를 둘러보았다. 그녀는 침대들을 세어보았다. 한 줄에 열 개, 다른 쪽 벽에 또 열 개가 있었다. 두 소녀는 침대 시트 가는 일을 계속했고, 기녀도 그 일을 시작했다. 기녀는 학업 외에도 집안일을 배울 수 있도록 한 마르셀에게 특히 감사한 마음이 들었다. 다른 두 소녀보다 서툴렀다면 부끄러웠을 텐데 거의 같은 시간에 준비를 마칠 수 있었다. 두 소녀는 잠시 서로를 바라보더니 그 중 더 작은 소녀가 기녀를 향해 다가오기 시작했다. 소녀의 새카만 머리는 얼마나 단단히 땋았는지 마치 철사를 안에 넣은 것 같았다. 그때 조금 더 큰 소녀도 다가왔는데, 금빛 머리에 금방 울었는지 눈이 붉게 충혈되어 있었다. 그들은 서로 인사를 했다. 검은 머리 소녀는 키쉬 머리, 눈이 충혈된 소녀는 토르머, 토르머 피로쉬 커였다. 키쉬 머리가 기녀에게 어느 학교에서 왔는지 물었고, 그들은 기녀가 부다페스트처럼 먼 곳에서 온 것에 매우 놀랐다. 기녀는 아버지가 군인이라 집에 있는 시간이 거의 없어서 자신을 키울 수 없다는 것, 가정교사는 프랑스인이었는데 자국으로 돌아가야 했다는 것, 엄마가 없어서 기숙사에 올 수밖에 없었다는 것을 말했다. 이 모든 것이 얼마나 논리적이었는지, 두 소녀도 당연하게 생각하는 걸 보며 기너는 스스로도 깜짝 놀랐다. 자신도 그렇게 믿고 싶었다. 그녀가 이 요새의 학생이 되어야 하는 데 다른 특별한 이유가 있다는 것을 장군의 행동이 분명히 나타내고 있지 않았다면, 그녀도 그렇게 믿었을 것이다.

"나는 아버지가 없어." 울어서 눈이 빨개진 소녀가 말했다. "아빠도, 엄마도. 나는 부모님을 전혀 몰라. 나는 여기서 자랐어."

"배은망덕이라더니." 키쉬 머리가 말했다. "뭐가 아무도 없어! 그럼 교장선생님은? 교장선생님이 큰아버지라는 것은 굉장한 일이야. 얼마나 교육에 신경을 쓰시는지, 이렇게 또 널 울리시는 것 좀 보라고. 우리 부모님은 마을 선생님이야. 하지만 거기는 초등학교밖에 없어서 여기서 교육받을 수밖에 없어."

"어머, 핸드백이네!" 금발 소녀가 쳐다보았.

기너는 침대를 정리하며 은색 모노그램[두 개 이상의 글자를 합쳐 한 글자 모양으로 도안한 것-옮긴이]의 부드러운 핸드백을 침대 옆 탁자에 내려놓았었다. 그들이 놀라는 것이 하나도 놀랍지 않았다. 미모 고모가 크리스마스 선물로 코슈트 러이오쉬 거리에서 맞춘 것이었다. 기너는 가죽에 손가락 하나를 우울하게 가져다 댔다. 아름다운 푸른색은 조악한 의상과 어울리지 않았다.

"네게 가방 배급하는 걸 잊었구나." 토르머가 말했다. "이 예술품을 잘 봐둬. 곧 모두 다 가져가버릴 테니까."

"우리는 가방을 가지고 다녀." 키쉬 머리가 설명했다. "핸드백은 금지야. 필요한 건 모두 가방에 넣어 가지고 다니지. 너 머리 한쪽이 엉망인걸. 다시 땋아야겠다. 화장실에 거울이 있어. 화장실 보여줄까?"

뭐라는 거지? 핸드백도 가져간다고? 아버지, 미모 고모, 마르셀 사진 옆에 페리의 사진도 들어 있는 작은 사진 앨범도 뺏어간다고? 갑자기 페리가 생각났다. 페리를 태운 애마가 막 구르는 모습이었다. 그리고 돈, 백 펭괴짜리 지폐와 재떨이를 사고 남은 잔돈, 파우더 팩과 달력, 빗, 집 열쇠를 가져간다고? 사람들이 눈치 채기 전에 모두 숨겨야 해. 하지만 어디에? 침대 속에? 불가능해. 매트리스 아래는 분명히 뒤질 거야. 지나간 삶을 아직 기억나게 하는 그 마지막 보물들을 어디에 숨길 수 있을까?

"자, 머리 다시 땋을 거지? 그러면 우리 가자."

기녀는 팔에 핸드백을 끼고 키쉬 머리를 따라갔다. 침실에서 휴지통을 보지 못했기 때문에 화장실에는 있기를 바랐다. 핸드백 속에 있는 것을 숨길 만한 더 나은 장소를 찾지 못하면, 휴지통 뒤나 아래, 또는 그 안에 혹시 숨길 수 있기를 바랐다. 복도가 꺾이는 곳까지 키쉬 머리가 안내하고 앞에 화장실 문을 열었다. 주전녀 수녀가 모든 행동에 소요되는 시간을 분 단위로 재고 있으니 서두르라고 했다. 오늘 오전에 다시 머리를 빗는 건 어쨌든 금지된 일로 예외적인 것이라고 했다. 규정에 정해진 대로 일어났을 때와 잠자리에 들기 전에 머리를 빗는 것만으로 충분하도록 그렇게 머리를 하고 다녀야 한다고 했다.

화장실에서는 청결하게 닦은 욕조의 젖은 향이 났다. 햇살이 비추는 넓은 현관을 향해 비스듬히 열린 창에서는 신선한 공기, 풍성한 수확을 생각나게 하는 가을 향이 쏟아져 들어왔다. 모퉁이에는 커다란 실내 식물이 생기를 회복하고 있었다. 기녀는 이 식물의 잎이 병들어 있는 것을 보았다. 적당히 따뜻하고 균일한 습도를 맞춰 병을 낫게 하려고 사람들이 여기 습한 곳에 놓아둔 것이다. 창턱에는 제라늄 화분이 놓여 있었고, 햇빛 속에서 유쾌하게 붉은빛을 내고 있었다. 물을 줄 때 혹시라도 칠이 된 창턱에 물이 튀지 않도록 주석으로 안쪽을 코팅한 보호 상자 속에 화분을 넣어놓았다. 휴지통은 어느 세면대에 아래 있었는데, 가볍고 흰 물건으로 어떤 것도 숨기기에 아주 부적합했다. 화장지는 집에서처럼 상자 안에 놓여 있지 않고 휴지걸이에 걸려 있었다. 목욕 난로와 보일러는 어디에도 보이지 않았다. 온수는 중앙에서 수도로 연결되어 있는 것 같았다. 벽에서도 아무것도 볼 수 없었다. 그녀는 주저하지 않고 화장실 변기 위에 올라 수조 상단을 만져보았다. 금속판으로 덮여 고정되어 있었다.

그렇다면 어쩔 수 없다. 그들은 인생의 마지막 기억들마저 가져가버릴 것이다. 눈물을 흘리는 것에도 이미 지쳐 있었다. 머리를 빗고 싶지 않았다. 그것 때문에 화장실에 온 것이 아니었다. 상관없었다. 자신을 어떤 허수아비로 만들었는지 솔직히 아무 관심도 없었다. 창문 가까이 다가가 밖을 내다보려 했지만 물론 헛수고였다. 한 뼘 정도 기울게 열어놓은 불투명한 유리창은 정원이 아니라 하늘을 보여주었다. 기녀는 팔을 뻗어 제라늄 화분을 잡았다. 갑자기 몸을 높이 뻗고 싶었다. 얼굴이 허공에, 언제까지 결핍되어 살아야 할지 하나님만이 아실 이 자유의 날카로운 파편에 닿을 수 있도록. 손가락이 보호 상자와 제라늄 화분 사이의 틈 안으로 쑥 들어가자 그녀는 화분을 통째로 앞으로 끌어당겼다. 그녀는 뒤로 물러섰다. 흥분으로 기침이 나왔다. 목이 너무 건조했다. 해결책을 찾은 것이었다.

  어려웠다. 보호 상자 안에 있는 제라늄 화분을 꺼내는 일은 거의 불가능할 정도로 어려웠다. 만약 그녀가 펜싱이나 승마를 하지 않았다면, 정기적으로 팔 근육을 단련하지 않았다면 아마 성공하지 못했을 것이다. 기녀는 거의 아무 소리도 내지 않고 제라늄 화분을 들어 올려 바닥에 내려놓을 때까지 전에 없이 집중하느라 이를 꽉 물고 있었다. 그녀는 핸드백에서 손수건을 제외한 모든 것을 쏟았다. 누군가 지금 들어온다면 모두 다 뺏길 것이다. 뿐만 아니라 결코 회복할 수 없는 최악의 상황에서 기숙학교 생활을 해야 할 것이다. 하지만 만약 아무도 방해하지 않는다면 성공할지도 모른다. 또한 서두르면 안 된다. 조심하지 않으면 모두 헛수고가 될 것이다. 아주 정확하고 차분해야 한다. 수첩 크기의 사진 앨범, 연필이 달린 장식용 다이어리, 작은 돈지갑, 열쇠 지갑, 파우더 팩, 휴대용 은색 빗, 이것들을 함석판 상자 바닥에 조심스럽게 넣었다. 대충 높이가 비슷했다. 언제 뭐가 있었냐는 듯 감쪽같이 물건들을 가리는 제라늄 화분까지 위에 올려 넣자 이마에서 땀이 맺혔다. 심장이 너무 뛰어서 병이 날 지경이었다.

  기녀는 문지방까지 다시 나왔다가 제라늄 상자가 있는 곳으로 가까이 접근하며 보았다. 아무것도 달라진 것 같아 보이지 않았다.

전보다 제라늄이 함석 상자에서 몇 센티미터 더 올라와 있다는 것을 기녀는 알았지만, 그것도 그녀가 그렇게 만든 사람이니 눈치 챌 정도였다. 그렇다면 주전녀와 창고 담당 자매로부터 무언가를 구한 셈이었다. 그녀는 일어서서 심장 박동이 진정되기를 기다렸지만 그럴 수가 없었다. 키쉬 머리가 안에 대고 소리를 쳤기 때문이었다. 이렇게 긴 시간은 목욕할 때나 허락하는 것이니 문제를 일으키고 싶지 않으면 빨리 나오라고 했다. 기녀가 나왔을 때 검은 머리 소녀는 화장실 앞 복도에 있었다. 그녀는 기녀를 자세히 살피고서 머리를 흔들었다. 그리고 내일은 자신이 머리를 묶어주겠노라고 약속했다. 기니의 묶은 머리가 전혀 달라 보이지 않고 들어갈 때나 마찬가지로 엉망이라고 했다. 기녀는 비어 있는 파란 핸드백을 흔들었다. 침실에 되돌아왔을 때, 기녀는 그것을 침대 위에 올려놓았다.

들어올 때 이미 토르머는 등을 지고 침실용 탁자 서랍에 종이를 깔고 있었다. 등을 돌린 채 기녀가 집에서는 극장에 가봤는지, 어떤 여배우를 봤는지, 개인적으로 아는 사이인지 질문을 던졌다. 질문들은 화상 입은 상처에 발린 기름처럼 잠시 동안 생생한 기녀의 슬픔을 덜어주었다. 미모 고모 집에 방문한 유명한 여배우나 배우들은 한두 명이 아니었다. 토르머가 일을 멈추고 기녀를 돌아보게 만드는 이름이 언급되었다. 토르머는 자기 자신도 모르게 대림절 [예수 성탄 대축일을 준비하고 기다리는 성탄 전 4주간-옮긴이]이면 항상 큰아버지가 그녀에게 부족하다고 하는 그런 열정적인 눈빛으로 기녀를 보고 있었다.

그들은 주전녀의 목소리를 듣고 나서야 그녀가 온 것을 알아차렸다. 언제부터 와 있었는지 알 수가 없었다. 너무 큰 소리로 이야기를 나누기도 했고, 또 한편으로는 주전녀의 단화 밑창이 그녀의 거동 소리를 완전히 지워버렸기 때문이다. 주전녀는 팔에 가방을 들고 있었다. 흰 튤립 한 송이와 이파리 두 개가 수 놓인, 아주 큰 보통의 검은색 가방이었다. 가방에는 검은 줄이 달려 있었고 입구에 자개단추가 두 개 채워져 있었다.

"핸드백 바꿔주는 걸 잊었더구나." 주전녀가 말했다. "게오르기너, 핸드백을 가져오너라."

기녀는 이 요새에 들어온 이후 처음으로 미소 짓고 싶었지만 표정에 신경을 썼다. 핸드백을 건네자 주전녀는 바로 열어 내용물을 살폈다. 그 안에는 일부러 넣어놓은 부드럽고 얼룩진 손수건 말고는 아무것도 없었다. 사감은 무엇이든지, 교회 헌금이나 선교 목적으로 돈이 필요하면 자신에게 요청하라면서, 아버지가 학생들에게 허용된 용돈을 맡겨놓았다고 했다. 그러고 나서 주전녀는 파란색 핸드백을 들고 사라졌다. 키쉬 머리는 튤립 자수가 놓인 기녀의 가방을 잡아들더니 허리를 깊숙하게 숙이고 새로 온 전학생에게 건넸다.

"이곳, 세계적인 도시의 아름다운 핸드백입니다." 키쉬 머리가 말했다. "놀라울 만큼 아름다운 장식품, 최신 유행, 유일무이한 작품이죠."

키쉬 머리는 기녀의 어깨에 가방을 걸고 웃음을 터트렸다. 여기 침실에도 바깥 창은 불투명했지만, 내부 정원 쪽으로는 진짜 유리창이 달려 있었다. 유리창 뒤에 어두운 것을 대면 더 잘 비춰볼 수 있었다. 토르머는 앞치마를 벗어 창문 뒤에 고정시키고 기녀가 얼마나 예쁜지 볼 수 있도록 수고를 아끼지 않았다. 그때 기녀는 나무 창틀에 못이 두 개 박혀 있는 것을 알아차렸다. 얼굴만 비추는 화장실 거울 대신 적어도 허리까지 볼 수 있도록 5학년 학생들이 고안한 것이었다. 기녀는 한동안 믿을 수 없다는 듯, 앞치마 교복을 입고 있는 자신의 모습을 창으로 비춰 보았다. 그러고 나서 자신도 깜짝 놀랐지만, 스스로를 비웃어버렸다. 끔찍스러운 네모난 검은 틀 속에는, 갈색 땋은 머리가 부지깽이처럼 위로 뻗어 있고 어깨에는 방랑객 가방이, 목에는 신발끈에 매달린 열쇠가 흔들거리고 있었다.

"겁내지 마." 키쉬 머리가 말했다. "여기가 그렇게 나쁘진 않아. 적당히 끔찍하지만 견딜 수는 있어. 엄청 웃긴 일이 많아."

"나랑 얘기하자," 금발 소녀가 청했다. "난 거의 매일 벌을 받는데, 오늘은 아직 받지 않았어. 벌 받을 땐 나한테 말도 걸면 안 돼. 밤에만 빼고. 하지만 그것도 힘든 게 주전녀가 매 순간 나타나거든. 어찌나 토끼처럼 귀가 밝은지."

"왜 매일 벌을 받는데?" 기녀가 물었다. 이렇게 아주 친절하고 온화한 표정을 가진 토르머가 불손하거나 버릇없이 행동할 것이라고는 상상하기가 어려웠다.

"응, 그냥 사랑해서." 키쉬 머리가 설명했다. "자꾸 바보같이 굴지 마! 내가 말했지? 얘는 교장선생님 조카이고, 교장선생님이 후견인이라고. 선한 하나님같이 그분도 사랑하는 사람에게 벌을 주시는 거야. 이제 나가자. 낮에 침실에 있는 건 금지야. 침대 시트를 다 정리했으면 낮에는 대부분 거실에서 시간을 보내. 하지만 지금은 아직 과제가 없으니까 주전녀에게 정원에 나갈 수 있게 해달라고 해보자."

그들은 거실로 출발했다. 누군가 복도 장문 하나를 열자 햇살이 쏟아졌다. '어쩌면,' 기녀는 속으로 말했다. '어쩌면, 여기엔 어른들만이 아니라 소녀들, 학급 친구들도 있으니까. 어쩌면 어른들도 모두 하나같지는 않겠지. 어쩌면 누군가에게 끌릴 수도 있고, 마르셀과 눈곱만큼이라도 닮은 사람이 있을지도 몰라.'

걷는 동안 목에 매단 줄에서 옷장 열쇠와 거실 책상 서랍 열쇠가 서로 부딪혔다. 쇳소리가 작게 짤랑거렸다. 키쉬 머리와 토르머의 열쇠꾸러미도 그런 쇳소리로 대답했다. 기녀는 신발끈에 열쇠를 걸어 목에 매고 다니는 것이 싫었다. 가방을 받았는데 왜 그 안에 넣지 않는 걸까? 가방은 무엇 때문에 있는데?

"열쇠는 가방 안에 넣는 물건에 속하지 않아." 키쉬 머리가 설명했다. "가방에는 손수건과 통신문, 아침식사 때 나눠주는 방수통에 든 간식, 소풍 갈 때의 도시락, 1년 내내 성경과 시편, 필통, 이게 다야. 열쇠는 목에 꼭 걸어야 해. 보석 대용품이지."

'보석.' 이 단어는 주전녀가 기녀의 목에서 풀어간 진지한 달을 떠올리게 했다. 그리고 얼마 지나지도 않은 또 하나의 기억이 동시에 기녀의 의식에 닿았다. 다른 두 소녀도 알아차릴 정도였다. 열어놓은 창문을 통해 어디선가 머툴러 거리 앞쪽에서 리듬 소리가 들려왔다. 세 번의 자동차 경적 소리, 아주 먼, 이제 이야기 속의 바다보다도 더 멀어진 행복한 세계에서 아버지가 어린 딸에게 가사까지 지어주었던 리듬이었다. 내 딸 기녀… 내 딸 기녀… 자동차 경적이 울릴 때마다 이렇게 말했다. 내 딸 기녀, 지금도 그 밝은 목소리가 웃으며 이야기했다. 그리고 다시 한 번, 또다시 한 번, 점점 더 강하게. 하지만 이제 더 이상 즐겁지 않고 끔찍할 정도로 슬프게 느껴졌다. 기녀는 벽에 기대어 다른 두 아이가 자신의 얼굴을 보지 못하게 이마를 숙였다. 검은 머리 소녀도, 금발의 소녀도 아직 부끄러움 없이 자신을 드러낼 정도로는 친하지 않았기 때문이었다. 내 딸 기녀… 아주 멀리서 울리던 경적 소리는 이제 거의 들리지 않았다. 상군의 사동차는 머둘리 기리를 벗어났다. 벌써 어딘가 땅딸막한 교회를 지나고 있을 것이고, 기녀는 요새에 홀로 남아 있었다.

"에이," 키쉬 머리가 말했다, 그리고 기녀의 얼굴을 보려고 부드럽게 돌려 세웠다. "울지 마. 견딜 수 있다고 말했잖아. 봐봐, 오늘도 아주 괜찮은 오후가 될 거야. 네가 좋다면 토르머가 오늘 아주 재미있는 일을 할 거야. 토르머는 괜찮아. 뭐, 매일 혼나니까."

소녀들은 너무너무 친절했지만, 여전히 그들은 몰랐다. 자동차 경적 소리는 더 이상 들리지 않았지만 기녀의 귀에는 여전히 '내 딸 기녀…'가 맴돌았다.

"내일 개학 예배가 있어. 도시 전체 사람들이 거리에서 우리를 쳐다볼 거야. 어쩌면 남자애들 한두 명은 2층 발코니로 올라갈지도 몰라." 검은 머리 소녀가 말했다. "그러면 새 학기가 시작되고 우리 모두는 결혼을 해. 너도 시집을 가지. 만약 대박 운이 좋다면

너는 작고한 머툴러 주교에게 시집을 갈 수도 있어."
 어쨌든 또다시 실소를 터트리게 하는 그런 말이었다.

## 아비가일의 전설

 정원은 아주 넓었고 그들은 정말 점심 전까지 나가서 산책을 할 수 있었다. 머리는 다음과 같이 말했다. 학생들이 꽃을 가꾼다. 정원사가 있지만, 재봉실에서 바느질을 가르치는 것처럼 이런 정원 일도, 그리고 세상에서 가능한 모든 일을 배운다. 교장선생님에 따르면 게으른 것보다 나쁜 일은 없기 때문이며, 지옥으로 나 있는 길은 게으름의 시간으로 포장되어 있다고 한다. 물론 이곳에서 게으름의 시간은 없으니 겁내지는 말라. 수업이 시작되면 사감들이 학생들에게 공부를 했는지 질문을 한다. 여기에는 공부 못하는 학생이 없다. 머리가 나쁘거나 근면하지 않은 학생은 학년 말에 여기에 발붙이지 못하게 탈락시켜버리기 때문이다. 머툴러는 세상에서 가장 엄격한 학교다. 숙제를 다 하고 질의수업에 대답을 다 하고 나면, 배정받는 대로 정원에 나가거나 부엌이나 재봉실에서 일을 할 수 있다. 어떤 부모가 흉악하게도 악기나 언어를 가르치길 바란다면 돈을 따로 낼 필요도 없이 배울 수 있다. 만약 이 모든 것을 다 하고도 누군가 시간이 남는다면 기숙학교에는 커다란 도서관도 있으니 독서를 할 수도 있다. 하지만 수공예 작업이나 또는 그때마다 상황에 따라 새로 주어진 과제에 지원할 수도 있다. 매일 두 시간 동안 산책을 하고 한 시간 동안 실내 체육실에서 보내는데, 이것을 빼먹는 경우는 없다. 심심하지는 않을 테니 너무 불안해하지는 말라.

 새 학교에 대해서 들은 기녀의 속에서 두 가지 소리가 울렸다. 운 나쁘게 여기 오게 된 학생들은 이렇게 분 단위로 쪼개놓은 엄격한 생활에 얼마나 힘이 들까 경악했고, 동시에 이 두 명의 머툴러 학생이 사실 만족하고 있다는 것을 알아차리지 않을 수 없었다. 게다가 말은 그렇게 하지만 사실 그들이 굉장히 특별한 세계에 있다는 것, 또한 이곳 학생들이 모두 우수하고 여기서 많은 것을 배운다는 것—다른 학교 학생들에 비해 눈에 띄게 훨씬 더—에 대해 무척 자랑스럽게 생각하고 있음을 알 수 있었다. 가장 놀라운 것은 머툴러에는 시내에서 통학하는 학생이 없고 모두 기숙생들만 받는데, 이 '요새'는 그냥 보통 여학교가 아니라 진짜 외국에 있는 학교 같은 곳이라는 말이었다. 자녀와 함께 사는 것을 포기하고 싶어하지 않는 아르코드의 주민들은 이웃 도시나 국공립 김나지움으로 자녀를 보내는데, 국공립 학생들과 머툴러 학교의 학생들은 은밀하게, 혹은 드러내놓고 서로 각을 세워 싸우고 있었다. 국공립 학생들은 머툴러 학생들을 '신성한 소시지'라고 불렀고, 머툴러 학생들은 국공립 학생들을 그 학교 이름의 명명자인 생물학자

'코커쉬 팔'의 이름을 따서 '꼬꼬댁'이라고 불렀다. 졸업 시험을 보고, 세속에 찌든 호텔이 아니라 기숙학교의 대강당에서 열리는 졸업 연회도 끝날 때면, 모두들 코코아와 컬라츠[설탕과 우유를 넣고 만든 고급 빵-옮긴이]를 받는 호사를 누렸고, 떠나는 8학년생들은 생애 처음으로 사감들을 동행하지 않고 자유롭게 국공립 김나지움 앞으로 가서 "꼬꼬댁" 하며 끔찍한 소리를 질러대는 것이 학교의 전통이었다. 아주 오래전 경찰서장 부인도 머툴러 학교를 다녔는데, 신기하게도 그녀가 졸업한 이후부터 머툴러 학생들의 졸업 시험 날엔 국공립 김나지움 주위에 경찰들이 얼씬거리지도 않아 머툴러 졸업생들은 마음껏 꼬꼬댁 소리를 질러댔다. 반면 국공립 학생들이 앙갚음으로 방문할 때면 기숙학교 벽 아래서 "신성한 소시지 머툴러, 그들에게 산타는 오지 않지. 얼마나 저주를 두려워하는지, 언제나 기도만 하지" 하면서 놀리는 노래를 불러대기 시작했는데, 항상 누군가 신고하는 게 문제였다. 특히 작년엔 이 문제로 양쪽에서 혼이 났는데, 머툴러 담장 너머로 머리에 후광을 끼운 거대한 천소시지 인형을 던진 일로 머툴러의 교장은 국공립 학교에 서한을 보냈고, 국공립 학교의 교장도 학생들의 변명—그냥 성스러운 소시지 학생들을 놀리려고 노래한 것이지 신성을 모독하려고 소시지에 후광을 씌운 것은 아니라는—을 받아들이지 않고 엄청 화를 냈던 것이다.

이곳에는 많은 전통이 있었는데, '시집가기'도 그런 것이었다. 이것 역시 한때 이 학교의 재학생이었던 호른 미치의 덕이라고 할 수 있다. 호른 미치는 그 당시 8학년 학생 신분으로 약혼을 했고,

9월 초에 약혼반지를 끼고 기숙학교에 나타났다. 하지만 첫째, 이런 세속적인 장식품을 감히 학교에 가져왔다는 것, 둘째, 아직 학생 신분으로 어른들이 사는 세상과 관련을 맺었다는 것, 그리고 약혼반지를 준 사람, 그러니까 다른 이성이 진짜 키스를 했을 거라는 거북한 의심을 학생들에게 불러일으키는 것이 너무 괘씸한 일이었기 때문에 곧장 교장선생님께 불려가서 졸업 시험 때까지 그 반지를 맡겨야만 했다. 하지만 호른 미치가 약혼반지를 끼고 다닐 수 없게 되었다고 해서 일이 해결된 것은 아니었다. 머툴러에서는 이미 그 무모한 8학년 학생처럼 모든 학생들이 자기들도 신부가 되고 싶다는 갈망의 전염병이 퍼져 있었다. 결국 머툴러의 학생들 중 그 당시 3학년이었던 한 천재적인 학생—우습지만 그 학생은 벌써 오래전에 학교를 떠나 부다페스트에서 여배우가 되었다—이 모든 여학생들이 결혼을 하는 아이디어를 냈다. 만약에 다른 남자, 약혼자가 없다면 그냥 걸리는 대로, 살아 있는 것이 아니라— 어떻게 살아 있는 것이겠는가— 물건이나 사진, 또는 개념에게 시집을 가는 것이다. 매 학년마다 모든 학생이 결혼식을 올리면서 이것이 전통이 되었다. 학급의 출석 명단 순서에 따라 재고 목록들과 결혼이 이루어졌다. 재고 목록은 모든 학급의 문 옆에 달려 있는데, 교실에 있는 모든 그림, 용품, 시각 교육기구들이 기재되어 있었고, 그 목록에 있는 물건에는 모두 번호가 매겨져 있었다. 학급 출석 명단의 첫 번째 학생은 1번 재고 품목을, 두 번째 학생은 2번을 갖게 된다. 이런 식으로 결혼을 하면 포복절도할 정도로 재미있게 놀 수 있었다. 선생님들은 물론 아무것도 몰랐다. 교장선생님도 매년 목록에 넣었는데, 8학년 학급에만 넣었다. 그러지 않으면 남편이 같아서 혼란이 일 수도 있고, 교장선생님에게 여러 신부를 만들 수도 없었기 때문이다. 어쩌다 교장선생님이 자기 부인에게 말을 걸게 되면 너무 웃겨서 빵 터질 수 있지만, 왜 그렇게 웃긴지 선생님께 설명할 수 없으니 아쉽지만 크게 웃어서는 안 되었다. 더 웃긴 건, 장난으로 결혼하고 신부가 되었지만 그 물건을 사랑하지 않는 학생이 없었다는 것이다. 가끔 선생님들은 유명한 위인들에 대한 학생들의 해박한 지식에 그저 경탄할 뿐이었다. 예를 들어 마르쿠스 아우렐리우스 동상을 남편으로 두었던 여학생은 자신의 짝에 대한 모든 것을 알고 싶어서 손에 넣을 수 있는 그의 작품 전체를 몽땅 읽었다고 했다. 작년에는 운 없게도 T로 시작하는 이름 때문에 최초로 인쇄기 사진을 남편으로 맞게 된 토르머의 경우에도 그랬다. 한번은 큰아버지가 교실에서 먼지를 발견했고, 왜 쉬는 시간에 제대로 청소를 하지 않느냐며 재수 없게도 그 주 주번이었던 토르머를 앞으로 불러냈다. 큰아버지는 인쇄기 사진 위에 쌓인 먼지를 보라면서 토르머가 지금 어떤 것을 소홀히 했는지 알기나 하느냐고 물었다. 그러자 토르머는 도서관의 사전과 교육서에서 읽은 내용을 말하기 시작했다. 단조로운 목소리로 끊임없이 말하고 또 말하는 토르머를 교장은 그저 바라볼 뿐 생전 처음으로 아무 말을 하지 못했다. "활판 인쇄술은 15세기 중후반에 발명되었습니다. 발명가가 누구였는가에 대해서는 여러 의견이 갈리지만 대부분 마인츠의 요하네스 구텐베르크로 알고 있습니다. 셀레스타의 메텔이나 멘델리, 밤베르크의 피츠테르 알베르트까지도 자주 언급되지만 그 역시도 구텐베르크의 제자였습니다." 피츠테르까지 들은 다음에 교장은 마치 검은 배처럼 모퉁이에서 뒤돌아 교실에서 빠져나갔고, 그의 이마에 충격으로 땀이 맺힌 것을 여러 학생이 목격했다. 물론 토르머는 벌을 받았는데, 인쇄기 때문이 아니라 청소에 소홀했기 때문이었나.

기너는 그들의 이야기를 듣고 함께 웃기도 했지만 동시에 자신에 비해 아주 유치하다고 느꼈다. 부다페스트에 있는 친구와 겪었던 일과 페리 생각이 났다. 미모 고모의 마지막 티파티에서 춤을 추며 자신을 바짝 끌어안았던 페리. 가장 중요한 건 그가 사진이 아니라 살아 있는 청년이라는 사실이다. 아무 보석도 착용할 수 없다면 당연히 약혼반지도 낄 수 없겠지. 그건 확실하다. 그렇다고 해서 왜 이런 이상한 방법으로 상상 속의 누군가를 만드는 걸까? 머릿속에 인쇄기가 남편으로 떠오르는 건 웃긴 일이지만, 진짜 남자들이 훨씬 더 재미있다.

"진짜 남자들?" 키쉬 머리는 이렇게 말하고는 놀라서 눈을 휘둥그레 떴다. "진짜 남자들이 어디 있는데? 진짜 남자들은 방학에만 존재하는 거지. 설사 있다고 치자. 하지만 누가 편지도 못 쓰는 머툴러 여학생과 교제를 하겠어? 아르코드에서 아무리 멀리 떨어진 집에 있어도 이성과 말이라도 나누는 걸 누가 보기라도 할까 덜덜 떤다고. 여기서 사랑을 시작할 수 있는 사람은 뭐 다 상관없다고 생각하고 어떤 것도 감당할 각오가 되어 있거나, 이제 막 졸업을 앞두고 있어서 곧 자유로워질 걸 아는 사람뿐이지."

기너는 페리에 대해 이야기할까 하다가 그냥 침묵하기로 했다.

그들을 믿지 않아서라기보다는 그냥 서로 만난 지 너무나 얼마 안 되었기 때문이었다. 그럼에도 키쉬 머리는 기녀가 그들이 말한 내용에 충격을 받았고, 약간은 재미있어 한다는 사실도 알아차렸다. "여기서는 뛰면 안 돼." 키쉬 머리가 말하자, 토르머가 고개를 끄덕였다. "우리 집은 가난해서 학비의 4분의 1만 내고 있는데, 만약 내가 문제를 일으키면 감액을 받을 수 없어. 교장선생님밖에 아무도 없는 토르머는 당연한 거고. 이 학교가 포기하면 누가 우리를 가르치고 키우겠어?"

학비가 얼마든 아버지가 지불할 수 있다는 사실이 무슨 의미이고, 그녀의 인생과 일상을 어떻게 변화시킬 수 있는지, 기녀는 이전에는 한 번도 생각해본 적이 없었다. 그리고 항상 착하고 말 잘 듣고, 학교 규칙을 준수하는 학생이 되지 않으면 무상으로, 혹은 거의 무료로 교육을 받고 있는 학교에서 학업을 마칠 수 없는 사람이 있다는 생각까지는 못했었다. 이제 기녀는 두 여학생의 토론에 절반만 귀를 기울이며, 어떻게 하면 주전너 수녀의 검열을 피해 앞으로 미모 고모에게 편지를 쓸 때 페리에게 할 말을 쓸 수 있을까 고민하고 있었다. 페리는 또 뭐라고 대답할까? 그에게 편지를 전해주기는 할까? 두 소녀는 누가 무슨 과목을 가르칠 것인지 이름들을 열거했지만 기녀에게는 아무 정보도 주지 않는 이름들이었다.

기녀는 걸었다. 고개를 들지도 않고, 어떻게 해야 자신이 떠나온 세계와 접촉할 수 있을지 고심했다. 그렇게 고개를 숙이고 걷다가 무언가에 걸려 하마터면 넘어질 뻔했고, 머리가 기녀의 팔을 잡았다. 고개를 든 기녀는 그들이 정원 끝에 다다른 것을 알았다. 높은 돌담이 머툴러 학교의 경계를 두르고 있었다. 두꺼운 벽 안쪽으로 오목하게 파인 곳에 한 소녀의 석상이 있었다. 어린 소녀의 곱슬머리가 머리띠 아래 사랑스러운 이마로 흘러내리고 있었고, 옛날 물 창이리를 두 손으로 쥐고 있있다. 토르머가 석상 받침을 누르고 있는 반원 모양의 돌계단 두 개를 오르더니 석상의 양쪽 뺨에 키스를 했다. 키쉬 머리도 그 옆에 올라서더니 석상에 키스를 하고 모두 이렇게 말했다. "안녕, 아비가일!"

석상은 미소도 짓고 있었다. 어린 소녀들이 짓는 아주 행복하고 진지한 미소였다.

"이 아이는 비터이야." 키쉬 머리가 말했다. "비터이 게오르기녀. 우리랑 같이 다닐 거야. 알아둬, 아비가일!"

이런, 또 무슨 놀이로군. 또다시 바보 같은 소리들이야!

"인사해." 토르머가 권했다. "인사해! 얘는 아비가일이야. 기적을 일으키는 아비가일."

아이고, 아직 이건 아니지. 너무 나갔다. 기녀는 이 요새가 지금까지 어느 때보다 한결 안전하게 느껴졌다. 이 땅딸막한 세계가 엄격하고 함정으로 가득한 곳임은 틀림없지만 뭔가 유치한 것도 있다. 지금처럼 크람푸스[나쁜 행동을 한 어린이에게 벌을 내리는 크리스마스 악마-옮긴이] 같은 걸로 겁을 집어먹게 하려고 하지만, 그녀는 이미 오래전부터 산타클로스의 날 밤에 아버지 같은 젊은 사람이 악마 복장을 한다는 것을 알고 있었다.

"그래, 좋아." 키쉬 머리가 말했다. "무슨 일이 생기면 그때 그녀에게 인사하겠지. 여기에는 수호성인이나 부적이 없어. 아무것도. 매사 하나님을 귀찮게 할 수는 없을 거야. 그래도 혼자 견딜 수 있다면, 그렇게 해."

"아비가일은 우리를 도와줘." 토르머가 설명했다. 그녀의 목소리는 아주 진지했다. "아주 나쁜 일이 생기면 도와주지. 항상 도와줬어."

괜찮아. 마음껏 얘기해. 이제 거의 마음이 가벼워져 기분이 좋아진 것 같기도 했다. 이 아이들은 애들이야. 작년에 인쇄기를 남편으로 가졌던 토르머와 사람을 석상에게 소개하는 키쉬 머리. 기녀는 마르셀과 마지막으로 봤던 돈 주앙 오페라 생각이 떠올랐고 다시 가슴이 저렸다. 기사단의 기사 역할을 맡았던 가수는 미모 고모의 지인이었다. 쉬는 시간에는 분장실을 방문하기도 했었다. 그 가수는 기녀에게도 "손에 키스를" 하고 인사했다.

"여기서는 아무것도 그렇게 간단치 않아." 토르머가 말했다. "앞으로 알게 될 거야. 인간에게는 성취하지 못하는 많은 욕망이 있어. 그리고 사람은 두려워하기도 하지. 끔찍한 일들은 언제나 일어날 수 있으니까. 아비가일은 몇 백 년 동안 여기 있었어. 왜 아비가일이라고 부르는지는 몰라. 그냥 머툴러를 머툴러라고 부르던 때부터 항상 이렇게 불렀어. 언젠가 누군가가 그렇게 이름을 지었겠지."

좋아, 그들에게 18세기 말, 신고전주의 양식으로 만들어진 오래된 석상이 하나 있다. 레카미에 부인[파리 사교계 명사-옮긴이] 같은 옷을 입었고, 항아리도 그리스식이다. 고귀한 가문의 여인 아비가일.

"아비가일이 그냥 있는 게 아니라 기적을 일으킨다는 것도 호른미치가 알아낸 일이야. 호른 미치는 교장선생님께 약혼반지를 빼앗기고 엄청 울렸어. 약혼자가 제1차 세계대전에 징용됐는데 반지마저 낄 수 없다니, 여기 아비가일의 석상 앞에서 신세를 한탄하며 울었지. 그런데 며칠 뒤 산책을 하는데, 물항아리에서 뭔가 튀어나와 있는 거야. 꺼내보니 약혼자가 쓴 편지였어. 호른 미치는 거의 미칠 뻔했지. 왜냐면 바로 벨이 울렸거든. 수학 시간이라 편지를 읽을 수 없어서 그다음 쉬는 시간까지 기다려야 했어. 호른 미치는 그날 바로 답장을 써서 물항아리에 넣었지. 그 편지도 얼마 지나지 않아 사라졌어. 여기서 학교를 다니는 동안 항상 그 청년에게서 편지가 왔고 그녀도 편지를 쓸 수 있었지."

"우와. 정말 재미있어라." 기녀가 말했다. 그녀는 자신의 목소리가 무례한 데다 모두 믿지 못하겠다는 티를 내고 있는 걸 알았지만, 듣고 있는 이야기가 너무 지루했다. 세상 별것도 아닌 조각상이 재미없었고, 소녀들도 재미가 없었다. '요새'의 검은 규칙들 외에 학급 친구들의 유치함을 어떻게 견뎌내야 할지 갑자기 걱정되기 시작했다.

"아주 옛날 일이야. 1914년이니까." 키쉬 머리가 설명했다. "그후로 아비가일은 우리를 항상 도와줘. 한 가지 조건이 있는데, 낯선 사람들에게 말하면 안 된다는 거야. 한번은 도커가 학교 성경책에 잉크를 쏟았거든. 그때 아비가일이 도커한테 이렇게 써준 적이 있어. 정말 큰일이 있을 때, 비밀을 지켜야 도와줄 수 있다고. 어떻게 하는지는 모르지만 항상 어떻게든 해결을 해줘."

아주 놀라운 상상력이다. 도와주는 아비가일! 모두 군인처럼 사는, 벽이 성경 구절로 가득 찬 이 '요새' 안에서. 미신적인 것 이상으로 그들은 정말 우상이라도 숭배할 참이다.

"물론 믿지 않는 사람을 도와주진 않아." 토르머가 말했다. 그들은 다시 다른 이야기를 했다. 되돌아가는 길에 기녀는 뒤를 돌아보지 않았다. 하지만 고귀한 아비가일은 그들 뒤를 한참 바라보았다. 요새는 엄격하고, 소소한 일들로 하나님을 귀찮게 할 수는 없으니, 큰일이 생기면 자신이 이곳에 있다는 것을 잊지 말라고 알리려는 것 같았다.

흑백의 세계 이후 정원은 향기로웠고, 다채로운 색이 상쾌하게 행복을 불러일으켰다. 어디선가 종이 울렸다. 규칙적으로 울리는 작은 종소리였다. "손 씻을 시간이라고 울리는 거야. 점심식사 시간이거든." 키쉬 머리가 설명해주었다. 이어서 토르머가 경고했다. "식당에서 자리를 지정해주면 앉으려 한다거나 특히 숟가락을 잡으려고 손 내밀 생각은 하지도 마. 우선 성경을 읽고, 찬송가를 부르고, 그런 다음 기도를 하고, 그제야 점심식사를 시작할 수 있어. 식사를 마치고 나서도 똑같아. 허락할 때까지 자리에서 먼저 일어서면 안 돼. 식사 중에 이야기를 해서도 안 되고, 더 먹겠느냐고 질문을 받을 때만 새로 음식을 받을 수 있어. 식사는 아주 훌륭하고 충분하지만 더 먹으려면 허락을 받아야 해. 그 후에도 찍소리도 내면 안 돼. 왜냐면 식사 중에는 항상 어느 끔찍한 스위스 주교의 책을 당번이 소리 내어 읽거든. 사람은 진정한 그리스도의 소녀가 되기 위해 살아야 한다는 이야기들인데 주의를 기울여 잘 들어야 해. 저녁기도 시간 후에 질문을 한 적도 있으니까. 오늘은 점심 이후부터 저녁식사 때까지 아직 자유 시간이고, 내일부터 내규를 배우게 될 거야. 아니 모레부터겠구나. 내일은 개학식 예배가 있으니. 이것도 특별한 행사야. 내일 선생님들도 알게 되고 시간표, 교과서, 첫 지침들도 받지. 선생님들도 여기 반대편 날개 동에 살아. 보고 싶은 것보다 훨씬 더 많이 보게 될 거야. 복습은 수녀님들이 시키지만, 선생님 중 누구라도 이 일을 지원한다는 핑계로 거실에 나타날 수 있으니까." 그들은 침실을 지나서 아까 나왔던 길이 아니라 이번에는 금속 별로 장식된 측면의 작은 문으로 되돌아왔다. 식당이 열린 채 그들을 기다리고 있었다. 기녀는 평생 이렇게 깨끗한 장소를 본 적이 없는 것 같았다. 주전녀가 세면대 앞에 서서 모든 사람이 손을 씻고 수건 끝자락에 물을 닦는 모습을 끝까지 지켜보았다.

## 테라리움, 그리고 배신

    그날 오후는 저녁식사 시간까지 정말 그들의 시간이었다.
    도서관 사서 사감은 벌써 자리에 앉아 있었고, 재봉실, 주방에서도 자매님들이 바쁘게 움직이고 있었지만 학생들은 아직 한 명도 배정을 받지 않았고 그럴 수도 없었다. 전국 각 지역에서 기차가 도착했고, 학생들도 각각 다른 시각에 도착했기 때문에 정규 수업은 아직 진행할 수 없었다. 그러나 저녁이 되자 식사 시간에는 모두 모여들어 빈자리가 하나도 없었다. 기녀는 그날 저녁기도 시간에 마침내 선생님 중 한 분을 알게 되었는데, 그분은 종교를 가르치는 동시에 기숙사에서 예배를 집전하시는 목사님이었다.
    키쉬 머리와 토르머는 이미 친구들에게 기녀를 소개시켰고, 기녀는 다른 친구들이 하는 행동을 지켜보고 따라 해보려 했다. 그녀는 기도 시간마저 긴장을 놓을 수 없다는 사실이 슬펐다. 장군의 집에서는 신앙 생활이 엄격하지 않았다. 아버지와 미모 고모는 천주교였고, 기녀는 어머니의 종교를 따랐다. 지금까지 다녔던 쇼코러이 어털러 국립 김나지움에서도 학생들에게 자신들의 종파에 따른 예배에 참석할 것을 권했지만 정말 참석했는지는 한 번도 확인하지 않았다. 학교의 종교 교육은 매우 형식적이었고, 기녀는 교회에도 잘 나가지 않았다. 가게 되면 미모 고모가 미사에 데려가는 것이었는데, 그 어떤 일보다 훨씬 재미있었다. 그런 날에는 페리가 동행했기 때문이었다. 미사 후 그들은 시내로 산책을 나가서 대체로 유명한 제과점 한 곳에 들러 쉬었다. 기녀는 이곳에서는 모두가 찬송가책 없이 암송하는 노래들을 자신만 모를 뿐 아니라 배운 적도 없다는 사실에 깜짝 놀랐다. 기도 시간이 끝나자 주전녀는 기녀를 소개시키기 위해 목사에게 데리고 갔다. 기녀는 불길한 예감에 사로잡혀 목사 앞에 섰다. 보통 수줍음을 타지 않았지만, 이미 무슨 질문을 받을지 알고 있었다.

"부다페스트에선 노래를 배우지 않았나 보지?" 목사가 물었다.

"조금밖에요." 기녀는 속삭였다.

"그거 문제군." 주전녀가 말했다 "여기서는 다들 모든 찬송곡과 찬양곡을 알아. 음, 앞으로 배우도록 하자. 정원 일은 건강을 위해 필요하지만 바느질은 잠시 쉴 수 있어. 너희 반 아이들이 재봉실에 있는 동안 부족한 것을 배우면 돼. 피아노실에서 멜로디와 같이 노래를 배워라. 피아노는 배웠니?" 피아노는 당연히 배웠다. 쇼코러이 어털러에서는 바느질 수업이 없었다. 정말 배우고 싶지 않은데 당분간은 여기서도 바늘을 잡을 필요가 없다. 하지만 찬송곡을 외우는 게 더 나을지는…. 주전녀는 기녀에게서 돌아섰고, 기녀는 소녀들이 있는 곳으로 물러갔다. 작은 종소리가 울렸다. 무언가 시작되거나 끝날 때 이 종소리가 들린다는 것을 그녀는 금방 익혔다.

집에서처럼 씻지 못한다거나 매일 목욕을 하지 못한다는 등, 취침 전에도 뭔가 비밀스러운 규칙이 있을까 봐 두려웠지만, 다행히 이것을 금지하는 사람은 아무도 없었다. 다만 목욕실을 사용할 때 문을 잠글 수 없었고, 그 대신 손잡이에 욕조와 물이 틀어진 샤워기가 그려져 있는 작은 판을 걸어놓아야 했다. 누군가 안에서 목욕을 하고 있으니 문을 열거나 방해하지 말라는 표시였다. 기녀가 기분 좋게 한창 목욕을 하던 중 이ᄂ 순간 노크 소리가 들렸다. 목욕 시간이 끝났다고 경고하는 주전녀의 기척이었다. 기녀는 화를 내며 거친 아마 수건으로 물기를 닦고 멋없이 생긴 흰 잠옷을 걸쳤다. 실내화는 거의 굴뚝 청소부의 것 같았다. 침실에 들어갔을 때, 같은 반 학생들은 모두 벌써 침대에 누워 있었고, 마침 그녀의 침대 옆쪽 문에 고양이 눈 같은 야간 조명을 제외하고는 불도 꺼져 있었다.

이것으로 봐서 여기서는 독서나 라디오를 듣는 것뿐 아니라 그 어떤 것도 할 수 없었다. 소녀들은 속삭이고 있었다. 그들과도 뚝 떨어져 문 바로 옆 어둠 속에서 기녀는 특히 더 고아가 된 듯했다. 지금은 주전녀라도, 그 누구라도 문을 열고 들어와 '기녀야, 괜찮아? 침대는 어때? 잘 자라!'라고 말해준다면 기뻤을 것이다. 하지만 문을 열고 들어오는 사람은 아무도 없었다. 토르머가 목소리를 죽여 자느냐고 물었을 때, 기녀는 그냥 대답하지 않았다. 하지만 그녀는 침실에서 마지막 학생이 깊이 잠들 때까지도 여전히 깨어 있었다. 그녀는 밖에서 어떤 소음이 들리는지, 이 낯선 세계의 밤은 어떨까 하고 귀를 기울였다. 아무 소리도 들리지 않았다. 누군가 복도를 지나다니더라도 발소리는 들리지 않았다. 마침내 잠이 들었을 때 그녀는 시계에 알람 켜는 것을 잊어버렸지만, 그 시계는 이미 10시가 되기 전에 멈췄었다는 것도 몰랐다.

다음 날 당연히 그녀는 흔들어 깨우는데도 벌떡 일어나기가 힘들었다. 그녀는 불평하지 않고 정신을 차리려 했다. 그렇게 서두른 건 난생 처음이었다. 작은 종소리는 계속 울려 댔고, 항상 새로운 일을 알렸다. 지금은 씻으러 가야 한다고, 그다음에는 옷을 갈아입고, 기도를 하고, 아침을 먹으라고, 그다음 종소리는 거실로 그들을 모아 줄을 서야 한다고 알렸다. 그날은 남색 행사복을 입고 이상한 모자를 써야 했다. 그 모자는 말 치는 목동이 쓰는 챙 있는 모자처럼 생겼는데, 깃털 풀이 꽂혀 있지는 않았지만 그 대신 교장선생님 방에 걸려 있는 방패 모양 문장의 축소판이 장식되어 있었다. 모자를 쓴 모습이 어떨지 거울에 비춰볼 시간도, 방법도 없었지만 사실 그 옷을 입은 모습이 어떨지 궁금하지도 않았다. 보지 않는 편이 더 나았다.

먼저 그들은 기숙학교 복도에 줄을 선 다음, 새로운 종소리가 울리고 요새의 철문이 활짝 열리자 밖으로 출발했다. 세 명씩 줄을 지어 갔는데, 토르머와 키쉬 머리 사이에 머물 수 있어서 좋았다. 길 밖으로 나가서야 비로소 머툴러의 학생이 얼마나 많은지 느낄 수 있었다. 인도 전체가 교복으로 인해 파란색이었다. 키 순서대로 줄을 세워 맨 앞에는 제일 어린 1학년들이 있었고, 가장자리에는 마치 군사령관처럼 망토를 걸친 목사와 교장, 남녀 교사들이 자리했으며, 목사 앞쪽에는 키 큰 소녀 하나가 학교 깃발을 손에 들고 있었다. 담임교사들은 사감 수녀들과 함께 학급 학생들 옆에서 동행하며 행진했다. 주전녀의 옆에서 걷고 있는 자기 담임을 쳐다보았을 때, 기녀는 박자를 놓치고 다시 걸음을 맞춰야 할 정도로 놀랐다. "어때?" 토르머가 숨을 내쉬듯 속삭였다. "어때?" 주전녀가 들을까 봐 기녀는 대답할 수 없었다. 하지만 그럴 필요도 없었다. 토르머는 자신들이 처음 담임 컬마르 피테르를 봤을 때와 마찬가지로 기녀가 진혀 기대하지 못한 일에 시로잡혔다는 것을, 어제 학급 학생들이 담임에 대해 세상에서 가장 잘생긴 사람이라며 모두 사랑에 빠져 있다고 했던 말들이 과장도 호들갑도 아니었다는 걸 이제 기녀도 확실히 알게 되었으리라는 것을 그녀의 얼굴에서 아주 잘 읽고 있었다. 학생들은 교단에서 부러진 담임의 분필을 훔치고, 담임의 옷에 달려 있던 실밥을 간직하기도 했다. 게다가 이번 학년에서 빠진 학생 버르거—기녀는 이 학생 대신에 들어오게 된 것이다—가 한번은 라틴어 선생님 쾨니그의 모자에서 모노그램을 오려내어 대문자 K를 클립 같은 것으로 옷에 끼웠다가 당연히 들킨 적이 있었다. 버르거는 그걸 겨드랑이 밑에 끼워놓았지만 여기서는 모두 알아채기 때문에 소용없었다. 선생님들이 겨드랑이 밑에 무슨 글자를 숨기고 있느냐고 캐묻자, 버르거는 칼뱅을 기억하며 이 글자를 간직하는 것이라고 대답했고, 그때 교장선생님의 설교가 시작됐다. 이 종교의 창시자인 칼뱅의 청교도 정신은 이렇게 어리석고 눈에 띄는 방법으로 그를 숭배하는 것을 용납하지 않으니 즉시 K 글자를 떼어내라고 했다. 이 모든 사건은 점심식사 직후 식당에서 일어났고, K가 칼뱅이 아니라 콜마르 피테르를 의미한다는 것은 전체 학교가 알고 있는 사실이었기에 모두 웃음을 참느라 숨을 제대로 쉴 수 없었다. 버르거 에디트는 그저 콜마르를 쳐다보았다. 뚫어져라 그를 쳐다보았지만 이 상황을 뻔히 다 알고 있었던 콜마르는 그저 아주 살짝 미소 지을 뿐이었다. 이런 일을 눈치 채지 못하는 건 쾨니그뿐이었는데, 사실 그가 알아차렸다고 해도 마찬가지였을 것이, 쾨니그는 항상 아무 말도 하지 않았다.

그녀는 정말 기분도 별로 좋지 않고 졸리기도 했다. 뒤척이며 불면의 밤을 지난 후 완전히 지쳐 있었다. 그렇지만, 이곳에! 누군가 옛날 미모 고모의 세계에서 온 듯한 진짜 남자가 자신과 관련 있는 선생님이라는 사실에 전율이 일었다. 깃발을 좇아 교사단도 출발했다. 그들의 뒤를 따라서 마치 거대한 남색 뱀이 머툴러 학교의 땅딸막한 교회 쪽으로 미끄러지는 듯했다. 그녀는 콜마르에게서 눈을 떼지 않았다. 키쉬 머리가 팔을 꼬집었다. 다시 발걸음을 놓쳤기 때문이었다. 주전녀는 눈치를 챘지만 그저 고개를 흔들 뿐 뭐라 하지는 않았다. 주전녀는 콜마르가 아니라 학급을 주시하고 있었던 것이다.

예배는 그녀의 주의를 다른 쪽으로 돌렸다. 감동도 주었고, 어느 정도 마음을 부드럽게 진정시키기도 했다. 목사님은 전쟁 때이니 모두가 성실히 자신의 일을 해야 한다고 말했다. 그리고 학생의 적은 무지이지만 공부를 하며 전선에 있는 군인들을 위해서도 기도

하라고 했다. 기녀의 눈에 눈물이 맺혔다. 아버지가, 페리가 생각났다. 누구든 언제든지 전선으로 배치될 수 있었다. "저 밖에서 군인들이 적들과 싸우듯이, 우리는 마지막 승리를 거둘 때까지 우리 자신의 죄와 천박함, 경박함, 게으름과 싸워야 합니다." 그녀는 나뭇잎이 선들대는 창밖을 내다보며 목사님에게서 이런 말을 듣다니, 정말 이상한 일이라고 생각하고 있었다. 목사님이 "마지막 승리"와 같은 말을 하다니 얼마나 웃기는 일인가? 직업 군인인 아버지는 이런 말을 한 적이 없었다. 기녀나 미모 고모에게 목사님처럼 '전쟁에서 이길 것'이라고 절대 약속하지 않았다. 분명히 너무 당연해서 언급할 가치조차 없다고 느꼈을 것이다.

1학년 학생들과 기녀를 제외하고 모두 찬송가책 없이 노래를 불렀다. 그녀는 부끄러웠다. 안타깝게도 멜로디조차 알지 못해 그저 가사를 읽어야 했다. "할렐루야, 할렐루야, 우리 학교의 활짝 열린 문이 이 청년들을 기다리네…" 그녀는 애써 부르던 노래를 멈추고 그 대신 다른 사람들의 얼굴을 쳐다보았다. 주전너와 컬마르는 서로 곁에 앉아 있었다. 주전너의 부드러운 소프라노 목소리가 울려 퍼졌다. 컬마르도 혼신을 다해 노래하고 있었는데, 기녀는 선생님이 눈을 감고 아무도, 아무것도 보지 않고 있다는 사실에 놀랐다. '애들이 아무리 쳐다봐도 소용없어.' 소녀는 생각했다. '학생들이 모노그램을 꽂고 다니든 말든 상관 안 한다고. 관심 있는 게 분명 있겠지만, 머툴러 학생과의 사랑은 아니야.' 설교 중에 기녀는 평상복을 입는다면, 평범하게 머리를 빗는다면, 요새에 살지 않고 집이나 미모 고모네 집에 산다면, 그리고 부다페스트에서처럼 살 수 있다면, 컬마르 피테르와 사회에서 만난다면, 과연 서로 어떻게 이야기를 할지, 무슨 이야기를 나눌지 생각해보려 했다. 고모네 티파티에서는 이미 더 나이 많은 장교들과도 춤을 췄었다. 그의 머리카락은 얼마나 빛나는 금발인가? 그의 옆모습은 얼마나 조각 같은가? 이 얼굴은 어딘지 모르게 군인 같고, 용감하고 단호해 보인다. 기녀는 사진을 좋아해서 마르셀과 전시회, 박물관에 많이 다녔다. 외국에서도 항상 유명한 컬렉션을 구경했다. 컬마르의 얼굴은 아주 잘생긴 성 죄르지의 얼굴 같았다. 그녀는 이 생각을 하고는 하마터면 웃음을 터트릴 뻔했다. 사람의 생각이 얼굴에 드러나지 않는 건 얼마나 다행한 일인가! 주전너 혹은 이 땅딸막한 세계의 누구라도, 그녀가 용을 물리치는 기사, 기사단의 기사, 성 죄르지에 대해 생각한다는 걸 알면 뭐라고 할까? 그들의 종교는 성인들을 인정하지 않는다[가톨릭과 달리 칼뱅파에서는 성인들을 숭배하지 않는다-옮긴이].

용을 물리치는 기사는 파란 눈을 가지고 있었다. 그것도 그저 그런 색이 아니라 진정한 파란색. 하지만 눈썹은 마치 그려놓은 듯 까맣다. 얼마나 긴 속눈썹인가! 남자 눈이 저렇게 예쁜 건 말도 안 된다. 그녀는 거울을 보고 싶었다. 거울에 비친 자신의 속눈썹을 보고 컬마르보다 훨씬 길다고 스스로 안심시키고 싶었다. 아쉽지만 이렇게 교회에 앉아 있지 않아도 그럴 순 없었을 것이다. 파우더 팩과 함께 거울까지 모두 제라늄 화분 바닥에 숨겨놓았기 때문이다. 그녀의 어깨엔 손수건 말고는 아무것도 들어 있지 않은 가방이 걸려 있을 뿐이었다.

그녀의 시선은 신도석을 계속 훑고 있었다. 그녀는 모자에서 모노그램을 도난당하고도 불평하지 않았던 쾨니그가 누구인지 찾으려 했다. 기너는 평범한 인성에 볼품없는 외모가 하나로 묶이듯이 용기와 아름다움은 한데 속한다고 느꼈다. 교사단 중에서 가장 눈에 띄지 않는 남자를 찾아내서 '저 사람이 쾨니그일 거야'라고 생각했다. 후에 그녀의 생각이 틀렸다는 것이 밝혀졌는데, 쾨니그는 제단 바로 앞에 있는 긴 의자 끝에 앉아 있었다. 그는 안경을 꼈고 흰머리가 많이 나 있었으며 맞지 않는 재킷을 입고 있었다. 큰 키로 의자에 삐죽 솟아 있었고 어깨도 넓었다. 하지만 등이 굽은 것처럼 자세가 좋지 않았다.

"오, 우리의 달콤한 위안이여…" 이건 또 무슨 노래지? 찬송가 63장, 다시 찬송가책 페이지를 넘겨야 했다. "…우리의 자비로운 수호자가 되어 우리를 당신 길에 머물게 하소서. 우리의 전쟁에 낙심하지 않도록…" '또 전쟁 이야기군!' 소녀는 생각했다. 이미 모두 종례기도를 위해 일어섰고, 주기도문과 축복을 하는 시간에는 그녀도 감히 어디 한눈팔 엄두도 내지 못하고 고개를 숙였다. 아멘 후에 그녀는 의자 밖으로 발을 내디뎠다가 미끄러진 척 바로 다시 제자리에 섰다. 아직 모두 손가락 깍지를 낀 채 여전히 서 있었고, 1학년 학생들도 마찬가지였다. 예배를 마치고 나서 모두가 각자 기도해야 한다는 사실을 심지어 1학년도 아는데, 그녀만 모르고 있었다는 사실을 깨달은 것이다.

마침내 기숙사로 돌아가게 되었을 때 주전너가 기너 옆에 섰다. 수녀는 기너가 얼마나 마음을 다해 예배를 드렸으며, 하나님 말씀에 얼마나 깊이 따랐는지, 얼마나 주의를 기울이고 어떤 마음으로 기도하는지 보았다고 말했다. "고맙구나!" 주전녀는 진지하게 고개를 끄덕였다. 소녀는 어안이 벙벙한 채 그녀를 바라보는 얼굴이 붉어졌다. 의도하지는 않았지만 주전녀를 속였다는 생각에 창피했다. 기녀는 진실을 말해야 한다고 배웠고 겁쟁이도 아니었다. 그녀는 칭찬받을 자격이 없다고 고백하려 입을 벌렸지만, 주전녀 수녀는 이미 그녀를 놓고 서둘러 가버렸다. 당연히 모든 것을 듣고 있던 키쉬 머리는 소리를 죽여 말했다. "너 미쳤어? 주전녀에게 반박하려는 건 아니지? 네가 무슨 생각을 했는지 하나님이 아실 거라고 말하면 주전녀는 죽을지도 몰라."

이야기를 나누는 것은 변함없이 금지되어 있었지만, 수녀도, 컬마르도 멀찍이 가버리자 토르머 무리는 그다음 순서가 무엇인지 속삭여줄 수 있었다. 그들은 기숙학교로 가서 각각 학급으로 돌아갈 것이다. 일단 앉던 자리에 앉을 것이니, 특별한 지시가 없는 한 기녀는 버르거 에디트가 빠진 자리, 키쉬 머리와 토르머 사이에 앉을 수 있을 것이다. 그리고 15분이 지나면 담임이 와서 시간표를 가르쳐주고 학용품을 나눠줄 것이다. 이 15분이 필요한 이유는 학생들이 학생답게 조용히 하는 법을 연습하고, 학급에 선생님이 계시지 않아도 개신교 소녀답게 엄격한 규율에 따라 정숙할 수 있다는 것을 보여주기 위해서다. 이럴 때 학교 전체는 무덤처럼 고요한데, 윤리를 고양시키는 이 15분 동안 3학년 이상부터 호른 미치 식의 결혼식이 이루어진다는 것은 교장과 교사진이 당연히 상상도 못 하는 일이다. 1학년과 2학년들은 아직 아니지만 3학년부터 그

위로는 결혼식을 올린다. 제일 어린 두 학년 아이들은 멍하니 팔을 열중쉬어 하고 담임을 기다린다. 아직 어린애들이니까.

　기숙학교에 다다랐을 때, 무언가 들떠 있는 학급 친구들의 기분에 기녀도 영향을 받았다. 사랑이나 결혼이라는 것에 대해 상상할 수 있는 다른 경험들과 추억을 가지고 있었던 기녀는 토르머 무리만큼 이 놀이를 심각하게 여기지는 않았지만, 장난이라도 1년 내내 누군가나 무엇에 속한다는 것은 재미있다고 생각했다. 복도를 감독하는 선생님들이 매층 복도가 꺾이는 곳에 서 있었기 때문에 그들은 차례를 지켜 올라갈 수밖에 없었다. 이것은 기녀가 다니던 학교에서도 마찬가지였다. 하지만 무언기 달랐다. 그 학교의 선생님들은 복도 감독 시간에 이야기를 나누거나 책을 읽었다. 학교로 돌아오는 길이 조금 더 쾌활하거나 시끄럽다고 해서 커다란 비극을 일으키는 것은 아니었다. 이곳에서는 어느 누구도 찍소리를 내서도 안 되었지만 발걸음도 무용 시간처럼 조심스럽게 디뎌야 했다. 감독 선생님은 발을 끌거나 쿵쿵거리며 걷지 말라고 끊임없이 지적했다. 기녀의 반은 교무실과 가까웠다. 그녀는 머툴러에서 처음으로 교실을 보고 또다시 깜짝 놀랄 뿐이었다. 대부분 쇼코러이어털러 학교의 수준을 훨씬 넘어서는 것으로 교실은 반짝거릴 정도로 현대적이었고 모든 것을 갖추고 있었다. 사실 보통 교실이라기보다 어떤 강단 같았는데, 교단에서부터 교실 뒷벽까지 반원 모양의 책상들이 앞 책상보다 두 계단 정도 높은 곳에 차례대로 놓여 있었고, 사람이 다닐 수 있는 가장자리에 좁은 계단 두 개와 중앙에 조금 더 넓은 계단이 교실을 조금 더 특별하게 만들었다. 교실 벽에는 모사 액자와 초상화 액자가 줄지어 걸려 있었고, 교실의 가장 높은 지점인 마지막 책상 뒤의 넓은 공간에는 프로젝터가 있었다. '여기서는 컨닝이 안 되겠구나.' 기녀는 생각했다. '하지만 칠판은 다들 잘 보이겠네. 웃겨, 교육용 영화로도 가르치는가 봐.'

토르머는 자신과 키쉬 머리 사이, 네 번째 책상의 끝으로 기녀를 잡아당겼다. 아무도 많은 것을 설명하지 않았다. 자리에 앉자 한 뚱뚱한 소녀가—"서보야." 토르머가 말했다. "서보 어니코."— 문 옆에서 목록표를 집어 들었다. 날씬한 갈색 머리 소녀가—"쟨 무러이." 키쉬가 설명했다— 출석을 부르기 시작했다. 무러이는 느리고 분명하게 이름을 하나씩 부르고 나서 잠깐 멈췄고, 서보 어니코가 그 각자의 이름 다음에 목록표에 따라 무언가를 읽었다.

"어리." "파스퇴르."

"반키." "올림피아의 제우스."

"버르터." "호메로스."

"칠레르." "보츠커이 이슈트반."

"두다쉬." "요제프 2세 황제."

"가티." "로댕."

"여츠코." "요한 제바스티안 바흐."

"키쉬." "라오콘 군상."

"코바치." "드미트리 멘델레예프."

"렌젤." "갈릴레이."

"무러이." "셰익스피어."

"너착." "괴테."

"올라.""어노니무스."
"리데그.""미켈란젤로의 다비드."
"셜름.""머툴러 주교."
"서보.""프리드리히 아우구스트 퀸스테트."
"터타르.""이슈트반 1세의 망토."
"토르머.""아피아 가도."
"버이더.""대성가집."
"끝."
"안 끝났어." 키쉬 머리가 항의했다. "비터이가 남았다고!"
"맞디!" 서보가 목록을 다시 쳐다보았다. "스무 번째. 비어 있는 테라리움."
 아니, 이건 아니지. 처음에는 정말 재미있었다. 상상했던 것보다 훨씬 더. 토르머의 남편이 아피아 가도라니. 그녀의 눈앞에 갑자기 모든 기억이 펼쳐졌다. 로마에 갔을 때 마르셀과 그곳을 얼마나 많이 산책했던가. 기녀는 프랑스 여인과 함께 산세바스티안의 성문을 통과해 멀리 있는 카이킬리아 메텔라의 묘비가 있는 쪽으로 갔었다. 그리고 키쉬 머리의 특이한 배우자는 라오쿤 군상이라니, 한 사람도 아니고 세 명, 아니 거기 뱀까지 있으니 네 명인 것이다. 이 모든 것은 정말 눈물이 날 것처럼 재미있었다. 아이들은 책상에 엎드려 킥킥거렸다. 물론 크게 웃지 못했다. 갑자기 모두들 술에 취한 듯 들뜬 기분을 억지로 참고 있었기 때문에 학급의 분위기는 불꽃이 일 정도로 더욱 긴장되어 있었다. 그녀 바로 뒤에 앉은 리데그는 자기 신랑은 머리만 있다고 더듬거렸다. 실제로 벽에 걸려 있는 미켈란젤로의 다비드 액자에는 머리만 그려져 있었다. 누군가의 남편이 목에서 잘리는, 그런 치명적인 불행에 웃는 것은 정말 기분 나쁜 일이 될 것이다. 하지만 서보가 기너에게 남편을 찾아주었을 때 이 놀이의 재미는 끝나버렸다. 빈 테라리움이 다른 학생의 남편이었다면 재미있었겠지만 기너는 기분이 너무 나빴다. 그녀는 바로 일어나 항의했다. 빈 테라리움은 필요 없으니 다른 남편을 달라고, 이런 바보 같은 장난은 하지 않겠다고 말했다.

"안 돼." 서보는 속삭였다. 화난 목소리가 아니라 오히려 설명을 하려는 듯했다. "고르거나 바꿀 순 없어. 규칙이야. 네가 20번이니까, 그게 네 거야. 할 수 없어."

"규칙이야." 무러이가 속삭였다.

무슨 규칙! 기너는 어깨를 으쓱했다. 이건 규칙이 아니라 바보 같은 일이고, 다른 남편을 주지 않으면 놀이에 참여하지 않을 거라고, 안 하겠다고 그녀는 대답했다.

"안 하다니?" 서보가 다시 속삭였다. "그럴 순 없어. 모두 결혼을 한다고. 여기서는 이게 전통이야. 뭐, 나한테는 더 나은 게 정해진 줄 아니? 프리드리히 아우구스트 퀜스테트야. 그 사람이 누군지도 모른다고."

"테라리움은 필요 없어." 기너가 말했다. "난 안 해. 모르겠어?"

"아이고," 키쉬 머리가 고개를 저었다, "무슨 짓이야? 이건 호른미치가 결혼한 이후부터 내려오는 중요한 전통 중 하나야. 그리고 정말 재미있다고. 테라리움이면 테라리움인 거야. 테라리움은 상대도 안 한다는 거야? 너 같은 애는 처음 봐."

키쉬 머리가 속삭였기 때문에 가르치려 들거나 날카로운 목소리는 아니었을 것이다. 그럼에도 기녀는 이유 없이 화가 치밀었다. 그래, 나 같은 애는 처음 본다고? 그럼 보면 되겠네. 기녀는 벌컥 화를 잘 내는 아이였고 마르셀은 이 때문에 혼을 내기도 했다. 지금도 저항하느라 자신이 무슨 말을 하는지도 몰랐다.

"나는 아무것도 안 할 거고 아무 놀이에도 참여하지 않아. 너희들의 바보 같은 전통들도 관심 없어. 내게는 구애하는 진짜 남친이 있다고!"

"구애는 무슨." 토르머가 조용히 항의했다. "너는 우리랑 이렇게 여기 갇혀 있는데 무슨 재주로 구애를 하는데! 고만 좀 투덜대! 너는 왜 웃지 않는 거야?"

기녀는 이제 조용히 해야 한다는 사실도 모두 잊고서 보통 목소리로 말했다. 그녀는 의미 있는 일에나 웃는다. 여기는 모두들 바보 천치 같다. 자기는 이런 것에 익숙하지 않다. 부다페스트에 있는 자신의 친구들은 모두 정상적이다. 자신의 구혼자들도 그렇다. 구혼하는 사람은 하나였지만 복수로 말하는 것이 더 기분 좋았다.

반이 갑자기 쥐 죽은 듯 조용해졌다. 이런 고요는 머툴러에서도 당연한 것이 아니라는 것을 느꼈어야 했지만 기녀는 자신에게, 자신의 화에, 성질에 너무 집중되어 있었다. 그녀는 머리에서 끈을 풀어버리고 밖으로 뛰쳐나가, 얼른 내보내달라고 주먹으로 철문을 쳐버리고 싶었다.

"그래, 좋아." 서보가 속삭였다. "그러고 싶다면 그렇게 해. 관습은 아니지만 그렇게 해. 비터이는 우리랑 같이 하지 않아. 비터이 남편은 없어. 노처녀."

 폭발해버릴 것 같았다. 언젠가 미래에 있을 결혼식에 대해서는 천 번도 더 생각했었다. 뚱뚱하고 짧은 다리, 촌스런 앞치마를 비집고 나온 둔한 몸매의 서보를 쭉 훑었다.

 "너나 노처녀 해!" 기녀가 소리를 질렀다. 학생들이 무언가 눈치 채고 그녀를 벗어나 다른 쪽을 바라보고 있다는 것을 그녀는 알아차리지 못했다. "너같이 끔찍하게 뚱뚱한 애를 누가 데려간대? 누가 키스하겠어?"

 서보는 얼굴을 붉히지 않았다. 그녀는 창백해졌다. 이 말은 하지 말았어야 했다는 것을 기녀는 바로 느꼈다. 서보는 호르몬 장애를 겪는 아이처럼, 건강이 나빠 보일 정도로 정말 심하게 뚱뚱했다. 서보는 기녀에게 대꾸하지 않았다. 모욕감에 말을 잃지 않았더라도, 반 아이들이 모두 갑자기 일어서는 바람에 말을 못 했을 것이다. 무러이나 서보와 같이 학급에도, 입구에도 등을 지고 있었던 기녀는 교단을 돌아봤다. 컬마르가 교실 입구에 서서 그들을 보고 있었다.

 "이게 무슨 소리지?" 컬마르 선생님이 물었다. "누가 이렇게 화를 내며 소리 지르는 거지? 너는 누구야?"

 반 아이들은 차렷 자세로 섰다. 누군가 그녀를 돕거나 보호해준다면, 아니면 어떤 설명이라도 해주었더라면 좋았으련만, 반 아이들은 그저 입을 꾹 다물고 컬마르를 쳐다보며 서 있기만 했다. 기녀는 그들을 놀이 친구로 받아들이지 않았기 때문에, 그들 역시 기녀가 도움이 필요할 때 그렇게 하지 않았다.

"너는 누구지?" 컬마르 선생님이 다시 물었다. "못 보던 학생이구나."

"비터이 게오르기너입니다." 그녀는 속삭였다.

"침묵의 15분 동안 소리를 질렀다? 게다가 그런 말을?"

"전학생이에요." 토르머가 조용히 말했다. 아피아 가도를 남편으로 둔 토르머가 말을 해주다니, 기너는 진심으로 고마웠다.

"아주 대단한 자기소개군. 서보와 무러이는 여기 교단에서 뭘 하는 거지? 목록표를 뭐에 쓰려고?"

서보와 무러이는 이미 아무 곳에도 없었다. 그들은 따뜻한 방 안의 눈송이처럼 사라졌다. 그들은 학생들 수비막으로 스며들었고 기너만 덩그러니 교단에 서 있었다. 아무도 그녀를 원하지 않았다. 컬마르는 학년 초의 이 불쾌한 상황에 너무 많은 관심을 두지 않는 게 좋을 것 같다고 생각했는지 책상에 앉아 조용히, 거의 무관심하게 이렇게 말했다.

"소리 지른 사람은 교실에서 나가도록."

두 번 말할 필요도 없이 기너는 쌩 나갔다. 그녀는 열이 나는 듯 덜덜 떨었다. 지금 그녀는 이 새 학교의 모든 것이 미웠다. 자신이 이 정도로 격렬하게 증오할 수 있으리라고는 본인도 생각하지 못했다. 그녀는 펑펑 울며 옷걸이 훅이 쭉 달려 있는 복도 벽에 기댔다. 기너는 억울해하며 흉하게 울었다. 눈물을 손으로 문질렀다. 교실 책상에 가방을 두고 나오는 바람에 얼굴에서 눈물을 닦을 수 없었다.

누가 말을 거는데도 처음에 그녀는 듣지 못했다. 그녀에게 손을 대기 전까지 옆에 누가 있다는 사실을 알아차리지도 못했다. 고개를 들자 쾨니그가 앞에 서 있었다.

"얘야, 무슨 문제가 있니?" 쾨니그가 물었다. "무슨 일 있었어?"

모자에서 모노그램을 오려가도 그냥 참는 사람에게 설명을 하라고? 기너는 말하지 않았다. 그녀는 그에게서 떨어져서 마치 절대 멈출 수 없는 사람처럼 더 격렬하게 울었다.

"여기서 무슨 일인가?" 다른 목소리 하나가 물었다.

이것은 더 걸맞은 상대였다. 검고 땅딸막한 몸, 표정 없이 경직된 얼굴, 교장선생님이었다.

"비터이 게오르기너는 왜 복도에 있지?" 토르머 게데온은 알고 싶었다.

"몸이 안 좋은가 봅니다." 쾨니그가 바로 답했다. "가엾게도 많이 아픈가 봐요."

보호해줄 필요 없어! 기너는 몸을 쭉 펴고 반에서 쫓겨났다고 말했다.

"반에서 쫓겨났다고? 첫 수업 시간에? 왜 그랬는지 알 수 있을까?"

그녀는 잠시 주저하다 교장 면전에 "왜냐면 테라리움의 신부가 되기 싫다고 했기 때문이에요"라고 소리쳤다. 그때 교장이 지은 얼굴 표정, 그녀는 그걸 죽을 때까지 잊지 못할 것이었다.

"놀이입니다." 쾨니그가 청하지 않은 설명을 했다. "아직 어린 학생들이에요. 소녀들이요. 여자애들은 자주 결혼 놀이를 합니다."

"아주 흥미롭군요." 교장이 말했다. "그런데 그게 무슨 관계가 있단 말입니까? 침묵의 15분 동안 놀이라니? 이 학생이 말하는 건 또 무슨 말도 안 되는 소리죠? 테라리움이 어떻다는 겁니까? 날 쳐다보지 말고 대답하세요!"

"침묵의 15분 동안 학급 전체가 결혼을 했어요." 기녀가 말했다.

쾨니그의 눈이 커다란 안경 뒤에서 떨렸다. 그때, 뒤늦게서야 소녀는 자신이 마지막까지 절대 해서는 안 되는 말을 누설했다는 걸 자각했다. 그녀는 지금 머튤러 학생들의 비밀, 호른 미치의 전통, 1914년부터 잘 숨겨온 비밀을 내뱉은 것이었다. 하지만 이런 후회도 잠시였다. 어차피 마찬가지였다. 테라리움의 신부가 되라고 강요한 아이들에게 관용이란 불필요했다.

"흥미진진한 일이군!" 교장은 고개를 끄덕이더니 교장실 문을 열었다. "처음부터 모두 얘기해보도록! 그러니까 5학년 학생들이 결혼을 했다? 개학식을 하고 난 지 30분 만에 말이지. 자, 말해봐요, 비터이."

그는 교장실 문을 활짝 열고 들어갔고, 기녀는 그의 뒤를 따랐다. 쾨니그도 그들과 함께 들어가려 했지만 교장은 혼자 비터이와 논의하고 싶다며 교장실 문을 정중하게 닫았다.

# 따돌림

그녀가 미주알고주알 자신을 분노하게 만든 일을 고하고 나자, 기녀는 더 이상 화가 난다기보다는 방금 30분 동안 벌어진 일이 어떻게 일어나게 되었는지, 이렇게 아무것도 아닌 선의로 가득 찬 장난이 어떻게 그녀를 이렇게까지 짜증나게 만들 수 있었던 건지 절망스러웠다. 가여운 서보, 어떻게 그녀의 땅딸막한 몸매에 대해 모욕할 수 있었을까. 그리고 자신을 바로 환영해주었던, 이 엄격한 세상 속에서의 삶을 경쾌하게 해줄 유일한 일, 미치도록 즐거운 농담거리와 놀이를 공유해준 가여운 친구들에게, 자신에게는 테라리움이 필요 없다, 놀이를 하지 않겠다고 단언한 것은 얼마나 어리석은 거만함인가. 기녀는 이 문제에서 벗어나게 된다면 서보와 친구들에게 어느 정도는 겸손하게 용서를 구하리라 결심했다.

그녀가 말을 마치자, 교장은 잠시 침묵하고 나서 교실에서 내보내야 할 만큼 수치스러운 행동을 한 책임을 물어 2주 동안 기숙학교 밖 외출 금지령을 내린다고 말했다. 정원에서만 산책이 허락될 뿐 도시는 구경할 수 없다. 5학년 학생들에게 어떤 벌을 줘야 할지는 일단 아무 생각이 나지 않지만, 지금 들은 것이 너무나 저급하고 사악해서 유명한 명성을 지닌 교육기관에서 진정한 기독교 윤리 속에 교육받는 소녀들에게는 있을 수 없는 일이라고 했다. 분명히 이 사건과 관련해 전체 교사들과 관리자들까지도 소집해야 할 것이라며, 그는 즉시 조사에 착수할 수 있도록 일단은 기녀에게 반으로 돌아가 있으라고 했다.

쾨니그는 여전히 복도 밖에서 기다리고 있었지만 교장은 그를 쳐다보지도 않았다. 기녀는 자책감에 몸이 안 좋을 지경이었다. 반 아이들을 끌어들이지 않도록 말을 말았더라면! 그냥 잠자코 있었더라면! 늦었다. 벌써 여러 번 그랬듯이, 이번에도 생각하기에 앞서 저질러버렸다. 그들이 문에 들어서자 반 아이들은 차려 자세를 취하고 꼼짝하지 않았다. 기녀는 방금 쫓겨났기에, 자기 자리로 갈 엄두를 내지 못하고 쓸쓸한 손님처럼 문에 바짝 붙어 섰다. 컬마르는 서둘러 교장을 맞으러 앞으로 나가더니 악수를 하고 고개를 푹 숙였다. 그저 휙 훑는 그의 눈빛에도 기녀는 마음이 아팠다.

"결혼을 한다고 하더군요." 교장이 말했다. "누구는 이것과, 누구는 저것과. 목록표를 좀 보여주시죠. 5학년 학생들을 신부로 맞이하는 행운아들이 누군지 좀 알 수 있게."

서보가 떨어트린 목록표는 연단 책상 위에 여전히 놓여 있었다. 컬마르는 영문도 모르고 그것을 들어올렸다. 기녀가 한 말을 교장이 이야기해주었을 때, 컬마르는 마치 학급 아이들을 쳐다보지 않으려거나 그럴 엄두를 내지 못하는 사람처럼 눈을 내리깔았다. 검은 옷을 입은 사람의 눈빛은 목록표를 쭉 훑어 내려갔다. 그리고 토르머의 친구들이 지금까지 수없이 얘기했던 일, 교장선생님이 소리를 지를 때 어떤지 기너는 곧바로 듣게 되었다. 이교도의 신들, 경건한 삶을 산 주교들, 옛날에 고인이 된 독일 학자와 시인, 그리고 이탈리아의 유적들, 이들과 자신이 돌보고 있는 학생들이 결혼을 했다는 사실에 화가 난 교장은 더 이상 인간의 소리라고 할 수 없는 목소리로 고함을 질러댔다. 5학년 학생들은 책상을 보고 있었다. 기너는 나중에 알았지만, 꾸지람을 듣는 학생들은 죄책감과 존경심으로 위를 처다볼 수 없도록 교육받았다. 숙인 머리들 사이에서, 깊은 물속에서 불쑥 튀어 오르듯 한 명이 고개를 들었다. 똘똘하고 마른 얼굴의 키쉬 머리였다. 키쉬 머리는 고개를 들었을 뿐 아니라 발언하고 싶다고 알렸다. 얼마나 대범한 행동이었는지, 교장은 말문이 막혔다. 머리는 일어서서 학교 지도부와 담임선생님께 용서를 빈다고 선언했다. 그리고 비터이 게오르기너가 한 말은 오해에 근거하고 있다며, 그들은 목록에 쓰여 있는 돌아가신 위인들, 혹은 당연히 물건들과 말도 안 되는 놀이를 할 생각은 추호도 없었다고 했다. 다만 이 말도 안 되는 일로 비터이 게오르기너의 향수병을 조금이나마 덜어주려 했을 뿐이며, 슬퍼하고 있는 가여운 학급 친구를 어떻게든 즐겁게 웃게 해주고 싶었다. 부다페스트에서 온 친구가 너무 슬퍼하니까 어리석은 일이라도 크게 한 번 웃었으면 했다는 것이다. 하지만 아무리 좋은 목적이라도 비터이 게오르기너를 기만해서는 안 된다는 것을 지금은 알게 되었다. 이로 인해 학교의 정신을 모욕했기 때문이다. 교장선생님과 담임선생님께, 또한 비터이 게오르기녀에게도 겸허하게 용서를 빈다고, 그녀는 그저 좋은 의도에서 그랬을 뿐이지만 이렇게 되어 진심으로 죄송하게 생각한다고 했다. 또한 무러이와 서보 어니코는 자신이 이 농담에 끌어들여 도와달라고 했을 뿐, 학급 아이들은 아는 게 전혀 없다고도 밝혔다. 전통이라는 것은 말도 안 되며 어떻게 그럴 수 있겠느냐, 안타깝게도 비터이는 그들의 선한 의도의 농담을 이해하지 못해 웃지 않고 화를 내게 되었는데, 그것에 대해서도 다시 한 번 사과한다….

검은 옷을 입은 사람의 얼굴에 안도감이 넘쳐흘렀다. 이미 1차 세계대전 이후부터 자신의 학교에서 어떤 불경스러운 관습이 판을 치고 있다는 전학생 소녀의 말보다는 한 아이의 멍청한 농담이라고 하는 편이 더 견디기 쉬웠던 것이다. 교장은 넌더리가 날 만큼 머튤러의 명성에 먹칠을 하는 장난이라며 키쉬 머리에게도 2주 동안 외출 금지를 명했다. 그리고 서보와 무러이는 그런 바보같은 생각을 실행으로 옮기는 데 그토록 열심히 도왔으니 벌을 받을 때도 친구의 신의를 저버리지 말라고 했다. 더 나아가 거의 무료인 기숙학교에 수많은 지원자들이 기다리고 있다며, 한 번만 더 비슷한 일이 생기면, 영악한 농담 하나에도 장학금 혜택을 잃게 될 테니 키쉬 머리는 조심하는 게 좋을 것이라고 했다. 반 학생들은 꼼짝 않고 문으로 검은 옷이 사라질 때까지 그 뒤를 쳐다보았다.

컬마르는 기녀에게 자리로 돌아가라 손짓을 했고, 기녀는 토르머와 키쉬 머리 사이로 돌아가 앉을 때까지 가슴이 마구 뛰었다.

그녀는 그들에게 바로 무어라 말하고 싶었지만 컬마르가 교과서와 공책, 학용품을 나눠주기 시작하는 바람에 그럴 수 없었다. 모든 것들을 받아서 정리할 때까지 그들은 말을 나눌 수 없었다. 수업이 끝나고 나서야 말할 수 있었는데, 다시 셋이 줄을 서서 거실로 되돌아왔다. 맨 처음 기녀는 너희들에게 미안하게 됐다고 키쉬머리에게 속삭였다. 머리는 화나지 않았다고 하더니 자리를 떴다. 무러이와 서보에게도 용서를 빌었고, 그들은 둘 다 정말 화나지 않았다고 장담했다. 그녀는 너무 고마웠다. 이 소녀들은 얼마나 괜찮은 친구들인가! "화 안 났다"라는 말이 "우리는 널 몰라. 넌 우리에게 속하지 않아. 상관 안 해. 우리에게 너는 없어. 너는 아무도 아니야"를 의미한다는 것을 깨닫는 데는 시간이 흘러야 했다.

 기녀는 아버지의 삶이나, 어느 정도는 미모 고모의 삶에서도 중심에 있었다. 예전 학교에서 제일 첫째는 아니었지만 그녀는 인정받았고, 칭찬받는 우등생이었으며, 아이들이 그녀를 중요하게 여기고 사랑했다. 하지만 여기 이 땅딸막한 세상에서 기녀는 혼자였다. 그녀를 비난하는 사람도, 도와줄 사람도 아무도 없었다. 남들이 볼 때 반 아이들의 행동에는 특이한 것이 없었다. 점심시간에 기녀가 눈으로 찾는 것 같으면 소금이나 빵 바구니를 정중하게 그녀에게 밀어주었다. 하지만 5학년 학생들만 남게 되는 순간에는 유리종으로 둘러싸인 듯 공기도 피해가는 것 같았다. 한동안은 혹시라도 그들과 화해할 수 있지 않을까 시도해봤지만, 이후에는 말없이 교과서를 들춰보았다. 자신이 얼마나 어처구니없는 상황에 처해 있는지, 이런 것은 오랫동안 지속할 수 없다는 사실을 친구들이 곧 알아차릴 것이라고 그녀는 스스로에게 타일렀다. 예전에도 다른 사람들과 사이가 안 좋은 적이 있었지만 별로 오래가지 않았다. 한동안 뾰로통하고 서로를 피해 다니다가 그냥 피식 웃고 나면 모두 괜찮아져 있었다. 하지만 시간이 지나면서 그녀는 패닉에 빠졌다. 여기 머툴러 학생들이 엄격한 규율에 단련되어 있다는 것을 그녀는 미처 생각하지 못했던 것이다. 이들은 아주 어릴 때부터 침묵하는 법을 배우며 자랐다. 다른 이들과는 달랐다. "머툴러는 전국에서 가장 훌륭한 교육기관이야!" 키쉬 머리의 말이 떠올랐다. 그리고 어쩌면 그들 사이에서 이렇게 철저히 혼자가 되어 지내야 할지도 모른다는 민감한 생각이 그녀의 눈에 눈물이 맺히게 했다.

오후 5시, 학생들이 산책을 나가려 줄을 섰다. 주전녀는 네 명이 제외되었다는 사실을 벌써 알고 있었다. 사감은 침통한 표정으로 고개를 젓더니 키쉬 머리와 한참 이야기를 나누었다. 머리는 고개를 숙인 채 그저 듣고 있을 뿐 변명하지 않았다. 그녀의 입술은 가끔씩 떨렸다. 학급 아이들은 다시 끔찍한 모자를 쓰고, 튤립이 그려진 가방을 어깨에 메고, 머리카락 하나까지 똑같은 한 무리의 파란색 개미들처럼 출발했다. 키쉬 머리, 서보, 무러이는 정원에 남았다. 그들은 이야기를 나누고 웃기도 했다. 처음에 기녀는 그들 뒤를 쫓다가 옆으로 다가섰다. 그들은 그녀를 떨어뜨리지는 않았지만 대화에 끼워주지 않았다. 그들은 정원의 넓은 길에 사방치기를 그리고 아주 복잡한 돌차기 놀이를 시작했다. 기녀는 한 번도 본 적 없는 놀이였지만 금방 익혔다. 아무도 그녀에게 같이 놀자고 부르지 않았고, 그녀는 한참 정신없이 놀고 있는 세 소녀를 바라만

보다가 그들을 뒤로하고 혼자 정원을 산책하기 시작했다.

당직실에 앉은 당직 선생님만이 열린 창문을 통해 그들을 감시하는 눈빛을 던졌을 뿐, 요새는 쥐 죽은 듯 조용했다. 기녀도 정원에 나와 꽃을 하나씩 건드리며, 지금 일어난 일로 그렇게 속상한 건 아니라고 스스로 설득하려 했다. 그녀는 배회하며 열려 있는 창문들이며 복도 내부 철창까지도 안쪽을 여기저기 들여다봤다. 그 창살에 대해서는 어제—어제라고? 10년 전, 100년 전, 까마득한 옛날 같은데?— 토르머가 항상 잠겨 있다고 설명했었다. 학생들 옆에 사는 사감 수녀님들, 여선생님들과 달리, 그 철창 뒤에는 미혼 남선생님들과 교장선생님이 사는 숙소가 있다고 했다. 두 철창 봉 사이에 얼굴을 들이밀고 살폈지만 아무도 안 보였다. 선생님들은 이런 때 뭘 할까? 당직이 아닌 선생님은 당연히 시내로 나갔을 것이다. 극장, 공연장, 지인들… 모두 거기 있으니까. 선생님들이 요새에 항상 있어야 할 필요는 없다. 복도의 철창에서 등을 돌리자 맞은편에 아비가일이 보였다. 속에서 들끓던 모든 화가 미소를 짓고 있는 석상으로 향했다. 그 기적을 행하는 물병 든 소녀가 꼴도 보기 싫었다. 호른 미치의 전통이라니! 호른 미치가 살긴 했었고?!

대문 쪽에서 움직이는 소리, 시내로 나갔던 친구들이 즐겁게 돌아오는 소리가 들렸을 때, 기녀는 그들을 향해 숨차도록 달려갔다. 키쉬 머리는 입을 닫았고 무러이도 서보도 그렇지만, 어쩌면 다른 학생들은 이미 화를 풀었을지도 모른다. 어쩌면 누군가는 그들 앞에서 얼쩡거리며 마침내 자신에게 말을 걸지도 모른다는 희망을 품는 그녀를 알아차리고 불쌍히 여겨 용서할지도 모른다. 하지만 토르머의 시선도 그녀를 지나쳐버렸고, 주전너만이 기녀의 머리끈을 다시 정리해주며 오후를 어떻게 보냈느냐고 물을 뿐이었다. 기녀는 잘 지냈다고 대답했지만 온몸의 피가 모두 쏩쓸해진 것만 같았다.

저녁식사 중에는 낭독에 귀를 기울이려 했다. 1827년 젠프에 살았던 고결한 영혼을 지닌 고아 소녀의 성장에 대한 고어古語 이야기였는데, 도무지 쫓아갈 수가 없었다. 침묵하고 있는 반 학생들의 얼굴을 바라보면서, 만약 자신에게 정해진 남편을 받아들였다면, 그렇다면 적어도 떠올릴 수 있는 테라리움 남편이 있었을 테니 이렇게 완전히 혼자는 아니있겠지, 라는 생각을 했다.

취침 시간이 되자 기녀는 다른 친구들이 어둠 속에서 무엇을 속삭이는지 귀를 기울였다. 교장에 대한 이야기, 그리고 컬마르는 도대체 결혼을 할 건지, 주전너의 나이를 어떻게 확실히 알게 되었는지에 대한 이야기였다. 그녀는 외모가 어린 소녀 같지만 서른이 되었다고 했다. 새로운 교과서에 대해서도 이야기했고 소풍에 대해서도 이야기했는데, 지금까지 매년 가을에 있었던 소풍을 올해도 가게 될지는 확실하지 않다고 했다. 산책 중에 주전너가 소풍을 너무 기대하지 말라고 특별히 언급했는데, 이렇게 폭탄이 터지는 전시 상황에 소풍을 허락해야 할지 주교의 결정이 아직 나지 않았다는 것이다. 하지만 포도밭으로 나가는 일은 얼마나 멋진가! 거기서는 평소보다 어느 정도 더 많은 자유를 누릴 수 있다. 그들은 기녀와 목록표에 대해서만 빼고 모든 것을 이야기했다. 기녀는 살지 않는 사람, 여기 없는 사람, 그냥 투명인간이었다. 밤은 형벌처럼 단호하고 무거웠다.

낮이라고 해서 더 쉽지는 않았다. 1교시는 담임의 수업으로 사실 역사 시간이었지만 여러 가지 다른 일들로 시간이 지나버렸다. 키쉬 머리는 눈이 나빠진 것 같다면서 좀 더 앞에 앉고 싶다고 했고, 토르머도 일어서더니 자신은 방학 중에 원시가 됐는지 뒤쪽에서 칠판이 훨씬 더 잘 보이는 것 같다고 했다. 콜마르는 주전녀에게 쓰는 일일 알림장에 두 소녀에게 의사 검진이 필요하다고 쓰고, 당분간이라도 한 명은 조금 더 앞에, 또 한 명은 더 뒤쪽의 책상으로 가 앉으라고 했다. '눈치 채지 못하시는구나,' 창피해서 얼굴이 붉어진 기너는 생각했다. '내 옆에 앉기 싫어한다는 걸 왜 눈치 채지 못하시는 거지?'

2교시에는 기구쉬 여선생님의 정규 수업이 진행됐다. 기너의 독일어 실력이 얼마나 되는지 알고 싶었던 기구쉬가 주로 그녀와 시간을 보냈기 때문에 좀 수월히 지나갔다. 여기서는 문제가 없었다. 마르셀은 알자스 소녀였고, 독일어와 프랑스어를 똑같이 잘했다. 학생들은 수업 동안 귀머거리가 된 듯 기너와 선생님의 대화를 듣고 있었다. 기너는 완벽한 문장을 구사할 뿐 아니라 세련된 표현을 하려고 노력했다. 감동받을 사람은 없었다. 5학년 학생들은 지루한 듯 칠판을 쳐다보았다. 기구쉬 선생님은 칭찬을 하고 그녀 다음으로 서보에게 질문했다. 서보가 잘 못한다는 것을 기너는 바로 알아차렸다. 작년에 배운 것들을 질문했지만 서보의 발음은 헝가리식이었고 수식명사 변화를 계속 틀렸다. 쇼코러이 학교에서 기너는 기꺼이 누구라도 도와주었지만 지금 서보에게는 언어 연습을 같이 해주겠다고 말해도 좋을지 고민이 됐다. 제안할 엄두가 나지 않을 만큼 너무 거절만 당했기 때문이었다. 언젠가 아이들이 좀 진정되면 그때 말해도 늦지 않으리라.

학급 아이들은 아직 진정되지 않았다. 기녀는 이제야 머툴러 학생들이 호른 미치에게 배우지 않은 놀이도 있구나 하는 생각을 했다. 5학년 학생들은 지금 어떻게 하면 공개적으로 들키지 않으면서도 누군가를 따돌릴 수 있는지, 실험적인 놀이를 하고 있었다. 체육 시간이 가장 어려웠다. 가끔 짝을 지어 연습해야 했기 때문이다. 하지만 아이들은 그것도 해결 방법을 찾았다. 체육 시간에 기녀의 주된 파트너는 반키였는데, 반키는 트루트 게르트루드 선생님 앞에서 기녀와 수업을 같이 하기 싫어서 마치 발을 잘못 디뎌 다친 척했다. 다른 방법이 없을 때는 손을 놓아서 그냥 기녀를 등에서 떨어뜨렸다. 만약 기녀가 서툴렀다면 쿵 하고 떨어져 크게 다쳤을 것이다.

날이 갈수록 싸움은 더욱 집요해졌다. 기녀는 이제 모든 선생님을 알고 있었고, 쾨니그만 제외하고는 예상 밖으로 좋아하게 되기도 했다. 적어도 선생님들에게 좋은 말을 듣고 싶었던 그녀는 인생의 그 어느 때보다 공부를 많이 했다. 이 시기만큼 선생님들의 칭찬에 그렇게 기뻐한 적은 없었다. 왜 쾨니그를 싫어하는지 말로 형언할 수는 없었지만, 아직 서로 말을 하던 때에 반 친구들로부터 들었던 이야기가 당연히 영향을 미쳤다. 이 학교는 무자비한 엄격함에 익숙했지만, 쾨니그는 관대한 사람이었고 성적에도 관대했다. 누군가 수업 시간에 부족한 답변으로 울음을 터트리면 바로 다음 수업에서 다시 대답할 수 있도록 했다. 소녀들은 항상 학교가 너무 엄격하다고 분개했지만, 얼마나 규율에 익숙해졌는지 누군가 고삐를 늦추고 다른 선생님들보다 좀 관대하게 대하면 이 약한 선생님을 조롱했다. 가끔 쾨니그와는 농담을 하거나, 안경을 숨겨놓고 열심히 찾는 척하기도 했다. 교난에 선 쾨니그는 학생들이 얼마나 주의 깊고 착하고 예의바른지 칭찬을 해댔고, 5학년 학생들은 웃음을 참지 못하고 킥킥거리며 책상 아래에서 안경을 손에서 손으로 전달했다. 하지만 기녀에게는 오지 않았다. '내가 선생님께 줘버릴까 봐 겁내는 거겠지.' 소녀는 씁쓸하게 생각했다.

학기가 시작되는 월요일부터 우편물을 나눠주는 토요일까지 상황에는 아무 변화가 없었다. 주말이 다가오는 며칠 동안은 그래도 어느 정도 수월하게 보냈다. 토요일 오후에 아버지의 목소리를 들을 수 있다는 것을 알고 있었기 때문이다. 부다페스트에서 연락이 오기만 하면 마침내 맘껏 투정을 늘어놓을 수 있을 것이다. 학급 상황을 정상으로 되돌리려면 무엇을 해야 할지 아버지가 뭔가 조언을 해주실 것이다. 아버지는 항상 무슨 일이든 해결책을 찾아냈으니, 지금 아무 생각도 해내지 못한다는 건 있을 수 없는 일이다. 여기 학교에서 그녀가 이 정도로 외톨이라는 얘기를 들어야 한다는 건 분명히 속상하시겠지만 숨길 수는 없다. 이 보이콧이 얼마나 오래 갈지 누가 알겠는가? 그리고 그녀는 단순히 더 이상은 견딜 수가 없다.

토요일, 오후 산책에서 돌아오자마자 모두 A거실로 가야 했고 주전너는 모든 학생들에게 딱 한 통씩 편지를 나눠주었다. 기녀는 편지를 받지 못했고, 주전녀는 그녀를 피아노실에 보냈다. 아버지가 연락할 때까지 일없이 앉아 있지 말고 찬송가들을 연습하라고 했다.

훗날 기녀는 성인이 되어 어린 시절에 배운 찬송가들이 생각날 때면, 절대 그 노래만 생각나지 않았다. 옛 찬송가의 멜로디는 그 속에 향기와 소리들을 함께 몰고 왔다. 머툴러 복도에서 끝없이 풍기는 수공 비누 냄새, 나지막하게 들리는 문 여닫는 소리, 자기 손가락의 긴장된 움직임, 그리고 겉으로는 배워야 할 가사를 읽고 있는 것 같지만 실제로는 다른 데 정신이 팔려, 언제 가까운 곳에서 징기리 진화벨 소리가 들릴까, 몸과 마음 전체가 하나의 귀가 되어 기다리고 있던 자신의 옛 얼굴까지. 그녀는 한참을 기다려야 했다. 종소리가 당번들에게 벌써 저녁식사 상차림을 준비할 시간임을 알리고 있었다. 마침내 주전녀가 아버지 전화가 왔으니 서둘러 오라는 말을 전하러 왔고, 기녀는 피아노 뚜껑을 닫고 달렸다. 수녀가 교실과 교장실 방향으로 가는 것을 보자 기뻤다. 아버지가 교장선생님의 전화로 연락하신 것이 분명했다. 최소한 통화를 하는 동안 기숙사 학생들로부터는 꽤 멀리 떨어질 수 있다는 것이 특히 기뻤다. 주전녀는 교장실 문에서 기녀를 다시 잡았다. 기녀는 멈춰 서긴 했지만 그녀의 말에 순종하는 것이 얼마나 어려운지 간신히 숨길 수 있었다. 제발 좀 내버려두세요. 월요일부터 이 끔찍한 머툴러 학교에서 누구하고도 정상적으로 말 한마디 나눌 수 없었다고요. 제발 지금 뭘 설명하려고 하지 마세요. 전화선 끝에 아버지가 있어요!

"게오르기너," 수녀가 말했다. "같은 반 아이들이 분명 말했겠지만, 학교에서는 불평 섞인 편지는 전달하지 않는다."

기너는 그녀를 보고 있었지만 무슨 말을 하는 건지 이해할 수 없었다. 키쉬 머리 무리들과 거의 말을 나누지 못했기 때문에 이런 것에 대해 들은 것이 아무것도 없었다.

"부모님들은 많은 문제가 있는 곳에 멀리 계셔. 일상에 일어난 사소한 우울감이나 불쾌한 일들에 대해 들으시면 집에서 애태우며 불안해하실 거다. 어느 학교에서나 학생을 한두 시간 힘들게 하는 일들이 항상 생기지. 하지만 경험에 의하면 그런 불평을 쓴 편지가 부모님께 도착할 즈음엔 그 문제나 우울함도 다 사라진 다음이지. 쓸데없이 집안 어른들만 걱정시킨 꼴이 되는 거야. 무슨 말을 하는지 알겠니?"

아니요. 아직도 모르겠어요.

"집에는 좋은 소식만 써야 해." 사감은 말했다. "부모님께서 기뻐하실 일들만. 나쁜 일, 정말 안 좋은 소식은 어쨌든 공식적으로 분기마다 우리가 통보한다. 새로운 학교에서 시작하는 어려움 외에 불평할 이유는 당연히 없겠지만, 있다고 해도 네 학급 친구들이 편지에 쓸 수 없듯이 너도 전화로 말을 해서는 안 돼. 장군님은 지금 나랏일로도 힘드시니 네게서는 즐거운 소식만 들으셨으면 한다."

기너는 그녀에게 일어나고 있는 일이 자신의 상상이나 인내의 한계를 넘어서고 있다고 느꼈다. 죽을 것 같고, 절망적이고, 공포스러워 신음하고, 날카롭게 소리를 질러대다 사람들이 흔들어 깨우는, 꼭 그런 꿈 같았다. 주전녀는 교장실 문을 열었고 기너는 마비된 듯 무기력하게 그녀를 따라 들어갔다. 교장실이 비어 있지 않다는 사실은 이제 기녀에게 놀랍지도 않았다. 책상에는 토르머 게데온 교장이 검게 자리하고 있었고, 그녀를 보자 수화기에 말했다.

"학생을 바꿔주지."

수화기를 잡기 위해 기녀는 교장 바로 옆으로 다가서야 했다. 기녀는 그녀의 얼굴을 지켜보고 있는 교장과 주전너 사이에 서서 차갑게 식어버린 손가락으로 수화기를 겨우 잡아들었다. 아버지의 목소리는 아주 감이 멀었다. 아버지가 마치 세상 끝에서 말하는 듯했다.

"안녕." 징군이 밀했다. "얘아, 잘 지내고 있니?"

"네." 소녀는 대답했다.

"그렇게 나쁘지 않다고 했지?"

"네."

"친구들은 어떠니? 벌써 친구는 사귀었니?"

그녀는 서서 보고만 있을 뿐 대답하지 않았다.

"여보세요?" 먼 목소리가 말했다. "거기 있니? 잘 안 들린다. 친구들은 어떠냐고 물었잖니?"

"친절해요." 기녀는 답했다. 목이 메었다.

"토르머 선생님이 그러더구나. 네가 건강하고, 그리고 선생님들이 네 실력에 아주 흡족해하신다고. 네 성적도 읽어주셨다. 모두 '매우 잘함'이더구나."

"공부를 많이 해요." 소녀가 대답했다.

"여보세요? 세게드입니다." 여자 목소리가 말했다. "아직 통화 중

따돌림 95

인가요?"

"1분만 더요." 장군이 말했다. "얘야, 몸조심해라. 로저 아주머니와 함께 과자를 구웠다. 다음 주에 받을 수 있을 거야. 괜찮지?"

"아버지!" 그녀는 이제 소리쳤다. 마치 손으로 책상을 내려친 듯, 교장이 이 소리에 고개를 번쩍 들었다. "아버지, 제발 부탁이에요. 절 보러 와주세요. 제발요!"

"할 수 있으면!" 먼 목소리를 들었다. "아직은 안 된다. 하지만 매주 전화할게. 잘 지내라, 얘야."

선이 윙윙거리다 지직거리는 소리가 들리고 나서 누군가 물었다. "끝입니까?" 연결이 끊어졌다. '끝이야.' 기녀는 생각했다. 그리고 이런 비슷한 물건을 생전 처음 잡아본 듯 손에 든 전화기를 바라보았다. '이게 어떤 끝장인지조차 모르실 거야. 이것마저 내게서 빼앗아가다니. 편지지를 주지도 않겠지만 준다고 해도 사실대로 쓸 수 없어. 전화를 하면 뭐해. 교도관들 사이에 있는 죄수처럼 말할 수밖에 없는데. 학급 아이들은 나를 필요로 하지 않고, 불평은 금지라니. 난 어쩌면 좋지?'

누군가 부른 듯 그녀는 움찔했다. 교장선생님이 벌써 그녀에게 말을 하고 있었던 걸까?

"…아주 예외적인 경우였지만 그런 기특한 학생이 있긴 했지. 자신의 부적절한 행동으로 받은 벌에 대해 교장선생님과 사감선생님이 걱정 많은 아버지에게 말씀드리지 않았다고, 고맙다는 인사를 해야겠다는 생각을 스스로 했던 학생 말이야…."

"감사합니다." 기녀는 속삭였다. "정말 감사합니다."

"비터이 게오르기너, 가도 좋습니다." 교장이 말했다. 기너는 인사를 하고 주전녀를 따라 복도로 다시 나왔다. 학교의 기숙사 구역에 건너왔을 때, 사감은 휴게실 문 앞에 섰다. 안에서 음악이 흘러나왔다. 요새에 갇힌 이후 처음 듣는 세속 세계의 노래였다. 모차르트의 〈아이네 클라이네 나흐트무지크〉였다. 편지쓰기 이후에는 휴게실에서 콘서트를 열고 있는 것 같았다. 사감은 모든 것이 문제가 없는지 들여다보았다. 5학년 학생들이 모두 축음기 주위에 앉아 있었고, 셜름이 레코드를 고르고 있었다. 학생들이 그들을 보고 일어섰다. 주전녀는 음악을 계속 감상하라며 문을 닫았다. 주전녀는 신중하고 분별 있는 눈빛으로 소녀의 얼굴을 한참 살피고 나서 물었다.

"게오르기너, 무슨 문제가 있니?"

기너는 고개를 저었다. 아무것도요.

"뭔가 행복해 보이지 않는구나. 누가 괴롭혔니?"

"아니요."

"뭘 좀 도와줄까?"

아니다. 도와줄 수 없다. 아니, 도와줄 수 있는 일을 안 하고 있다. 혼자 통화도 못 하게 하다니. 사감은 이렇게 말했다. "학기 초에 시내 산책을 못하게 된 건 굉장히 속상한 일이고 바로 우울한 기분이 들게 한다는 것을 잘 알지만, 벌을 받고도 씩씩하게 견디는 키쉬 머리, 서보, 무러이를 보고 배우렴. 걔들은 이렇게까지 코를 빼고 앉아 있지 않잖아. 곧 시간이 흐를 테고, 밖으로 나가지 못한다는 부끄러움도 금방 괜찮아질 거야."

아, 뭐라는 거야? 뭐? 설마 내가 그것 때문에 슬퍼한다고 생각하는 건 아니겠지! 지금이야말로 월요일부터 그녀를 투명인간 취급하던 모든 아이들에게 복수할 수 있는 때다. 분노를 가라앉히지 못하고, 용서 못 하고, 용서하지 않으려는 이 성스러운 그리스도인들을 주전너 또한 용서치 않을 것이다. 그녀 앞에 빛나는 것은 손톱처럼 아주 작은 희망이었지만, 그것만으로도 숨쉬기가 훨씬 편해졌다. 하지만 이번에는 월요일처럼 감정에 휩싸이지 않았다. 이번에는 정말 배신자가 되지 않았다. 만약 털어놨다면 주전너는 기녀를 공정하게 대했을 것이며, 그녀의 말도 믿어주었을 것이다. 만약 키쉬 머리가 호른 미치의 전통에 대해 거짓말을 했고, 정말 학급 아이들이 누구는 머툴러 주교와, 누구는 대성가집과 결혼했다는 것을 알게 된다면 사감이 내리는 벌은 수녀 본인에게만큼이나 엄격했을 것이다. 나중에 안에 들어가 애들에게 이 사실을 말한다면 고맙게 생각하겠지?

"신의 가호가 있기를" 주전너가 인사했다. 기녀는 휴게실로 들어갔다. 마침 음악이 끝나고 셜름이 새 레코드판을 찾고 있었다. 그녀는 칠레르 옆으로 가 앉았다. 칠레르는 바로 일어나 의자를 멀리 가져갔다. 너무도 부당하다 느낀 그녀는 곧바로 항의했다.

"여기 앉아 있어! 난 지금 아무 짓도 하지 않았잖아. 어른들이 내게 무슨 일이 있냐고 물어봐도 나는 잠자코 있었어. 너희들이 나한테 어떻게 대하는지 말 안 했다고. 아버지도, 주전너도 물어봤는데."

다시 조용해졌다. 멋대로 입을 닫아버리는 5학년 학생들의 아주 끔찍한 침묵. 이제는 대답조차 하지 않으려고 하는구나. 그때 키쉬 머리가 입을 열었다.

"네 아버지에게는 말할 수 없었겠지. 머툴러 학생은 불평할 수 없다는 걸 당연히 너도 들었을 테니까. 1학년도 알고 있는 사실이야. 주전너 앞에서 침묵한 건 네가 보기엔 잘한 짓인지 몰라도 우리 눈에는 안 그래. 넌 겁쟁이야, 비티이, 넌 감히 말을 못 한 거야. 다시 한 번 또 배신을 했다가는 결국 머툴러에서 탈출해야 할 만큼 후회하게 될 걸 아니까."

셜름은 베토벤을 올렸다. 교향곡 5번. 키쉬 머리는 책상에 팔꿈치를 올리고 땋은 머리를 앞으로 흔들었다. 마치 갑자기 뭔가 행복하게 만드는 끝없는 강물 같은 음악 속으로 자신을 맡긴 것 같았다. 그녀는 기너를 쳐다보지 않았고 다른 친구들도 마찬가지였다. 기너는 그냥 서 있었다. 가슴이 마구 두근거렸다. '키쉬 머리, 내 가장 큰 앙숙인 네가 그래도 나를 돕는구나. 내가 풀 수 없는 문제를 네가 풀었어. 아버지한테 도움을 요청할 수 없다면, 그리고 너희들이 날 받아들일 생각이 전혀 없다면, 나는 여기 살 수 없지. 불가능해. 부다페스트로 돌아가서 모든 것을 설명하겠어. 그러면 아버지도 이해하고 용서해주시겠지. 만약 그래도 집에서 살 수 없다면 어딘가 다른 괜찮은 학교를 찾아내실 거야. 고맙구나. 내가 무슨 일을 해야 할지 길을 안내해줘서. 난 여기서 탈출할 거야.'

## 모색

 탈출할 것이다. 하지만 어떻게?
 분명한 것은 의지뿐이었다. 동행하는 사람 없이는 요새에서 나갈 수 없다. 게다가 당분간 다른 사람들과 함께 나갈 수도 없었다. 여기 살기 시작하자마자 대문 밖으로 외출하는 것이 금지되었기 때문에 기녀는 이 도시를 알지 못했다. 다음 날 아침 기상부터 그녀는 가능한 한 더 많은 자유 시간을 만들기 위해 해야 할 일들을 모두 부지런히 했다. 어떻게 하면 여기서 나갈 수 있을까, 사이사이 마당에 나가 문들과 울타리, 창문들을 살폈다. 일단 건물 밖으로 나가게 된다면 지나가는 행인 중 누군가는 기차역이 어디에 있는지 말해줄 것이다. 그리고 자기 옷을 되찾아야만 한다. 이것은 아직 학급 아이들이 말을 받아주던 행복한 그때에 알았다. 이 도시에서 머툴러의 영향력이 얼마나 큰지, 교복을 입고 혼자 돌아다니는 학생을 보면 이곳 어른들은 누구든 말을 걸고 다시 학교로 데려다 줄 수 있다는 것을 말이다. 이 학교 학생들이 혼자 다닐 수 없다는 건 상식인 것이다. 물론 창고 담당에게 물건들을 되돌려 받는 것도 불가능한 일이니 그냥 있는 그대로 탈출해야 할 것이다. 모자를 쓰지 않거나 스타킹도 벗을 수 있겠지. 머툴러식의 못생기고 검은 패턴이 있는, 독특한 학교 스타킹, 그리고 앞치마도. 그러면 기껏해야 촌스런 일상 교복만 남는데, 이건 아마 그렇게 큰 주목을 끌지는 않을 것이다.

물론 뭐라도 하려면 적어도 이 도시를 어느 정도는 알고 있어야 했다. 일단 그녀는 거리의 하얀 교회까지는 길을 봐놓았다. 가장 중요한 일이 여기서 나기는 것인데, 어떻게 해야 빠져나갈 수 있을까? 벽을 통해 나갈 수는 없다. 이제 이 건물의 구조와 배치는 훤했다. 울타리 벽 측면에 출입구가 있었지만 손잡이가 없는 철문에 당연히 열쇠로 잠겨 있었고, 길로 나 있는 모든 창문에는 철창이 되어 있었다. 여기서 나가려면 아래층의 수위가 정문을 열어서 내보내주는 방법밖에 없었다.

맞다, 수위.

여기 도착했을 때 그들을 맞이했던 어딘가 우울하고 다부진 몸매의 수위가 떠올랐다. 그녀는 정원을 가로질러 U자 모양으로 열려 있던 곳에 지붕이 있는 대문 아치 아래로 달려갔다. 거기서 안쪽 철창을 통하면 수위실이 있었다. 만약 그 사람과 친분을 쌓는다면, 자주 방문한다면, 그리고 그를 만나러 다니는 걸 사람들이 이상하게 여기지 않게 된다면 언젠가 한 번쯤 열쇠를 낚아채서 대문 밖으로 나갈 수도 있지 않을까? 비가 오든 날씨가 어떻든 그냥 언젠가 밖으로 나갈 수만 있게 된다면, 그녀는 외투 없이도 나갈 것이다.

기녀는 수위실 문 쪽으로 다가서서 창문 안을 들여다보았다. 수위는 그녀를 등지고 신문을 읽고 있었다. 기녀의 맞은편에 있는 열쇠함이 잘 보였다. 낡은 열쇠 중에서 유딜리 커다랗고 옛날 것처럼 생긴 열쇠가 한가운데 걸려 있었는데, 이것으로 대문을 열 수 있다. 이전 학교에서 그녀는 수위와 친하게 지냈다. 그는 수위실에서 온갖 것을 팔았다. 사탕부터 프레첼, 우유, 공책, 연필까지도 구할 수 있었다. 여기 수위의 호감을 얻으려고 왜 노력해보지 않겠는가? 성공할 수도 있다. 정말 노력해볼 것이다.

누군가 보고 있다는 것을 느꼈는지 수위는 이제 신문을 내려놓았다. 그는 뒤를 돌아보고 자신을 훔쳐보는 소녀를 알아차리자마자 바로 수위실에서 나왔다. 그는 뭘 하려는 거냐고 물었지만 기녀는 대답하지 못하고 그냥 그를 보며 웃었다. 어떤 제대로 된 대답도 머리에 떠오르지 않았다. 사전에 아무런 일도 없었는데 그냥 수위 아저씨가 너무 좋아서 대화를 하고 싶다고 할 수는 없는 노릇이다. 아직은 이르다. 불가능하다.

"돌아가세요." 수위는 말했다. 화를 내거나 별스럽게 호통을 치지도 않았다. 조금의 소란거리도 아니어서인지 오히려 사무적으로 대했다. "수위실 주변에 얼쩡거리면 안 됩니다. 학교 규칙을 읽지 않았나요?"

침실부터 복도까지 사방에 규칙이 걸려 있었지만 그녀는 읽지 않았다. 무엇이 의무이고 무엇이 금지라고 적혀 있는데, 그것을 보니 바로 반감이 들었다. 그래서 눈에 띄기라도 하면 일부러 보지 않으려고 고개를 돌려버렸다. 그런데 지금 그녀는 기숙학교로 다시 뛰어가 인쇄되어 액자에 끼워져 있는 문구들을 읽어보기 시작했다.

'주중 기상 시간은 6시 반, 공휴일 또는 일요일은 7시 반. 아침식사…' 이건 이미 알고 있는 하루 일과였다. '아무도 서로 빌리거나 빌려줘서는 안 되며 교환해서도 안 된다. 돈을 소지해서는 안 된다.' 이건 저기 아래에 있는 늙은 수위 아저씨가 말한 그 내용이 아니다. '학교 내 직원들과 접촉 금지…'

여기 있다. 바로 이거구나. 왜 그래야 하는지는 당연하다. 학교 직원과 접촉을 하면 누군가 청소부, 수위, 정원사와 친구가 될 수도 있고, 그러면 편지를 밖으로 빼내거나 대문을 통해 밖으로 탈출할 때 못 본 척할 수도 있는 것이다. 희망이 없다. 수위도 가망이 없다. 다른 방법을 찾아야 한다. 우선 기다리는 수밖에 없다. 착하고 성실하고 유순하고 명랑한 학생이 된다면 이제 그녀가 여기 생활에 적응하고 좋아하기까지 한다고 모두들 믿을 것이다. 그리고 기회가 생기면, 그때 거리의 행렬 속에서 사라질 것이다. 이렇게 하려면 산책 순서와 경로를 알아야 하고, 주변 문으로 통하는 길들, 가게들, 공공기관들을 잘 알아서 갑자기 어디서 숨거나 길을 건널 수 있는지 알아야 한다. 그렇다면 인내해야 한다.

교무실에 있던 5학년 선생님들은 상급 학년 중 가장 어린 학급 아이들의 상황이 지금 얼마나 좋으냐고 모두 하나같이 입을 모아 말했다. 부다페스트에서 온 비터이가 아주 모범적으로 성실하고 같은 반 학생들도 그녀와 경쟁하려는 듯하다. 처음부터 머툴러에 다닌 학생이 지금까지 다른 학교에 다니던 학생에게 뒤쳐질 수는 없다는 것을 보여주려는 듯 비슷하게 노력한다. 작년부터 이 반에 독일어뿐만 아니라 프랑스어를 가르치던 기구쉬는 5학년 학생들이 사춘기의 어려운 시기를 잘 넘긴 것 같다고 담임교사 컬마르에게 따로 축하를 할 정도였다. 작년에는 온 힘을 다해 자제시켜야 했었는데, 지금은 행동도 바를 뿐 아니라 정말 성실했다. 비터이 학생은 두 언어를 모국어처럼 말하는데, 주전너의 증언에 따르면 5학년 학생들은 이에 뒤질세라 오후 시간마다 서로를 교정해주는 바람에 실력 향상이 경탄할 정도라고 한다. 컬마르는 겸손하게 미소를 지었다. 그는 자신이 5학년 담임이 되어서 상황이 바뀐 거라고 철석같이 믿었다. 그를 기쁘게 하기 위해, 모범적인 행동으로 그를 사로잡기 위해 그렇게들 행동한다는 것이었다. 비터이도 마찬가지로, 아주 거북한 상황에서 그를 만나게 된 일을 지워버리려고 노력 중인 것이다. 모두가 항상 컬마르를 흠모했던 탓에 그는 다른 가능성은 상상도 하지 못했다. 사실 지금 반 학생들은 비터이 게오르기너와 비밀리에 전쟁을 치르느라 당분간 사랑에 빠질 겨를도 없었다.

키쉬 머리, 무러이, 서보와 기너의 시내 산책 금지령이 내려진 이후 두 번째 주가 지나고 있었다. 머툴러에서는 매주 토요일 마지막 수업 시간 이후에 교사들이 짧은 교무 회의를 했는데, 교장이 주관을 하고 담임들과 사감들이 순서대로 어느 반에서 무슨 일이 있는지 보고했다. 이번 둘째 주 토요일엔 5학년에 대해서 모두 얼마나 좋은 평을 했는지, 잠시 동안 생각에 잠겼던 교장선생님은 만약 학생들의 학업에 지장을 주지 않는다면 10월의 초대 행사에 5학년이 참여할 수 있도록 하겠다고 말했다. 선생님들은 서로 마주보며 미소를 지었다. 퀼마르가 자랑스럽게 주위를 둘러보자, 기구쉬가 찬성하는 한편 목사는 이의가 없다고 말했다. 게다가 만족할 줄 모르고 실제보다 항상 더 큰 성과를 바라던 체육교사 트루트 게르트루드마저 고개를 끄덕이고는 반대하지 않았다. "학생들에게 먼저 말하면 안 됩니다!" 교장이 주의를 주었다. 칭찬받은 반 학생들이 자만에 빠지는 경우가 여러 번 있었기에 모두 찬성했다. 그중에서도 쾨니그는 가장 나서서 비밀로 하는 게 좋겠다고 했지만, 막상 회의가 끝나자마자 기숙학교로 달려갔다. 학생들은 식당에 앉아 식사를 시작하기 위해 선생님들을 기다리고 있었다. 사감들만 학생들과 함께 같은 식탁에서 식사했을 뿐, 교사들의 자리는 별도의 단상 위에 마련되어 있었다. 모든 학생들이 질색하도록 말이다. 누가 식탁보에 스프를 흘리는지, 누가 포크에서 음식을 떨어뜨리는지 위에서 항상 감시당하는 건 정말 입맛 떨어지는 일이었다. 쾨니그는 곧장 5학년 학생들에게 가서 어떤 결정이 있었는지 말했다. 학생들의 얼굴이 밝아졌다. 기녀는 10월의 초대가 무슨 행사인지 몰랐지만, 학생들에게 물어봐도 소용없을 것이었기에 어쨌든 알게 될 때까지 기다려야 한다는 것을 알고 있었다. 누군가 근처에서 호른 미치의 이름도 언급했는데, 갑자기 화가 치밀어 올랐다. 한 번도 호른 미치를 본 적이 없었지만 이름도 듣기 싫었다. 쾨니그에 대해서도 그랬다. 그는 사실 말하면 안 된다며 소식을 전하고서는 어리석은 행동으로 앞으로 다가올 기쁨을 망치지 말라고 주의를 줬다. 어른이라는 사람이 어떻게 이토록 입단속을 하지 못한단 말인가! 아무리 자신들을 위해 하는 일이라도 말이다!

회색의, 재미없는 토요일이었다. 아버지는 이날 오후에도 또 부다페스트가 아니라 이번에는 슈네그에서 전화를 했다. 비록 이후에 주전너와 토르머 게데온은 이제 비터이가 그렇게까지 뻣뻣하거나 우울하지 않다고 평가했지만 대화는 일주일 전과 똑같이 이루어졌다.

다음 날 아침 사감은 걱정스러운 얼굴로 식탁을 차리고 있었다. 휴일이었기 때문에 8시에 식사를 했는데, 주전너는 한참을 에르지벳 자매와 상의를 하고 나서 어딘가로 달려갔다가 밝은 얼굴로 돌아와 곧장 기너에게 갔다. 그녀가 어디에 왜 있었는지 밝혀졌다. 교장에게 다녀온 것이다. 2주 동안 내려졌던 외출 금지는 월요일 저녁이 되어야 끝날 것이기에 주말 예배를 빠져야 했지만, 오늘은 벌써 두 번째 일요일로 한 주 동안 정신적으로 힘을 주는 예배에 그들을 데리고 다녀와도 될지 주전너는 알고 싶었던 것이다. 교장은 교회에 가도 좋으며 모두들 2주일 동안 모범적으로 생활한 만큼 오전 예배로 시내에 나가는 김에 오후에는 시내 구경을 해도 좋다고 했다.

소녀 네 명이 모두 좋아했지만 주전너가 제일 기뻐했다. 그들은 옷을 차려입고 출발했다. 기너는 처음에 그랬듯, 또다시 토르머와 키쉬 머리 사이에 섰다. 두 소녀는 기너를 가운데 놓고 소곤거렸지만 기너는 이제 아무렇지도 않을 뿐 아니라 관심도 없었다. 기너는 처음과는 완전히 다른 눈으로 길을 주시했다. 교회까지 얼마나 걸리는지, 탈출하는 데 어떤 방법이 가능할지, 혹시 교회에서도 어떻게 하면 들키지 않고 밖으로 빠져나갈 수 있을지 살폈다. 하지만 교회에서 빠져나가는 것은 거의 불가능하다는 것을 깨달았다. 모든 학년에게 지정된 자리가 표시되어 있었고, 밖으로 나가는 문에는 장로들이 서 있었다. 갑자기 몸이 아픈 척해도 당연히 별 소용이 없을 것 같았다. 주전너가 예배 참석을 즉시 멈추고 기숙사로 데려갈 것이기 때문이었다.

예배 이후에 그들은 자유였고, 점심식사를 마치고 나서 우편물을 나눠 받았다. 첫 토요일에 아버지가 약속했던 소포가 지금 도착해 있었다. 비스킷을 가득 담은 커다란 종이 상자를 받으러 갔을 때, 기너는 설탕, 밀가루, 잼 향기가 가득한 손으로 간식들을 조심스럽게 한 줄 한 줄 쌓는 로저 아주머니가 보이는 듯했다. 아버지는 평소보다 더 시간이 있었는지 직접 "주전너 자매님 주소에 있는 나의 딸 기너에게"라고 썼는데, 분명 장군의 필체였다. 아버지는 보내는 사람 난에 자신의 이름과 계급을 온전히 쓰는 것이 군인답지 않다고 생각하신 걸까? 왜냐하면 보내는 사람 난에 병사의 이름을 써넣었기 때문이다. "보내는 사람: 토트 야노쉬, 모노르." 아버지는 최근에 얼마나 많은 곳을 다니시는 걸까?!

기숙사 규칙에 의하면 집에서 받은 것들을 혼자 먹는 것은 금지되어 있었기에, 바로 간식을 권하러 나서야 했다. 제일 먼저 주전너에게 권했다. 사감은 설탕이 뿌려진 별모양 비스킷을 집어 들었지만 먹지 않고 식기 옆에 내려놓았다.

"그릇과 접시들 좀 가지고 와요." 당번에게 지시했다. "게오르기 너의 간식을 먹어도 좋습니다."

그날 당번은 반키였다. 그녀는 부엌에서 크고 둥그런 그릇 하나와 디저트 접시 스무 개를 가져왔다. 주전녀는 창문으로 다가가 정원 쪽을 내다봤다. 그곳에 기구쉬 신생님이 지학년 선생님인 샤파르 에스테르와 팔짱을 끼고 걷고 있었는데, 지금은 검은색 유니폼이 아니라 컬러 옷을 입고 있었다. 주전녀는 기구쉬의 하늘색 옷, 높은 굽의 파란색 구두를 보고 또 보느라 등 뒤에서 무슨 일이 벌어지고 있는지 몰랐다. 기녀는 무슨 일이 일어나리라고 의심도 못 하고 그릇을 들고 출발했다. 그녀는 먼저 식탁 맞은편에 앉아 있는 어리에게 권했다. 어리는 '고마워!'라고 하지도 않고 고개를 돌렸다. 어리 옆에 앉아 있던 셜름은 그녀에게 이렇게 속삭였다. "무리하지 마, 필요없으니까. 너나 전부 다 처먹어!"

기녀는 손에 그릇을 들고 그냥 서 있었다. 모욕스러웠고 어떻게 해야 할 줄 몰랐다. 학생들이 비스킷을 받지 않는다고 주전녀에게 이르면 또다시 고자질쟁이가 될 것이었다. 하지만 사감은 무슨 일이 일어나고 있는지 알아차리지 못하고 그저 정원을, 옷을 쳐다보고 있었다.

사감이 뒤돌아섰을 때, 그녀는 가득 차 있는 그릇을 보고 깜짝 놀랐다.

"모두에게 권했니?" 사감이 물었다.

"네." 5학년 학생들이 동시에 대답했다.

"모두 받았다고?"

"모두요." 학생들은 단언했다.

"그런데 이렇게 많이 남았어? 그렇다면 다들 너무 부끄러워했나 보구나. 내가 나눠주지."

그녀는 가서 비스킷을 세어보고 각 접시에 두 개씩 놓고, 기녀의 접시에는 세 개를 올렸다. 그릇이 다 비었다.

"인사해야지!" 주전녀가 말했다.

"비터이, 고마워!" 5학년 학생들이 합창했다.

"맛있게 먹어!" 소녀는 속삭였다. 주전녀는 뒤에 있는 주방 창으로 갔다. 키쉬 머리를 따라 예외 없이 모든 5학년 학생들은 주머니에 비스킷을 쑤셔 넣었다. 기녀가 억지로 입에 넣은 꿀초콜릿 비스킷은 입속에서 쓰게 변했고 삼키기조차 힘겨웠다. 기녀는 나머지 비스킷 두 개를 식당에서 움켜쥐고 나와 변기에 버렸다. 다음 날, 장군이 보낸 소포의 장례식이 치러졌다. 오후에 학생들은 정원 일을 했다. 아이들은 부엌 텃밭의 일부에 땅을 파고 갈퀴질을 해서 준비했다. 서보는 마른 나뭇잎 한 더미를 모았다. 우선 키쉬 머리가 자신에게 주어진 땅에 낙엽을 갈퀴로 모아서 서보 앞으로 밀더니 나뭇잎 맨 위에 앞치마 주머니에서 꺼낸 비스킷 두 개를 올려놓았다. "끝이야?" 서보가 의기양양하게 물었다. "끝이야!" 키쉬 머리가 대답했다. 기녀는 서보의 나무 잎더미에 모든 반 학생들이 평소에는 그토록 먹고 싶어하던, 그 귀한 비스킷을 버리는 모습을 끝까지 지켜봤다. 아이들은 그 위에 나뭇가지와 낙엽들을 갈퀴로 모아 올렸고 반키가 모닥불을 지폈다. 고대 제물을 다루는 뚱뚱한 여사제처럼, 서보는 불을 꺼트리지 않기 위해 때때로 막대기로 연기를 피우며 타고 있는 더미를 뒤적였다. 그들은 기너가 지켜보는 모습만이 아니라 어떤 표정을 짓는지도 살폈다. 기너는 정원 아래쪽에 서서 눈썹도 까딱하지 않았다. 하지만 그것은 그들이 잠들기 전 저녁 시간까지였다. 소등 시간 이후 그녀는 아이들이 애꿎은 비스킷들을 태워버렸다는 사실에 울었다. 그녀는 울고 또 울면서 자기 자신이 더 강하지 못하다고 스스로를 증오했다. 어차피 여차하면 그들을 여기 두고 떠날 판에, 자신을 조롱하는 대로 그냥 놔두지 말았어야 했다. 그녀는 울음을 멈출 수 없었고, 절망적으로 숨이 넘어갈 듯 울어댔다. 하지만 그렇게 눈물을 흘리는 사이에도 아무도 그녀에게 다가오지 않았다. 이 아이들의 심장은 얼마나 놀랍도록 차가운지.

 전등이 켜지자 기너는 화들짝 놀랐다. 누군가 그녀에게 허리를 숙였다. 너무나 울어서 붉게 충혈된 눈 앞에 주전녀가 서 있었다. 그녀는 잠옷으로 갈아입고 있었고 두건도 머리에 쓰고 있지 않았다. 그리고 머리를 빗고 있었는지, 풍성한 금발이 곱슬거리며 어깨까지 풀어져 있었다. 그녀는 단정한 회색 실내복을 입고 있었는데 너무 아름다웠고, 또 너무 갑작스럽게 나타났기 때문에 기너의 눈에서 눈물이 뚝 그쳤다.

 "네가 울었니?" 주전녀가 물었다. 그리고 침대 위의 그녀 옆에 앉았다. "이렇게 조용한데, 복도에서도 네 울음소리가 들릴 정도야. 밤이 깊었다. 금방 자정이 될 거야. 무슨 일이니, 게오르기녀?"

 기너는 대답할 수 없었다. 대답하고 싶지도 않았다. 그저 손을 뻗어 주전녀를 끌어 잡았다. '선생님들과 접촉 금지' 규칙이 떠올랐다. 그리고 사감도 이 규칙이 생각났는지, 팔이 움찔하는 것이 느껴졌다. 하지만 주전녀의 팔은 기녀의 손을 뿌리치지 않았다. 그리고 계속 침대 가장자리에 머물렀다.

"울지 말렴." 사감이 말했다. "울지 마. 울 이유가 아무것도 없어. 학교는 다 괜찮고, 아버지는 토요일에 전화하셨지. 집에도 아무 일이 없다. 소포 때문이구나. 그래, 알아. 소포가 집 생각을 나게 했구나. 향수를 일으켰어. 내가 이래서 집에서 소포 보내는 걸 좋아하지 않는단다. 이제 그만 울어."

그녀는 거의 소리가 나지 않게 조용히 말했다. 기녀는 점점 더 기녀의 팔을 꽉 쥐었고 주전녀는 이제 오해할 여지없이 팔을 빼려고 했다.

"다른 학생들도 깨우겠다. 조용히 해, 게오르기너."

사감은 일어서서 주위를 둘러보았다. 5학년 학생들은 침대에서 잠들어 있었다. 당연히 사감의 단련된 눈은 학생들의 얼굴에 감춰진 메시지를 읽었다. 잠든 척하고 있는 학생들의 침묵하는 입술들은 이렇게 말하고 있는 것 같았다. '우는 거 알아요. 하지만 관심 없어요.'

"5학년 반에 누군가 이렇게 슬픈데 아무도 신경을 쓰지 않는다? 그렇게 훌륭한 심성들이 아니라는 걸 알려주는군." 주전녀의 다정한 목소리가 지금은 마치 얼음 바람에 칼날이 부딪치듯 울렸다. "이렇게 냉정한 학급이 호른 미치 아주머니의 간식 파티에 참석할 자격이 있는지 모르겠구나. 너희들이 알고 있는 걸 알고 있다. 쾨니그 선생님이 말씀하셨다고 얘기해주셨거든."

5학년 학생들은 자는 척하며 한동안 아무도 움직이지 않았고, 잠시 뒤 천천히 하품을 하거나 눈을 비비기 시작했다. 반키는 "아휴, 가여운 비터이가 자지 않고 슬퍼하는 줄 몰랐네"라고 말했다. 아이들이 기너 주위로 빽빽하게 몰려들자 기너는 더욱 격하게 울음을 터트렸다. 왜냐하면 이러한 아이들의 관심도 그저 장난이며 연극일 뿐이라는 것을 주전녀는 알지 못했기 때문이다.

"게오르기너를 위로해주렴." 주전녀 사감이 말했다. "만약 30분 뒤에도 계속 울고 있으면 반에게 책임을 묻겠어. 기너는 아직 많은 것이 낯설고 생활도 익숙하지 않아. 아버지는 멀리 계시고 말이다. 소포 때문에 향수병이 인 것 같으니, 기운을 낼 수 있게 도와주렴. 호른 미치 아주머니의 간식 파티에 대해서도 이야기해주고."

주전녀가 나갔다. 지금까지 기너를 들여다보던, 바로 옆에 있던 친구들, 키쉬 머리, 토르머, 무러이, 서보 그리고 반키가 토르머의 침대 위에 앉았다. 그리고 그저 바라봤다.

"저리 가!" 기너가 말했다. "아무도 필요 없어! 너희도 필요 없다고!"

"우리한테는 뭐 네가 필요한 줄 알아?" 키쉬 머리가 물었다. "지금은 또 밤에 슬퍼하지 말라고 놀아주기까지 해야 해. 잠 못 이루는 왕한테처럼."

"게다가 호른 미치 간식 파티에 대해서 너한테 얘기하라니." 서보가 화를 내며 말했다. "절대 안 될 일이지!"

"해야 돼!" 토르머가 고개를 흔들었다. "주전녀가 물어볼 거야. 확인할 거라고."

"그건 그래." 무러이가 말했다. "그럼 잘 들어, 이 멍청아. 호른 미치는 한 달에 한 번 반 아이들을 간식 시간에 초대해. 반 전체 학생을. 믿을 수 없을 만큼 좋은 음식을 차리시지. 호른 미치의 집에서는 정말 파티를 해. 놀이도 하고 가끔 춤도 추고, 모든 게 정말 아름다워서 기절할 정도야. 호른 미치에게는 철길에서 멀지 않은 곳에 아주 아름다운 집이 있는데 열쇠도 보통 집과는 달라. 대문 열쇠 끝에 살짝 웃고 있는 사람의 머리가 달려 있거든. 10월부터 매달 네 번째 주에 그 집에서 차를 마셔. 항상 최고의 학급을 초대하지. 우리는 아직 한 번도 가본 적이 없어. 생전 처음 이번에 가게 됐다고. 너 때문에 기숙사에 머물지 않도록 품위 있게 행동해. 그렇지 않으면 우리가 너한테 어떤 짓을 할지 보게 될 테니까."

기녀는 한참 그들을 쳐다보았다. 그러고 나서는 갑자기 뒤돌아 누워서 이불을 머리끝까지 끌어당겼다. 심장이 너무 뛰어서 이불이 들썩거리는 것 같았다. 주전녀가 들여다보았을 때, 반 아이들은 안절부절못하고 모두 깨어 속삭이거나 이야기를 하고 있었고, 기녀는 아기처럼 잠들어 있었다. 얼굴은 눈물이 마른 채 식어 있었다. '진정됐구나.' 주전녀는 고개를 끄덕이며 소녀의 이마를 쓰다듬었다. 낮이었다면 절대 하지 않았을 법한 행동이었다. 그 이마 뒤에 소녀의 마음을 자유롭게 만들고 편안한 잠으로 빠지게 하는, 어떤 어려움도 위로할 수 있는 생각이 자리 잡고 있는 줄은 알지 못했다. '10월 마지막 주, 호른 미치의 티파티 날에 탈출할 거야! 그 저택에 한 반 전체 학생이 북적거리게 된다면, 그리고 그곳이 철도 가까이에 있다면, 누군가 안에 들어가듯 밖으로 나올 수도 있을 거야. 달리 방법이 없다면 1층이나 지하의 창문을 통할 수도 있 겠지. 개인 저택의 1층과 지하 창문에 모두 철창이 있지는 않을 테 니까.'

## 저택에서의 탈출

날은 빨리 지나갔다.

마침내 구체적인 계획이 서고 탈출에 대한 희망 또한 현실적인 지금, 소녀들의 태도는 별로 신경 쓰이지 않았다. 선생님들 중에는 솔직히 여기 두고 떠나기 아쉽다고 생각되는 사람도 있었다. 예를 들어 컬마르는 역사를 가르쳤는데, 수업을 할 때면 듣는 사람의 눈이 반짝거리도록 만들었다. 국방 지식 시간에 컬마르가 애국심에 대해 이야기할 때면, 기녀는 여자였지만 기꺼이 즉시 무기를 들고 전장으로 나가 군인들을 돕고 싶었다. 그녀의 새로운 생활에 컬마르는 커다란 인물이 되어 있었다. 페리는 지나가버린 행복했던 세계에서 변함없이 빛나고 있었지만 닿을 수 없는 먼 곳에 있었고, 컬마르는 가까이서 잘 볼 수 있었기 때문이다.

기녀는 쾨니그의 수업을 싫어했지만 그는 훌륭한 교사였다. 박식할 뿐 아니라 강연도 훌륭했다. 기녀는 가끔 선생님의 설명을 들으며 그 아름다운 내용에 감탄하고 있는 자신을 발견했지만, 그녀의 의식은 여전히 들은 것들을 거부하고 있었다. 쾨니그도, 그의 교과 과목들도 받아들이지 않았다. 라틴어 시간에 배운 고전의 미덕을 컬마르가 설명했다면, 그 즉시 빛나고 확실한 진실이 되었을 것이다. 하지만 쾨니그가 설명하기 시작하자 회색빛으로 변해 버렸다. 기녀의 눈에는 수많은 훌륭한 남성들의 특징이나 시인 카툴루스의 사랑의 슬픔은 쾨니그와 전혀 어울리지 않았다. 쾨니그는 정말 모든 것을 갖추고 있었지만, 로마인의 특징이자 여인들의 가슴에 야생의 감정을 일깨우는 사랑에 관련된 그 어떤 것만은 가지고 있지 않았다. 괜히 쉰두 살까지 노총각으로 남아 있는 게 아니었다. 선생님은 교과서 내용에 항상 학생들보다도 훨씬 더 과민하게 반응했다. 이것도 남자답지 못했다. 서정시에 대한 과도한 동감, '이상적 아름다움'을 향한 열광. 다른 수업 시간에는 절대 있을 수 없는 일이 쾨니그의 수업 시간에는 일어날 수 있다는 것이 가장 짜증스러웠다. 컬마르는 반 분위기가 아주 조금이라도 느슨해진 것 같으면 가차 없이 5학년 학생들을 교실 구석에 불러 세웠다. 마찬가지로 쾨니그가 그런 상황에 이 방법을 쓰려 하면 그 벌은 항상 그냥 코미디가 돼버렸다. 어느 때는 나가 선 아이가 구석에서 킬킬거리고 웃거나, 가끔 소설책을 가지고 나가 쾨니그의 등 뒤에서 읽었고, 또 어느 때는 얼마 못 가 쾨니그가 자신의 엄격함에 스스로 난처해 어쩔 줄 몰라 하면서, 본인 입으로 이 정도 창피하게 했으면 충분하지 않겠느냐며 방금 구석으로 내보낸 아이에게 실제로 애원하듯이 했다.

기녀는 트루트 게르트루드 체육 선생님을 좋아했지만 수업 시간에 얼마나 학생들을 몰아대는지, 바닥 기기 연습을 할 때면 손바닥 피부가 남아나지 않을 것 같았고, 누가 체조기구 위에서 어지럽다고 하면 절대 인정하는 법이 없었다. 케레케시 수학 선생님도 좋아했지만 뜬금없이 3학년이나 4학년에 배웠던 것을 물어보곤 했기 때문에 끔찍한 수학 시간을 경험하곤 했다. 학생들이 잊어먹기라도 한 경우에는 종종 저학년 거실로 가서 당번 사감에게 금리나 백분율 계산을 물어볼 수밖에 없도록 했는데, 만약 그렇게 하지 않는다면 그들을 세상에서 추방해버렸을 것이다. 자연사를 가르치는 일레쉬 선생님은 이름처럼 날카로웠지만, 기녀는 그녀도 좋아했다. 하얀 가운을 걸친 모습이 항상 의사를 연상케 했고, 미모 고모의 향수 향처럼 화학 강연자 일레쉬의 세계 주위에는 화학 약품 냄새가 배어 있었다. 게다가 기녀는 일레쉬와 함께했던 수많은 실습도 즐겼다. 어느 때는 이제 생물이 채워진 테라리움—기녀에게 버림받은 남편—에서, 어느 때는 거대한 수조 옆에서 이루어졌는데, 선생님은 학생들이 이것들을 돌보게 하거나 과일을 추수하게 하거나 정원에서 일하도록 했다. 음악 선생님인 허이두는 별로 좋아하지 않았지만, 당연히 쾨니그보다는 본질적으로 훨씬 좋아했다. 허이두는 괴팍했고 가끔 모욕적일 정도로 빈정댔는데, 음악이 세상에서 가장 중요한 과목이라고 진심으로 믿는 것이 눈에 보일 정도였다. 기녀는 현기증 날 만큼 빠른 속도로 많은 것을 배워야 했다. 왜냐하면 부다페스트에서는 머툴러 학교에서보다 교회 노래들을 제대로 안 배웠을 뿐만 아니라, 음악가 코다이나 버르토크의 작품들도 대충 배웠다는 것이 금세 밝혀졌기 때문이다. 머틀러 학생들은 코다이의 합창곡들을 불렀으며, 정기적으로 음악사 교육도 받았다. 성가를 부르는 것 외에도 허이두가 축음기에서 들려주는 곡이 어떤 곡인지 알아맞히는 것도 점수에 들어갔다. 아직도 기녀는 대부분의 찬송가를 알지 못했지만, 미모 고모나 미르셀과 자주 방문하던 콘서트 덕분에 클래식을 잘 알고 있다는 것이 그녀를 구했다.

기구쉬 선생님의 수업 시간이 돼서야 온종일 쌓인 피로를 풀 수 있었다. 그녀의 수업 과제나 단어는 따로 공부할 필요가 없었고, 과제나 숙제도 몇 분이면 다 할 수 있었다. 주전너는 학습실에서 어려워하는 친구들을 도와주라고 했고, 기녀는 그러겠다고 했지만 아무도 도움을 요청하러 다가오지 않으리라는 것을 알고 있었고, 실제로 아무도 오지 않았다. 좀 어려운 숙제를 하게 되면 여러 권의 책이나 공책, 사전들에 파묻혀, 맞든 틀리든 스스로 끝냈다.

한번은 교장이 쾨니그의 공개 수업에 들어왔는데, 기녀가 과제 질문에 답하지 못하자, 쾨니그는 바로 토르머를 호명하여 질문했다. 큰아버지의 검은 눈빛이 지켜보고 있다는 것을 깨달은 토르머는 너무 당황한 나머지 가장 간단한 문법 형태도 알아차리지 못했고, 교장은 과제 확인장에 "준비하지 않음"이라고 직접 기록했다. 교장이 자리를 뜨고 나자 토르머는 바로 직전에 답하지 못했던 것을 처음부터 끝까지 완벽하게 대답했고, 쾨니그는 교장의 기록에 이렇게 써넣었다. "이미 개선됨. 최우수." 감사해야 할 일이었지만, 토르머는 못마땅한 눈으로 그를 쳐다보았다. 쾨니그가 환한 얼굴로 교장의 평가문 아래에 재평가 메모를 하는 모습을 보고 기너는 고개를 젓고 있는 자신을 발견했다. 그녀는 당황스러웠다. 이번 일에 함께 동조한다는 것을 반 아이들 중 누가 봤을 수도 있기 때문이었다. 그녀도 이제 그들과는 엮이고 싶지 않았다. 하지만 호른 미치의 티파티 탓에 학생들은 이미 기너에게 말을 걸고 있었다. 주전너가 나타나거나 혹은 쉬는 시간에 선생님이 함께 있을 때면 금세 누군가 기너에게 다가가서 건강은 어떤지, 읽고 싶은 것은 없는지, 도움은 필요 없는지 친근하게 묻곤 했다. 거실이나 식당에서 옆 짝꿍들과 조용한 담소가 허락될 경우에는, 키쉬 머리와 토르머가 미소를 지으며 기너에게 목저격 라틴어 전치시들을 소곤기리기 시작했다. 멀리서 보면 마치 그녀에게 말을 걸고 있는 것 같았다. 처음에 기너는 얼굴 근육이 귀까지 당겨지도록 미소를 지었다. 나중에는 화를 내는 것도 지쳤고, 하루하루 다가오는 호른 미치의 티파티까지는 어떻게든 견뎌내리라 다짐했다.

　장군은 실제로 매주 전화를 했다. 그들은 지켜보는 사람들 앞에서도 나눌 수 있는 진부한 말들을 서로 나눴다. 기너는 미모 고모의 지인들까지도 모두 다 잘 지낸다는 것을 알았다. 이젠 아버지에게 방문해달라고 조르지 않았지만, 자신을 그렇게도 잘 알고 있는 아버지가 여기서 어떤 문제가 생겼다는 것을 의심조차 하지 못한다는 게 그저 놀라울 뿐이었다. 그녀가 개인적인 이야기는 단 한 마디도 하지 않았을 뿐 아니라, 예전에 부다페스트에서 사용하던 말, 일반 여학생이 일과에 대해 이야기하는 말투와는 한 문장도 비슷하지 않았는데도 말이다. 소포는 더 이상 오지 않았다. 과자의 화형식은 한 번으로 족했기 때문에 기너는 이것도 기뻤다.

호른 미치의 티파티는 10월 마지막 주 일요일로 예정되어 있었다. 바로 전날 토요일에 수업을 마치고 전교생이 강당으로 모였고, 교장이 전반적인 평가를 다음과 같이 발표했다. 학년 시작부터 그날까지 최우수 성적을 거둔 학급은 5학년 반이다. 그들은 첫날의 유감스러운 징계 조치를 완전히 잊어버리게 만드는 반성과 모범적인 행동을 했다. 5학년 학생들의 부단한 노력을 보상하기 위해 티파티에 참석할 수 있도록 하겠다. 이 티파티는 학교 동문의 자선행사로, 10월부터 다음 해 6월까지 매달 가장 우수한 성적을 거둔 학급이 참가 자격을 얻는다. 출발은 오후 4시 반, 귀가 시간은 7시 반으로 지정된 사감과 담임이 동행하도록 한다.

10월의 토요일은 마치 아직도 여름인 양 날이 좋았다. 가을꽃들이 정원을 알록달록 가득 채우고 있었다. 기너는 점심식사 후에 하던 대로 곧바로 월요일 수업을 준비했다. 나중에는 괜히 했다는 생각이 들었지만 성실하게 모든 과제를 하고 책 없이 외울 정도로 라틴어도 공부했다. 공부하는 사이에 전화가 왔다는 호출이 있었고, 기너는 장군과 평소보다도 더 짧은 대화를 나눴다. 아버지는 딱히 해줘야 할 말이 없다는 게 눈에 띌 정도였고 그녀는 의미 없는, 그렇게 통제된 말을 많이 할 이유가 없었다. 내일모레 아침이면 집에 있을 테니.

준비가 끝나자 그녀는 이제 정말 작별을 하려고 정원에 나갔다. 주전너는 아무 곳에도 보이지 않았고 선생님들 숙소를 막고 있는 철창살 문 너머에도 아무 움직임이 없었다. 휴일 오후였다. 축복받은 자유 시간. 기녀는 석상까지 산책을 하고 그 앞에 앉아 정원을 바라보았다. 품에 책 하나가 놓여 있었지만 그녀는 읽지 않았다. 혹시 어느 선생님이 그녀를 발견하고 그냥 선한 마음에, 외롭게 혼자 있지 말고 어서 친구들에게 돌아가라고 할까 봐 책이 필요한 것뿐이었다. 그녀는 알퐁스 도데의 《소소한 이야기》 불어판을 가지고 있었다. 이 책이 어떤 내용인지, 책 없이도 불어로 대답할 정도였다. 기녀는 글자 위를 쳐다보면서 혼자만의 생각에 빠져 있었다. 뒤편 자갈길에서 인기척을 느꼈을 때 그녀는 누가 오는지 뒤돌아보았다. 그녀는 어러디를 보았다. 8학년생 어러디. 개학식 날 학교 깃발을 들고 있던 청년회장. 어러디가 천천히 다가왔다. 그녀의 얼굴엔 난감한 슬픔이 어려 있었다.

  기녀는 벤치 한쪽으로 자리를 옮겨 앉았다. 8학년생이 이쪽에 온 것이 기뻤다. 어러디는 항상 기녀에게 말을 걸었다. 그녀를 만나면, 자신을 투명인간 취급하거나 전치사를 물어볼까 싶어 겁을 집어먹을 필요가 없었다. 머틀러의 학생들은 아주 특별하다고 할 수 있을 정도로 침묵할 줄 알았고, 5학년 학생들은 비밀을 지켰다. 그들이 배신자를 응징하는 일은 다른 학년 학생들과는 상관없는 일이었기 때문에, 다른 반에 다니면서 깜빡 잊고 비터이 게오르기 너의 특별한 나날에 대해 이야기했을 가능성도 적었다.

  어러디는 그녀 옆에 마지못해 앉아서 짧은 대화를 이어갔다. 그러더니 갑자기 기녀에게 8학년 거실에 가서 학생들이 수업 준비를 다 했는지 살피고 와달라고 부탁했다. 이 무의미한 요청은 기녀를 멀리 보내고 싶어하는 그저 핑계에 불과했다. 너무 자명한 사실이었기 때문에 기너는 걱정이 일었다. 자신을 따돌리고 있다는 소식이 혹시 8학년에 들어간 건 아닐까? 그래서 그들도 이제부터 말을 붙이지 않기로 한 건 아닐까? 기너는 상처를 입고 일어섰다. 물론 어러디가 빨리 확인해달라고 재촉하는 걸 보면 아무래도 다른 이유가 있나는 생각이 들기는 했다. 그녀는 시둘리 가다가 지기 모습을 가릴 수 있는 어느 거대한 돌항아리 뒤에 서서 돌아보았다. 벽으로 둘러싸인 이곳에서 밀회는 못할 것이고, 도대체 무슨 비밀이 있는 걸까?

주머니에서 쪽지를 꺼내는 어러디를 보자, 기너는 이 청년 대표에 대한 존경심이 단숨에 사라져버렸다. 학교 깃발을 들었던 어러디, 부끄러운 줄도 모르나?! 분명히 아비가일한테 말도 안 되는 걸 가져간 모양이었다. 이 상급학년 학생이 아비가일의 바구니에 편지를 넣는 부끄러운 짓을 두 눈으로 목격하고 싶지 않았다. 기너는 부탁받은 대로 8학년 학생들을 찾으려고 거실로 달려갔다. 학생들은 벌써 한참 전에 과제를 마치고 체육실에서 뛰고 있었다. 물론 어러디는 그녀보다 이것을 미리, 더 잘 알고 있었을 것이었다. 그녀가 정원으로 돌아가고 있을 때 청년 회장은 벌써 맞은편에서 오고 있었고, 고민을 더는 데 성공한 듯 더 밝아 보였다. 기너는 8학년 사감에게서 들은 이야기를 전했다. 꼬꼬댁들이 어떤 경기에 도전해 와서 학생들이 특별 훈련 허가를 받아 트루트 게르트루드 선생님과 마루 운동을 하고 있다는 것이었다. 다른 학생들과 함께 있지 않다는 것을 들키기 전에 어러디도 어서 서두르라고 했다. 어러디는 체육실 쪽으로 달려갔고 기너는 또다시 정원에 혼자 남게 되었다.

다 큰 소녀가 이런 미신을 믿게 된 이유는 무엇일까? 기녀는 바구니로 달려가 손을 안쪽에 집어넣었다. 어러디의 편지가 바로 손에 잡혔다. "아주 큰일이 있을 때만 당신에게 도움을 요청할 수 있다는 걸 알아요. 하지만 지금 이건 정말 큰일이에요. 아비가일, 믿어주세요. 예전에 여니가 전장에 나가기 직전, 여니와 서로 안고 서서 찍은 사진을 수학 숙제장 안에 놓고 왔어요. 선생님들이 발견하면 어떻게 될까요? 졸업 시험을 볼 수 있을까요? 여기 재단에서 지원을 받고 있는데, 다른 학교로 전학 보내버린다면 우리 집에서는 수업료를 지불할 수 없을 거예요. 두와줘요, 아비가일!"

아이고, 이 기수 학생은 부끄러움을 모르는군! 그녀는 쪽지를 확 구겨버리고 싶었지만 제자리에 돌려놓았다. 아비가일은 이제 받침돌에서 내려와 돌계단을 걸어가겠지. 그리고 선생님들 숙소로 들어가 숙제장이 있는 캐비닛으로 가서 사진을 찾아낸 후 어러디에게 돌려줄 것이다. 그리고 머리를 곱게 빗고 이왕 움직인 거, 대문으로 빠져나가 어느 극장에라도 가서 앉겠지. 기녀는 간식을 먹으러 가서 키플리와 사과를 씹는 중에도 화가 났다. 그녀는 8학년들도 아주 애들 같다고 생각했다.

산책 후 에르지벳 자매가 당번을 섰고, 주전녀는 휴가였다. 5학년 학생들은 모두 휴게실에 모여 서로에게 성서 내용을 물어봤다. 나중에 알게 됐지만 이것도 머튤러의 전통으로, 호른 미치의 티파티에 지명된 학급은 토요일 정해진 휴식 시간에 고마움과 존경심을 표현하기 위해 자발적으로 성경 지식을 확인하는 연습을 했다.

질문자는 반키였다. 모든 말씀 구절이 어디에 있는지, 어느 편에 있는지, 누가 말했는지 꿰고 있는 절대적 지식에 기녀는 이미 놀라고 있었다. 자신에게는 아무도 아무것도 질문하지 않을 것이라는 사실을 기녀는 알고 있었다. 한 번도 그런 적이 없는데, 왜 꼭 지금 그렇게 하겠는가? 그리고 에르지벳은 오늘 기녀가 꼭 해내야 하는 일을 과감히 실행할 수 있을 정도로, 이 아름답고 은혜로운 오후 일정에 푹 빠져 있을 것이라는 점도 알고 있었다. 이제 저녁이 되면 주전녀가 돌아올 것이다. 에르지벳보다 더 주의 깊은 주전녀는 자주 복도를 걸어 다니며 화장실마다 문을 열고 들여다볼 것이다. 특별히 좀 어려운 질문이 나오자 학생들은 모두 긴장한 채 답을 찾아내기 위해 집중했고, 기녀는 에르지벳의 등 뒤로 몰래 빠져나가 복도로 나갔다. 뛰고 싶었지만 서두르지 않으려 조심했다. 기녀는 화장실로 숨어들어가 숨을 죽이고 제라늄 화분 틀을 주석 통에서 꺼내려 애썼다. 그리고 그곳에 숨겼던 소지품들을 꺼냈다. 모두 약간 축축했다. 화분 담당 학생들이 별 생각 없이 후다닥 물을 주었을 것이다. 하지만 큰 문제는 없었다. 다시 화분을 주석 통에 넣고 제자리에 놓았다. 그러고 나서 100포린트만 빼놓고 침실 매트리스 아래 모두 놓았다. 작별 인사 없이 갈 수는 없다. 그녀는 달력에서 종이 한 장을 떼어 가장 예쁜 글씨체로 이렇게 썼다. "나는 너희 모두가 너무 싫어. 이 감옥에서 그냥 바보 같은 놀이나 하면서 지내길 바라. 나는 어쨌든 탈출하니까. *비터이*." 학생들은 침대보를 갈 때 이 쪽지를 발견할 것이다.

100포린트를 신발 안에 구겨 넣었다. 취침 시간이 되어 학생들이 잠들면 가방에 넣을 것이다. 나중에 집에서 아버지는 기녀를 다른 학교로 전학시켰다고 머툴러 학교에 편지를 쓰고, 주전녀에게는 매트리스 아래 남겨둔 기녀의 소지품과 창고 담당이 가져간 짐을 챙겨 보내달라고 부탁하시겠지.

기녀는 휴게실로 돌아오는 데 성공했다. 몇 분간 그녀가 자리를 비운 것을 누구에게도 들키지 않은 것 같았다. 에르지벳은 기녀가 문을 열었을 때까지도 뒤를 돌아보지 않았다.

저녁에는 지리 영화를 상영했고 재미도 있었다. 기녀는 이전 어느 때보다도 침착하고 쾌활했다. 아쉽지만 영화는 무성이었기 때문에 컴마르가 설명을 곁들였다. 유성 영화 상영기가 없었디. 그녀는 제일 먼저 잠자리에 들었고 곧바로 돌아누웠다. 어떻게 무엇을 할지 다시 한 번 생각하고 싶었기 때문이다. 학생들이 기녀에 대해 이야기하는 소리도 들렸다. 속삭임들 속에서 그녀의 이름이 들렸다. 하지만 무슨 말을 하는지 아무 관심도 없었다. 숨죽인 대화 속에서는 어러디의 이름도 마치 빛나는 물고기처럼 자주 튀어나왔다. 하지만 어러디도 그녀의 안중에 없었기에 그 역시 궁금하지 않았다.

기녀는 제일 먼저 잠자리에 들었기 때문에 일요일 아침에도 제일 일찍 일어났다. 그녀는 씻고 옷을 갈아입은 다음, 복도에 지정된 자리에 줄을 섰다. 100포린트는 이미 저녁에 옷을 갈아입을 때 가방에 넣어두었다. 교회에서는 목사님과 완전히 다른 기도를 하고 있는 자신을 발견했다. 그녀의 기도는 오직 하나였다. 곧 그녀가 실행할 일을 성공할 수 있도록 해달라는 기도였다. 예배 후에 그들은 다른 학생들처럼 학교로 돌아가지 않았다. 그날 5학년 학생들은 티파티로 인해 오후 산책을 할 수 없기 때문에 예외적으로 오전에 산책에 나섰다. 기녀의 얼굴은 드물게 조화롭고 기분이 좋아 보여서, 주전녀가 그녀에게 너무 기뻐하는 게 티난다고 말할 정도였다. 물론 호른 미치 부인을 만나는 것은 큰 경험이니 이해할 수 있는 일이라고 했다. '무슨 상관이람.' 기녀는 생각했다. '호른 미치의 전통은 모두 하나같이 바보 같지만, 특별히 오늘은 화를 내지 않겠어. 호른 미치는 모르겠지만, 오늘 내가 탈출할 수 있도록 돕는 것이 그녀니까 말이야.'

오후에는 컬마르가 학생들을 이끌었고, 학생들 맨 뒤에는 주전녀가 걸었다. 검은 예복 유니폼에 커다랗게 틀어 올린 머리 위로 아주 작고 빛나는 머리 두건을 쓰고 있는 그녀도 축제에서처럼 아름다웠다. 기녀는 사실 다른 생각에 푹 빠져 있었지만, 처음으로 주전녀 선생님과 컬마르 선생님이 얼마나 잘 어울리는가 생각했다. 셜름은 호른 미치에게 가져갈 꽃다발을 만들어 컬마르에게 주었고, 그는 꽃다발에 감탄하고는 그것을 다시 기녀의 손에 쥐어주었다. 호른 미치를 처음 만나는 비터이가 들고 가라고, 이 특별한 부인을 오늘 처음 만나는 사람이 꽃을 전달하는 기쁨을 맛보라는 것이었다. 셜름은 이날 자신의 예술성과 열정을 담아 만든 꽃다발을 이 추방자, 비터이가 들고 가게 되었다는 것을 알았을 때 눈을 흘겼다. 훗날 기녀는 성인이 되어서도 그 눈을 떠올릴 수 있었다.

그들은 외투를 입었다. 출발하려고 할 때, 갑자기 날이 흐려지더니 비가 왔기 때문이다. 납빛 하늘은 이날 기녀에게 도움이 될 것이기에 이것 또한 특별한 기쁨이었다. 그러잖아도 밤 여행을 염두에 두었던 터라 외투는 중요했다. 부다페스트까지 그 먼 길을 11월 산책 때까지 입는 검은 스웨터를 걸친 채 가고 싶지는 않았다. 밤이 되면 완전히 어두워질 테고, 비가 오면 행인들은 서두르느라 머툴러 학생 한 명이 기차역에서 뭘 하는지 신경 쓰지 않을 것이다. 아르코드 도시의 규모라면 부다페스트로 가는 기차도 여러 편 있을 것이고 어쩌면 그중 바로 출발하는 기차에 올라탈 수도 있다.

그들은 이전에 산책하지 않았던 길들을 지나갔다. 호른 미치의 저택과 기차역에 점점 가까워지자 매 순간 점점 더 긴장이 됐다. 어느 골목길에선가 오른쪽으로 돌이 어떤 광장을 가로질렀다. 굉장 한가운데에는 석상이 세워져 있었다. 팔다리 없이 고통스러워하는 여인의 형상이었다. '아르코드에도 〈헝가리의 고통〉 석상이 있구나.' 기녀는 생각했다. 컬마르는 기녀에게 꽃다발에서 장미꽃 몇 송이를 빼서 이 기념석상 앞에 가져다 놓으라고 했다.

다른 때 같으면 영원처럼 느껴지는 매일 같은 일상에서 단지 몇 분이라도 벗어날 수 있다면 머리카락만큼이라도 다른 일이 일어나는 것에 기뻐했겠지만, 지금 기녀는 자신의 문제에 너무 집중되어 있었기 때문에 이런 요청도 별로 중요하지 않았다. 다만 컬마르가 자신에게 맡긴 일을 만족스럽게 해내고 싶었기 때문에, 그녀는 무리에서 떨어져 장미들을 어디에 놓으면 가장 좋을지 기념비를 살피기 시작했다. 석상 받침 위에 흰색의 작은 판이 눈에 띄었다. 당연히 석상을 만든 조각가의 이름이리라. '조각가 이름을 이렇게 써놓다니 정말 특이하네.' 소녀는 생각했다. '보통은 돌에 이름을 새겨 넣는데.' 그녀는 여인의 잘린 슬픈 몸통 앞에 장미꽃들을 올려놓았고 눈을 판에 쓰인 글씨에 맞췄다. 그렇게 가까이서 보니 그 글은 판도 아니고 출석부 위에 붙이는 커다란 태그 같은 그냥 종이 스티커였다. 그 스티커 위에는 절규하듯 손으로 쓴 글이 쓰여 있었나.

"의미 없이 헝가리의 피를 쏟지 말라! 우리는 전쟁에 패배했다. 더 의미 있는 미래를 위해 젊은이들을 구하라!"

자신의 눈을 믿을 수 없던 기너는 굳은 채 글을 보고 서 있었다. 컬마르는 뭘 기다리느냐고 소리쳤다. 그녀가 뒤돌아 섰을 때, 너무 놀랄 만한 것을 본 얼굴을 하고 있었기 때문에 컬마르도 반 아이들을 두고 그녀 옆으로 다가왔다. 글을 읽으려고 허리를 굽히고 나서 그는 뒤로 돌아 주전너를 불렀고, 기너에게는 학급 아이들이 서 있는 곳으로 돌아가라고 했다. 컬마르의 얼굴은 마치 얼어맞은 사람처럼 붉어졌다.

멋진 순간이었다. 5학년 학생들 중 아무도 무슨 일이 일어났는지 모르고 그녀 혼자만 알고 있었다. 어느 누구도 무리에서 빠져나와 그 석상에 있는 놀라운 게 무엇인지 볼 수 없었다. 기너는 키쉬 머리와 토르머의 얼굴을 보며 미소 짓고 나서 침묵했다. 하지만 학급 학생들도 가만히 있었다. 그녀에게 아무 질문도 하지 않았다. 한겨울에 난방이 안 되는 집 창문을 활짝 열어놓은 것처럼 그녀 주위의 공기가 갑자기 싸늘해졌다. '괜찮아.' 소녀는 생각했다. '끽해야 두 시간만 더 버티면 돼. 그럼 더 이상 너희를 볼 수도 없을 거야.' 예전 국방 지식 시간에 컬마르는 전시 중에 적의 분자들이 대중의 분위기에 영향을 미치려 한다고 설명한 적이 있었다. 그 때 그녀는 그게 실제로 어떤 것일지 상상이 안 되었다. 그런데 그 걸 지금 본 것이다. 수업 시간에 배운 적이 있는 전단지 형태는 아니었다. 이른바 선동이었다. 기녀가 장군에게 말씀드리면 뭐라고 하실까?

주전녀는 반 아이들과 등지고 서 있었기 때문에 컬마르가 가리킨 것을 보고 그녀가 어떤 표정을 지었는지 알 수 없었다. 선생님들은 뭐라고 속닥이더니, 이내 주전녀가 학급 아이들에게 돌아왔다. 그러고는 담임선생님에게 일이 생겨 좀 뒤에 따라 온다고 하셨으니 호른 미치 대에 다다르기 전에 만날 수 있도록 아주 천천히 길을 계속 가라고 아이들에게 말했다. 학급 아이들은 우울하게 출발했다. 주전녀는 장례 행렬을 따라 걷는 것 같은 속도를 지시했다. 서보가 고개를 돌리자 주전녀가 지적했다. "앞을 봐라, 모두!" 학생들은 석상에서 무슨 일이 일어나는지도 볼 수 없었다. '선생님께서 긁어내거나 떼어내시겠지.' 기녀는 생각했다. '그러곤 경찰에 신고하실 거야. 그래야지. 우리한테도 그렇게 가르치셨으니까. 정말이지 〈헝가리의 고통〉의 기사, 세인트 죄르지처럼 거기 서 계시는구나.' 조용히 비가 내리기 시작하자 멀리 보이는 몇 안 되는 행인들마저 처마 밑으로 들어가 사라졌다. '빨리 들어들 가세요.' 기녀는 생각했다 '다니는 사람이 적을수록 나는 좋으니까요.'

호른 미치의 저택은 생각한 것보다 멀리 있었다. 어쩌면 너무 천천히 나아갔기 때문에 그렇게 느껴졌을 수도 있다. 정말 컬마르는 아무 일 없었던 듯 학급 무리를 따라잡고 가장자리로 와서 이전에 섰던 자리에 섰다. 어느 저택이 호른 미치 부인의 집인지 아무도 기녀에게 말해주지 않았지만 금세 알아차릴 수 있었다. 그토록 세상을 떠들썩하게 만든 생각이 번득였던 옛 머튤러 졸업생의 집이라면 단연 이런 동화 속 같은 집이리라. 맨사드 지붕[경사를 완급 2단으로 한 형식의 지붕-옮긴이]의 이층집으로 좁고 홀쭉한 집이었다. 마치 아래 무슨 일이 있는지 궁금해하는 다락방처럼, 이 맨사드 지붕은 길 쪽으로 약간 튀어나오기까지 했다. 창문들은 길고 깊었고, 대문은 정말 대문이 아니라 전면이 바로 길 쪽으로 열려 있는 붉은 갈색 문으로, 작은 처마 아래 손잡이가 아니라 반짝이는 거대한 구리 구슬이 달려 있었다. 정원은 보이지 않았다. 있다 해도 아마 건물 뒤에 있었을 것이다. 이 순간 기녀에게 정원보다도 훨씬 더 마음에 드는 것이 있었다. 반지하였다. 이 반지하의 창문들은 인도와 거의 같은 높이에 있었는데, 어느 창에도 철창살이 보이지 않았다. 기차역은 정말 가까워서 기차가 뿜는 연기를 느낄 수 있을 정도였다. 길을 묻지 않아도 연기 냄새를 맡으면서 곧장 가면 될 듯했다. 아, 호른 미치가 기차역과 이렇게 가까운 곳에 살고 있다니 이 무슨 행운인가! 물론 호른 미치를 그냥 호른 미치라고 부르는 것은 말도 안 되는 일이지만 소녀들은 다들 벌써 옛날부터 이렇게 부르고 있었다. 제1차 세계대전이 발발한 1914년에 약혼한 김나지움 8학년 학생이었다면, 이제 47세나 48세의 할머니가 되어 있을 텐데 말이다.

주전녀가 초인종을 누르자 문이 바로 열렸다. 그들을 초대한 사람이 머튤러 학생들이 언제 도착하나 창을 통해 지켜보고 있었던 듯했다. 홀 쪽으로 이어지는, 실내 작은 복도의 나무 계단 아래에서 자그마한 여자가 대문을 열고 그들에게 미소를 지었다. 약간 바보 같고 끊임없이 킥킥거리는 뚱뚱한 노파일 것이라 상상했던 것과 실제 호른 미치의 모습은 하나도 비슷하지 않았다. 호른 미치는 늘씬했다. 마르고 여성스러운 가녀린 몸매로 특별히 우아한 오후 드레스를 입고 있었다. 아름답게 잘 관리한 머리에는 센 머리카락이 없었다. 초록색으로 빛나는, 보석 같은 눈빛의 아름다운 눈을 가지고 있었다. 컬마르가 그녀의 손에 키스했을 때, 기너는 자신이 무슨 일을 앞두고 있는지도 잠시 잊어버리고, '그녀가 이 학교 졸업생이라면, 하생 시절에 그녀에게 분필이나 출식부를 가져오라고 심부름을 보내거나 칠판 지우개를 왜 더 깨끗이 빨지 않았는지 나무라던 선생님이 그녀의 손에 키스를 하는 경우도 있겠지' 하고 생각했다. 어쩌면 호른 미치는 자신이 생각하던 것보다 더 괜찮은 사람일 수도 있겠다는 생각도 들었다. 이렇게 많은 학생들을 위해 매달 간식을 준비하고 즐거운 시간을 갖게 하는 일은 작은 일이 아니기 때문이다. 호른 미치보고 못생겼다고는 정말 말할 수 없는 것이, 그녀가 미모 고모보다도 놀라울 정도로 훨씬 더 예뻤기 때문이다.

　5학년 학급 학생들은 믿을 수 없을 만큼 절제되고 예의 바르게 행동했다. 그들은 현관에서 조용히 외투를 벗었고, 밀지 않도록 주의하라는 주전녀의 고개 끄덕임 신호에 따라 조심스럽게 줄지어 응접실로 향했다. 안에 들어가 호른 미치의 집 주변을 둘러보고 나서야 기너는 여러 다른 문제 외에도 '요새' 안에서 산다는 것의 문제가 무엇인지 깨닫게 되었다. 그 땅딸막하고 엄격한 세계에는 기너에게 익숙한 조화로움, 눈을 황홀하게 만드는 아름다움이 없고, 침대, 책상, 의자와 같은 그저 필수품만 있을 뿐이었다. 호른 미치의 응접실은 그녀의 방이나 미모 고모 댁과 대략 비슷했다.

콜마르가 호른 미치에게 기너를 소개하자 기니는 꽃다발을 건넸다. 호른 미치는 그녀에게 기숙학교에 처음으로 들어온 건지 물었다. 소녀는 그렇다고 대답하면서 이어질 말을 예상했다. '이곳에 오게 되다니 아주 운이 좋구나. 기숙학교에 오게 된 이상 머물러는 세계의 중심이란다. 사람들에게 어머니 대신 어머니, 아버지 대신 아버지가 되어주는 곳이지.' 하지만 호른 미치는 아무런 말도 보태지 않고 그저 부드러운 손을 기너의 팔에 올릴 뿐이었다. 기너는 이 접촉이 말하는 바를 느꼈다. '가여운 아가, 여기서 많이 힘들겠구나!' 그리고 이 부인을 만난 적이 있는 사람이라면 모두 느꼈을, 부인에게서 풍기는 특별한 마력도 느껴졌다. 호른 미치를 좋아하고 싶지 않았다. 기너는 피어오르는 호감을 억누르기 위해 애써야 했다.

방 안은 곧 유쾌하고 시끌벅적해졌다. 여섯 개의 작은 식탁 위에 아름다운 사기그릇과 은그릇으로 간식이 차려져 있었다. 호른 미치는 간식 시간이 빨리 끝나면 놀 시간이 더 많아지니 어서 시작하자고 말했다. 주전녀가 자리를 정했다. 점심식사 때의 좌석과 꼭 같이 앉아야 했다. 그래서 기너는 어리를 마주보고 앉았고, 오른편에 토르머, 왼편에 키쉬 머리가 앉았다. 그들이 앉은 자리는 집주인이 콜마르와 사감과 함께 앉아 있는 메인 식탁 옆의 아주 좋은 자리였다. 호른 미치는 본인이 직접 각 학생의 잔에 끊임없이 부글거리는 사모바르를 따라주었기 때문에, 차를 마시려면 그녀에게 가야만 했다. 머툴러에서 마시게 하는 형편없는 식물이 아니라, 붉은색의 향기로운 진짜 차였다. 기녀는 아주 즐겁게 홀짝이며 식탁 가운데 따로 쌓아놓은 샌드위치를 유난히 많이 먹었다. 부다페스트에 닿기 전까지 끼니를 때울 방법이 없다는 것을 알고 있었기 때문이다. 다른 아이들도 오늘 저녁을 먹기는 힘들 것이다. 기녀가 사라진 것을 깨닫게 되면 그녀를 찾아야 할 테니 말이다. 주전너와 컬마르, 둘이 분명히 책임을 져야 할 것이다. 그들의 자리는 벽난로 가까이 있었는데 기녀에게 미리 무리의 내화가 늘렸다. 벽난로 선반 위에 놓인 은색 프레임 사진은 호른 미치 부인의 아들로, 그가 돈강에서 작년에 전사했다는 것이었다. 정말 흥미로운 것은 남편이 제1차 세계대전 전장에서 병에 걸려 죽은 이후에도 재혼하지 않은 이유가 아들에게 계부를 만들고 싶지 않아서였다는 것이다. 아름다운 그녀는 여전히 결혼을 할 수 있을 것이다. 이제 그 가여운 아들도 없으니까.

 기녀는 그저 한 귀로 흘려 들으며 언제 주전너에게 가서 화장실이 어디에 있는지 질문할 생각을 하고 있었다. 배탈이 난 척하면서 집의 구조를 밝혀낼 것이다. 그리고 집 밖으로 나갈 수 있는 창을 찾는 순간, 바로 반지하에서 길로 도망칠 것이다. 세 차례, 점점 더 긴 시간 동안 사라졌다가 네 번째에는 아예 돌아오지 않을 것이다. 일단 간식 시간이 끝날 때까지는 꼼짝 않고 기다려야 했다. 어리, 토르머, 키쉬 머리는 호른 미치가 거절한 구애자가 몇 명인지 세고 있었고, 메인 식탁에서 어떤 이야기가 오가는지 들릴 정도로 가까운 곳에 앉아 있었던 기녀는 거기에 귀를 기울였다.

"또요?" 호른 미치가 물었다. "이번에는 어딘가요?"

"〈고통의 석상〉이요." 컬마르가 답했다.

"누구인지 알 수 없다니, 잘 이해가 안 되는군요." 호른 미치가 말했다.

"곧 밝혀지겠죠." 주전너가 답했다.

"지난번엔 교회 의자에 타자기로 쓴 작은 쪽지를 내가 발견해서 꺼냈죠. 부인들의 차 모임이나 교회 소식이라고 생각했거든요. 그런데 글쎄, 모스크바 라디오 방송 발췌문인 거 있죠. 기절하는 줄 알았다니까요. 모든 자리에 그런 쪽지가 쫙 깔렸더라고요."

"가능한 빨리 잡아낼 겁니다." 컬마르가 말했다. "이런 악당은 사형시켜야 해요. 제가 경찰에 신고했어요. 혹시 범인이 되돌아올지도 모른다며 보초가 그곳을 지키고 있어요. 우리 젊은이들이 전선에서 피를 흘리고 있는데, 여기서 그자들은 여론을 교란시켜 어머니들을 불안하게 하고 있어요."

호른 미치는 차를 젓다가 벽난로를 바라봤다. 은빛 프레임 액자의 사진 속에서 아들은 칼라 달린 셔츠를 입고 한 마리의 말 옆에 서 있었다. 사진 속에서 그는 고삐를 잡고 그들을 보며 웃고 있었다. 어머니를 빼닮았다. 기녀는 아비가일의 여자친구, 전하는 말에 따르면 수위실까지 들릴 정도로 크게 웃었다는 열여덟 살의 호른 미치가 어떻게 생겼었을지 생생하게 떠올릴 수 있었다.

"사형시킬 때 꼭 가서 볼 겁니다." 컬마르는 말했다.

"컬마르 선생님!" 주전녀가 불렀다.

거칠게 자신을 표현하거나 적절치 못한 행동을 하는 누군가에게 주의를 줄 때처럼, 정확히 그렇게 말했다. 처음에 컬마르는 고개를 숙였지만 다시 고개를 들고 주전녀를 노려봤다. '컬마르 선생님을 겁주지는 못할 거예요.' 기너는 생각했다. '남자거든요. 국방 과목을 가르친다고요. 그에게 설교는 안 통해요. 정말 적군들을 깨끗이 해결해버릴 테니까.' 호른 미치는 슬며시 미소를 짓고는 긴장을 풀고 싶은 듯 식기 옆 벨에 손을 올렸다. 벨이 울리자 한 늙은 부인이 온갖 과자를 담은 커다란 쟁반을 들고 들어왔다. 그녀의 복장이 이 집에서 일하는 사람이라는 사실을 가리켰지만, 기너는 마치 영주를 본 것처럼 놀랐다. 호른 미치처럼 부자 마님이 이 커다란 저택에 혼자 살 거라는 바보 멍청이 같은 생각을 어떻게 할 수 있었는지 자책했다. 당연히 여기에는 호른 미치 외에 다른 사람도 살고 있다. 하지만 어쨌든 아무도 없는 반지하 공간을 발견만 하면 이 집에서 나갈 수 있다.

늙은 부인은 식탁에서 식탁으로 다니면서 모든 사람의 접시에 과자를 담았다. 호른 미치는 일어서지 않고 그냥 말로 지시할 뿐이었다. 그리고 학급 아이들에게 오후에는 제비뽑기를 할 거라고 알렸다. "차와 과자를 충분히 먹고 나면 찻잔과 빈 접시들을 차례대로 식기실에 가져다 놓으세요. 식탁이 비워지면 주번은 벽난로 오른편 상자 안에 들어 있는 놀이판을 나눠주도록 해요. 선생님과 자매님도 함께 놀이에 참여하셔야 하니까 제가 숫자를 뽑을 거예요. 선물이 많이 있고 이것저것 당첨될 수 있으니, 피아노 의자 위에 놓인 모자 상자를 지켜보세요. 그 안에 상품이 꽉 차 있어요." 학생들은 번개처럼 빠르고 조용하게 식탁을 치웠고 모두 놀이판을 받았다. '어서 놀이나 해.' 기녀는 생각했다. '너희들에게는 만년필촉 다섯 개나 마분지에 쓴 금색 성경 글귀가 엄청난 일이겠지. 나는 오늘 오후 다른 일이 있어. 더 흥미진진한 일.'

기녀가 일어서자 주전녀가 못마땅한 눈으로 쳐다보았다. 그리고 몸을 숙여 기녀의 귀에 속삭였다.

"배가 아프니?" 수녀가 속삭였다. "어쩌니, 같이 가줄까?"

"아니에요." 컬마르와 호른 미치가 이야기를 멈추고 그녀를 쳐다봐서 기녀는 약간 부끄러운 듯 한숨을 내쉬었다. "그렇게 아프지 않아요."

"위층에도 욕실이 있고, 아래층에도 있어." 주전녀가 말했다. "하지만 미치 부인의 화장실을 사용하지 말고, 반지하로 내려가서 사용하거라."

아, 확실히 그렇게 하죠! 기녀는 밖으로 나갈 때, 주전녀가 키쉬 머리에게 '비터이가 돌아오기 전까지 기녀의 판까지 두 번 놀이를 하라'는 소리를 들었다. 오호, 정말 좋은 생각이야!? 기녀에게 상품이 중요하지 않은 게 다행한 일이었다. 키쉬 머리는 혹여 기녀가 상품을 따더라도 아무 말을 하지 않을 것이다. 호른 미치도 다른 뜻을 비쳤다. 그녀는 기녀 대신 자기가 놀이를 하겠다며 기녀의 판을 달라고 했다. 다른 학생에게 놀이에서 주의를 기울이는 데 두 배의 부담을 주어선 안 된다는 것이었다. 기녀는 현관으로 나갔다.

기녀는 주위를 둘러보았다. 머튤러에서처럼 모든 창문에 방공 블라인드 종이가 붙어 있었지만, 위아래로 나 있는 계단에 불이 켜져 있어서 훤히 잘 볼 수 있었다. 서둘러 반지하로 내려갔다. 늙은 부인을 볼 수는 없었지만 저쪽 어딘가에서 움직이는 소리가 들렸다. 공기 중에 바닐라 향이 느껴지는 걸 보면 뭔가 굽고 있는 게 분명했다. 기녀는 문 두 군데를 열어보았고, 세 번째에 그녀가 찾던 곳을 찾았다. 전등 스위치를 찾아 더듬거리다 불을 켰다. 여기도 창문에 붙은 검은 종이가 바깥세상을 차단하고 있었다. 직원용 욕실에는 길 쪽의 벽을 따라 욕조가 놓여 있었다. 욕조 가장자리를 밟으면 약간 높이 있는 창을 열고 창틀로 올라서서 단숨에 길로 나갈 수 있을 것이다.

그녀는 화장실을 사용한 양 물을 내리고 나서 밖으로 나왔다. 현관에서 옷걸이에 손을 뻗어 외투를 집어 드는 것도 문제없을 것이다. 머툴러 학생 티가 너무 나는 모자는 쓸 엄두가 나지 않았지만, 어쩌면 어둠 속에서 외투는 괜찮을 수도 있다. 그녀가 응접실에 다시 돌아왔을 때, 호른 미치가 나포이 과자 두 조각을 기녀의 상품으로 따로 받아놓았기 때문에 너무 고마웠다. 그녀는 즉시 그것을 가방 안에 집어넣었다. 여행 중 좋은 간식이 될 것이다. 누군가 천둥소리가 얼마나 크게 들리는지 귀 기울여보라고 했다. 새로운 쟁반을 들고 들어온 늙은 부인은 과자를 나눠주며 홍수가 날 정도로 비가 내린다고 했다.

두 번째는 20분 정도 지나서였다. 나가도 괜찮냐고 묻자 주전너는 이제 열이 없는지 기녀의 이마에 손을 올려보았다. 호른 미치는 약을 줄지 물었고, 컬마르는 남자가 그런 말을 듣고 있는 것이 불편하다는 듯 고개를 돌렸다. 기녀가 더 먹지 못하도록 접시도 치우라고 주전녀가 금지하자, 키쉬 머리 무리들은 고소하다는 듯이 상황을 지켜봤다. 마침 이렇게 엄청난 간식들이 제공되는 때에 기녀가 탈이 났다는 것에 모두 눈에 띄게 즐거워했다. 기녀가 밖에 있는 동안 호른 미지는 다시 그녀의 놀이판을 밑었지만, 이빈에는 아무것도 따지 못했다.

마지막으로 나갈 때는 허락을 구하지도 않았다. 기녀가 일어났을 때, 사감은 아픈 그녀를 데리고 먼저 돌아가는 편이 더 나을 것 같으니 컬마르 선생님이 나머지 학생들을 데리고 돌아오시라고 하는 소리를 들었다. 호른 미치는 이런 비를 맞고 가게 할 수는 없다고 반대하며, 이 아이는 기숙학교에 있어도 아플 테니, 적어도 조금 비가 잦아들 때까지만이라도 기다리라고 했다. 기녀는 주전녀의 의무감이 자신의 계획을 망쳐버릴지도 모르기 때문에, 그녀가 화장실에 쫓아오거나 정말 기숙사로 데려가버리기 전에 움직여야 한다는 것을 알고 있었다.

그 순간이 다가왔다. 마지막 이별의 시간. 다시 한 번 마지막으로 그들을 바라보았다. 자신이 기억할 마지막 모습이 머툴러 세계의 특징과 너무나 달라 이상했다. 소녀들이 예술품들 사이에서 실크로 입힌 의자에 앉아 멋진 과자를 먹고 있다. 땅딸막한 것, 흑백의 것은 아무것도 없다. 그저 타오르는 벽난로와 반짝거리는 은빛만이 가득할 뿐이다. 오늘 주전녀는 유난히 아름다웠고, 그 알 수 없는 선동자의 머리를 원한다고 한 이후 컬마르는 더욱더 남성스러웠다. 안녕, 냉혹하고 역겨운 키쉬 머리! 토르머, 어리와 셜름,

그리고 모두여! 지금 갑자기 페리가 다시 현실적으로 느껴졌다. 부다페스트도 예전 같지 않게 가깝게 느껴졌다. 테라리움이 또다시 떠올랐지만 이제 더 이상 그 때문에 화가 나지 않았다.

  늙은 부인이 기녀의 옆을 지나 현관을 지나가더니 이제 커다란 사기그릇에 구운 사과를 가지고 왔다. 기녀는 그녀가 응접실로 사라질 때까지 기다렸다가 옷걸이에서 외투를 집어 들고 화장실로 달려 내려갔다. 기녀는 전등을 켜지 않았다. 이제 그럴 수가 없었다. 그저 더듬거리는 손가락을 믿을 수밖에. 이건 욕조, 여기를 밟아야 하고 여기가 창턱일 테니 저기에 매달려야 한다. 성공했다! 창을 여는 것은 어렵지 않았지만, 창틀 위로 올라가는 것이 더 힘들었다. 트루트 게르트루드 체육 선생님 덕에 그녀의 근육은 최상의 상태였고 잘 올라갈 수 있었다. 먼저 머리를 밖으로 내밀어 주위를 살폈다. 길에는 아무도 없었고 하염없이 비가 내리고 있었다. 마침내 밖으로 나오자 그녀는 창틀에 다시 최대한 창문을 밀어 닫았다. 그러고 나서 달리기 시작했다. 조명이 거의 없는 미지의 거리. 기녀는 이곳에 올 때 기차 연기를 느꼈던 그곳으로 향했.

  자유였다! 기뻐서 소리를 지르고 싶었지만 당연히 그럴 수 없었다. 골목길에서 나와 방공 등불의 푸른빛 속에서 커다란 광장을 보았다. 그녀는 기차역에 아주 가까이 와 있다는 것을 바로 알 수 있었다. 희미한 불빛 속에서 '철도 식당'이라는 간판뿐 아니라 열려 있는 플랫폼과 길게 늘어서 있는 나지막한 역 본관도 볼 수 있었기 때문이다. 일 분 일 초가 급했지만, 여기부터는 이제 천천히 가야만 했다. 누가 부를까 두려웠다. 우산도 모자도 없이 한 소녀가 홀로 왜 숨이 멎도록 기차역으로 달려가는 걸까? 혹시 누군가 물어보면 기차를 놓칠 것 같아서 달렸다고 대답하리라. 그녀는 겨우겨우 마지막 발걸음을 재촉했다. 기차역 안으로 서둘러 들어가니 그 안에 유일한 개표소 창 하나가 빛나고 있었다. 의심스럽게도 별로 사람들이 없었나. '하나님!' 소녀는 생각했다. '왜 사람들이 이것밖에 없는 거지? 설마 지금 당장, 아니면 조만간 출발하는 기차가 없는 건 아니겠지?'

기너는 100포린트를 꺼내 들고 개표소 창 안으로 밀어 넣었다.

"부다페스트로 가고 싶어요." 졸고 있는 철도원에게 말했다. "기차가 언제 출발하나요?"

"한 시간 반 뒤에요." 철도원이 하품을 했다. "많이 연착하지 않는다면."

"그 전에는 없나요?"

"어떻게 있겠어요? 이것도 기적이죠. 전쟁이 시작되고 나서부터 모든 노선에 왕복 기차가 한 번만 다니는 거 몰라요?"

몰랐다. 그들은 부다페스트에서 자가용을 타고 다녔다. 그녀는 깜짝 놀라 무관심한 얼굴을 바라보았다. 한 시간 반이면 그녀를 찾아내 다시 데려가버릴 것이다. 개표원은 이제 눈까지 비비고 있었다. 졸린다는 것밖에는 아무 관심이 없어 보였다. 하품 소리를 흉내 내듯이 밖에서 뭔가를 풀고 칙칙거리는 기차 소리가 들렸다. 기너는 옆쪽을 보았다. 기차역 홀의 내부 문이 기차 레일 쪽을 향해 열려 있었고, 기차 한 대가 1번 플랫폼에서 연기를 뿜고 있었다.

"저건 어디로 가죠?" 기녀가 물었다. 흥분이 되어 말이 나오지 않을 정도였다.

"되묄크행이에요. 2분 후. 그런데 반대 방향이죠."

"괜찮아요. 되묄크행 기차표 한 장 주세요, 빨리!"

표를 받았다. 철도원은 두 관자놀이를 한 손으로 쥐어 잡고 되묄크행 표를 창구 입구로 밀며 그냥 이렇게 여행할 수 있는 사람들은 얼마나 좋을까 생각했다. '부다페스트가 안 되면 그냥 되묄크로. 이리로 저리로. 다 소용없고, 뭐니 뭐니 해도 젊은 게 최고지. 그런데 뭣 때문에 이렇게 안절부절못하는 거야. 거스름돈 10포린트 지폐들을 찢어버릴 듯 낚아채다니. 그렇게 바쁘면 100포린트 지폐를 왜 내? 어럽쇼, 귀신처럼 역사를 가로지르는군.'

'여기서 떠날 수만 있다면 괜찮아, 어디라도.' 소녀는 달리며 생각했다. 되묄크는 안전할 것이다. 거기서 부다페스트행 밤 열차를 타거나 아침에 집으로 전화할 수 있을 것이다. 어디에나 군부대는 있으니까 최고 지휘관을 찾아 자기소개를 하고 아버지가 데리러 올 때까지 기다릴 수 있게 해달라고 할 것이다. 다시 잡아 가둬버릴 수 있는 아르코드에서만 벗어날 수 있다면. 이전 기차에서 내린 사람들이 물 묻은 발로 기차역 홀의 돌바닥을 적셔놓은 바람에, 그녀는 달려가다 물에 미끄러져 무릎을 찧을 뻔했다. 저기 역 출구가, 저기 기차가 있다. 아직 2분이 다 지나지 않았다. 몇 초만 있으면 기차를 잡아 올라타겠지. 출구 문턱에 닿았을 때 그녀는 막 들어오는 사람과 세게 부딪치고 말았다. 그 사람이 붙들지 않았다면 나동그라졌을 것이다. 그녀는 사과하고 싶었지만 그녀를 붙잡은 사람이 먼저 사과하는 바람에 말이 목에 걸리고 말았다.

"파르동!"[실례한다는 뜻의 불어-옮긴이] 쾨니그가 말했다. "죄송합니다. 다치지 않았어요? 아이고, 미안합니다. 어디를 그렇게 서둘러 가시나요?"

그는 당황한 듯 눈을 깜빡이며 기녀를 바라봤다. 모자와 외투가 완전히 비에 젖어 있었다. 소녀는 울지도 못했다. 저기 바깥에 1번 플랫폼에서 되묄크행 기차가 출발하고 있었다.

## 아픈 아이

 아버지는 사냥을 좋아하지 않았다. 장군은 사냥에 별 재미를 찾지 못했지만 페리는 사냥을 좋아했다. 미모 고모의 티파티에서 페리가 사냥 성공담을 이야기할 때면 기녀는 감탄하면서 경청했다. 완전히 예기치 못한 상황에서 언젠가 페리가 했던 아주 이상한 이야기가 생각났다. "우스꽝스러운 일이죠." 대위가 말했다 "큰 사냥이 있을 때 야생동물이 풋내기 사냥꾼의 포획물이 되기도 해요. 꼭 총도 잘 모르는 사람이 잡는 거예요. 그냥 운이 좋았던 거죠." 춤을 추는 중이었기 때문에 기녀는 페리의 의견을 이해하기보다 불쌍한 노루나 사슴에게는 누구한테 잡히든 마찬가지가 아닐까 하고 생각했었다. 하지만 지금, 되묃크로 향하는 기차가 역에서 덜컹거리며 출발하고 있는 이 끔찍한 순간, 그녀는 자신이 틀렸다는 것을 느꼈다. 누구한테 목숨을 잃게 되는가는 어쩌면 정말 마찬가지가 아닐지도 모른다. 야생동물이라 하더라도 말이다. 유명한 사냥꾼

아픈 아이 143

의 포획물이 되는 건 하찮은 아무개의 포획물이 되는 일만큼 굴욕적이지는 않을 것이다. 여기서 교장선생님께, 아니면 허이두나 트루트 게르트루드에게 잡혔을 수도 있다. 아직도 달리기 결승전에 나갈 수 있을 정도인 게르트루드 앞에서 달려서 도망친다는 것은 승산 없는 일이라는 것을 모두 알고 있었다. 아니면 콜마르, 일레쉬, 아니 누구라도 괜찮다. 그런데 쾨니그라고? 하필이면 쾨니그?
 예상 밖의 힘으로 흠뻑 젖은 어깨를 잡은 커다란 두 손바닥 사이에서 그녀는 떨고 있었다. 쾨니그는 놀라울 정도로 힘이 셌고, 뒤돌아 가도록 방향을 틀기 시작했다. 기녀는 자신을 끌고 가도록 내버려뒀다. 반항을 해도 소용이 없었을 것이다. 역사 안에 다시 들어섰을 때, 쾨니그는 기녀의 왼편을 잡고 마치 아직 걸음마를 시작한 지 얼마 되지 않아 주의 깊게 살펴야 하는 아이처럼 그녀를 부축했다. 그러고는 안심시키는 목소리로, 여기서 그녀를 보게 되어 얼마나 놀랐는지, 만나게 되어 얼마나 다행인지 주절주절 설명을 늘어놓았다. "길을 잃었나 보구나, 그렇지? 길을 잃은 거지? 무리에서 떨어진 게 분명해. 오늘 5학년은 호른 미치 부인의 손님으로 초대받았지? 모든 게 다 방공 정전 때문일 거야. 앞에 뭐가 있는지조차 보이지 않으니까. 안전한 가을 소풍을 위해 교통이 어떤지 알아보느라 역에 나왔는데, 정말 다행이야. 다시 길을 잃으면 안 되니까 이제 내가 안내해주마."
 기녀는 의심 없는 표정을 짓고 있는 그의 얼굴을 쳐다보았다. 쾨니그의 선의가 전설적이라는 건 항상 알고 있었다. 어쩌면 그 덕에 다시 도망칠 수 있을지도 모른다. 지금 이 순간이 아니더라도 좀 나중에, 다음번에 어떤 기회가 올지 아직 모를 일이다. 입을 다물자. 잠자코 있자. 혹시라도 나 자신을 드러낼 수 있으니 머튤러에 돌아갈 때까지 아무 말도 하지 말자. 그때까지는 주전너에게 할 말을 생각해야 한다. 사감은 쾨니그가 아니니까. 그들이 역 홀을 거의 다 통과했을 때, 창구 문이 열리더니 졸린 얼굴의 철도원이 밖으로 나왔다. 철도원은 그들을 바라보고는 심술궂게 웃었다. 입을 움직이는 것조차 힘겨운 듯했다.

"되묄크행 기차를 못 탔나요?" 소녀에게 물었다. "왜 그랬지? 내가 표를 팔았을 땐 역 안에 기차가 서 있었는데."

기녀는 심장이 멎는 줄 알았다. 이 불행의 사나이는 본의 아니게 고자질을 하고 있는 것이다.

쾨니그는 이 철도원 유니폼을 입은 사람을 보고 마치 한 번도 철도원을 만나본 적이 없었다는 듯 놀라면서도 호의적으로 응시했다.

"잘못 보신 것 같네요." 친근하게 말했다. "비터이 학생과 누군가를 헷갈리시나 봐요. 비터이 양은 아무 곳에도 가려고 하지 않았습니다."

"여행을 가려던 게 아니라고요?" 표 파는 사람이 화를 내며 말했다. "내가 표를 팔았는데요? 어찌나 서두르는지 혼이 달아날 것 같더만. 내가 100포린트에서 내어준 거스름돈이 손에 있잖소. 표도 있고. 내가 바보란 말이오?"

이제 끝이다. 이제 정말 끝이다. 너무 놀란 나머지 10포린트짜리 거스름돈을 주머니에 넣는 것도 잊고 있었다. 오른손에는 돈도 표도 쥐어져 있었다.

"에이, 무슨." 쾨니그 선생님은 말했다. 그리고 기녀의 오른손을 잡았다. 얼어붙은 오른손 손가락에서 10포린트짜리들과 되묄크행 티켓을 거두어 그의 주머니에 집어넣었다. "비슷한 다른 여학생이 었겠죠. 우리 학생이 왜 여행을 하려고 했겠어요? 가엾세도 길을 잃었어요. 여기 출신이 아니라 도시를 잘 모르거든요. 우리가 만난 게 천만다행이죠."

철도원은 한동안 말없이 둘을 번갈아 바라보더니 모퉁이를 돌아 창구로 들어가서는 쾅 하고 문을 닫았다. 소녀의 왼편을 잡고 있던 쾨니그의 손은 변함없이 강하게 소녀를 자신에게 끌어당겼다. 소녀는 무표정한 얼굴로 그가 이끄는 대로 따랐다. 아, 또 그녀는 틀린 것이다. 쾨니그는 그녀가 생각한 그런 바보가 아니었다. 그는 그녀의 돈과 표를 빼앗아 숨겼다. 머툴러에 아무것도 보고하지 않기 위해, 아무 일도 일어나지 않은 척하기 위해서. 그녀가 도망치도록 도울 생각이나 용기는 없지만, 고자질하기에는 또 감상적인 것이다. 그렇다면 그런 척하자. 아무 일도 일어나지 않은 척. 비터이 양은 규율에 어긋나는 일을 저지르고 싶지 않았고, 비터이 양은 착한 소녀다. 그녀 때문에 총회의를 열 필요는 없다. 하나님, 밖으로 내보낼 필요는 없습니다.

밖으로 내보낸다고?

밖으로 내보낸다고!

기녀는 그를 쳐다봤다. 어떻게 이렇게 어리석을 수가 있지? 어떻게 지금 이 순간까지 생각조차 못 했을까? 아주 큰 죄를 지으면 징계 회의에 회부되는데 그 부모도 참석해야 한다. 이때 죄지은 학생이 충분히 소명하지 못하면 제명이 된다. 아주 커다란 죄라면 국내 어느 기관에도 들어갈 수 없는 퇴학 처분을 내리겠지만, 작은 죄라면 전학을 보내는 선에서 해결된다. 비터이 장군의 아이가 평생 공부도 못 하게 하지는 않을 것이다. 분명 비터이 장군을 불러 딸아이를 다른 학교로 전학시키라고 할 것이다. 콜럼버스의 달걀. 그렇게 된다고 해도 잃을 게 없었다. 오히려 이제부터 모든 것이 시작이다.

그들은 벌써 역사 밖 광장을 지나고 있었다. 쾨니그는 변함없이 그녀의 손을 꽉 쥐고 거의 달리듯 움직였지만, 이제 소녀는 순순히 그와 보조를 맞추려 노력할 뿐 아니라 거의 즐거운 듯 보였다. 물웅덩이를 지나느라 무릎까지 진흙이 튀었지만 그녀는 이것도 상관없었다. 아니, 오히려 기뻤다. 진짜 탈주자처럼 더 흠뻑 젖고, 더 외모가 추레해 보이기를. 광장에는 여전히 아무도 없었다. 하지만 호른 미치가 사는 길에 다다르자 모퉁이의 방공 전등 빛 속에서 갑자기 주전너가 눈에 띄었다. 주전너도 그들과 마찬가지로 얼굴과 옷이 흠뻑 젖어 있었다. 망토도 우산도 손에 들려 있지 않았다.

"기녀," 주전너가 처음으로 그녀를 애칭으로 불렀다. "어디 있었니? 화장실에서 잘못된 줄 알고 쫓아갔더니 집 안 어디에도 없더구나. 그래서 일단 안에 아무에게도 말 안 하고 밖으로 뛰어나왔어. 우산도 뭣도 가져오지 않았지만, 됐다. 네가 여기 있으면 된 거야! 어디 있었어?"

"도망쳤어요." 기녀가 말했다. 침착하게 말하고 싶었지만 목소리는 그렇지 못했다. 무서워서가 아니었다. 화가 나서, 이 서커스를 이제 그만 끝내버리고 싶어서였다. "집으로 가고 싶었는데, 기차역에서 쾨니그 선생님한테 붙잡혔어요."

"무슨 소리야." 쾨니그가 말했다. "이 아이는 아파요. 집에 돌아가는 즉시 의사 선생님께 신료를 받아야 해요. 도망치러 했다니! 역 쪽으로 배회하긴 했지만, 어디로 가야 할지 어떻게 알았겠어요? 나를 만나지 못했으면 어떻게 되었을지, 정말 생각만 해도 끔찍합니다."

뭔가 말하고 싶은 듯, 주전녀의 입술이 달싹였다. 하지만 여전히 그녀는 입을 다물고 기녀의 다른 손을 잡았다. 갑자기 쾨니그의 손을 뿌리치고 다시 그들 앞에서 사라질까 봐 두려운 것 같았다.

"제가 100포린트로 산 표와 거스름돈이 쾨니그 선생님 주머니에 있어요." 기녀가 말했다. "어서 코트를 보세요. 거기 있으니까요. 선생님이 뺏어갔어요."

쾨니그와 주전녀가 거의 동시에 말했다. 쾨니그는 "가여운 아이, 열이 있는 게 분명합니다. 내가 뭘 빼앗았다고? 게다가 표랑 돈이라니! 말도 안 되지!"라고 했다. 주전녀의 목소리는 차가웠고 거의 화를 내는 듯했다. "선생님한테 그게 무슨 말버릇이니?"

기녀는 두 사람을 무기력하게 번갈아 쳐다보았다.

"아픈가 봐요." 사감은 큰 목소리로 말했다. "티타임에 여러 차례 밖으로 나가더니 갑자기 보이지 않더라고요. 난데없이 무슨 말도 안 되는 소리를!"

"내가 말했죠? 열이 있다니까요." 쾨니그가 안타까워했다. "가엾어라, 얼마나 착한 소녀인지 봐요. 분명히 호른 미치에게 걱정을 끼치기 싫어서 이렇게 몸이 안 좋은데도 거기 있는 게 힘들다고 말하지 못했을 거예요. 그래서 혼자 기숙사로 돌아가려 한 거죠. 그런데 안타깝게도 반대 방향으로 간 거예요. 가여운 아이가 기숙사로 가는 길을 어떻게 알았겠어요?"

"그렇게 고집불통에 유난스레 독립적이지 않으면 좋았을 것을." 주전너는 기녀가 거기 없는 듯, 그들이 하는 말을 듣지 못하는 듯 말했다. "동행 없는 외출이 금지라는 것을 알고 있었을 테니 사실 벌을 줘야겠지만, 진정 이타적으로, 다른 사람들의 즐거움을 망치고 싶지 않아서 그런 거니까 처벌을 미룰 다른 방법을 찾아보겠어요."

사람을 기만하고 정에 무른 쾨니그와 단순하기 짝이 없는 성인 주전너. 기녀는 여기 서 있는 이 두 사람만큼 평생 누군가를 이렇게 증오해본 적이 없는 것 같았다. 그들은 오른쪽과 왼쪽에서 기녀의 양쪽 손을 잡고 되돌아갔다. 쾨니그가 초인종을 울리자 늙은 부인이 대문을 열었다. 하나같이 흠뻑 젖어 물을 뚝뚝 떨어트리고 있는 그들을 보고 노인이 그저 손뼉만 마주치며 얼마나 투덜거렸는지, 이내 호른 미치가 학생들을 두고 홀로 나왔다. 영리한 눈빛으로 눈앞에 펼쳐진 장면을 훑은 호른 미치는 조용하게 몇 마디 말로 가정부를 안심시키고 부엌으로 내려보냈다. 쾨니그는 갑작스러운 방문에 죄송하다고 수천 번 말했다. 그러면서 앞서 말했듯, 이 가엾고 아픈 비터이 양이 기숙학교로 돌아가려 했다가 빗속에서 길을 잃는 바람에 우연히 만난 주전너 자매님과 함께 이곳으로 부축하며 데려왔다고 했다. 기너는 입을 악물고 꼼짝 않고 서서 호른 미치를 쳐다봤다. 한 마디도 사실이 아니고 그냥 잡혀온 거라고 다시 반박하려 하지 않았다. 호른 미치도 쾨니그처럼 그냥 연기를 하거나 순진하게 믿고서, 기너가 모범적이고 희생적으로 행동했다며 따로 상을 내릴지도 모른다. 이렇게 많은 어른들과 싸울 수는 없는 노릇이었다. 기숙학교에 도착하게 되면 주전너와 이야기를 할 것이다. 쾨니그가 되묄크행 표와 돈을 숨겼지만, 탈출에 대한 다른 증거가 남아 있을 것이다. 아, 얼마나 행복한 일인가! 저 꼴 보기 싫은 키쉬 머리 무리들 덕에 작별 편지를 남기고 왔으니!

　게임은 끝났다. 허락된 시간이 다 되었기 때문에 어차피 끝내야 했다. 5학년 학생들이 줄을 섰다. 퀼마르는 현명하지도, 규칙에 맞게 행동하지도 않았다고 부드럽게 기너를 나무랐다. 장이 탈이 나는 건 부끄러운 일이 아닐 뿐더러 오히려 모두가 안타깝게 여기는 일이다. 낯선 도시에서 길을 나선 것은 분명 큰 실수였다. 뭐, 양호실에서 잘 치료해줄 것이다. 아이들이 지켜보고 있었기 때문에 기너는 약해지지 않으려고, 혹시라도 절망감을 들키지 않으려고 주의를 많이 기울였다. 이제 기너도 키쉬 머리 무리들이 정말 그녀가 이타적이었다고 믿기를, 도망치려 했다가 쾨니그가 망쳤다는 사실을 비웃지 못하기를 바랐다. 그들은 우산을 꺼냈다. 주전너는 기너를 따뜻하게 해주려고 토르머와 키쉬 머리에게 기너의 팔짱을 끼우라고 했다. 기너가 세 사람의 머리 위로 우산을 들었다. 늙은 부인이 다시 나타나 남은 과자를 소녀들의 가방에 나누어 담았다. 퀼마르가 인사를 시켰고, 대문이 닫혔다. 멀리서 다시 빽 하고 기차가 짧은 기적 소리를 내더니, 곧 빗소리밖에 아무 소리도 들리지 않았다.

주전녀가 대화를 금지시켰지만 물론 학생들은 속삭였다. 기너의 뒤에서 서보는 오늘처럼 재미있었던 적은 평생 없었다고 감탄했다. 차를 많이 마셔서 몸이 얼마나 따뜻해졌는지 공기가 차가운지도 모르겠다고 했다. 당연히 이 말은 기너에게 한 말이었다. 서보는 토르머와 키쉬 머리처럼 기너의 몸이 떨리는 것을 느끼지 못했지만, 흠뻑 젖은 옷을 입고 있는 게 별로 유쾌한 일이 아니라는 것은 알고 있었다. 기너는 이 말도 아프지 않았다. 그녀에게는 학급 아이들이 가십보다 훨씬 더 심각한 고민들이 있었다.

그들은 갔던 길을 따라 다시 되돌아왔다. 〈헝가리의 고통〉 석상에는 이제 경찰이 서 있었다. 그들이 그곳에 이르자 경찰은 파란빛 손전등을 비추다가 컬마르를 알아보고 경례를 했다. 절단된 훈가리아 석상의 발밑에 장미가 놓여 있었지만 글은 어디에도 보이지 않았다. 토르머 무리는 분명히 컬마르가 교장선생님과 가을 소풍에 대한 이야기를 할 거라고 속삭였다. 사감이 무슨 생각을 하고 있는지 알 수 있으면 좋으련만, 그녀의 얼굴에는 언제나 어떤 감정도 묻어나지 않았다. 학생들은 행진할 때와 같이 모두 함께 발을 내디뎌야 했지만 비가 많이 내려서 쉽지 않았다. 키쉬 머리는 가끔씩 일부러 걸음을 놓치고서는 재빨리 걷는 척하며 기너의 신발을 살짝 찼다.

요새에 도착한 5학년 학생들은 바로 휴게실로 안내되었다. 호른미치의 티파티를 마친 후 학생들은 보통 저녁을 먹지 않았다. 먹을 수도 없었을 것이다. 그들은 저녁기도 시간 때까지 놀거나 책을 읽을 수 있었다. 주전너는 즉시 기너를 따로 불렀다. 키쉬 머리에게는 침실에서 비티이의 침구와 세면도구들을 챙겨 병실로 가져오라고 했고, 의사 선생님을 모셔오라고 토르머를 보냈다.

쾨니그는 바로 사라졌다. 분명히 옷을 갈아입거나 따뜻한 족욕을 하기 위해서였을 것이다. 콸마르도 학급 아이들을 두고 사라졌다. 가장 조금 젖었음에도 불구하고 말이다. 병원 섹션의 간호원 자매는 깜짝 놀라 주전너와 기너를 바라보았다. 겉으로 보기에 둘 중에 누구를 침대에 눕혀야 할지 확실히 판단할 수 없었다. 적어도 부다페스트 소녀만큼 젖어 있었던 주전너는 돌봄과 따뜻한 침대가 필요해 보였다.

기너는 옷을 벗었다. 이불을 덮어 평평하게 하고 있을 때 여의사가 나타났다. 주전너는 기너가 심한 배탈이 나서 침대에 눕혔다고 말했다. 의사는 한참 배를 두드리고 혀와 목도 들여다보았다. 기너는 저항하지 않았다. 여기 있는 모든 사람들에게 무슨 설명을 해야 한다는 것인가? 자신의 위는 아주 건강하고 전혀 다른 이유로 화장실에 들락거린 거라고? 주전너와 단 둘이 남게 될 때가 있을 것이다. 우스운 것은 의사가 기너에게 세 번이나 혀를 내밀어보라고 하더니 왜 백태가 껴 있지 않을까 고민하고 나서, 그럼에도 그녀에게 다음 날 엄격한 식단을 배정한 것이다. 의사가 보기에는 흠뻑 젖은 것이 더 걱정이라고? 말도 안 돼. 매일 다섯 번 열을 재야 한다고? 나를? 열이 있으면 차와 해열제를 주라고? 열은 무슨 열? 의사는 원한다면 9시까지 책을 읽어도 좋다고 허락해주었다. 기너는 책을 읽고 싶지 않으며 주전녀 자매님과 할 말이 있다고 했다.
"나중에." 의사가 말했다. "자매님은 일단 방에 돌아가서 옷을 전부 갈아입으세요. 심하게 아프고 싶지 않다면 말이죠."
주전녀는 금방 다시 오겠다고 약속했고, 기녀는 혼자 남았다. 간호사 자매는 혹시나 싶어 책 한 권을 옆에 준비해두었다. 식사 중 학생들에게 오락으로 제공되는 스위스 교양소설의 다른 편으로, 역시 죽도록 지루한 내용이었다. 하지만 기녀는 그저 침대에 누워 눈을 감고 있었다. 마침내 긴장을 풀 수 있게 된 지금에서야 평생 이렇게 피곤했던 적이 없었다고 느꼈다. 그녀는 사감이 언제 돌아올지 기다리며 주의를 기울였다. 힐 밀을 생각하고 어떻게 말할지 생각했다. 주전녀는 성경 그 자체만큼 엄격하니, 그녀가 무슨 짓을 계획했는지 밝혀줄 증거를 손에 쥐어준다면 설사 기녀를 좋아했다 하더라도—주전녀가 누군가에게 끌리는지, 아니면 그저 해야 할 일을 하는 것뿐인지는 결코 확실히 알 수 없었다— 혹시라도 느낄 동정심이나 호감을 누르고 기녀가 탈출하려 했다고 즉시 교장선생님께 보고할 것이다. 이것은 그녀가 여기 누워 있는 것만큼이나 확실하다. 주전녀는 쾨니그가 아니다. 주전녀는 엄격하다. 어쩌면 며칠 후면 모든 게 해결될 것이다. 이제 더 이상 기녀가 아버지와 솔직하게 대화할 수 없게 하는 그런 연극을 계속할 수 없다. 만약 이 반에서 기녀의 삶이 어땠는지 장군이 알게 된다면, 단 15분만 자유롭게 아버지와 대화할 수 있다면, 아무리 이 학교가 그녀를 기꺼이 머물 수 있게 허락한다 해도 집으로 데리고 가실 것이다. 자신의 딸이 고문당하도록 내버려두지 않을 것이다.

기녀는 주전녀가 돌아올 때까지 한참을 기다려야 했다.

주전녀도 옷을 갈아입었다. 역시나 회색 일상복에 낡은 일상 신발 차림이었으며, 두건 대신 머리에 수건으로 터번을 묶어 쓰고 있었다. 기녀는 심란한 가운데에서도, 그토록 이상한 터번을 한 주전녀를 빤히 쳐다보았다. 주전녀의 머리도 흠뻑 젖었는데, 머리가 아주 길어서 당연히 아직 다 말릴 수 없었을 것이다.

"좀 괜찮니?" 사감이 물었다. 침대 옆으로 의자를 하나 끌어와 앉았다. "호른 미치 부인은 얼마나 친절하신지! 글쎄, 여기 오셨지 뭐니? 한 5분 되었나? 이렇게 늦은 시간에 말이다. 네가 어떤지 보려고 오신 거야. 춥지는 않니, 게오르기너? 배는 안 아파? 미식거리지는 않고?"

아니, 전혀. 그녀는 배가 고프다. 하지만 지금 그게 중요한 게 아니다. 중요한 건 이제 좀 서로 이해하는 거다. 그리고 이제 호른 미치도 좀 내버려두고.

"나한테 무슨 말이 하고 싶은 거니?" 주전녀가 물었다. "음식을 줄 수는 없어. 금지야. 배고픈 것 같아도 그건 가짜 느낌이야. 이렇게 위에 탈이 나서는 뭘 먹을 수가 없단다."

"위는 아무렇지 않아요." 기녀가 말했다. "탈이 나지도 않았어요. 호른 미치 부인의 집 어디에 화장실이 있는지, 어느 창을 통해 밖으로 나가 역으로 갈 수 있을지 궁금했어요. 집으로 돌아갈 수 있도록 말이에요."

주전녀가 의자에서 손을 뻗어 기녀의 이마를 짚었다.

"열은 없어요. 탈출에 거의 성공했는데 쾨니그 선생님한테 붙잡

했어요. 아시잖아요. 쾨니그 선생님이 어떠신지. 누군가에게 문제가 생기는 걸 못 견디시죠. 제 표와 돈을 숨기고 자매님께 제가 길을 잃었다고 거짓말을 했어요."

"그게 무슨 말이지?" 주전녀가 물었다. "어떻게 그런 말을 할 수 있지? 쾨니그 선생님이 거짓말을 하셨다니? 그 이야기는 또 뭐니? 도둑처럼 화장실 창을 통해 밖으로 나가고, 기차역에서 다시 끌고 와야 했다고? 머툴러 학생이 그렇게 음흉하고, 더구나 그게 다 사실이라고? 지금 나보고 믿으라는 건 아니지? 정말 그렇다면 넌 일주일도 더 여기 머물 수 없어. 밖으로 쫓아낼 수밖에."

"제 침신에 가서 매트리스 아래 손을 넣어보세요." 기녀가 말했다. "거기 제 작별 편지가 있으니까요. 말없이 떠나고 싶지 않았어요. 그걸 보시면 주전녀 자매님도 믿으시겠죠. 두 번째 매트리스 아래 그 편지가 있어요. 제 소지품들 옆에 보시면 파우더, 사진, 달력도 있어요. 어서 읽어보세요. 제가 같은 반 아이들에게 뭐라고 썼는지. 그다음에 절 데리고 가라고 저희 아버지를 불러주세요."

이 말도 안 되는 이야기를 어디까지 믿어야 할지, 5학년 침실로 뛰어가 정말 뭐가 있는지 찾아봐야 할지, 아이가 한 말에 어느 정도 사실이 있는지 확인하러 가봐야 할지, 아니면 말아야 할지, 난색을 짓는 주전녀의 얼굴에 자신과의 싸움이 그대로 드러났다. 그녀가 얼굴에 갑자기 슬픈 표정을 짓자 기녀는 이렇게 비현실적으로 긴장된 순간에도 궁금해졌다. 이게 그렇게 아픈 일일까? 기녀가 나쁘다는 것, 사감의 개념으로는 죄인이라고 증명되는 것이 그렇게 속상한 걸까? 그렇다면 주전녀는 그래도 기녀를 사랑했다는 게 아닐까?

사감이 밖으로 나갔다. '이제 병원 복도 끝에 다다랐겠지.' 소녀는 계산을 했다. '이제 큰 복도로 돌아섰을 테고, 지금 침실 근처에 다다랐을 거야. 이제 5학년 침실에 다 왔다. 사감이 내 침대를 뒤져서 편지를 꺼낸다면 키쉬 머리 무리는 뭐라고 할까? 뭐라 하든 마찬가지야. 내가 탈출하려고 했다는 게 밝혀지면, 며칠 늦어질 수는 있겠지만 결국 나는 여기서 벗어나는 데 성공할 테니까.' 기녀는 몸이 떨려 이불을 위로 끌어올렸다. 긴장해서 그런 건 아니었다. 분명 몸이 얼었던 모양이었다.

주전녀는 곧 돌아왔다. 하지만 혼자가 아니라 그 뒤에 간호사 자매가 뒤따라왔다. 둘 사이의 대화에 제3자가 개입될 필요가 없다고 생각했기 때문에 기녀는 좀 놀랐다. 그리고 주전녀는 빈손이었다. 편지는 어디에 두었을까? 주머니 속에?

"애가 아파요." 주전녀가 간호사 자매에게 말했다. "아주 이상한 일로 자기 자신을 비난하고 횡설수설해요. 아스피린에 수면제도 반 알 먹여야 할 것 같아요. 아침까지 푹 잘 수 있게요."

기녀는 아스피린을 들고 있는 간호사 자매의 손을 쳤다. 주전녀가 기녀의 오른손을 낚아채 강하게 붙잡았다.

"진정해, 게오르기녀. 이게 무슨 짓이야? 자, 빨리 약을 삼켜. 네 침대에는 당연히 아무것도 없었어. 편지라니, 그 비슷한 것도 없더라. 어떻게 그런 게 있겠니? 조금 전에 네가 무슨 말을 했는지 너도 모르고 있는 것 같아."

기녀는 주전녀의 손에서 손을 뺐다.

소리를 지르기 시작하며 침대에서 뛰쳐나오자, 두 어른은 그녀를 좀처럼 말릴 수 없었다. 기녀의 잠옷 심부름을 했던 키쉬 머리가 편지를 훔친 거라고, 아니면 쾨니그랑 짜고 주전녀가 빼돌렸다고, 탈출할 마지막 기회를 빼앗고 있다고, 그리고 여기 있는 사람을 모두 증오하고 다 죽여버리겠다고 소리소리 질렀다

"어쩌면 좋아." 간호사 자매가 안타까워했다. "훔쳤다니…. 우리가 키쉬 머리를 열 살 때부터 키워왔는데. 자매님도, 아휴, 불쌍해라. 도대체 애가 얼마나 아프면! 죽인다니! 그런 말을! 애야, 약을 먹으렴. 너 지금 엄청 아프단다."

두 팔을 붙잡힌 기녀는 힘이 빠졌고 입도 벌렸디. 편지기 없고 숨겨두었던 소지품들도 사라졌다면, 그렇다면 아무런 증거가 없다. 그렇다면 그녀는 그저 이타적으로 행동했다가 지금 고열로 횡설수설 고함을 지르고 있는, 탈출할 길이 없는 환자일 뿐이었다. 그렇다면 이제 정말 수면제를 먹고 이 세상이 눈앞에서 사라지게 하는 게 더 현명한 일일 것이다. 기녀는 알약을 삼키고 눈을 감은 채 누웠다. 잠자코, 어떤 질문에도 답하지 않았다. 겨드랑이 아래로 체온계를 넣었다 빼는 것이 느껴졌다. 간호사 자매가 주전녀에게 이렇게 하는 말을 들었다. "안타깝지만 열이 높아요." 문이 열리고 문이 닫히고, 다시 열리고 또 닫혔다. 그녀는 눈을 뜨고 보지 않았기에 언제 누가 그녀의 곁에 있었는지 알 수 없었다. 한번은 주전녀가 그녀에게 아주 가까이 고개를 숙이는 느낌이 들었다. 수면제로 혼미해진 가운데도 사감을 향한 분노와 실망감에 그녀는 침대 구석으로 몸을 움직이려 했지만, 끝내 약 기운을 이기지 못하고

잠들어버렸다.

다음 날 기녀는 몽롱하고 입이 쓴 채로 일어났다. 아침에 체온을 재어보고 간호원 자매는 고개를 저었다. 열이 아주 높았다. 주전녀는 이제 그녀를 방문하지 않았다. 그저 의사만이 그녀에게 와서 다시 한 번 진료를 하고는 목에 염증이 심하다고 했다. 다행히 편도선염은 아니지만, 너무 심한 감기에 걸려 재채기와 기침을 하니 아무도 방문하지 말라고 했다. 그랬다. 거의 아무것도 삼킬 수가 없고 쉴 틈 없이 코를 풀어야 했다. 몸이 좋지 않아 음식도 먹기 싫었다. 책도 읽고 싶지 않았다. 사실 열이 나는 동안에는 제대로 된 생각도 할 수 없었다. 땅굴을 뚫었지만 바위가 탈출을 막아 지하 감옥을 빠져나갈 수 없다는 것을 알게 된 죄수처럼, 기녀는 그냥 납처럼 무겁게, 희망도 없이 누워 있었다.

오후에 주전녀가 찾아왔다. 친구들이 보냈다면서 꽃도 가져왔다. '그랬겠지.' 소녀는 생각했다. '얼마나 즐거워하며, 애정을 담아 꽃을 꺾었겠어. 퍽이나 좋은 바람을 담았겠네.' 의사는 매일 세 번 방문했고, 열이 지속되던 나흘 동안은 간호사 자매와 주전녀를 제외한 다른 사람은 보지 못했다. 닷새째 되는 날에는 열만 났을 뿐 일어날 수 있었고, 엿새째에는 열도 없었다. 주전녀는 기녀에게 저녁에 숙소로 돌아갈 수 있다면서 의사가 퇴원을 허락했다고 말했다. 기녀는 마치 자신의 이야기도, 자신에게 한 말도 아니라는 듯 가만히 듣고 있었다. 주전녀는 기녀의 여윈 얼굴을 주의 깊게 살펴보고는 간호사 자매를 불러 기녀가 며칠 동안 특식을 받을 수 있도록 조치해달라고 했다.

다른 학생들과 멀리 떨어져 병실에서 보낸 이 마지막날 오후부터 저녁까지 기녀는 건강한 상태였지만, 다만 지루하고 의미 없이 긴 시간이었다. 기녀는 사람들이 와서 교장실로 데려가주기를 기다렸다. 토요일이었다. 아버지가 전화하곤 했던 그날. 주전녀가 언제 어떻게 무엇으로 벌을 내릴까? 아니면 그간 일어난 모든 일이 그저 아팠기 때문이라고 보고 일상으로 돌아가게 할까? 기녀는 생각했다. 이제 반에서 자신의 상황은 어찌될까? 잠옷 심부름을 했던 키쉬 머리가 매트리스 아래를 뒤져서 편지와 소지품들을 가져갔다면, 그 훔친 것으로 뭘 하려는 걸까? 기녀는 이제 답을 생각해보려고 하지도 않았다. 그녀는 병실 창문에 서서 생각에 잠긴 채 밖을 내다보았다. 호른 미치의 티파티 날 오후에 그토록 흐렸던 날씨는 이제 햇살이 빛나고 유달리 따뜻하게 변해 있었고, 나무에는 아직 나뭇잎이 많이 달려 있었다. 다른 해에는 10월 말 즈음, 마치 비밀스러운 명령에 순종하듯 나뭇잎들이 한꺼번에 떨어져 내리곤 했었는데.

5시가 지났는데도 아직 교장실로 부르지 않자 기녀는 실망하고 있었다. 분명히 아버지가 연락하기 어려운 상황일 것이다. 병원 입원실에서 사용했던 물품들을 가운과 함께 세탁주머니에 넣고 옷을 갈아입었다. 교복을 입고 앞치마 줄을 막 묶었을 때, 누군가 복도를 다니는 소리가 들렸다. 딱딱한 발자국 소리가 머툴러 학교 사람들의 리듬은 아니었다. 누군가 그녀의 병실에 노크를 했다. 학생들 공간에서는 아무도 노크를 하지 않았기 때문에 이것도 이상한 일이었다. 기술공이나 수도관 고치는 사람을 불렀을지도 모른다.

아침에 수돗물이 샌다고 간호원 자매님이 말했었다. 기녀는 말했다. "들어오세요!" 활짝 열린 문을 향해 기녀는 돌아섰다. 먼저 문으로 주전녀가 들어오더니, 두 번째로 장군이 들어왔다. 그녀를 여기 데려왔을 때처럼 아버지는 민간인 차림을 하고 있었다. 기녀는 아버지의 팔에 안겨 울기 시작했다.

## 허이더 씨의 제과점에서

 어른들 중 어느 누구도 기너를 달래지 않았다. 그녀가 조금 진정하고 눈물을 닦자, 사감의 팔에 자신의 외투가 걸려 있는 것을 알아차렸다. 주전너는 기너의 모자와 가방도 가져왔다. 기너는 믿지 못하겠다는 듯, 아버지를 쳐다본 다음 주전너를 바라보았다.
 "보다시피 이번에는 장군님이 전화를 하는 대신 직접 오셨다." 사감이 말했다. "기쁘구나. 장염 독감이었는지 뭔지 네가 앓았던 병이 우리가 생각한 것보다 훨씬 심했으니까. 신경도 날카롭고 기분도 안 좋았잖니."
 "출발해도 될까요?" 장군이 물었다. "시간이 없어서요. 오늘 중으로 다시 부다페스트로 돌아가야 합니다."
 "그럼요. 옷 입어라, 게오르기너! 교장선생님이 외출해도 좋다고 허락하셨어. 여기 외출증. 정확히 6시에 다시 돌아와야 한다."

'그렇게는 안 될걸.' 소녀는 생각했다. 손이 너무 떨려서 사감이 외투의 목 윗단 단추 채우는 것을 도와주었다. '6시면 나는 벌써 아버지 차에 앉아서 부다페스트 쪽으로 떠난 지 한참 뒤일 거예요. 다시는 날 못 보겠죠. 여기서 내보낸다는 건 당신이 내가 고백했던 모든 걸 아무에게도 말하지 않았다는 뜻이네요. 그렇다면 내가 한 말들이 그저 고열에 시달리는 아픈 아이의 횡설수설이라 생각하고, 내가 아니라 쾨니그를 믿었다는 말이네요. 이제 아버지께 모두 말씀드릴 거예요. 내가 아버지를 아는 한 머툴러 생활은 끝이에요. 학년 초부터 키쉬 머리 무리들이 그렇게 괴롭히던 반에 자식을 내버려두지는 않을 테니까요.'

아버지는 기분이 좋지 않았다. 사실 아주 나빴다. 그러나 학교의 외투를 입고 가방을 들고 있는 딸을 보는 순간 입술이 떨렸고 미소를 짓지 않을 수 없었다. '모든 걸 알게 돼도 웃으실까요?' 기너는 생각했다. '이건 겉모습일 뿐이에요. 세련된 사람들은 이 모습만으로도 멀리 달아나버리겠지만, 여기 사람들이 어떤 사람들인지 제가 말씀드리죠. 여기선 부모님께 불평을 해서도 안 돼요. 기숙사에서 학생들이 집에 쓰는 모든 편지는 검열된 거예요.'

주전녀는 마당으로 나 있는 문에서 그들에게 인사했다. 자갈이 깔린 오솔길을 몇 발자국 앞으로 내딛도록 놔두고 나서는 기너를 다시 불렀다. 기너는 마지못해 뒤돌아 달려갔다. 어서 철문 밖으로 벗어나고 싶은 마음뿐이었다.

"그냥 주의를 주고 싶어서. 네 아버지는 나랏일로 어려움을 겪고 계셔. 어른들의 삶은 고단하단다. 아버지를 더 힘들게 하지 말렴,

게오르기너. 여기서의 삶이 네가 원하는 모습과 다르더라도 불평하지 말라고. 아버지가 안심하고 즐거운 마음으로 돌아가게 해드려. 네가 아파서 했던 헛소리들은 나도 전하지 않았고, 교장선생님도 네 칭찬만 하셨지. 네가 초반에 어떤 문제를 일으켰는지는 말씀하지 않았으니까. 이 짧은 시간이 아버지에게 기쁨이 되도록 해드리렴, 알겠지?"

아, 주전너, 엄격한 주전너! 지금 기너는 마치 자신이 반대로 더 연장자인듯 그녀를 바라보았다. '무슨 소리를 하는 거죠? 몇 주 전부터 헛되이 주먹으로 철문만 두드리고 있다가 갑자기 문이 열리는데, 자유와 신선한 공기가 있는 밖으로 뛰쳐나가지 말라고요? 공경과 자기희생? 철 막대로 무슨 미덕을 아이들에게 심어준다는 건가요? 아버지에게 분별 있게 거짓말을 하라니요?' 기너는 긍정이나 부정 어떤 대답도 하지 않고 그저 공손하게 고개를 숙였다. 그건 머튤러식이라기보다는 미모 고모의 세계가 떠오를 만큼 세속적인 것이었다. 주전너는 돌아서서 복도 문을 닫았고 기너는 장군에게 서둘러 돌아갔다.

부자연스러울 정도로 공기가 봄처럼 부드러웠고, 해가 지고 있었다. 마당에 뭔가 예상치 못했던 일이 생긴 것이 분명했다. 마침 그 일을 교장선생님이 특별히 5학년 학생들에게 맡긴 것 같았다. 왜냐하면 5학년 학생들이 휴일 같은 토요일 오후에 모두 밖에서 일을 하고 있었기 때문이다. 학교의 지하실 창이 열려 있는 것을 보니 오전에 연료를 받은 것이 분명했다. 에르지벳의 지시에 따라 5학년 학생들이 석탄 지하실 창에 삽으로 코크스를 퍼 넣고 있었다. 모두들 장군과 함께 기너가 밖으로 나가는 것을 알아차렸다. 기너는 에르지벳을 보자마자 습관적으로 차려 자세를 하고 뻣뻣하게 인사를 했다. "안녕하세요, 에르지벳 자매님. 안녕, 친구들." 이런 때는 인사를 해야 하기 때문이다. 장군은 허리를 굽혔다. 에르지벳 자매는 비터이가 규정에 따라 머툴러의 학생답게 공손히 행동한다고 생각했고, 자신도 일하고 있는 학생들에게 차렷을 시키고 함께 인사를 받았다. 5학년 학생들은 비터이 게오르기너, 그리고 그녀와 동행하는 꼭 닮은 신사에게 인사하기 위해 끌어안은 더러운 삽을 꽉 쥐고 분해서 숨도 쉬지 못할 정도였다. 그 신사는 분명 기너의 아버지일 것이다. 비터이에게 멋진 음식을 잔뜩 먹이고 산책을 시키겠지. 비터이는 거지 같은 배탈로 일요일부터 빈둥거렸는데, 이제 수업 시간에 듣지 못한 내용들을 자유 시간에 친절히 설명해야 하는 의무를 그들이 져야 하는 것이다. 정문 수위는 외출증을 한참 들여다보았다. 그리고 기너에게 정확하게 기숙사에 돌아오라고 주의를 주고 나서야 대문을 열었다. 그들은 마침내 바깥으로, 머툴러 거리로 나왔다. 단 둘이, 지켜보는 사람 없이, 자유롭게.

아버지를 만나면 무슨 말을 할지 얼마나 많이 생각했는지, 허이더 씨의 제과점에 앉자마자 그녀는 홍수처럼 말을 쏟아냈다. 장군은 불쾌한 소식을 들을 때면 항상 짓던 동요 없는 표정으로 이야기를 들으면서, 접시에 놓인 과자들에 손도 대지 않는 딸을 바라봤다. 아이에게서 들은 이야기는 당연히 눈물을 동반할 만한 것이었지만 기너는 울지 않았다. 게다가 사실 불평하지도 않았다. 그저 보고를 했고, 왜 여기에 더 이상 머물 수 없는지, 왜 머틀러 학교에서 자신을 당장 꺼내야만 하는지에 대해 설명했다. 그녀의 말을 모두 검열하고, 문제에 대해 말하거나 편지를 쓰거나 전화로도 알릴 수 없다. 반 아이들이 그녀를 따돌리고 아무도 말 상대를 해주지 않는데, 이런 상황에서는 살아낼 수도, 살 수도 없다.

아, 이게 대체 무슨 이야기란 말인가. 머틀러 학교의 전통, 처음 화가 나서 그들을 배신했다는 이유로 복수하고 있는 5학년 학생들! 상처 입은 고자질쟁이 기너, 테라리움의 신부가 되기를 거부한 당당한 아가씨! 장군은 자신의 접시를 밀어냈다. 과자를 쳐다보는 것조차 견딜 수 없었다. 집에서 나오기 선에 국방부에 다녀왔다. 절대 공개되지 않을 실제 전쟁 보고서를 보았다. 죽음과 파괴, 패배한 전투와 후퇴, 정신을 잃은 국가 지도부의 무분별함, 그리고 여기에 더해 머틀러의 중세적인 강박과 아이들 한 무리의 괴롭힘…. 그 애들한테는 비터이 게오르기너가 분개한 나머지 뭔가 침묵했어야 하는 일을 실토했다는 것 말고는, 이 순간 다른 문제가 없는 것이다. '안 돼, 애야. 안 돼.' 장군은 생각했다. '너무 안타깝지만 널 도울 수가 없구나. 널 데리고 갈 수 없어.'

물론 기너의 아르코드 생활을 계획했을 때 그녀에게 친구가 생기지 않을 것이라든가, 내쉬는 숨마저도 감시하는 이곳에 아무도 없을 것이라는 점은 계산하지 않았다. 그건 단지 먼저 알 수 없는 것이기 때문이었다. 학급 아이들과는 어떻게든 정리가 될 테고 조만간 적응할 것이다. 딸이 대답을 기다리고 있다는 것, 그것도 기대가 아니라 긍정적 대답 외에 다른 어떤 대답도 있을 수 없다는 확신에 차 있다는 것도 알고 있었다. 장군은 기녀의 눈빛을, 실망으로 얼굴빛이 사그라드는 것을 보지 않기 위해 딸을 가까이 끌어당겼다. 장군은 그녀의 어깨를 감싸 안고 아직은 집으로 데려가지 않을 것이며, 데려갈 수도 없으니 지금 하는 부탁을 하지 말아달라고 말했다.

마치 아버지에게 말을 들은 게 아니라 맞기라도 한 것처럼, 기녀는 포옹을 뿌리쳤다. 그녀의 눈빛에는 예상했던 슬픔이 아니라 반항과 확고함 그리고 저항이 담겨 있었다.

"그럼 다시 도망칠 거예요." 소녀가 말했다. "저를 밖으로 쫓아낼 때까지 도망칠 거라고요. 그러면 좋겠어요?"

도망친다고?

다시?

벌써 그렇게 했다는 말인가?

장군은 마치 석회가 되어버린 듯했다. 아이가 털어놓아서 이제 그 사실도 알게 되었다. 그는 평생 느껴보지 못했던 공포를 느꼈다. 분노, 테라리움, 전통, 검열, 이 모든 것은 지금까지 그저 놀이, 유치한 장난, 유치한 외로움, 유치한 죄, 유치한 응징 같은 것이었다. 하지만 지금 그가 들은 것, 그러니까 화장실 창문으로 기어 나간 것이나 생판 낯선 도시의 길에서 역으로 도주한 것은 완전히 다르다. 죽을 위험이 있는 일이다. 아이의 죽음은 자신의 것이고 또 어쩌면 몇 천 명의 것일 수도 있다. 그렇다면 역시 사실을 아이에게 말해야 한다. 그렇게도 숨겨왔던 비밀을 이 어린 소녀의 손에 놓아야 한다. 그가 아이에게 느끼는 사랑을 아이가 간직하고 귀 기울일 것이라 믿고 말이다. 이야기해야 한다. 그러지 않으면 기녀는 여기서 또 도망치려 할 테고, 만약 부다페스트로 돌아가는 데 성공해 어느 한 사람이라도 그녀가 여태 어디에 있었는지 알게 된다면, 다시는 이곳으로 데려올 수 없게 될 것이다. 이 나라에서 자신 말고 누구도 아이에게 접촉할 수 없는 곳, 아이가 다른 사람에게 연락할 수 없는 곳은 여기 이 아르코드의 학교가 유일하다.

기녀는 몸을 뒤로 젖혔다. 아버지의 손가락을 잡고 마침내 미소를 지었다. 가장 큰 으름장을 놓았고 이것이 헛되지 않다고 느꼈다. 어렵겠지만 그래도 그녀가 승리할 것이다. 이제 그들은 머툴러로 돌아가 창고 담당 자매에게 그녀의 옷을 내어달라고 할 것이고, 꼭 해야 한다면 모두에게 공손히 작별 인사를 할 것이다. 쾨니그만은 제외하고. 그 선생님은 절대 용서하지 않을 것이다.

장군이 일어섰다. 논리적인 행동이 아니었다. 왜 일어나지? 그리고 또 왜 머리는 돌리지? 하지만 장군은 일어서서 눈을 돌려 허이더 씨의 제과점 전체를 쓱 둘러보았다. 오른편과 왼편에 앉은 사람이 없는지 살폈다. 아무도 없었다. 연인 두 쌍이 있었는데, 연인들 역시 장군과 마찬가지로 자신들의 속삭임에 누군가 증인이 되는 걸 원치 않았기에 박스 좌석 오른쪽과 왼쪽, 그들과 가장 멀리 떨어져 있는 자리에 앉아 있었다. 간식을 먹고 있는 무리는 아마도 가족 기념일을 축하하는 것 같았는데, 박스 좌석이 모자라 진열창가에 테이블을 붙여 앉아 이야기를 나누고 있었다. 허이더 씨는 머툴러 학생을 데리고 들어온 신사가 주위를 둘러보는 걸 보고는 바로 기분이 상했다. 학생의 아버지가—그 학생과 그렇게 비슷하게 생긴 사람이 누구겠는가— 어쩐지 그 자리가 앉기에 적당하지 않아서 더 예쁘고 깨끗한 칸막이 자리를 찾고 있다고 생각했기 때문이다. 마치 그의 가게보다 더 쾌적하고 깨끗한 곳이 있다는 듯 말이다! 이 낯선 신사는 분명히 이 제과점이 아르코드에서 가장 맛있는 제과점이라는 것을, 그리고 이렇게 급식의 어려움이 있기 전까진 진정한 명품 제과를 먹을 수 있었던 곳이라는 것을 모르는 것이다. 그리고 믿거나 말거나, 이곳이 장교들도 다니는, 아르코드에서 자유롭게 다닐 수 있는 유일한 장소라는 것을. 하필 지금은 여기 장교가 없지만, 그건 그들이 이른 오후가 아니라 더 늦은 시간에 오기 때문이다. 이런 식으로 간을 보는 것은 모욕적이다. 정말 모욕적이다. 그는 보기 싫어 작업실로 들어가버렸다. 열린 문틈으로, 홀 안으로 과자 향이 퍼졌다. 케이크와 크림들, 아이들 천국의 부드럽고 미소 짓게 하는 향기는 기녀의 기억 속에 장군이 그녀 옆에 다시 앉아 조용히 다음과 같이 말하던 순간과 영원히 연결되었다. "딸아, 전쟁이 계속되는 한 지금도, 그리고 나중에도 너는 여기서 나갈 수 없어."

그의 목소리는 장군이 기녀의 엄마를 추억할 때처럼 조용했고, 슬프게도 객관적이었다. 기녀는 이제 막 정말 두려워지기 시작했다. 아버지는 어느 누구보다도 훨씬 더 그녀를 사랑한다. 그녀가 비참하게 따돌림당한다는 사실을 알면서도, 탈출했다는 것을 듣고서도, 게다가 다시 시도하리라는 것을 알면서도 집에 데리고 가지 않는다면, 그것은 그녀가 알지 못하는, 이제 장군이 그녀에게 말할 뭔가가 있다는 것이다. 그리고 그것은 마치 무고한 사람에게 무기

징역을 선고하는 판결이 내려질 때와 같을 것이다. 장군이 한 마디도 하기 전에, 그녀는 이 결정이 최종적이며 울고불고해도 바뀌지 않을 것이라는 걸 느꼈다.

"내가 지금 네게 하는 말에는 생명들이 달려 있어. 네게 알리고 싶지 않았다. 널 믿지 못해서라기보다는 놀라게 하고 싶지 않았고, 이런 시련을 견디기에는 네가 아직 어리다고 믿었기 때문이야. 하지만 내가 다시 설명 없이 여기 널 내버려둔다면, 그리고 이유도 모른 채 막무가내로 여기 있어야 한다고 명령한다면, 너는 정말 다시 탈출해버리거나, 나와 우리를 연결하는 사랑을 의심하기 시작할지도 모르지. 말을 하마. 하지만 그 값을 치러야 할 거야. 이 순간부터 네 유년기는 끝이야, 기녀. 어른이 돼야 해. 더 이상 절대 다른 아이들처럼 살 수 없을 거야. 내 목숨과 네 목숨, 그리고 다른 사람들의 목숨이 네 손에 달렸어. 절대 배신하지 않는다고 맹세할 거지?"

소녀는 뒤로 몸을 젖혔지만 눈빛을 피하지는 않았다. 이제 두 사람의 얼굴은 모두 창백했다. 장군은 잡고 있는 아이의 손이 점점 더 차가워지리라는 것을 느꼈다. '맹세하는 일은 금지다.' 주전너의 나무라는 목소리가 기녀의 귓속에 말했다. '하나님의 이름을 함부로 입에 올리지 마라.' 머툴러 학교와 규율들이 아주 멀게 느껴졌다. '뭐라고 답할까?' 장군은 생각했다. '아직 열다섯 살도 되지 않았어. 뭐라고 답할까? 답은 하려나?'

"아버지의 생명을 걸게요." 기녀가 말했다. "세상에서 아버지를 가장 사랑해요. 엄마는 없으니까. 아버지가 늘 제게 엄마이기도 했죠. 아버지를 걸고 맹세할게요."

그렇다면 이해한 것이다. 첫 번째 충격을 넘긴 사람처럼, 그녀는 이제 현실을 깨닫기 시작했다.

"기녀, 우리는 전쟁에서 패했다. 사실 전쟁을 시작했을 때 이미 우리는 패했어. 잘못된 목적을 위해, 잘못된 수단으로 말이다. 아직 전쟁이 끝나지도 않았지만 우리는 벌써 너무 많은 걸 잃어서 언제 다시 일어설 수 있을지 신만이 아실 정도다. 하지만 아직 끝이 아니야. 이제 독일이 우리를, 도시의 사람들을, 전선의 군인들을 점령하기 전에 우리가 구할 수 있는 걸 구하는 것 말고는 할 수 있는 일이 아무것도 없어. 무엇을 해야 하는지 깨달은 우리 같은 사람들은 전쟁을 끝내고 싶어 해. 성공한다면 헤아릴 수 없이 많은 사람들이 생존할 것이고, 부다페스트와 도시들, 남은 군인들이 화를 면할 수 있을 거야. 성공하지 못한다면, 그렇다면 사람과 물자가 계속 파괴되겠지. 나도 내 동료들도."

기녀는 아버지의 앞에서 돌아앉아 창을 바라보고 있었기 때문에 지금 아버지의 얼굴을 보고 있지 않았다. 레이스 커튼이 달린 허이더 씨의 커다란 유리창을 보고 있었다. 평화와 행복, 가족이 아이스크림을 함께 먹는 추억을 떠올리게 하는 커튼. 하지만 장군은 기녀가 귀를 기울이고 있다는 것을, 평생 이렇게 귀담아들은 적이 없다는 것을 알고 있었다.

"나라에 저항단이 있어. 군인들과 시민들도 있지. 저항군의 준비자 중 한 명이 나다. 만약 우리가 실패한다면, 혹은 내가 개인적으로 실패해서 네가 잡힌다면, 나도 자식을 걱정하는 사람이다. 만약

너를 끌고 가거나 고문하겠다고 협박한다면, 나는 너를 벗어나게 하려고 할 뿐 침묵할 힘이 없을지도 몰라. 적들의 손에 도구가 될 수도 있는 위험에 널 빠트릴 수는 없어. 너를 이용해 내게 비열한 짓을 하게 만들거나, 네가 내 맹세를 지키는 데 희생되어서는 안 된다. 내가 침묵해서 널 죽이는 상황에 처하게 하면 안 돼."

무언가 대답하고 싶은 듯 소녀는 입술을 달싹였다가 그만두었다. 그저 아버지의 손을 꽉 쥐었고, 그것으로 장군은 기분이 좋아졌다. 용감하고 힘을 주는, 동지의 악수였다.

"네 고모는 신중하지 못하고, 항상 곁에 사람들이 있어. 만약 날 추적한다면 미모의 집에서 누구나 널 찾아낼 수 있지. 부디페스트에서는 거짓말이나 거짓 전화로, 아니면 무력으로라도 어느 골목에서든 집에서든 널 유인하거나 데려갈 수 있어. 몇 달 전부터 감옥처럼 폐쇄된 곳을 찾고 있었고, 마침내 머튤러를 찾아낸 거다. 내가 그곳으로 편지를 써서도 안 되고, 너도 거기서 편지를 써서는 안 돼. 사람들이 아르코드라는 이 지역 이름을 알면 안 되니까. 매주 토요일 다른 도시에서 너에게 전화할게. 민간복을 입고 우체국에 가서 신청할 때 나는 학교 전화번호를 말하고 내 이름도 밝히지 않아. '기녀와 통화하고 싶습니다.' 이 말만 할 거야. 여기서는 감시 없이 외출해서는 안 되고, 아무도 들어올 수 없어. 전쟁을 끝내고 너를 집으로 데려갈 수 있을 때까지 안전하게 기다릴 수 있는 곳은 이 나라에서 이곳이 유일해. 그런데 지난번에 여기서 도망쳤다니. 그게 성공했다면, 부다페스트에 있는 사람 중 한 사람한테라도 머튤러 학교의 끔찍한 관습들에 대해 불평했다면, 비밀이 밝혀져서 다시 데리고 돌아올 수도 없었을 거야. 만약 최악의 사태가 벌어져서 정말 내가 의심을 사기 시작한다면 넌 몇 달 안에 인질이 될 거고, 나는 널 구하기 위해 비열한 짓을 해야만 할 거야. 이런 걸 바라니?"

기녀는 아니라고 고개를 저었다. 그녀의 얼굴선은 모두 아버지에게 물려받은 것이었지만, 지금만큼은 처음으로 엄마와 비슷했다. 예전에 죽은 부인의 눈빛이었다. '그렇게 돼버렸구나.' 장군은 생각했다. 그리고 딸을 보았다. '내가 예상한 대로 그렇게 돼버렸어. 어린 시절은 끝나고 어른이 되어버렸어. 가여운 내 딸아.'

"여기선 나 말고 다른 한 사람이 네게 지시를 내릴 수 있어. 그 사람한테는 학년 초에 처음 널 여기 데리고 왔을 때 이미 부탁해 놨단다. 그는 이 도시의 시민 저항단 지도자야."

······"또요? 이번에는 어디에요?" "〈고통의 석상〉에요." ··· "의미 없이 헝가리의 피를 쏟지 말라! 우리는 전쟁에 패배했다. 더 의미 있는 미래를 위해 젊은이들을 구하라!"······

"만약 그가 부르면 가도 좋아. 그리고 가야 해. 그가 머툴러에서 널 어디로 보낸다면, 널 사람들이 찾아다닌다는 거니까. 그가 널 계속 숨겨줄 거야."

"그 사람이 누군지 어떻게 알 수 있죠?" 기녀가 속삭였다.

"이미 너도 아는 사람이야. 그 사람인지 모를 뿐. 정체가 밝혀지면 넌 놀랄 거야. 아직도 내가 집에 데려가길 바라니?"

"아니요." 소녀는 한숨을 내쉬었다.

"만약 내가 전화를 못 하더라도 편지를 쓰거나 날 찾으려 하지 말거라. 기다리렴. 어차피 가능하면 매주 전화하거나 방문할 테니. 그렇지 않을 땐 네 곁에서 멀리 있어야 할 이유가 있어서, 그래서 올 수 없는 거야. 어떤 경우에도 침착하게 있어야 한다. 약속하지?"

"네."

"그럼 이제 헤어져야겠다. 넌 시간이 조금 더 남았지만, 나는 지금 부다페스트로 돌아가야 해. 날 다시 못 본다 해도," 그의 목소리는 머뭇거리지 않았다. 마치 지금 하는 말을 수없이 많이 생각한 듯. "내가 널 사랑했다는 걸 알게 될 거야. 그리고 내가 영웅적인 죽음이 없고 희생자들만 있는 그런 전쟁에서 나라를 해방시키기 위해 죽었다는 걸 알게 될 거다. 키스해주렴. 가자."

소녀의 키스는 서늘했다. 빛나는 입술은 경직되고 차가웠다. 장군은 포크로 컵을 쳤다. 허이더 씨가 앞으로 나타나, 손대지 않은 접시를 흘겨보았다. 장군은 그의 눈빛을 좇았다.

"너희 반은 몇 명이지?" 딸에게 물었다.

"저까지 스무 명이요."

"스무 명, 그리고 친절하신 금발의 사감 선생님. 그분들께 이걸 사드리고 싶구나."

"아빠, 안 받을 거예요. 한 번 해봤어요."

"다시 한 번 해보렴. 영원히 지속되는 화는 없으니까."

허이더 씨의 얼굴이 밝아졌다. 접시에 남은 케이크들을 다른 케이크 서른 개와 함께 포장해야 했다. 두 짐이 되어 기녀가 간신히 들 수 있었다. 부녀는 길에선 거의 말을 나누지 않았다. 소녀는 아버지를 쳐다보지도 않고 그저 앞만 뚫어지게 바라봤고, 장군도 길을, 이 흑백의 땅딸막한 도시를 바라봤다. 자신의 가장 커다란 보물을 맡긴 곳, 엄격하고 차갑고 든든한 이곳을.

"안에까지 데려다주지는 않을게." 대문에서 장군이 말했다. "혼자 들어가렴. 안 그러면 너 힘들 거야."

"알겠어요."

"아무것도 잊지 않을 거지?"

"아무것도요."

"넌 다 알고 있으니까. 더는 견딜 수 없다는 생각이 들 때도, 말 잘 듣고 지낼 수 있겠지?"

"견딜 수 있을 거예요." 소녀가 말했다.

이제 그들은 서로에게 다시 키스하지 않았다. 기녀는 울지 않았지만 웃지도 않았다. "맹세했다!" 아버지가 다시 한 번 말하자 소녀는 고개를 끄덕였다. 그러고 나서 장군은 초인종을 눌렀고 그들 앞에 철 테를 두른 문이 열렸다. 기녀는 바로 들어갔다. 수위는 이별하는 사람들의 심경을 읽은 듯, 아이가 걷는 모습이 측면 복도에서 어둠 속으로 사라질 때까지 문을 닫지 않았다. 장군은 들어가는 딸의 모습을 한동안 더 바라보았다. 양손에 커다란 짐을 들고 이별을 조금 더 쉽게 해보려는 듯 뒤돌아보지 않고 걸어가는 딸을. 그녀는 세상의 짐을 짊어진 듯 어깨를 약간 굽힌 채 학교 쪽으로 걸어갔다.

## 석상이 말을 하다

그녀는 이제 병실이 아니라 침실로 서둘러 갔다. 또 창피를 당하기 전에 어디에 과자 쟁반들을 숨겨야 할지 머리를 굴렸다. 하지만 주전녀는 그녀가 생각할 기회를 주지 않았다. 사감은 마침 휴게실 복도 맞은편에서 오고 있었다. 허락된 시간보다 서둘러 돌아온 기녀를 보고 깜짝 놀란 선생님은 기녀가 혹시 몸이 다시 좋지 않아 빨리 온 것은 아닌지 물었다. 중요한 이야기를 모두 나눈 데다 아버지가 부다페스트로 돌아가야 했다고 기녀는 사감을 안심시켰다. 과자 쟁반들은 부엌에 가져다 놓아야 했다. 주전녀는 보내온 물건에 기뻐하면서 이렇게 말했다. "학급 아이들이 오늘 특별한 일을 했단다. 지금 몸에서 석탄가루를 씻어내리고 다들 목욕실에 있어. 준비가 다 되면 간식을 먹으러 올 텐데, 삽질을 한 뒤라 약간의 특별 간식에 모두 기뻐할 거야." '그래도 먹지 않을 텐데요, 뭐.' 소녀는 생각했다 '다들 그냥 버릴 거예요.' 이제 이것도 그리 아프지 않왔다.

　새로운 기너, 완전히 새로운 기너, 방금 전 허이더 씨의 제과점에서 다시 태어난 기너는 원망과 분노, 그리고 먹지 않는 과자로 삶을 재지 않았다. 그보다는 아버지에게 들은 것을 스스로 처리하려고 했다. 그것은 안다고 즉시 정리되는 게 아니었다. 주전너가 간식 시간 뒤에도 약간의 자유 시간이 있으니, 원한다면 피아노실에 따로 가도 좋다고 해서 기뻤다. 찬송가집과 성경을 가지고 가서 성경을 읽고 찬송가를 공부하라고, 아니면 피아노를 쳐도 좋다고 했다.

　기너는 빈 침실 복도에 외투를 내려놓았다. 다른 학생들이 어디에 있는지 알고 있었다. 그녀도 손을 씻으려고 현관으로 가자, 닫힌 목욕실 문 뒤에서 학생들의 목소리가 들렸다. 거실에서 노랫소리가 들리는 것을 보니 다 씻은 학생들은 거실에 있는 것 같았다. 기분이 정말 좋지 않았지만 그녀는 이것에도 미소를 지었다. 이른바 5학년의 조용한 휴식 시간에 학생들은 사감을 기쁘게 하기 위해 항상 찬송가를 불렀다. 이런 때 그들은 팀을 나눠 찬송가를 불렀다. 나머지 학생들이 맘 놓고 이야기를 나눌 수 있도록, 명상할 수 있는 값진 시간에 의미 없는 잡담을 한다고 꾸짖을 수 없도록 말이다. 이제 그들의 놀이, 작은 속임수, 분노, 가시 들은 하나같이 그녀로부터 멀어졌다. 기너, 비터이 장군의 심복, 죽음의 그림자 속에 무너지는 비밀을 지키는 그녀는 이 순간 너무나 혼자이고 싶었다. 그리고 성가의 장막 아래서 학교의 농담과 순간의 슬픔들을 이야기하는 학생들에게서 만약 말로 표현할 수 있는 어떤 것을 느졌다면, 그것은 분노라기보다는 차라리 부러움이었다. 아, 내일 쾨니그에게 어떤 일을 벌일지 고민하고 있는 저 아이들은 얼마나 행복한가. 재미있지만 들킨다고 해서 별 대단한 처벌도 없을 그런 일들. 또 허이더 씨의 비싼 과자를 휴지통에 버려서 그녀에게 곧 큰 타격을 줄 저 아이들은 얼마나 행복한가. 우리는 전쟁에 패했다. 군인들이 의미 없이 죽어가고 있다. 죽는 사람은 그저 희생자일 뿐, 희생자… 우리가 싸우는 이유는 거짓이며, 우리의 전쟁 또한 부당한 전쟁이다. 컬마르는 이와 다르게 가르치고, 당연히 다르게 믿고 있겠지. 그녀가 지금까지 만났던 여기 모든 사람들이 그 다른 것을 믿고 있다. 단 한 사람만 빼고. 그녀가 알지 못한다는, 아니 알지만 한 번도 본 적 없는 사람. 시민 저항단 지도자.

  정리를 마치고 그녀가 찬송가집과 성경을 집었을 때, 학생들도 준비를 하고 간식을 먹기 위해 종종걸음으로 걸어갔다. 석탄 나르는 걸 지휘했던 에르지벳은 기존 간식인 키플리와 사과 옆에 벌써 과자를 나누어 담아놓았다. "성실하게 일하는 사람들," 기쁨에 사로잡혀 얼어붙은 5학년 학생들에게 에르지벳이 말했다. "그들은 깜짝 선물을 받을 만하지." 학생들은 눈 깜짝할 사이에 모든 것을 먹어치웠다. 그리고 그녀는 너척이 하는 소리를 들었다. "이 학교가 늙어서 치매가 왔나? 심판의 날이 온 거 아니야? 지금 일어나는 일은 요한계시록에나 나올 법한 일이라고." 얼마 전 7학년생들이 이와 비슷한 즐거운 특별 작업에 동원되었을 때 학교는 막 전장으로 소포를 보내려는 참이었고, 교장선생님은 군인들의 소포에 7학년생들의 그 주 간식 포상인 사과와 차 설탕을 넣어 보내라고 제안했다. 그것이 뛰어난 업무 수행에 대한 인정이었던 것이다. "제과점 과자," 여츠코가 속삭였다. "에르지벳이 사랑에 빠졌나 봐. 평소에는 하지도 않던 생각을 다 하고, 지금 이런 식으로 나오는 걸 보면 말이야." 기녀는 혼자서 학생들이 그저 그렇게 믿기만 바랐다. 또 한 번 모욕을 겪을 일은 없겠구나 하고 거의 다 넘어갈 즈음, 에르지벳의 진실에 대한 사랑이 모든 것을 망쳤다. 5학년 학생들은 간식에 대한 감사로 차려 자세를 하고 필수적인 인사말을 했다. 그러고 나서 당번이 "교장선생님, 그리고 지도부 선생님, 저희의 일을 높이 평가하셔서 맛있는 간식을 주신 것에 감사드립니다. 하지만 저희는 지금처럼, 앞으로도 다른 포상을 바라지 않고 항상 즐겁게 일하겠습니다. 하나님은 일하는 자의 손을 사랑하시기 때문입니다"라고 하자, 에르지벳은 고개를 저으며 말했다. "과자는 비터이 게오르기너 아버지가 학급생들에게 주시는 선물이니 감사는 그분께 돌려야 해." 아주 잠깐, 몇 초간 침묵이 흐르고 난 뒤, 당번이 다시 차렷을 구령하자 아이들의 얼굴이 즉시 기녀를 향했다. 당번은 정치가를 부끄럽게 만들 정도로 침착하게 이런 경우를 위해 배운 문장을 형식에 맞춰 외쳤다. "비터이 게오르기너 아버님의 친절에 진심으로 감사합니다!" 에르지벳이 말했다. "비터이 게오르기너를 빼고 여러분은 식당을 떠나 저녁식사 때까지 재봉실에서 옷을 수선해도 좋아요. 게오르기너는 아직 45분 동안 자유 시간입니다." 5학년 학생들이 나갔고, 기녀는 피아노실로 들어가 문을 마주보고 앉아서 기다렸다. 누군가 말해준 것처럼 확실히 그녀는 무슨 일이 일어나리라는 것을 알고 있었다. 아, 어서 수모의 시간이 지나가길, 아파서가 아니라 이런 놀이에 허비할 시간이 없어서였다. 생각해야 한다. 아버지에게 들은 것을 정리해야 한다.

  그것에 의하면 그녀는 도망칠 수 없다. 여기 있어야 한다. 그녀를 어떻게 대하든, 무슨 일이 일어나든 말이다. 지금까지 요새는 그녀에게 단순히 감옥이었다. 하지만 이제 그저 감옥이 아닌 은신처라는 것도 알게 된 것이다. 이곳은 끔찍한 은신처지만, 그 안에서 버텨야 한다. 그러려면 제일 먼저 반 아이들과 화해해야 한다. 키쉬 머리를 설득해 침대 밑 소지품들을, 그중에서도 제일 먼저 편지를 돌려받아야 한다. 오늘까지 훌륭한 방법이라고 여기던 일, 벗어날 다른 방법이 없으니 학교에서 퇴학 처분을 받아야겠다는 생각은 더 이상 말도 안 되는 것이었다. 하지만 만약 그 편지, 머리가 가지고 있는 그 멍청한 작별 편지가 학급 학생들의 분노나 복수심 때문에 혹시나 선생님들 중 누구에게라도 들어간다면, 주전너의 손에 들어간다면, 퇴학을 면치 못할 것이다. 아버지에게 들은 말들을 키쉬 머리에게 누설하지 않으면서도, 제발 망치지 말고 네가 발견한 것을 이용하지 말라고, 이제 그만 용서해달라고 어떻게 설득할 수 있을까. 키쉬 머리에게 말을 걸어도 그녀는 등을 돌린 채 질문에 대답도 하지 않았다. 도대체 무슨 꿍꿍이를 가지고 지금까지 뭘 기다리고 있는지 알 수 없었다. 내일이면 호른 미치의 간식 파티에 다녀온 지, 그러니까 편지를 찾은 지 벌써 일주일째다. 벌써 사감에게 편지를 건네고도 남았을 시간이다. 단 둘이 그녀와 이야기를 나눠야 한다. 침착하고 현명하게. 하지만 언제? 키쉬 머리는 절대 기회를 주지 않는다. 불가능하다.

그러나 바로 가능해졌다. 과자 때문에 학급 아이들이 그토록 준비했던 공격이 정말 시작됐다. 키쉬 머리가 학급 학생들을 대신해 싸웠다. 그녀는 피아노실에 들어서며 방문을 닫고는 곧바로 피아노 쪽으로 왔다. 피아노 악보대에는 기녀가 올려놓은 찬송가집이 펼쳐져 있었다. 키쉬 머리는 어깨에 맨 가방을 내려놓더니 가방을 열고, 그 안에 있는 것을 피아노 위에 쏟아부었다. 10필리르, 20필리르짜리 동전들이 소나기처럼 쏟아져 내렸다.

"30필리르씩 열아홉 명분이야." 키쉬 머리가 말했다. "과자가 하나에 30필리르니까, 적어도 우리가 제과점에 갔을 땐 그 가격이었어. 그동안 가격이 올랐다면 말해. 그것도 모아서 줄 테니까."

"돌려줘." 돈은 쳐다보지도 않고 기녀가 말했다. "네가 원하는 대로, 너한테 중요한 일은 다 할게. 돌려줘. 원한다면 1년 내내 네 신발을 닦거나, 네가 원하는 건 뭐든 다 할 테니. 바보, 배신자, 아니 뭐든 종이에 써서 내 등 뒤에 붙여! 그렇게 하고 정원을 돌아다닌다고 맹세할게. 자비로운 하나님이시여! 제발, 머리! 그걸 돌려줘!"

키쉬 머리가 그녀를 쳐다봤다. 완전히 다른 비터이가 보고 있었다. 한 번도 본 적 없는 비터이가. 미쳤거나 술에 취했거나.

"내일 교회 성금으로 낼 돈을 가져온 거야. 바보! 너 때문에 5학년 전체가 성금함에 외투 단추를 던져 넣어야 해. 내일까지 그 많은 니켈색 단추를 어디서 구하겠어? 만약 성금함에 우리가 돈을 넣지 않는다는 걸 주전너 사감이 눈치 채면 우리는 또 끝장이야. 사감에게 잘 지켜보라고 이르려 한다면, 아마 그건 포기하는 게 나을 거야. 여기 가져온 것 말고는 우리에게 땡전 한 푼도 없으니까. 주전너 선생님은 크리스마스까지 전도와 교회 목적으로만 용돈을 주신다고."

"편지만 돌려준다면 뭘 해도 좋아." 기너가 말했다. "뭐든지. 이해가 안 되니? 네가 좋다면 때려. 받아치지 않을게. 날 높은 곳에서 떨어트리고 싶으면, 벽 사다리 위로 올라갈 때 떨어트려. 원하면 사고인 척할게, 자진해서. 운 좋으면 내 다리를 부러트릴 수도 있을 거야. 무슨 말인 줄 모르겠어? 내 침대에서 찾은 편지를 돌려줘! 다른 건 다 줄게. 빗, 파우더, 달력, 지갑, 앨범, 열쇠들도. 남의 집 열쇠로 뭘 할 수 있을진 모르겠지만. 듣고 있어? 말해. 뭘 해야 줄지! 너희들이 날 받아들이는 걸 원하는 게 아니니까, 나한테 말하지 않아도 돼. 다른 건 바라지도 않아. 그냥 편지만 줘."

"내가 네 침대에서 뭘 찾았다고?" 키쉬 머리가 화를 내면서 말했다. "너같이 건방진 애는 처음 봤어. 더러운 과자를 우리에게 먹이다니. 우리는 네가 다시 끼어드는지도 모르고 순진하게 먹었으니까. 네까짓 것한테 뭘 받느니 차라리 며칠 굶고 말지. 그래서 이렇게 우리가 돈을 다 갚는데, 그런데 뭐? 내가 도둑이라고? 네 잠옷을 가지러 갔을 때 네 침대에서 내가 뭘 찾아내고 막 집어서 훔쳤을 거라고? 네 침대엔 아무것도 없었어. 어떻게 그런 말을 할 수 있지? 잠깐, 비터이! 중상모략으로 지금 문제에서 벗어나려 한다면, 넌 5학년 학생들을 잘 모르는 거야."

키쉬 머리는 밖으로 달려 나갔다. 얼마나 화가 났는지 발끝으로 걷고 공손하게 행동해야 한다는 것을, 또한 성경을 읽고 음악을 연주하고 정신 수양을 위한 자유 시간을 갖고 있는 비터이와 공식적으로는 함께 있으면 안 된다는 것을 잊고 있었다. 얼마나 문을 세게 닫았는지, 가로대 위에 걸어놓은 제네바 대성당 그림이 땅으로 떨어질 것처럼 들썩거렸다. 기녀는 그저 그 뒤를 바라볼 뿐이었다. 키쉬 머리가 침대에서 아무것도 보지 못하고 그서 삼옷만 꺼내왔다는 것을, 진실을 말하고 있다는 것을 한순간도 의심하지 않았다. 그렇다면 그녀의 소지품은 주전너가 증거를 찾아 침실로 갔을 때 발견하고 가지고 있을 것이다. 그럼 안심하고 숨을 돌릴 수 있다. 사감이 지금까지 침묵하고 있다는 것은 그녀를 구해주고 싶어서일 것이다. 편지는 없애고 다른 소지품들은 들키지 않도록 어딘가에 숨겼을 것이다. 너무나 친절하고 훌륭한, 엄격한 주전너! 사감의 도움으로 위기를 벗어나게 된 것에 대해 감사하는 마음이 흘러넘쳤다. 학급 학생들은 여태 기녀를 미워했지만, 이제 그녀가 어떤 의심을 했는지 머리에게 듣는다면 훨씬 더 증오할 것이다. 상관없다. 견딜 것이다.

그녀는 돈을 손에 쥐고 주머니에 가득 담았다. 여기서 나가면 앞치마가 불룩하니 성경으로 가려야 할 것이다. 내일 가방에 넣어서 제일 먼저 성금함으로 가져갈 것이다. 만약 누군가 알아차린다면 학급 전체 성금을 맡아서 성금함 입구에 넣으려 했다고 말할 것이다. 그러면 이 바보 같은 것들이 단추를 넣으려고 하지는 않겠지. 그날이 아니더라도 어차피 성금함을 열면 문제가 밝혀질 것이고 머툴러에 소문이 다시 돌 텐데, 무슨 생각으로 그러려는 거야?

옛날의 기녀였다면 문제가 생긴 것에 얼마나 기뻐했겠는가? 자신과 단추는 아무 관련이 없다는 걸 증명하듯, 자신이 가지고 있는 30필리르를 교사 중 한 명에게 보여주려고 얼마나 눈에 띄게 행동했을까? 그리고 얼마나 흐뭇해하며 학급 학생들이 어려움을 겪도록 내버려두었을까? 지금은 자신이 또 소녀들에게 무슨 일을 벌인 걸까? 다시 무고한 키쉬 머리를 흥분시키고 상처를 주었다는 생각으로 괴로웠다.

기녀는 피아노를 열고 무거운 곡 하나를 연주하기 시작했다. 당신의 노여움이 일어도(영화 뉴스가 보여주는 것의 이면엔 다른 것이 있어요. 의미 없는 희생이), 저를 벌하지 마소서, 주여(미모 고모는 이런 건 전혀 몰라요. 컬미르는 국방 수업 시간에 이렇게 가르쳤어요. "민심에 반전을 부추기는 사람은…"). 슬픈 노여움 속에 당신은 저를 바라보며(배신자라고, 선생님이 배신자라고 생각하는 그 사람이, 그가 진정한 영웅이에요. 저는 그 사람에게 맡겨졌어요. 분명 그가 호른 미치의 의자에 쪽지를 놓고, 〈고통의 석상〉에 글을 썼을 거예요. 컬마르는 틀렸어요. 그는 속았어요.) 저를 벌하지 마소서, 주여(저는 발각되면 안 돼요. 저는 강물의 물방울처럼 다른 학생들과 꼭 같아지고 싶습니다). 당신의 그 커다란 노여움 속에(우리 아버지가 편안히 일할 수 있도록 해주세요. 제가 인질로 잡혀 아버지를 협박하도록 두시면 안 돼요) 시작할 때 벌주지 마소서, 주여, 저를(군인들을 구해야 해요. 전쟁은 잘못된 목적을 위해 시작됐어요. 아직 우리 아버지 편이 나라를 구하려 해요). 슬픈 노여움 속에 당신은 저를 바라보며(제가 강해지겠습니다. 좋은 사람이 되겠습니다. 인내하겠습니다. 그저 우리 아버지 편이 바라는 대로 성공할 수 있게 해주세요. 살아서 모든 것을 모면할 수 있도록) 저를 벌하지 마소서. 하나님!

"노래는 안 하니?" 주전녀의 목소리가 물었다.

주전녀가 뒤에 서 있었다. 기녀는 그녀가 들어오는 것을 눈치 채지도 못했다. 방금 전 깨달음으로 그녀를 향해 감사함이 일었다. 피아노에서 벌떡 일어서서 이 사랑스런 사감에게, 자신을 구했시만 그것이 얼마나 대단한 일인지도 모르는 이에게 뛰어가고 싶은 것을 겨우 참았다. 그렇게 해도 결국 규정을 주지시킬 뿐이라는 것을 알고 있었기에 기녀는 움직이지 않았다. 선생님들 중 누구에게도 접촉하거나 키스하는 일은 절대 금지였다. 그리고 주전녀가 기녀를 구했다면, 그래서 아무 말도 하지 않은 것이라면, 당연히 선생님도 기녀 또한 아무 말 하지 않기를 바랄 것이라 느꼈다.

"시간이 끝났어." 주전녀 선생님이 말했다. "반 아이들이 바느질을 다 끝냈으니 거실에 가서 놀아도 좋다. 네 소지품들은 제자리에 갖다 놓아라."

그녀는 앞치마에 성경을 꽉 쥐고 조심스럽게 움직였다. 주머니에 동전들이 짤랑거리지 않도록 주의를 기울이며 발을 디뎠다. 주전녀가 기녀를 뒤따라오지 않았기에, 기녀는 혼자 침실 복도를 쭉 걸어가 가방에 돈을 쏟았다. 시간표에 따라 토요일마다 저녁식사 전까지 놀이가 있었고, 기녀는 한 시간 반 동안 놀이를 할 기분이 아니었지만 그럼에도 거실에 조심스럽게 들어갔다. 5학년 학생들은 정말 고약한 놀이를 하면서 자유롭게 기분을 풀고 있었다. 당직인 쾨니그가 감독을 하고는 있었지만, 그는 언제나처럼 어떤 것도 눈치 채지 못했다. 그들은 술래를 밖으로 내보내고는 안에 있는 학생들끼리 술래에게 누구 역을 맡게 할지 결정했다. 밖에 있는 술래가 다시 안으로 들어오면 술래는 안에 있던 학생들에게 질문을 했고, 그 답으로 자신이 누구의 역을 하고 있는지 알아맞혀야 했다. 그들은 술래를 정하는 노래를 불러 누가 나가야 할지 정했다. 올라의 이름이 불리자 그녀가 밖으로 서둘러 나갔다. 쾨니그는 바로 거기서 졸고만 있었지 학생들을 쳐다보고 있지도 않았다. 무슨 생각을 하고 있는지 누가 알까마는 한 마디도 듣지 못할 거라고, 설사 듣는다 해도 자기 주위에서 일어나는 일을 한 마디도 알아듣지 못할 거라고 학생들은 확신했다.

키쉬 머리가 턱으로 기녀 쪽을 가리켰다. '그래, 삿고 놀아봐.' 소녀는 생각했다. '놀아봐, 이 행복한 아이들아. 이제 올라는 비터이다. 내가 얼마나 파렴치하고 미운 사람인지 질문과 대답으로 밝혀지겠지. 그래, 그게 좋다면 그렇게 놀아. 전선에서는 우리 병사들이 의미없이 죽어 나가고 나라는 진실을 모른다고. 여기 있는 너희들도 몰라.'

토르머를 시작으로 올라는 질문을 퍼부었다.

"내가 사람이니, 물건이니?"

"사람." 토르머가 웃었다.

"실존 인물이야, 아니면 상상의 인물이야?" 올라가 어리에게 물었다.

"실존 인물이지." 어리는 단언했다.

"셜름! 내가 소녀일까, 소년일까?"

"여자야. 암컷."

"내가 아는 사람이야, 렌젤?"

"손바닥처럼 잘."

"내가 머툴러 학생이야, 리데그?"

"넌 그런 줄 알고 있지."

"나는 날 사랑하니, 버이더?"

"염소가 칼을 사랑하듯이."

"뭐? 왜 그런 거야, 키쉬 머리?"

"왜냐면 넌 비열하니까!" 키쉬 머리가 답했다.

올라의 눈이 반짝거렸다. '벌써 답을 아는군.' 기녀는 생각했다. '이 중에서 염소가 칼을 사랑하듯, 그렇게 너희가 사랑하는 사람이 나 말고 누가 있겠어. 가짜 머툴러 학생에 비열한 가짜 동료 말이야.'

"어우, 야, 내가 뭘 어쨌는데?" 올라가 질문했다. 그리고 웃는 눈으로 친구들을 둘러보았고 친구들도 마찬가지로 아무 말도 없이 웃음으로 답했다. "아니, 내가 도대체 무슨 나쁜 짓을 했길래그래, 비터이?"

"네가 바보 같은 일을 고자질했거든." 기녀가 조용히 대답했다. 모든 시선이 그녀의 동요 없는 얼굴에 꽂혔다. 비터이는 울지도, 화를 내지도, 당황하지도 않았다. 비터이는 아무것도 부정하지 않았으며, 무슨 이야기를 하는지 모르는 척하지도 않았다. 그리고 정말 굉장히 이상한 느낌이었지만 어른이 이런 놀이에 참여하듯, 비터이가 그런 식으로 그들과 놀고 있다는 느낌에서 벗어날 수가 없었다. 물론 이런 식으로는 아무 의미가 없었다. 그녀가 괴로워하지 않고 억울해하지도 않는다면 이 모든 게 무슨 소용이람? 다른 대답을 기다렸던 올라는 본인도 당황했다. 좀 더 질질 짜거나 벌컥 화를 내는 것과 같은 반응이 나온다면, 보이지 않는 칼로 더 깊이 찌를 수 있을 것이라 생각했기 때문이다. 이제 무슨 질문을 해야 하나? 그녀는 더 재미있을 줄 알았다.

"찾았어." 올라는 시큰둥하게 말했다. "이제 누가 밖으로 나가?"

게임 규칙에 따르면 술래가 정답을 알아맞히도록 한 사람이 밖으로 나가야 했다. 이제 비터이를 밖으로 내보내야 하나? 그녀와 놀아야 한다고? 하지만 무엇을? 그리고 어떻게? 다시 그녀에게 항복해야 하는 건 아니지? 그냥 놀아줄 기라고? 5학년 학생들은 침묵했다. 키쉬 머리도 해결책을 찾아내지 못했다.

특이하게도 소음이 없는 고요가 마치 소음처럼 작용했는지, 쾨니그가 고개를 들었다.

"누구였니?" 그는 궁금해했다. "벌써 찾아낸 거야?"

"아우구스투스 황제요." 기분 나쁜 듯 서보가 말했다. "하지만 이제 그만하려고요. 그 대신 이야기를 나눠도 되나요?"

"그럼." 쾨니그가 말했다. 그리고 다시 생각에 잠겼. 기녀는 창가로 가서 창틀에 팔을 괴었다. 방공 커튼이 눈앞을 가려 창을 통해 정원을 내다볼 수 없었다. 하지만 적어도 다른 학생들로부터 멀리 떨어져 있을 수 있었고, 지금까지 그녀가 어떤 잘못을 해왔고 또 어떤 새로운 잘못을 했는지에 대해 키쉬 머리가 다른 모든 학생들에게 이야기하는 것을 듣지 않아도 됐다. 그녀는 상상해보려고 했다. 모든 창문을 열 수 있고, 모든 길에 빛이 넘치고, 전쟁이 없고, 죽음이 없고, 그리고 무거운 비밀들, 위험과 파괴가 없다면 어떨까. 아버지를 생각했다. 이미 부다페스트를 향한 길 어딘가를 달리고 있을 자동차를. 가끔 경적을 빵빵 울려대겠지. '내 딸 기녀!' 그리고 페리도 생각했다. 아버지도 알고 있는 모든 걸 그 역시 분명 알고 있겠지. 누구와도 비교할 수 없을 만큼 페리는 똑똑하고, 미모 고모 클럽의 사람이면서, 항상 그녀의 아버지에 대해 애정을 담아 이야기하곤 했다. 그녀 집에 방문할 수 있게 해달라고 얼마나 많이 졸랐던가. 그녀가 말을 꺼낼 때면 아버지는 항상 이렇게 대답했다. "우리 집에 장교들이 드나들 순 없어. 쿤츠 대위도 마찬가지야." 비록 대위가 당연히 장군만큼 의심을 받지는 않겠지만, 위험해질까 봐 페리도 집에 오지 못하도록 했는지 모른다.

저녁식사를 알리는 종이 울렸다. 쾨니그는 항상 감기에 걸릴까 봐 겁냈다. 마당을 통하지 않고 교사 숙소에서 복도를 통해 올 때에도 매번 목을 스카프로 감고 외투도 입어서, 이걸로 학생들이 놀리기도 했다. 쾨니그는 외투를 옷걸이에 걸어두는 대신 창문 손잡이에 걸어두곤 했다. 이제 아이들이 가려고 준비할 때였다. 쾨니그가 외투를 입고 나서 그저 멀뚱히 서 있을 뿐이었다. 외투에 단추가 하나도 없었기 때문이다. '하나님 맙소사, 내일 성금함! 쾨니그의 단추를 훔치다니. 성금 모으기를 시작한 거야.' 기녀는 생각했다. 비록 머릿속에 걱정이 가득했지만, 쾨니그의 얼굴 표정과 키쉬 머리의 여우짓을 보고는 웃음이 터질 뻔했다. 키쉬 머리는 선생님께서 오늘 전차를 타신 게 아니냐고 물으면서 펄쩍 뛰며 안타까움을 표했다. "차를 타고 다니다 사람들이 단추를 잃어버리기도 하거든요. 아이코, 정말 예쁜 밝은 회색 단추들이었는데. 펭괴 동전처럼 말이에요. 그것 같은 새 단추를 구하는 것도 쉽지 않을 거예요." 쾨니그 선생님은 투덜댔지만, 항상 그랬듯 이미 일어난 일을 받아들이고 학생들을 식당으로 안내했다. 기녀는 아프다는 이유로 다이어트 식단을 받고도 저녁식사를 절반 정도밖에 먹지 않았다. 게다가 콤포트[설탕에 절인 과일 디저트-옮긴이]도 먹을 수 없다고 받지 않으려 했다. 주전녀는 콤포트를 누구에게 주겠느냐고 물었고 기녀는 아무도 받지 않을 것을 알기에 난감하게 정면을 응시하고 있었다. 그때 교사 식탁 쪽에서 한 식도락가의 소리가 들렸다. 쾨니그가 비터이의 남은 콤포트를 달라고 한 것이다. 모든 선생님들이, 교장선생님까지도 눈을 내리깔았지만 토르머 게데온이 그 대식가에게 윽박지르려 할 뻔한 것을 겨우 참고 있는 게 보였다. 기녀는 콤포트 접시를 재빨리 가지고 가서 쾨니그 앞에 내려놓았다. 빨리 먹어치워서 눈에 띄지 않기를 바랐다. 그러면 적어도 왜 달라고 하는 학급 학생들이 없는지 설명할 필요가 없을 테니까. 기구쉬 선생님은 샤파르 에스테르와 속닥였고, 컬마르는 머리를 살짝 흔들었다. "쾨니그," 무러이가 속삭였다. "정말 대단하셔." 학생들은 학생들대로 쾨니그한테 분노했다. 그가 그런 먹보가 아니었다면 비터이가 설탕절임을 들고 빙빙 돌게 할 수 있었을 것이기 때문이다.

기도 시간은 평온했다. 목사님은 크리스천으로서 여인의 자랑이나 특징이 무엇인지에 대해 말했다. "장미 나무의 향기로운 꽃처럼, 오랜 관용의 덕, 온유, 이웃 사랑은 기독교 여인을 장식합니다." '세속에서 저는 거칠고 참을성이 없었으며, 저를 해한 사람을 절대 사랑할 수 없었습니다.' 소녀는 곰곰이 생각했다. '목사님, 저는 이 미덕을 한 군인으로부터, 저의 아버지로부터 배우고 있습니다. 아버지를 위해 인내하고 온순해지려 합니다.' 위를 쳐다보는 것이 어울리지도 허락되지도 않았지만, 기녀는 위를 올려다보다가 토르머의 시선과 마주쳤다. 토르머 피로쉬커가 그녀를 쳐다보고 있다가 갑자기 눈이 마주친 것이었다. 그리고 토르머 피로쉬커 역시 그녀 나름으로 기녀와 같은 생각을 하고 있었다는 걸 알게 된 것은 한참 후였다. 그녀는 물론 학급 학생들 모두 그와 비슷한 어떤 미덕으로도 장식하는 게 불가능했다. 비터이를 결코 용서하지 않는다면서 어떻게 크리스마스 성찬식에 참여한단 말인가.

　이번에는 취침 전 샤워를 하지 않았다. 그날은 석탄을 나르고 나서 벌써 목욕실을 사용했기 때문이다. 주전녀는 한 시간 동안 침실에서 독서를 하거나 자유롭게 조용히 대화할 수 있도록 허락했다. 기녀에겐 이제 침실에서 자는 것도 변화라면 변화였다. 병실의 쓸쓸함과 적막 뒤에 기숙사 침실로 온 건 거북하진 않았지만, 문제는 이곳에서 말을 거는 사람이 아무도 없다는 것이었다. 게다가 이제는 그녀가 더 이상 그곳에 살지 않는 양, 아무도 기분 나쁘게 하거나 언급하지도 않았다. 그녀는 책을 읽지 않고 일주일 동안 비어 있던 침대 속에 들어가 아버지 생각을 했다. 아버지와 나눴던 이야기와 컬마르, 옛 학교에서 배운 것들, 미모 고모 댁에서 전쟁에 대해 사람들이 나눴던 이야기들에 대해 생각했다. 소녀들은 낄낄거렸다. 셜름이 문에서 보초를 서는 동안 뚱보 서보가 잠옷을 입은 채 어떤 복잡한 춤을 춰 보이자 주위의 학생들이 깔깔거리며 쓰러졌다. 빨리 잠들고 싶었지만 잠이 오지 않았다. 하루 동안 너무 많은 일이 일어났고, 생각해야 할 일이 너무 많았다. 그리고 어쩐지 침대도 익숙했던 그 느낌이 아니었다. 하지만 마지막으로 지난 일요일 아침에 분명 제대로 침대보를 깔았었다. 아, 맞다. 그다음에 주전녀가 매트리스 아래를 뒤졌지. 평평하게 제대로 잘 펴지 않은 것 같았다.

밤이 깊었다. 이미 야등만 켜져 있을 뿐, 학급 학생들은 놀이와 웃음에 지쳐서 모두 잠들었다. 기녀는 잠이 잘 안 들어 일어나 잠자리를 고쳤다. 몸조심을 하겠다고 약속했으니 강하고 건강해야 한다. 이불에서 빠져나와 침대보를 들어올렸다. 그리고 침대보를 쫙 펴서 제자리에 놓기 위해 가운데의 매트리스를 약간 들어올렸다. 아래쪽에 손을 넣었을 때, 그녀는 칼에 찔린 듯 손가락을 다시 뺐다. 두근거리는 가슴으로 한동안 침대 앞에 쪼그려 앉아 있다가 정신을 차리고는 손에 닿는 것들을 모두 꺼냈다. 파우더와 빗, 휴대용 달력, 지갑, 사진첩, 열쇠, 지난번에 그녀가 이곳에 남겨두었던 모든 것. 그리고 그 편지, 키쉬 머리에게 돌려달라고 사정했던 그 작별 편지까지 기녀는 매트리스를 싸고 있는 침대보 위에 꺼내 놓았다. 편지는 온전히 그곳에 있었고, 그녀가 뜯어냈던 바로 그 종이였다. 다만 글자가 더 늘어 있었다.

너희 모두가 너무 싫어. 이 감옥에서 그냥 바보 같은 놀이나 하면서 지내길 바라. 나는 어쨌든 탈출하니까.

-비터이

네가 탈출할 때 작별 인사도 없이 떠나지는 않을 거라 생각했어. 네가 호른 미치 부인 집에서 돌아오자마자 네 소지품들과 이 슬픈 편지는 내가 가지고 있었지. 이 편지는 찢어버려. 그리고 학급 아이들과 화해하도록 해. 정말 좋은 아이들이야. 왜 문제가 있을 때 나한테 오지 않지? 나는 네 비밀만 지키고 있지 않아.

-아비가일

## 공습경보

지금까지 침대 앞에 쪼그려 앉아 있던 기녀는 이제 무릎을 꿇고 집 생각을 불러일으키는 물건들과 편지 옆 침대 시트에 얼굴을 묻었다. 눈을 감았다. 마치 자각의 무게가 뜬눈의 눈꺼풀을 잡아 끌어내리는 듯했다. 마침내 깨달음의 빛을 발한 진실이 너무나 눈부셔서 눈을 가리지 않고는 도저히 견딜 수 없을 것 같았다. 아비가 일, 기적을 행하는 아비가일, 항상 도움을 주는 아비가일, 우리 삶의 심술궂은 작은 매듭을 풀어주는 존재, 처음 너에 대해 들었을 때 어떻게 네 비밀을 바로 알아차리지 못했을까? 그렇게 쉽게 믿어버리는 다른 학생들을 무시하고, 혼자 그들을 유치하고 어리석다고 여기고, 네 석상에 얽힌 이야기와 전설을 머툴러 학교의 관습적인 것보다도 한층 더 어리석은 놀이라고 생각한 걸까? 법과 규칙, 금지의 엄격한 숲속에 어떤 사람, 석상이 아니라 진짜 사람이 정말 누군가에게 도움이 필요할 때 네 제국의 여인 모습 뒤에서 나타난다는 걸 왜 바로 알아차리지 못했을까? 아비가일, 학급 아이들은 나를 용서하지 않아. 선생님들은 나를 사랑한다고 해도 멀리 있고 인간적이지 않은 데다 머툴러 방식이지. 따뜻함이 아니라 안전만을 제공할 뿐이야. 이미 나는 한 번 바깥세상으로 나가봤어. 사람의 관계가 너무 그리웠거든. 나는 혼자가 아니라는 걸 몰랐어. 내가 예상하지 못하고 요청하지도 않고 또 의심하는 바로 그때에도, 누군가 날 걱정하고 날 구하고 날 보호한다는 것을.

 아비가일, 너는 누구지? 머툴러에서 우리와 함께 살고, 매일 우리와 함께 다니고, 우리에게 소리 지르고, 우리에게 미소 짓고, 우리 생활에 관여하는 너는 누구지? 눈에 띄지 않게 우리 침실에 들어올 정도로 아주 가까이 있고, 우리 주머니나 공책에 손을 대고, 우리가 하는 이야기를, 속삭임을 듣고, 모든 것을 생각하는 너, 하지만 아무도 모르는 사람인 너는 누구지? 이 땅딸막한 벽들 사이에 누군가 가면을 쓰고 살고 있다. 너는 실제 모습을 가리고, 변장한다. 그리고 더 자유롭게 움직일 수 있도록 대놓고 소리 지르고, 괴롭히고, 칭찬을 늘어놓거나 엄격한 척한다. 우리가 모두 집과 부모로부터 멀리 떨어져 나와 있는 것을 헤아리는 사람, 머툴러의 세계가 학생에게 원하는 모든 것이 가끔은 우리 역량을 넘어서기에 누군가는 여기서 누군가는 저기서 넘어진다는 것을 헤아리는 사람. 아비가일, 너는 누구지? 그가 한 일들은 알아도 실제 얼굴을 본 사람은 아무도 없고, 이 학교 내에 1914년부터 알려진 사람 말이야. 과거에 호른 미치의 울음소리를 들었던 바로 그 사람이기는 한가? 아니면 그때 그 자리에는 다른 사람이 있었던 거야? 쿠마에

의 무녀도 영원하지 않고 매번 새로운 젊은 여사제가 영원을 딛고 지하세계의 의복과 관습을 이어받았듯, 그렇게 항상 새로운 아비가일이 있는 거야? 늙었어, 아니면 젊어? 남자야, 여자야? 실제 네 얼굴은 어때? 일상생활에서 만날 때면 내가 널 좋아하니, 아니면 두려워하니? 어떻게 그렇게 날 잘 알아? 내가 탈출하고 싶어한다는 걸 어떻게 느꼈어? 그리고 내가 아무 말 없이 떠나지 않으리라는 것도? 만약 그냥 찍은 게 아니라면, 대체 어떻게 내가 무슨 일을 했는지 안 거야? 병실에서 주전녀 선생님께 한 말은 또 어떻게 들었고? 아, 내가 널 볼 수 있다면, 네 손을 잡을 수 있다면! 네가 한 일에 고맙다고 인시도 할 수 없다니. 니는 누구지, 아비가일?

다시 눈을 떴다. 편지는 그녀의 얼굴 옆에서 희게 빛나고 있었다. 물론 아비가일의 편지 겉모습을 보고 알 수 있는 것은 아무것도 없었다. 머툴러에서는 누구든 이런 글씨체를 쓸 수 있었다. 모든 선생님과 사감, 학생들도 마찬가지였다. 이곳에서는 특별한 머툴러 글씨체를 사용했다. 깨끗이 인쇄된 글씨를 떠올리게 하는 똑같이 균일한 모양의 대문자. 만약 아비가일의 비밀을 찾아 나선다면 글씨체는 길을 가르쳐주지 않을 것이기에 다른 단서를 찾아야 했다. 머툴러에서 죄로 여기는 것을 그렇지 않다고 생각하는 인격의 사람은 누구일까? 이런 변장 놀이를 할 정도로 장난을 좋아하는 사람, 다른 교육관을 가진 동료가 알아차리고 그의 정체를 밝혀서 언젠가 실패할 수 있다는 위험을 감수할 정도로 용감한 사람, 그리고 매번 다양한 방식으로 필요한 도움을 줄 정도로 능수능란한 이 사람은 누구일까?

기녀는 익숙하고 정겨운 물건들 앞에 무릎을 꿇고 곰곰이 생각했지만 아무것도 떠오르지 않았다. 품행으로 정체를 드러낸다면 그건 분명 아비가일이 아닐 것이다. 그러니까 아비가일 같지 않은 사람은 누구든 아비가일일 수 있다. 어쩌면 끔찍하게 괴성을 지르고 엄청난 자격을 요구하는 토르머 게네온, 가끔은 거의 공포스러울 정도로 청교도적인 주전너, 아니면 정말 절제와 거리감이 있는, 엄격한 칼마르일 수도 있다. 교사들 중에서 누구라도 유능하고 민첩하며 반응이 번개처럼 빠른 사람, 그리고 머툴러 학교의 수천 가지 금지사항들에 한 아이라도 미끄러져 넘어지면 붙잡아주고 아이가 다시 굳건히 앞으로 나아갈 때까지 지탱하기 위해 두 팔을 활짝 펴주는 사람, 온 학교에서 살금살금 소녀의 뒤를 밟을 때 어느 누구에게도 들키지 않았을 정도로 훌륭한 연기자.

자정.

"그래, 아비가일. 갈게. 알아. 빨리 자란 말이지?"

기녀는 일어서서 앞치마를 입었다. 돌려받은 소지품과 편지를 움켜쥐고 화장실로 살금살금 갔다. 제일 먼저 편지를 없앴다. 다시는 붙일 수 없을 정도로 아주 작은 조각으로 찢어버렸다. 그러고 나서 핸드백에서 꺼낸 잡동사니들을 제라늄 화분 틀 안에 다시 넣었다. 되돌아오는 길에는 아무도 만나지 않았고, 침실에서도 아무도 움직이지 않았다. 기녀는 침대보를 정리하고 이불 속에 다시 들어갔다. 그러고 나서야 잠들 수 있었다. 그녀는 학급 아이들과 싸운 이후 처음으로, 나지막한 벽으로 둘러싸인 이곳에서 누군가 자신을 생각한다고 느꼈다. 자신의 소지품을 발견하고 어떤 표정을 지었을까 생각하면서 기녀는 피식 미소를 지었다.

　다음 날 기상 시간, 아이들이 투덜대는 소리에 평소보다 30분 빨리 종이 울렸다는 사실을 알게 되었다. 학생들은 무슨 일이 있는지도 알지 못했다. 주전녀가 줄을 세우고 난 후에야 그날 왜 덜 자야 했는지가 밝혀졌다. 그날은 목사님이 아니라 아르코드 도시의 자랑이자 설교로 유명한 객원 목사님이 와서 설교를 하신다고 사감이 말했다. "오늘은 모두 각별히 바른 태도를 갖추기를 바란다. 오늘 일찍 일어난 이유는, 큰 행사에 머툴러 학생들이 어울리는지 한 명 한 명 개별적으로 확인하고 싶어서야. 교회에 어울리는 흠잡을 수 없는 외모, 그러니까 본보기가 될 수 있는 깨끗한 신체와 복장, 유명한 손님에게 경의를 표하는 소박한 빗질 단장을 하고 예배를 받으러 갈 수 있도록 하자." 주전녀가 생각하는 소박한 단장이란 적어도 학생들이 일요일에 휴일 산책을 나온 아르코드 주민들 앞에 나서기 위해 필사적으로 꾸미곤 하는 노력과는 달랐다. 그들은 일정한 방식으로 묶어야 하는 끈을 더 미학적으로, 하지만 겉보기에는 규율에 적합한 머리 모양으로 보이도록 묶었고, 사감은 거의 모든 학생들의 머리를 풀어 다시 땋게 했다. 셜름은 그런 머리가 마치 귀 옆으로 죽은 쥐를 매달고 그 쥐꼬리에 애도의 표시로 끈을 매달아 장식한 것 같다고 속삭였다. 다른 때 같았으면 평소보다 못생긴 모습을 하고 대문 밖으로 외출해야 한다는 사실에 화가 끓어올랐겠지만, 5학년 학생들은 별반 놀라지 않았다. 키쉬 머리 무리들은 이 특별한 행사가 성금함과 관련해 무엇을 의미하는지 바로 가늠해보았다. '예전에도 이런 경우가 있었지만, 오늘 이렇게 유명한 사람이 강론을 하게 된다면 눈이 침침하거나 늙은 장로들이 아니라 선생님들이 성금함 주위에 서게 될 거야. 하나님이 보우하사, 성금함에 교장선생님이나 일레쉬가 서지 않게 해주소서.' 일레쉬의 눈은 가끔 벽을 뚫고 볼 정도로 무서웠다. 키쉬 머리는 심각하게 걱정하기 시작했고 무러이에게 뭐라 속삭이고는 뛰쳐나갔다. 기녀는 그녀가 어디로 왜 뛰어가는지 생각해봤는데, 그들이 막 출발하려고 할 때까지 머리는 자리에 돌아오지 않았다. 그녀에게 행운을 빌거나 걱정할 이유가 정말 없었지만, 주전녀가 출발을 지시할 때까지 그녀가 여전히 그들 사이에 없으면 어쩌나 걱정이 됐다. 그래도 막판에 머리가 돌아왔다. 그러고는 자기 자리였던 기녀 왼쪽에 서서 토르머에게 실패했다고 속삭였다. 그녀는 혹시 전날 있었던 부모님의 방문 때 비밀로 받은 용돈이 있다면 빌려달라고 할 수 있지 않을까 싶어 각 학년 학급을 돌아다녔지만, 모두들 일요일 성금으로 배당받은 것을 빼고는 땡전 한 푼 없었다. 기녀는 걱정하지 말라고, 어제 자신 앞에 그토록 모욕적으로 쏟아부었던 동전이 모두 이 가방에 있으니 아무 문제 없을 거라고 말하고 싶었다. 쾨니그나 또 누구의 옷에서 떼어낸 건지 모르지만 그런 단추들을 성금함에 넣는 것을 그 어떤 선생님 눈에라도 띄게 만들 수는 없다고. 하지만 말하지 않았다. 걱정할 시간을 더 늘리려는 건 아니었지만 이렇게 빨리 키쉬 머리와 대화를 나눌 엄두가 나지 않았다. 기녀가 그녀를 무고하게 비난한 이후, 키쉬 머리의 화는 그 어느 때보다 아직 진정될 기미를 보이지 않았기 때문이다.

    이날의 주일 예배는 훗날 어른이 되어서도 자주 떠올랐다. 그녀는 말씀 중 한 마디에도 주의를 기울이지 않았는데, 그건 학급 학생들 모두 마찬가지라는 사실을 알았다. 그들은 그냥 시간을 죽이고 앉아서 주전녀에게 들키지 않도록 손목시계를 흘끗거렸다. 모든 학생들은 자신들이 나가도록 지정되어 있는 왼쪽 출구에 어느 선생님이 서게 될 것인가만 머릿속으로 생각하고 있었다. 그날 초청된 목사는 학생들의 정신 고양에 특별히 도움이 되는 훌륭한 설교를 했을 것이다. 물론 5학년 학생들은 주기도문 소리도 거의 듣지 못했고, 울리는 오르간 연주 속에서 밖으로 나가기 시작했을 때에는 몇 년 동안의 연습으로 오르간 전주만 듣고도 그냥 자동으로 입에서 흘러나오던 그 종례 찬송가조차 무엇이었는지 난 한 명도 말할 수 없었다. 다른 때 같으면 학생들은 교회에서 바깥으로 나갈 때 무례하게 서두른다고 항상 주의를 받았지만, 지금은 너무 천천히 나가서 주전녀가 빨리 서두르라고 속삭일 정도였다. 왼쪽 문의 커다란 나무 성금함 옆에는 토르머 게데온보다도 더 끔찍한 누군가가 검게 자리하고 있었는데, 바로 목사였다. 기녀는 키쉬 머리가 눈치를 채고 씩씩거리는 소리를 들었다. 목사는 참을성 있게 그곳에 서서, 항상 그랬듯이 약간은 자랑스럽게, 진심으로 우러나오는 사랑스러운 눈빛으로 학생들을 바라보고 있었다. 아이들은 정말 순수하고 온순하며 정숙하게 잘 자라 있었다. 그들에게 떨어진 좋은 씨앗을 위한 정말 좋은 흙이었기 때문이다. 겁에 질린 토르머가 신음 소리를 나지막이 토해냈는데, 오르간 연주가 너무 커서 바로 옆에 걷던 기녀만 이 소리를 들을 수 있었다. "사랑하는 하나님!" 토르머가 속삭였다. "단추들을 알아차리면 어떡하지?"

헌금할 때 그들은 한 명씩 줄을 섰다. 좁은 신도석과 좌석 열 사이에 나 있는 협소한 통행로 때문에 다른 식으로는 설 수가 없었다. 퇴장할 때도 순서가 있었다. 어리가 맨 처음 성금함에 돈을 넣어야 했다. 하지만 목사님 앞에 어리가 사색이 되어 한 발을 내디뎠을 때, 마치 지시를 받은 것처럼 기너가 줄에서 나와 앞으로 서둘러 가더니 어리를 앞질렀다. 밖으로 나가는 학생들을 지켜보기 위해 주전너는 줄 맨 끝에 서 있었기 때문에, 기너에게 순서를 기다리라거나 뭐 때문에 그러느냐고 묻지도 못했다. 그래서 기너는 거침없이 성금함까지 갔고 가방을 열었다. 그리고 가방 속에서 동전을 집어 성금함에 쏟아붇기 시작했다. 5학년 학생들은 기너 뒤에 길게 줄을 서서 그녀가 성금함에서 일을 끝내기 전까지 더 나아가지 못했다. 모두들 기너가 무슨 일을 벌이는지 보았다. 특히 목사는 목격하고 있는 상황을 이해하겠다는 듯 고개를 크게 한번 끄덕였고, 기너가 나무통에 돈을 모두 넣고 나자 5학년 학생들을 내보내기 위해 길을 비켜줬다. 토르머 무리들은 아무 소리도 없이 거리로 서둘러 나와서 다시 줄을 섰다. 기너는 말이 없었고 그들은 묻지 않았다. 주전너만이 기너에게 다가와 말했다. "다음부터는 더 빨리 퇴장하고 싶거나 미리 학급에서 성금을 모아 한꺼번에 내고 싶거든 허락을 구해라. 아무리 좋은 해결책이라도 사감에게 말하지 않고는 하면 안 돼."

키쉬 머리는 잠자코 있었다. 토르머도 침묵했다. 이런 경우는 아주 드물었지만 5학년 학생들은 침실에 되돌아와서 외투와 가방을 내려놓을 때까지 거의 아무 말도 하지 않았다. 하지만 이내 모두들 숨을 죽인 채이긴 했지만 동시에 이야기를 하기 시작했고, 기녀는 그들이 무슨 토론을 하는지 듣고 싶지 않아 홀로 복도로 나왔다. 그리고 더 이상 시간을 끌지 못할 때가 되어서야 천천히 돌아갔다. 점심시간이 될 때까지 거실에서 기다리지 않고 밖에 서성이는 그녀를 사감 중 누군가가 볼까 봐 걱정되었기 때문이다. 그녀가 돌아왔을 때엔 이미 '만장일치'로 '무시'라는 결론이 나 있었다. 놀랍지도, 너무 아프지도 않았다. 그리고 기녀는 키쉬 머리의 말을 듣기 전까지는 자기가 칭찬받기 위해 한 일도 아니었고, 바로 그 바보 같은 단추 때문에 그들이 다시 곤경에 처하게 되는 꼴을 지켜볼 수기 없던 것뿐이었다고 생각했다.

"우리가 아주 황송해할 것이라 믿는다면 넌 완전히 틀렸어." 키쉬 머리가 말했다. "우리는 황송해하지도, 네 선행이 필요하다고 생각하지도 않으니까. 네가 뭐 우리 반 구세주처럼 행동할 수 있다고 믿지 마."

기녀는 말없이 키쉬 머리를 쳐다보았고 눈도 내리깔지 않았다.

"너착의 어머니가 다음 주에 오셔. 너착이 몰래 비상금을 달라고 부탁한다니까 그때 네 더러운 동전들을 돌려줄게. 잘 기억해둬, 비터이. 과자나 이런 헌신적인 행동으로 우리 마음을 움직일 수 없다는 걸. 네가 무슨 짓을 하더라도 넌 필요 없다고."

"좋아." 기녀가 말했다. "그런 걸 바라고 한 건 아니야. 하지만 너희가 원한다면 줘. 성금함이나 군인들의 성탄 선물 모금함에 넣으면 되니까. 나도 너희들이 주는 구호품은 필요 없어. 아무것도 필요 없어. 그리고 어제 네가 내 물건을 가져갔다고 오해해서 미안해. 내가 또 어리석었어."

키쉬 머리는 감동을 한다거나 변하는 것은 없을 테니 이런 사과도 필요 없다는 것을 보여주려는 듯 등을 돌려버렸다. 하지만 토르머는 생각에 잠긴 눈빛으로 지금 기녀를 두 번이나 돌아보았고 셜름, 처토, 게다가 무러이까지도 곰곰이 생각에 잠긴 채 한참 기녀를 쳐다보았다. 하지만 아무 일도 일어나지 않았고 소녀들은 이야기를 나누기 시작했다. 기녀는 책을 하나 집어 들고 앉아 점심식사 전까지 읽었다. 복도를 쭉 서둘러 온 주전녀는 거실 안을 들여다보고 말했다. "일요일을 휴식하는 데 사용하는 것도 좋지만 내일 자유 시간에 공부해야 해. 일주일을 통째로 수업에 빠졌으니 말이다."

점심식사는 평소보다 어느 정도 더 격식을 갖춘 것이었고, 빨리 끝나버렸다.

식사 후 기도를 마치고 나서 토르머 게데온 교장은 학생들에게 말했다. "오늘 예배 시간에 특별히 모범적으로 행동한 비터이 게오르기너를 모든 학생들이 본받기 바랍니다. 빠른 퇴장을 위해 사전에 헌금을 걷었고, 5학년 학급의 이름으로 그리고 학급을 대표하여, 그러니까 대략 스무 명 자매의 공동체를 강조하며 직접 30필리르를 헌금함에 넣었습니다. 그래서 5학년 학생들은 교회를 제일 먼저 퇴장할 수 있었고, 다른 어느 때보다 훨씬 더 질서정연했습니다. 비록 허락받은 행동은 아니었지만 교사단에서는 실용적이고 멋진 퇴장을 사전에 돕는 해결책이라고 생각하는 바, 모든 학급에서는 이제부터 매주 헌금 당번을 정하여 비터이와 같이 학급 대표가 헌금을 걷길 바랍니다."

자매 공동체… 이제 토르머도 그녀를 보고 있지 않았다. 기너는 이미 그토록 많이 겪어야 했던, 그 차가운, 껍질 속의 숨 막히는 고독을 다시 한 번 느꼈다. 이번 일은 정말 어쩔 수 없었다. 구출 작전이 이렇게 큰 성공을 가져올 줄 어떻게 알았겠는가? 주전너는 그녀를 보고 미소 지었고 에르지벳도 그랬다. 기너와 관련해서 변명이 아닌 한 번쯤 다른 소리도 나오자 주전너는 확실히 행복해 보였다. 오후 산책 시간까지 기너는 혼자 거실에 앉아 있었다. 5학년 학생들은 체육복으로 갈아입고 체육실에서 공놀이를 해도 좋다는 허락을 받았다는 사실을 기너에게 알리지 않았다. 산책 시간이 되어 그들을 다시 만나게 되었을 때 주전너가 안타까워하며 물었다. "손을 다쳐서 다른 학생들과 공놀이를 할 수 없다던데 아직도 아프니?" 그리고 부드럽게 꾸짖었다. "다음부터는 복도에서 넘어져 손목을 다치거든 꼭 나나 의사 선생님을 불러라. 가벼운 타박상인지 접질린 건지 알 수 없으니. 그래… 잘 움직이는 것을 보니 기쁘구나. 그래도 조심히 움직여야 한다." 아, 얘네는 뭐야! 어떻게 그런 거짓말을 할 수 있지?

이젠 그들이 어디로 산책을 하는지조차 관심 없었다. 도망치고 싶지 않았고 도시를 아는 것도 중요하지 않았다. 어제가 얼마나 까마득하게 느껴지는지, 어제가 아니라 1년 전에 아버지를 만난 것 같았다. 허이더 씨의 제과점은 사라져버린 천국의 장소였다. 그곳이 그녀가 마지막 희망을 품고 행복했던 곳이었다. 거기서 이 무리들을 떠날 수 있을 거라고 그녀는 믿었다. 기너가 선의로 대해도 모두 망쳐버리고 아이들이 가혹하게 화만 내는 이곳, 걸을 때마다 점점 더 깊은 구렁텅이로 빠져드는 이곳. 여기서 나갈 수 있을 때까지 기다리며 사는 것은 험난한 일일 것이다. 하지만 물론 기다릴 것이다. 그녀는 약속했다.

여느 때와 같은 늦은 오후였다. 친구들이 있는 행복한 아이들은 거실에 앉아 있었다. 당번들은 다른 아이들이 이야기할 수 있도록 찬송가를 불렀다. 그사이 기녀는 정원으로 몰래 나와 아비가일 석상이 있는 곳까지 가려고 했다. 노랗게 빛나는 들국화 몇 송이를 꺾었다. 아비가일의 바구니에 넣을 생각이었다. 이렇게 해서 그녀의 선물을 받았다고, 자신을 위해 한 일에 감사하다고 전하고 싶었다. 하지만 그곳까지 가지 못했다. 석상 근처에서 컬마르를 만났기 때문이다. 컬마르는 화내다시피 하며 따로 산책 허락을 받지도 않고 지금 정원에서 뭘 하는 거냐고, 다시 돌아가라고 호통을 쳤다. 쓸모없어진 꽃을 손에 들고 달리는 동안, 진짜 찾고 있는 사람이 사실은 컬마르가 아닐까 하는 말도 안 되는 생각이 들었다. 어쨌든 그를 항상 성 죄르지 기사로 생각했지 않았나. 그녀의 생각이 맞는다면 항상 여기 누군가 아비가일 역할을 맡은 사람이 있다는 것인데, 그렇다면 왜 용감하고 민첩하고 유능한 컬마르가 될 수는 없단 말인가? 기녀는 휴게실로 들어가 방금 떠오른 생각을 끝까지 따라가보려고 했다. 컬마르가 교사 숙소에서 사람들 눈에 띄지 않고 어디로 움직일 수 있을까? 어디든 가능했다. 학교는 기숙사와 마찬가지로 그의 앞에 열려 있었다.

저녁식사 시간은 조용했고 지루했다. 고귀한 영혼의 스위스 소녀 이야기는 평소보다도 숨 막히고 고리타분했다. 기녀는 기도 시간 후에 학급 학생들의 활동에 참여해보려고 하지도 않고, 제일 먼저 목욕을 하러 간 다음 바로 자러 갔다. 자고 싶었다. 침대에 들어가 긴장을 풀고 잠들기를 바랐다. 그 전날 밤 그녀는 늦게 잠이 들었지만 별 다른 일은 없었다. 아침에 좀 긴장했을 뿐. 잠을 자고 나면 좀 개운해지겠지. 기녀는 금방 잠이 들었다. 5학년 학생들도 모두 차례대로 잠들었다. 머툴러 학교는 고요했고 평화로웠다.

자정이 지나 1시경이었다. 사이렌이 울려 퍼졌다.

아이들은 이 소리가 무엇을 의미하는지 알아차렸다. 민방위 지휘관인 컬마르는 사이렌이 울리면 어떻게 해야 하는지 가장 어린 학생들에게도 훈련시켰다. 어떻게 방공 도구들을 들고 줄을 설지, 고학년들 중 누가 어디로 가고 어디에 서야 할지, 지난달에 그들은 충분히 연습했다. 도시 방공 사령부에서 밤에 여러 차례 사이렌을 울릴 거라는 점도 알고 있었다. 실제로 폭격이 일어나더라도 어느 정도 훈련이 되어 있어서 큰 소리에 놀라지 않도록 말이다. 하지만 학생들은 날카로운 사이렌 소리를 알고 있었음에도, 기숙사를 잠에서 깨울 때면 너무 놀라 침실에서 어쩔 줄 모르고 허둥거렸다. 주전녀가 곧바로 와서 손을 덜덜 떠는 아이들을 챙겨 옷 입는 것을 도와주지 않았다면 아마도 훨씬 더 혼란스럽고 불안해했을 것이다. 어찌 되었든 학생들은 사전에 정해놓은 시간에 맞추어 모두 복도에 섰고 지하실 쪽으로 출발했다. 5학년들은 아직 할당받은 일이 아무것도 없었다. 맨 위의 두 학년에게만 환자 운반, 부상자 치료, 소방 작업을 하도록 정했고, 6학년에게는 전령 역할을 맡겼다. 그들은 보호소로 개축된 지하실로 내려가야 했다. 안에는 벌써 푸른색 등이 켜져 있었고 교사진도 전부 와 있었다. 가장 어린아이들 중 몇몇은 훌쩍거리며 울었고 큰 아이들의 얼굴에도 어떤 공포가 서려 있었다. 학생들은 이 모든 것을 연습이나 단순한 훈련으로 느끼지 않았고, 침대에서 지하실 안으로, 땅속으로 서둘러 내려가야 하는 그 비정상스러움만을 느꼈다. 주전녀는 문 맞은편에 자리를 잡았다. 상상 속의 폭발이 있더라도 학생들이 아니라 그녀가 그 충격을 받기 위해서였다. 5학년 학생들은 아래로 가지고 내려온 체육실 벤치 위에 앉아 몇 백 년 된 벽에 등을 기댔다. 키쉬 머리가 손을 내밀어 서보를 잡았다. 서보는 반키를, 이런 식으로 열아홉 명이 붙어 앉아 마치 옆 친구 손의 온기로 힘을 불러일으키려는 듯 서로의 손가락을 꽉 쥐었다. 이 사슬은 단 한 곳, 토르머와 키쉬 머리 사이, 기녀가 앉아 있는 곳만 끊어져 있었다. 옆의 친구 누구도 기녀와 접촉하지 않았고, 기녀는 오른쪽도 왼쪽도 보지 않았다. 복도 밖에서는 사람들이 뛰어다녔다. 8학년 학생 어러디가 들어와 관측소 자리에서는 밖에서 불붙인 종이를 흔드는 것이 잘 보인다면서 소방대가 출발했다고 보고했다. 한번은 헬멧을 쓰고 어깨에 방독면을 멘 컬마르도 들어왔다. 성 죄르지 같은 선생님은 그 어느 때보다 멋졌다. 아무것도 보이지 않았지만 그래도 소리는 들을 수 있었다. 멀리서 뭔가 폭발했다. 주전녀는 이 소리가 시민들이 사전에 정한 건물을 폭파시킨 소리라며 지금 불을 끄고 구출하는 것을 연습 중이라고 말했다.

연극이었다. 하지만 아무도 그렇게 느끼지 않았다. '하나님, 저희를 죽음에서 구해주세요!' 기너는 생각했다. 지하실 문 뒤에서 다시 누군가 달려갔다. 그다음에는 더 무거운 발자국 소리가 이어졌다. 주전너는 밖을 내다보고는 8학년 학생들이 가상의 부상자들을 들것에 실어 의사에게 운반하고 있는 것이라고 조용히 말했다. '아이들이 처음에 나랑 놀아주는 것에 감사했어야 했어. 아이들이 전쟁과 아무 상관없는 뭔가를 보고 웃을 줄 안다는 사실에 감사했어야 했고. 걔들은 폭격, 죽음, 위험이 아니라 테라리움을 주려고 한 거야. 나는 정말 바보였어. 오만한 바보!'

'내일 정말 폭탄이 떨어지면 어쩌지?' 키쉬 머리는 스스로에게 물었다. '우리 아버지는 전선에 계셔. 우리 오빠도. 그런데 우리는 비터이의 과자를 먹지 않으려 했지.' 토르머는 생각했다. '나는 부모님이 안 계셔. 부모님이 있는 아이들은 어떨까? 큰아버지는 항상 나를 괴롭게 만들지만, 만약 정말 이 학교에 폭탄이라도 떨어진다면? 그래서 큰아버지마저 돌아가신다면? 아무도 없고 건물도 불타버린다면 난 집도 잃게 되는 거야.'

비터이가 갑자기 일어나 학급 아이들을 쳐다보며 소리쳤을 때, 주전너는 이해할 수 없다는 듯 고개를 들었다. "할 수 있다면, 용서해줘. 애들아! 내가 다 잘못했어. 정말 부끄러워. 그리고 테라리움도 주면 좋겠어!" 주전너는 부다페스트 소녀가 우는 것을 그저 바라보았다. 그리고 키쉬 머리가 흐느끼는 소리, 토르머와 서보의 울음소리도 들었다. 서보는 숨이 넘어갈 것처럼 울었다.

"기너, 우리도 용서해줘." 키쉬 머리가 울먹이며 말했다. "과자하고 단추하고!" 사감은 그녀가 비터이를 껴안고 뜨겁게 키스를 하는 모습을 보았다. 밖에서 외침이 들렸다. 컬마르의 목소리였다. "7학년생은 서둘러라! 동쪽 건물에 가상의 불을 꺼야 한다." 주전너는 5학년생들에게 아무 말도 하지 않기 위해 입술을 꼭 다물었다. 5학년 학생들이 움직이면 안 되는 금지 상황에서 모두 일어나 비터이 주변에 모여들어 차례대로 키스를 했기 때문이다. 결국 자리에 들어가 앉으라는 지시를 하자, 기녀는 서보의 뚱뚱한 어깨에 머리를 기대고 눈을 감은 채 원래 좌석이 아니라 한 칸 더 멀리 가 앉았다. 그곳에서 다른 한 손에는 키쉬 머리의 앞치마를 꽉 움켜쥐고 공습경보 사이렌이 멈추기를 기다렸다.

## 소풍

 요새에서 일어난 일이 이미 모두 과거가 되어버리고, 전쟁의 기억이나 사건들, 그들이 두려워했거나 좋아했거나 경멸했던 사람들은 모두 그저 기억 속의 그림자가 되어버릴 정도로 긴 세월이 흐르고 난 후, 기녀는 이 공습 방어 훈련이 있었던 날 밤 이후의 시간들을 마치 생애 가장 아름다웠던 시기를 추억하듯 얼마나 많이 생각했는지 모른다. 비록 한순간도 아버지 걱정이 맘을 떠나지 않았고, 그 무엇으로도 아버지에 대한 그리움을 덜 수 없었지만, 수도와 옛 동네, 쇼코러이 어털러 학교 또는 친구들의 모습이 떠올라서 힘들어 하는 일은 점점 더 드물어졌다. 한번은 아버지를 더 자주 볼 수 있고 페리와 미모 고모를 정기적으로 만날 수 있게 된다면 언제까지나 아르코드에서 지낼 수도 있을 것 같다는 생각을 하는 자신을 발견했다. 검은색과 흰색으로 이루어진 학교는 더 이상 두렵지 않았고, 그녀는 낮은 아치 아래서 평화롭게 잠들었다.

그녀들은 기녀의 자매들이었다. 열아홉 명. 험난했던 학년 초, 괴로웠던 수많은 충돌 이후 기녀는 다른 학생들과 이전에는 한 번도 맺어보지 못한 친밀한 사이가 되어 정말 하나가 되었다. 그럴 수 있었던 이유는 그들이 항상 모든 일에 똑같이 참여하거나 불참하는 진짜 공동체를 만들었기 때문이었다. 또 다른 이유는 머툴러 세계에 숨어 있었다. 기녀는 이제 혼자 버려진 것이 아니라 동료들, 친구들과 함께였다. 기녀는 금지의 숲속에 사는 일이 숨 막힐 정도로 흥미진진한 일이라는 것을 깨달았다. 규칙들과 끝없는 감시에도 불구하고 한 방울의 기쁨을 끌어내기 위해 그들은 배고픈 어린 여우 새끼들처럼 끊임없이 숨어서 살펴야 했다. 그리고 웃음을, 사랑을 갈구하는 스무 명의 육체는 쉼 없이 재미를 찾으며 서로의 등과 어깨를 기대고 있었다. 좋은 것을 위해 고군분투해야 할 때 그것이 얼마나 커다란 경험이 되는지, 등산 팀처럼 학급 학생들을 보이지 않게 서로 잇고 있는 밧줄의 안전함 속에 사는 일이 얼마나 큰 힘이 되는지 깨달았다. 행복과 슬픔을 함께 느끼고, 함께 긴장하고 바라고 기다리는 것, 어려움에 처하고 도움이 필요한 사람을 도와주는 것들 말이다. 공습 대피 훈련 이후, 어른들과의 관계도 어느 정도 변했다. 반에서 체육 시간에 열 명씩 두 팀으로 나뉘어 서로 경기를 할 때처럼, 어른들 또한 적이 아니라 그냥 상대편이라는 것을 설명하지 않아도 알게 되었다. 피하고, 이기고, 속이고, 마침내 멋진 점프로 그들 앞에서 공을 잡아내는 어른들과 벌이는 이 한결같은 소동은 이제 거의 재밋거리였다.

아버지와 더 자주 이야기할 수 있었다면 못 만나는 것을 더 수

월하게 견뎠겠지만 장군은 일주일에 한 번 통화하는 걸 고수했고 새로운 만남 또한 금방 이루어지지 않았다. 학급 아이들과 친해진 지금 기녀는 왜 아버지와 편지를 하지 않고 그렇게 특별한 방식으로 연락하는지 아이들이 물을까 봐 걱정되었지만, 그녀가 우려하던 것과는 완전히 다른 반응이었다. 어차피 머툴러 학교에서 진심이 담긴 편지를 쓰는 일은 학부모를 생각하는 검열 때문에 불가능했다. 5학년 학생들은 기쁜 마음으로 편지를 받았지만, 항상 똑같고 지루하기 짝이 없는 편지쓰기는 그다지 좋아하지 않았기 때문에, 만약 아버지나 어머니와 일주일에 한 번 통화를 하는 대신 편지쓰기를 포기해야 한다면 기꺼이 그럴 의향이 있었다.

그때 이미 아이들은 그녀에 대해 모든 것을 알고 있었다. 마르셀, 쇼코러이 어털러 학교에서의 생활, 매주 열리는 티파티, 미모 고모, 물론 페리까지 말이다. 기녀가 테리리움을 인정하는 대신 학급 아이들도 페리를 인정했고, 그녀들은 대위가 기녀의 구애자가 아니라 자신의 구애자인 것처럼 다투어 열광했다. 소등 시간 이후 그들은 페리에 대해 많은 이야기를 나눴다. 기녀는 그의 눈, 머리, 제복이 어땠는지, 그와 춤을 출 때 어떤 느낌이었는지 상세히 알려주었다. 대위가 그녀의 머리 향을 맡고서 어느 누구도 당신과 같이 향기로운 향이 나는 사람은 없을 것이라고 말했을 때 그녀가 무슨 생각을 했는지, 페리가 손에 키스를 했을 때 어떤 느낌이었는지, 매일 이야기를 나눌 수 없는 삶은 삶이 아니니 집에도 방문할 수 있도록 제발 기녀의 아버지를 설득해달라고 애원했던 것을 이야기했다. 반키 언니는 전쟁 중에는 어린 나이에도 결혼을 많이 하니 기녀에게 최대한 빨리, 가능하다면 졸업 시험을 보기 전에 대위에게 제발 시집을 가달라고 했다. 이곳에서 목사님께 주례를 서달라고 하고, 가슴에는 있는 대로 온통 반짝거리는 장식을 달아 교장선생님 속이 뒤집어질 만하게 입고 말이다. 이 남다르고 고귀한 전통을 두고 토르머 게데온 교장은 어차피 아무 말도 할 수 없을 것이다. 머툴러의 학생들은 모두 이곳에서, 시내가 아니라 여기 예배당에서 결혼을 했다. 호른 미치도 당시 약혼자와 여기서 결혼식을 올렸으며, 이 학교를 여태 좋아하기까지 한다. 반키는 이를 몇 번이나 확신했다. "호른 미치는 이곳을 방문할 때마다 별 이유도 없이 그냥 구경 삼아 정원 끝까지 산책을 하거든. 다른 사람들이 그렇듯 수위 아저씨도 그녀를 좋아해. 게데온도 마찬가지고. 호른 미치는 굳이 신고하지 않고도 원한다면 건물로 들어올 수 있어. 기녀, 넌 아직 여기서 호른 미치를 본 적 없니?"

기녀는 본 적이 없었지만 큰 관심도 없었다. 호른 미치의 기억이 아직 아팠기 때문이다. 물론 모든 일이 그렇게 일어났어야 했지만, 어쨌거나 호른 미치의 이름은 그녀의 의식 속에 실패의 기억과 연결되었기 때문에 이 건물이나 정원에서 돌아다닐 때 마주치고 싶지 않았다. 하지만 결혼식을 생각하며 노는 것은 좋았다. 일레쉬가 여러 차례 칭찬할 정도로 깔끔하게 정리된 테라리움이 일단 훨씬 현실적인 상대였다. 편지지와 봉투를 구해서 밖으로 내보낼 수 있다 하더라도, 아버지에게 약속한 만큼 페리에게는 편지를 쓰지 못했을 것이다. 아버지가 금지하지 않았더라도 편지를 보낼 방법 역시 마땅치 않았다. 주전너는 모든 우체통 앞에서 항상 달리듯 빠른 걸음으로 학생들을 인도 끝으로 몰았기 때문에, 누가 우체통에 편지를 넣으려면 적어도 팔이 4미터는 돼야 했다. 그래도 페리는 무러이의 시인이나 셜름의 셔무커처럼—원래 이름은 팔이었지만 셔무커라고 불러야 했다. 머툴러의 전통에 따라 모든 신학자의 별명이 사무엘이었기 때문이다[셔무커는 사무엘의 애칭이다-옮긴이]— 반 아이들과 함께 살았다. 한편 토르머만 빼고 모두가 목록상의 남편 말고도 바깥세상에 어떤 동경하는, 살아 있는 대상이 있다는 것이 밝혀졌다. 다른 연인과 비교할 수 있고 쉬는 시간에 때로 그와의 만남을 상상할 수 있는, 게다가 머툴러 사감의 눈과 귀를 피해 어쩌면 이야기를 나눌 수도 있는 그린 진짜 소년, 신싸 섦은이 말이다. 그리고 5학년 학생들은 예외 없이 어느 정도 컬마르 피테르와 사랑에 빠져 있다는 공통된 감정도 갖고 있었다.

그 사랑은 이타적인 감정이었다. 애초에 희망이 없다고 생각해서가 아니었다. 학생들은 컬마르 선생님을 너무 위했기 때문에 그가 누굴 사랑할 수 있는지, 그가 연인과 행복하도록 어떤 식으로 도울 수 있는지 끊임없이 고민했다. 혹시라도 컬마르가 누군가를 사랑한다면, 5학년 학생들은 컬마르의 애정이 그녀들의 사물 남편에 대한 애정보다 결코 작은 비밀이 아닐 거라는 점을 확실히 알고 있었다. 사감이 학생들을 감시하는 것과 마찬가지로 교장도 컬마르를 주시하고 있었다. 컬마르가 누군가에게 구애를 한다면, 그것은 결혼을 전제로 해야 하며 구애가 길어져서도 안 된다. 왜냐하면 그건 적절하지 않은 행실이기 때문이다. 머툴러의 선생님들은 아예 구애를 하지 않거나, 하더라도 바로 결혼을 한 후 관사에서 시내로 이사를 나갔다. 비록 대문을 넘어서부터는 학생들이 쾰마르의 뒤를 쫓을 수 없었지만, 그가 시내에서 누구를 따라다닐 수는 없을 것이라 생각했다. 사귀었다면 손가락에 벌써 반지를 끼고 있었을 테지. 어딘가 다른 곳에서 쾰마르의 머릿속을 채우는 사람을 찾아야 한다. 어딘가 다른 곳, 어쩌면 여기 바로 이 안에, 가까운 곳에.

그들의 추론이 옳았다는 것이 학교 소풍에서 드러났다.

기녀가 도망치려다 기차역에서 쾨니그에게 걸렸던 그 비가 내리던 날, 추적거리는 빗속에서 쾨니그가 무슨 소풍에 대해 말했지만 당시 기녀는 별반 궁금해하지 않았다. 나중에서야 그녀는 머틀러 학생들이 봄가을로 매년 두 차례 포도와 과실수가 있는 시내 근처의 학교 소유지로 소풍을 간다는 걸 알게 되었다. 예년에는 항상 10월에 소풍이 있어 대개 추수를 겸했지만, 올해에는 학기 초부터 학생들이 멀리 떠나는 걸 주교가 허락할지를 두고 줄다리기를 했다. 결국 쾨니그를 선봉으로 보내 그 지역에 공습이 있을 경우 학생들을 안전하게 피신시킬 장소와 방법이 있는지, 그리고 기차 연결은 어떻게 되어 있는지 알아보도록 했고, 쾨니그는 돌아와 만약의 경우 포도 압착장이나 주택은 피신하기엔 너무 작으며 와인 저장 창고도 규모 때문에 마찬가지로 적합하지 않지만, 아주 가까운 곳에 작은 숲이 있으니 필요한 경우에 거기 숨을 수 있을 거라고 했다. 또한 1934년 11월에 아르코드 주변 지역의 포도밭이나 과일밭을 공격할 것 같지는 않다고 덧붙였다. 그렇게 해서 예년보다 한 달이나 늦어지긴 했지만, 소풍에 대한 허락이 마침내 떨어졌다. 컬마르는 학생들에게 소풍 소식을 직접 알리면서, 학교에 남고 싶지 않으면 그럴 만한 문제를 일으키지 말라고 경고했다. 5학년 학생들은 너무 기뻐 그냥 한숨만 내쉬었을 뿐, 한 시간 뒤 체육 시간에 트루트 게르트루가 그들 사이에 큰 공을 던져주었을 때에서야 비로소 비명을 지르며 환호할 수 있었다. 어디에 공이 있는지는 안중에도 없는 5학년생들이 그저 바닥에서 서로를 잡고 구르며 체력 단련과는 전혀 상관없는 딴생각을 하는 동안, 게르트루드는 체력 단련의 고귀한 열정이 얼마나 젊은 혈기를 깨우며 날카로운 비명 소리를 일으키는지를 만족스럽게 듣고 있었다. 요새의 일상을 께는 소풍이라니, 이 얼마나 멋진 약속인가! 그들은 일주일 내내 모범생같이 생활했고, 토요일 평가에서도 벌을 받지 않았다. 주일에는 여행도 육체 노동도 해선 안 됐기 때문에 항상 그랬듯 가만히 머물러 있었다. 소풍은 토르머 게데온이 교장령으로 허가하여 월요일에 가게 되었다. 수위를 제외한 모두가 함께 출발했다. 청소부 아주머니, 조리실 직원도 마찬가지였다. 학교에 아무도 아픈 사람이 없었기 때문에 교사들과 함께 의사도 동행했다. 그들의 뒤에서 대문이 닫혔을 때 기녀는 자신이 이곳에 온 이후 요새가 이토록 텅 비었던 적은 없었던 것 같다고 생각했다. 학교에는 수위실 안의 수위와 정원 끝의 아비가일밖에 다른 누구도 없었다.

　지난번 이후에 아비가일에게는 소식이 없었다. 다른 학생에게는 있었는지 모르겠지만 그들도 기녀처럼 침묵했다. 석상 뒤에 숨어 있는 얼굴을, 진실을, 비밀을 기녀는 얼마나 수없이 생각하고 그려봤는지 모른다. 기녀는 밤낮으로 석상 주위를 살필 수 있다면 아비가일의 꽃바구니에서 어른 중 누가 쪽지를 꺼내는지 언젠가 한 번은 잡을 수 있을 것이라고 생각했지만, 그것도 불가능하다는 걸 알고 있었다. 아비가일 석상 주위에서 눈에 띌 정도로 오랫동안 얼쩡거리는 것은 바람직하지 않았다. 그곳은 교사 숙소에서 아주 잘 보였기 때문에 엠피레 양식의 벽감 근처에 누군가가 계속 머물다 가는 언젠가는 주목을 끌게 될 것이기 때문이었다. 그러나 거기서 훔쳐봐도 소용 없었을 것이다. 아비가일의 가면을 쓰고 그들 사이에 숨어 있는 사람이라면 문과 창문이 모두 잠겨 학생들이 침실에 머물고 있는 시각에, 밤에 돌아다니리라 기녀는 생각했다. 아비가일이 머툴러에서 일어나는 일을 정말 모두 알고 있다는 것은 기녀의 탈출이 바로 그 예였다. 수다쟁이 쾨니그는 분명히 기숙사에 돌아오자마자 호른 미치 부인의 티파티에서 물에 쫄딱 젖은 비터이를 자신이 집으로 데리고 왔다며 온갖 사람들에게 소문을 냈을 것이다. 이렇게 사실을 알게 된 아비가일은 이게 무슨 사건인지 바로 알아차리고는 그에 맞게 행동했을 것이다. 학급 아이들이 이제 없어서는 안 될 존재가 되어버린 때에도 기녀는 아비가일이 그녀에게 쓴 글과 아비가일과 관련된 일만은 아이들에게 말하지 않았다. 이상하지만, 아이들이 미워서 도망갔다는 것이 알려질까 봐 그런 게 아니었다. 쾨니그가 그녀를 발견한 것이 아니라 잡은 것이고, 순전히 비겁하고도 착한 마음 때문에 거짓말을 했으며, 그러곤 그녀를 다시 끌고 온 것이라고 아이들에게 사실을 고백할 수는 없었다. 그녀가 쾨니그의 희생물인 동시에 그에게 생명을 빚졌다는 사실이 너무 굴욕적이어서 기녀는 그때까지도 일상으로 돌아오지 못하고 있었다.

 그들은 기차역 쪽으로 출발했다. 선생님이나 학생 모두 하나같이 작업복을 입고 있었다. 소녀들은 머리에 수건을 묶었다. 일단 날씨가 좋을 것이라고 했지만 아직은 쌀쌀한 11월의 이른 아침에 비가 내리거나 날이 추워질 것에도 대비했다. 그리고 어깨 가방 대신 모두 등에 메는 가방을 받았다. 점심 도시락, 우비, 비상 외투와 작업 장갑이 들어 있었다. 호른 미치가 사는 집 쪽으로 난 길을 따라갔다. 〈헝가리의 고통〉 석상에서 기녀는 무심코 옆을 쳐다봤지만, 이제 석상에 쪽지는 없었다. 호른 미치 저택의 창들은 열려 있었다. 호른 미치는 보이지 않았고, 지금 막 밖으로 먼지떨이를 털던 늙은 부인만이 그들을 보고서 인사했다. 기차역에서 그들은 좀 기다려야만 했다. 큰 대기실 안 벤치에서는 기차를 기다리는 두어 명의 승객이 졸고 있었다. 많이 이른 시간이라 아직 날이 새지도 않았다. 앞뒤가 아니라 서로의 곁에서 학급 아이들을 볼 수 있는 지금, 아이들은 선생님까지도 더욱 잘 관찰할 수 있었다. 쾨니그는 다 낡은 방수 외투와 승마 바지를 입고, 목에는 스카프를, 머리에는 어딘가 좀 이상한 모양의 모자를 쓰고 있었다. 컬마르의 분홍색 운동복 바지는 막 다림질을 한 듯, 그날 아침 무척 경쾌하고 세련되어 보였다. 물론 머리에는 아무것도 쓰고 있지 않았다. 쾨니그는 마치 아직 어디에 합류할지 결정하지 못한 듯, 학급들을 차례로 돌았지만 어디에서도 그를 붙들지 않았다. 그는 5학년 학생들에게도 소풍 가는 것이 기쁜지 질문했지만, 아이들은 차갑고 공손하게 대답했다. 그래서 쾨니그는 그들도 놔두고 대기실을 걷다가 안이 좀 어둡다며 전등 스위치를 찾았고, 모두가 잘 볼 수 있도록 전등을 켰다. 그는 돌아다니고 하품을 하며 여기저기 둘러보다가 갑자기 붙박이처럼 서서는 "어이쿠!" 하고 소리를 쳤다.

학생들은 그의 시선을 쫓았다. 기녀는 불길한 생각을 막아보려는 듯 손을 입에 가져다 댔다. 대기실의 한쪽 벽 전체가 전쟁 포스터로 꽉 차 있었는데, 벽 한가운데에 잘린 헝가리 국토, 그리고 그 주위에 잘려나간 국토가 보였다. 그 아래에는 굵고 검은 글씨체로 뭔가 쓰여 있었다.

안 돼, 안 돼, 절대!

이 세 마디 문장에 누군가 검은색으로 글을 덧붙였는데, 읽기 쉽게 하려고 마치 붓으로 글을 칠해놓은 것 같았다. 그 문장은 첫 세 마디와 함께 헝가리 지도를 둘러싸고 있었다.

안 돼, 안 돼, 절대!
히틀러의 도살장으로
당신의 아들들을 보내지 마라!

교장은 신랄한 눈빛으로 쾨니그를 쳐다보았다. 기녀는 교장이 왜 이렇게 눈에 띄게 구느냐고 쾨니그에게 조용히 화를 누르며 뱉는 말을 들었다. 뭔가 보고 알아차렸거든 굳이 말을 해서 아이들에게 보여주지 말고 그냥 바로 역장에게 알리라는 뜻이었다. 승객들은 관심을 보이며 눈을 비비고 벽을 쳐다보았고, 그중 여럿은 일어서거나 포스터가 있는 곳으로 가까이 다가갔다. 교장은 전 학년에게 고개를 돌리라고 지시했고, 그 바람에 가장 단순한 1학년생들까지도 벽에 뭐가 쓰여 있는지 확실히 알아차리고 말았다. 그다음 쾨니그가 사라졌고, 잠시 뒤 군홧발 소리가 들렸다. 그사이에 기차가 역으로 들어와 학생들은 승차를 해야 했다. 군인들이 벤치 위로 올라가 포스터를 어떻게 제거하는지 이제 그들은 보지 못했다. 나중에 안 일이지만 그 포스터는 못으로 벽에 고정시킨 것도 아니고 누군가 엄청나게 강한 접착제로 붙인 것이었다.

그녀를 보호하고 있는 아르코드의 저항단이다!

기녀의 심장이 너무 뛰어서 그게 앞치마 바깥에서도 보일 것 같았다. 그녀는 지금 두 번째 그가 남긴 흔적과 마주친 것이다. 아, 얼마나 용감하고 얼마나 무모한가! 한밤중에 여기로 나와 벤치에 올라서서 사람들이 눈치 채지 못하도록 재빨리 글을 칠해놓다니. 만날 수 있다면! 도대체 누구인지 알 수 있다면! 꼭 아비가일처럼 그렇게 비밀스러운 사람이야!

역에서 본 것에 대해 학생들이 이야기하는 것은 물론 불가능했다. 논평은 어느 선생님이나 가능한 일이었는데, 컬마르야말로 전쟁에 대해 항상 가장 남자답고 멋진 말을 했기 때문에 5학년 학생들은 모두 기차에 타서 컬마르를 바라보았다. 하지만 그때 컬마르는 이미 포스터 생각은 까맣게 잊고 누군가를 보고 있던 터라 학급 학생들의 의문에 찬 눈빛을 알아차리지 못했다. 주전녀였다. 주전녀는 막 자리를 찾아 앉으려던 참이었다. 컬마르는 자신의 손수

소풍 219

건을 꺼내 그리 깨끗하지 않은 의자를 닦아주었다. 5학년 학생들의 숨이 콱 막힐 듯한 눈빛 속에서 말이다. 그건 의심이라든가 추측이 아니라, 확실한 증거였다. 쾰마르는 주전녀를 사랑하고 있는 것이다. 이 엄격한 성자를 선택하다니! 매일 아침 금발을 두건 뒤에 감추는 이 여인을. 사실 그렇게 감추어도 점심이면 항상 두건 밖으로 머리칼이 삐져나와 사랑스런 이마 위에 빛났지만 말이다. 게다가 이 소풍 길이 더욱더 잊지 못할 커다란 경험이 되도록 한 다른 것도 보게 되었다. 이 일은 아르코드의 저항단으로부터 기녀의 주의를 삽시간에 흩트렸다. 학생들은 점점 더 그들 곁을 맴도는 쾨니그를 보았다. 그는 여전히 앉을 자리도, 배낭 걸어놓을 곳도 찾지 못하고 있었다. 그리고 그녀들은 쾨니그가 자신들이 느끼고 있는 것을 마찬가지로 알아차리고서 순식간에 얼굴이 어둡게 변하는 것을 보고 말았다. 5학년 학급의 계획안을 두고 머리를 맞댄 주전녀와 쾰마르. 쾰마르가 불러주고 주전녀가 작업 일정을 변경하고. 두 얼굴이 너무 가까이 맞닿아 서로의 숨결을 느껴야 할 정도였다. 쾨니그는 돌아서서 마침내 비어 있는 가방걸이를 찾아 짐을 걸었다.

이건 정말 그 무엇보다 멋지고 흥미진진한 일이었다! 쾨니그, 이 사람이 지금 쾰마르와 주전녀가 서로 머리를 숙이고 있는 모습을 보고 입술을 떨었단 말이지? 희망 없는 짝사랑에 빠지기라도 한 걸까? 질투라도 하는 걸까? "노래를 해도 되나요?" 신이 난 너착이 쾰마르에게 물었다. 쾰마르는 반키에게 앞에 계신 교장선생님한테 뛰어가서 노래를 불러도 괜찮은지 허락을 받아오라고 했다. 반키는 긍정적인 답변을 가지고 돌아왔고, 키쉬 머리는 주전녀에게 무슨 노래를 좋아하시냐고 물었다. 사감은 갑자기 좋아하는 노래가 있어도 되는지 결정을 할 수 없는 사람처럼 망설이더니 사실 꽃노래를 좋아한다고 대답했다. 그러자 5학년 학생들이 〈예이-헤이, 은방울꽃〉을 불렀다. 어떤 지휘 아래에서보다 더 풍부한 사랑, 청춘, 기쁨이 흘러 넘쳤기에, 다른 기차간에 있던 음악 선생님이 건너와 미소를 지을 정도였다. 주전녀는 눈을 감고 노래를 들었고, 켤마르는 갑자기 일어서더니 마치 그렇게 서로 가까이 앉아 있는 걸 못 견디겠다는 듯 사감과 조금 떨어져 앉았다. 쾨니그는 배낭을 풀고 음식을 꺼내 놓으며 이 장면을 보고 있었다. 교장도 5학년 학생들이 어떻게 노래를 부르는지 들으려고 건너왔다가 쾨니그를 보곤 고개를 저었다. 모두들 왜 그런지 알고 있었다. 아무도 점심때까지 음식에 손을 대지 말라고 이미 출발할 때부터 공지되었기 때문에 정말 옳지 않은 행동이었다. "소시지에 슬픔을 묻어버리다!" 토르머가 속삭이자 아이들이 서로를 붙들고 숨이 넘어가게 웃음을 터트리기 시작했다. 이에 주전녀가 눈을 번쩍 떴다. 그리고 이 유난한 유쾌함의 원인이 토르머의 어떤 말이었음을 목격한 교장은 토르머에게 다음 역까지 구석에 가서 서 있으라고 하고 문으로 까맣게 사라졌다.

기차는 덜컹거리며 느리게 갔지만 이마저도 아름다웠고, 모든 게 아름다웠다. 마침내 구름을 뚫고 해가 비추자 가을 풍경이 황금빛으로 빛났다. 그들은 두 번째 정류장에서 내려 잠시 도보로 이동한 뒤 머툴러의 영지에 도착했다. 이곳은 예전 졸업생이 학교에 기부한 곳으로 생산한 작물 중 일부를 학교 급식으로 제공했고, 남는 것을 판 돈으로는 몇몇 학생들이 무상으로 배울 수 있도록 지원했다. 그들이 이곳에 놀러 온 것이 아니라는 걸 기녀는 알고 있었다. 적어도 놀기만 하려고 온 것은 아니다. 그들은 오전에 열심히 일을 할 것이다. 그녀는 토르머 게데온의 교육 방침을 이미 알고 있었다. 신체가 게으르면 정신이 맑을 수 없다. 머튤러 학교는 육체 노동에 대한 가치를 학생들이 제때에 배우길 바랐다. 그래서 교장이 때때로 공부 외에 신체 활동으로 학생들을 완전히 지치게 하는 것에 익숙했다. 도착하고 나서, 이곳 추수나 비슷한 가을걷이를 해봤던 고학년 학생들은 모두 뭘 해야 할지 알고 있었다. 단지 1학년 학생들만 정리해주면 되었다. 안절부절못하는 일도, 뛰어다니는 일도 없었다. 사실 큰 소리 한번 나지 않았다. 학급 배정과 일과, 그리고 어떤 모둠이 어떤 일을 어디서 할지 적혀 있는 영지의 작은 지도까지 모두 담임과 사감의 손에 들려 있었다. 건물에는 한때 이 농장의 주인이자 졸업생이었던 사람 대신 현재 학교 재무부장이 가족과 함께 살고 있었다. 모두 지정된 장소에 짐을 내려놓고 작업복으로 갈아입었다. 트루트 게르트루드는 창고에서 자루와 상자, 사다리, 몇몇 통을 모둠 대표에게 나누어주면서 전체 작업 일정을 알려주었다. 맨 아래 두 학년을 제외하고 모든 모둠은 매시간 서로 다양한 일들로 교대한다. 한 번은 사과를 따고, 한 번은 지하실과 지하 식품 창고에서 감자와 채소를 꺼내오고, 다른 시간에는 분류를 해 포대와 바구니에 담아서 마차까지 옮긴다. 어린아이들은 포도 압착장에서 일을 지시하는 지도부 옆에 배정되어 심부름을 했다. 마치 의식을 치르는 대사제처럼 교장 본인이 첫 지하 식품 창고를 열고 15분 정도 어러디에게 채소를 건넸다. 그러고 나서 감자 캐는 사람들을 돕고, 분류 작업을 하는 사람들에게도 어떻게 작물을 분류하는지 보여주었다. 세 더미 중에서 가장 예쁜 것들은 전선으로, 중간 것들은 머툴러의 식재료로, 세 번째 평범한 것들은 고아원으로 갈 것이었다.

대지는 한눈에 볼 수 없을 정도로 크지는 않았다. 다만 높은 철롯둑이 땅을 가르며 놓여 있는 바람에 두 부분으로 어색하게 나뉘어 있었다. 비록 지선 철도에는 거의 기차가 다니지 않았지만, 손잡이가 달린 바구니나 통을 들고 기찻길 건너편 계량소에서 멀리 떨어진 곳에서 일하는 사람들에게 건너가기가 조금 불편하긴 했다. 열매를 늦게 맺어 아직 수확하지 못한 사과나무와 땅콩나무에서 일하고 있는 5학년생과 6학년생 들에게 그랬다. 저학년 학생들은 기찻길을 건너 심부름을 가는 것도 금지되어 있었기 때문에, 그들 대신 사감이나 교사가 철롯둑 너머로 지도부의 지시를 전하러 갔다. 비록 사다리를 옮기는 당번들은 둑을 넘으며 땀을 흘려야 했지만, 5학년생들은 사과나무 사이에서 재빠르고 즐겁게 움직였다. 망사 달린 막대기로 사과를 따고 있던 학생들은 모두 컬마르가 그들을 지켜보는지 살피기 위해 사다리 위에서 끊임없이 아래를 내려다봤다. 기너는 사과를 따지 않고 고르는 작업을 했다. 그녀는 즐겁게 사과 향을 맡았고 사과를 어느 더미로 넣어야 할지 신중하게 재면서 일을 즐겼다. 철롯둑에서 선생님들은 어디선가 열차 차량이 나타나면 즉시 세우기 위해 서로 당번을 바꿔 가며 기찻길을 지켜보았다.

열차가 자주 다니지는 않았다. 화물 열차가 한 번 덜컹이며 지나갔고, 또 한 번은 군사용 열차가 지나갔다. 그때마다 일을 멈췄으며, 그전까지 노래를 부르던 군인들은 머물러 학생들을 알아차리곤 잠시 동안 입을 다물었다. 모든 얼굴들이 밭에서 일하는 학생들 쪽을 향했다. 전선을 향해 가는 청년들은 소녀들과 과일 나무들을 가만히 쳐다보았다. 이 일도 시간이 흐른 후에나 기녀의 기억 속에서 의미를 가지게 된 일 중의 하나였다. 소녀들을 응시하던, 침묵하던 수많은 군인들. 한참 뒤에야 기녀는 국경 밖으로 향하던 그들 앞에 머물러 학생들이 나타났을 때 다들 자신의 아이나 가족을 떠올렸음을 깨달을 수 있었다. 자신들의 손바닥만 한 땅, 정원, 그리고 가을이면 수확을 가져오는, 인간이 고대부터 순종해오던 자연의 거대한 질서를 생각했을 것이다. 지금도 죽이러 가는, 혹은 죽으러 가는 기차에 타고 있지만 않다면, 아마 그 질서를 따르고 있겠지. 그때 마침 기찻길에 서 있던 허이두가 철롯둑 가장자리에 내려서더니 갑자기 노래를 지휘하기 시작했다. 5학년 학생들과 더 멀리서 일하던 6학년생들도 〈아름다운 우리나라를 지키기 위해 군대가 출발한다〉라는 노래를 부르기 시작했다. 그리고 군인들에게 손을 흔들었다. 군인들도 답례로 손을 흔들더니 다시 노래를 부르기 시작했다. 기녀는 노래를 부르지 않았다. 그저 기차를 바라보며 아버지와 〈헝가리의 고통〉 석상에 쓰여 있던 낙서, 그리고 얼마 전 역에서 봤던 글귀를 떠올렸다. 주전녀가 뭘 기다리는 거냐며 말을 걸 때까지 기녀는 마냥 서 있었다. '주전녀는 상상이나 할까?

아르코드 사람들에게 무엇이 진실인지 말하려고 매일 목숨을 거는 어떤 사람이 저 전쟁에 나가는 사람들도 구하려 한다는 것을.' 소녀는 생각했다. '그런 일을 하기 위해, 걱정 없이 그 일을 하려고 자기 자식을 멀리 보내버린 아버지가 이 나라에 있다는 것을.' 주전녀는 자기가 하는 말을 듣지 못했냐며 다시 기녀를 불렀다. 과일 고르는 시간이 끝나서 이제 옮기는 일을 해야 하니 바구니 있는 곳으로 가라고 했다.

다음 작업 시간이 끝나갈 무렵이었다. 주전녀, 컬마르, 교장, 쾨니그처럼 이 일과 직접 관련된 사람뿐만 아니라 그걸 목격한 사람까지 아무도 잇지 못할 일이 김을 옮기는 중에 빌어졌다. 5학년 학생들은 이미 많이 피곤했다. 따서 분류한 사과를 커다란 버들 바구니들에 넣어 기찻길을 건너 포도 압착장으로 가져갔다. 이번에는 쾨니그가 둑을 지키는 당번이었고, 주전녀와 컬마르가 학급 아이들과 함께 일하고 있었다. 쾨니그는 한 철도 침목 위에 다리를 번갈아 올려놓은 채로 두 손으로는 모자를 꼭 쥐고 있었다. 바람이 불기 시작했기 때문이다. 기녀는 주전녀와 컬마르를 지켜보고 있었던 탓에, 그가 거기 있다는 것을 봤다기보다는 알고 있었다. 그때 컬마르가 뭔가 주전녀 마음에 들지 않는 말을 한 듯했다. 왜냐하면 주전녀가 갑자기 멈춰 서더니 뒤를 돌아보며 칠레르에게 담임선생님을 도우라고 소리쳤기 때문이다. 그녀는 바구니를 땅에 내려놓았다. 가장 예쁜 사과 더미 쪽으로 가서 올라에게 바구니를 가져오라고 시킨 다음, 컬마르에게는 이제서야 생각났는데 주교님께도 사과 한 바구니를 골라드려야 하니 자기 대신 칠레르와 계속 옮겨달라고 말했다. '주전녀는 컬마르가 하는 말을 더 듣고 싶지 않은 거야.' 기녀는 느꼈다. '도대체 무슨 얘기를 한 거지?' 칠레르가 밝은 표정을 지으며 컬마르 곁으로 다가가자, 그의 얼굴은 의미심장한 무표정으로 변했고, 주전녀는 재빨리 바구니에 사과를 담기 시작했다. 주전녀는 항상 예뻤지만, 그 풍경 속에 녹아들어 원시적이고 단순한 인간의 활동을 부지런히 하고 있는 그때처럼 아름다웠던 적은 없었다. 주전녀는 바구니 가득 사과를 담았다. 그녀가 양팔에 바구니 끈을 짊어지는 것을 키쉬 머리와 토르머가 도와주자, 그녀의 등 뒤에서 붉은 사과들이 미소 지었다.

컬마르와 칠레르가 둑을 건넌 지 한참 지나서 주전녀가 등짐을 메고 출발했다. 몇 발자국 뒤에서는 기녀와 반키가 커다란 바구니를 함께 옮기고 있었다. 주전녀는 발걸음을 서둘렀다. 바구니를 지고 기찻길 위에 막 올라서서 쾨니그 가까이에 이르렀을 때였다. 졸린 눈을 한 쾨니그는 사감의 긴 치마가 기찻길 사이에 튀어나온 철조각에 걸려 그녀가 발을 잘못 디디는 것을, 등이 움찔하더니 바구니가 그녀를 뒤로 잡아당기는 것을 학급 학생들 모두와 동시에 보게 되었다. 쾨니그의 어깨가, 손이 떨렸다. 마치 그의 생각이 머리를 훑은 듯했다. 만약 그녀를 붙잡는다면 어쩌면 다시 균형을 잡을 때까지 버틸 수도 있을 것이다. 하지만 그는 무심히 그저 쳐다보기만 했고, 주전녀는 기찻길 사이에 넘어졌다. 그리고 5학년 학생들의 놀란 눈앞에서, 사과나무 아래에서는 보이지 않는 높은 둑의 반대편 아래로 미끄러져버렸다.

나중에 기녀는 자신이 비명도 지르지 않은 것을 두고 그녀가 얼마나 머툴러 학생답게 변했는가 깨달았다. 아무도 비명을 지르는 사람이 없었다. 그 한순간 얼마나 많은 것이 눈에 스쳐갔는지 모른다. 주전녀가 눈앞에서 사라져버리자, 5학년 학생들 모두 바구니를 팽개치고 둑을 향해 달렸다. 새빨개졌던 쾨니그의 얼굴이 창백해졌다. 그는 사감을 따라 '거의' 뛰어내리려 했지만, 그마저도 정말 '거의' 그런 것일 뿐이었다. 그는 생각을 바꿨는지, 그냥 둑 가장자리로 걸어가더니 그곳에서 놀란 채 궁금하다는 듯 사감을 내려다보았다. 둑 건너편에서는 무슨 소리도 들렸는데, 너무 놀라 "자매님"이라는 단어를 잊어버렸는지 벌써 한참 전에 칠레르와 함께 건너갔던 퀼미르가 "주진니!" 하고 소리쳤다. 5학년 학생들이 볼 수 없던 둑 아래의 일을 쾨니그는 그냥 멍하니 쳐다만 보고 있었다. 그때 갑자기 그의 뒤로 기차가 나타났다. 만약 5학년 학생들이 소리를 지르지 않았다면, 주전녀를 보는 데만 정신이 팔린 쾨니그는 기차에 치일 때까지 그대로 있었을 것이다. 결국 정신을 차린 쾨니그가 뒤를 쳐다보고는 깜짝 놀라 소리를 지르며 허둥지둥 기찻길에서 아래로 내려왔다. 그때쯤엔 6학년 학생들 일부와 함께 사과나무 밭을 지나 개암나무에서 떨어진 과일들을 명주 봉지에 쓸어 담고 있었던 기구쉬 선생님이 벌써 5학년 학생들 옆으로 다가와 있었고, 그 놀라서도 안 되고 정열을 느끼게 해서도 안 되는 머툴러식의 목소리로 곧바로 일을 계속하라고 했다. 하지만 이미 두 사람이나 머툴러식과 어긋난 소리를 지르는 것을—퀼마르는 사랑 때문에, 쾨니그는 겁을 내다가— 학생들이 들은 뒤였다. 기구쉬 선생님은 기차가 지나가자마자 비터이에게 반대편으로 넘어가 자매님께 무슨 일이 일어났는지 학급 학생들에게 알려주라고 했다. 당연히 아무 일도 없을 것이다. 아니, 있다 해도 이미 그 옆에 의사 선생님과 들것을 든 두 선생님이 있을 것이다. 소동이 일어난 줄 알았다면 가장 당황할 사람이 바로 주전너 자매일 것이다. 기차가 칙칙 소리를 내더니 기관사가 차창으로 반쯤 몸을 내밀고는 아래로 주먹을 휘두르며 경고를 보냈다. 당연히 방금 전 기차 앞에서 춤을 췄던 쾨니그에게 애정 어린 메시지를 전한 것이다. 길이 나자마자 기너는 둑으로 뛰어올라가 쾨니그가 망을 보던 자리에 올랐다. 그곳에서는 한눈에 온 대지가 내려다보였다.

둑 건너편 땅바닥에 주교를 위해 골랐던 사과들이 붉게 흩어져 있었다. 사람들이 사감의 등짐을 벗겼다. 주전너는 컬마르의 무릎에 누워 있었고, 의사가 그녀의 손목을 잡고 있었다. 쾨니그는 약간 멀찍이, 들것 옆에 서서 그들을 보고 있었다. 교장선생님 외에 다른 선생님은 거기 없었으며, 아래쪽에선 작업이 계속 진행되고 있었다. 7학년과 8학년은 아무것도 보지 못했는지 말없이 감자 무게를 쟀다. 의사가 어떤 용액에 솜을 적셔 주전너의 코 아래에 갖다 댔다. 사감의 이마에 붉게 긁힌 자국이 보였다. 곧 주전너가 눈을 떴고, 모든 것을 주전너답게 행동했다. 정신을 차릴 때도 그녀는 약간은 뻣뻣하고 단호했으며, 한숨을 쉬거나 어떤 질문도 하지 않았다.

"주전너," 컬마르가 말했다. "괜찮아요? 일어날 수 있겠어요?"

동료에게 건네는 단순한 말이었지만, 목소리는 그렇지 않았다. 사감은 이제야 자신이 어디에 누워 있는지 알아차리고 조금 힘겹게 일어나 앉았다. 컬마르의 질문을 듣지 못했는지, 그녀는 질문에 답하지 않고 팔을 돌려보더니 조심스레 일어서려고 했다. 의사가 그녀를 도왔다. 한두 걸음을 걷고 나자 그녀는 괜찮으니 이제 일을 계속할 수 있다고 말했다. 이마에 어떤 느낌이 있는지 손을 댔다. 그리고 손가락을 쳐다보았을 때 붉은색에 깜짝 놀랐다.

"금방 처치해줄게요." 의사가 말했다. "돌에 긁혔나 봐요. 다행히 아무 문제도 없어요. 하지만 그래도 좀 쉬세요. 짧은 민간복을 입고 일을 했어야 했어요. 쾨니그 선생님! 선생님 손이 그나마 깨끗하니 제가 자매님을 치료하는 것을 좀 도와주세요."

쾨니그는 부끄러워하며 인다깁게도 피를 보지 못한다고 숭얼거렸다. 컬마르는 구급상자를 들었다. 유난히 증오하는 목소리로, 머툴러에서였다면 한 마디도 해서는 안 될 불경스러운 말이 둑 위에서 내려다보고 있는 소녀에게까지 들렸다. "당신이 이런 구제불능이 아니었다면 주전녀를 잡아줄 수 있었겠죠. 비켜요!"

"비터이는 자리로 돌아가세요." 교장이 말했다. 기너는 뒤로 돌아서면서 주전녀의 얼굴이 붉어지는 것을 보았다. 뒤돌아서서 다시 철도의 보초 서는 곳으로 걸어가는 쾨니그가 그토록 늙고 낙담한 것처럼 보인 적도 여태 없었다. 그리고 무척 화를 내며 컬마르의 귀에 속삭이고 있는 교장선생님, 사감을 멀리 부축해 가는 의사까지 곧바로 그 놀라운 머툴러 놀이의 일부가 되어버리는 것을 보았다. 마치 아무 일도 없는 척, 혹은 무슨 일이 있었더라도 추악한 말과 못된 감정들, 학교라는 세계와 어울리지 않는 주장들은 전혀 없는 척, 결코 교사들 사이에서 일어나지 않았던 척하는 그런 놀이에 머툴러는 항상 선수였다. 소녀는 다시 학급 아이들이 있는 곳으로 돌아가 주전녀 선생님이 괜찮다고 말했고, 작업이 계속되었다. 얼마 지나지 않아 쾨니그는 결국 둑에서 사라졌다. 그 자리에는 교장이 섰다. 그 후 컬마르도 굳은 얼굴로 되돌아왔지만, 사감 대신에 변함없이 그의 짝이 된 칠레르는 그에게 거의 보조를 맞출 수 없었다. 컬마르의 움직임이 온통 분노로 가득 차 있었기 때문이다.

일이 끝나고 점심시간이 되어서야 주전녀가 모습을 드러냈다. 그녀는 이마에 밴드를 붙이긴 했지만 사고 같은 건 없었다는 듯 가볍게 움직였다. 쾨니그는 그들과 뚝 떨어져 혼자 앉아 있었는데 이번만큼은 교장도 그를 옆으로 부르지 않았다. 기녀는 이런 사람에게 화를 낼 가치도 없다고 느꼈다. 미워한다? 쾨니그를? 뭐 하려고? 쳐다볼 필요도 없다. 컬마르도 주전녀 곁에 앉지 않고 학생들 사이에 자리 잡았다. 기녀는 벌써 머툴러를 잘 알고 있었다. 주전녀를 무릎에 눕히고 그녀 때문에 동료 교사에게 소리를 질렀으니 모든 행동거지를 조심해야 한다는 것을 말이다.

점심식사를 마치고 다들 충분히 휴식을 취하고 난 뒤에는 공놀이와 게임만이 남아 있었다. 주전녀는 아이들과 함께 놀이를 했다. 발이 좀 이상하다며 뛰지 않은 것은 사실이지만 같이 보드게임을 했고, 특히 '너한테 화가 나' 게임이 정말 재미있었던 순간에는 아주 크게 웃었다. 쾨니그는 어느 반 아이들과도 놀지 않았으며, 어느 순간 완전히 사라졌다가 집으로 돌아갈 시간에야 기차에 나타났다. 하지만 그곳에서도 5학년 학급 아이들로부터 멀리 떨어져 있었다. 반 아이들은 이제 모두 한목소리로 노래를 불렀다. 다들 피곤했고 행복했다. 그녀들의 코는 가을 밭과 사과 향으로 가득했다. 한번은 주전녀가 마치 뭔가 확인하러 나가려는 듯 갑자기 일어섰다. 키쉬 머리와 기녀는 그녀가 어디로 가는지, 혹시 쾰마르를 찾으러 가는 것은 아닌지 보려고 몰래 뒤쫓았다. 되돌아가는 기차에서 교장은 쾰마르를 따로 불러 단 둘이 다른 칸에 앉았다. 서보의 추론에 의하면 교장선생님은 분명히 토르머에게 하듯, 그에게 품위와 예절이란 무엇인지 설명하고 있을 터였다.

주전녀는 쾨니그를 찾고 있었다.

기녀는 그 둘을 눈으로 보지는 못했다. 쾨니그는 객차 사이의 공간에 서 있었고 주전녀는 그를 쫓아 그리로 갔다. 화장실의 튀어나온 벽이 두 소녀 앞에서 그들을 가려 보이지는 않았지만 목소리는 들렸다. 새로 무슨 노래를 부를지 허이두 선생님의 메세지를 든 학생이 아직 도착하기 전이라, 마침 객차에 학생들의 노래가 멈춘 참이었다.

"쾨니그 선생님," 주전녀가 말했다. "저희 쪽으로 안 오실래요? 자리가 있어요."

"고맙습니다." 쾨니그가 대답했다. "여기 공기가 더 좋아서요."

"점심은 드셨어요?" 주전녀가 물었다.

"당연하죠." 쾨니그가 말했다. "먹는 걸 좋아하니까요."

"그래도 저는 선생님께서 들어오시면 좋겠어요."

"하나님은 알고 계실 겁니다." 쾨니그가 말했다. "당신은 정말 머툴러의 수준도 넘어서는 좋은 사람이에요."

주전녀는 더 이상 말을 하지 않고 객차로 돌아갔다. 기녀와 머리는 몇 발자국 앞서 객차로 돌아왔다. 오늘 명예로운 행동의 결과를 숨어서 되새김질하고 있을 수도 있겠지만, 오늘 쾨니그의 뻔뻔함은 놀라운 경험이었다. 그에게 어떤 가능성이 남아 있었다 하더라도, 그는 영원히 주전너 앞에서 탈락되었을 것이다. 경쟁자 컬마르가 없었다 해도 말이다. 주전너가 다시 자리에 앉았을 때, 기녀와 머리는 정말 위험한 짓이긴 했지만 손을 씻고 싶다 하고는 교장선생님 객차로 도망쳐 나왔다. 약간 벌어진 틈으로 이야기를 나누는 모습이 보였다. 토르머 게데온은 상갓집에서나 지을 법한 표정으로 뭔가 설명하고 있었고, 괴롭힘을 당하는 동안 성 죄르지는 꼭 군인 같은 굳은 얼굴을 하고서 순교자들처럼 고난을 견디고 있었다. "얼마나 멋진 결혼식을 하게 될까?" 키쉬 머리는 기뻐하며 속삭였다. "사감 선생님이 시집을 가다니, 정말 행운이지 뭐야!"

# 그로테스크

새로운 중심 문제는 컬마르와 주전녀의 관계가 되었다.

5학년 학생들에게 그들의 결혼은 결정된 일이었지만, 어떻게 그들의 결혼을 도와서 하루 빨리 목적을 달성하게 할 수 있을지는 알 수가 없었다. 그리고 그들을 위해 할 수 있는 일이 별로 없다는 것을 곧 깨달았다. 두 선생님이 더 오랫동안 함께하도록 그들이 어떻게든 해볼 수 있지 않을까 하는 건 헛된 생각이었다. 교사와 사감은 아주 엄격한 규율에 따라 생활해야 했기 때문에, 같은 공간에서 식사한다거나 토요일마다 5학년 평가 회의에 주전녀도 참석한다는 것밖에는, 어색하게 보이고 싶지 않다면 함께 나타날 수 없는 상황이었다. 주전녀가 항상 머틀러 학교에 머문다는 것도 알고 있었다. 주교에게 가거나 연수관 또는 치과에 가게 될 때는 매번 당번 자매에게 전화번호를 남겼고, 갑자기 5학년 학생들에게 무슨 일이 생기면 그녀를 찾을 수 있도록 어디에 가는지 주변에게도 말했다. 그러니까 주전녀가 주어진 임무나 의무가 아닌 일로 시내를 나간다는 것은 상상할 수 없는 일인 것이다. 컬마르의 경우 꼭 그렇지는 않았다. 그는 우선 복도 철창 너머 교사 숙소에 살고 있었고, 그곳에서는 다른 출구로 나갈 수 있었기 때문에 당직이 아닐 때는 이론상 마음대로 드나들 수 있었다. 하지만 그 둘의 생활 규칙은 서로 조율할 수 없었기 때문에, 어디서든 목격자 없이 만날 수 있도록 손쓴다는 것은 불가능했다. 그 둘이 스스로 만나려고 해야 했지만, 그들이 아는 주전녀는 그럴 사람이 아니었다. 기차에서 컬마르의 얼굴에서 빛나던, 누가 봐도 의심할 여지가 없는 그것에 사감은 무관심할 수 없을 것이다. 컬마르 피테르에게 모두 반해 있던 5학년 여학생들은 주전녀가 그를 좋아하지 않을 거라고는 상상도 못 했다. 그리고 사감과 컬마르 사이의 가능성에 대해서 몇 시간씩 분석했다. 사감이 점등 이후 우연히 학생들 방문을 열고 그녀들의 이야기를 조용히 시켰을 땐, 정말 웃기고 깜짝 놀랐다. 왜냐하면 5학년 학생들의 수다는 이럴 때 매우 이타적이었는데, 주전녀는 삶의 전혀 다른 영역에서 아이들에게 이타성을 바랐기 때문이다. 학생들이 그녀의 결혼 준비를 상상하고 있다는 것을 어떻게 짐작이나 했겠는가? 이 대단한 행사에 선생님의 머리를 어떻게 빗을지, 그 긴 머리로 도대체 어떤 스타일의 머리를 만들 수 있을지 고민했다. 머툴러에서 열린 결혼식에 대해 가장 많이 아는 학생은 여섯 살도 되기 전에 큰아버지가 있는 이곳에 오게 된 토르머였다. 그녀는 지금은 은퇴한 늙은 하사관들을 알고 있었는데, 그들은 20세기 초에 이 학교에 들어왔으며 호른 미치의 결혼식에서도 보조를 했다고 했다. 그 결혼식은 머툴러에서 열린 최초의 결혼식이었고, 전하는 말에 의하면 그 결혼식의 증인 중 한 명이 쾨니그였다고 했다. 아무도 이것을 믿고 싶지 않아 했지만 토르머는 "그렇다니까! 주여!"라고 말했다. 이런 맹세는 너무 커다란 죄였기 때문에 모두들 이 말에 잠잠해졌다. 토르머는 지금 관리실에 앉아 있는 수위 아저씨가 아니라 재작년에 은퇴한 이전 수위 아저씨가 항상 했던 말을 들려주었다. "젊었을 적엔 그렇지 않더니, 쾨니그는 어찌 이리 불쌍한 사람이 된 건지, 도대체가 하나님도 이해할 수 없는 일이야." 아이들은 토르머의 이야기를 믿지 않았다. 정확히 말하자면 토르머는 믿었지만, 하사관이 그녀에게 농담을 했으리라 생각했다. 미치 부인이, 바로 그 호른 미치가 자신의 결혼식에 젊었을 때의 쾨니그를 증인으로 불렀다니, 아니, 완전히 말도 안 된다. 무러이는 기녀에게 만약 페리에게 시집을 가게 된다면, 그리고 여기서 결혼식을 하게 된다면, 그녀도 쾨니그를 증인으로 세우라고 제안했다. 쾨니그는 한 손에는 도시락을, 다른 손에는 귀달이 모자를 들고 제단 위에 서서 눈물을 흘리며 기녀가 페리에게 영원한 신의를 맹세하는 것을 끝까지 듣고 있을 것이다. 호른 미치가 그렇게 한 이상 그녀들도 전통을 지켜야 한다. 소녀들은 이 생각이 너무 웃겨서 침대에서 거의 떨어질 뻔했다. 기녀는 숨을 죽이며 웃다가 이제는 배가 다 아플 지경이라며 신음소리를 냈다. 그러면서 호의가 너무 고맙기는 하지만 '나의 증인 쾨니그' 전통에 보답하는 의미로 그녀들에게도 옛 학교의 전통 하나를 권하고 싶다고 했다. 호른 미치와 그 후배들만이 항상 머툴러의 전통을 만들어가야 한다고 어디 쓰여 있는 것도 아니니 말이다. 기녀의 옛 학교에서는 제대로 공부를 못 한 학생들 대부분이 선생님한테 질문 공세를 당하지 않기 위해 쇼코러이 어털러 동상을 발로 차버리곤 했다는 이야기를 소녀들은 흥미진진하게 들었다. 하지만 목록표에서 이 학교 설립자를 뽑아 머툴러 요제프 주교를 남편으로 맞이해야 했던 셜름은 벌떡 일어나 즉시 반발하면서 자신의 남편을 발로 차는 날에는 가만 두지 않을 거라고 소리를 질렀다. 이 모습에 그들은 또다시 너무 웃는 바람에 이제 입이 다 아플 지경이었다. 무러이는 기녀에게 "머툴러 야노시의 아내인 셜름 기젤러 부인께서 너무 예민하신 점을 감안해서 쇼코러이 어털러 김나지움의 전통을 이어갈 수 있는 무언가 다른 것을 추천해줄 수는 없을까요?" 하고 물었다. 그때 기녀는 갑자기 아무 생각도 할 수 없었지만 다음 날 쾨니그 선생님의 첫 수업, 바로 작문 시간에 갑자기 생각이 하나 떠올랐다. 기녀의 안색이 너무 밝아지자 쾨니그는 무슨 일로 이렇게 반색을 하느냐, 헝가리어 작문을 한다는 사실에 무슨 영감이 떠오른 게 아니냐며 바로 물었다.

  소풍 이후 쾨니그는 변했다. 웃음도 줄고, 학생들과도 더 가끔씩 대화를 나누기 시작했다. 너무 한심하게 행동했던 것이 부끄러운 듯 이제 아무하고도 어울리고 싶지 않은 듯했다. 기녀가 대답도 하지 않고—쾨니그에게만 가능한 일이었다— 다시 과제 공책으로 고개를 숙였을 때, 그녀는 팔꿈치로 옆에 있는 키쉬 머리를 쳤다. 기녀가 학급 아이들과 화해를 한 이후 머리는 토르머와 같이 시력이 완벽하게 회복되어 다시 기녀의 옆에 앉았다. 머리는 기녀에게 어떤 생각이 떠올랐다는 것을 알아차리고는, 쉬는 시간에 규정에 따라 복도에서 짝꿍과 둥글게 돌며 복습하는 것처럼 작은 목소리로 과제를 읽을 때 어떤 좋은 생각이 떠오른 거냐고 물어야겠다고 생각했다. 일단 쉬는 시간은 멀었고, 작문 관련하여 기너는 아직 아무 생각도 못 했기 때문에 좋은 점수를 받으려면 서둘러야 했다. 머툴러에서는 작문 시간으로 항상 두 시간을 주었다. 처음 한 시간 동안에는 그냥 초안만 썼다. 칠판에는 〈전선에 보내는 편지!〉라고만 쓰여 있었다. 기너는 썼다. 모두가 쓰는 내용들이었다. 제자리를 지켜달라며 전장의 영웅들을 격려했다. 그리고 고국에 있는 작업장에서 그녀들도 열심히 일하겠노라고 약속했다. 성스리운 목적을 위한 전쟁이니 당신들의 피를 안타까워하지 말라고, 혹시라도 궁극적인 승리가 당신들에게 죽음을 요구하더라도 생존한 사람들이 충실하게 당신들을 잊지 않겠노라고도 확신했다. 쾨니그 선생님이 그들에게 기대한 작문은 1943년 11월 헝가리의 모든 학교에서 쓰게 했던 것으로, 정말 글을 쓰는 데 열중하고 나자 그녀의 좋았던 기분도 사라져버렸다. 공책에 고개를 숙인 머리들을 쭉 둘러보면서, 그녀는 그들이 밤마다 나누는 온갖 이야기 속에 전쟁 이야기가 쏙 빠져 있었다는 생각을 했다. 모두의 의식 깊숙이 전쟁이 박혀 있고, 자신과 관련된 누군가가 전장에 나가 있지 않는 소녀는 거의 없었는데도 말이다. 그런데도 그들은 항상 사랑 혹은 선생님, 공부에 대해서만 이야기를 속삭였다. 왜 전쟁이 일어났는지, 어떤 결말이 기다리는지에 대해 생각하는 학생은 5학년 학급 중에는 그녀 외에 아무도 없었다. 머툴러 학생들 중에는 상복을 입고 있는 아이들이 있었는데, 앞치마 속에 입을 수 있도록 교칙이 허락하는 유일한 옷이었다. 1학년과 7학년 학생의 아버지가 여름에 돌아가셨는데, 그 아이들은 상실감이 들 때마다 훌쩍거렸지만 분명 그들도 '이런 일이 벌어지지 않을 수도 있었을 텐데' 하는 생각까지는 못하고 있었다. 아버지 덕에 상황을 분명히 봐야 하는 무게는 기너에게 또 다른 부담이었다. 역사 시간이나 국방 시간이면 컬마르는 의혹을 품거나 반대 의견으로 국가의 단결을 붕괴시키는 사람에 대해 경악할 만한 모습으로 그리곤 했다. 그리고 매번 전쟁의 필요성과 희생을 감수해야 결국 좋은 결과를 가져온다며 웅변을 토해냈다. 만약 우리나라가 승리한다면 마침내 주변 유럽에 질서를 만들어낼 수 있을 거라고, 정당한 우리 재산을 되찾을 수 있을 거라고 반복했다. 만약 장군이 아니었다면, 허이더 씨 제과점에서 그 운명적인 대화를 나누지 않았더라면 기너 또한 다른 식으로는 생각하지 못했을 것이다. 부다페스트의 쇼코러이 어털러 학교에서도, 미모 고모한테도 항상 그렇게 들었기 때문이다.

　이곳 머툴러에도 아버지와 같은 사람이 있다면 좋을 텐데. 무엇이 진실인지 아는 사람. 현 상황에 대한 실제 소식을 전해 받을 수 있고, 전쟁이 언제까지 지속될지, 또 언제 일상이 정상 궤도로 되돌아오게 될지 예측할 수 있게 해주는 사람. 적어도 겉으로 보기엔, 머툴러에서는 다들 헝가리를 위해 싸우는 것에 열광했다. 컬마르의 연설이 얼마나 설득력 있는지 가끔 소녀는 자기 자신에게 정신 똑바로 차리고 아버지 말씀을 잊지 말라고 경고해야 할 정도였다. 장군의 씁쓸한 객관성보다 컬마르의 말이 훨씬 듣기 좋은 것도 그녀에게 힘든 일이었다. 컬마르는 확신에 차 있었다. 그의 열정은 가식이 아니었으며, 정말 그들에게 가르치는 그대로 생각하고 있었다. 진실을 깨닫게 되는 순간이 온다면, 그리고 자신이 불필요한 유혈의 사도가 되었다는 것을 알게 된다면, 그 순간 담임이 얼마나 끔찍하게 실망할지 안쓰럽게 여겨지는 때도 있었다. 사람들이 그를 잘못된 길로 인도했다는 사실에 놀라겠지. 불쌍한 사람! 그땐 이미 주전녀가 그의 부인이 되어 자존심을 치유해주겠지.

그녀는 쉬는 시간에 반키와 셜름에게 쇼콜러이 어털러 학교에서 어떤 전통을 전수받을 수 있는지 이야기했다. 이전 학교에서는 한 상급생 소녀가 학교에서 내주는 헝가리어 작문 과제를 두 개로 쓰는 법을 생각해냈다. 하나는 학교에 필요한 것, 또 하나는 개인적으로 쓰는 것. 이 여학생은 아주 이상하게 자랐으며, 무모하고 영리했다. 그녀의 부모는 고등학교 때 이미 온갖 곳에 그 학생을 데리고 다녔는데, 밤마다 춤을 추러 갔고 유흥장에도 다녔다. 하지만 당연히 이런 것을 아무도 알지 못했고, 또 어떤 짓을 저지르고 다녔는지 더 생각해서도 안 되었다. 이 소녀는 무모했을 뿐 아니라 가장 실력 좋은 작문가이기도 했다. 학교의 작문 주제들이 지루해 죽을 지경이라, 놀리는 것을 좋아했던 그녀는 항상 두 개의 작문을 썼다. 작문 시간에는 '써야 할 것'을 훌륭히 썼지만 집에 가서는 자신과 학급 아이들을 위해 '재미 삼아' 전체를 새로 작문했다. 집에서 쓴 작문은 비밀이었고 항상 손에서 손으로 전달되었다. 소녀들은 이 글을 읽으며 포복절도했다. "어느 저녁 우리 집"이라는 주제를 받은 날, 학생들은 각자의 집에서 저녁이 어떤지 묘사해야 했다. 그 학생 역시 감동적으로 써내려갔다. 저녁마다 아버지, 어머니와 집에 앉아 그녀가 피아노를 치거나 난로 옆에서 졸고 계신 할머니께 옛 노래를 불러드리고, 일찍 잠자리에 들어 심지어 침대에서 묵주기도를 한 다음 잠이 들면 꿈속에 다시 가족들의 사랑스러운 얼굴이 어른거린다. 비밀 작문에는 다음과 같이 쓰여 있었다. "유흥장에 가는 걸 가장 좋아하는 사람은 할머니인데, 할머니는 엄청 젊은 데다 엄마보다 훨씬 민첩하고 공장 굴뚝같이 밤낮으로 담배를 피워댄다. 할머니는 가족 중에서 칵테일을 가장 잘 만드는 사람으로, 학교에 반감이 있어서 '왜 그 거지 같은 김나지움을 그만두지 않느냐, 뭣 하러 졸업 시험을 보느냐, 차라리 놀러 다녀라, 그 많은 과목들은 분명 지루할 거다'라고 계속 말씀하신다. 할머니가 다과 모임에서 청년들과 춤을 출 때면, 가장 튼튼한 청년들이 할머니 옆에서 나가떨어질 정도이며, 아버지는 어디를 돌아다니는지 항상 보이지 않고 알 수도 없다. 엄마는 미장원에서 머리를 하고 있지 않다면, 양장점이나 여성회, 아니면 극장에 있다. 엄마가 가족과 함께 저녁을 먹은 적이 언제였는지 기억도 못 한다. 정말 다행인 것은 모두들 유흥장에 다니고 춤추는 걸 좋아한다는 것으로, 그래도 우리 가족이 만날 수 있는 이유는, 유흥장에 아빠, 엄마, 할머니, 내가 정기적으로 함께 있기 때문이다."

설름과 반키는 쇼코러이 어털러 학교의 전통이 얼마나 대단한 가능성을 숨기고 있는지 바로 알아차렸다. 그리고 두 시간 동안의 수업 끝에 쾨니그 선생님이 작문 숙제를 내주었을 때—"인물 묘사. 특징을 그리는 어휘들로"—, 반키는 빽 소리를 지르고는 딸꾹

질을 해서 죄송하다고 사과했다. "인물을 묘사할 때 우리가 알고 있는 사람이라면 누구라도 그 특징을 그려도 좋습니다"라고 쾨니그 선생님이 설명했다. 다음 날의 수업 준비를 하던 그날 오후, 5학년 학급 전체는 새로운 놀이가 무엇이 될지 알고 있었다. 주전녀는 지금 아이들이 꾸역꾸역 작문을 하고 있는 모습을 그저 쳐다보고 있었지만 당연히 학급 학생들이 두 종류의 작문을 하고 있는 줄은 짐작도 하지 못했다. 기숙사방에서 서로에게 읽어줄 두 번째 작문은 고난도로, 주전녀가 눈치 채지 못하도록 압지 밑에 놓고 쓰고 있었다.

거의 모두 어머니나 아버지에 대해 쓴 숙제용 작문은 공책에 베껴 넣었다. 기녀는 누구를 선택할지 망설이다가 결국 제3의 인물을 선택하기로 결정했다. 어머니에 대해서는 그냥 전해 들은 것뿐 직접적인 기억이 없었고, 장군의 경우 요즘 어떤 일을 하는지 알고 난 이후부터는 학교 숙제라고 하더라도 아버지를 열정적인 군인의 모습으로 묘사하는 일은 생각할 수도 없는 일이었다. 그리고 진짜 비밀의 인물은 소개할 수도 없고, 보여주거나 생김새를 묘사하고 싶지 않았다. 그래서 마르셀에 대해 써서 금방 과제를 해결했다. 서론에 왜 마르셀에 대해 썼는지 설명했고, 본론에는 그 프랑스 소녀의 외모를 설명하고 성격이 어땠는지 말했다. 그다음 둘 사이의 관계에 대해 언급하고 나서 마지막 결론 부분에서는 전쟁이 끝난 후에 마르셀이 겔리르트 언덕 저택의 옛 자리에 다시 돌아오기를 얼마나 자신이 원하는지 표현했다. 키쉬 머리는 벌써 학습실에서부터 책상 아래로 쪽지를 돌렸는데, 거기에 모든 학생들은 비밀 작문의 대상이 누구인지 적어야 했다. 쪽지가 기너에게 도착했을 때, 기너는 대부분의 학생들이 컬마르를 적은 것을 보았다. 토르머는 교장을, 두 명은 호른 미치를, 네 명은 주전너를 적었다. 서보만 트루트 게르트루드를 선택했는데, 밧줄 타고 올라가기를 할 수 없었던 서보는 체육 선생님과 사이가 좋지 않았기 때문이다. 게르트루드는 항상 서보의 살을 지적했고, 하루 종일 베개 위에 앉아 고관을 기다리며 사탕이나 먹는 하렘 생활 말고는 그녀에게 딱 맞는 일이 없다고 했다. '애들이 다음에는 더 좋은 선택을 하겠지' 하고 소녀는 생각했다. '우리가 좋아하는 컬마르나 주전너에 대해 무슨 웃긴 말을 쓸 수 있겠어. 무서운 교장선생님도 좋은 선택이 아니야. 이런 종류의 인물 묘사에는 쾨니그가 가장 적당하다는 생각을 아무도 못 했단 말이야?'

주교가 5학년과 6학년의 학습실로 지정되어 있는 A거실로 들어왔다. 처음엔 주전너 외에 누구도 눈치를 채지 못했다. 교장뿐 아니라 목사와 몇몇 교사들도 함께였다. 5학년 학생들의 긴 책상이 문에 더 가까웠다. 주교는 친근하게 6학년 학생들에게 손인사를 하고는 마침 가티가 오지 않아 비어 있는 두다쉬 옆자리에 앉았다. 기너 무리와 거의 맞은편이었다. 선생님들은 책상 뒤에 서 있었는데, 사감의 손짓에 선생님들과 토르머 게데온 교장선생님께 자리를 내드리기 위해 학급 아이들 절반이 일어섰다. 5학년 학생들은 사색이 되어 주교를 쳐다보았다. 주교는 친근하고 소박해서 교장보다 더 높은 사람 같지 않았다.

"공책을 덮으세요." 주전너가 지시했다. "비터이, 키쉬, 토르머!

휴게실로 가서 의자 좀 가지고 오세요."

현기증이 났다. 그들은 모두 의자 두 개씩을 손에 쥐었다. 주교는 앉아 있었기 때문에 그 이상 필요하지 않았다. 교장선생님은 기구쉬 선생님, 허이두 음악 선생님, 컬마르, 쾨니그, 샤파르 선생님이 동행하고 있었다.

"우린 끝이야." 토르머가 말했다. "내 공책을 열고 압지를 들어 올리면 난 끝장이라고. 퇴학당할 거야."

"모두 퇴학당할걸." 키쉬 머리가 어둡게 말했다. "만약 자신이 아끼는 수녀에 대해 '사실 개신교 신자가 아니라 비밀 불자이며 가짜 수녀다, 사실은 여배우로 여기서 혼자 새로운 역할을 준비하고 있다'고 쓴 걸 읽는다면 말이야. 난 오늘 저녁에 떠나야 할 거야."

"모두 퇴학시킬 수는 없어." 기녀가 말했다. 그녀의 손은 차가웠고 긴장으로 이상하게 굳어졌다. 또다시 학급을 위기로 몰아넣다니! "그럴 순 없어!"

"없다고?" 토르머가 한탄했다. "멍청아! 여긴 머툴러야. 술집에 드나들 수 있고 할머니들이 칵테일을 만드는 그런 쇼코러이 어털러 학교가 아니라고. 여기가 어떤 곳인지 아직도 배우지 못한 거야? 우리 큰아버지는 죄를 지으면 본인도 퇴학시킬 사람이야."

의자를 들고 A거실 가까이 다가가던 그들은 멀리서 나는 웃음소리를 들었다. 재빨리 하나님을 찾는 토르머의 눈은 눈물로 가득 차 있었다. 무모하고 뻔뻔스러운 키쉬 머리까지도 계속 "사랑하는 예수님, 사랑하는 예수님!"을 되뇌었다. 그래도 기녀는 제일 먼저 정신을 차리고 사람들이 웃고 있다는 것은 그리 큰 문제가 없는 것이라고 생각했다. 하지만 그녀는 거실에 들어서고 나서, 바로 문지방에 두 의자를 떨어트리고 말았다. 그녀의 손가락이 힘없이 놓아버린 것이었다. 주교는 유쾌한 바리톤 목소리로 읽고 있었다. 그의 목소리에서 본인도 글을 즐기고 있다는 것을 느낄 수 있었지만, A거실은 쾌활함이 크게 울리고 있었기 때문에 사실 그는 누구보다 제일 자제하고 있는 사람이었다. 6학년 학생들은 괴성을 지르며 웃었고, 선생님들은 모두 미소를 짓고 있었다. 게다가 컬마르는 큰 소리로 웃고 있었다. 주전너만 침울하다 못해 거의 슬퍼하고 있었는데, 그녀는 위를 보지도 않고 무릎을 쳐다보고 있었다. 코를 푸는 쾨니그는 손수건으로 얼굴이 가려 보이지 않았다. 기녀는 꼼짝도 할 수가 없었다. 주교는 그녀의 작문을 크게 읽고 있었다. 가장 아름다운 글씨로 숙제장에 써넣은 작문이 아니라 비밀 작문이었다. 낭송은 중간쯤 이어지고 있었다.

"…멋진 귀달이 모자나 품위 있는 취향으로 구매한 넥타이를 통해 그가 얼마나 패션을 면밀하게 쫓는지를 엿볼 수 있다. 그의 정신에 번쩍이는 예리함이야말로 바로 대중들의 찬사의 대상이며 그의 영웅적 영혼, 호전적인 남성성, 그리고 거의 전설적인 용기만이 진정 그것을 능가할 뿐이다. 그는 피를 너무나 잘 견뎌내기에 외과의사로 재수련을 받고 있다는 소문이 있지만 새로 졸업장을 받는 대신 심장이 선택한 사람에게 서둘러 구혼할 것이다. 그녀는 한 마디로 승낙할 것이다. 그 누가 이런 승자를 거절할 수 있겠는가? 누구든 자신의 생명을 마음 놓고 그에게 맡길 수 있을 것이다. 단, 기차가 달려오고 사과가 익어가는 때만 빼고 말이다."

"그로테스크." 2학년 담임인 샤파르가 말했다. 그녀는 소풍에서 어린아이들을 데리고 다녔던 탓에 직접 목격한 것은 아무것도 없었다. "확실히 그로테스크예요."

"뭔가 경멸하거나 놀리는 것 같지 않아요?" 목사가 걱정했다.

"맞아요." 주교가 말했다. "분명히 그래요. 확실히 조롱거리를 만들려고 했어요. 누가 쓴 거죠? 그리고 이 작문은 대체 뭔가요? 헝가리어 작문 과제는 아니겠죠?"

이 글을 쓴 작가는 바닥을 내려다보았다. 모두가 자신을 바라보고 있다고 느꼈다. 컬마르와 주전녀의 눈이 똑같이 그녀를 보고 있다. 쾨니그도, 교장도 그녀를 주목하고 있다. 5학년 학급 아이들과 6학년생들. '하나님 아버지,' 소녀는 생각했다. '어떻게든 퇴학은 모면하게 해주세요. 제가 여기 있을 수 없게 된다면 우리 아버지는 어떻게 되실까요?'

교장은 화가 나서 책상 쪽으로 손을 뻗어 토르머의 공책을 집어 들었다. 토르머는 거의 기절할 것 같았다. 모두가 그녀의 얼굴에서 핏빛이 사라지는 것을 보았다.

"검은 사람은 검은 옷을 입고 검게 웃는다. 그리고 검게 툴툴거리고 검은 꿈을 꾼다." 교장이 읽었다. "이 말도 안 되는 건 뭐지요? 쾨니그 선생님은 이게 무슨 소린지 아십니까?"

'하나님 맙소사.' 기녀는 속으로 말했다. '자기 이야기인 줄 알면 어쩌지? 내가 토르머에게 무슨 짓을 한 거야!'

"알고 있습니다." 쾨니그는 감기에 걸린 목소리로 대답했다. "약간 작가 버비츠 스타일로 '검다'는 말을 많이 썼네요. 인물 묘사 작문 과제를 한 겁니다. 일반 작문과 그로테스크 작문이요."

"아하!" 주교가 말하고는 기녀의 공책을 내려놓았다. "하지만 이런 작문을 하기엔 아직 좀 어리지 않나요? 제 생각에 그로테스크한 서술은 7학년이나 8학년이 되었을 때 스타일 감각을 시도해봐도 될 텐데 말이죠. 어쨌든 고민도 많고 슬픈 시기에 재미있는 과제로 교재를 다채롭게 만드는 것을 반대하는 건 아니지만 그로테스크 기법이 누군가를 공격하거나 상처 주지 않도록 당연히 조심해야 합니다. 모델이 누구죠?" 주교는 공책 스티커를 쳐다보고 그곳에 쓰여 있는 이름을 읽었다. "비터이 게오르기너?"

"비터이 게오르기너 학생의 모델은 누구였지요?" 교장도 잠시 머뭇거리다 마치 검은 메아리처럼 물었다. 토르머는 깊은 안도의 한숨을 내쉬었고 모든 교사와 사감, 그리고 양쪽 학급 학생들은 이제 위기는 넘겼다는 것을 알고 있었다. 토르머 게데온은 이 불상사에서 모두를 구하기 위해 모든 것을 용서한 쾨니그의 공범이 되는 한이 있더라도 그가 던진 가느다란 밧줄을 붙들어야 할지, 아니면 두 학생이 존경이라는 필수 덕목에 반하여 가장 심한 벌을 받을 만한 죄를 저질렀다고 소리를 지르며 이런 수치스런 일들이 머툴러에서 일어날 수 있다는 것을 주교가 알고 돌아가도록 해야 할지를 두고 끝까지 고민했다. 만약 교장이 주교가 두려워 이 놀이에 응하고 쾨니그의 설명을 받아들인다면 비터이와 토르머는 무사할 것이고, 설사 무슨 일이 있다 해도 내부적인 일, 주교와는 상관없는 일이 될 것이다.

누가 모델이었다고 어떻게 대답해야 할까? 아무 생각도 떠오르지 않았다. 겁에 질린 눈빛으로 그녀는 사람들의 얼굴들을 쳐다보았다. 콜마르의 눈빛이 빛났다. 지금까지 이렇게까지 기뻐하는 그를 본 적이 없었다. 책상머리에 소멸된 듯 앉아 있는 주전너는 그저 머리띠만 보일 뿐 얼굴은 보이지 않았다. '우리는 눈앞에서 주전너를 속였어.' 기너는 생각했다. '그녀는 우리가 두 개의 작문을 쓰고 있다는 건 몰랐어. 압지 아래까지는 볼 수 없었으니까.'

침묵이 답답하고 무거워 견딜 수가 없었다. 그때 누군가 그녀 대신 입을 열고 대답했다. 쾨니그였다. 그가 미소 지으며 이야기하고 있다는 것을 들리는 목소리로 알 수 있었다. "어떤 상상의 인물이거나 책에서 읽고 기억한 인물일 겁니다. 실제 사람이 아니고요. 비터이 게오르기너 학생에게 책 속의 인물에 대해 인물 묘사를 써도 된다고 했거든요." 교장은 편도선염에 걸린 것처럼 침을 삼켰지만 잠자코 있었다. 주교는 그로테스크 작문 수업에 대해 더 이상 캐묻지 않고, 일어서서 6학년생들의 책상으로 건너갔다. 너착이들은 바에 따르면, 나중에 목사님은 비터이의 작문에 왜 사과가 나오는지 이해할 수 없어 곰곰이 생각했다고 한다. 성경의 상징이거나 무슨 고대 이교도의 상징, 혹은 그리스 신화에서 따온 것일까? 아니, 머툴러에서는 그래도 구약 성경의 대목이라는 것이 더 논리적이었다.

저녁예배 시간 후까지는 일단 아무 일도 일어날 수 없었다. 주교가 학교에 머물고 있어서 교사들이 모두 당연히 그 일에 매달려야 했기 때문이다. 저녁식사 중에 보통 때 같으면 늑대 같은 식욕으로 식사를 하던 5학년 학생들은 그저 고통스럽게 입안의 것을 삼키고 있었는데, 그때까지 비터이식의 작문들은 조각조각 찢긴 채 모든 학생의 앞치마 주머니에 담겨 있었다. 그날 저녁기도 예배는 주교가 올렸는데 모든 교사들 중에 쾨니그가 가장 시끄럽게 노래를 불렀다.

주교가 방문을 끝내고 휴게실에서 작별 인사를 했을 때, 주전너는 다시 5학년 학생들을 맡았다. 다른 학년 학생들이 모두 나가고 교사단도 퇴장하여 자신들만 남을 때까지 기다렸던 그녀는 조용히 학생들 앞에 서서 심각하고 슬프게 그들을 쳐다보았다. 두근대는 가슴으로 차려 자세로 서 있던 5학년 학생들은 무슨 일이 일어나기를 기다렸다. 모두들 기분이 좋지 않았다. 이렇게 긴장하느니 차라리 꾸중을 듣는 게 견디기 쉬울 것 같았지만, 주전너는 아무 말도 하지 않았다. 대문까지 주교를 배웅하러 나갔던 교장이 되돌아올 때까지 그들은 이렇게 서 있었다. 토르머 게데온은 그들에게 오지 않고 문 안쪽을 향해 말했다. 비터이 게오르기너는 오늘 공책에 시편 1편의 "오만한 자들의 자리에 앉지 아니하고" 구절을 빨간색 바른 글씨로 500번 쓰고, 토르머는 옆에 남아 '검다'라는 표현이 마음에서 사라지도록 500문장의 모든 첫 글씨를 화려하게 검정색으로 채색하고 나서 취침하라는 것이었다. 주전너는 고갯짓으로 5학년 학생들을 내보내고 말없이 벽장에서 검정색, 빨간색 잉크와 공책을 꺼냈다. 그녀는 여전히 말없이 벌 받는 두 학생에게 자리를 가리키고, 자신도 그들 옆에 남아 성경을 꺼내서 읽었다.

두 학생이 벌칙 과제를 다 끝냈을 때 새벽이 오고 있었다. 한 자 한 자 정성스럽게 쓴 문구가 완성될 때까지 매번 기다려야 했던 토르머는 여러 차례 잠이 들기도 했지만 기녀는 졸리지 않았다. 그보다는 조마조마하고 긴장되었다. 베껴쓰기가 정말 힘들고 글씨를 너무 많이 써서 팔목도 뻣뻣하고 아팠지만 자기 연민이 들지는 않았다. 그녀의 감정은 분명하지 않았다. 부다페스트에서도 잘못을 하면 벌을 받았다. 5학년 학급 아이들이 그녀 때문에 지옥 같은 순간들을 견뎌야 했다고 원망하지 않으리라는 것도 알고 있었다. 이제 그녀와 쾨니그의 사이가 어떻게 될까 하는 일마저 걱정되지 않았다. 쾨니그가 모자라다고는 해도 완전 바보는 아니기 때문이었다. 물론 누가 비터이 게오르기너에게 외과의사 같은 영감을 불어넣었는지 잘 알고 있는 교장도 마찬가지였다. 정말 불안하게 만드는 것은 주전너의 태도였다. 그녀는 내내 그들에게 어떤 말도 하지 않았다. 거의 성경에서 눈을 떼지 않고 올려다보지도 않았다. 더구나 마침내 그들에게서 공책을 걷고 나서 인사할 때도 그저 고개를 끄덕여 응답하고, 그들이 침실로 향하는 복도 쪽으로 걸어가는지 뒷모습을 바라볼 뿐이었다. 주전너는 꾸짖지도 않고 애원할 기회조차 주지 않는 것으로 기녀를 질책했다. 결국 대단스러운 일은 일어나지 않았다. 그녀와 토르머가 혼났고 예의 없는 작문에 대한 벌을 받았다. 주교와 목사만 빼고 모두 진실이 무엇인지 알고 있었다고 해도, 쾨니그 자신이 그로테스크한 인물 묘사 글짓기를 해도 된다고 한 것이니 공식적으로는 아무것도 증명할 수 없었다. 당사자인 쾨니그가 이 사건을 그냥 넘어가겠다는데, 주전너가 그들을 용서하지 않는 건 뭔가? 복도가 꺾이는 곳에 다다라 사감이 그들을 볼 수 없게 되었을 때, 기녀는 토르머에게 이렇게 물었지만 토르머는 이미 언제 침대에 누울 수 있는지만 생각하고 있던 터라 웅얼웅얼 중얼거릴 뿐 제대로 된 대화를 할 수 없었다. 기녀는 자신도 바로 잠들어버릴 거라 생각했지만 이상하게도 오랫동안 뒤척이다 겨우 잠들었다. 그마저도 깊이 잠들지 못하고 뭔가 형태는 없지만 불안하고 불편한 꿈 때문에 몇 번이고 놀라 온몸을 떨며 잠에서 깼다.

## 쾨니그의 방

다음 날 그녀는 거의 일어날 수가 없었다. 반키가 머리를 빗어주고 앞치마에 단추를 끼워주고 신발 묶는 일까지 도와주지 않았다면 그녀는 아침예배에 늦었을 것이다. 토르머도 겨우 두 발로 서서 너무 고통스러운 눈으로 앞을 쳐다보고 있었기 때문에 목사는 '이 착한 소녀가 교훈들을 얼마나 영혼 깊이 받아들이고 있는가! 비터이의 얼굴도 형편없군. 크리스마스가 다가오는 것도 소용없어. 아주 커다란 시련의 시기야'라고 생각했다. 기녀도 토르머도 그날 무슨 기도가 있었는지 하나도 알아듣지 못했다. 머툴러에서 자란 학생들은 모든 찬송가를 자면서도 부를 수 있었기 때문에 토르머는 노래를 불렀다. 하지만 기녀는 입도 뻥긋하지 않은 채 눈을 자꾸 감았다. 기도실에서 그들 가까이에 앉아 있던 주전녀는 어느 누구도 보거나 듣지 못하고 그저 깊이 기도에 빠져 있었다. 항상 그랬듯이 기도실에는 모든 교사들이 학생들과 함께 있었다. 그들은 교장 옆에 서 있었다. 쾨니그는 비터이 게오르기녀의 독특한 인물 묘사 때문에 그렇게 슬퍼하는 것 같지는 않았다. 온 가슴으로 성가를 부르는 그의 목소리가 선생님들 속에서 들렸다.

첫 시간은 콜마르의 수업이었다. 사감이 들어왔을 때, 콜마르는 수업을 아직 시작하기 전이었다. 주전녀가 교실을 방문하는 것은 아주 드문 일이었다. 다른 때 같았으면 학생들이 그녀를 매우 반겼겠지만 지금 아이들은 죄책감에 사로잡혀 있었기 때문에 당황스러운 얼굴로 그녀를 쳐다보았다. 적어도 5학년 학생들만큼이나 놀란 콜마르는 그녀를 맞아 인사하려고 교단에서 내려가는 동안 반가움에 빛나는 눈빛을 감추지 못했다. 모두가 알고 있었다. 만약 주전녀가 수업을 듣기 위해 왔다면 오늘은 흥분으로 벽까지 땀을 흘리는 수업이 될 것이다. 콜마르가 주전녀를 향해 느끼는 감정, 그녀에게 말하지 못했거나 말하고 싶지 않았던 모든 것을 오늘 진도의 역사 강의에 쏟을 것이다.

하지만 주전녀는 참관수업을 위해 온 것이 아니었다. 학급 아이들에게 미소를 짓지도, 앉지도 않았다. 그녀는 문 앞에 서서 하려던 말을 했다. 수업을 방해해서 죄송하다. 하지만 오후까지 기다릴 수 있는 일이 아니다. 주교의 방문 이후 뭔가 흐지부지되어버렸다. 밤새 어떻게 할지 곰곰이 생각했는데, 5학년 담임인 콜마르 선생님께 어제 일련의 유감스러운 상황의 배후를 밝히는 데 도움을 달라고 부탁해야겠다고 결심했다. 쾨니그 선생님이 특별한 자애로 잘못을 저지른 학생들 편을 들어주었다 해도, 주교님 앞에서 그 일이 밝혀졌더라면—지금은 밝혀지지 않았지만— 그들에게 어떤 운명이 기다렸을지는 아주 뻔한 일이다. 그러니 결국 사실 어떤 일이 일어났는지 정확히 아는 것이 바람직할 것이다. 학급 아이들이 정신을 차리고 주변 사람들의 사랑과 자비, 그리고 용서에 감사하는 법을 배우기 위해서라도 그렇다. 무엇이 어울리는 행동이고 무엇이 허용되는 일인지, 학교에서 가능한 것이 무엇인지에 대해서도 본보기를 삼을 수 있는 숙제를 내주어야 한다.

분위기가 얼어붙었다. 기녀뿐 아니라 학생들 모두가 초록 문에 등을 기대고 서 있는 주전녀가 마치 천국의 근엄한 천사 같다고 느꼈다. 그리고 분위기가 얼어붙은 것은 깜짝 놀란 5학년 학생들이 긴장감 때문만이 아니라 컬마르 때문이기도 했다. 5학년 학생들은 그 순간의 긴장과 분위기, 정리되지 않은 열정이 어찌되었든 지금 학교를 넘어, 저 바깥에, 어른들 세상에서 일어날 법한 일들이라고 느꼈다. 주범들은 물론이고 학급 아이들은 주전녀의 분노를 나란히 흐르는 긴장 중 하나로 인지했다. 다른 하나에 아이들은 훨씬 더 민감하게 반응했는데, 이것을 알아차리지 못한 척하는 것은 말도 안 되는 일이었다. 컬마르는 주전녀를 사랑하지만 주전녀는 컬마르를 사랑하지 않는다는 것, 그리고 정말 너무 이상하고 이해할 수 없을지라도 주전녀는 쾨니그를, 귀달이 모자를 쓰고 다니는 구제불능의 쾨니그를 사랑한다는 것, 자신의 명예가 실추되었을 때는 절대 그러지 못하겠지만 쾨니그를 위해서라면 행동할 수 있다는 사실을, 5학년 학생들은 마침내 인정해야 했다. 학생들은 지금 컬마르보다 더 크게 실망한 사람은 없을 것이라고 느꼈지만 그럼에도 불구하고 마치 주전녀가 자신들에게도 상처를 준 것 같았다. 어떻게 쾨니그 같은 사람에게 끌릴 수 있는 걸까?

방금 전 컬마르는 기쁨을 감출 수 없었지만, '거절당했다'는 것을 모르는 척할 수 있을 정도는 머툴러에서 충분히 훈련되어 있었다. 그의 얼굴에서 변한 것이라고는 그저 환하던 광채가 사라지고 선생님 같은 표정에 신중함이 더해진 정도였다. 그는 사감에게 5학년 학생들을 잘 볼 수 있도록 교단의 자리에 앉으라 청했고, 주전녀는 마치 판사처럼 그의 옆으로 걸어와 학급 아이들의 맞은편 단상에 자리 잡았다. 그리고 컬마르는 주전녀의 마음을 불편하게 하는 그 일에 대해 자신도 생각하고 있었노라고 사감과 학생들 앞에서 연기할 수 있을 정도의 기운도 있었다.

그는 자신도 오늘 이 안타까운 사건에 대해 좀 알아보려고 했다고 말했다. 학생들에게 쾨니그 선생님의 넓은 아량에 대해 생각해 보도록 하고, 이 여리고 훌륭한 선생님의 이타심을 악의적으로 이용하는 학생들이 누구인지 밝혀내고, 결백하지도 않고 사실 그럴 가치가 없는 사람들을 구하기 위해 누군가 아주 옳다고 할 수 없는 그런 자비심에서 사실을 왜곡한 진술을 한다는 것이 얼마나 고귀하고 존경받을 만한 일인지 학생들에게 설명하려고 했다는 것이었다. 주전녀는 고개를 숙이고 있었지만 그녀의 붉게 달아오르는 얼굴은 잘 볼 수 있었다. 5학년 전체 학급이 느꼈듯이, 컬마르가 모든 이가 듣는 앞에서 동료를 거짓말쟁이라고 이름 붙이는 것을 사감도 알아차렸다. 그렇다. 그도 조사를 시작하려고 했다. 컬마르는 계속했다. 그렇다면 어제 그로테스크 작문이 어떤 것이었는지 들어봅시다.

그의 말은 성경 구절 옆에 걸린 올바른 교수자들의 태도에 대한 신조처럼, 도화지에 인쇄해서 걸어놓아도 좋을 만큼 너무나 일목요연하고 머툴러의 규율이나 교육 원칙에 적합했지만, 단어 하나하나는 모두 다른 비밀스러운 뜻을 지니고 있었다. 모두가 이 평범한 말의 진정한 뜻을 이해하고 있었다. '이 학교의 광대 같은 사람을 위해 당신은 복수를 감행할 정도라는 거군요. 주전너, 정말 당신은 어떤 여자인가요? 어떻게 내 제안을 거부하고 그럴 가치가 없는 사람 편에 설 수 있다는 말이오?'

  기녀는 어떻게 할까 고민했다. 이 작문 소동은 자신 때문에 일어난 일이니 이 문제로 힉급 아이들을 곤경에 빠트릴 수는 없었다. 있을 수 없는 일이다. 어쩌면 그렇게 치명적으로 끝나지 않을 수도 있다. 교장선생님이 주교님 앞에서 묵인했다면 다시 이 일에 대해 언급할 리 없다. 그리고 한 번 더 벌을 받는다 해도 퇴학이라는 위협까지는 아닐 것이다. 주전너는 분명히 학생들에게 쾨니그 선생님을 내버려두라고 그저 경고하고 싶은 것뿐이다. 컬마르에 대해선 겁나지 않았다. 그는 쾨니그를 위해 피의 복수를 무릅쓰지는 않을 것이다. 기녀는 발언을 허락받고 일어섰다. 그리고 그날 키쉬머리의 무리들에게 말한 것처럼, 컬마르와 주전너에게도 쇼코러이 어털러 학교의 작문 두 종류에 대해, 그리고 여기서도 그렇게 해보자고 했던 자신의 제안에 대해 이야기했다. 주전너는 그녀에게서 눈을 떼지 못하고 듣고 있었다. 컬마르는 중간에 분필을 만지작거렸는데, 길고 멀쩡한 분필을 조각조각 분질러서 더 이상 아무 쓸모도 없이 만들어버렸다. 기녀가 말을 마치자 컬마르는 비터이와 비숫한 작문을 몇 명이 작성했는지 학급 아이들에게 물었고, 모두가 일어섰다. 주전너는 말없이 쳐다보았다. 쾰마르는 그 작문들을 제출하라고 했지만 5학년 학급 학생들은 어제 벌써 다 없앴다고 대답했다. 그들은 이 일을 미루지 않은 것이 얼마나 기뻤는지 모른다. 쾰마르에게 본인 이야기를 쓴 작문을 제출하거나 주전너의 연애 생활을 정리한 작문을 제출하는 건 정말 불필요했다. 쾰마르는 비터이와 토르머에게 어젯밤 이 일로 벌써 벌을 하나 받았지만, 이 정도로 지나간다면 옳지 않다고 말했다. 당연히 비터이와 토르머를 포함한 5학년 전체 학생들은 2주 동안 도서관에서 문학 책을 빌릴 수 없으며 영화 상영에도 빠져야 한다고 했다. 그 대신 자매님이 그들에게 유용하고도 하나님의 맘에 드는 일을 배당해줄 것이라고 했다. 이 일의 주모자인 비터이 게오르기너에게는 따로 해야 할 일이 하나 주어졌다. 점심식사 후에 교사 숙소를 방문해 쾨니그 선생님을 찾아뵙고 주전너 선생님이 듣는 앞에서 진실을 밝힌 다음, 선량한 선생님을 비열하게 놀린 것에 대해 공경하는 마음으로 용서를 비는 일이었다. 쾨니그 선생님께 하는 속죄가 충분한지 확인하기 위해 쾰마르 자신이 5학년 학급의 이름으로 대표하여 비터이와 자매님을 바래다주겠노라고 했다.

더할 나위 없이 천재적인 계획이었다! 5학년 학생들은 이 요새 안에서 그들의 세 번째 연인[첫 번째는 목록표의 사물, 두 번째는 학교 바깥의 애인인 것으로 보인다 - 옮긴이]으로는 역시 쾰마르 피테르를 선택하는 것이 당연하다고 느꼈다. 완전히 확실치 않았던 일, 학생들이 놀리려 한 사람은 분명히 그였다는 것을 쾨니그의 방에서, 그것도 주전녀 앞에서 실토하게 하고, 그걸 쾨니그가 끝까지 듣게 한다는 생각은 모두에게 벌이 아니라 고소한 일이었다. 그들은 사감이 뭐라고 대답할지 주의를 기울였다. 이 사건 조사로 쾨니그가 무슨 봉변을 당하게 만들었는지, 주전녀 역시 이제는 알아차렸어야 했다. 그녀가 말을 꺼내지 않았다면 어제의 소동은 며칠 뒤 모두에게 잊혀졌을 테고, 그렇게 잘 넘어갔을 것이다. 아무 일도 없었던 양, 누구를 모욕하는 일도 없었던 양, 그저 규율을 잘 지키지 않는 5학년 학생들이 그로테스크 작문을 서툴게 하여 혼났던 사건. 아마도 그 이후 학생들은 작문을 더 잘하게 되었을 것이다. 하지만 이제 주전녀도 쾨니그도 두 배로, 그것도 컬마르 앞에서 값을 치러야 했다.

컬마르가 사감에게 자신이 내린 벌이 만족스럽냐고 묻자 주전녀의 시선이 그의 얼굴에 멈췄다. 그녀는 감사의 말도 수긍의 말도 하지 않고 고개를 끄덕이기만 한 뒤 교실에서 나갔다. 이후 컬마르의 수업 시간에 무슨 일이 있었는지 아무도 아는 사람이 없었다. 분명히 컬마르 자신도 그랬다. 왜냐하면 이틀 뒤 학생들이 판서 자료를 모아 정리하려고 했지만 공책에는 하나같이 헛소리들만 적혀 있었기 때문이다. 컬마르 자신도 무슨 말을 하는지 모르는 듯, 날짜들도 정확하지 않을 뿐더러 도표에 쓰여 있는 시기에 다스린 왕들의 이름도 모두 틀렸다.

점심 때까지, 중간중간 쉬는 시간 소식통을 통해 쇼코로이 어털러 식의 전통, 비터이 게오르기너가 전한 이 훌륭한 전통이 머툴러에 어떤 결과를 가져왔는지에 대한 소식이 상급생들 사이에 퍼지지 않은 곳이 거의 없었다. 너지 어러디는 케레케시 수학 선생님의 심부름으로 칠판 각도기를 가져오기 위해 2학년 반에 들렀는데, 문을 열고 칠판에 적혀 있는 것을 보고서 쓰러질 뻔했다. 학생들이 헝가리어 작문을 하고 있었는데, 어러디의 첫눈에 들어온 주제가 "강아지의 기쁨들: 이야기의 발췌문을 바탕으로"였던 것이다. 이 상급 학생은 각도기를 가지러 왔다고 말도 제대로 못 하고 더듬거렸다. 학교 기수인 어러디가 약혼자 여블론을 부르는 호칭이 강아지였기 때문이었다. 그의 눈빛이 아름답고 따뜻한 강아지의 눈빛을 닮아서 붙여진 별명이었다. 그녀는 시간이 조금 난다면 자기 '강아지'의 기쁨들에 대해 쓰겠다고 곧장 마음먹었다. 군의관인 그가 휴가를 받아 전선에서 집으로 돌아오면 바로 여름에 결혼식을 올릴 것이다.

　단체 처벌은 5학년 학생들에게 겁을 주지 못했다. 대표 당사자 기녀는 사교 행사를 준비하듯이 교사 숙소 방문을 준비했다. 수업 후에 기녀가 감청색 행사복으로 옷을 갈아입고 식당 쪽으로 가자 기구쉬 선생님은 이게 도대체 무슨 행렬이냐고 물었다. 기녀는 가까이에 서 있는 사람들이 다 들을 수 있는 목소리로, 어제 쾨니그 선생님을 놀리는 작문을 써서 선생님을 모욕했기 때문에 예의를 표하기 위해 정장을 차려입었으며 곧 용서를 빌기 위해 교사 숙소에 갈 거라고 했다. 기구쉬 선생님은 마치 총알을 피하려는 듯, 바로 뒤돌아 교원 식사 자리로 달려갔다. 5학년 학생들은 이미 머물러 학생들에게 사실 어제 무슨 일이 일어났는지, 그리고 오늘 오후에 무슨 일이 일어날 것인지 알렸다. 이제 몇 분 후면 교원 식탁에서도 모든 것을 알게 될 터였다. 교사들도 두려워하는 교장선생님과 당연히 쾨니그를 빼고 말이다. 머물러 학교 전체가 비터이의 출발, 그리고 컬마르와 주전너가 만든 장례 행차를 똑똑히 지켜볼 것이다. 모욕당한 불쌍한 선생님의 명예를 회복시킨다는 명목으로 평생 받아본 적 없는 모욕을 줄 것이다. 그 악의적인 작문이 자신에 대한 것이 아니라고 긍정적으로 생각할 수도 있는 그런 희망을 꺾어버린 채 말이다. 쾨니그는 식사를 세 번이나 더 달라고 할 정도로 더할 나위 없이 기분이 좋았다. 기구쉬 선생님은 그를 쳐다볼 엄두조차 내지 못했다.

점심식사 시간은 교장이 식사하는 사람들에게 소리를 질러야 할 정도의 분위기였는데, 이런 경우는 아주 드문 일이었다. 7학년이 낭독할 차례였다. 불쌍한 7학년 데아크는 이날 윤리를 고양해 준다는 그 스위스 책 중에서, 모범적이고 생각이 바른 소녀가 착한 양모에 대한 공경심과 감사함 때문에 용맹한 테오필이 아닌 양모의 대자를 선택한 부분을 읽었다. 소녀는 그저 호기심과 연민으로 그 바보를 선택한 것이다. 혹이 달린 곰보, 말도 더듬거릴 줄만 아는 청년의 무의미하고 건조한 나날을 자신의 희생적인 사랑으로 꾸미기 위해. 학생들은 웃음을 참느라 몸을 떨었다.

주전너가 쾨니그를 향해 보이는 관심에 대해 컬마르가 얼마나 교묘한 수를 썼는지 모르는 사람은 이제 아무도 없었다. 주전너가 그저 연민으로 그를 사랑하는 것이라면 그녀가 정신을 차릴 수 있게 하는 것은 마땅한 일이다. 분위기가 너무 어수선하자 토르머 게데온 교장은 학생들이 무엇 때문에 이렇게 들떠 있는지 선생님들에게 차례대로 물었다. 오직 쾨니그만 말이 되는 대답을 했는데,

전쟁은 이토록 평화로운 기관에도 영향을 미쳐 사람들의 기분을 해치는 법이라고, 아니면 기압골 변화가 생겨 소녀들의 신경이 들뜬 것 같다고 너무도 순진무구하게 말했다.

기녀는 주전너의 방 앞에서 컬마르와 만날 시간이 되기도 전에 마치 취한 사람처럼 들떴다. 하지만 그녀가 오른쪽과 왼쪽에 어른들을 대동하고 교사 숙소 쪽으로 이동하는 순간 이 기분은 쭉 가라앉아버렸다. 그 순간에도 쾨니그가 안쓰러운 것은 아니었다. 그냥 이 상황이 역겹게 느껴졌다. 주인공인 주전너와 컬마르가 서로에게 하고 싶은 말이 있지만 실제로는 하지 못하는 이 연극에서, 지금 쾨니그와 자신이 엑스트라가 되어야 한다는 것이 참을 수 없었다. 창백한 주전너는 언짢아 보였고, 상처받은 컬마르는 의기양양했다. 그들은 아비가일 석상 앞을 지나갔다. 기녀는 창밖에 아비가일 석상이 세워진 곳을 바라보며 생각했다. 만약 오늘 무슨 일이 일어날지 오전에 쾨니그가 알았다면, 그래서 위태로운 순간들이 다가오고 있다고 아비가일에게 쪽지를 쓸 수 있었다면, 그녀가 그를 도울 수 있었을까? 그녀는 누구든 도와주는 걸까? 아니면 학생들에게만 통하는 것일까?

항상 닫혀 있던 복도 철문을 컬마르가 열쇠로 열었다. 기녀는 생전 처음 교사 숙소를 방문하게 되었다. 쇼코러이 어털러 학교의 전통 이야기를 다시 반복하고, 선생님을 놀렸다고 쾨니그의 눈을 보며 말해야 한다는 생각은 이제 별로 재미있지도 않았다. 분명한 건 쾨니그가 이 일로 그녀를 괴롭힌다거나 무슨 큰일이 일어나지는 않을 것이라는 점이었다. 쾨니그의 방 앞에서 컬마르는 노크를 했고, 들어오라는 소리에 주전녀에게 먼저 자리를 내주었다.

 기녀가 방 안에 들어갔을 때 쾨니그는 서 있었다. 작문 숙제를 교정하는 중이었는지 손에 볼펜을 쥐고 있었고 책상 위에는 공책들이 쌓여 있었다. 기녀의 심장이 두근거리기 시작했고, 빨리 다른 학생들과 함께 있을 수 있다면 얼마나 좋을까 생각했다. 쾨니그의 방은 아름다웠다. 멋진 취향의 가구가 놓여 있었는데, 이런 건 예상하지 못했던 터라 그 불편한 순간에도 놀라운 마음이 들었다. 기숙사 설비가 대단히 훌륭한 가구를 갖추고 있는 것은 아니었기 때문에 아마도 선생님 본인의 가구들 같았다. 벽에 걸린 그림 두 점은 유명 회기의 이름 있는 작품이다. 기녀는 마르셀과 전시관에 많이 다녀서 그 정도는 눈치 챌 수 있었다.

 "어이쿠!" 쾨니그가 함박웃음을 지으며 말했다. "깜짝 방문이라니! 환영합니다! 자, 어서 들어와 앉으세요!"

 쾨니그의 방에는 의자가 단 세 개뿐이었기 때문에 기녀가 앉을 마음이 있었다 해도 그럴 수 없었을 것이다. 기녀는 주전녀가 어떤 표정을 하고 있는지 볼 수 없었지만, 사감의 얼굴이 '이제 아픈 일이 일어날 거예요. 조심해요!'라는 메시지를 투영하고 있을 것이라 느꼈다. 쾨니그는 잘 볼 수 있었는데, 그의 미소가 컬마르를 마주하고 나서 순간적으로 사라졌다가 다시 변함없이 밝게 활짝 웃음을 지었다.

 "쾨니그 선생님," 컬마르는 역사 시간에 나라의 큰 전투에 대해 설명할 때 내던 목소리로 말했다. "5학년 학급의 이름으로 여기 왔습니다. 학급의 사감이신 자매님, 담임인 저, 그리고 죄인 비터이

입니다."

"죄인이라." 쾨니그가 쳐다보았다. "뭘 잘못했나요?"

대답은 없었다. 컬마르가 아주 대단히 놀라운 자백을 준비했건만, 쾨니그는 시작도 하기 전에 크게 웃었다.

"설마 작문 때문에 여기들 오신 건 아니겠지요? 이 학생은 그것 때문에 이미 벌을 받은 걸로 아는데요. 제가 아는 게 맞는다면 밤새 시편을 베껴 써야 했다면서요. 학급 아이들에게 잘못된 주제를 준 제 잘못이에요. 인물 묘사에는 많은 것이 가능하죠. 모욕도, 놀림도. 아직 미성숙한 청소년들이에요. 비터이 양은 나를 그냥 본 대로 적은 것뿐입니다."

생각한 것보다 더 괴로운 상황이었다. 그녀는 카펫을 보았다. 숨을 거의 쉴 수가 없었다.

"당연히 내가 그렇게 보이더라도 그렇게 표현해서는 안 되죠. 하지만 조금 더 나이가 들면 알게 될 거예요. 그렇지요, 비터이 양?"

그녀는 대답하지 않았다. 이럴 때 뭐라고 말할 수 있단 말인가?

"쾨니그 선생님은 네가 묘사한 그런 사람이 아니야." 항상 크고 딱 부러지게 말하던 주전너가 속삭였다. "선생님은 고귀한 마음에 관대하고 아량이 넓으시지. 게오르기너, 감사드리렴. 그리고 용서를 빌어."

"감사합니다." 소녀가 숨을 터트렸다. "그리고 용서를 빕니다."

"에이, 아무 일도 일어나지 않았어요. 비극이 아니라고. 어제도 그렇지 않았고요. 딱 한 가지 걱정은 이렇게 어려운 시기에 주교 어른이나 교장선생님께 염려를 끼치는 거지요. 모두 잊어버립시다. 말린 실버[자두의 일종-옮긴이] 좋아하시나요?"

너무 뜻밖의 질문에 사람들이 그를 쳐다봤다. 쾨니그는 이미 매끈한 남청색의 실버가 군인들처럼 줄지어 담겨 있는 예쁜 나무 상자를 뒤지고 있었다.

"미치가 아침에 가져왔어요. 호른 미치한테 받은 건데 손수 말린 과일이래요. 자, 자매님."

주전너는 그냥 고개를 저었고 컬마르도 손을 대지 않았다. 기녀 역시 꼼짝하지 않은 채, 이제 그만 가고 싶은 마음뿐이었다. 또다시 이 모든 게 그저 연극 같다고 느껴졌다. 그녀는 보잘것없는 역할을 맡았으며 그녀의 행동은 이차피 의미 없는 것이었다. 비극적인 순간에 다 함께 슬퍼하는 대신 등장인물 하나가 사람들에게 실버를 권하고 있다니. 쾨니그는 아무도 디저트를 원하지 않는 것을 보았다. 그러고는 실버 하나를 입에 물었다. 개인적으로 비터이의 작문은 이미 옛날에 다 해결된 일인데, 손님들이 왜 아직도 신경을 쓰는지 알 수 없어 하는 눈치였다. 그는 이 사건에 관심이 없었다. 모두들 자신들의 방문이 쓸데없는 것이었음을, 그리고 쾨니그의 끝없는 식욕과 절대적인 무관심이 실로 모욕적임을 느꼈다. 컬마르는 이 당황스러운 상황에 넋 놓고 있을 수 없었다. 그는 당황하지 않았기 때문이다. 주전너는 무슨 말이나 행동이 필요 없다고 생각했다. 자신이 생각하기에 속상했을 법한 일에 쾨니그는 전혀 아파하지 않았고, 그저 허기 혹은 호른 미치한테만 관심이 있는 것 같았다. '이 사람은 모욕당할 가치도 없어.' 소녀는 깨달았다. '아주 둔한 사람인 데다가 그걸 신경도 안 써.'

그들은 인사를 했다. 쾰마르는 자기 숙소로 돌아갔고 주전녀는 기도실로 갔다. 기너는 다른 때는 절대 아니라고 해도 지금은 거기서 주전녀가 울 거라는 걸 알았다. 쾨니그는 자기가 무슨 짓을 했는지 또 깨닫지 못했다. 주전녀의 새로운 접근에 그가 의도적으로 반응한 것은 아니었겠지만, 어쨌거나 혼자서도 아주 잘 지낸다는 것을 이보다 더 확실히 느끼게 할 수는 없었을 것이다. 기너는 거실로 돌아왔다. 그곳에서 학급 아이들만 질문을 퍼부은 것이 아니라 일이 어떻게 되었는지 알고 싶어하는 고학년의 소식통도 와 있었다. 기너가 쾨니그의 코끼리 같은 평온함을 이야기해주자 소녀들은 실망했다. 그들은 더 슬프거나 우스꽝스러운 사건을 기대하고 있었다. 기너는 이 모든 것을 적어도 열 번은 이야기했다. 시내 산책 대신 주어진 정원 산책 15분 동안에도, 대문과 아비가일 석상 사이를 거닐며 이 사건에 대해 이야기했다. 시내 산책을 나가기 바로 직전, 집사 슈버가 와서 학생들에게 교장의 생각을 전했다. 오늘 신체 활동과 바람을 쐬는 건 정원을 산책하는 것으로 충분하며, 만약 누군가 시내를 산책하거나 진열장과 사람들을 구경하고 싶어하는 사람이 있다면, 어제 주교님의 방문 때 일어난 그로테스크 과제에 대해 생각해보라는 것이었다. 학생들은 이미 겨울 준비에 들어간 정원을 위아래로 걸었지만 썩 좋은 기분은 아니었다. 아비가일 석상이 조용히 그들을 바라보고 있었다.

아비가일은 저녁이 되어서야 소식을 전했다. 기너는 숙제를 적는 공책에서 메모를 발견했다. 꽤나 냉랭한 메시지였다.

더 이상 소동을 일으키지 않도록. 교사진 대부분과 교장선생님은 쾨니그가 아니야. 이건 명령이란다.

-아비가일

# 부서진 수족관

쪽지는 또다시 궁금증을 일으켰다. 아비가일을 찾아내고 싶다는 욕망을 다시 불러일으켰다. 누가 이렇게 가까이서 자기를 지켜보는 걸까? 누가 아이들을 돕는 걸까? 머툴러 학교의 벽 안에서 무슨 일이 일어나고 있는지 유령처럼 정확히 알고 있는 사람이 누구란 말인가? 기녀는 시간이 날 때마다 항상 석상 주위를 배회하면서 몇 날 며칠을 보냈다. 그녀는 복도를 벗어나면 절대 안 되는, 그런 금지된 시간대에 밖으로 빠져나가 정원으로 향하곤 했기 때문에 여러 번 혼나야 했다. 하지만 어떤 것도 보지 못하고 누구도 만나지 못하여, 아비가일을 추적할 단서를 찾을 수 없었다. 키쉬 머리가 왜 자꾸 석상으로 달려가느냐고 물었을 때, 기녀는 아비가일 석상 뒤에 누가 숨어 있는지 알고 싶어 궁금해 죽을 지경이라고 했다. "까불지 마!" 머리는 뜻밖에 기분 나쁜 듯 말했다. "모두 다 해봤지만 아무도 성공하지 못했어. 그렇게 영리한 어러디도 못 해냈다고. 아비가일은 어떻게 알았는지, 자신을 찾아내려 한다는 사실을 알아차리고 어러디에게 편지까지 썼지. '잠든 큐피드에게 촛농을 떨어트린 프시케처럼 어리석은 짓은 그만둬. 만약 누가 돕고 있는지 알고 싶어서 석상 주위를 계속 돌아다닌다면, 영원히 잃어버리게 될 거야.' 추적은 집어치워. 아비가일이 없으면 우린 어떻게 하라고?"

기녀는 이제 아버지를 너무 기다리고 있었다.

마지막 전화 통화에서 장군은 금방 방문할 거라고 했었다. 그러고 그다음 주 수요일에 그는 아무 소식 없이 나타났다.

11월의 그날엔 특히 많은 일이 일어났다. 기녀는 한참 세월이 지나고 나서야 그 사건들의 인과관계나 의미를 알 수 있었다. 기억을 떠올릴 때면, 그 수요일과 관련된 모든 에피소드와 장면이 서로 연결되어 떠올랐다. 입을 벌린 물고기, 열린 서류 캐비닛, 콧수염이 난 유리공과 장군. 이 장면들과 사건들을 떼어놓으려, 그저 아버지에 대한 기억만 따로 남겨놓으려 수없이 시도해봤지만 실패했다. 항상 심각한 표정을 하고 있는 장군의 모습과 함께, 이상하게도 이란성 쌍둥이처럼 므라즈 씨의 얼굴도 떠올랐다. 날카로운 얼굴선에 덥수룩한 콧수염으로 치장한 그의 모습과 서류 캐비닛 앞의 마룻바닥과 카펫 위, 이미 움직임이 없는 반짝이는 물고기의 사체들이 함께 떠올랐다.

사건은 그날 일찍부터 시작되었다. 아침기도 후 대부분의 아이들이 이미 각 학급의 자기 교실에, 선생님들은 교무실에 자리를 잡고 앉아 있을 때였다. 교장은 여느 아침과 같이 교사들과 함께 하루를 시작했다. 각 학급 아이들이 기도실에서 나와 열을 지어 나가자, 교장도 학생들과 함께 걸어 올라왔다. 그는 모든 것이 올바른지 자꾸 뒤를 돌아보면서 열쇠고리를 꺼내어 교장실 문을 열었다. 5학년 학생들이 아직 교실에 이르지 못하고 막 계단에 올라섰을 때였다. 그들은 교장실 문을 통해 인간으로서 상상할 수 없는 괴성을 들었다. 학생, 교사, 사감들은 최악의 예감에 사로잡혀 소리가 나는 쪽으로 얼어붙어버렸다. 끔찍한 괴성으로 인해 그들은 근처에 사자가 나타났으니 줄행랑을 치는 게 좋으리라는 걸 갑자기 깨달은 아프리카 여행자처럼 놀랐다. 집사들 중에 슈버만 1층 복도에 서 있었는데, 그는 곤두박질치듯 교장실로 달려왔다. 5학년 교실은 교장실 바로 옆에 있었는데, 아직 아이들이 교실에 다 들어가기도 전에 집사가 다시 복도로 나와 정신없이 큰 소리로 청소부를 찾았다. 만약 제정신이었다면, 겁에 질려 자제력을 잃은 게 아니었다면, 그는 이것이 헛수고라는 것을 알아차렸을 것이다. 머툴러에서는 항상 수업이 끝난 뒤에 청소를 했기 때문이다. 교무실이나 교장실은 당연히 저녁기도 시간 이후, 교사들이 일을 보지 않는다고 생각되는 시간에 청소가 이루어졌다. 그때쯤 교장은 숙소로 자리를 옮겼고 전화선도 옮기도록 했다. 저녁 9시면 머툴러의 모든 교실은 다음 날 일정 준비가 모두 끝난 채 완전히 청소가 끝난 상태로 다음 날 수업을 기다렸다. 슈버 집사는 자신이 헛되이 소리 지르고 있다는 것을 알아차려야 했다. 근처에 청소부가 없다는 것을, 이 시간에 그들은 조리실 일을 돕고 있거나 기숙사에서 침실 정리를 하고 있다는 것을 말이다. 하지만 슈버는 그저 소리만 질러댔고, 이내 5학년 학생들은 상황을 이해할 수 있었다. 수족관이 부서진 채로 많은 물고기들이 죽어 있었던 것이다.

교장의 물고기들은 항상 이야깃거리였다. 키쉬 머리에 따르면 교장선생님은 보기에만 상처했을 뿐 새 부인이 있다고 했다. 물고기, 아니 인어가 수조에 들어 있으며, 그것들은 낮에만 물고기 모습일 뿐, 밤마다 그의 앞에서 여자로 변신한다는 것이었다. 교장선생님은 그 누구도 물고기보다 더 부드럽게 바라본 적이 없었다. 슈버가 취한 게 아니라면—뭐라도 취하게 할 만한 것을 이 학교에선 구할 수도 없기에 당연히 상상도 못할 일이지만— 불분냉한 괴성을 정당화할 정도의 정말 끔찍한 일이 교장실에서 벌어진 것이다. 토르머 게데온의 아름다운 수족관 속 생명체들, 그러니까 레이스 같은 꼬리를 가진 물고기들과 영롱하고 파란 작은 여인들, 그 밖의 이국적인 생물들이 바다 사방천지로 흩어졌다는 것이고, 물고기들이 죽어 나뒹굴고 있으며, 마룻바닥은 망가지고 카펫은 전쟁터가 되어 있다는 것이다. 교장은 청소가 끝나고 난 9시 이후에 일과처럼 교장실의 모든 것이 제대로 되어 있는지 본인이 직접 모두 잠그고 점검했다. 그렇기 때문에 이 모든 일은 전혀 이해할 수도, 설명할 수도 없는 일이었다. 대체 밤에 이곳 머툴러로 침입하여 수족관을 처참하게 부숴버리는 미친 짓을 누가 할 수 있단 말인가? 문은 어떻게, 무엇으로 열었을까? 교장실 열쇠는 토르머 게데온과 수위 외에는 아무도 가지고 있지 않았다. 수위 아저씨는 열쇠를 청소 아주머니에게 30분 정도 빌려주는데, 어제 8시 45분에

부서진 수족관 269

보타르 아주머니는 수위가 보는 앞에서 열쇠를 보관함에 다시 걸어놓았다고 한다. 그 열쇠는 다른 열쇠들과 함께 밤새 그렇게 거기 걸려 있었다.

그날 1층 복도 당직은 컬마르였는데, 그는 학생들에게 나쁜 보기가 될 거라며 슈버에게 자신을 좀 추스르고 조용히 해달라고 했다. 교장은 교장실에서 뛰쳐나와 잔해와 불쌍한 희생물 들을 치워야 한다고 말했다. 그때 쾨니그는 5학년 학급 문 앞에 서서 학급 아이들을 기다리고 있었다. 그날은 어려운 라틴어 과제를 내주겠다고 한 날이었다. 슈버는 그제야 청소 아주머니들을 당장은 부를 수 없다는 사실을 깨달았다. 컬마르가 수습을 돕겠다고 하면서 눈으로 5학년생들을 쭉 훑었다. 학생들은 반짝이는 눈빛으로 그를 마주 보았다. 과제 대비를 다 해오긴 했지만 그래도 그 라틴어 문장들을 쓰지 않아도 된다면 더 좋았다. 그리고 얼마나 굉장한 일인가? 교장실에 서성거리다 보면 뭐라도 보고 듣고 경험하게 될지 모른다. 올라는 컬마르의 눈빛이 자신을 비켜가자 얼굴을 찡그렸다. 미리 알았어야 했다. 이런 즐거운 일에는 비터이를 호명할 것이라는 걸. 비터이가 쾨니그를 모욕하고 난 후에 얼마나 그녀만 예외적으로 대하는지 아주 괘씸할 정도였다.

기억에 남을 주교의 방문 이후, 기너의 상황은 많이 변했다. 주전녀와는 예전 관계를 회복할 수 없었지만, 이제 컬마르는 기녀를 정말 예외적으로 대했다. 답을 못할 때 눈감아준다는 정도가 아니라 대우 자체가 달랐다. 미묘하게 학교에서의 관계 같지 않았다. 마치 공통의 비밀이 있는 듯, 혹은 사제지간이 아닌 것처럼, 마치 아직 젊은 청년과 사춘기 소녀 간에 합의 아래 공감이 형성된 것 같았다. 바로 쾨니그를 숨길 수 없이 멸시하는 것 말이다.

컬마르는 기녀에게 오라고 손짓하면서 슈버를 복도에서 내보냈다. 교장실은 5학년 학급 학생들이 정리할 테니, 뛰어가서 유리공에게 전화를 걸어 그 콧수염이 있는 유능한 조수 므라즈를 보내달라는 말을 전하라고 했다. 므라즈는 학교 창문을 가는 일을 하는 사람인데, 쓰러진 수족관을 어떻게 해야 할지 와서 봐달라는 것이었다. 그리고 해결책을 찾을 동안만이라도, 자연 과목 담당인 일레쉬 선생님한테 부탁해 관상어가 들어 있는 예쁜 새 수족관을 교장실에 놓을 수 있도록 해달라고 슈버에게 말했다.

쾨니그는 교실 문에 그냥 서 있는 채로 컬마르의 말을 듣고 있을 뿐이었다. 얼마나 일을 잘 처리하는지, 어쩌면 그런 대단한 생각들을 해내는지, 얼마나 힘이 넘치는지 완전히 인정하는 표정이었다. 컬마르는 주전너, 기녀와 함께 쾨니그를 방문했던 이후에 한결같은 예절로 위장한 채 매번 약간 경멸하는 투로 쾨니그와 말을 나누었고, 이번에도 마찬가지였다. 컬마르는 비터이를 수업에서 데려가도 좋은지 물었다. 형식은 갖추었으나 사실 불쾌한 질문이었다. 즉시 기녀를 불러냈기 때문이었다. 쾨니그는 당연하다는 듯 고개를 끄덕였다. 쾨니그가 나눠주라며 과제물을 칠레르의 손에 건네주자 토르머 무리들은 눈을 가늘게 뜨고 기녀를 쫓았다. 오비디우스 나소가 망명을 떠날 때 로마는 물론 자신의 가족과 얼마나 슬픈 이별을 해야 했는지를 어떻게 하면 라틴어로 완벽히 번역할 것인가 하는 흥미로운 문제에 집중하기 직전, 무러이는 '주전너는 의심할 나위 없이 컬마르를 거부했지만 비터이가 조금만 더 노력한다면, 혹시라도 사감 대신 그 자리를 차지할 수도 있지 않을까' 하는 생각을 했다. 컬마르는 젊고 비터이는 아름다우며 페리는 멀리 있으니 말이다.

기녀는 청소 양동이와 걸레, 빗자루를 바로 찾아내지 않을 정도의 머리는 있었다. 복도마다 청소도구 창고가 있었기 때문에 그걸 어디서 찾아야 하는지 알고 있었지만, 그녀는 시간을 끌기 위해 우선 복도 창고마다 차례로 다니며 찾았다. 누군가에게 들키면 제일 좋은 빗자루, 가장 마른 걸레를 찾고 있었다고 변명할 생각이었다. 이런 기회에 라틴어 과제를 하러 돌아가기는 정말 싫었다. 교장실에 들어갔을 때 그녀는 한동안 혼자였다. 슈버는 아직 교무실에서 전화통에 매달려 유리공을 재촉하고 있는 것이 분명했다.

정말 처참한 광경이었다. 기녀는 수족관에 특별한 관심이 없었지만, 물이 흥건한 바닥과 카펫에서 말없이 약간의 숨과 약간의 생을 위해 입을 반쯤 벌리고 있는 반짝이는 사체들이 가슴을 울렸다. 수족관은 특별한 거치대 위에 있었다. 누가 언제 왜 부숴버린 건지 정말 알 수가 없었다. 슈버가 이윽고 돌아왔을 때 기녀는 달팽이처럼 느리게 물을 닦고 있었다. 그리고 천천히 손을 베이지 않도록 쓰레받기에 유리조각들을 담고, 엎어진 모래와 자갈들도 담았다. 여간해선 물고기에 손이 가지 않았다. 역겹지는 않았지만 밤새 숨을 쉬지 못하고 죽었다는 생각을 하고 싶지 않았다. 슈버는 도와주지는 않고 그저 주변을 서성거리며 혼잣말을 했다. 금방 유리공이 도착할 거라고, 교장선생님이 잘 살펴보라 했다고 중얼거렸다.

밤사이 교장선생님은 교장실에 건너와 보지 않았고, 9시에는 모두 정돈된 상태였다고 했다. 그런데도 수족관이 떨어졌다면 발도 없는 수족관이 뛰어내렸을 리는 없고 누군가 거치대에서 떨어트렸다는 것인데, 교장실에 아무도 없었으니 그렇다면 침입자가 있었다는 말이다.

  카펫을 만지작거리면서 소녀는 자꾸 위를 올려다보았다. 교장실은 겉으로는 변한 게 없었다. 슈버는 기녀에게 자비를 베풀어 물고기들의 꼬리를 잡고 양동이에 담으며 서두르라고 재촉했다. 그리고 교장선생님께 전화하여 일단 보기에 아무 문제가 없고 교장실을 치웠으니 직접 확인도 할 겸 돌아오시는 게 좋겠냐고 말했다. 누가 여기를 다녀갔는지는 알 수 없었다. 아무도 다녀간 사람이 없을지도 모른다. 문은 잠겨 있었고, 창문 철창이나 책상, 서랍도 망가지지 않았다. 그저 수족관을 땅에 내동댕이치려고 침입하는 사람은 없다. 어쩌면, 느낄 수도 없는 약한 지진이 일어나 그랬을 수도 있다.

  교장은 얼추 유리공과 비슷한 때에 도착했다. 그는 방을 둘러보며 모든 것을 조사했다. 므라즈 씨가 들어온 것은 교장이 금고에 들어 있는 것을 막 꺼내고 있을 때였다. 금고에는 엄청난 돈이 들어 있었다. 기녀는 거의 다 마른 카펫을 문지르며 주의를 기울이고 있었다. 오비디우스의 슬픔보다 여기 쪼그려 앉아 있는 게 훨씬 더 재미있었다. "아무것도 없어지진 않았군." 토르머 게데온이 말했다. 이 말을 하자마자 마지막 대사를 하러 무대에 오르는 연극배우처럼 므라즈 씨가 문을 열고 들어왔다. 그가 인사를 하며 미소를 짓자 콧수염이 씰룩거렸다. 그는 수족관 쪽으로 무릎을 꿇고 앉아 금속 테두리를 더듬었다. 안쪽에 한쪽 유리판이 산산조각 난 채 깨져 있었다. 책상을 정리하던 교장은 "서랍에 손을 댄 사람은 없는데…" 하고 중얼거렸다. 그런 다음 그는 서류 캐비닛 문을 열고 학적부와 서류철을 들춰보았다. "이것도 문제가 없어." 므라즈 씨는 수족관을 뒤집은 다음, 마치 토르머 게데온의 말이 재미있다는 듯 다시 미소만 지었다.

다행히 좋은 소식이었다. 므라즈 씨에게 비슷한 유리가 있어서 몇 년 동안이나 정이 든 수족관을 고칠 수 있다는 것이었다. 그는 망가진 수족관을 팔로 안고 밖으로 나갔다. 마침 그때 밖에서 종이 울렸다. 기녀는 결국 확실히 과제 쓰기를 빼먹는 데 성공한 게 기뻤지만 아쉽게도 더 이상은 시간을 끌 수 없었다. 그래서 양동이와 청소도구를 들고 유리공 뒤를 따라 나갔다. 마침 쾨니그가 5학년 반에서 나오고 있었다. 그는 학생들의 라틴어 과제물을 걸어 팔에 들고 있었다. 기녀를 보자 큰 소리로 물었다. "비터이 게오르기너, 다 끝났나요?" 눈으로 다 볼 수 있는 일이었기에 아무 의미도 없는 질문이었다. 하지만 의미 없는 것 말고 쾨니그에게 누가 뭘 바랄 수 있다는 말인가? 그녀는 배운 대로 군인이 무기를 들고 서 있듯 차려 자세를 취하고 빗자루를 꼭 쥐었다. "네! 다 끝났습니다!" 하고 대답했다. 그사이 므라즈 씨가 잔해를 든 채 서서 그녀를 보려고 뒤돌아섰다. 기녀의 눈이 유리공과 마주쳤다. 순간 소녀는 자기 자신의 모습이 어떻게 보일지 궁금해졌다. 므라즈 씨가 그렇게 멋있지는 않았지만 그래도 그도 남자였고 어쩐지 쳐다보게 만드는 매력이 있었다. 유리공이 사라지고 난 다음 쾨니그가 남았다. 쾨니그는 벌써 그녀 옆에 서 있었다. 쓰레기, 침전물과 뒤섞인 작은 물고기들. 양동이 내용물을 보고 그는 입술을 떨었다. "불쌍하기도 하지." 쾨니그가 말했다. 그가 슬퍼하는 모습을 보자 레이스 꼬리의 물고기들에게 느꼈던 그녀의 동정심이 갑자기 자취를 감춰버렸다. 설마 이 양동이를 보면서 우는 건 아니겠지! 맙소사! 물고기 몇 마리에 이렇게 슬퍼하다니…. 청소함에 도구를 넣고 반으로 되돌아갔을 때, 키쉬 머리는 오비디우스가 지옥의 저주처럼 어려웠다고 전했다. 몇 시간 뒤, 기너는 그게 정확히 어떤 문장이었는지 묻지 않은 자신을 절대 용서할 수 없었다. 간식 시간 후 수업이 끝나고 다른 학생들은 자유 시간을 가질 때, 주전너가 기너를 자기 방으로 불러 과제물을 그녀의 앞에 내밀며 말했던 것이다. "오늘 수업 한 시간을 어쩔 수 없이 빠졌다고 들었다. 그 일 때문에 과제를 못 하게 되면 네 손해라서 내가 쾨니그 선생님께 시험지를 달라고 했어. 여기 있으니 보충하도록 하렴." 기너는 완전히 폭발해 버릴 것 같았다. 주전너는 내내 기너 옆에 앉아 속옷 손질을 했다. 기너가 라틴어 책을 가지러 가거나 발췌문을 들여다볼 만한 핑계를 찾을 희망은 아예 없었다. 머툴러에 온 이래 최고로 엉망진창인 과제를 써냈다. 어쨌든 이 과제를 꼭 해야 한다는 사실에 너무 화가 나서 그녀는 집중할 수가 없었다.

장군은 마침 그들이 저녁식사를 하고 있을 때 도착했다. 그는 머뭇거리며 큰 식당 안을 둘러보았다. 이번에는 8학년 어러디가 경건한 스위스 소녀의 삶이 그다음에 어떻게 되었는지 읽어주고 있었다. 장군은 접시에서 고개를 들어 올려다보는 머리들 사이에서, 그가 먼 길을 달려 그토록 보고 싶었던 소녀를 바로 찾아냈다. 교장선생님은 장군의 식사를 차리도록 지시했고, 기녀는 너무 흥분하는 바람에 거의 식사를 하지 못했다. 이렇게 늦은 시각에 아버지가 방문한 적은 한 번도 없었다. 게다가 그녀는 그에게 달려가 반갑게 인사도 할 수 없었다. 머툴러의 규칙에 따르면 그녀는 식사가 끝날 때까지 기다려야 했고, 그러고도 주전녀의 허락하에 아버지에게 갈 수 있었다. 늦은 시간이라 외출은 당연히 불가능했지만 장군 역시 요청도 하지 않았다. 그는 지금 아르코드에 머물 수 있는 시간이 정말 잠깐밖에 없기 때문에 저녁예배 전까지 딸과 몇 마디만 나눌 수 있다면 그걸로 충분하다고 말했다. 주전녀는 두 사람을 비어 있는 A거실로 보냈다.

  장군은 과자 상자와 미모 고모가 보낸 예쁜 소포를 가져왔다. 기녀는 그것을 바로 블라우스 속에 감췄다. 고모는 그녀에게 작은 병에 든 향수와 립스틱, 돌리면 심이 나오는 연필, 철광석 같은 눈을 가진 다람쥐가 그려진 브로치를 보냈다. 기녀는 새로운 소식을 전했다. 이제 아르코드에서 잘 지낸다고 했다. 얼마나 특별한 상황에서 그들 사이에 놓여 있던 얼음이 깨졌는지, 소녀들과 어떻게 화해하게 됐는지 자세하게 전했다. 비록 아버지는 미소를 지으며 이야기를 들었고, 또 어떤 친척과 무슨 지인이 부다페스트에서 뭘 하는지, 그녀에게 무슨 말을 전하는지, 그리고 가정부 일리가 크리스마스 때 약혼을 하게 되어 봄이 되면 보내줘야 될 것이라는 이야기를 했지만, 몇 분 동안 이야기를 나누고 나서 그녀는 어쩐지 여느 때 같지 않다는 것을 깨달았다. 장군의 목소리, 태도 뭐 그런 것이 다른 것 같진 않았다. 하지만 그 둘은 평생 서로에게 아주 가까운 사람이었고 너무나도 익숙했기에 그중 한쪽, 아이는 아버지가 극도로 긴장하고 있음을 문득 느꼈다. 그녀는 이야기를 하다 말고 멈췄다. 마치 한쪽에서만, 그녀만이 느낄 수 있는 목소리가 소리를 지른 것 같았다. '방금 전 체육 시간에 무슨 일이 있었는지 그런 말은 이제 그만해. 트루트 게르트루드 선생님이 시킨 마루운동을 네가 유일하게 혼자 해냈다는 건 그리 중요한 일이 아니야. 지금 그건 아무에게도 중요하지 않다고!' 그녀는 기다렸다. 그리고 아버지를 보았다. 아버지도 갑자기 조용해진 그녀를 쳐다보았다. 그리고 소녀들과 머툴러에 대해 더 이야기하라고 격려했다. '차마 꺼내지 못하는 말이 있으신 거야.' 소녀는 생각했다. '무슨 소식일까? 그 소식이 너무 무서워.'

그들의 대화는 자꾸 끊겼다. 저녁예배를 알리는 종이 울리지 않았다면 그들의 이야기는 마치 절친한 친구들이 서로 나누는 수다처럼 무서울 정도로 세속적이게 되었을 것이고, 그들 중 할 말이 있는 한 명은 어떻게 말을 시작해야 할지 고민하며 시간을 끌었을 것이다. 종소리는 일단 이 순간을 미루어두었다. 주전녀가 그들을 데리러 왔다. 그녀는 아무 말도 하지 않았지만 모든 태도가 이제 아이를 데려갈 시간이니 손님은 이제 그만 돌아가달라고 하고 있었다. 장군은 방문을 기꺼이 허락해준 것을 악용할 생각은 추호도 없지만, 딸과 함께 저녁예배에 함께 참석할 수 있도록 허락해준다면 그 후에 바로 부다페스트로 떠나겠다고 했고, 이 말을 듣고 나서야 주전녀의 태도가 좀 누그러졌다. 그녀는 또한 예배 자리에서 장군이 선생님들이 아니라 딸의 곁에 머물 수 있도록 허락해주었다. 그리고 장군이 기도 중에도 기녀의 손을 놓지 않는 것을 보았을 때, 그들에게 주의를 주지 않기 위해 눈을 감았다.

그날의 성경 구절은 바울이 로마인들에게 쓴 편지였다. 목사님은 9장 13절["기록된 바 내가 야곱은 사랑하고 에서는 미워하였다 하심과 같으니라"-옮긴이]이 마침 왜 우리 학교에 의미 있는 말씀인지에 대해 이야기했다. 결과나 은혜는 원하는 자의 것이 아니요, 행하는 자의 것도 아니다. 사람의 의도는 중요하지 않기 때문이다. 무슨 일이 일어나도 그것은 오직 하나님의 뜻으로 일어난다는 것이었다. 아버지가 있다는 생각에 가득 차 기녀는 듣는 둥 마는 둥이었다. 한참 세월이 흐른 뒤에 므라즈 씨, 교장선생님의 물고기들, 사도 바울의 서신, 장군 등이 한편으로는 기억이 되고, 또 한편으로는 마치 복잡한 패턴같이 되어서 그녀가 마침내 뭔가 연관성까지 찾아낼 수 있게 되었을 때, 당시 아버지가 그것이 어떤 대가를 치르게 될지, 그리고 하나님의 뜻에 어긋날지 어떨지 고민하지 않고 그저 다만 희망하고 노력하셨다는 생각이 항상 그녀를 행복하게 했다. 기녀는 어른이 되어 결혼을 하고 새로운 가정을 꾸리고 나서도, 남편이나 자기 자식들보다 아버지를 더 사랑했다. 아버지는 죽는 순간까지 희망하고 노력했다.

기녀는 아버지를 대문까지 배웅할 수 있었다. 정원에는 눈이 올 것 같았다. 아직 내리진 않았지만 공기 속에 눈 냄새가 떠다녔다. 그들은 수위실 앞에서 멈춰 섰다. 그들의 말을 아무도 듣지 못할 거리를 두고 서서 장군은 마침내 저녁 내내 준비했던 말을 꺼냈다. 기녀는 이렇게 되리라는 것을 아주 정확히 느끼고 있었다.

"이제 작별 인사를 해주렴. 키스해줘. 그리고 울지 마라. 우리 일에서 아주 중요한 단계에 와 있어. 그래서 오랫동안 네게 오지 못할 거야. 몇 주, 어쩌면 몇 달이 될지도 몰라. 한동안 전화도 걸지 못할 거다. 기녀, 두려워하거나 슬퍼하면 안 된다. 내가 연락할 때까지 참을성 있게 기다려야 한다."

기녀는 돌바닥을 보았다. 현관 아래 끝없이 깨끗하게 솔질된 돌바닥. 일주일마다 걸려오던 전화는 '그네'였다. 토요일에서 토요일까지 왔다 갔다 하는. 토르미 게데온과 주전녀가 잠관하는 가운데 이루어진 통화들은 아무 내용도 없었지만, 그럼에도 그 통화들은 연속성의 의미가 있다고 느꼈다. 아버지 목소리도 듣지 못한 채 이렇게 여기 있으라고? 그게 몇 달이 될 수도 있다고? 12월에는 방학이 시작되는데?

"크리스마스에는 여기 올게. 만약 방법이 있다면 말이다. 크리스마스이브에는 너와 함께 있을 거야. 만약 내가 오지 않는다면 그건 올 수 없어서야, 어쩔 수 없이…. 그런 경우엔 나중에, 언젠가 명절 후에 찾아올게. 아니면 누군가에게서 내 소식을 듣게 될 거다. 이건 우리가 사랑하는 것만큼 확실한 거야. 알겠니? 말도 안 되는 짓은 하지 않을 거라고 약속할 거지? 기다릴 거지?"

9월 초부터 머툴러 학생이 되었다. 주전녀 사감의 학생. 기녀는 아버지를 안고 그의 어깨에 얼굴을 묻고 싶었다. 그녀가 얼마나 슬퍼하는지 보이고 싶지 않았다. 하지만 그렇게 자제할 필요가 없었

부서진 수족관 279

다. 장군은 기녀의 얼굴을 다시 한 번 보기 위해 그녀의 턱을 잡고 얼굴을 들어 올렸다. 그는 자신과 꼭 닮은 얼굴에서 지금 자신이 느끼고 있는 것과 똑같은 슬픔을 볼 수 있었다. 아버지는 입맞춤을 하고 나서 부드럽게 그녀를 밀어냈다. 바깥 대문까지 따라오지 말라는 조용한 신호였다. 잠깐 동안 그저 등 뒤를 바라보다가 파란 조명이 켜져 있는 대문에서 아버지가 뒤돌아서자 다시 한 번 마주 볼 수 있었다. 장군의 얼굴 표정은 심각했고 슬픔과 사랑으로 가득 차 있어서 방공 조명 속에 전혀 현실감을 불러일으키지 않았다. 머툴러 거리에서 그의 모습이 사라지고 나서도 기녀는 아버지가 보이는 것 같았다. 다시는 만나지 못할 거라곤 생각도 하지 못했다.

## 미클로시 날의 예배

11월 29일, 아이들은 미래의 배우자 이름을 알아맞히기 위해 더 이상 경단을 만들거나 납을 부을 수가 없다면 적어도 별을 그리겠다는 계획을 세웠다. 기녀는 언드라시 날[성 안드레아 축일. 경단 만들기나 납을 떨어트려 미래의 남편을 예언하는 관습이 있다-옮긴이] 밤에 하는 풍습으로 '납으로 점치기'만 알고 있었지, 끓는 물에서 처음 떠오르는 경단 속 쪽지에 적힌 이름에 대한 미신이나 미래에 배우자 될 수 있는 사람의 이름 수만큼 뾰족한 빛의 모양을 잘라야 하는 종이별에 대해서는 모르고 있었다. 별의 뾰족한 부분 중 한 곳은 비워 놓아야 했는데, 미래와 변덕스러운 운명이 그녀에게 아직 알지 못하는 사람이나 그 이름을 모르는 사람을 보내는 경우를 대비해서였다. 기녀는 자신의 별에 진짜 사람 이름을 가득 채우지 못할까 봐 걱정이 되었다. 하지만 올라는 여기 있는 다른 모든 학생들 역시 컬마르를 제외하고 잘해야 한 명 정도의 실제 인물 이름을 떠올릴 수 있을 뿐이고 나머지는 그냥 가장 좋아하는 남자 이름들을 적어 넣는 것이라며 안심시켰다. 별은 베개 밑에 넣고 밤에 한 귀퉁이를 찢어낸다. 그러고 나서 아침 기상 때가 되어서야 언드라시 날 예언이 어떤 이름의 약혼자를 정했는지 확인할 수 있다. 다음 날 아침을 위해 그들은 단단히 준비했다. 그들은 미신에 부정이 타지 않도록 별에 무엇을 썼는지 서로에게도 알려주지 않았다. 하지만 주전너는 방에 소등하러 들어와서는 학생들을 깨우고 베개 아래 뭐가 있는지 확인해야 하니 모두 베개를 들어 올리라고 했다. 학생들은 슬퍼하며 지시에 따랐다. 주전너는 별은 쳐다보지도 않고, 침대에서 침대로 자리를 옮기며 별들을 모아 읽어보지도 않고 찢어버렸다. 하나하나 조각조각 찢어서 커다란 주머니에 넣었다. 주전너는 학생들을 야단치지 않았지만 이런 미신에 대해 어떻게 생각하는지 표정에 쓰여 있었다. 5학년 학생들은 속이 상했다. 그리고 어둠 속에 그들만 남게 되자 오늘 밤에 그들이 무슨 놀이를 하는지 어떻게 주전너가 알게 됐을까 곰곰이 생각했다. 나중에 비밀이 밝혀졌는데 배신자는 뜻밖에도 두다시였다. 깔끔한 두다시는 무엇이든 엉망으로 하는 것을 싫어했고, 예쁜 연필이나 물감, 그림, 계획 짜기를 좋아했다. 이왕 만드는 거, 제도용품실에 폐도화지를 요청해 진짜 별처럼 만들자고 한 것은 두다시의 아이디어였다. 모두 그녀를 크게 원망하진 않았다. 첫째, 어차피 소용없는 일이었고, 둘째, 두다시가 5학년 학생들에게 도화지를 나눠주는 것만으로 주전너 사감이 학생들의 속내를 추론해내리라고는 전혀 예상하지 못했기 때문이었다. 주전너도 언드라시 날 저녁이라는 것과 그 풍습을 기억하고 있었다. 아이들이 까다로운 산술 도출이나 불어의 불규칙 동사 연습을 하기 위해 도화지를 요청하지는 않았을 것이었기에, 그녀는 아이들이 기숙사에서 별을 그릴 것이라 추론했다.

다행히 바로 다음 날 일어난 일은 그들의 실망감을 싹 잊어버리게 만들었다. 교무실에서 화초들을 돌보던 서보는—그녀의 표현에 의하면 "잡초 관리"를 하다가— 굉장한 특종을 가지고 돌아왔다. 다음주 금요일은 총독의 이름날[세례 때 성경상의 인물 혹은 성인의 이름이 주어지는데, 해당 성인에게 지정된 특정 날짜를 각자가 '이름날'이라 하여 기념한다-옮긴이]이라 국경일이 될 것이고 학교에 수업이 없다는 것이다. 토르머 게데온은 영광과 분노의 두 가지 감정에 휩싸여 목사에게 숨을 몰아쉬며 말했다. 국가와 교회가 공동으로 기뻐할 총독의 축일에 도시 지도부가 영광스럽게도 자신의 기관에 와서 예배를 참석할 것이라고. 5학년 학생들은 생각만 해도 너무 황홀했다. 다만 토르머 게데온 교장이 총독의 세례명을 병적으로 싫어하고 있다는 것은 모두 알고 있는 일이었다. 12월 6일을 휴교일로 정해야 하기 때문이다. 호르티를 미클로시라고만 부르지 않는다면, 가야바라 부르든 여부스라 부르든 상관없으련만[12월 6일은 성 미클로시, 즉 산타클로스의 날로, 칼뱅과 개신교에서는 우상 숭배의 하나로 여겨 기념하지 않는다. 총독 호르티 미클로시의 이름날이라는 의미에서는 12월 6일을 환영하지만, 미클로시의 날이라는 의미에서는 거부한다는 뜻이다-옮긴이]. 악당 같은 머튤러 학생들 중 비틀린 녀석들은 분명 학교가 휴교를 하고 특별 만찬을 준비하는 이유가 이 미클로시 날을 기념하기 위해서라고 생각하겠지. 머툴러 성벽 안에 전혀 설 자리가 없는 완전 이교도적인 날을 위해 말이다.

"엄청난 행사가 될 거야." 서보는 헐떡거렸다. 시장이 그들과 예배를 볼 것이고, 믿든 안 믿든 헝가리 백작도 올 것이다. 보통은 항상 가톨릭 성당에 나가겠지만, 국경일에 이런 것은 상관이 없다. 그리고 시 사령관과 시 의원, 군 의원, 수비대가 올 것이다. 이 모든 영광이 그토록 싫어하는 미클로시 이름날 때문이라는 사실에 교장은 비록 마음이 갈기갈기 찢어졌지만, 그럼에도 한없이 자랑스러웠다. 아르코드의 명사들이 영광으로 생각하는 축하 예배에서 그들의 목사가 아르코드의 이름으로 축하 기도를 하게 되다니! 교장은 학생들에게 어떤 태도가 기대되는지 지금 당장 알리라고 교무실에 있는 교사들에게 신신당부했다. 서보에 따르면 목사님은 마치 처음 무도회에 나가는 소녀처럼 무아지경에 빠졌고, 교무실 사람들은 명예로운 소식에 모두 흥분했다고 한다. 5학년 학생들은 즉시 이 특종을 전달했고 머툴러는 이 큰 행사를 준비했다.

학교 예배는 통상 매우 단조로운 편이었으며, 시 지도부는 교회에 다니긴 해도 학생들 예배에는 참여하지 않는 게 보통이었다. 그래서 이번 미클로시의 날은 온통 회색인 이곳에 정말 반갑고 특별한 사건을 약속해주었다. 저녁에 학생들이 너무 들떠 있어서 주전너가 진정시키느라 애를 먹었다. 그들에게 활기를 불어넣은 것은 경축일의 점심식사나 저녁식사라기보다는—많은 학생의 학부모가 농사일을 하고 있어서 학비를 농산품으로 냈기에 머툴러의 음식은 좋았다— 시내 사람들과 만날 수 있다는 가능성이었다.

다음 날 북풍이 몰아쳤다.

기녀는 늘 날씨가 자신을 놀라게 하는 일은 없을 거라고 믿었다. 그녀는 바다를 알고 있었고, 배에서 폭풍을 만난 적도, 대서양 해변에서 쏟아지는 비를 맞은 적도 있었다. 시칠리아의 지글거리는 더위를 알고 있었고, 빙하 가장자리에 서보기도 했다. 그녀는 아르코드에서 절대 경험하지 못했던 한 가지가 있다는 것을 배우게 되었는데, 바로 대평원의 바람이었다. 그녀는 나중에, 시간이 아주 많이 지난 뒤에도 꿈을 꾸면 항상 요새와 아르코드, 그리고 바람에 대해 꿈을 꾸었다. 꿈의 안개 속에서 움직이는 형상들 가운데 언제나 바람이 불고 있었다.

그때도 바람이 울부짖었다. 북쪽에서 불어와 뼈까지 스미는 추위를 약속했다. 복도 끝까지 걸어갈 때면 라디에이터가 온기를 쏟아내도 아무 소용이 없었다. 닫힌 창문까지 뚫고 들어온 바람의 입김에 그들은 벌벌 떨었고, 밤낮으로 멈추지 않고 웅웅거리는 소리를 들었다. 바람은 진정되지 않고 몇 날 며칠을 불었다. 축하 예배 전 목요일에 막 저녁식사를 하려고 앉아 있을 때였다. 식당에 종지기가 들어오더니 목사님의 말을 전하게 해달라고 교장선생님께 허락을 구했다. "한 시간 전, 교회 청소 시간에 바람이 불어 유리창 하나가 떨어졌습니다. 머툴러 학생들은 내일 옷을 단단히 입고 오도록 하세요. 므라즈 씨에게 이미 연락하긴 했지만 내일 아침에나 창을 바꿀 수 있다고 하니, 아마 밤새 교회 온도가 내려가 유난히 추울 겁니다. 차라리 눈이 온다면 나을 텐데, 바람이 정말 굉장하군요." 이어서 종지기는 개인적인 생각도 덧붙였다. "바람이 평원과 근교 농장에서 일으킨 먼지를 모두 시내로 가져와서는 거리에서 빙글거리며 춤추고 있어요. 교회 성가대장의 눈 한쪽도 새빨갛게 만들었는데, 바람에 먼지인가 뭔가가 눈에 들어가서 점막염을 일으킨 것 같습니다. 성가대장이 앞을 거의 못 보는 바람에 내일 오르간 연주를 어떻게 할지 일단은 알 수 없네요."

학생들은 성가대장의 눈에는 관심이 없었고, 다른 생각들을 하고 있었다. 아무도 주의를 주지 않았음에도 그들은 자율 시간에 자발적으로 더 조용히 이야기를 나눴다. 바람은 도시에 어떤 입자들을 풀어놓은 것 같았다. 그 이름이 무엇인지 알아내기에 그들은 아직 너무 어렸다. 너지 어러디는 가만히 앉아서 자기 앞을 응시했다. 책이 펼쳐져 있었지만 읽고 있지는 않았다. 그녀는 저 밖에, 연인 '강아지' 씨가 지금 막 어떤 부상자를 돌보고 있을 전선의 병원은 얼마나 추울까 생각했다. 그곳에는 어떤 바람이 불까? 어떤 느낌일까? 잠자리에 들 때까지 학생들은 평원의 바람이 울부짖는 소리를 들었지만, 그래도 몇몇은 금방 잠이 들었다. 그리고 여느 아침때처럼 학생들을 재촉할 필요가 없었다. 서보의 비밀스러운 특종의 영향일까. 산책 때나 접하던 바깥세상과의 만남, 오늘은 평소 익숙하던 일과는 다른 뭔가 재미있는 것을 볼 수 있을 거라는 희망에 학생들의 얼굴에 화색이 돌았다. 더구나 대림절이 다가와 있었기 때문에 어쨌거나 이미 기분이 좋았다.

부다페스트의 쇼코러이 어털러 학교에서는 11월의 마지막 일요일이 왔다거나 12월로 넘어갔다는 사실이 그렇게 특별한 의미를 지니지 않았다. 집에서나 미모 고모 댁에서도 그에 대한 언급은 딱히 없었다. 하지만 이곳 머툴러에서는 라디에이터 조절기를 한 칸씩 더 높은 단계로 맞추듯이, 11월 마지막 일요일부터 하루하루 분위기가 변해갔다. 영원 같은 시간 속에 축일이 그들을 향해 출발했고, 크리스마스를 약속하고 있었다. 기녀는 아버지가 친구들과 함께 착수한 작전이 아무리 힘들다 해도, 어쨌든 이 축일에 자신을 찾아오겠다는 약속을 지키지 못하리라고는 상상할 수도 없었다. 어떻게든 방법을 찾아 중립적인 장소, 어쩌면 아버지의 친구들에게 그녀를 데려가든가, 아니면 그가 학교에 와서 묵을 것이다. 이미 낯선 사람이 여기 숙박한 적도 있잖은가.

출발하기 전, 머리를 빗는 동안 기녀는 서보기 들었다는 말을 곰곰이 더 생각했다. 지역방위대가 올 것이다. 그녀는 여기 주둔하고 있는 군인들에 대해 많이 생각했다. 그들의 제복은 늘 아버지와 페리를 떠올리게 했다. 그중 얼굴 없는 용감한 사람, 아버지와 같은 일에 애쓰고 있는 누군가가 이곳 아르코드에서 일하고 있을 테지. 시민 저항단을 이끌고 있지만 그도 군인일 것이라는 데 그녀는 조금의 의심도 없었다.

파란 줄이 오늘처럼 이렇게 우아하고 절도 있게 미끄러지듯 나아간 적은 아직 한 번도 없었다. 가는 길에 긴장된 순간이 있었는데, 멀리서 꼬꼬댁 학교 학생들을 봤을 때였다. 국립학교 학생들도 예배를 드리러 교회에 가고 있었다. 당연히 흰색이 아닌 붉은색 벽돌의, 더 작고 조금 덜 고급스러운 '교회'로 말이다. 꼬꼬댁 학교도 머툴러 학교의 존재를 알아차렸다. 붉은 교회를 향해 나아가는 꼬꼬댁 학생들과 흰 교회에 예배를 드리기 위해 서두르는 머툴러 학생들, 이 둘이 똑같이 본보기가 될 정도로— 학교의 체면을 생각해서— 걷기 시작하자, 두 학교는 모두 완전히 감동하고 말았다. 서로 상대편 학교 학생들을 봤을 때 그들은 아무런 지시나 호령을 하지 않는 것 같았고, 우아하고 자신 있게 깃발을 들고 있는 어러디와 멀리 행진하는 꼬꼬댁 청년 대표의 모습은 한 편의 영화를 찍어도 될 것 같았다.

교회 앞으로 사람들이 몰려들고 있었다. 아르코드에서 이렇게 많은 사람들이 모여 있는 것을 아직 본 적이 없었다. 기녀는 황홀해하며 확신했다. 정말 저기에 지역방위대도 있다. 그들을 보면 안 되건만, 자꾸 장교들과 그 부인들을 쳐다보았다. 그리고 기녀는 정말 잘 차려입은 사람들을 얼마나 오랜만에 봤던가 놀라워하며 새삼 생각했다. 머툴러의 선생님들은 모두 긴 가운을 입고—식사 시간에는 벗기도 했지만— 가르쳤다. 그들의 옷은 기구쉬 선생님만 빼고 대부분 확실히 유행이 지난 것들이었다. 마치 옷차림을 통해 그 어떤 의복이나 치장으로도 대체할 수 없는 내면적 가치의 중요성을 느끼게 하려는 것 같았다. 그런데 지금 그녀는 모자 아래에 미용사가 매만진 머리가 엿보이는, 꼼꼼하게 단장한 여자와 남자들, 예전 세상에서 익숙했던 그런 사람들을 보게 된 것이다.

기녀는 그날 처음으로 특별한 축일 예배에 참석했다. 그리고 머툴러의 진정한 위상과 권세를 경험하게 되었다. 학생들이 제일 먼저 학교 지도자들과 입장한 것이다! 기수와 교장까지 모두 대문을 지난 후에 세속의 권위자들, 머툴러에 속하지 않는 낯선 사람들이 그 뒤를 따랐다.

교회 안은 정말 추웠다. 생각보다 훨씬 더. 하지만 지금 이렇게 많은 사람들과 함께 있는데 누가 그런 데 신경이나 쓰겠는가? 아르코드에서는 남자와 여자 자리가 따로 정해져 있었고, 사람들은 각자의 자리로 가서 앉아 예배를 드렸지만, 선생님들만은 예외였다. 교사들은 남녀 구분 없이 각 학급 옆에 머물 수 있었다. 기녀는 기도를 해야 했다. 하지만 그녀는 장교들이 어떻게 부인들과 헤어져 장로들의 뒤나 사이에 자리 잡아 앉는지, 그리고 부인들은 어떻게 여성 신도들의 자리를 찾아 앉는지 주의 깊게 살폈다. 그녀가 앉은 자리에서는 학교 사람들뿐 아니라 손님들이 모두 다 잘 보였다. 목사님은 별도의 의자에서 늘 그랬듯, 두 손바닥에 고개를 묻고 기도를 하고 있었다. 그 옆에 부목사님이 앉아 있었는데, 그는 셜름 셔무의 오빠로 학생들은 이미 그의 얼굴을 알고 있었다. 학생들은 그가 종종 학교 안의 예배를 집전할 수 있도록 교장선생님이 허락해야 한다고 생각했지만, 그렇게 하면 과연 누가 하나님의 말씀에 귀를 기울이겠는가? 토르머 게데온은 알고 있었다. 신학 수업과 일요일 예배 설교는 물론 매일 두 번 있는 작은 예배까지도 왜 목사님이 직접 집전하는지, 그리고 혹시라도 목사님이 병이 나거나 지방에 있거나 여름휴가를 받은 경우에도 왜 무드셀라처럼 늙은 사람으로 대체했는지 말이다. 셔무의 오빠는 목사님과 거의 같은 깊이로 머리를 숙였고 자신의 스승과 똑같이 손을 모았다.

벌써 성가대장은 연주를 시작했다. 오르간 연주는 안타깝게도 완벽하지 않았고 음정이 가끔씩 엇나갔다. 당연한 일이었다. 성가대장 눈에 문제가 생겼다는 말을 어제 듣지 않았는가? 오랜 습관이 그의 손가락을 도왔겠지만, 염증 난 눈이 거슬려서 아마 음악에 집중할 수가 없었을 것이다. 하지만 그래도 그가 어떤 노래를 반주하는지 당연히 바로 알 수 있었다. "소중한 대림절을 환영합니다…." 다가오는 축일 앞으로 대림절 노래 멜로디가 울려 퍼졌다. 기녀도 이 멜로디를 알았지만 찬송가 몇 장 노래인지는 기억이 안 나서 성가판을 올려보았다.

하얀 교회 안에는 세 개의 성가판이 있었다. 하나는 연단 맞은편에, 또 하나는 출입문 위에, 그리고 나머지 하나는 출입문 맞은편 합창대석에 있었다. 부다페스트의 예배는 아르코드와 같지 않았다. 찬송 찬양 파트와 축사가 부다페스트에서는 예배에 포함되지 않았지만, 아르코드의 하얀 교회에서는 포함되었다. 여기서는 전체 예배의 찬양곡을 순서대로 나열해놓은 성가판 세 개가 덮개가 덮힌 채 신자들을 맞이한다. 모두가 자리에 앉으면 그 예배 행사에 지정된 세 장로가 장로석에서 일어난 다음, 오르간 연주와 함께 손을 모으고 교회 내부의 성가대로 난 나무 계단을 따라 성가판이 있는 곳으로 엄숙하게 올라간다. 장로들이 큰 동작으로 한 번에 성가판을 여는 동시에 찬송가가 보이게 된다. 그들이 제자리로 돌아갈 때까지 사람들은 모두 찬송가책을 펴서 모르는 찬송가를 찾을 수 있다. 장로들이 자리로 돌아오면, 성가대장이 연주하기 시작하고 사람들이 일어나서 노래를 부른다.

'소중한 대림절, 저도 환영합니다.' 기녀는 생각했다. '그럼! 내가 얼마나 기다렸다고! 어쩌면 크리스마스에는 아버지를 만날 수 있을 거야.' 오르간 연주 소리가 커졌다. 장로들이 출발했다. D, G,

F, E, F, E, D, Á, H, G, F, G, E, D, A…[음정표-옮긴이]. 이제 막 장로들이 성가대에 올라 나무 덮개를 활짝 열었다. 찬송가 몇 장 노래인지 보기 위해 모든 사람들의 눈이, 그리고 기녀의 눈도 그곳에 고정되었다. 20장에서 30장 사이, 어딘가 앞부분일 것이다. 기녀는 1절만 외우고 있었기 때문에 찬송가책을 서둘러 뒤졌다.

그녀는 자신이 완전히 틀렸다는 것을 알고 부끄러웠다. 수많은 성가를 외우느라 괴로웠던 그녀는 이제 교회 찬송가라면 훤하게 알고 있다고 생각했다. 그런데 아직도 틀리다니! 허이두 선생님이 아신다면 즉시 구석에 세웠을 것이다. 찬양가와 찬송가를 헷갈리는 것은 정말 말도 안 된다. 이건 사실 논리적인 실수이긴 했다. 이런 행사나 축일에는 보통 찬양가를 부르기 때문이다. 그러니까 찬송가 72장이다. 좋다. 하지만 그 멜로디는 〈소중한 대림절〉의 것과 꼭 같다. 그녀는 흥분하며 책을 넘겼다. 지금까지 변함없이 자기 자리에서 쓰러진 듯 벤치에서 기도를 하고 있는 사제들만 빼고 다른 신자들도 마찬가지였다. 찬송가 72장은 한 번도 배운 적이 없는 곡이지만 익숙한 음정인 것이 그나마 다행이었다. 〈시온의 산 위에〉라는 노래를 불러야 한다. 성가대장은 제정신인가? 도대체 왜 아직도 고집스럽게 〈소중한 대림절〉을 연주하고 있는 거지? 사람들이 습관대로 노래를 시작하지 않은 게 정말 다행이었다.

여기저기 다들 찬송가책을 펼쳤다. 다른 신자들도 이 노래를 모르기는 마찬가지라 주의 깊게 살펴봐야 했기 때문이다. 이렇게 해서 이후 몇 주, 몇 달 내내 정부와 교회를 아울러 논란거리가 된 일이 일어나고 말았다. 성가대장은 몇 분 전부터 반주하던 첫 찬송인 〈소중한 대림절, 환영합니다〉를 노래하기 시작했지만, 머툴러 학생과 신도들은 전부 다 성가판의 지시에 따라 〈시온의 산 위에, 하나님〉의 멜로디에 완전히 다른 노래를 부르기 시작했다. 머툴러 학생들은 교회 음악에 관해서는 특별한 교육을 받았기 때문에, 놀란 신도들이 입을 다문 지 한참이 되었을 때까지도 변함없이 성가판이 가리키는 노래를 했다. 노래를 위해 옷을 차려입은 아이들은 정확한 박자로, 그리고 허이두 선생님이 원하던 엄청 큰 목소리로 어이없어 하는 침묵을 향해 목소리를 높였다.

> 하나님, 당신의 심판을
> 왕에게 내리소서.
> 당신의 진실에게 의미를 주소서,
> 왕의 아들에게.
> 그가 당신의 군대를
> 진정으로 심판하도록.
> 그리고 수많은 당신의 불쌍한 민족을
> 법으로 이끌도록.

처음에는 무슨 일이 일어났는지 아무도 알아차리지 못했다. 하지만 목사님과 셔무의 오빠는 마치 누가 손가락을 세게 때린 것처럼 얼굴에서 손을 내렸다. 목이 아파 노래를 부르지 않고 그냥 흉내만 내고 있었던 렌젤은 찬송가 대신 주위를 둘러보고 있었는데, 그들의 표정이 정상적인 인간의 어휘로는 표현하기가 부족할 정도였다고 했다. 개신교의 찬송가들은 항상 아주 특별한 내용을 담고 있었지만, 머툴러 학생들은 시온에 대해, 이스라엘에 대해, 또는 그들이 바벨론 강변에 수금들을 버드나무에 매달아놓은 것들에 대해 노래할 때 그것이 무슨 뜻인지 너무 생각하지 말라고 배웠다. 학생들은 불협화음의 노래와 성가대장의 독특한 멜로디—성가판에 쓰인 노래와는 다른 곡이 연주된 까닭에—가 섞여 울려 퍼지고 있는 것에 깜짝 놀라면서도, 무슨 노래를 하고 있는지 아무 생각도 없이 성가책에서 눈을 들어 올려보지도 않았다. 한 번도 배운 적이 없는, 아예 모르는 노래였다. 그들은 떨렸다. 만약 그들이 역할을 잘해내지 못한다면 히이두 음악 선생님에게 혼이 날 것이다. 이런 연유로, 이미 특별석 벤치에서 장교단이 찬송가를 찢어버렸을 때에도, 그리고 시장과 시 사령관들 또는 백작과 함께 교장이 벌떡 일어섰을 때에도, 이 노래는 모범적으로, 가장 명확한 발음과 아주 큰 목소리로 울려 퍼졌다. 셔무커 오빠는 힐레벌떡 달려가 홍당무처럼 얼굴이 붉어진 세 명의 장로들과 상의하기 시작했고, 사감들과 교사들은 필사적으로 쉿 소리를 냈다. 히이두 선생님은 정신없이 허둥거렸다. 하지만 소용없었다. 노래를 하는 중에 절대 고개를 들어 쳐다보면 안 된다고 학생들에게 엄격히 주입시켰기 때문이다. 끔찍한 2절 가사도 명쾌하고 큰 소리로 울려 퍼졌다.

평화의 축복을.
민족은 산에서 보고,
모든 진실의 장점을

언덕 위에서 본다.

폭력에서 지켜내리,

가난한 촌락을.

큰 힘으로 파멸시키리,

잔인한 이들을.

마지막 세 줄은 이제 조용히 울렸다. 머툴러의 학생들은 마침내 뭔가 이해할 수 없는 일이 일어났으며 어쩌면 노래를 그만 불러야 할지도 모른다는 것을 깨달았다. 주변 어른들의 벤치에서는 이미 이 불상사를 감출 수 없었다. 오르간 연주가 멈추고 결국 학교 학생들도 조용해졌다. 손님들 중에서 일어서지 않은 사람들, 혹은 시위하듯이 적대적으로 화난 얼굴로 출구를 향해 가지 않은 사람들은 꼬챙이를 삼킨 듯 꼼짝 않고 앉아 있었다. 기녀는 이들 중 군인들만은 확실히 구별해낼 수 있었고, 누가 경찰서장인지도 알 것 같았다. 어쨌든 당황한 표정으로 가장 먼저 교회를 나간, 잘 차려입은 남자들 중에 한 명은 시장이고, 다른 사람은 백작이라는 것은 의심할 여지가 없었다. 경찰서장은 하급 경관 한 명을 뒤쫓아 보내고 나서 그 자리에 남아 위를 올려다보며 성가판에 쓰여 있는 노래 번호들을 메모지에 옮겨 적었다. 한편 목사는 연단 위에 서 있었다. 평소 망토에 잔잔한 물결을 일으키며 연단에 오르던 평온하고 위엄 있는 모습이 아니라 마치 총알을 피해 쫓긴 듯한 모습이었다. 그리고 그 자리에 어울리는 인사말인 "너희에게 은총과 평화가"라는 말 대신, 긴장으로 일그러진 목소리로 성가판의 노래 번호를 누군가 바꿔치기했다고 더듬거리고는 장로들이 성가판을 재정비할 때까지 신도들은 기도를 하고 있어달라고 했다. 이 성가판은 전날 목사 본인이 확인한 것이었고, 어제 청소 시간까지만 해도 원래의 노래들이 표기되어 있었다.

  교회는 주기도문을 올릴 때와 같이 고요했고, 침묵과 특별한 긴장감이 돌았다. 사람들이 성가판의 노래 목록을 바꾸기 전에 기녀는 조심스럽게 찬송가 목록을 펼치고 뒤에 어떤 곡들이 남아 있었는지 확인했다. 그리고 성가판에 쓰여 있는 곡의 번호 옆에 손톱을 긁어 표시를 했다. 찬송가 52장, 찬양가 239장 1-3번, 그리고 힘누스[헝가리 애국가—옮긴이]였다. 바로 확인하는 것은 물론 불가능했지만, 조금 뒤 오후에 마침내 학생들에게 약간의 자유 시간이 주어지자 그들은 찬송가 52장의 끔찍한 글귀를 찾아냈다. "사악함 속에서 무슨 자랑이란 말인가, 압제자여! 무엇을 부풀리는가, 야심가여! 하나님이 널 파멸시킬 것이다…." 그리고 분명 가장 중심 노래라고 생각되는 찬양가 239장은 가장 압권이었는데, 왜냐하면 그 노래는 국가 애도의 날에 부르던 노래로서 정부 통치자의 이름날에 걸맞은 애국적인 곡이 아닐 뿐더러 특별한 축제에 어울리는 노래는 더더욱 아니었기 때문이다.

  성가판은 얼마 지나지 않아 올바른 성가의 순서를 나타냈다. 장로들은 떨리는 손으로 표기들을 수정했다. 당연히 찬양가 28장인 〈소중한 대림절〉로 시작해야 했고, 주 성가는 국가 축일에 부를 법한 〈민족의 아버지, 우리 조국을 지켜주시는 영생 하나님〉이었다. 가까스로 그들은 이제 어떤 노래도 부를 수 있게 되었지만, 서서히 모든 시 명사와 장군들이 교회를 떠나고 있었다. 나중에 밝혀졌지만, 처음 빠져나간 사람들은 곧장 서둘러 목사의 숙소로 갔고 거기서 불쌍한 목사를 기다렸다고 한다. 목사는 도저히 그가 말하고 있다고는 생각할 수 없는 목소리와 혼란스러운 문장 구조로—그 와중에 설교에 집중하고 있는 사람들을 놀래키면서— 얼마나 지혜로운 정부 지도자가 대림 기간에 우리 민족의 운명을 이끌고 있는지, 그를 하나님께서 오랫동안 보호하셔야 한다고 연결 짓고 있었다. 선생님들은 마치 아무 일도 없었던 듯 행동했지만 솔직히 컬마르가 얼마나 화났는지, 그리고 주전녀가 얼마나 놀랐는지 다 보였다. 쾨니그는 이번만은 노래를 크게 부르지 않았는데 이례적으로 감기에 걸렸기 때문이었다. 그는 몹시 심하게 기침을 해댔다. 교장의 얼굴은 붉으락푸르락했고, 머튤러의 고학년 학생들은 대체 이곳에서 정말 무슨 일이 벌어진 건지 알아내려고 했다. 우리나라에는 왕이 없고 총독이 국가 원수다. 누구인지 알 수 없지만 성가판을 바꿔 쓴 사람은 총독에게 지혜를 요청하고 있다. 법을 지키라고 설득하고, 그의 이름날에 평화의 축복에 대해 이야기한다. 판을 바꿔 쓴 사람의 메시지를 잘 풀어보면 이 이름날은 기쁜 축일이 아니라 국가 애도의 날이다. 대체 무슨 불상사인가! 기녀도 컬마르의 속삭임을 듣고 나서야 사건의 진상이 무엇인지 깨달았다. 컬마르의 분노는 예배 시간에 세속적인 말을 하면 안 된다는 통념보다 더 강했던 나머지, 그는 가만히 있지 못하고 주전녀에게 속삭였다. "축일 예배에 또다시 그 비열한 놈들이에요!"

'당신이죠?' 기녀의 가슴이 크게 뛰었다. '당신이 또 소식을 전한 건가요? 그리고 여기, 이렇게 끔찍하게 힘든 곳에 당신 목숨을 건 거예요? 아, 당신을 볼 수 있다면, 대단한 사람! 말해줄 순 없나요? 일이 어디까지 진행되었는지, 아버지가 무엇을 하고 언제 오시는지!'

마침내 이 불편한 예배가 끝나자 사람들은 가능한 빨리 밖으로 나가기 위해 성가대장보다 더 먼저 힘누스를 불러버렸다. 목사는 난간을 잡고 마치 쓰러질 것처럼 연단에서 내려온 다음, 사제 벤치에서 마무리 기도도 하지 않고 교회에서 순식간에 사라져버렸다. 머툴러 학생들은 평소 일정이었던 산책 대신 숙소로 곧장 향해야만 했다. 선생님들은 예배기 아니라 추악한 구경거리를 목격하기라도 한 양 학생들과 길을 재촉했다.

기녀는 옆에서 키쉬 머리가 포복절도하고 뒤에서는 서보 무리들이 속삭이는 것을 들었다. 장로들과 명사들을 이렇게 골탕을 먹이다니 얼마나 웃긴 사람인가! 기녀는 아무 말도 하지 않고 정면만 응시했다. 수제 산타클로스 초콜릿과 크람푸스 초콜릿이 붉게 반짝이는 허이더 씨의 진열대도 쳐다보지 않았다. 놀랍도록 용감한 사람, 세상 사람들에게 물의를 일으켜가며 자신을 드러낸 그 사람을 직접 눈으로 보고 싶다는 열망이—비록 이 도시에서는 그를 추격하겠지만— 그야말로 교회에서 꽁꽁 얼었던 기녀를 상기시키고 덥게 했다. 어떻게 정말 딱 어제 창문이 깨졌는지!

창문.

어제 깨져서 오늘 아침에서야 갈아 끼울 수 있었던 유리창.

교회와 부속 건물, 목사 관사를 관할하여 조사에 나선 형사들이 구석구석 모든 가구들을 뒤지고 관련자를 모조리 취조하여 어떻게 어젯밤 교회에 침입자가 들어왔는지 밝혀냈다. 침입자는 비어 있는 1층 창문을 통해 들어왔다. 그는 하얀 교회의 전례를 알고 있는 사람이다. 예식 음악에 맞춰 일어난 장로가 예배 시작 때가 되어서야 성가 나무판들을 펼친다는 것을, 그리고 다음 날 예배 시작 전까지는 그 판에 아무도 손대지 않는다는 것을 확신하고 이미 정리된 찬송가 순서를 바꿔놓았을 것이다. 기녀는 형사들의 수사에 대해선 알 길이 없었지만 이미 이 사실을 모두 알고 있었다. 분명 어딘가에서 미소를 짓거나 심각한 표정을 하고 있을, 아무 윤곽도 없이 비밀스러운 존재. 그처럼 얼굴이 궁금했던 사람은 없었다. 또한 아버지를 빼고 그만큼 존경하는 사람도 없었다. 그러나 현실에서는 집으로 돌아가는 길에 쾨니그의 코 푸는 소리를 들어야 한다는 것이 큰 괴로움이었다. 그는 주머니를 뒤지며 자꾸 휴지를 새로 꺼냈다. 그러면서 이런 바보 같은 장난을 하고 싶어하는 사람이 대체 누군지 이해할 수 없다고, 므라즈 씨도 그렇지, 어제 저녁에 당장 교회 창문을 수리하지 않은 것도 못마땅하다고 말했다. 대공 방어 때문이라고? 수리를 하려면 조명이 필요하니까? 아니, 진정한 유리공이라면 창을 들어 올리지는 못한다고 하더라도, 어둠 속에서 눈을 감고도 창을 끼워넣을 수 있어야 한다는 것이 그의 의견이었다.

## 서류들

훗날 기녀는 이 해 12월과 새해 초 몇 달 동안 일어났던 일들을 수없이 되새겨보았다. 이 요새에서 지내며 겪었던 1944년 3월 말까지의 사건들을. 그리고 더 강했더라면, 조금 더 외로움을 잘 견뎌냈더라면, 규율을 더 잘 지키는 사람이었더라면 어떤 일들을 바꿀 수 있었을까 알고 싶었다. 절망의 눈물을 흘리며 거듭 자신을 탓했다. 아비가일은 그때 일어난 일들이 그녀 탓이 아니었다고, 반키의 진실한 우정, 망쳐버린 성경 지식 경진 대회, 이상한 분위기의 크리스마스와 어느 3월의 밤, 그 어느 것 탓도 아니었다고 매번 다독였다. 제비꽃 향이 나던 추운 밤, 속삭이는 말로 그녀의 아버지를 배신했던 것은 그녀가 아니었다. 배신자는 방위부의 지령을 받아 2년 전부터 비터이 장군과 가족을 지켜보던 사람으로, 벌써 예전에 아버지에 대해 누설했다. 일이 거의 성사되어갈 때쯤 추적은 벌써 장군 개인에게 좁혀오고 있었고, 적들 역시 그가 무슨 준비를 하고 있는지 이미 예전부터 알고 있었기 때문에, 겔리르트 언덕에 있는 비터이 장군의 저택에 누가 어디서 전화를 걸든 마찬가지였다. 그리고 이미 방위부에서 크리스마스 이후 어떤 편지로 인해 기녀가 아르코드에 숨어 있다는 것을 알게 됐다는 사실도 그 후의 결과를 바꿀 수는 없었다. 당시 며칠 동안 깊은 곳까지 닿았던 사냥은 그녀를 죽이려고 시작된 것이 아니었다. 전쟁이라는 숲에서 토끼 같은 그녀의 존재가 뭐 그리 중요했겠는가? 그들이 노렸던 장군과 관련 인물들은 이미 그때 포로가 되어 있었다. 게다가 헝가리에 붙들려 있는 것도 아니었다. 독일군은 이들을 3월 19일에 즉시 이송시켰다. 그들에게 기녀가 필요했던 이유는 아버지와 대면시켜 장군이 결국 실현하지 못했던 작전에서 방위군이 파악하고 있지 못한 동지들에 대해 누설하게 만들기 위해서였다. 기녀는 그 누구보다 더 잘 알고 있었다. 아버지는 아무것도 누설하지 않고 돌아가셨고 그들이 실패했다는 것을. "만약 본인만이 아니라 자식까지 희생되어야 했더라도," 아비가일이 말했다. "그렇게 돌아가셨을 거야." 하지만 다행히 아르코드 반란군의 도움으로 그녀가 보호를 받을 수 있었기에, 장군은 자신의 딸이 안전한 곳에 있다고 느끼며 생을 마감할 수 있었으리라.

이 모든 것은 아직 멀리 있었다. 영원처럼 멀리. 일단 그냥 겨울이 왔다. 대평원의 겨울, 끔찍한 폭풍과 소복하게 쌓인 눈. 축일이 가까워 올수록 아버지에게서 아무 소식이 없다는 사실을 점점 더 견딜 수 없었다. 학교에서는 모두들 언제 어떤 기차를 타고 고향으로 돌아갈지 수군거렸다. 재봉실과 공작실 덕분에 모두들 가족들에게 줄 크리스마스 선물을 만들 수 있었다. 게다가 주전너는 학생들이 스스로 만들 수 없는 것들을 살 수 있도록 지금까지 자신이 보관하고 있던 학생들의 용돈까지 내주었다. 기너는 명절에도 만날 수 없을지 모른다고 아버지가 언급은 했지만, 정말 그렇게 되리라고는 상상도 하지 못했다. 그녀는 이 요새가 자신에게 안전한 곳이라면 장군을 위해서도 안전한 곳일 거라고, 그리고 토르머 게데온은 분명 아버지가 이곳에서 묵을 수 있도록 허락할 거라고 점점 더 확신하고 있었다. 가끔 학교를 방문하는 목사의 손님들이나 학교 이사장이 사용할 수 있는 예쁜 객실에 말이다. 그녀도 손수 크리스마스 깜짝 선물을 만들기 시작했다. 그녀는 머불러에서 유행하는 취미거리들, 수놓은 책싸개나 민속 자수를 놓은 베갯잇을 선택하지 않았다. 가장 끌리는 건 성경 책갈피였고 그것을 만들기 시작했다. 아버지가 성경을 들고 있는 모습은 거의 본 적이 없기 때문에 장군이 쓸 것이라고 확신하진 못했다. 하지만 그녀가 선물한 것이라면 그래도 소중히 여겨 성경책은 아니더라도 다른 책에나마 꽂아둘 것이다. 그녀는 성경 책갈피에 어떤 것을, 어떤 문구를 수놓을지 마음을 정할 수가 없어서 주전너에게 조언을 구했다. 주전너는 주교의 방문 이후부터 쭉 그랬듯이, 절대 좁혀지지 않을 거리를 두며 그녀에게 대답했다. 방학이 되기 전에 어차피 성경 지식 경연 대회가 있으니 그 대회를 준비하다 보면 개인적으로 비터이 장군에게 전하고 싶은 메시지를 찾게 될 것이라고 했다.

그녀는 매해 성경 지식 경연 대회가 열린다는 사실을 알고 있었지만, 그 생각이 떠오를 때마다 기분이 좋지 않았다. 그녀의 성경 지식은 머툴러 학생들과 비교하자면 정말 보잘것없었다. 수많은 말씀과 인용문을 머릿속에 넣는 것까지는 어떻게든 할 수 있었지만, 무엇이 예수님의 말씀이고 무엇이 사도 바울의 말씀인지, 복음서에는 무슨 말씀이 있었는지 구분이 안 된 채 뒤죽박죽이었다. 그래도 그녀는 시간이 날 때마다 성경을 읽었고, 어느 날 저녁에는 찬송가에서 아버지의 성경 책갈피에 뭘 수놓을지 찾아냈다. 진주 구슬과 직물을 요청하려고 주전너를 찾아갔을 때, 사감은 진주 자수의 메시 원단에 기녀가 원하는 문장으로 바탕그림을 그려주었다. 찬송가 140장 8절. 그녀는 성경책을 들여다보지 않고도 140장 8절에 무엇이 쓰여 있는지 바로 암송했다. "나의 주 하나님, 나를 해방하는 당신의 힘, 전쟁의 날에 내 머리를 감싸주시옵소서."

12월은 빨리, 또 천천히 지나갔다. 아버지를 만나지 못한 지 얼마나 됐는지 생각해볼 때면, 몇 주가 아니라 몇 개월은 지난 것 같았다. 그러나 할 일을 헤아리다 보면 하루가 단 몇 분 같았다. 하루가 시작되고 얼마 지나지 않아 바로 저녁이 돼버렸다. 정말이지 일들이 수없이 쏟아졌다. 학생들 몇몇은 주전너 선생님에게 경연 준비를 해야 하니 산책을 나가지 않게 해달라고 허락을 구하는 일도 있었다. 그러면 주전너는 마치 학생들이 알아들을 수 없는 외국어로 자신에게 질문이라도 했다는 듯, 그들을 빤히 쳐다보며 모자와 외투를 가져오라고 했다. 학생들은 학교 규정이 정한 시간보다 더 늦게까지 깨어 있어도 안 되었고, 쉬는 시간에 공부를 하는 것도 허락되지 않았다. 모든 것은 여느 때와 똑같아야만 했다. 어떻게 하면 학생들이 평상시의 일과 외에 경연 준비를 할 수 있을지에 대해서는 아무도 관심이 없었다. 학교가 유일하게 허락한 것은 정해진 독서 시간에 소설 대신 성경을 들여다봐도 된다는 것이었다. 이럴 때 문을 열고 들어와 A거실에서 성경에 고개를 묻고 있는 학생들을 볼 때면 교장은 흡족해하며 고개를 끄덕였다. 진정 올바른 교육을 받은 머툴러의 모범 여학생들의 자유 시간은 대략 이러리라고 생각했을 것이다. 다행히 학생들은 쾨니그의 휴강으로 그의 수업 시간에도 성경을 들여다볼 수 있었다. 예배 소동 이후 쾨니그가 고열과 감기로 일주일 동안 몸져누웠기 때문이다. 쾨니그의 수업은 주전너나 에르지벳이 대신했다. 물론 전공이 달랐던 그들은 아이들이 헝가리어외 리틴이 과목 대신 성서를 공부할 수 있도록 했다. 한편 이 예배 소동에 대해 머툴러에서는 오랫동안 소문이 돌았다. 교장실에도 형사가 다녀갔는데, 슈버가 이 충격적인 사건을 자신이 가장 좋아하는 8학년생 어러디에게 말하지 않고는 그냥 넘어갈 수 없었기 때문이다. 슈버는 어러디에게 "이 사건은 어쨌든 잠잠해졌어. 성가대장도 혐의를 벗었더군"이라고 말하며, 모두가 밤낮으로 범인을 찾고 있는데도 '비밀 공작원은 대체 누구일까' 하는 질문 앞에서는 하나님의 집도 아르코드를 지켜주지 않는 것 같다는 데 동의했다.

5학년 중에서 성경 구절을 제일 잘 알고 있는 사람은 반키였다. 그래서 성경 문구와 관련해서는 모두가 그녀를 붙들고 늘어졌다. 처음에 반키는 모두에게 진심을 다해 대답해주었다. 그러던 어느 날 저녁, 그녀는 정색하며 화를 내더니 투덜거리면서 질문을 거절했다. 이러한 태도는 좀처럼 이해할 수 없는 일이었다. 그날은 반키의 어머니가 방문한 날이었고, 보통 성실한 학생들은 부모님의 방문 이후에 기분이 들뜨고 행복에 젖어서 모두에게 특별히 더 친절하기 마련이었으니까. 하지만 그날 반키는 그러지 않았다. 오히려 누군가 성경을 들고 반키에게 다가가자 자기를 좀 내버려두라며 막무가내로 소리를 지르고 A거실을 뛰쳐나갔다. 반키가 화장실로 뛰어 들어왔을 때, 마침 기녀는 잉크 묻은 손가락을 씻고 있었다. 반키는 괴로움을 이기지 못하겠다는 듯 숨도 제대로 쉬지 못하고 울음을 터트렸다. 기녀는 들고 있던 솔을 내버려두고 반키를 위로하려 했다. 무슨 일이 있는지 말 좀 해보라고 다그쳤지만, 반키는 대답 대신 그냥 울기만 하다가 꼬치꼬치 캐묻는 기녀의 질문을 견디지 못하겠다는 듯 화장실에서도 나가버렸다. 반키는 그러고 나서도 얼마간 왔다 갔다 복도를 거닐었고, 어느 정도 진정이 되고 난 뒤에야 A거실로 되돌아갔다. 칠레르가 반키에게 어머니가 뭘 가져왔는지 물었지만 그녀는 한숨을 쉬며 아무것도 가져오지 않으셨다고 했다. 칠레르는 어깨를 으쓱했다. 황홀한 바깥세상에서 머툴러 학교를 방문하면서 자기 자식에게 아무것도 가져오지 않는 부모는 없다. 반키가 이런 짓을 한 적은 없었는데… 미쳤나? 사탕이든 뭐든 숨겨놓았겠지. 칠레르는 경멸감이 치밀었다. 두 번째로 성경을 잘 아는 학생은 올라였다. 그날 학생들은 반키 대신 올라를 괴롭혔다. 기녀도 올라에게 바짝 다가가 자리를 잡았지만, 도무지 이해할 수 없는 반키가 마음에 걸렸다. 반키는 그저 아이들 사이에 앉아 성경을 계속 폈다 접었다 하면서 시계침을 보고 있었다. 어서 취침 시간이 오기만을 기다리고 있는 모습이었다. '분명 무슨 일이 있는 거야.' 기녀는 생각했다. '반키, 아니면 가족에게 말이야. 칠레르는 상상도 못 할 그런 일. 아까 반키는 화장실에서 정말 크게 울었어. 집안 가족들에게 뭔가 문제가 생겨서 어머니가 간식 싸오는 걸 잊어버리신 걸 거야.'

기녀는 항상 반키에게 끌렸다. 지난 몇 주 동안에는 특히 더 친해졌다. 반키는 5학년 학생들 중에서 얼마간 더 진지했고, 눈곱만큼이긴 하지만 더 어른스러웠으며, 자주 공상이나 사색에 빠지곤 했다. 학생들 대부분을 괴롭히는 경제적인 문제나 토르머같이 가족이 없는 문제는 아니어도, 반키에게 말할 수 없는 슬픈 일이 있을지도 모른다. 기녀 자신에게 장군이 누설하면 안 된다고 당부했던 일처럼 말이다. 기녀는 침실이 조용해지고 난 이후에도 한참이나 잠을 이루지 못하고 반키의 침대를 향해 귀를 기울였다. 혹시 반키가 울고 있는 건 아닐까. 하지만 아무 소리도 들리지 않았다. 아까 그녀를 흥분시켰던 일이 지금은 좀 진정된 걸까. 기녀가 까무룩 잠이 들려던 순간, 반키의 침대 쪽에서 뭔가 움직임이 느껴졌다. 반키는 울고 있지는 않았지만 잠에서 깨어 있었다. 흐릿한 비상등 빛 속에 반키가 옷걸이에서 가운을 내리고 슬리퍼를 신고 살금살금 나가는 것이 보였다. 기녀도 가운을 입고 몰래 그녀를 뒤쫓았다.

반키는 화장실에 있었다. 거기 말고 어디에 갈 수 있었을까? 빨래 상자 위에 쪼그려 앉아 있던 그녀는 기녀가 들어가자 고개를 들어 올렸다. 울고 있지는 않았지만 우는 게 차라리 나았을 것이다. 그녀는 어른처럼 절망적인 표정을 짓고 있었다.

"어디 아파?" 기녀가 물었다.

반키가 고개를 저었다.

"무슨 문제가 있는 거야?"

끄덕끄덕.

"어머니께서 정말 아무것도 가져오지 않으셨어?"

그러자 반키가 미소를 지었다. 미소 속에는 '아, 하나님 맙소사, 지금 사탕 생각을 했단 말이지!' 하는 것 같았다.

"내가 도와줄 수 있는 일이야?"

반키는 다시 머리를 흔들었다.

"말해줄래?"

"못해." 반키가 조용히 말했다.

"못하는 거야, 아니면 말하면 안 되는 거야?"

"안 되는 거야."

"큰일이니?"

반키는 고개를 끄덕였다.

"누가 도와줄 수 있을까?" 기녀가 물었다.

반키는 아무도 없다고 손사래를 쳤다.

기녀는 너무 자연스럽게 질문을 했다.

"아비가일도?"

아비가일을 얼마나 손쉽고 믿을 만한 구원자로 생각하고 있는지 자기 자신도 놀랄 정도였다.

반키는 생각했다. 그녀의 눈빛에는 많은 것이 담겨 있었다. 가장 먼저 어떤 일말의 희망이 이는가 싶었지만 이내 고개를 저었다. 아비가일에게는 편지를 써야 하는데, 자신이 괴로워하는 일을 글로 쓸 엄두도 나지 않고 작문할 수도 없다는 것이었다. 기너는 무슨 말을 해야 할지 몰라 반키의 어깨를 쓰다듬기만 했다. 반키는 갑자기 그녀의 목을 끌어안았다. 이제 반키는 울지 않았다. 그저 자신의 얼굴을 기너의 얼굴에 비비며 자신을 쫓아와줘서 고맙다고 했다. 그리고 마치 그녀와 이별하려는 사람처럼, 이상하게도 "하나님의 축복이!"라는 말도 했다. 혹시 아주머니가 오신 이유가 크리스마스 전에 반키를 여기서 데려가 다시는 돌려보내지 않으려고 하시는 걸까? 기너가 물어보기도 전에 문이 열렸다. 문 앞에는 주전너가 서 있었다.

밤중에 화장실에서 단 둘이 있는 것은 가장 엄격하게 금지된 일이었다. 반키가 겁에 질려 일어섰고 기너는 낙담했다. 이 가여운 친구를 위로하려고 한 것뿐인데 또 문제를 일으키게 되었다. 주전너는 온화한 만큼이나 무서웠다.

"자러 가거라." 주전너가 조용히 말했다. "언너, 화장실에서 쪼그려 앉아 있지도, 생각지도 말아라. 내일 상쾌하게 일어나려면 쉬어야지. 저녁에 네게 주의를 줬잖아. 안 좋은 소식이 있었다는 게 네 얼굴에 다 쓰여 있었으니까. 낙담하거나 절망하는 건 모두 믿음이 부족해서야. 네가 성경을 잘 아는 만큼, 성경을 그렇게 들여다본 보람이 있을 줄 알았는데."

반키는 고개를 떨구었다. 주전너 선생님의 꾸지람이 좋았다.

"다니엘서는 좋은 글이지." 주전너가 계속했다. "자, 이제 그만 고개 들고 침실로 돌아가. 비터이도. 한밤중에 뭐하러 여기 있는 건지 도무지 모르겠구나. 네게도 뭐 많이 속상한 일이라도 있는 거니, 비터이?"

기녀는 무슨 말을 하시느냐고, 그렇다고, 있다고 소리를 지르고 싶었다. 사감은 정말로 자신의 세계가 바깥세상과 같고 학교 외에 다른 것은 없다고 생각하는 걸까? 자신에게는 아픔이 있다. 그리고 반키에게도. 다니엘서를 펴서 읽기만 하면 모두 해결할 수 있는 그런 일이라면 얼마나 좋을까. 기녀는 꼬꼬댁들이 머툴러 사람들을 뭐라고 놀리는지 떠올리고는 평생 처음으로 주전너를 '신성한 소시지'라고 속으로 불러봤다.

사감은 침실까지 그들을 데려다주며 말했다. "난 오늘 밤 당직이라서 복도를 몇 번 다닐 거야. 혹시라도 다시 깨서 화장실로 몰래 숨어들어 노닥거렸다간 봐. 원하는 대로 정신적 고통을 실컷 맛볼 수 있도록 내일 둘 다 가둬버릴 테니까." 그들은 찍 소리도 하지 못했다. 침실에서도 대화를 나누지 않았다. 반키는 뒤척거렸고 기녀는 안타까운 마음으로 방 안의 작은 소리에 귀를 기울였다. 토르머는 슬플 때면 항상 신음 소리를 냈고, 칠레르는 작은 소리로 "아이고"를 연발했다. 반키는 마치 자신의 고통으로 아이들을 때리고 싶어하지 않는 불행한 어른처럼, 조용히, 그저 몸을 이리저리 뒤척이기만 했다.

아비가일. 기적을 행하는 아비가일!

반키에게는 감히 글로 쓸 수 없는 고민이 있다. 하지만 여기서 무슨 일이 일어나고 있는지, 아비가일은 항상 다 알고 있지 않은가. 아마도 아주머니가 반키에게 무슨 말을 했는지, 또 반키 언니를 그토록 불행하게 만든 일을 어떻게 도와주어야 할지 아비가일은 알고 있을 것이다. 침실에는 어떤 학용품도, 공책이나 연필 한 자루도 비치할 수 없었기 때문에, 기너는 내일 아비가일에게 무슨 내용을 쓸지 그저 생각 속으로만 써내려갔다.

 '친애하는 아비가일, 반키에게 큰일이 있는데 그게 무슨 일인지 저는 모르겠어요. 언니는 그 일에 대해 편지는 고사하고 말할 엄두도 못 내요. 무슨 일인지 알고 있다면, 그리고 당신이 할 수 있다면 도와주세요. 빨리요. 반키가 너무 슬퍼하고 있어요. 비터이.'

 다음 날 기너는 호기심으로 아침예배 시작 전에 다니엘서를 읽었지만 많이 읽지는 못했다. 어호야김 왕이 여러 명의 이름 부르기도 어려운 아들들과 나오는데, 전부 별 의미도 없는 것이었다. 학생들이 수업 준비물을 가지러 A거실에 가자마자 기너는 남은 숙제를 하는 척하며 아비가일에게 하고 싶었던 말을 재빨리 썼다. 그러고는 학교 건물로 건너가기 전에 정원으로 서둘러 나갔다. 밖에 나간다는 것을 들킬까 봐 외투도 걸치지 않고 뛰었다. 아비가일의 바구니에 쪽지를 집어넣을 때까지 아무에게도 들키지 않게 해달라고 빌었지만, 물론 성공하지 못했다. 하지만 다른 선생님이 아니라 쾨니그에게 들킨 건 행운이었다. 기너가 석상에서 돌아오고 있을 때, 마침 쾨니그는 열쇠로 교사 숙소의 문을 열고 있었다. 그녀는 마지못해 그의 앞에 차려 자세를 하고 인사했다. 쾨니그는 그녀를 물끄러미 바라보았다. 그녀의 신발에 온통 눈이 묻어 있었다.

 "아니," 쾨니그는 아직도 감기에 걸린 듯 말했다. "학교에서 줄을 서고 있어야 할 시간에 정원에서 뭘 하는 거지? 그리고 외투는 걸치지도 않고?"

쾨니그에게는 정말 무슨 거짓말이든 마음 놓고 해도 괜찮았다. 기녀는 날씨가 어떤지 좀 보러 나왔다고 했다.

"이런 시간에?" 쾨니그가 놀라서 물었다. "산책 시간까지 하루 종일 실내에 앉아 있어야 할 텐데, 그냥 밖을 내다보는 게 간단하지 않았을까?"

다행히 이 정도로 일은 해결됐다. 쾨니그는 기녀가 교사 숙소 현관 앞의 매트에 신발을 털 때까지도 기다려주었다. 게다가 쾨니그를 만난 것은 퍽 쓸모 있기까지 했다. 왜냐하면 그들이 함께 기숙사로 들어섰을 때, 주전녀와 학급 아이들이 듣거나 눈치 채지 못했을 뿐 아니라, 기녀는 쾨니그가 불러서 잠시 다녀오는 것이라고 생각했기 때문이다. 어느 누구에게도, 어떤 설명도 할 필요가 없었다. 특히 반키에게. 그날 반키는 좀 진정되어 있었지만 어느 때보다 말이 없었다. 기녀는 이제 반키를 살피고 있었다. 자신 역시 학급 아이들의 보통 문제들을 넘어서는 큰 비밀을 갖고 있었기 때문이다. 기녀는 새삼 놀랐다. 반키의 이런 새로운 모습을 다른 아이들은 어찌나 자연스럽게 받아들이는지. 아이들은 그저 순간적인 문제에나 신경 쓸 뿐이었다. 왜 반키 아주머니가 과자를 가져오지 않았는지, 혹은 가져왔더라도 왜 언니가 갑자기 이기적인 먹보가 되어 그걸 나누지 않고 다 먹어버렸는지 깊이 생각하지 않았다. 반키는 이제 울지는 않았지만 변함없이 특이하게 행동했다. 가능한 한 계속 아이들 사이에서 사라졌다. 기녀는 쉬는 시간에 반키가 8학년 크리에게르와 속닥이는 것, 그리고 크리에게르의 안색이 갑자기 변하는 것을 목격했다. 그다음 시간에는 6학년 젤레미르와 상의를 했고 그녀의 안색도 어두워졌다. 점심식사 후, 반키가 3학년 쿤과 말을 나누는 것도 눈치 챘다. 제정신이라면 고학년 학생이 3학년 아기하고 이야기를 나눌 일은 없었다. 그들은 저녁식사 시간과 예배 시간에 모두 함께 있었기 때문에 기너는 그들을 주의 깊게 살펴보았다. 반키, 크리에게르, 젤레미르와 쿤은 모두 신기하게도 갑자기 서로 비슷해지기 시작했다. 모두의 얼굴에 하나같이 새로운, 어른과 같은 그늘이 드리워져 있었다.

크리스마스 방학은 22일부터 시작되었고 마지막 수업일은 20일이었다. 그 주 토요일, 머틀러의 전통에 따라 특히 엄격한 구두시험을 보았고, 기너는 아르코드 학교에 다니는 동안 한 번도 받아본 적이 없는 낮은 점수를 받았다. 방학이 손에 닿을 듯 바로 앞에 있었지만 소용없었다. 그들은 이날 수업 시간이 끝나기 전까지는 오직 학업에만 전념하고 있다는 것을 보여주어야 했다. 물론 기너는 이론적으로 그날 정오부터 방학이 시작된다는 것, 김나지움 수업이 언제 끝나는지 아시고 아버지가 혹시 방문을 하신다면 오늘, 내일, 늦어도 내일모레까지는 여기 있어야 한다는 것 외에 다른 생각은 할 수가 없었다. 마침내 마지막 수업 시간이 되자 학생들은 마음속에 갖고 있던 모든 긴장감을 뜀박질이나 기계체조로 모두 해소하려는 듯 아주 잘해냈다. 트루트 게르트루드는 학생들에게 체육복을 가져가 세탁실에 놓는 것을 잊지 말라고 주의를 주었다.

탈의실에는 운동기구, 블라우스, 바지, 운동화와 무용 스타킹— 머틀러에서는 맨발을 보이는 것이 예의에 어긋난 행동이라고 여겼기 때문에 스타킹을 신고 체조를 했다. 기너의 어린 시절 기억들 중 자녀들이 믿지 못하던 것이 바로 이것이었다—이 각자의 옷장에 걸려 있었다. 모두 자신의 번호가 달린 선반과 옷걸이가 달린 옷장 속에 자기 물건들을 간수하거나 체육 시간에 갈아입은 교복을 옷걸이에 걸어놓았다. 체육복은 2주에 한 번 세탁했고, 그것을 넣어 다니는 번호 달린 주머니가 신발장 위에 놓여 있었다. 막 옷을 갈아입고 자신의 주머니에 체육복을 집어넣으려던 기너는 손을 멈췄다. 주머니가 비어 있지 않고 뭔가 들어 있는 것을 느꼈기 때문이다. 어떤 종이들이었는데 그것도 한 장이 아니었다. 그녀는 생각하기 시작했다. 대체 누가 이렇게 비밀스러운 방법으로 선물을 했을까? 각자의 짐 속에 이런저런 물건을 숨기는 일은 가끔 일어났다. 한번은 올라가 신발에서 장난감 생쥐를 발견하고 얼마나 소리를 질러댔는지, 생쥐를 선물했던 가티와 함께 외출 금지를 당하기도 했었다.

만약 애들이 장난친 거라면, 맘껏 웃을 수도 없는 탈의실에서 꺼내 보지는 않으리라 기너는 생각했다. 그게 놀리는 시나 웃긴 그림일 수도 있지만 선생님들을 그린 캐리커처일 수도 있으니, 곧 기숙사로 돌아가게 되면 그때 자루에서 체육복을 꺼내 빨래통에 넣으면서 무엇인지 확인할 것이다. 체육 선생님 트루트 게르트루드가 아무것도 알아차리지 못하도록 조심하는 게 좋을 것이다. 기너는 줄을 설 때까지 아이들의 얼굴 표정을 살폈지만, 하나같이 다들 심각한 표정을 짓고 있었다. 고해 주간에는 비범한 신앙심과 필수적인 내적 성찰이 얼굴에 드러나지 않을 경우 모두 지적을 받았기 때문에 천박한 세속 일에 정말 어떤 신경도 쓸 수 없었다.

이제부터 학생들에게는 많은 일정이 기다리고 있었다. 그래서 5학년 학생들은 후끈 달아오른 흥분을 감추려 노력했다. 오후에는 성경 지식 경연이 예정되어 있었고 다음 날에는 성찬 예배가 있었다. 예배가 끝난 다음부터 부모가 데리러 오면 누구라도 집으로 돌아가 1월 7일까지 연휴를 보낼 수 있었다.

기녀는 제일 마지막으로 빨래통에 가서 혼자가 될 때까지 기다렸다. 그렇게 자루를 비우는 척하며 마침내 종이들을 꺼냈다. 기녀는 놀라서 그것들을 들고 뒤집어 보았다. 처음에는 뭘 보고 있는지도 이해하지 못했다. 낡고 곳곳이 찢기고 여기저기 잉크가 묻어 있는 반키, 크리에게르, 젤레미르, 쿤의 세례증명서와 출생증명서 서류들이 그녀의 손에 들려 있었다. 서류 옆에는 쪽지가 하나 있었는데, 이미 눈에 익은 대문자로서 예전에 선생님들과 화해하고 신경을 거스르지 말라고 지시했던 그 글씨체였다. 지금은 다른 것이 쓰여 있었다.

> 교장선생님의 수족관이 떨어진 그날 밤, 누군가 학생들의 서류들을 검토한 다음, 반인륜적인 법령에 따라 출신 때문에 불이익이나 위험이 초래될 수 있는 학생들의 서류들은 빼버렸어. 서류가 비어 있는 게 알려지면 해당 학생들에게 서류를 다시 제출하게 할 거야. 옛 서류들 대신 이 서류들을 다시 제출해야 해. 이것들을 각 주인들에게 전달하고, 반키에게는 방학이 끝나면 모두 학교로 다시 돌아와야 한다고 전해. 걔들이 안전하

게 지낼 수 있는 곳은 여기밖에 없어. 부모님 댁보다도 훨씬 더. 그리고 이 서류를 마련한 사람들이 부모님들도 보살필 거라고도 전해줘. 조심해. 만약 네가 잘해내지 못하면 반키, 크리에게르, 쿤, 젤레미르를 위험에 빠트리게 될 테고, 그때 또다시 내가 도와줄 수 있을지는 불확실하니까.

—아비가일

그녀는 그저 서 있었다. 지금 그녀는 자신의 문제나 슬픔에 대해 생각하지 않았다. 여기서 크리스마스 때 자신이 어떻게 지내게 될지에 대해서도. 의식 속 어딘가에 있었겠지만 개인적으로 관련된 일이 없었기에 단 한 번도 생각해본 적이 없었던 개념들이 깨어나기 시작했다. 그랬다. 지금은 누가 어떤 종교를 가진 부모에게서 태어났는지가 끔찍하게 중요한 사실이었다. 부모가 가톨릭 신자라 할지라도 언제 세례를 받았는지가 중요했다. 만약 세례를 받은 지 얼마 안 되었다거나, 아버지나 어머니가 세례를 받지 않았다면 불리할 수 있었다. 아니, 위험할 수도 있다는 걸까? 아비가일이 이렇게 쓴 것을 보면 그런 것 같았다. 그녀는 서류를 들여다보았다. 서류에 있는 사람들은 부모와 조부모까지 모두 다 개신교였다.

그녀는 침실로 뛰어 들어가 반키를 찾았다. 그러다 그녀가 식당의 빵 당번이라는 것이 떠올랐다. 그렇다면 점심식사가 끝난 후에나 조용히 이야기를 나눌 수 있을 것이다. 그녀는 아비가일이 보낸 서류들을 종합장 사이에 끼워 넣었다. 숙제나 해야 할 일, 낮 동안 예상치 못하게 주어지는 지시 같은 걸 받아 적기 위해 항상 학교에 가지고 다녀야 하는 공책이었다. 그 공책은 수업이 끝나면 다음 날 아침까지 A거실에 놔둬야 했지만, 감히 그 서류들을 다른 데에 보관할 엄두가 나지 않았다. 혹시 주전녀가 옷장이나 침대 검사를 하면 그녀의 손에 들어갈 것이다. 화분 틀에 숨기는 건 불가능했다. 낮에는 아무나 화장실 문을 열 수 있기 때문이었다. 그녀는 종합장을 교복 블라우스 아래 깊숙이 넣고 앞치마 단추를 잘 끼었다. 그 때문에 가슴 모양이 이상해졌지만 앞치마가 워낙 꼴사납고 커서 누군가의 눈에 띌 리는 없었다.

식사 시간 전에 학생들이 무슨 노래를 부르는지, 어떤 기도를 하는지 아무 생각도 들지 않았다. 안 그래도 이미 종교적 체험은 충분하게 했다. 참회 주간이 시작된 이후 아이들은 계속해서 자기 성찰을 하고 마음을 살펴야 했다. 지금 기너는 경건한 생각보다는 조급함과 긴장감만을 느낄 뿐이었다. 어서 학생들이 식사를 마치고 제발 여기서 나가주기를! 반키는 그날 설거지까지 도왔던 탓에 그녀가 부엌에서 나왔을 때쯤엔 아이들이 벌써 산책을 하기 위해 옷을 갈아입고 있었다. 기너는 키쉬 머리와 토르머에게 반키와 뭔가 이야기를 하고 싶으니 다른 학생들이 오지 못하게 해달라고 부탁했다. 이제 아이들은 진정되어 있었다. 쉽지는 않았지만, 반키가 정말 아무것도 받지 않았다고 겨우 믿고 그 사실을 받아들였다. 반키의 어머니가 방문한 이유도 반키가 차마 말할 수 없는, 어느 가족의 비보를 전하기 위해서였다고 인정했다. 키쉬 머리는 항상 이런 일을 아주 잘해냈다. 마치 한 몸이라도 된 듯, 그녀는 토르머와 서로 어깨를 붙이고 손을 잡았다. 그리고 숨 쉬는 작은 병풍처럼,

열려 있는 기녀의 옷장 앞에서 그쪽으로 다가오는 사람들을 막았다. 기녀는 반키를 불렀다. 그녀는 거의 옷장 속으로 들어가 블라우스 단추를 풀고 종합장을 꺼냈다. 머리와 토르머가 너무 가까이 있었기 때문에 기녀는 말은 못하고 그저 반키의 손에 공책을 쥐어주었다. 그리고 반키가 자신이 받은 것이 무엇인지 정확히 볼 수 있도록, 또 아비가일에게 받은 쪽지를 읽을 수 있도록 서류가 있는 곳을 펼쳤다.

머툴러에서의 수많은 에피소드나 장면들과 마찬가지로, 어른이 되어서도 기녀는 그때 반키의 얼굴이 선명히 떠올랐다. 천천히 붉어지던 반키의 피부. 기녀는 그해 겨울과 봄, 그 요새와 같았던 곳에서의 생활, 사람들의 운명을 돕던 아비가일, 그리고 아버지가 얼마나 굉장한 경험과 순간들을 그녀에게 선사했던 것일까 하고 훗날 자주 생각했다. 당시 그녀가 알았든 몰랐든 간에, 그 자신이 위험에 처해 있지 않았던 열다섯 살 소녀에게 아버지는 더 넓은 시야를 틔어주었다. 반키는 말을 못 했다. 그저 고개를 끄덕이며 무엇을 받았는지 안다는 신호를 했다. 그리고 나서 마구 떨기 시작하더니 옷장 선반에 기댔다. 기녀는 반키가 조금 진정하고 자신이 수업 이후에 했던 것처럼 손으로 서류를 접어 블라우스 안으로 넣을 때까지 좀 더 기다려주었다. 주전너가 나타나 언제면 외투를 입을 생각이냐고 지적했다. 조금 있으면 성서 경진 대회가 시작될 테니 오늘은 조금 더 일찍 산책을 해야 한다고, 이제 그 정도는 알 수 있지 않느냐고 했다. 사감이 나타나자 키쉬 머리와 토르머는 바로 손을 풀었다. 주전너는 학급 아이들이 출발할 때까지 교실에 머물렀다. 학생들은 산책할 때도 항상 세 명씩 짝을 지어 같이 걸어야 했다. 반키는 기녀의 뒤에 있었고 오른쪽에는 서보, 왼쪽에는 무러이가 있었다. 기녀는 산책하는 내내 서보가 반키에게 빨리 발 좀 맞춰봐라, 계속 발이 틀리지 않느냐, 이러다 혼나겠다며 툴툴대는 소리를 들었다. '오늘 나는 좋은 일을 했어.' 기녀는 생각했다. '사실 내가 아니라 아비가일이 한 거지만 나도 조금은 한 거라고. 아비가일에게 편지를 썼을 때만 해도 나는 아비가일이 교장실에 들어가 누구에게 도움이 필요한지 보고 갔을 거라고는 생각도 못 했어. 산책이 끝나고 돌아가면 상으로 아버지가 와 계실지도 몰라. 적어도 전화가 올 거야.'

그러나 아무런 소식도 그녀를 기다리고 있지 않았다. 전화를 받으라는 호출도 없었다. 장군은 학교에 없었다. 숙소에 도착하자마자 학생들은 행사에 참여할 옷으로 갈아입어야 했다. 주전너는 화를 냈다. 그 온순하던 반키가 계속 이리저리 돌아다녔기 때문이다. 3학년 방을 기웃거리는가 하면, 젤레미르와 귓속말을 하다 들키고, 또 크리에게르의 옷장 앞에 있다가 걸렸다. 주전너가 그녀에게 벌 받기 전에 조심하라고 경고하자, 그녀는 칭찬이라도 들은 듯 아주 기뻐하며 차분히 주전너를 쳐다보았다. '쿤 이버는,' 기녀는 생각했다. '3학년이야. 아직 열세 살도 안 됐어. 그 아이는 침묵하는 법을 배워야 해. 위험에 처했다는 사실에 대해 침묵하는 법…. 또 사람들이 걔를 뭔가에서 구해주었다는 것도 침묵해야 할 거야. 그런데 출신이 문제 되지만 아비가일이 도와줄 수 없는 사람들은 어떻게 되는 거지? 정말 무슨 위험을 의미하는 거지?' 그녀는 아무것도 몰랐다. 비록 위험의 그림자가 드리우기 시작했던 그때는 몰랐지만, 몇 달 뒤 유대법에 연관된 사람들을 향해 지옥문이 열렸을 때 아비가일이 크리에게르와 젤레미르, 쿤, 반키와 그 부모들을 죽음에서 구해냈다는 사실을 알게 되었다.

성경 지식 경연 대회에서 기너가 그렇게 비참한 결과를 내지 않았더라면, 아마도 반키는 연휴 동안 혼자 남겨져야 하는 기너를 그렇게까지 불쌍하게 여기지도 않았을 것이고, 기너에게 가장 아름다운 선물임이 자명한 '그 일'로 어떻게든 그녀를 기쁘게 하려고 하지도 않았을지 모른다. 간단하게 말해서 기너는 처음부터 교단 학교에 다니던 아이들과는 경쟁 상대가 되지 않았고, 생각보다 훨씬 더 못했다. 학생들에게는 50문항이 주어졌다. 교장선생님이 학생들에게 50개의 성경 구절을 읽어주면, 학생들은 30초 정도 기다렸다가 메모를 하고 그 구절이 성경의 어느 장에서 누가 하는 말인지 대답해야 했다. 질문들은 간단하지 않았다. 요한계시록과 예레미야서에서도 물어보았다. 한번은 잠시 동안 경연이 방해받기도 했다. 슈버가 문을 열고 안을 들여다보았는데, 토르머 게데온이 그에게 화를 내며 방해하지 말라고 손짓했지만, 그럼에도 안으로 들어와 교장의 귀에 뭔가 속삭였던 것이다. 교장은 고개를 끄덕이며 알겠다고, 하지만 시간이 없으니 대회를 치르는 학생들을 좀 내버려두라고 했다.

반키는 성경 구절 50개를 모두 맞혔다. 올라도 거의 만점인 48개를 맞혔다. 그들 다음으로 47개를 맞춘 어러디와 45개를 맞춘 6학년생 같은 아주 우수한 성적이 뒤따랐다. 저학년인 아래 두 학년은 아직 시합에 참여하지 못했지만 3학년은 참여했다. 그리고 합산 점수가 보여주듯이, 기너보다 더 못한 사람은 없었다. 기너는 26점으로 꼴찌였다. 점수를 공개했을 때 주전너는 기너를 책망하듯 쳐다보았다. 26개 외에 10개 정도는 원래 아는 문제였다는 것을 깨닫자 더 우울해졌다. 이곳에서 내내 듣던 것들인데 확신이 안 가서 그냥 적어낼 엄두를 내지 못했다. 여태껏 그녀는 학교에서 꼴찌를 해본 적이 없었다. 물론 아무도 그녀를 놀리지는 않았다. 주전너도 아무 말을 하지 않았고, 다만 재수 없는 쾨니그가 다가와 그녀가 교단 학교에 다니지 않았다는 것을 다들 알고 있으니 너무 속상해하지 말라고, 내년에는 분명히 싱위권에 속할 거라고 떠들었다. 쾨니그의 동정이라니, 기너는 화가 치밀어 그를 쳐버리고 싶었다. 이렇게 꼴찌를 한 마당에 사람들의 위로까지는 필요 없었다.

컬마르는 위로하지 않았다. 뿐만 아니라 지금 상을 받는 반키에게 다가가 스포츠 정신으로 축하해주라고 했다. "하나님의 마음에 드는 삶에 대해 지글레르 페르드난드가 독일어로 쓴 아름다운 양장본 책을 상으로 받는다는구나. 반키는 한동안 그 책이 없어도 괜찮을 테니, 기꺼이 네게 빌려줄 거다." 컬마르에게 얼마나 감사한지, 순간 그녀는 거의 웃음을 터트릴 뻔했다. 머툴러에서 상이라고 나눠주는 책이 얼마나 끔찍한지, 사실 이 경연 자체가 그렇게까지 슬퍼할 가치가 없다는 걸 에둘러 표현한 것이다. 기너는 반키에게 다가갔다. 반키는 그녀를 보자 책을 책상 위에 던지고 뜨겁게 키스했다. 주전너는 이유 없는 돌발 행동을 좋아하지 않았기 때문에, 말없이 반키의 팔을 기너의 목에서 떼어냈다.

"내년에는 좀 더 노력합시다, 비터이 양!" 교장이 이렇게 말하며 옆으로 다가오자 기너는 시선을 피하려 고개를 숙였다. "너는 지는 법을 모르는구나." 언젠가 보드게임을 할 때 마르셀이 말한 적이 있었다. "하지만 교양 있는 사람은 이긴 사람의 승리를 보면서 속상해하면 안 돼. 멋지게 지는 법도 배우도록 하렴."

하지만 그 이후에도 기너는 지는 법을 배우지 못했다. 지금 교장선생님의 자애로운 훈계를 끝까지 듣고 있어야 한다는 것이 기분 나쁠 뿐이었다. 그녀를 어느 정도 견딜 수 있도록 해주는 것은 오직 한 가지였다. 그녀와 반키, 쿤, 젤레미르, 크리에게르는 알고 있지만 토르머 게데온은 전혀 알지 못하는 것. 수족관이 부서졌던 그 밤에 무엇인가 없어졌다. 서류철을 전부 차례대로 훑어본다면 몇몇 학생들의 개인 서류들을 보충해야 한다는 걸 알게 될 테지. 그리고 그것들을 다시 받을 테지. 이 서류들이 서랍에서 사라진 것들과 같지 않다는 건 아마 알아차리지도 못할 거야.

교장선생님의 또 다른 말씀에 기너는 생각을 멈췄다. 슈버가 기너에게 온 메시지를 하나 받았다고 하면서—기너는 듣고 있었다—전화가 왔을 때는 대회 중이어서 그녀를 부를 수 없었다고 했다. 장군은 전화로 그녀에게 즐거운 성탄을 보내라는 인사와 함께, 지난번에 자매님에게 맡긴 크리스마스 용돈을 받으라고 전했다고 한다. 보일러가 터져버려서 안타깝게도 연휴 동안 집으로 데려갈 수가 없다는 말을 덧붙이면서.

기너의 집에는 벽난로가 있었고 작은 방들에는 타일 난로들이 있었다. 그녀는 아버지가 무슨 말을 하려 했는지 이해했다. 그리고 아마도 휴일을 함께 보낼 수 없을 거라던 아버지의 말씀을 사실 그렇게 심각하게 여기지 않았다는 걸 이제야 깨달았다. 대회에서의 완벽한 실패, 그리고 아버지도, 학급 아이들도 없는 텅 빈 머틀러에서 보내게 될 위로할 수 없는 크리스마스가 너무 슬퍼서 그녀는 울음을 터트렸다. 교장은 참회 주간도 아닌데 모범적인 개신교 소녀가 이런 히스테리를 부리는 것은 어울리지 않는다며 즉시 그녀를 강당에서 내보냈다. 사감과 나가서 진정한 다음 얼굴을 씻고 5분 뒤에 들어오라고 했다. 기녀는 5분이 채 지나지 않아 다시 돌아왔다. 더 이상 아무에게도 슬퍼하거나 실망하는 모습을 보이고 싶지 않았다. 지켜보는 사람이 없을 때, 그녀는 토르머와 함께 맘껏 울 것이다. 단 둘이 여기 남을 것이다.

대회가 끝나고 나서 학생들이 오랫동안 수군거렸다. 그러더니 키쉬 머리가 기녀 앞에 섰다. 보일러가 터져서 집에 갈 수 없다면 방학 동안 학급 아이들 중 누구네 집에라도 가 있으면 어떻겠냐는 초대의 말이었다. 어떤 부모님도 기녀를 기꺼이 반기지 않을 사람은 없을 것이다. 토르머도 기꺼이 부르고 싶지만, 안타깝게도 유일한 혈육인 교장선생님께서 허락하지 않을 것 같다. 이런 날들에 교장선생님은 토르머와 함께 가족 행사를 하기 때문이다. 그래서 토르머는 1월을 항상 정신적으로 좀 쇠약해진 채 시작하곤 한다….
"누구와 함께 가고 싶은지 결정해. 네가 정하면 주전너 선생님께 가서 내일 예배 후에 기차를 타고 함께 갈 수 있게 해달라고 할게."

기녀는 친구들의 얼굴들을 쭉 훑어보았다. 모두가 진심 어린 미소를 짓고 있었다. 무러이는 손가락으로 자신을 가리키며 적극적으로 자신의 집으로 오라고 초대했다. 사실 제일 가고 싶은 곳은 반키의 집이었지만 그럴 수 없다는 걸 알고 있었다. 그녀는 아버지나 아버지가 보낸 사람이 아니면 누구와도 같이 학교를 떠나지 않겠다고 약속했었다. 그녀가 그 누구와도 함께 갈 수 없다고 하자 반 분위기가 약간 어두워졌다. 그저 아버지가 그렇게 하길 바란다고만 했을 뿐, 이유를 설명할 수는 없었다. 장군이 너무 도도해서 학생들 중 어느 누구의 집도 자신의 딸에게 어울리지 않는다고 여기는 걸까. 이런 학급 아이들의 생각을 곧바로 느껴야 하는 것은 기녀에게 또 다른 십자가였다.

아이들은 잠시 더 아쉬워하긴 했지만, 곧 자신들의 기쁨이 더 컸기에 명절을 계획하고 선물들을 고민했다. 기녀의 곁에는 토르머와 반키만이 남았다. 뭔가 새롭고 다른 관계가 맺어진 반키, 그리고 명절이 되면 더욱더 깊어지는 외로움 외에 아무것도 없는 불쌍한 토르머, 이 둘이 기녀와 기분을 공유하려 했다. 기녀는 얼마나 속이 상한지 감추려 노력했지만 그래도 표가 났다. 5학년 학생들은 자신들의 모습—하룻밤만 자고 나면 기차가 고향으로 데려다줄—에 심란해할 기녀를 보고 말을 끊었다.

다음 날 예배에서 머툴러 학생들의 이름으로 목사님이 하신 아름다운 약속들에 신경 쓰는 학생은 거의 없었다. 다들 누군가 벌써 응접실에서 자신들을 기다리고 있는 건 아닌지에 신경이 쏠려 있었다. 기녀는 예배가 원하는 대로 다른 학생들과 같이 믿고 고백하고 약속하고 받아들였지만, 납처럼 무겁고 절망적인 슬픔 외에는 명절에 대해 아무 느낌이 없었다.

점심이 되기 전에 머툴러 학생의 절반이 학교를 떠났다. 5학년 학생들 상당수도 그랬다. 떠나는 아이들이 주전너의 등 뒤에서 기너와 토르머를 껴안고 키스했다. 그들은 곧 편지를 하겠다며 주소도 주었다. 예외적으로 가족이 아니더라도 편지를 쓸 수 있도록 혹시 주전너가 자비를 베풀 수도 있으니 말이다. 반키도 점심 전에 떠났다. 그녀는 문에서까지 기너에게 되돌아 뛰어와서는 항상, 크리스마스이브에도 기너를 생각하겠다고 말했다. 그리고 크리스마스에 그녀에게 어떤 선물을 할 텐데, 그럼 어떻게 될지 이미 알고 있다고, 분명히 그녀가 기뻐할 것이라고 했다. 기너는 끝까지 말없이 듣고 있었디. 억지로 미소도 지으며 떠나는 아이들에게 손짓했다. 저녁때까지 전교생의 나머지 절반도 사라졌다. 그녀는 토르머와 단 둘이 소리가 울리는 복도에서 귀신처럼 걸었다.

## 크리스마스

특이한 날들이었다.

계속 속상한 것은 아니었다. 긴장되는 때도 있었고, 어느 정도 즐거운 시간도 있었다. 방학 동안 요새의 생활은 엄청나게 달라졌다. 일부 직원들은 명절을 보내기 위해 집으로 돌아갔고, 선생님과 사감들 대부분도 떠났다. 학교 일부와 기숙사의 많은 복도를 폐쇄했다. 토르머 교장과 학생 둘이 남은 상황에서 학교 건물의 거대한 양쪽 날개 부분에 난방을 하는 것은 의미 없는 일이었을 것이다. 그래서 5학년생 두 명은 방학 동안 짐을 싸들고 2인용 병실로 숙소를 옮기도록 했다. 어쨌든 꽤 재미있는 일이었다. 우선 이 방은 주전녀와 더 멀리 떨어져 있었기 때문에 잠을 안 자고 침대에서 책을 읽거나 교사 숙소 쪽을 훔쳐볼 수 있었다. 여기에도 가끔씩 주전녀가 나타나기는 했지만, 그렇게 쉽게 들킬 일이 없었다. 병실의 작은 복도에는 특이하게 삐걱거리는 바깥문이 따로 있었기 때문에 사감이 다가오고 있다는 것을 멀리서도 알 수 있었다.

주전너 말고도 에르지벳 자매, 교장, 기구쉬, 컬마르, 쾨니그가 연휴를 학교에서 보냈다. 요리사와 의사는 휴가를 받았으며, 혹시 발생할 환자에 대해서는 관할 군의관이 위임받았다. 개학하기 전까지 방학 동안에는 두 소녀에게 주어진 의무가 아무것도 없었기 때문에 주전너는 혹시 일을 돕고 싶은지 물었다. 하루하루가 너무 긴 데다 뭐라도 할 일이 필요했기에, 기너와 토르머는 기꺼이 하겠다고 했다. 그러고도 자유 시간은 충분했다.

요리는 에르지벳 자매가 맡아서 열정적으로 맛있게 요리했다. 두 소녀는 그 모습을 옆에서 훔쳐보며 싱을 차리고, 치우고, 설거지를 했다. 하지만 매번 짝수 날에만 그랬고 홀수 날에는 청소를 도왔는데, 자신들의 새 방뿐만 아니라 선생님들의 방도 정리해야 했기 때문에 아주 재미있는 작업이었다. 두 소녀가 일어나서 아침 식사를 하러 내려갔을 땐, 주전너가 벌써 본인의 방만이 아니라 에르지벳의 방까지 청소를 마친 뒤였기 때문에, 사감들의 방에서는 할 일이 없었다. 하지만 교장선생님의 방과 학교에서 명절을 보내는 선생님들의 방이 있었다. 청소부 세 명 중에 한 명이 연휴에 남아 교사 숙소에 비질을 하고 환기를 시켰지만, 먼지를 떠는 일이 5학년 학생들을 기다리고 있었다. 누구에게 무슨 물건이 있는지 살필 수 있는 이보다 더 좋은 핑곗거리가 없었다. 기구쉬 선생님은 아주 오래된 아름다운 도자기들을 가지고 있었고, 쇠장식이 된 상자 안에는 유행하는 액세서리들과 브로치, 팔찌, 귀걸이 등이 들어 있었다. 소녀들은 선생님이 도대체 언제, 어디에 갈 때 이것들을 착용하는 걸까 하고 골똘히 생각했다. 컬마르의 방에서는 흥미로운 사진 앨범을 찾았다. 언젠가 기녀가 마르셀과 함께 외국에서 보냈던 여름들을 한꺼번에 기억나게 하는 너무나 아름다운 사진들이었다. 어느 사진에서 무엇을 볼 수 있는지 기녀가 설명하는 동안 토르머는 하품을 하며 듣기만 했다. 컬마르가 사자 석상에 기대어 서 있는 사진은 런던의 트래펄가 광장이었고, 눈을 찡그리며 위를 쳐다보고 있는 사진은 파리의 소르본 대학이었다. 그리고 돌길, 토르머는 그 돌길을 알고 있다고 했다. 예전에 학생들이 산책 중에 한 번 보았던 역 건너편에 있는 곳으로, 철거된 기병 병영의 폐허라는 것이었다. 하지만 그 사진은 폼페이였다. 병영 같은 소리 하고 있네. 그 폐허 위에도 연기 나는 베수비오산이 있다고? 컬마르의 옆에는 가끔 여자들도 있었다. 꽤 예쁘장한 여인들. 소녀들은 역겹다는 듯 그 여자들을 쳐다보았다. 토르머가 가장 예쁜 여자의 얼굴에 붓 펜으로 점을 떨어뜨리자 금방 못생겨져버렸다.

쾨니그에게는 커다란 서재가 있었다. 컬마르가 헝가리 역사 전공서들을 모은 반면, 쾨니그는 온갖 언어로 다독을 하는 것 같았다. 교장선생님의 방은 응접실도 검은색이었다. 책장 모서리에도 검게 조각된 나무 사과와 배들 사이에서 검은 머리 상들이 그녀들을 쳐다보고 있었다. 한편 교장선생님이 방학에 무엇을 하려고 하는지는 의심할 여지가 없었다. 방에서 먼지를 떨어낼 때, 책상 위에 8학년 전교생의 헝가리어 작문 과제가 놓여 있는 것을 발견했다. 토르머는 고개를 끄덕였다. 여기서는 그랬다. 방학에는 주로 이런 일을 즐겼다. 교장은 과제 검사 교사가 빼먹고 밑줄을 긋지 않은 곳에 초록색 잉크로 표시를 하고, 검은색 펜으로 과제 아래에 새로운 평가를 써넣었다. 아이들이 새해 첫 달을 시작하면서 바로 심장병에 걸리도록 말이다. 교장의 방은 항상 정돈되어 있었다. 청소부가 침대를 정리하기 전에도 그랬다. 마치 토르머 게데온은 잠을 잘 때도 완전히 평평한 이불 아래서, 푹 눌리지 않는 평평한 베개를 베고 잘 수 있다는 듯이 말이다. 컬마르나 기구쉬 선생님의 방은 대충 어질러져 있는 것이 아주 자연스러웠지만 쾨니그의 방은 이도 저도 아니었다. 좀 특이했던 것이, 마치 물건을 사용하지도 않는 것처럼 보였다. 아마도 쾨니그는 아무 하는 일 없이 그저 창밖을 내다보거나 음악을 들었을 것이다. 그의 방에는 축음기와 많은 레코드판이 있었다. 서랍을 항상 열쇠로 잠그는 사람은 쾨니그가 유일했다. 일기가 있나 뒤져보고 싶었는데 말이다. 쾨니그라면 보름달이나 저녁식사에 대해 긴 명상을 기록하고도 남을 사람이었다. 한편 그녀들이 먼지를 떨러 갈 때면 선생님들은 항상 숙소에서 사라졌다가 식사 시간이 되어서야 나타나곤 했다. 낮에 무슨 일을 하는지 알 수가 없었다. 단지 한 번 기구쉬의 머리를 보고 그녀가 오전에 미장원에 다녀왔다는 사실을 알 수 있었다. 가장 자주 마주친 사람은 컬마르였는데, 대부분은 주전녀가 있는 곳을 배회하고 있었다. 쾨니그와 교장선생님은 식당과 기도실 밖에선 한 번도 보지 못했다.

이런 일을 하고도 기녀는 할 일이 너무 없는 것 같았다. 그녀는 할 일을 찾았다. 일에 파묻히고 싶었다. 이왕 이렇게 여기 갇힌 거, 다른 아이들이 명절을 어떻게 보낼지 상상할 시간을 남기고 싶지 않았다. 하지만 주전녀 선생님은 그녀들에게 다른 때보다 더 많이 정원에도 나가고, 더 많이 읽고, 놀고, 연휴를 즐기라고 했다. 이 기간 동안 산책도 학기 때보다 더 많이 완전히 새로운 경로로 데리고 다녔다. 사감은 크리스마스 때까지 우표 구입이나 기부 용도로만 주던 용돈을 귀향 전에 5학년 학생들이 선물을 살 수 있도록 나누어주었고, 토르머와 기너의 경우에는 지금에서야 주었다. 토르머의 용돈은 매달 교장이 사감에게 보냈었고, 기너는 자신의 용돈 외에 봉투 하나가 더 있는 것을 발견했다. 그렇다면 마지막으로 아르코드를 방문했던 아버지가 명절을 함께 보내지 못할 것을 대비해 주전녀에게 선물 대신 건넨 것이었다. 주전녀는 잘 생각해서 쓰라고 주의를 줬다. 장군이 많은 돈을 남겼지만 무분별한 낭비는 그저 순간의 쾌락만을 남길 뿐 곧 후회하게 될 거라고 했다.

어느 날 오전, 사감은 직접 학생들을 데리고 시내로 갔다. 그리고 혹시라도 못마땅해하는 자신의 눈빛에 학생들의 즐거움을 방해하거나 영향을 줄까 봐, 백화점 안으로 같이 들어가지 않고 길 밖에 남았다. 사감은 진열창을 통해 그녀들을 지켜보려고 했다. 쏟아지는 눈 속에서도 충실하게 서 있었다. 기너는 사감이 주교의 방문 전처럼 다시 자신을 사랑하고 있음을 느꼈다. 토르머는 작업실에서 큰아버지를 위해 책 거치대를 만든 바 주된 선물은 이미 다 준비했지만, 성탄을 함께 보내는 사람들은 모두 서로에게 선물을 주니 자신도 다른 사감이나 선생님들께 작은 선물을 준비하고 싶다고 기너에게 말했다. 토르머는 백화점에서 싸고 작은 1944년 포켓 달력을 샀다. 예쁜 포장지로 달력 표지를 감싸고 예쁜 색도화지로 이름 첫 글자를 적어 붙여야겠다고 생각했다. 그녀는 기너에게 도 실과 바늘, 셔츠 단추들을 사라고 했다. 어떤 선생님도 학생에게 그것보다 더 비싼 선물은 받지 않는다고 했다. 남자 선생님들에게는 저학년 때 두꺼운 도화지로 만들었던 사각 상자처럼 위에 작은 셔츠 단추를 달고 그 단추에 고리를 걸어 고정시켜 열 수 있는 셔츠 단추 통을 만들어드릴 시간이 있을 것이다. 여자 선생님들에게는 반짇고리를 만들어드리되 사람 모양이면 안 된다. 교장선생님 눈에는 어떤 조각이나 인형도 우상으로 비치기 때문에 고래고래 소리를 지른다. 반짇고리는 실을 꿴 바늘을 찔러 넣을 수 있는 정지한 모양이어야 한다. 이를테면 실제 쇼피 쿠션을 축소해놓은 모양처럼 말이다.

기너는 쇼핑을 했지만 바늘을 구할 수가 없었다. 이런 일은 전쟁이 시작된 이후엔 놀라운 일이 아니었다. 상점에는 가장 일상적인 물품도 없었다. 마침 대바늘이 있어서 그것이라도 사야 할지 토르머에게 묻기 위해 옆을 보았을 때, 기너는 자기 곁에서 살그머니 멀찍이 떨어진 친구가 백화점의 유리 상점에서 슬픈 표정의 강아지 석고상을 포장하고 있는 것을 알아차렸다. '내 선물을 사는 거구나.' 소녀의 가슴이 따뜻함으로 차올랐다. 이빨이 아픈지 얼굴에 빨간 손수건을 두르고 있는 그 못생긴 강아지 석고상은 집에 있는 그 어떤 장식물보다 훨씬 더 예뻐 보였다. 토르머의 용돈은 몇 푼밖에 안 되는 아주 적은 돈이었다. 강아지 석고상을 위해 그녀는 낡은 지갑을 탈탈 털었다.

기너는 여성 패션 상품 사이로 들어갔다. 지금까지 산 것들에는 돈이 거의 들지 않았다. 용돈도 일부 다 쓰지 못했는데, 장군이 남긴 봉투에는 100포린트가 들어 있었다. 그녀는 배급표 없이 살 수 있는 것을 찾다가 환상적인 잠옷을 발견했다. 과감하게 파인, 드물게 요염한 옷으로, 명랑한 젊은 여성의 몸에 어울리는 것이었지만 기녀는 이 옷을 샀다. 꽤 비싼 옷이었다. 토르머는 세속적인 물건이라고는 하나도 가진 게 없었다. 이 비참한 요새에서 자랐으니 말이다. 어디에다 보관하고 어떻게, 언제 입을 것인가는 또 다른 문제였다. 하지만 어쨌든 이제부터 그녀는 가끔 극장 잡지에서나 볼 법한 그런 잠옷을 하나 가지게 될 것이다. 토르머가 기뻐하겠지!

주전녀에게 돌아가면서 둘은 여기저기에 짐을 쑤셔 넣었다. 토르머는 사감에게 한 푼도 남지 않았다고 말했고, 기녀는 남은 10포린트 몇 장을 돌려주었다. 사감은 기녀가 돈을 너무 많이 썼다고 생각했기에 심각한 표정으로 그녀를 쳐다보았다. 기녀는 사감의 귀에 자기 것이 아니라 다른 사람들 선물을 사느라 그랬다고 속삭였다. 주전녀에게 주려고 그랬다고 생각할까 봐, 기녀는 선생님들의 것이 아니라고 강조하며 고아인 토르머의 선물을 산 것이니 이해해달라고 했다. '제가 뭘 샀는지는 묻지 마세요.' 그녀에게 눈치를 줬다. '한 번만 더 마음을 넓게 가져주세요. 저보고 보여달라고 할 생각은 꿈에도 하지 마세요!' 주전녀는 말없이 두 학생과 함께 머툴러로 출발했다. 누구에게도 더 이상 캐묻지 않았다. 기녀는 한숨을 크게 내쉬었다. 오늘은 그래도 참 좋은 날이다. 주전녀 선생님이 오늘처럼 이렇게 인간적인 경우는 아주 드물다. 명절이라 그렇겠지.

달력 케이스, 셔츠 단추 통, 반짇고리를 열심히 만들며 날짜가 흘러갔다. 주전너는 자주 작업실에 있는 둘을 눈이 내린 바깥으로 쫓아내곤 했다. 그러면 그녀들은 아이들처럼 눈싸움을 했다. 가끔 학교의 축음기로 벌벌 떨면서 음악을 듣기도 했다. 허이두 선생님의 레코드판이 상하는 날에는 끝장이니 말이다. 24일 새벽에 다시 큰 눈이 내렸고, 아침부터 정향나무와 바닐라 향이 부엌 복도를 가득 채웠다. 이 향기는 기너의 눈에 바로 눈물을 맺히게 했다. 명절의 향기, 크리스마스 향이었다. 집은 어떨까? 아버지는 어디 계실까? 언제 또 만날 수 있을까?

크리스마스이브 저녁은 그다지 이브 저녁 같지 않고 이브 오후 같았다. 크리스마스트리도 있었다. 식당에 세웠는데, 눈에 띄는 장식을 하지는 않았지만 그래도 감격할 정도로 아름다웠다. 에르지벳이 초에 불을 켰고 기너는 작은 불꽃들을 바라보며 생각했다. '아르코드에서 진주 구슬로 수놓은 책갈피조차 보내지 못한 내가 아버지께 직접 전해주겠다고 하자 주전너는 의아해하며 아무 말도 하지 않았지.' 우리 주 그리스도의 복된 탄생을 축하하는 찬송가를 함께 부르고 나자 주전너가 누가복음에서 예수의 탄생 부분을 소리 내어 읽었다. 기도를 한 다음에는 컬마르가 불을 붙였고, 에르지벳이 입김을 불어 촛불을 껐다. 방학에 이곳을 떠나지 않은 모든 사람들이 지금 함께 있었다. 선생님들은 모두 예복을 입고 있었다. 기구쉬 선생님은 지금까지 한 번도 보지 못했던 아름다운 옷을 입고 있었는데, 소매와 목에 모피가 달려 있었다. 주전너는 진지한 표정으로 한참 그것을 쳐다보았다. 청소부와 수위들도 예배에 참석한 다음 바로 귀가할 수 있도록 허락을 구했다. 그들은 시내의 친척들과 아이들을 집으로 초대하여 크리스마스이브를 본인들의 집에서 보냈다.

크리스마스트리 아래 선물들이 놓여 있었다. 에르지벳 자매의 작은 글씨체로 쓰인 이름표가 하얗게 반짝였다. 기너는 처음으로 기너라고 쓰인 자신의 이름을 읽었다. 이것도 선물이리라. 잠시 동안의 느슨함. 머툴러에서는 정규과정 중에 아무도 애칭을 부르지 않았다. 토르머도 이런 크리스마스 때에나 쪽지에 쓰여 있는 이름으로 불렸다. 피로쉬커. 기너는 석고 강아지를 찾아봤지만 없었다. 그리고 자신이 조심스럽게 숨겨놓은 잠옷처럼, 토르머도 자기 선물을 비밀로, 깜짝 선물로 생각하고 있다는 것을 알아차렸다. 기너가 몰래 토르머에게 반짇고리를 만들어준 것처럼, 그녀 역시 기너에게 달력을 만들어주었다는 것이 밝혀졌다. 식탁을 정리하던 주전녀는 그녀들에게 아무 말도 하지 않았다. 백화점에서 뭐에 돈을 썼느냐고도 묻지 않았다. 이렇게 해서 그들이 또 다른 크리스마스 이브를 따로 계획한다는 것을 알면서도 묵인한다는 것을 알려주었다.

기너는 새 성경책을 받았다. 부다페스트에서 가져왔던 것보다 훨씬 예쁜 것으로, 속지에 "비타이 게오르기너에게, 1943년 크리스마스에 교장선생님과 선생님들로부터"라고 쓰여 있었다. 그리고 정말 그날 밤 그 자리에서 축하하는 사람들 모두의 이름이 적혀 있었다. 맨 위에는 토르머 게데온이, 맨 아래에는 주전녀의 이름이 쓰여 있었다. 기너는 이 선물의 뜻을 깨닫고 깜짝 놀랐다. 그녀는 기뻤지만 성경책 선물은 내년 대회에서는 그렇게 나쁜 성적을 내지 말라는 경고임을 느끼기도 했다. 토르머도 선물로 책을 받았다. 눈을 뗄 수 없이 흥미진진한 읽을거리로 큰아버지가 선택한 것이 분명했다.《수녀학교의 역사》, 그 책에도 사인들이 되어 있었다. 선생님들과 토르머 게데온은 진심으로 고마워하며 셔츠 단추 통과 독서 거치대, 표지를 예쁘게 싼 다이어리를 받았고, 여성들은 반짇고리를 받았다. 선생님들과 사감들은 서로 책만 주고받았는데, 하나같이 끔찍한 제목에 지루해 보이는 것들이었다.

명절 만찬이 있었다. 에르지벳 자매가 나섰다. 토르머는 서빙을 하고 기너가 상을 차리고 치웠다. 교장은 바로 토르머를 데리고 숙소로 돌아갔다. 토르머는 큰아버지의 숙소에서 명절을 시작하기 위해, 그리고 교장이 자신의 자상함에 스스로 만족할 때까지 한 번도 만나본 적 없는 친척들이 어떤 사람들인지 이야기하는 것을 듣기 위해 슬픈 눈으로 그를 따라갔다. 다른 선생님들은 자리에 남았다. 컬마르가 주전너 옆으로 가 앉았고, 쾨니그는 기구쉬 선생님을 웃겨보려 했지만 별 성과가 없었다. 기구쉬 선생님이 계속 손목시계를 들여다보다가 갑자기 일어나 인사를 했다. 장거리 전화를 기다리고 있기 때문에 당직실에 가봐야 한다는 것이었다. 모두들 그녀 뒤를 바라보았다. 머툴러에는 어울리지 않는 빛이 기구쉬 선생님의 얼굴에서 나고 있었다.

쾨니그가 함께 게임을 하자며 기너를 가까이 불렀다. 크리스마스트리 옆에서 혼자 우울해하고 있던 기너는 토르머마저 부러웠다. 오늘 밤 토르머에겐 적어도 말을 걸어주는 사람이 있다는 것이, 여기서 이렇게 외롭게 얼쩡거리지 않아도 된다는 것이 말이다. 에르지벳 자매는 고개를 흔들며 말했다. 게임은 제야에 어울리는 거지, 크리스마스이브에 하는 게 아니라고. 에르지벳은 계속 얘기했다. 어차피 제야의 밤에는 교장선생님의 허락하에 호른 미치 부인의 집에서 감시 없이 즐겁게 놀 것이다. 그곳에서는 항상 즐겁고 재미있다. 자정까지 기다릴 필요도 없다. 매해 마지막 날, 오후 예배를 마치고 호른 미치 부인 댁으로 가서 밤 10시까지 머무르곤 했다. 자정까지 머물진 않았지만 그 정도만으로도 정말 즐겁게 즐길 수 있다….

기녀는 호른 미치 부인을 떠올리는 것조차 싫었다. 에르지벳의 말이 지겨웠고, 쾨니그를 쳐다보는 것조차 힘들었다. 컬마르가 주전녀 곁에서 뭔가를 설명하고 있었다. 자신을 필요로 하는 사람이 아무도 없는 이곳에서 빈둥거리는 것은 너무 의미 없는 일이었다. 그녀는 자기 방에 들어가서 책을 읽게 해달라고 했다. 놀랍게도 주전녀는 자신도 피곤하다며, 아직 잠을 잘 것은 아니지만 들어가 쉬겠다고 했다. 최소한의 분위기라도 내보려던 자리가 어쨌든 갑자기 끝나고 말았다. 주전녀가 떠나자 모두 일어나 자리를 뜨기 시작했다. 쾨니그는 아직 저녁에 가야 할 곳이 있다며 중얼거렸다. 컬마르는 긴장하며 약간 불안해했고, 에르지벳은 몰래 하품을 한 번 했다. 쾨니그가 교사 숙소로 맨 처음 사라졌고, 에르지벳은 수위실 쪽으로 가면서 자신은 수위들에게 인사하고 그들이 명절을 어떻게 보내는지 보고 나서 숙소로 돌아가겠다고 했다.

기녀는 컬마르와 주전녀의 뒤를 쫓아 걸었다. 속삭임은 머물러의 금지사항이었기에 담임은 그렇게 보이지 않는 선에서 가능한 한 조용히 말하려 했다. 기녀는 컬마르가 주전너에게 무언가 말을 건넸으며, 이에 사감이 "아니요!"라고 대답하는 것을 느꼈다. 그러자 컬마르는 두 명 모두에게 인사를 하고 거실로 들어갔다. '거실에서 혼자 자축하려 하는군.' 소녀는 생각했다. '라디오나 축음기를 들으려는 거겠지. 주전너하고 대화를 나누거나 분명 그녀 방에 들어가고 싶었을 거야. 하지만 주전너는 관심이 없나 봐. 어쨌든 남자를 방에 들일 순 없는 일이니까. 컬마르는 정말 사랑에 푹 빠졌군. 아무것도 신경 쓰지 않는 걸 보니.'

이제 단 둘이 걷고 있었다. 예복용 신발 소리가 복도에 울렸다. 지금은 주전너도 크리스마스를 기념하여 가죽 밑창 신발을 신고 있었다. 기녀는 임시 숙소 쪽으로 향했다. 마치 집에 난방이 꺼져 눈에 띄게 벽이 차가워지기 시작한 것처럼 느껴졌다. 자신이 삶의 리듬을 완전히 교란시켜버린 낯선 법칙들에 복종해야 하는 낯선 세계의 주민이라는 것을, 정말 그녀의 것이었고 그녀에게 속한 것들이 모두 멀리 있다는 것을, 오늘 밤에 고아 토르머보다 자신이 나은 게 사실 아무것도 없다는 것을 분명히 의식하고 있었다. 기녀는 고개를 떨어뜨린 채 주전너 옆에서 걷다가 그녀가 작게 내지른 소리에 고개를 들었다. 주전너는 기쁠 때나 슬플 때나 항상 엄격하게 표현했기 때문에 아주 작게 소리를 냈다. 이 작은 소리는 지금 놀라움을 나타낸 것이었다. 고개를 들어 보았을 때 기녀는 그 이유를 알 수 있었다. 주전너의 방문 고리에 작은 꾸러미가 걸려 있었던 것이다. 소녀는 아버지나 미모 고모한테 액세서리 선물을 자주 받아봤기 때문에, 고운 포장지에 비친 모습만으로도 그 꾸러미가 액세서리 상자라는 것을 알 수 있었다.

"하나님!" 주전녀가 이렇게 탄식하고는 금방 그 말에 얼굴을 붉혔다. 쓸데없이 하나님의 이름을 언급하는 것은 금지된 일이었기 때문이다. "여기 누군가 몰래 다녀갔나 봐."

마르셀이라면 이어진 기녀의 행동에 만족해했을 것이다. 기녀는 바로 인사를 한 다음, 주전녀가 혼자 이 크리스마스 선물을 즐기도록, 복도에서 가던 길을 계속 갔다. 그 선물을 누가 줬는지, 뭐가 들었는지, 기녀보다도 분명 주전녀가 더 궁금했을 것이다. 기녀는 주전녀의 바쁜 손에 자리한 컬마르의 약혼반지를 여러 번 상상했다. 그녀는 방에 들어서자마자 모든 슬픔과 바람을 제쳐두고, 찢어낼 수 있는 종합장 한가운데에 이렇게 써넣었다. "컬마르 피테르와 몰나르 주전녀는 약혼했다." 지금 토르머가 여기 있었다면 얼마나 좋았을까. 무슨 일이 있었는지 이야기해주고 주전녀의 방에 몰래 가서 엿들을 수 있다면. 기녀는 혼자 가만히 있을 수 없었다. 교사 숙소까지 한달음에 달려가 철창 앞에서 서성거리며 토르머를 기다렸다. 혹시 교장선생님이 벌써 가족사 이야기에 질렸을지도 모르는 일이었다. 하지만 토르머는 오지 않았고 주전녀도 움직임이 없었다. 그저 거실 쪽에서 명절 음악 방송을 하는 라디오 소리가 아주 작게 들렸다. 〈고요한 밤, 거룩한 밤〉이었다. 그 소리를 듣자 흥분도 호기심도 갑자기 사라져버렸다. 주전녀도 컬마르도 이제 모두 관심 없었다. 크리스마스이브였다. 여기 있는 모두가 자기 자신의 삶을 살고 있다. 모두들 자기 방식으로 기뻐하고 슬퍼하고 있다. 오직 그녀만이 아버지 없이 버려진 채 홀로 괴로워하고 있을 뿐. 목소리라도 들을 수 있다면! 그녀는 마치 어른처럼 슬퍼졌다. 눈물 없는, 늙은이의 슬픔이었다.

당직실 쪽에서 발자국 소리가 들렸다. 소녀는 뒤를 돌아보았다. 기구쉬 선생님이 서둘러 교사 숙소로 돌아가는 것을 보니 전화 통화를 마친 것 같았다. 그녀는 지금 완전히 미모 고모의 여자 친구들 중 하나 같아 보였다. 예쁘고 날씬한, 갈색의 젊은 여인. 그녀는 미소도 짓고 있었다. 행복한 이들의 비밀스러운 미소였다. 기녀는 선생님이 남자와 통화했음을 직감했다. '기구쉬 선생님 곧 시집 가겠네.' 교사 숙소와 시감 숙소에는 총긱과 저너만 살 수 있었다. 기구쉬 선생님은 내년에 이사를 나가 시내에서 살게 될 것이다. 이 모든 것은 지금, 오늘 밤에 누군가와 이야기를 했기 때문에 일어났다. 전화 센터는 통화 한 번이 얼마나 많은 기쁨을 줄 수 있는지 알고 있을까?

생각 하나가 기녀를 멈춰 세웠다. 도시로 전화할 수 있는 당직실이 텅 비어 있었다. 주전녀는 보석 상자를 보고 있을 것이고, 에르지벳은 잠자리에 들었다. 쾨니그는 아마 기숙사에 없을지도 모르며, 컬마르는 사감이 선물을 보고 뭐라고 할지 거실에서 기다리고 있고, 교장선생님은 토르머와 가족 행사를 하고 있다. 근처에 아무도 없다. 그녀는 당직실 문으로 몰래 들어섰다.

흥분 때문에 마비된 손가락으로 전등 스위치를 겨우 찾았다. 전화 옆에 놓인 상자 위에는 중요한 전화번호들이 작은 도화지에 따로 붙어 있었다. 구급차, 경찰, 소방서, 전화국, 전보국. 기녀는 중

앙우체국으로 전화를 걸어 머툴러 학교에 부다페스트 번호 557-599를 연결해달라고 했다. 전화기 옆에 앉아 그녀는 대답을 기다렸다. "아버지," 기도처럼 혼잣말을 했다. "아버지가 받으실 거죠? 이런 날 우리 집에서는 모두 자유 시간이라 아버지가 전화를 받잖아요. 수다 떨지 않겠다고 약속할게요. 아무 말도 하지 않을게요, 단 한 마디도. 이름도 말하지 않고, 저라고 하지도 않고, 그냥 아버지의 숨소리, 갈라지는 목소리로 '여보세요'라고 하는 소리만 들을게요. 아버지가 전화를 받으면 수화기를 바로 내릴게요. 마치 잘못 건 전화처럼, 아무 말을 하지 않을 거예요. 크리스마스이브예요. 이해하시겠죠."

그녀는 기다렸다. 몇 분이 흘렀다. 그리고 갑자기 복도 밖에서 발자국 소리가 들렸다. 마침 문 앞에 소리가 멈췄다. '하나님,' 그녀는 놀라서 생각했다. '두 명이 서 있어. 양쪽에서 오는 발소리가 들렸다고. 제발 가세요. 여기서 이야기하지 마세요. 설마 운 나쁘게도 마침 누가 지금 전화를 걸려고 하는 건 아니겠지?'

복도 밖 문 앞에 서 있던 사람 중 하나가 말을 시작했다. 기녀는 말을 전부 알아들을 수 있었다.

"당신이 주셨나요?" 주전녀의 목소리였다.

"뭘요?" 쾨니그가 되물었다.

주전녀는 아무런 대답을 하지 않았다. 기녀가 그렇게 흥분한 상태가 아니었다면, 지금 기다리는 일로 정신이 팔려 있지 않았다면 엿듣는 일에 더 관심을 가졌겠지만, 그녀는 그저 이 둘이 하필 여기 서서 얘기를 하고 있다는 사실에 절망하고 있었다. 그리고 사감은 어떻게 쾨니그가 선물했다고 생각할 수 있는지, 사감 대신 자기가 다 부끄러웠다. 지난번 추수 소풍과 주교 방문 이후에 쾨니그가 사람들이 알아차릴 수 있을 만큼 사감을 피한다는 것을 그녀는 인정해야 했다.

침묵. 이 사람들이 지금 뭘 하는 거지? 주전너는 대답하지 않았다. 쾨니그에게 상자를 보여주는 건 아니겠지?

하지만 맞았다. 그런 것이 분명했다. 왜냐하면 쾨니그가 웃으며 이렇게 말했기 때문이다.

"약혼반지를요? 내가? 주전너 당신한테 말입니까?"

학생들과 전혀 상관없는 장면을 끝까지 엿들을 수 있는 기쁨이 있었지만, 온전히 몰입할 수 없는 환경 속에서 이것을 지켜보는 것은 지옥 같은 느낌이었다. 즐기기는커녕 다른 데 신경을 써야 했다. 둘이 얘기를 멈추고 이 복도에서 사라져버리라는 기도를 따로 해야 했다.

사감은 침묵하고 있었다. 그녀는 그녀의 얼굴이 부끄러움에 새빨개졌을 거라고 상상했다. 하지만 그래도 싸다. 겁쟁이에 감정적인 쾨니그는 잔인할 정도로 쌀쌀맞게 거절할 수 있는 사람이었다. 가을에 기차에서 쾨니그를 쫓아갔을 때, 깨달음이 충분하지 않았단 말인가?

"내가 결혼하고 싶은 사람은 호른 미치뿐이에요." 쾨니그가 말했다. "아쉽게도 내게 시집오지 않겠지만 말이오. 지금도 나무에 불을 붙여주려고 서둘러 그리로 가는 길이지요. 거실로 돌아가세요. 자매님, 콜마르 피테르를 위로해주세요. 그 사람이 이 반지를 준비

크리스마스 339

한 것 같으니 말입니다. 그가 방금 들어가는 걸 봤어요. 반지를 만들 만큼 금을 마련하다니 정말 인정해줘야 해요."

뭔가를 속삭이는 말은 너무 작아서 알아들을 수가 없었다. 그저 쾨니그의 말에서 뭔가를 추측해볼 따름이었다.

"아휴, 제가 화를 내다니요? 전 이런 오해가 일어난 게 오히려 다행이라고 생각합니다. 적어도 주전녀, 당신에게 말할 수 있으니 말이에요. 날 그냥 내버려두세요. 내 뒤를 쫓아다니지 말고, 나한테 친절하게 대하지도 마세요. 난 그럴 자격도 가치도 없는 사람이니까."

이 말에 답변은 없었다. 뭔가 있었겠지만 말은 아니었다. 주전녀의 또각거리는 구두 소리가 들렸다. 기녀는 비록 본인의 걱정과 문제로 가슴이 터져버릴 것 같았지만, 화가 나서 얼굴이 창백해졌다. 바보 멍청이, 몰염치한 같으니. 아니, 주전녀에게 뭐라고 주절거리는 거야. 대체 할 말이 없네, 어떻게 쾨니그를 선택할 수 있는 거지? 아, 정말 부끄러운 일이야! 그녀는 밖의 동정을 살폈다. 그녀는 쾨니그도 문 앞에서 떠날 때까지 귀를 기울였다. 여기서 빨리 떠나주세요. 심장이 뛰었다. 제발 그렇게 사랑하는 호른 미치에게 가버려요. 더 이상 사람들 눈앞에 나타나지 말라고요. 드디어 쾨니그가 복도에서 출발했다. 그가 지금까지 뭘 기다리고 있었던 건지, 기녀는 정말 이해할 수 없었다. 꾸물거리며 앞으로 나아가기 위해 온 힘을 모으고 정신을 차려야 했던 듯했다. 전화가 갑자기 울리자 그녀의 심장이 철렁했다.

상상한 것보다 더 날카로운 소리였다. 그녀는 놀라서 수화기를 들었다. "머툴러입니까?" 어떤 목소리가 물었다. "머툴러 학교입니까? 부다페스트를 연결하겠습니다. 말씀하세요!"

신호가 울리기 시작했고, 뭔가 딸각거리는 소리가 났다. 문을 등지고 있던 기녀는 온통 수화기에 집중하고 있었기 때문에 쾨니그가 언제 들어왔는지 몰랐다. 기녀는 쾨니그가 그녀의 손에서 수화기를 뺏고 전화를 끊어버릴 때가 되어서야 그를 알아차렸다. 훗날 몇 년이 지나고 나서 언젠가 이 일에 대해 이야기를 나누게 되었을 때, 쾨니그는 기녀가 믿든 믿지 않든 그녀가 그때 마치 두들겨 맞는 사람처럼 비명을 질렀다고 했다.

"어라," 쾨니그가 말했다. "어디에 거는 서예요? 비터이 양, 자기 방으로 돌아가세요."

그녀는 정신병자처럼 쾨니그 선생님과 씨름을 하기 시작했다. 기녀는 힘이 셌다. 쾨니그는 그녀가 저항하리라고는 생각지도 못했기 때문에, 깜짝 놀란 와중에도 왼손으로 꽃다발을 꼭 쥐었다. 기녀는 이 비현실적인 순간에도 실크지에 싸여 밖으로 고개를 내민 하얀 라일락꽃을 보았다. 그녀는 그 무고한 꽃에 달려들었고 쾨니그의 손에서 꽃다발을 잡아채 바닥으로 내던져버렸다. 쾨니그가 꽃을 집으려 하자 그녀는 다시 수화기에 달려들었다. 그사이에도 전화국은 무슨 일이 일어나는지 모르는 듯, 어쩌지 못하고 신호를 계속 보내고 있었기 때문이다. 그러자 쾨니그가 꽃다발을 던져버렸다. 양손이 모두 필요했다. 그는 오른손으로 기녀를, 왼손으로는 수화기를 잡았다. 마치 무슨 모임에 와 있는 것처럼, 그의 목소리는 침착하고 자연스러웠다. 그는 전화를 받을 사람이 아무도 없으니 취소해달라고 전화국에 말했다. 마침내 전화벨 소리가 울리지 않자 쾨니그는 소녀를 놔주었다.

기녀의 비명을 듣고, 대체 언제 들어왔는지 알 수 없었지만 어느 순간 주전녀가 안에 들어와 있었다. 주전녀는 기녀를 데리고 나갔고, 기녀는 그냥 아무 말 없이 끌고 가는 대로 따랐다. 그녀는 쾨니그를 향한 걷잡을 수 없는 분노를 지팡이 삼아 기댔다. 쾨니그는 그들 옆에서 걸으며 주전녀에게 설명했다. 불쌍한 비터이 양이 부다페스트에 전화를 걸려고 했던 모양인데, 학생들이 전화를 걸면 안 된다고, 교칙에 따라 금지되어 있다고 했다. 주전녀는 기녀를 방으로 데리고 가 그 옆에 앉아서 손을 잡았다. 주전녀의 손가락이 얼마나 차가운지, 기녀는 자신의 화 이외에 다른 것도 느껴지자 마침내 진정이 되기 시작한 것 같았다.

기녀가 처음 내뱉은 말은 "죄송합니다"가 아니었다.

"쾨니그 선생님을 증오해요!"

"기독교인은 아무도 증오하지 않아." 주전녀가 대답했다. 그리고 갑자기 손을 놓았다. 그녀는 마치 기계처럼 말했다. "정신 좀 차리렴. 이런 태도는 안 돼."

"못 견디겠어요." 기녀가 울었다. 이런저런 설명이 얼마나 어리석은지, 그냥 아무 말 하지 않는 것이 더 낫다는 생각을 하지 못했다. "저는 이제 여기 머툴러에서 도저히 더 이상 못 견디겠어요!"

"하지만 견뎌야 해. 이제 방학이 끝날 때까지 기다리는 일이 더 힘들어질 거다. 전화 건 때문에도, 그리고 쾨니그 선생님한테 한 행동 때문에도 넌 벌을 받을 거야. 선생님이 어떻게 해주실 수 있을 거라고 기대하지 마라. 기녀, 매번 그러셨던 것처럼 선생님께서 이번에 널 용서한다고 해도 소용없어. 방학 내내 기숙사에서 외출 금지야. 새해 전날 호른 미치 부인의 집에도 못 간다. 당직과 함께 혼자 여기 남아. 네 감정 다스리는 법을 언젠가는 배워야 할 거야."

"저는 처음부터 호른 미치가 싫었어요." 소녀는 울었다, "그리고 쾨니그 선생님께서 용서를 하든 말든 상관없어요. 용서하지 말라고 하세요. 나도 절대로 용서하지 않을 거예요!"

"자거라, 기녀. 크리스마스이브에 이런 일이 일어나다니 괴롭구나. 널 위해서긴 하지만 이렇게 엄격히 대하는 것도 괴로워. 너도 나도 너무 안쓰럽다."

주전너는 나갈 준비를 했다. 꾸짖음이나 앞으로 받을 벌 때문이 아니라 오로지 혼자 남겨질 거라는 생각에 기녀는 견딜 수 없었다. 토르머도, 아무도 없다. 적어도 전화 통화라도 성공했다면! 헛되게 벌까지 받아야 한다니. 하려던 일이 모두 수포로 돌아가버렸다. 항상 쾨니그 때문에! 주전너도 그저 말뿐이다. 정말 안쓰럽게 생각한다면 지금 혼자 있도록 내버려두지는 않을 것이다. 안쓰럽기는커녕 쾨니그한테나 가겠지. 주전너도 위선자야. 쾨니그에게 일었던 증오가 독처럼 사방으로 퍼져나갔다. 기녀는 이제 자신이 무슨 말을 하는지도 알지 못했다.

"제가 호른 미치 부인이나 쾨니그를 싫어한다는 게 자매님과 무슨 상관이죠? 자매님이 그분들을 보호할 이유가 없잖아요? 쾨니그 선생님은 자매님이 아니라 호른 미치 부인을 사랑해요. 라일락 꽃을 가져다주려는 걸 제가 밟아버렸죠."

주전녀는 문 앞에 서서 기녀를 바라보았다. 마치 아무 말도 듣지 못한 듯, 표정에 아무 변화가 없었다. 하지만 주전녀는 기녀가 무슨 말을 하는지 알고 있었다. 그녀는 다시 말없이 고개를 끄덕이고 나서 조용히 말했다.

"기녀, 나는 진심으로 널 용서하마. 하지만 앞으로 일어나는 일에도 이렇게 용감하게 견뎌내야 한다. 어른들의 인생에 대해 아무것도 알지 못하면서 그들을 용감하게 모욕했듯이 말이다."

토르머가 돌아와 어둠 속에 있는 기녀를 발견했다. 저녁 내내 큰아버지의 질문에 거슬리지 않는 대답을 하느라 완전히 지친 토르머는 방 안에 불이 켜져 있지 않은 것을 보고 놀랐다. 그녀는 불을 켰다. 그리고 기녀가 잠들지 않은 것을 보고 침대 옆 탁자 위에 강아지 석고를 세워놓았다. 기녀는 이제 진정되어 있었다. 실컷 울었기에 이야기도 할 수 있었다. 토르머에게 이불 아래로 손을 넣어보라고, 예수님이 그곳에 뭔가 넣어두신 것 같다고 했다. 토르머가 이불을 들췄다. 요염한 잠옷을 발견한 그녀는 침대 앞으로 무릎을 꿇고 사랑스러운 둥근 얼굴을 실크에 가져다 댔다. 토르머는 말을 잇지 못하고 그저 깊은 숨을 들이쉬며 옷을 어루만졌다. 방금 주전녀가 자신을 지켜볼 때와 같이, 기녀는 슬픈 어른이 어린아이를 지켜보듯 토르머를 보았다. 사감과 쾨니그의 대화를 엿들은 것을 말해서 사감을 창피하게 한 것, 특히 위험한 명절 분위기에 취해 아버지에게 연락하지 않겠다는 약속을 어긴 것을 되돌릴 수 있다면 기녀는 남은 생에서 몇 년을 떼어줘도 좋을 것 같았다. 겨울방학은 끝났다. 그리고 모든 것이 끝났다. 확실한 것은 단 하나, 쾨니그에게 간청할 일은 평생 절대로 없을 것이라는 점이었다. 토르머는 무슨 일이 일어났는지 경악하며 끝까지 들었고, 전례 없이 뻔뻔스러운 쾨니그에 고개를 저었다.

그녀는 바로 잠옷을 갈아입었다. 조금 컸지만 다른 건 괜찮았다. 토르머는 파티복을 입기라도 한 듯 걸어보았다. 그해 크리스마스이브에 기너가 어딘가 기댈 곳이 있었다면 그건 토르머의 환히 빛나는 행복이었다. 일단 토르머는 이 옷을 입은 채로 숨기기로 했다. 밤 동안에 긴 잠옷의 허리를 신발 끈으로 묶고 학교 셔츠를 그 위에 입었다. 나중에 화구 창고에 보관하기로 했다. 자신에게도 숨길 것이 생겼다니. 기너가 화분 틀에 보물을 숨겼다고? 토르머는 그런 생각은 꿈에도 해본 적이 없었다. 목욕실은 위험한 곳이다. 물론 기너는 너무 갑작스럽게 이곳에 도착했기에 더 좋은 곳을 찾을 수 없었을 테지. 화구 창고에 나무판으로 만든 도형체는 한쪽 면을 열 수 있었다. 호른 미치 부인도 약혼자에게 받은 실크 스카프를 정육면체 도형 안에 보관했었다. 도형 안은 가벼운 물건을 숨기기에 안성맞춤이었다. 이 잠옷은 가볍고 부드러워서 그 사방형 안에 숨기기 좋을 것이다. 기너는 행복해하는 토르머가 너무 부러웠다. 그녀는 무겁고 무기력한 슬픔 외에 아무것도 느끼지 못했다.

다음 날, 주전너는 기너에게 청소와 부엌일도 금지시켰다. 아무 할 일이 없는 죄수처럼 방학은 그녀의 것이었다. 원한다면 하루 종일 책을 읽고 피아노를 칠 수 있었다. 하지만 요새의 생활에, 일에 참여할 수는 없었다. 산책도 정원만 허락될 뿐, 도시에 나갈 수는 없었다. 에르지벳은 토르머를 극장에 두 번, 콘서트에 한 번 데리고 갔지만, 기녀는 아무 데도 데리고 가지 않았다. 기녀가 규정을 어긴 날의 일을 그냥 잊어버리자고 쾨니그가 또다시 주전녀에게 부탁했다는 것을 토르머가 에르지벳으로부터 알게 되었다. '당연히 그날 저녁에 대한 다른 말은 에르지벳에게 하지 않았겠지.' 기녀는 씁쓸하게 생각했다. '그저 내가 전화를 하려 했다고만 하고, 내가 뭘 들었는지는 말을 안 했을 거야. 난 쾨니그에게 애원한 적도 없는데, 그는 내게 상냥하게 인사하고 화도 내지 않아. 주전녀가 사랑하는 사람이 컬마르가 아니라 이 사람이라니!'

한편 컬마르는 전혀 나타나지 않았다. 나타나더라도 주전녀와 말 한 번 주고받지 않았다. 그에게도 사감에게도 손가락에 반지는 보이지 않았다. 이것만 봐도 그들 사이가 어떤지 알기에 충분했다. 컬마르는 사감 곁에 여지가 없다는 것을 마침내 깨달은 것 같았고, 한참을 그렇게 지냈다. 기녀는 조용히 시간을 보냈다. 그녀는 더 이상 토르머에게도 불평하지 않았고, 전화기 근처에도 안 갔으며, 아무 질문도 항의도 하지 않았다. 12월 마지막 날, 호른 미치 부인의 초대를 받고 에르지벳의 인솔하에 모두가 그녀의 집으로 갔기 때문에 기녀는 주전녀와 단 둘이 있게 되었다. 사감은 말없이 그녀 곁에서 책을 읽었다.

토르머는 무아지경이 되어 집으로 돌아왔다. 호른 미치 부인이 기녀에게 보낸 선물도 가지고 왔다. 교장선생님까지 보드게임에 참여하고 정말 너무 재미있었다고 했다. 기녀는 호른 미치 부인이 너무 싫어서 아무것도 받고 싶지 않다며 쿠키들을 돌려주었다. 토르머는 걱정스러운 표정으로 기녀 옆에 앉아 기분을 풀어주려고 했다. 적어도 단 둘이 있을 때만이라도 재미있게 해주려고 뭐든 하려 했지만 소용없었다. 기녀는 마치 모든 환상에서 깨어난 어른처럼 차분하게 받아들였다. 토르머가 잠옷을 입고 인도 여성 춤을 출 때면 마치 언니가 여동생을 바라보듯, 사랑스럽게 토르머의 모습을 지켜봤고 웃기까지 했다.

방학이 끝나고 돌아왔을 때, 아이들은 비터이가 예전의 웃기던 아이가 아니라 아주 진지해져 있는 것을 발견했다. 반키는 학기 시작 전날 오후의 마지막 기차로 도착했다. 그날은 아주 추웠다. 붉고 반짝이는 반키는 기녀의 목을 꼭 껴안고 선물을 받았냐고 물었다. 기녀는 무슨 말인지 모르겠다고 했다. 반키의 굳은 얼굴로 볼 때 정말 기녀를 놀래키려고 준비한 그 선물이 도착하지 않았다는 사실에 반키 자신이 제일 놀란 것 같았다. '분명히 우체국에서 분실했거나 주전너가 전달하지 않았겠지.' 기녀가 생각했다. '못 받았어. 어떻게 받았겠어? 요즘에는 되는 일이 아무것도 없는데.'

학기가 지나갔고 장군에게서는 아무 소식도 오지 않았다. 기녀는 쾨니그의 수업 시간에 거의 대답하지 않았다. 둘 사이에 새로운 장면이 연출될까 봐 쾨니그가 겁내는 것 같았지만, 사실 기녀는 쾨니그에 대한 감정을 더 이상 표현하지 않기로 굳게 결심한 터였다. 그녀의 얼굴은 점점 더 야위었고, 멀리서 어떤 소리가 들리는 것은 아닐까 싶어 더 주의를 기울였다. 하지만 토요일에 그녀를 부르는 전화는 다시 울리지 않았다. 우편이건 말이건 아무 소식도 도착하지 않았다. 주전너는 그녀에게 엑스레이 촬영을 하도록 하고 의사도 여러 번 검진했지만, 그녀가 그저 말랐다는 것 외에는 병을 찾

크리스마스 **347**

을 수 없었다. 의사는 그녀에게 철분을 복용하고 더 많은 산책과 활동을 하도록 처방했다. 5학년 학급 아이들은 그녀가 없을 때, 어떻게 하면 그녀의 기분을 좀 좋게 할 수 있을까 걱정하며 토론했다. 놀랍게도 반키는 지조 없고 치사한 남자들에 대해 알 수 없는 악평을 했다. 호른 미치는 머툴러에 자주 방문했는데, 2월 어느 날에는 교장의 식탁에서 교사들 사이에 앉아 점심식사도 함께한 적이 있었다. 그날 음식을 나르던 주번은 호른 미치가 또 레지스탕스에 대해 뭔가 험담하는 소리를 들었다고 했다. 아버지 대신 그녀라도 소식을 좀 전해준다면! 하지만 아무 일도 일어나지 않았다. 아비가일만이 가끔 소식을 전했다. 그녀에게는 아니었지만 누군가에게 연락이 왔다고, 다른 학생들이 속닥거렸다. 항상 다른 아이들에게 나타났다. 2월 말이 되었을 때 그녀는 완전히 낙담했다. 아버지를 더 이상 만나지 못할 것 같았다.

컬마르는 그녀에게 많은 도움을 주었다. 더 신중하고 절제력 있는 컬마르.

그는 눈에 띄게 주전녀와의 일을 끝냈지만, 자주 반복되는 쾨니그와의 사건들로 그 5학년 여학생, 기녀가 다른 학생들보다 그의 가슴 깊이 더 특별하게 자리 잡았다. 동료 교사를 향한 컬마르의 반감은 가라앉지 않았지만, 쾨니그가 언젠가 승리한 약혼자가 될지도 모른다는 걱정은 정말이지 할 필요가 없었다. 사감과 쾨니그는 꼭 부딪쳐야 하는 일 말고는 전혀 만나지 않았다. 컬마르는 계속 기녀에게 따로 일을 맡겼다. 어떨 때에는 거의 교사 업무 같은 일까지 맡겼는데, 기녀는 그런 그가 너무 고마울 뿐이었다. 그저 공정하게 굴려고만 하는 주전너 대신 완전히 컬마르의 편에 섰다. 그 정도로 그녀는 사랑할 누군가가 필요했다. 어른들 중에도 애착을 느낄 수 있는 누군가가.

그해 봄은 일찍 왔다. 봄 외투가 일찍 배급되었고, 3월 15일에는 시인 페퇴피의 동상과 국립묘지에 헌화식을 했다. 국군묘지에는 벌써 제비꽃이 피어 있었다. 키쉬 머리는 묘지 주변을 경찰들이 둘러싸고 있는 것을 보라고 속삭였다. '저기 누가 서 있는지 봐. 경찰이야. 애도복을 입고 있는데 너무 이상해 보여.' 너지 어러디가 슈바에게서 들었다고 하는데, 최근 그 불명의 레지스탕스들이 동상에 목 칼라를 걸고 있다고 했다. 순국한 영웅들의 기념비에는 어제도 사자 목 부분에 아주 끔찍한 전쟁 보고서가 걸려 있었다고 했다. 기녀는 군인 동상들을 보며 아버지가 떠올랐지만 이제 울지 않았다.

3월 19일, 일요일은 여느 때와 같은 휴일이었다. 20일 아침에 무슨 일이 일어났다. 교장은 긴 휴식 시간에 이사회의 모든 회원들을 불러들였다. 4교시에 컬마르가 들어온 다음, 학생들은 어떤 큰 소식이 있다는 것을 담임의 얼굴에서 읽었다. 주전너에게 퇴짜 맞은 이후에 처음 보는 밝은 얼굴이었다.

"이제부터 독일 연합군이 우리나라에 주둔하기로 했다." 컬마르의 얼굴이 환하게 빛났다. "이제 훨씬 더 잘 방어할 수 있을 거다. 아주 다행이야. 전쟁이 새로운 국면에 접어들었어!"

'만약 이게 사실이라면,' 소녀는 생각했다. '그렇다면 중요한 변화가 일어났다는 거야. 독일군이 이유 없이 여기 오지는 않았을 테니까.' 조만간, 언젠가 아버지로부터 소식이 올 것 같았다. 지금 무엇인가 시작되려고 한다. 아니면 벌써 시작되었는지도. 몇 달 만에 처음으로 그녀는 확실한 희망을 품기 시작했다. 이 변함없는 침묵이 끝나기를.

그녀는 틀리지 않았다. 3월 26일, 독일군이 헝가리를 점령한 지 일주일이 지난 후였다. 그날 일요일 예배에서 목사님은 평소보다 더 멋지고 열정적으로 설교를 하고 있었다. 기녀는 손가락을 꼭 쥐거나 쫙 피면서 대충 흘려듣고 있는데, 갑자기 누군가 지켜보는 듯한 느낌이 들었다. 보고 있다고? 정말 이해할 수 없는 일이었다. 나의 뭘 보고 있는 거지? 어떤 알 수 없는 신자가 머툴러의 예배에 참여하는 그녀에게서 눈을 떼지 못할 정도로 황홀해할 일은 없었다. 정면에 있는 합창대, 저 위에서 누군가 지켜보는 느낌이었다. 기녀는 위를 올려다보고는 소스라치게 놀랐다. 찬송가 알림판 옆에서 쿤츠 대위가 그녀를 쳐다보고 있었다.

## 한밤중의 데이트

혼자 그토록 그리던 얼굴이 지금 저기 실제로 그녀 앞에 있었다. 그에 대해 너무 많은 이야기를 했었기에, 5학년 학급 학생들 중 누구라도 그를 쳐다보면 첫눈에 페리를 알아차릴 것만 같았다. 머리 빛깔, 눈 크기와 모양까지 그에 대한 것은 모두 이야기했다. 쿤츠 페렌츠, 헝가리 왕 근위병, 스물네 살, 갈색 머리와 갈색 눈을 가졌고, 부다페스트 주민으로 미모 고모 저택과 아주 가까운 자포르 거리 44번지에 살고 있다는 사실을 모르는 사람은 여기서 아무도 없을 것이다.

기녀는 소리를 지르며 교회 합창대로 뛰어올라가고 싶었다. 아버지의 품 안에 뛰어들 수 없다면, 페리의 가슴에라도 안기고 싶었다. '조심해!' 소녀의 심장이 두근거렸다. '경솔하게 굴면 안 돼. 보이지 않을 뿐 머툴러에서는 다 지켜보고 있어.' 아무리 아는 남자라도 눈썹 하나 깜빡해선 안 된다는 것을 그녀는 잘 알고 있었다.

그들의 만남이 어떤 식으로 이뤄질지에 대해서는 온전히 페리를 믿어야 했다. 대위가 그녀 때문에 이 하얀 교회에 앉아 있다는 것은 의심할 여지가 없었기 때문이다. 여기로 전근되었는지, 이제 여기서 근무하게 될지, 아니면 그저 그녀와 이야기를 나누기 위해 나타났는지 아직 생각할 가치도 없었다. 페리가 교회에 왔다면 그건 기녀가 머툴러에 있다는 것을 알고 있다는 뜻이다. 아버지가 아닌 다른 누군가에게서 들었을 리가 없었다. '아버지 소식을 가져왔을 거야.' 소녀는 생각했다. 장군의 마지막 방문 이후 끊어졌던 사슬 고리는 이제 다시 연결되었다. 삶은 다시 희망을 약속하는, 완전한 것이 되었다.

가을부터 이어진 길들이기로 인해, 그녀는 이제 예배 예식에 따라 자동 기계처럼 앉고, 서고, 노래도 불렀다. 뿐만 아니라 주전너와 목사님의 요청에 따라 메모도 했다. 하지만 목사님의 말씀은 단 한 단어도 들리지 않았고, 신자들과 함께 주기도문을 외웠지만 전혀 이해되지 않았다. 그리 멀지 않은 거리에서 그저 쿤츠 대위를 쳐다보았고 그도 그녀를 쳐다보았다.

그가 민간복을 입고 있는 것은 처음 보았다. 왜 제복을 입지 않았을까? 기녀는 한참을 생각하다가, 아마 낯선 외모와 얼굴만으로도 사람들의 주목을 끌기에 충분한 아르코드에서 더 과한 주목을 받기 싫어 그랬을 거라고 짐작했다. 그녀 또한 한 번도 본 적 없던 신자―대개는 학생 예배에 참석하는 사람들을 알고 있었다―가 한두 명 나타나면 관심이 쏠리지 않았던가. 페리의 표정에서는 아무것도 읽을 수 없었다. 그도 위에서 그녀를 훔쳐보고 있다는 티를 내지 않으려 조심하고 있었다. 눈빛으로 전하는 메시지는 딱히 없었지만, 그래도 기녀를 지켜보고 있었다. 미신 같은 긴 꿈에서 깨어난 듯 소녀는 크게 한숨을 쉬고 의자에 등을 기대어 앉았다.

 그녀는 계속 페리를 쳐다볼 엄두를 내지 못해 때때로 찬송가책으로 시선을 떨어트렸다. 몇 분 후면 다시 그를 바라볼 수 있으리라, 행복한 생각을 했다. 가여운 목사님은 오늘 목도 쉬었는데 설교로 힘을 빼고 있었다. 의미 없는 단어만 들릴 뿐 어떤 말씀인지도 몰랐다. 그저 목사님의 목소리가 쉬었다고 느낄 뿐. 저쪽에는 교장선생님이 앉아 있다. 머리가 어찌나 둥글고 큰지. 이토록 잘난 척하고 불쾌하고 땅딸막한 검은 사람을 토르머는 왜 그렇게 무서워하는 걸까. 또 여기 있는 선생님들은 사실 별 볼 일 없는 사람들이다. 주전너가 노래하는 것을 좀 보라. 가엾게도 순진한 주전너. 쾨니그를 좋아하다니, 얼마나 사람 보는 눈이 없는지 불쌍하게도 창피를 당한 주전너. 페리 옆에서는 컬마르 피테르조차 그저 촌스러운 예복을 차려입은, 별 특별할 것 없는 젊은이로 보일 뿐이었다. 목소리만 큰 허이두. 아이러니컬한 일레쉬, 예쁜 찬송가 칠판 감독 케레케쉬. 내가 이 사람들을 무서워했다고? 처음 왔을 때 그토록 미워했다고? 정말 오랜만에 그녀는 쾨니그를 다시 한 번 자세히 쳐다봤다. 그는 이마를 찌푸리며 설교를 듣고 있었다. '당신은 여자아이의 손에서 수화기를 뺏는 겁쟁이, 늙은 바보예요. 호른미치 부인만 졸졸 쫓아다니지만 그 부인에게 당신은 필요 없을걸요? 정말 별 볼 일 없는 사람, 아무것도 아니라고요!' 기녀는 조만간 자신은 이곳에서 떠나고 그들은 이곳에 남아 늙어갈 거라고 느끼며, 자기 삶의 증인이자 동반자인 선생님과 사감 들을 한심스럽게 쳐다봤다. 아르코드의 흑백 법칙들 속에서 그들은 도망치지도, 변하지도 않을 것이다. 그녀는 다르다. 페리를 보며 분명히 느꼈다. 페리가 여기에 올 수 있었던 것은 장군이 대위의 손에 그녀의 운명을 맡겼기 때문이리라. 그 이유는 곧 알게 될 것이다.

벌써 종례 찬송을 부르고 있었다. 이렇게 깨끗하고 자유롭게 노래를 부른 것은 처음이었다. 페리도 손에 찬송가책을 들고 있었지만 따라 부르지는 못했다. 그는 축복의 말씀이 울리자 바로 일어나더니 2층 합창대 신도석에서 사라졌다. 기녀는 곧 바깥에서 그를 보게 될 것임을 알았기에 놀라지 않았다. 교회 앞에서는 뱀처럼 늘어선 줄이 한동안 길을 잃고 헤매고 있었다. 담임과 사감 들이 안전지대를 등지고 페리가 서 있는 쪽의 줄을 정리하고 있었다. 토르머가 부르는 소리가 들렸지만 기녀는 대답하지 않았다. 그녀는 밖에서까지 인사를 하지 않는 페리를 주시하고 있었다. 뭔가 이유가 있어야 했다. 페리가 갑자기 찬송가책을 높이 쳐들어 보여준 것과 마찬가지로. 그녀는 그의 이런 행동이 뭘 알리려 한 건지 알아낼 수가 없었다. 혹시 다음 주 일요일에도 여기 교회에서 만나자는 것일까? 일요일까지 정말 아무 일도 일어나지 않는다면 그 무한처럼 긴 시간을 어떻게 견디란 말인가! "귀가 먹었니?" 토르머가 한숨을 내쉬었다. "키쉬 머리를 쳐다보고 있는 저 남자 보이냐고, 내가 벌써 세 번째 물어보는 거 안 들려?" 키쉬 머리라니, 웃기고 있네! 물론 보인다고, 그 사람은 머리가 아니라 그 옆에 있는 사람을 보고 있다고 말하면 속이 후련했겠지만 그녀가 바라는 일을 망치고 싶지 않다면 그냥 잠자코 있어야 한다는 것을 알고 있었다.

학생들이 출발했다. 페리도 그들 옆에서 출발했다. 도로를 건너 머툴러 야노쉬 거리로 들어섰을 때, 대위가 그들 곁으로 바짝 다가왔다. 토르머, 키쉬 머리, 기녀를 쳐다보지는 않았지만 그들이 서 있는 줄에 막 걸음을 맞추어 걸었다. 바로 앞에서는 주전녀가 걷고 있었다. 주전녀는 청년을 알아차렸지만 그냥 흘려 보았다. 그녀의 눈에 비친 그는 그저 열정적인 신앙을 가진 선량한 행인으로, 분명 집으로 귀가하는 사람이었으며 눈빛으로라도 소녀들을 추행할 사람은 아니었던 것이다. 페리는 행렬 중간을 지나가고 싶은 듯 보였다. 첫 번째 골목길에 이르러 그는 아주 무례하게도 소녀들의 행렬 사이로 발을 들여놓았다. 길을 서둘러 가야 한다는 듯 애쓰더니, 기녀의 손에서 찬송가책을 떨어트리고 토르머의 발까지 밟았다. 주전녀는 엄격한 눈빛으로 그를 쳐다봤다. 토르머는 킥킥거리며 웃고, 기녀는 얼굴이 새빨개진 채 그냥 서 있고, 키쉬 머리는 당당하고 영광스러운 표정이었다. 페리는 모자를 들어올리고는 기녀의 찬송가책을 집어 들며, 소녀들이 아니라 주전녀에게 사과했다. 죄송하지만 아주 중요한 약속에 서두르느라 정신이 없었다면서 기녀의 찬송가책을 되돌려주었다. 그는 다시 자신의 부주의를 사과하고 나서 또 한 번 모자를 들어 올리더니, 뒤도 돌아보지 않고 건너편 길 쪽으로 서둘러 떠났다. 기녀는 너무 놀라 멍하니 그의 뒤를 바라보았다. 주전녀가 낯선 남자를 눈으로 좇지 말고 앞으로 계속 가라고 지적했다. 페리는 그녀에게 접근하려고 하지도 않았다. 말도 안 붙이고, 인사도 안 하고, 그들이 아는 사이라는 티를 내지도 않았다. 이 모든 것이 하나도 맞아 떨어지지 않는 일들인지라 소녀는 아무것도 이해할 수가 없었다. 도대체 뭘 원하는 거지? 이래서 도대체 어떻게 만날 수 있겠어? 일부러 넘어지고 그녀의 손에서 찬송가책을 떨어트린 것이라고 생각했지만, 그건 그냥 우연이었을 뿐 그녀만의 오해였다. 그의 계획이 무엇인지 알 수가 없었다.

맞다, 찬송가! 페리 생각으로 꽉 차 있는 와중이라고 머툴러의 교칙까지 잊고 있던 것은 아니었다. 찬송가책이 더러워졌다면 큰일이었다. 기녀는 찬송가책을 살펴보려고 가까이 들었다가 곧바로 아래로 내렸다. 그리고 그것이 마치 그녀를 아버지에게로 이끌어 줄 페리의 진짜 손이라도 되는 듯 외투 위에 꼭 끌어안았다. 그것은 그녀의 찬송가책이 아니었다. 지금 손에 쥐고 있는 것은 맨 뒷장에 쪽지가 삐져나와 있는 낯선 찬송가책이었다. 페리가 둘의 찬송가책을 바꿔치기한 것이다. 삐죽 나온 쪽지에는 그녀가 메모한 내용이 아니라 대위의 메시지가 있었다. 옆에서 속닥거리는 머리와 친구들이 무슨 얘기를 하고 있는지 기녀에게는 들리지 않았다. 학교로 돌아와서 그녀는 외투를 벗어 걸기도 전에 화장실로 뛰어가 낯선 찬송가를 펼쳤다.

"지니,"—이렇게 부르는 것도 마르셀이 떠난 이후 아무도 없었다— 페리의 글을 읽었다. "장군님께서 많이 아프십니다. 아버님께 당신을 데려가야 하는데 간단치가 않군요. 이 빌어먹을 개신교 수도원에서 당신을 만나려고 며칠 전부터 시도했지만 허락하지를 않아요. 오늘 오후에 다시 한 번 시도하겠습니다. 하지만 당신과 이야기하게 해주지 않는다면, 자정에 저 작은 정원 문으로 나오세요. 손잡이 없이 그냥 잠그는 문, 거기 담 밖에서 기다릴게요. 잘 있어요. *페리가.*"

기너는 쪽지를 잘게 찢었다. 심장이 터질 듯 아팠지만 머툴러에서는 어떤 위험도 무릅써서는 안 된다는 것을 충분히 배워 알고 있었다. 정말 사기꾼들, 위선자들! 페리가 며칠 전부터 찾고 있다고 누구도 말 한 마디 하지 않았다. 그리고 아버지는? 아버지는 어떻게 되신 걸까? 정말 많이 편찮으신 거라면, 만나지 못하게 한 일은 비밀스럽고 위험한 일이 아니라 그냥 더 단순하고 슬픈 상황인 것이다. 만약 아버지가 페리에게 그녀를 데려오라고 부탁한 거라면, 예전의 금지사항은 다 무효가 되고 그저 이 완고한 종교인들에게 그녀가 여기서 나가야 한다는 것을 이해시키기만 하면 되는 것이다. 그것도 즉시! 자식 하나 곁에 없는 사람이 얼마나 큰 고통을 겪고 있을지 누가 알겠는가?!

페리가 여기까지 어떻게 올 수 있을지가 문제다.

그는 머툴러를 모른다. 이 사람들은 사람이 아니다. 영혼 대신 학교 규범서와 규칙이 자리하고 있을 뿐이다. 성사 가능성은 크지 않지만 대위가 다시 만남을 시도하겠다고 한 그날 오후, 기너는 주전녀에게 어지럽다고 거짓말을 하고 산책을 나가지 않았다. 사감은 진료를 받도록 의사에게 보냈지만, 의사는 그녀에게서 청소년기의 혼란 외에 어떤 원인도 찾지 못한 채 안타까워하며 그녀가 학교에 남아 있도록 내버려두었다. 머툴러에서 산책은 모두가 기다리던 시간이었기에 그녀가 거짓말을 하고 있다고는 아무도 상상하지 못했다. 기녀는 거실에 앉아 앞에 놓인 교과서는 거들떠보지도 않고 그저 밖을 살피고 있었다. 거의 모든 선생님들이 한두 번씩 거실을 지나갔고 교장선생님도 그녀를 봤다. 당직실에서는 계속 전화가 울렸다. 아무도 그녀를 부르지 않았고, 손님을 맞이하는 응접실로 오라고 하지 않았다. 학급 아이들이 돌아왔다. 키쉬 머리는 여전히 오전의 남자에 대해 얘기했다. 그가 머툴러 맞은편 바깥에 서서 산책하는 사람들을 보고 있더라며, 누군가 그와 사랑에 빠지는 것은 정말 굉장한 일이 아니겠느냐고 했다.

'성공하지 못했구나.' 소녀는 생각했다. 그렇다면 이 복잡한 체스판에서 이제 그녀가 나서야 했다. 손잡이 없이 그냥 잠그는 그 정원 문으로 자정에 나가야 했다. 이 일은 이론상 실현할 수 없을 것 같아 보였다. 사감은 밤에, 가장 불가능해 보이는 시간에도 침실에 나타나곤 했다. 또한 다시 방공 연습이나 예기치 못한 비상사태 같은 일들이 일어날 수도 있다. 설사 여느 때와 같아서 자정에 침실에서 나가 정원에서 15분 정도 머무를 수 있다 하더라도, 과연 아무도 눈치 채지 못하게 복도의 잠긴 문으로 나갈 수 있을까? 만약 창문으로 나갈 경우에는 다시 돌아오려면 창문을 열어둬야 하는데, 누군가 그걸 보고 잠그기라도 하면—창문 닫는 걸 깜빡한 줄 알고— 그녀는 아침까지 바깥 정원에 쪼그려 앉아 있어야 한다.

하지만 그녀를 위해 어떤 희생과 위험도 무릅쓸 친구들이 있다는 생각이 기녀의 흥분을 가라앉혔고, 곧 모두 진정되었다. 주전녀가 자유 시간을 허락하자 그녀는 토르머, 반키, 키쉬 머리를 따로 불러냈다. 정확히 자정에 정원에서 누군가를 만나야 하는데 어떻게 하면 좋을지 생각을 짜내라고, 도와달라고 속삭였다. 이것은 생각보다 훨씬 더 큰 반향을 일으켰다. 그 말 많던 키쉬 머리가 한 마디도 하지 못하고 그저 침만 크게 삼켰다. 덜덜 떨기 시작하던 토르머는 "누구? 누구랑?" 하고 더듬거렸다. 가장 특이한 것은 반키의 행동으로, 그녀는 소리를 지르거나 놀라지도 않고 침착하게 기녀에게 물었다. "마침내 쿤츠 페리가 나타났다는 거지?"

기녀는 그녀를 쳐다보았다. 아무리 그에 대해 많이 이야기를 했다고 하더라도 한밤중의 방문자가 대위라는 사실이 그렇게 뻔한 것은 아닐 텐데? 미모 고모일 수도 있고, 부디페스트에 살고 있는 어떤 여자 친구나 장군 본인이 왔다고 해도 충분히 낭만적인 일이다. 왜 꼭 페리라고 생각한 걸까? 반키는 어떻게 알았을까? 오늘 젊은 청년을 보긴 했지만 모두들 머리를 쳐다보는 줄 알고 있었다. 그리고 찬송가책이 바뀐 것은 아무도 알아채지 못한 일이었다. 반키는 그녀가 한참 생각하도록 놔두지 않았다. 캐묻지 않아도 이유를 말했다. "그렇다면 어쨌든 내 편지를 받았다는 거네."

모든 것이 밝혀졌다. 키쉬 머리와 토르머는 자신들이 빠진 예상치 못한 연극을 보게 되었다. 줄리엣 역할의 기녀, 그녀의 로미오 젊은이, 그의 의도가 밝혀진다면 캐플릿가에서 몬태규가의 아들을 맞이하듯 이곳 머툴러가 그를 맞이할 것이다. 크리스마스 방학 동안 혼자 남겨졌던 불행한 소녀를 가엾게 여긴 사랑의 유모 반키. 반키는 어머니와 함께 그들이 살고 있는 작은 도시로 돌아갔을 때 부다페스트 자포르 거리 44번지에 살고 있는 쿤츠 페렌츠 대위에게 편지를 보냈다. 그 안에는 이렇게 적혀 있었다.

"매우 존경하는 대위님! 비터이 게오르기녀는 아르코드에 있는 머툴러 야노쉬 학교에 있습니다. 당신에게 편지를 쓰지도 못하고, 크리스마스에 집으로 데려가지도 않아 매우 불행하다는 것을 알려드립니다. 당신이 만나러 오신다면 분명히 기뻐할 겁니다. *선의의 친구가.*"

반키는 이름까지 쓸 엄두는 내지 못했다고 말했다. 쿤츠 페리가 자칫 신중하지 못해서 자신의 정체가 밝혀지면, 그 영향으로 교장 선생님이 자신을 퇴학시키는 일이 일어날까 봐 겁이 났기 때문이라고 했다. 하지만 반키는 편지를 써서 대위가 어떻게든 찾아오게 하고 싶었다. 이것이 바로 그녀가 돌아왔을 때 말했던 크리스마스 선물이었다. 방학이 끝나고 돌아왔을 때, 쿤츠 페리가 이곳에 다녀가지 않았다는 소리에 반키는 정말 실망했었다. 처음에 편지를 썼다고 말하지 않은 것은, 남자들은 거짓말쟁이라 쿤츠가 벌써 다른 사람을 사랑한다고 믿었기 때문이다. 정말 미안하지만, 쿤츠가 사랑한다는 건 그냥 기녀의 말일 뿐이고 대위는 이제 겨우 5학년인 그녀를 무시하고 있다고 생각했다. 하지만 이젠 정말 그가 사랑한다는 것을 알게 되었다. 사랑하는 이들을 이어주다니, 반키는 자신이 얼마나 대단하느냐고 했다.

토르머는 이 기발한 이야기에 정말 감동했다. 사심 없는 키쉬 머리도 밝게 웃으며 축하해주었다. 교회 앞에서 그 청년이 지켜본 사람이 자기가 아니라 비터이였다는 것에 전혀 실망하지 않은 듯했다. 기녀는 대위가 쪽지에 뭐라고 썼는지, 그걸 어떻게 전달했는지 말했다. 그녀는 기뻤다. 대위는 쪽지에 기녀를 아버지에게 데려가야 한다고 적었다. 그렇다면 그는 반키의 편지 때문에 온 게 아니라 가여운 병든 아버지가 보낸 것이다. 다시 말해 누구에게나, 심지어 페리에게도 숨겨야 했던 그녀의 은신처를 반키가 선의로 누설했다고 해서 양심의 가책을 느낄 필요가 없는 것이다. 청년의 방문은 반키의 편지와는 무관하다. 대위는 자정에 정원에서 만나자고 했다. 기녀는 소녀들에게 다시 말했다. 이건 그들이 도와줘야만 가능하며, 혼자서는 해낼 수가 없다고.

먼 훗날, 그날의 오후도 추억이 되어버렸을 때, 기녀는 세 친구가 얼마나 소중했던가 자주 떠올렸다. 당당하고 미소 띤 얼굴에 금발인 반키, 열정적이고 모든 일에 적극적인 키쉬 머리, 그들이 무슨 일을 준비하는지 알자마자 두려움에 놀라 작은 입을 벌렸지만 다른 두 소녀만큼 역할을 해냈던 커다랗고 파란 눈의 토르머. 그들은 함께 머리를 맞대고 계획을 세웠다. 간단하고 실행 가능한 계획. 겁이 제일 많은 토르머에게 그날 밤 환자 역을 맡겼다. 11시 반에 반키는 토르머의 상태가 좋지 않다며 주전녀를 깨울 것이다. 주전녀가 토르머를 병실로 옮기면 토르머는 12시 반까지 죽어가리라. 신음하고 비명을 질러대서 의사와 주전녀가 그녀 곁에 머물도록 할 것이다. 토르머는 어디가 아프다고 할지 저녁까지 생각해내야 한다. 볼 수 없는 곳, 예를 들어 목구멍 같은 곳이어야 할 테지. 배도 아프다고 하자. 맹장 증상일 수도 있다고 생각하도록. 이미 맹장이 없는 반키가 제안했다. 12시가 되기 몇 분 전에 기녀는 복도 창문을 통해 밖으로 나가고 키쉬 머리가 창문을 닫는다. 그리고 침실 문 앞을 지킨다. 반키는 그사이 환자 병실 복도를 감시하다가 혹시 주전녀가 돌아오려고 하면 막는다. 필요하다면 경련이 일어난 척하면서 바닥에 쓰러진다. 마치 끔찍한 전염병에 걸린 듯. 키쉬 머리는 12시 15분에 창을 다시 열고 정원에 있는 기녀를 들어오게 한다. 기녀는 12시 15분에 창문 아래 서 있도록 한다. 그 이상 시간을 보내는 것은 위험하기도 하고 더 지체할 수도 없기 때문이다. 네 명의 소녀들은 어떻게 할지 계획한 다음, 떠들거나 웃고 싶은 마음이 싹 사라졌다. 항상 입가에 웃음이 떠나지 않던 머리마저도 마치 그들의 영혼이 방금 계획된 코미디와 비밀 뒤에 뭔가 이름 붙일 수 없는 것들을 살피게 된 듯 진지했다. 모두 하나같이 밥맛이 없었던 그들은 저녁식사를 대충 쑤셔 넣었다. 그리고 예배 시간에 5학년 학급생들 모두가 기도하는 가운데, 너무 열심히, 너무 열정적으로 기도하는 이들 네 명의 모습을 주전녀는 한참 지켜봤다. 반키의 눈에는 눈물까지 맺혀 있었다.

  9시에 불을 껐지만 5학년 학생들 방은 한참 조용해지지 않았다. 일요일에는 교회에서 시내 사람들을 보고 바깥사람들과 긴 시간 접촉이 있는 터라, 심지어 경건한 교회 예식을 할 때도 항상 평소보다 더 부산하곤 했다. 하지만 11시가 되자 모두 잠들었고, 침실에는 작당한 네 명을 빼곤 깨어 있는 아이들이 아무도 없었다. 11시 반이 되자 반키는 주전녀에게 가서 토르머의 상태가 좋지 않다고 보고했다. 아직 수녀복을 입고 있던 주전녀는 곧장 침실로 들어와 한숨을 쉬고 있는 토르머에게 말없이 따라오라고 했다. 그리고 반키에게 벌써 잠든 아이들을 깨우지 말라고 주의를 줬다.

기녀와 키쉬 머리는 이불 속에 누워 있었다. 이제 모든 것은 토르머가 어떻게 연기해주느냐에 달렸다. 제대로 해내야 한다. 반키는 몇 분 뒤에 밖으로 나가더니 곧바로 돌아왔다. 그녀는 양호실까지 몰래 다녀왔는데, 가여운 토르머가 토를 하는지 끔찍한 소리가 나고 있다고 했다. 키쉬 머리는 본인도 조금 긴장하고 있었지만, 바로 구토제나 설사제를 받았을 토르머를 생각하니 그녀 인생에 너무 전형적인 일이라며 킬킬거렸다. 그들은 기녀의 침대에서 서로에게 기대어 킥킥대며 웃었다. 다른 아이들은 모두 잠들어 있었고, 토르머가 나갈 때도 아무도 깨우지 않았다. 그들은 방공 등불에 비친 시곗바늘을 보고 있었다. 그러고 나서 자정 2분 전에 침대에서 나왔다. 제대로 옷을 차려입을 시간도 기회도 없었다. 취침시간에 속옷과 스타킹을 벗지 않은 채 누워 있던 기녀는 그 위에 바로 셔츠를 걸쳤다. 혹시 추운 정원에서 기녀가 감기에 걸릴까 봐 키쉬 머리는 자신의 가운도 덮어주었다. 그들은 침실에서 나갔다. 반키는 복도가 꺾이는 곳에서 보초를 서고, 키쉬 머리는 창문을 열고, 기녀는 창틀 난간에 무릎으로 올랐다. 기녀는 팔을 뒤로 뻗어 키쉬 머리와 조용히 키스했다. 그런 다음 그녀는 어느새 아래의 정원에 있었고, 그녀 뒤로 대공용 암막 종이로 가려진 창문이 닫혔다. 그때 시계가 자정을 울리기 시작했다. 마지막 종이 울릴 때 소녀는 아비가일 석상을 지나 달리고 있었다. 달빛이 밝게 빛나는 봄밤이었다. 기녀는 어디로 가야 하는지 잘 볼 수 있었다. 손잡이가 없는 철문에 다다랐을 때는 뭘 해야 할지 몰라서 그저 뭔가 신호가 오기를 기다렸다. 오랫동안 기다릴 필요는 없었다. 탑시계가 조용해지자마자 누군가 밖에서 철문을 살짝 두드렸다. 말은 하지 못한 채 기녀도 조용히 한 번 두드렸다. 가슴이 터질 것만 같았다.

밖에서 누군가 자물쇠 주변을 서성거리고 있었다. 그가 열쇠구멍을 가리고 있는 철판을 옆으로 밀었고, 기녀도 안쪽에 있는 철판을 옆으로 밀고 그 작은 구멍에 귀를 갖다 댔다. 속삭이는 소리가 들렸다.

"지니? 지니, 당신이에요? 내 말 들려요?"

"저예요." 소녀는 열쇠구멍으로 숨을 내쉬었다. 자신이 속삭이는 소리가 너무 낯설었다. 자기 입으로 완전히 다른 사람이 말하고 있는 것 같았다. "우리 아버지는 어떠신가요?"

"심장이요." 열쇠구멍으로 목소리가 대답했다. "하지만 이제 큰 고비는 넘겼으니 걱정 말아요. 어떻게든 만나고 싶어하세요. 제게 머툴러에서 데려오라고 부탁하셨어요. 곧바로 집으로 데려오라고요."

심장. 한 번도 심장에 문제가 있었던 적은 없었다. 하지만 그녀가 어디에 있는지 아버지가 페리에게 말했다면, 머툴러에서 데리고 나오도록 그에게 부탁했다면 대위도 저항군 소속이란 뜻이다. 아, 아버지와 함께 투쟁한다니 얼마나 다행한 일인가! 그간 아르코드의 레지스탕스를 정말 존경했지만, 페리와 함께 갈 수 있다면 더욱 좋다. 아니면 그 레지스탕스도 함께 있는 걸까? 혹시 여기에도? 페리 옆에 서 있는데 그녀만 못 보는 건가?

"혼자인가요?" 그녀가 물었다.

"당연하죠. 누구하고 있겠어요?"

"아버지는 자신이 못 오면 아르코드의 레지스탕스를 보낼 거라고 하셨어요. 그분도 와 있는 줄 알았어요."

"아르코드의 레지스탕스라고요?" 목소리가 속삭였다.

"교회에서 성가판을 재배치하고 대자보를 붙인 사람이요. 아버지가 머툴러에서 그 사람하고만 나갈 수 있다고 하셨어요."

"그 사람이 바로 저라니까요." 열쇠구멍에서 한숨이 터져나왔다.

그녀는 답을 하지 못했다. 밖에서도 잠시 동안 침묵이 이어지고 나서 다시 속삭임이 시작됐다.

"저는 여기 아르코드에 몇 달 전부터 있었어요. 장군님이 당신을 기끼이에서 돌볼 수 있도록 전근시키셨죠. 서는 여기서, 그리고 장군님은 부다페스트에서 임무를 수행하는 거예요. 내가 가까이 있다는 걸 못 느꼈나요?"

그녀는 두 손을 철문에 대고 기댔다. 다리가 더 이상 버티지 못할 것 같았다. 아버지는 아르코드의 레지스탕스에 대해 그녀가 아는 사람이지만 그게 누구인지는 모를 거라고 했었다. 하지만 그게 페리라니, 처음부터 끝까지 페리였다니…. 그래서였구나. 몇 달째 여기서 근무하고 있었다면 당연히 반키의 편지는 그에게 도착할 수 없었을 테지. 그리고 설사 부다페스트에서 이곳으로 재전송했다고 해도, 그 편지 속에 페리에게 새로운 정보는 하나도 없었을 것이고. 항상 짐작은 했었다. 그 용감한 영웅은 군인일 거라고. 그런데 그가 바로 그녀의 페리라니! 모든 것이 얼마나 이해하기 쉽고 멋진가! 아버지만 회복되신다면, 아니, 꼭 회복될 것이다! 페리가 위험한 고비는 넘겼다고 했다.

"11월부터 아버지를 못 뵈었어요." 그녀는 열쇠구멍 안에 속삭였다. "처음엔 겁나지 않았어요. 어쩌면 오랫동안 오지 못할 수도 있다고 미리 말씀하셨으니까. 하지만 무슨 문제가 생겼다고 느꼈죠. 다른 문제가 생긴 줄 알았어요. 일하고 관련해서. 별 문제는 없는 거죠? 그렇죠, 페리?"

철문을 넘어 목소리가 속삭였다. "없어요."

"계획은 성공했나요?"

"당연하죠." 숨소리가 대답했다.

"왜 독일군들이 주둔하는 거예요?"

"여기 머물지 않을 겁니다. 곧 지나갈 거예요. 그건 신경 쓰지 말아요!"

여기 머물지 않는다. 위험이 없다.

"지니, 듣고 있어요? 내일 같은 시간에 여기 올게요. 바로 떠날 수 있도록 준비하세요. 내일까지 열쇠를 구해서 내가 밖에서 문을 열게요. 아침이면 장군님이 계신 부다페스트에 가 있을 거예요. 이렇게 로맨틱하게 데려갈 수밖에 없는 건, 이 미친 사람들이 저랑 아예 말 상대를 하지 않기 때문이에요. 교장선생님도 만나지 못했어요. 아버님 부탁으로 왔다고 수위에게 말했는데도 자기는 상관없다더군요. 이런 학교는 평생 처음 봐요. 여긴 거의 감옥이에요!"

아, 얼마나 맞는 말인가! 9월부터 이곳에서 살고 있는 사람에게는 더더욱 그러했다.

"내일 문 앞에 자동차가 서 있을 거고, 나오자마자 출발할 거예요. 15분 후에는 여기 살았던 것도 잊을 겁니다."

'절대 잊지 않을 거예요.' 소녀는 생각했다. 그녀는 이 낯선 시간, 이 연약한 달빛 속에서, 얼어붙을 듯 춥지만 봄 향기를 가득 뿜어내는 정원에서, 왜 자신이 머툴러를 언제까지나 절대로 잊지 못할 거라고 생각하는지 깜짝 놀랐다. 그녀는 대위가 무슨 말을 더 해주길 기다렸다. 비록 스스로 그런 말이 부끄럽긴 했지만, 그녀에게만 해당하는 무언가, 아버지의 지시나 명령 수행에 대한 세부사항이 아닌 아주 개인적인 무언가를 더 말해주기를 기대했다. 하지만 저항군에 가담하여 끊임없이 영웅적인 행동을 해야 하는 남자들은 이런 순간에 사랑의 밀어를 꺼내지 않을지도 모른다.

"내일 이 시간이에요, 지니. 정확해야 해요." 숨소리가 흘러나왔다. 페리는 작별 인사 없이 떠났다. 그의 발걸음이 멀어지는 소리가 들렸다. 혹시 다시 돌아올까 한동안 기다렸지만 대위는 나타나지 않았다. 얼마 지나지 않아 왜 그런지 그녀는 알 수 있었다. 밖에서 다시 발걸음 소리가 들렸다. 누군가 머툴러의 울타리 옆을 지나가고 있었다. 늦은 시간에 바쁘게 걷는 행인이었다. 그 소리에 대위가 놀란 것이 분명했다. 중요한 이야기는 다 했으니 상관없다. 그녀는 뒤돌아 정원을 가로질러 달렸고 창문을 두드렸다. 창이 바로 열렸고, 키쉬 머리가 손을 뻗어 그녀가 복도로 다시 올라올 수 있도록 도와주었다. 1분 뒤 그들은 다시 침실에 들어가 있었다.

그들은 잠자리에 들지 않은 채, 반키가 돌아오기를 기다렸다. 흥분 탓에, 또 싸늘한 3월 밤 날씨에 기녀는 몸을 떨었다.

"키스는 했어?" 키쉬 머리가 들떠 질문을 하고는 이내 부끄러워했다. 그들 사이에 벽이 가로막고 있는데 어떻게 키스를 했겠는가

하는 생각이 들었기 때문이다. "반키가 보낸 편지를 받고 왔대? 좋아하던? 서로 약혼하기로 한 거야? 하나도 빼지 말고 얘기해줘!"

그녀는 진상을 고백할 엄두가 나지 않았다. 페리가 까먹고 사랑 이야기는 하지 않은 채, 그저 아버지에 대해서, 저항군에 대해서만 이야기를 나누었다고, 또 사실 페리는 그녀가 여기 온 다음부터 바로 아르코드에서 근무하기 시작했으며, 다만 지금까지 그가 나타날 수 없었을 뿐이지 반키의 호의는 불필요한 것이었다는 걸 어떻게 말하겠는가. 그뿐인가? 그 소란스럽던 예배에서 페리가 성가판을 뒤집어놓았는데도 지역 경비대원들 사이에서 그를 발견하지 못했지 않았나. 기녀는 그냥 반키가 기뻐하도록, 그녀의 편지로 인해 페리가 방문한 것으로 하기로 했다. 내일 마침내 그들을 두고 떠나게 될 것이고, 이 일에는 아무도 관련시키지 않으리라 다짐했다. 그녀가 탈출한 것이 밝혀지더라도, 나중에 그들에게 문제가 되지 않게 하려면 더 이상 도움을 받을 수 없다. 내일 자정에 정원 문이 열릴 것이다. 만약 기녀가 창에서 뛰어내릴 때 주전녀가 방에서 뛰쳐나온다 해도, 그녀가 정원을 가로지르는 동안에 잡을 수는 없을 것이다. 그 긴 치마를 입고 그렇게 빨리 쫓아올 수는 없다.

반키는 12시 반에 돌아와 병실에서 아무 소리도 들리지 않는다고 했다. 토르머는 이제 신음하지 않지만 주전녀와 의사 선생님이 그곳에 남아 있다고 전했다. 기녀는 반키에게도 거짓말을 해야 했다. 페리와 사랑의 대화를 나누었으며 이 모든 것이 네 덕분이라고 말했다. 복도에서 그렇게 오랜 시간 망을 본 게 헛되지 않았다고 느끼도록 해야 했다. 그들은 그녀가 조용히 있도록 가만히 놔두질 않았다. 오늘 밤 그녀 때문에 위험을 감수한 친구들이 기뻐하도록 기너는 있지도 않았던 사랑의 속삭임들을 다시, 또다시 반복해야 했다. 마침내 모두들 잠들었을 때 기너는 인생의 가장 중요한 사건들이 얼마나 이상하고 느닷없이 일어나는지 생각하며 오랫동안 깨어 있었다. 예상한 시간과 방식이 아니라 완전히 다르게, 예고 없이, 비논리적으로 일어난다고 말이다. 합창대석에 갑자기 누군가 나타나 그녀를 쳐다보고, 그녀가 마주보고, 그걸로 인생 전체가 모두 바뀌어버리는 것이다.

머툴러에서 보내는 마지막 밤이다. 이곳 사람들은 내일이면 그녀 없이 남아 있을 것이다. 특별한 흑백의 법칙, 그리고 환상들과 함께. 아침이면 그녀는 이미 집에서 아버지와 같이 있겠지. 그녀가 아버지의 침대로 달려가면 금방 좋아지실 것이다. 아, 아버지는 자신이 데리러 오지 못한다면, 그녀를 부탁한 사람이 누구인지 알게 될 것이고, 그 사람은 그녀가 이미 알고 있는 사람일 거라고 했었다. 어떻게 페리를 모르겠는가, 그녀의 사랑을! 아버지가 하는 일이란 얼마나 많은 속임수와 비밀이 따르는 것일까? 봐, 겉으로 아버지는 쿤츠 대위를 집 안에 얼씬거리지 못하게 할 정도로 싫어하는 것 같았는데, 다른 한편으로는 가장 소중한 이를 맡길 정도로 최고로 좋은 친구이자 의리 있는 동료였잖아!

문이 살짝 열리고, 주전너가 안을 들여다보았다. 기너는 반쯤 눈을 감고, 주전너가 주변을 둘러보며 아무 이상 없다는 걸 확인한 다음에 문 닫고 사라지는 것을 보았다. 지금 그녀는 마치 자신이 어른이고 주전너는 흑백의 울타리에 갇힌 아이, 학생인 것처럼 느꺼졌다. 어쨌든 유배의 시간은 끝났다. 내일부터 그녀 앞에 다시 세상이 열릴 것이다. 단순한 주전너가 이곳에서 영원히 죄수처럼 머무는 동안, 그녀는 세상으로 되돌아갈 것이다.

## 아르코드의 레지스탕스

전날, 페리와의 조우 계획을 세우며 기녀 무리는 학급 전체를 그 날 밤 준비에 참여하도록 할 것인가를 두고 논쟁을 벌였었다. 특히 키쉬 머리는 5년 동안이나 함께 동거동락하고 자매나 마찬가지인 학급 아이들 중 배신할 사람은 아무도 없으니 모든 일을 말하는 게 마땅하다고 주장했다. 반키가 쿤츠 페리를 이곳으로 오게 만드는 데 성공했다니, 이 얼마나 엄청난 사건이며, 또 한밤중의 만남은 얼마나 로맨틱한가! 겁 많은 토르머는 반대했다. 동급생의 데이트를 돕는 건 죽을 각오를 해야 하는 일이라, 학급 아이들 모두에게 말해선 절대 안 된다고 했다. 자매들이 함께 머툴러의 다른 학년에 다니는 아이들도 있는데, 혹시라도 얘기가 새어나가 소문이라도 퍼진다면 대체 우리에게 어떤 일이 일어나겠냐는 것이었다. 그러니 넷이 비밀을 지키고 더는 다른 사람을 끌어들이지 말자고 했다. 반키도 그 편이 옳다고 생각했기 때문에 결국 그러기로 했다.

다음 날 아침도 거짓말과 함께 시작됐다. 학급 아이들에게 아무것도 알리지 않았기 때문이 아니라, 공모자들이 밤의 데이트에서 어떤 일이 일어났는지 계속 듣고 싶어했기 때문이다. 기녀는 또다시 사실이 아닌 말을 했다. 서로의 사랑을 확인했으며, 대위는 다른 사람은 필요 없다고, 그녀를 사랑하기에 기다리겠다고 약속했다. 하지만 페리는 오늘 아르코드를 떠나야 하기에 그들은 만날 수 없다. 편지도 쓰지 않을 것이다. 다시 올 수 있다면 이번 예배 때처럼 어느 일요일에 불쑥 나타날 것이다…. 반키와 키쉬 머리는 학교에서 계속 서로를 바라보았다. 그리고 눈이 마주칠 때마다 그날 밤 얼마나 대단한 사건의 증인들이었는지 서로 확인시켰다.

기녀는 어릴 때 종종 프랑스 소녀나 장군과 어떤 갈등이 생기게 되면—당연히 이런 일은 아버지나 마르셀이 뭔가 그녀에게 불만을 느끼고 그녀를 힘들게 할 때였다—, 하늘이 무너지는 듯한 기분에 빠진 채, 모든 사람들에게 아주 비정상적으로 친절하고 좋은 사람이 되고 싶다는 강렬한 느낌을 받곤 했다. 그럴 때 그녀는 부엌으로 내려가 도와줄 게 없는지 묻거나 청소를 하려고 부지런을 떨었다. 아무 말도 안 했는데 진열장을 정리한다거나 책장에서 먼지를 떨어냈다. 제일 큰맘먹고 하는 일은 장군에게 늙은 고모를 방문하자고 제안하는 것이었다. 아버지는 고모를 아주 사랑했지만, 기녀는 고모의 거실—거의 항상 인공적인 조명이 비추고 특이한 향기로 가득 찬—에 앉아 있어야 할 때면 지루하고 참기 힘들기만 했다.

기녀는 머툴러의 학칙이 정당하지 않다고 생각했을 뿐더러 그녀가 저지른, 그리고 준비하는 일이 불가피하다고 느꼈지만, 어쨌든 그것이 학칙에 어긋난다는 것을 잘 알고 있었다. 그래서 모든 사람들에게 착한 사람이 되고 싶다는 욕구가 다시 일었다. 1교시에 프랑스어 작문을 적어야 했을 때, 기구쉬 선생님은 평소대로 기녀가 다른 사람들에게 가르쳐주지 못하도록 강단에 따로 앉혔다. 기녀는 커닝페이퍼를 만들어, 항상 언어 공부를 어려워하는 서보를 위해 움직였다. 서보가 보는 앞에서 죽을 각오로 기구쉬 선생님의 주머니에 그 쪽지를 넣은 것이다. 뱀을 부리는 사람의 눈빛으로 서보는 기녀의 손을 쫓았다. 기구쉬 신생님은 나튼한 눈빛으로 책상 사이를 걸었다. 주머니에 커닝페이퍼를 꽂은 선생님은 서보에게 이르자 평소처럼 그녀의 작문 공책을 보기 위해 허리를 구부렸다. 서보는 덜덜 떨면서 선생님의 손수건 옆에 꽂혀 있던 쪽지를 꺼냈다. 그날 기녀의 번역은 놀라운 언어적 해답을 담고 있었다. 통상 그녀가 마르셀에게 배운 어휘 활용은 고전으로 다져진 머툴러 학생들보다 훨씬 허술하고 평범하고 일상적이었다. 이곳에선 뛰어난 학생이라면 다들 프랑스 혁명 시대에 살고 있는 것처럼 쓰려고 노력했다. 그날 기녀는 이걸 모방해서 기구쉬 선생님이 번역한 것처럼 조금 예스럽고 고전적인 문장들을 서보에게 써 보냈다.

모든 사람에게 좋은 사람이 되고자 하는 열망이 얼마나 컸는지, 쾨니그의 수업 시간에도 달랐다. 기녀는 아무런 나쁜 짓도 하지 않고, 쪽지도 안 쓰고, 그림도 안 그리고, 하품도 안 하고, 창밖을 멍하니 쳐다보지도 않았다. 생전 처음으로 쾨니그의 설명을 끝까지 주의 깊게 들었으며, 그것이 놀라울 정도로 흥미롭고 다채롭고 설득력 있다는 것에 놀라기까지 했다. 정말 우스운 일이었지만, 다음 날 이 단원의 끝을 듣지 못할 거라는 점이 아쉽기까지 했다. 쾨니그는 기너가 집중하고 있다는 것을 느꼈을 것이다. 왜냐하면 기너가 머툴러에 온 이후, 시키지도 않은 과제에 자원한 것이 처음이었기 때문이다. 그녀는 다음 날 과제 번역을 준비하겠다고 했다. 프랑스어 덕분에 라틴어는 그녀에게 항상 쉬운 과목이었다. 비슷한 언어여서 배우지 않은 단어들도 쉽게 이해했다. 쾨니그는 칭찬을 하며 '비터이 양에게 무슨 일이 있었나' 생각하는 듯 여러 차례 그녀를 쳐다보았다.

그다음 시간은 음악이었다. 기너는 가슴 가득히 노래를 불렀다. 그날은 허이두의 평가가 있는 날이었다. 연습곡으로 주어진 찬송가 186장을 기너는 즐겁게 불렀고 허이두는 만족한 듯 최고 점수를 써넣었다. 반키와 키쉬 머리는 이 찬송가 때문에 웃음이 터져버려 ─ 허이두는 뭐가 웃긴지 알지 못했지만 ─ 바로 구석으로 자리를 피해버렸다. 그날 과제로 주어진 찬송가가 전날 밤 이야기와 우연히도 맞아떨어졌던 것이다. 기너도 웃긴 포인트를 느꼈지만 그녀는 진지하게 노래를 불렀다. "태양은 벌써 사라지고 하늘이 어두워지기 시작하네. 자연은 휴식처로 변하고 모든 것이 고요해지네. 꿈이 나도 새롭게 하리. 지친 내 육신의 안식을, 마음의 시작을 찾으리." 허이두 선생님은 사악한 반키와 건방진 키쉬 머리가 구석에서 감히 킬킬거리고 있다는 것을 곧 알아차리고 열을 받았다. 난생처음 비터이 양이 이 아름다운 저녁 노래를 제대로 부르고 있는

데 뭐가 그리 우습다는 건가?! 해가 저물고 나서 머툴러의 정원에서 무슨 일이 일어났는지, 그리고 비터이 게오르기너의 정신과 지친 몸이 자정 무렵 좀처럼 휴식을 찾을 수 없었다는 것을 반키와 키쉬 머리는 알고 있었다. 사실 비터이만이 아니라 그녀들도 마찬가지였다. 반키는 병실 복도에서 보초를 서야 했고, 지금 취한 나이팅게일처럼 노래를 부르고 있지만 자정에는 정원 문에 서서 애인과 사랑을 나누었던 저 아이에게 가운까지 빌려주는 바람에 키쉬 머리는 달랑 셔츠만 입은 채 창문 옆을 지키고 있어야 했던 것이다.

4교시는 컬미르의 수업이었다. 기니는 그 수업만큼은 성말 특별히 친절하고 싶었지만, 컬마르가 질문을 하지 않아 그럴 기회가 없었다. 게다가 사실 수업이 끝나는 종이 울리기 전까지 사내는 그녀에게 거의 말을 걸지 않고 그냥 설명만 했다. 기녀는 적어도 어쨌든 모범생처럼 앉아 수업을 듣다가 수업이 끝나자 컬마르가 사용하고 남긴 분필 조각을 기념으로 주머니에 넣었다.

5교시에는 케레케시가 들어왔다. 그는 숫자 4를 규칙에 맞춰 예쁘게 쓰지 않는다며 9월부터 내내 기녀를 꾸짖었다. 기녀는 숫자의 모양이 인생에 무슨 대단한 일이라고 문제 삼는 것인지, 너무 어이없고 화가 나서 다른 식으로 써보려는 시도조차 하지 않았다. 지금, 스피드 연습 시간에 기녀는 자기 차례에 칠판 앞으로 나가 섰고, 세상에서 가장 아름다운 필체로 숫자 4를 썼다. 케레케시는 믿지 못하겠다는 듯이 그녀를 쳐다보고는 성적 기입장을 달라고 하더니 "비터이 게오르기너, 오늘 아주 바른 글씨체로 숫자를 써서 칭찬합니다. *케레케시 언드라시.*"라고 썼다. 케레케시는 칭찬하는 적이 거의 없었다. 다른 상황이었다면 기너는 훨씬 더 기뻤겠지만, 지금도 기뻐서 얼굴이 붉어졌다. 하지만 이 모든 것이 무슨 의미가 있다는 말인가!

5교시가 지나자 여느 때와 같이 컬마르가 다시 한 번 돌아와서 그날 누가 가장 수업을 잘했는지 물었고, 주번이 비터이라고 대답했다. 학기 중에 처음 있는 일이었다. 컬마르는 학급노트와 검사장의 점수와 평가를 확인하고는 고개를 크게 끄덕였다. 기너도 알고 있듯이, 이것은 오늘 교장선생님이 그녀의 이름을 호명하리라는 것을 의미했다. 점심시간에는 유리 고양 강독을 하는 한편, 항상 그날의 최고 우수 성적을 받은 학생의 이름을 호명하며 마치곤 했다. 아울러 교장은 검은 목소리로 그날 문제가 있었던 학생들의 이름도 호명해, 그간 기너가 얼마나 많이 창피를 당했는지! 그런데 이제 처음으로 칭찬을 받게 되는 것이다. 슬프기도, 우습기도 했다.

머툴러에서 그저 몇 시간만 보내면 된다는 걸 알고 있는 지금, 기너는 자신에 대해 좋은 기억만 남기고 싶었다. 모든 사람들이 비터이는 똑똑하고 잘 교육받은 유쾌한 소녀였다고, 정말 좋은 친구이자 관대하며 호의적인 사람이었다고 기억하길 바랐다. 점심식사 전에 기너는 주전녀를 찾아가 산책 시간 동안 크리스마스 때 다 사용하지 못한 돈으로 학급 아이들에게 선물을 살 수 있도록 해달라고 부탁했다. 그리고 오후에 가여운 토르머를 문병할 수 있도록 허락을 구했다. 주전녀는 말없이 서랍을 열어 부탁한 것을 꺼냈다.

"크리스마스 선물용"이라는 글씨가 쓰여 있는 봉투 옆에는 비터이라고 표시된 다른 종이봉투도 있었다. 소녀는 이것을 보고 장군이 1년치 등록금뿐 아니라 용돈도 미리 지불했다는 것을 알았다. 주전너는 토르머를 문병해도 좋지만 좀 더 검사를 해야 하기 때문에 단 몇 분 동안만이라고 했다. 저녁때까지 상태가 나빠지지 않는다면 간밤에 뭔가 경련이 있었던 것으로 볼 것이고, 더 악화된다면 다음 날 위장 엑스레이를 찍으러 병원으로 데려갈 것이라고 했다. 어찌되었든 토르머에게는 힘든 밤이었고, 여러 불쾌한 영향을 끼치는 약을 먹어야 했으니 너무 힘들게 하지 말라고 했다.

점심식사 때 교장선생님은 정말 기너의 이름을 호명했다.

칭찬을 받으면 자리에서 일어나 교사 식탁으로 가서 제일 먼저 선생님들게, 그다음 학급 아이들 쪽으로 허리를 굽혀 인사하는 것이 관례였다. 두 번 인사하는 것이 처음 여기 왔을 때는 웃기는 일이라고 생각됐지만, 이제는 익숙해져서 웃기다기보다 부러운 일이라고 느꼈다. 식탁 사이를 지나가는 동안, 그녀는 지금 이런 상황에서도 자신이 칭찬에 기뻐하고 있다는 것을 발견했다. 교장선생님 쪽으로 허리를 굽혀 인사할 때는, 쾨니그가 얼마나 주의 깊게 그녀를 쳐다보는지 알고서 어떤 아이러니나 동요 없이 그를 마주 보며 미소 지었다. 기너는 행복했다. 자유로웠고, 그녀 주위의 모든 것이 미칠 듯이 빛나고 있었다. 그녀는 알고 있었다. 밤이 되면 여기서 벗어난다. 페리가 집에 데리고 갈 것이다. 그리고 사실 집에도 그리 큰 문제는 없을 것이다. 위독했던 아버지도 위기를 넘겼고, 독일군들이 점령했다고는 하지만 중요한 일은 아니다. 조만간 전쟁도 분명히 끝낼 수 있을 것이다. 그녀는 진정 만족한 사람이 그러하듯, 선량하고 유순하고 쾌활했다. 식사 시간 내내 그녀는 자신의 얼굴에 머물고 있는 쾨니그의 시선을 느꼈다. 쾨니그는 다른 곳은 전혀 쳐다보지도 않았다. 사람들이 칭찬을 하고 미소를 짓는 비터이 양. 이런 일도 있다니, 그는 분명히 놀랐다.

오후에 주전녀와 5학년 학급 학생들은 기너가 허이더 씨의 가게에 들러 과자를 사는 동안 식욕을 참아냈고, 기너가 남은 돈으로 제과점 옆 꽃집에 들러 예쁜 히아신스 화분을 하나 살 때까지도 기다렸다.

"오늘 기분이 좋은가 보구나." 산책에서 돌아올 때 주전녀가 말했다. 5학년 학생들은 간식으로 허이더 씨의 멋진 과자를 받았고, 사감의 자리에는 하얗게 미소 짓고 있는 화분에 꽃이 놓여 있었다. 사감은 히아신스 꽃에 얼굴을 가져다 대고 향기를 맡았다. "게오르기너, 오늘 마침내 모범생 명단에 올라서 많이 행복한가 보네. 그래서 모든 사람들에게 선물을 하고 싶었나 봐. 그런데 나는 꽃을 받지 못할 거 같아. 받을 이유가 없으니까. 하지만 교장선생님께 드린다면 정말 좋을 것 같아. 내일 28일은 교장선생님의 이름날이니까, 5학년 학급이 행복한 이름날을 축하하고 꽃 선물을 드리면 깜짝 놀라실 거야. 교장선생님 성함이 게데온이거든."

아무것도 받지 않겠다는 말을 주전녀가 아무리 부드럽게 했더라도, 그 말에는 취하게 하는, 지각을 마비시키는 뭔가가 있었다. 용서받았다고 믿고 싶겠지만, 주전녀에게는 히아신스 화분 하나 줄 수 없다는 것. 하지만 어쩌면 이것대로 완벽할지 모른다. 검은 사람의 방에 들어가 꽃을 전해주고 나서 아침에 사라지기. 대체 그녀가 어디로 갔을까 하고 사람들은 마냥 찾아다니겠지만, 교장선생님 책상 위에 다만 히아신스 꽃만 있을 뿐, 그녀가 사라진 자리에는 아무것도 남아 있지 않을 것이다. 교사 숙소에서 돌아오는 길에는 토르머를 방문할 것이다. 기너는 반키보다 토르머를 더 좋아했고, 그래서 절친이라 생각했다. 단지 강아지 석고상 때문도, 겨울 방학을 함께 보냈기 때문도 아니었다. 이곳에서 토르머와 자신의 외로운 처지는 서로의 강한 연결 고리였다. 기너는 머리를 다시 땋고 예복을 입었다. 아니면 이름날을 축하하러 가는 사람으로서 어울리지 않을 테니까. 반키와 키쉬 머리는 너무 웃이시 기질힐 지경이었다. 지난밤 교장선생님께서 아신다면 그 길로 놀라 의자에서 쓰러져 돌아가실 만한 일을 저질러놓고는 방문할 염치가 있다니. 욕실의 작은 거울을 보며 머리를 점검하는 동안 기너는 집의 침실용 탁자 서랍에 나무 헤어롤이 남아 있을 거라는 생각이 났다. 헤어롤을 사용하지 않은 지 너무 오래되어서 사용법을 다시 익히려면 시간이 좀 걸릴 것이다.

다시 예쁘게 포장한 히아신스를 들고 교사 숙소로 서둘러 가는 동안 기너는 흥얼거리고 있는 자신을 발견했다. 쇠창살문은 닫혀 있었지만 초인종을 누를 필요는 없었다. 마침 복도 밖에 서 있던 트루트 게르트루드가 그녀가 오는 것을 보고 문을 열어주었다. 교장은 다른 선생님들과 함께 있었다. 쾨니그, 컬마르, 기구쉬 선생님이 앉아 있었다. 썩 즐거운 모임처럼 보이지는 않았다. 다들 펼쳐진 출석부를 굽어보고 있었다. '이럴 줄 알았어.' 소녀는 생각했다. '이 장면이 선생님들에 대한 마지막 모습이 되겠지. 선생님들을 꾸짖고 있는 교장선생님. 툭하면 학급 출석부에 체크하는 일을 잊어버리는 기구쉬 선생님과 쾰마르, 부주의해서 항상 다른 과목란에 이름을 적곤 하는 쾨니그.'

구슬을 갖고 노는 세 소년과 한 소녀를 쳐다보는 어른처럼, 기녀는 그들을 쳐다보았다. 그녀가 전혀 긴장하는 기색 없이 5학년 학급을 대표하여 이름날을 축하하자 교장은 그녀를 빤히 쳐다보더니 일어서서 손을 내밀었다. 기녀는 교장의 얼굴이 붉어진 것을 깨닫고 깜짝 놀랐다. 검은 옷에 뚱뚱하고 땅딸막한, 어리석은 금지의 수호자. 그녀는 오래전에 토르머 게데온에 대한 고정관념을 만들어냈다. 이름날을 축하한다고, 화분 선물 하나 받았다고 그렇게 감동받을 줄 누가 알았을까? 그가 앉으라고 자리까지 권할 줄은 생각도 못 했다. 기녀는 단지 축하를 드리러 왔을 뿐 시간을 뺏고 싶지 않다고, 어차피 토르머에게 병문안을 가려던 참이라 서둘러야 한다고 말했다.

교장은 매일 아침 아픈 학생에 대한 보고를 받기 때문에 지난밤 조카딸이 아팠다는 것을 알고 있었다. 그는 자신도 그날 중에 곧 방문을 할 것이라고 토르머에게 전해달라고 했다. 그리고 여기 머툴러에서 생활한 이후 단 한 번도 결석한 적이 없을 정도로 튼튼한 아이였는데 아프다고 해서 놀랐다고 했다. 기녀는 토르머 게데온에게 인사를 했다. '너무 놀랍게도' 교장은 또 그녀에게 손을 내밀었다. 소녀는 다시 한 번 그 검은 방을, 출석부 주위에 우울하게 앉아 있는 선생님들을 쳐다보고, 주전녀가 가르친 대로 허리를 굽혀 인사했다. 그리고 입원실로 서둘러 건너갔다.

토르머는 혼자 있었다. 누워 있던 그녀는 기너를 발견하고는 바로 몸을 일으켜 앉았다. 그녀는 여기서 단식을 시키는 바람에 배가 고파 죽을 지경이라며 기너에게 먹을 것을 가져왔냐고 물었다. 기너는 허이더 씨 제과점에서 그녀를 위해 따로 포장해 가방에 숨겨두었던 과자를 환자에게 건네주었다. 가여운 위장병 환자는 그걸 늑대처럼 씹지도 않고 한가득 입에 넣은 다음, 지난밤 무슨 일이 일어났는지 제발 좀 제대로 말해달라고 재촉했다. 키쉬 머리와 반키가 벌써 다녀갔지만 웃어대기만 했고, 말을 좀 제대로 하려던 참에는 간호사가 들이와 그들을 내쫓아버렸다고 했다. 기너는 친구들에게 들려주려고 각색한 이야기, 대위와 어떤 사랑의 대화를 나눴는지를 토르머에게도 얘기해주었다. 토르머는 구토제와 지사제로 정말 너무 괴로웠지만 아주 헛된 것은 아니었다며 한숨을 내쉬었다.

그녀가 정말 고생했다는 것이 눈에 보였다. 그녀의 사랑스러운 얼굴은 지난 몇 달 동안 부다페스트의 그 어떤 친구만큼이나 소중해진 얼굴이었다. 화분 틀 속에 숨겼던 그녀의 보물들이 전부 지금 그녀의 가방 안에 담겨 있었다. 지난번 아버지가 마지막으로 방문했을 때 전달해주었던 미모 고모의 선물들이었다. 학급 아이들 모두 그 선물들을 보고 정말 기뻐했지만 물론 주인은 기너였고, 그녀의 허락 없이는 아무도 사용할 수 없었다. 써볼 엄두가 나지 않아 그저 킁킁 냄새만 맡아보던 향수, 착용할 수 없다는 것을 알면서도 장군이 챙겨다 준 아름다운 마카사이트 눈을 한 다람쥐 브로치, 입

술연지, 그리고 학급 전체가 항상 황홀해하던 물건, 어떻게 조작하
느냐에 따라 파랑, 초록, 빨강, 또는 검은색 심이 튀어나오는 특별
한 색연필. 이 색연필은 아주 유용했었겠지만, 머툴러에서는 가난
한 학생과 부자 학생 사이에 색연필 하나까지도 차이 나지 않아야
했기 때문에, 저질의 헝가리산 전쟁 보충 물자로 만든 색깔 심으로
그림을 그리느라 꽤나 고생해야 했다.

 토르머는 이불 위에 쏟아지는 이 작은 물건들을 그저 바라보았
다. 자기 앞에 왜 물건을 쏟아놓는지 이해할 수 없었다. 여기서 갖
고 놀다간 들켜버릴 것이다. 환자실은 계속 누가 들여다보니까.

 "너한테 주려고." 기너가 말했다. "다 너 줄게. 영원히."

 "너, 열 있니?" 토르머는 정신이 빠진 채 물었다. "미쳤어? 이 보
물들을? 그럼 너한테 뭐가 남는데?"

 기너는 자유, 부다페스트, 아버지의 사랑, 옛집이라고 말할 수
없었다. 아무 말도 할 수 없었지만 떠나기 전에 물건을 챙겨서 새
주인에게 줄 생각을 해냈다는 것이 그저 기뻤다. 토르머에게는 요
염한 잠옷 말고는 아무것도 없었고, 누구보다도 외로운 아이였기
때문이다.

 "난 이제 필요 없어." 기너가 대답했다. "하나도 필요 없어. 너한
테 다 줄게. 잘 써야 해."

 겁 많고 항상 조심스럽던 토르머가 은색 빗, 입술연지, 돌리는
연필과 같은 보물들 때문에 술에 취한 사람처럼 막무가내로 정신
을 놓지 않았다면, 그 물건 전부를 손수건에 싸서 토르머의 잠옷이
들어 있는 입체 도형에 같이 집어넣자는 것을 토르머가 반대하지

않았다면, 토르머가 얼마나 기뻐하는지 보려고 잠깐 보여준 것일 뿐 기녀의 의도대로 물건들을 바로 숨길 수 있었다면, 그리고 토르머가 이제 자기 것이 된 이 멋진 물건들을 곧바로 가지려고 하면서 서로 다투지 않았다면, 그랬다면 그녀들은 등 뒤에서 문이 열리는 소리를 좀 더 빨리 알아차렸을 것이다. 하지만 그들은 쾨니그와 간호사가 기녀 뒤에 선 다음, 흠흠 하고 쾨니그가 목을 가다듬는 소리를 냈을 때에야 이들을 알아차렸다. 토르머는 위를 쳐다보고 기녀는 뒤를 돌아보았다. 쾨니그는 사과가 놓인 접시를 들고 있었다. 간호사는 마치 소나기를 몰고 온 먹구름 같아 보였다.

"자고 맛있는 시과예요." 쾨니그가 말했다. "배달이 났을 내 좋나고 모두 그러지. 빨간 수건 아가씨, 기분은 어떤가요?

토르머는 대답을 할 수 없었다. 가여운 두 소녀는 이불 위에 흩어져 있는 물건들을 두 손으로 가렸다. 쾨니그는 근시인 듯, 침대에 더 가까이 허리를 숙였다. 입술연지를 집어 들었다. 뚜껑이 열린 채 맘껏 빨갛게 빛나고 있었다. 그는 그것을 요리조리 살펴보고 냄새도 맡았다. 그러고 나서 빗도 들어올렸다. 아주 마음에 들었는지 손톱으로 하얀 빗살을 튕겨보았다. 쾨니그는 사람의 인생을 지옥으로 만들려고 태어난 사람이 분명하다고 기녀는 또 한 번 생각했다. 간호사는 여전히 아무 말도 하지 않았다. 마치 산소가 부족하다는 듯 그저 깊은 숨을 내쉬었다.

"제발 가져가지 마세요!" 토르머가 말했다. 이 목소리, 울먹이던 토르머의 목소리는 기녀가 어른이 된 후에도 기억 속에 자주 떠올랐다. 태어날 때부터 모든 것이 갖춰져 있는 것에 익숙한 그녀의 딸이 책상 위에 놓인 정말 값진 물건들을 별로 좋아하지 않고 저 멀리 치워버릴 때에도 그랬다. "선생님! 제발 가져가지 마세요. 부탁이에요! 제발 가져가지 마세요, 자매님!"

쾨니그의 입술이 떨렸다. 그는 빗과 입술연지를 떨어트렸다. 간호사는 토르머의 침대 옆에 놓여 있던 수건을 잡아들고는 흥분한 그녀가 뭔가 나쁜 말, 하나님의 맘에 들지 않을 말을 뱉지 못하도록 그녀의 입을 틀어막았다. 그리고 소리 내어 우는 토르머를 내버려두고 침대 위에 뒹굴고 있는 물건들을 수건에 싸서 입원실에서 뛰어나갔다.

'주전녀에게 가져가겠지.' 기녀는 생각했다. '이제 그 물건들은 내 것도, 토르머의 것도 아니야. 다시 또 큰일 났군. 하지만 벌을 받게 된다면 내가 받아야 해. 이제 내게 금지할 수 있는 것들은 없으니까.' 토르머는 머리까지 이불을 끌어 덮고 그 속에서 울었다. 쾨니그는 그저 서서 기녀에게서 눈을 떼지 않았다. 소녀는 다만 토르머를 안타깝게 여길 뿐, 거의 명랑하게 옆에서 기다렸다. 가여운 아이, 자기 것이 될 뻔한 물건들을 이제 막 봤는데 써보지도 못하고 바로 뺏겨버리다니. 곧 주전녀가 도착했다. 손에는 범죄의 증거가 담긴 수건을 들고 있었다. 그녀는 쾨니그에게 누구나 느낄 수 있을 정도로 나가달라는 눈빛을 보냈지만, 그는 그 의미를 못 알아차리고는 서성거리고 있었다. 아무리 학생을 담당하는 선생님이라고 해도, 남자가 여학생 병실에서 시간을 보낼 수는 없었기 때문에 이것은 머툴러의 상식으로도 적절하지 않은 행동이었다.

처음에 주전녀는 토르머의 자백을 받아내려 했다. 하지만 그녀는 대답은커녕 아예 이불 밖으로 나오지도 않았다. 그녀 대신 기녀가 대답했다. 그 물건은 모두 본인 것이고 같이 가지고 놀려고 했다고, 토르머는 완전히 결백하다고 했다. 주전녀가 어이없어 하며 왜 지금까지 이 모든 것, 하나님께서 맘에 들어 하시지 않을 이 조잡한 물건들이 전혀 눈에 띄지 않았는지 묻는 질문에 기녀는 지금까지 여러 비밀 장소에 숨겨왔었다고 대답했다. 아주 침착하고 당당하게 대답하는 모습을 쾨니그는 주의 깊게 지켜보았다. 자신이 속았다는 것을 깨닫게 되면 주전녀는 항상 평소보다 더 흥분하며 화를 냈다. 그녀는 기녀에게 아직 무슨 벌을 줄지 모르겠지만 오랫동안 되새긴 벌을 주도록 하겠다고 했다. 기니는 칭찬을 받은 아이처럼 밝게 고개를 끄덕였고, 쾨니그는 그녀의 얼굴에서 눈을 떼지 못했다. 토르머가 아니었다면 주전녀는 벌써 나갔을 것이다. 이미 친구로부터 황홀한 잠옷뿐 아니라, 몇 분뿐이긴 했지만 보물함 전체를 받았던 토르머는 이불 속에 가만있지 않았다. 비터이가 인간 이상의 선을 행했다는 이유로 벌을 받아야 한다니 정말 치욕스러운 일이라고 느꼈다. 그녀는 생전 처음으로 두려움을 떨치고 갑자기 침대 밖으로 뛰쳐나와 더듬거리며 말했다. 비터이는 자기가 잘못했다고 고백했지만 사실이 아니다. 비터이는 학교에서 가장 이타적인 학생이다. 오늘 오후 그녀는 갖고 있던 모든 것을 자신에게 선물했다. 이 물건들의 새 주인은 오직 자신뿐이다. 그러니 선물한 비터이가 아니라 자신에게 벌을 달라.

이미 두 아이에게 너무 화가 난 사감은 자제력을 잃고 벌을 받겠다고 하면 문제가 없을 것이라고 토르머에게 말했다. 그런 다음 쾨니그를 쳐다보았고, 이 눈빛에 그는 마침내 정신을 차리고 자리를 뜨려고 했다. 주전녀는 기녀에게 가라고 했다. 소녀는 토르머만 바라보았다. 어쩌면 생전에 다시는 만나지 못하리라는 것을 알고 있었기 때문에 기녀는 토르머에게 몸을 기울여 목을 끌어안고 뜨겁게 키스했다. 이것은 양호실이 아니라 거실에서도 문제가 됐을 만한 행동이었다. 기녀가 말했다. "친구야, 하나님의 은총이 있기를!" 주전녀는 더 이상 말도 하지 못하고 다만 문을 가리켰다. 기녀는 평온하게 밖으로 나오며 모두에게 인사하는 것도 잊지 않았다. 그녀가 이렇게 머툴러 방식으로 공손하게 허리를 굽혀 각각 쾨니그와 주전녀에게 인사를 한 적은 한 번도 없었다.

그녀는 거실에 돌아와 숙제를 하려고 앉았다. 이 숙제를 확인할 사람은 아무도 없으리라는 것을 그녀가 가장 잘 알고 있었다. 가끔 그녀는 시계를 쳐다보았다. 확인할 때마다 시간이 얼마나 빨리 가는지 그녀는 놀랐다. 자유 시간이 없었기 때문에 양호실 에피소드에 대해서는 그녀가 설사 말하고 싶었더라도 할 수 없었겠지만, 사실 그녀는 무슨 일이 있었는지 5학년 학급생들에게 또다시 말하고 싶지 않았다. 주전녀가 다음 날 벌을 주겠다고 했지만 그때쯤엔 이미 멀리 떠나 있을 것이다. 토르머에게만 보물을 전부 다 주었다는 말로 학급 아이들을 속상하게 할 필요도 없고, 갑자기 무슨 이유로 가진 것을 하나도 남기지 않고 모두 선물하려고 한 것일까 하는 호기심을 불러일으킬 필요도 없었다.

자유 시간에 키쉬 머리와 반키는 다시 지난밤 일을 캐묻기 시작했다. 계속 똑같은 거짓말을 한없이 반복해야 하는 것에 이제 조금 피곤을 느꼈다. 저녁식사 시간이 되자 기녀는 기뻤다. 식사 중에도 쾨니그의 시선을 자주 느꼈지만, 그녀는 대범하게 시선에 응답했다. '지금 벌이 기다리는데도 내가 왜 더 흥분하거나 슬퍼하지 않는지 궁금하죠?' 소녀는 생각했다. '내일이 오면 뭘 믿고 그랬는지, 무슨 일로 그렇게 기분이 좋았는지 알게 될 거예요.' 기도 시간에 함께 기도를 할 때는 그때가 마지막이라는 것을 알고 있던 기녀가 자신도 놀랄 정도로 큰 감동을 받았다. 다시 한 번 그녀의 가슴속에서 흑백 세계의 엄격함에 대한 반감이 수그러들고 있었다. 이날 저녁 주전녀는 특히 아름답고 슬퍼 보였다. 가을 이후 몇 달 동안 수많은 밝음, 기쁨, 사랑, 웃음이 있었다. 아, 이 몇 개월은 성발 어떠했는가! 모든 게 괴로웠던 것만은 아니었다. 아니고말고. 그녀는 나중에서야, 썰물로 해변의 바위가 드러나듯이 아르코드와 땅딸막한 머툴러 전체가 기억 속에서 드러나는 그런 때가 되어서야 당시 자신이 무엇을 느꼈는지, 어떤 생각을 했는지 자신에게 설명할 수 있었다.

취침 시간이 지나자 기녀는 어느 누구와도 오래 속삭일 필요가 없었다. 학급 아이들은 졸려 했고, 반키와 키쉬 머리가 특히 그랬다. 10시 이후에는 모두가 잠들어, 기녀는 곧바로 준비를 할 수 있었다. 조금도 긴장하지 않았다. 페리를 너무나 믿고 있었기에 약속이 틀어질지도 모른다는 생각은 하지도 않았다. 반 아이들이 화장실에 가서 취침 전 세면을 하고 있을 때 그녀는 교복과 외투를 매트리스 아래 숨겨놓았다. 이제 제대로 옷을 입어야 했다. 가운만 입고 부다페스트까지 페리와 여행할 수는 없는 일이었다. 12시가 되기 15분 전에 옷을 입었다. 못생긴 검고 높은 굽의 구두를 신으며 그녀는 미소를 지었다. 머툴러의 교복을 입고 있는 그녀를 보고 대위가 뭐라고 할까? 복도로 나가기 전에는 침실을 쭉 훑어보았다. 방공등 빛 속에서 자고 있는 아이들을 바라보았다. 작별 인사를 할 수 있다면, 마지막으로 작별 키스를 할 수 있다면 좋았을 텐데. 정말 그들을 사랑했다. 하지만 탈출을 위태롭게 할 수는 없다.

복도 밖에서 기녀는 먼저 주전녀의 방 쪽, 그다음엔 교사 사옥 쪽을 쳐다보았다. 아무런 움직임이 없었다. 가끔 사람들은 자신이 하고 있는 일이 성공할지 아닐지를 느끼곤 한다. 그녀도 정원까지 나가는 데 아무도 방해하지 않을 것 같다는 느낌이 들었다. 창을 열고 바깥으로 나갔다. 그리고 정원에 가능한 한 불빛이 적게 새어 나오도록 있는 힘껏 밖에서 창문을 닫았다. 혹시라도 바깥을 내다보는 사람이 이상한 점을 알아차리지 못하도록 말이다. 혹시라도 누군가 이상함을 느낀다 해도, 먼저 건물 안을 뒤지지 정원으로 나가 뒤쫓아야 한다는 생각은 못 할 것이다. 하얀 교회가 자정을 알리는 이 늦은 시간, 추운 날씨에 머툴러 학생이 밖에서 뭔가를 하고 있으리라고는 생각도 못 할 것이다. 하얀 교회의 종소리가 깊고 장엄하게 울려 퍼지기 시작하자, 기녀는 달빛 가득한 정원을 가로질러 아비가일 석상 앞을 달려갔다. 여전히 두렵지 않았다. 무슨 일이 일어날지 정확히 알 수 없었던 지난밤과는 다른 느낌이었다. 그녀는 옛 생활, 고향 집, 미모 고모와 페리, 그리고 아버지를 향해 달렸다. 다시 세상 속으로. 그녀는 철문에 다다라 열리기를 기다렸다. 밖에서 아무 소리도 들리지 않았지만, 혼자가 아니라는 것은 확신할 수 있었다. 교회 시계가 마지막 종을 울렸다. 그녀는 작별하듯이 잠들어 있는 건물, 그리고 3월이지만 아직 얼음같이 차가운 정원—서리 향과 흙내음과 차가운 제비꽃 향으로 가득 차 있는—을 뒤돌아보았다. 얼굴과 입술에 달빛을 가득 받으면서 그녀는 문 앞에 서서 기다렸다.

밖에서 철문을 두드렸다. 그녀는 작게 두드려서 화답했다.

"지니," 페리가 속삭였다. "좀 더 기다려야 해요. 길에 사람들이 다녀요. 내 말 들려요?"

"들려요." 소녀는 속삭였다.

"건너편에서 남자 두 명이 이야기를 하고 있어요. 바로 학교 맞은편에서. 등불이 없어서 다행이에요."

그녀는 대답하지 않았지만 이제 불안하고 긴장되었다. 그녀의 이성은 아직 출발해서는 안 된다는 것을 이해하고 있었지만, 본능은 그렇지 않았다. 본능이 서두르라고, 도망가! 라고 말했다.

"자동차는 교차로에서 기다리고 있어요. 여기 차를 세우는 건 드문 일이라서 혹시 누가 볼까 봐 주차할 엄두를 내지 못했어요. 그러길 잘했네요. 봐요, 아르코드는 정말 무슨 도시가 이래요? 이런 도시는 본 적도 없어요. 대체 여기서 여태 어떻게 버틴 거예요?"

"힘들게요." 소녀가 속삭였다. "이제 가도 되나요?"

"잠깐만요. 이제 서로 헤어지는 인사를 하고 있어요. 소리가 들려요. 이렇게 작은 시골 도시에서 이 시각에도 사람이 돌아다닐 줄이야. 이제 간 것 같아요. 조심하세요. 지니, 문을 열게요!"

그녀는 철문에 바짝 다가섰다. 이제 그녀의 숨소리도 찌르는 듯 아팠다. 페리가 열쇠를 자물쇠에 집어넣는 소리와 돌리는 소리를 들었다. 열쇠는 어렵게 돌아갔다. 기녀는 온몸으로 철문을 밀었다. 움직이지 않았다. 두 번 잠겨 있는 것 같았다. 열쇠가 다시 들어갔다. 하지만 돌아가야 할 열쇠가 멈췄다. 소녀는 철문에 붙어 서 있었다. 밖에서 발자국 소리가 들렸다. 달리는 발자국 소리가 양쪽 방향에서 들렸다. 불빛이 켜졌다.

"아니," 낯선 목소리가 말했다. "이것 봐라! 거기 좀 있어 봐요. 그 열쇠로 뭘 하려는 거예요? 거기서 뭘 열고 있어요?"

"내 얼굴에서 빛 좀 치워요, 바보 같으니! 방공 대원들이 모두 이리 온다고. 그 손전등 치우라고요." 페리가 속삭였다. "여기서 뭣들 하는 거요?"

"우리가 뭘 하냐고?" 낯선 목소리가 화를 냈다. "당신이야말로 뭐 하는 거요? 누가 보냈지? 당신 누구야? 꼬꼬댁 학교 사람인가? 아니면 도둑이야? 하여튼 잠깐 기다려요. 교장선생님께 갑시다. 어쭈, 지금 싸우겠다고? 자, 덤벼봐, 자식아. 머툴러를 다 깨우기 전에 꿇어앉힐 테니."

종. 손잡이 없는 철문에 벌써 몇 백 년 전부터 매달려 있었을 것 같았던, 하지만 아무도 당긴 적이 없던 그 종이 요란하게 울리기 시작했다. 소녀는 그저 서 있었다. 소리가 요란하게 울리더니, 그러고 나서 욕설이 들렸다. 그다음엔 달려가는 발소리, 그 소리를 뒤쫓는 다른 발소리. 그리고 정적만 흘렀다. 부자연스럽고 죽음 같은 정적. 자기방어가 다시 생각을 개시하기 전까지, 놀란 뇌는 잠시 쥐가 난 듯 멈춰 있었다. 소녀도 뛰었다. 아비가일의 미소 짓는 석상 옆을 지나 창문으로 되돌아왔다. 이제 키쉬 머리의 도움 없이 혼자 기어올라야 했다. 다시 복도에 설 때까지 그녀는 심장이 터질 것 같았다. 주전녀의 방문은 열려 있고 등불도 켜져 있었다. 사감이 어딘가 밖으로 달려 나간 것 같았다. 아마 대문이나 교사 사옥으로 갔으리라. 학생 침실에 있는 것은 아니겠지? 안에 있는 모두가 깬 건 아니겠지?

다들 잠들어 있었다. 기녀는 모든 짐을 던져놓고 다시 잠옷을 입었다. 외투는 침대 아래 던져 넣었다. 이불 속에 웅크리고 있는 동안 사지가 덜덜 떨렸다. 등에 뭔가 배겼지만 신경 쓰지 않았다. 눈물이 시냇물처럼 흘러내렸다. 페리가 빌긱됐고, 그는 도망쳤다. 이제 그녀가 탈출할 수 있을지는 미지수였다. 정원 쪽에서 침입 시도가 있었으니 내일부터는 그 입구를 감시하거나 자물쇠를 단 빗장을 설치할 수도 있다. 여기서는 모두 가능한 일이다. 그녀는 슬피 울었다. 얼마나 크게 울었는지 키쉬 머리가 깰 정도였다. 하지만 잠에 취한 키쉬 머리는 그저 뭐라고 잠꼬대를 하더니 돌아누웠다. 잠시 후 기녀에게 무슨 문제가 생겼다는 것을 멀리서도 알아차린 누군가가 들어왔다. 주전녀였다. 밤이 아닌 듯 유니폼을 입고 나타난 주전녀는 비뚤게 놓인 의자를 소녀의 옆 제자리에 놓고 앉았다. 울고 있는 소녀의 이마에 손을 올려놓았다. 비누 향이 나는 손가락들은 시원했고 위로가 되었다.

"여기서 네가 수월하게 생활하도록 방법을 찾아보마." 주전녀가 조용히 말했다. "넌 내가 만났던 그 누구보다도 거칠고 너무 반항적이야. 네가 너무 달라서 걱정이 되고, 내가 널 기다려주질 못하는구나. 오늘 한 일도 보렴. 네 물건들은 다 금지된 것들이었어. 제발 좋은 학생이 되어주렴, 기녀! 네게 크게 화를 냈지만 이제 더 이상 화도 나지 않는구나. 교장선생님께서 벌을 내리시겠지만 그렇게 큰 벌은 아닐 거야. 밤에 잠도 못 자고 이렇게 무서워서 울 정도는 아닐 거야."

'내가 당신이나 교장선생님이 무서워서 벌벌 떤다고 생각하는 건 아니겠죠?' 소녀는 생각했다. 그리고 그저 눈물을 쏟고 또 쏟았다. '페리에게 무슨 일이 일어난 걸까? 나는 어떻게 되는 걸까?'

기녀가 무슨 생각을 하고 있는지 느낀 듯 주전녀는 다시 말했다. "좀 전에 종소리 들었니? 누군가 정원 문으로 학교에 침입하려고 해서 므라즈 씨가 종을 울렸단다. 도둑이었나 본데 유리공 아저씨와 친구한테 놀라서 열쇠를 자물쇠에 꽂아둔 채 도망쳤어. 저학년 아이들에게는 말하지 말아라. 아직 어려서 겁이 많으니까. 하지만 아무 일도 없을 거야. 좋은 사람들이 우리를 지켜주고 있어."

주전녀는 조금 기다렸다. 용서해줘서, 아니면 자신을 찾아와줘서 감사하다는 그런 말을 기녀가 할 수 있도록. 하지만 기녀는 아무 말도 하지 않았다. 아무 희망 없이 죽을 것처럼 피곤해할 뿐이었다. 주전녀는 일어선 뒤에 소녀에게 기도하라는 말을 남기고 침실에서 나갔다. 어느 순간 눈물이 마르고 기운도 났다. 기녀는 외투와 옷을 다시 옷장에 넣기 위해 침대에서 나왔다. 기상 시간의 작은 종소리에 아이들이 일어나 침대 밑에 구겨져 있는 외투와 옷을 발견하지 않도록 말이다. 피곤하고 쓸쓸하게 소지품을 정리하고 복도에서 돌아와, 기녀는 다시 잠을 자기 위해 이불을 한쪽으로 젖혔다. 다시 뭔가가 등을 눌렀다. 방공등 속에서 그녀는 이제야 등에 배기는 물건이 무엇인지 볼 수 있었다. 하늘에서 떨어진 별이라도 침대에서 발견한 것처럼, 그녀는 믿지 못하겠다는 듯이 한참 쳐다보았다. 이불 속에서 은색 재떨이가 빛나고 있었다. 아르코드로 올 때 아버지께 사드렸던 그 재떨이였다. 그 아래에는 익숙한 글씨체의 쪽지가 놓여 있었다. 쪽지를 읽고 기녀는 조용히 앞을 바라보았다. 긴장을 푸는 것도, 비명을 지르는 것도 쉽지 않았다.

쏠녹의 보석상에서 아버지가 네게 선물한 달 모양의 메달에 대한 보답으로 내가 산 재떨이야. 네 아버지가 내게 맡겼지. 아버지가 얘기한 사람도, 네 목숨을 부탁한 사람도 나라는 걸 네가 알아보고 믿을 수 있도록 말이야. 19일에 독일군이 제일 먼저 체포한 사람들 중 한 명이 네 아버지였기에, 이제부터 넌 내가 하라는 대로 해야 해. 쿤츠 대위는 널 학교에서 빼내려고 아르코드에 20일에 도착했어. 널 인질로 삼아 동료들에 대해 누설하도록 아버지를 설득하려고 말이야. 내가 주의하지 않았더라면 넌 벌써 장군을 협박하는 인질이 되었을 거야. 이제부턴 언제 무슨 일을 할지 내가 결정해. 내가 전하는 말은 네 아버지가 명한 거나 마찬가지야. 꼼짝도 하지 말고, 아무 생각도 마. 내가 널 보호하마. 내가 다시 소식을 전할 때까지 얌전히 있어.

-아비가일

## 검은 교장

평소와 같은 아침이었다. 아이들은 뛰어다녔고, 화장실에서 서로 투닥거리며 서두르라고 재촉했다. 그들은 비터이의 안색이 어떤지, 표정이 어떤지 살필 여유가 없었다. 만약 아침기도 시간 전에 의사가 복도로 서둘러 건너와 기녀를 살피지 않았다면, 수많은 일과와 학교 생활의 긴장 탓에 점심때까지 눈치 채지 못했을 것이다. 의사는 기녀에게 다가가서 멈춰 세우더니, 맥박과 목을 검사하고 아프지 않느냐고 물었다. 그리고 진찰을 해야겠으니 쉬는 시간에 양호실로 오라고 했다. 키쉬 머리 무리들은 그제야 기녀의 안색이 얼마나 창백한지 알아차렸다. 그들의 관심에 기녀는 고개를 저으며, 의사에게 대답한 것처럼 아픈 것 같지 않다고 했다. 한편 의사는 가여운 토르머가 그날 밤 열이 많이 났다는 말을 주전너에게 전했다. 아이들이 근처에서 들은 바에 따르면, 토르머는 어제 하루 종일 차만 마셨고 컨디션도 아주 좋았는데 뭐 때문에 탈이 났는지 정말 알 수 없는 일이라고 했다. 오늘 다시 최악의 위장병 증상이 있어 수업을 허락할 수 없는 상황이라고 했다.

기녀는 두 어른이 토르머의 알 수 없는 건강 악화에 대해 논의하는 것을 웃음기 없이 듣고 있었다. 그녀는 토르머가 허이더 씨의 크림빵을 씹지도 않고 허겁지겁 삼켰던 사실을 알고 있었다. 하지만 이제 그 모든 것이 멀리 있는 것처럼 느껴졌다. 자신이 살고 움직여야 하는 요새마저 그랬다. 어른들마저 그림자보다 조금도 더 현실 같지 않았다. 한편 주전녀는 밤에 나눴던 대화나 전날 토르머의 병실에서 만났던 일들을 염두하고 있는 것 같지 않았다. 기녀 역시 자신이 들커버린 것에 대한 진짜 슬픔에 비해 그런 일들은 너무나 작은 일처럼 여겨졌다. 도대체 어떤 비밀들이 있는 걸까. 아침기도가 끝나고 나서 간호사 자매님이 교장선생님께 가서 무언가 설명하는 것을 보았을 때, 그 검은 사람의 놀란 눈빛이 자신을 향하는 것을 보고 나서야 기녀는 어떤 일을 저지르다 들켰었는지 떠올랐다. 주전녀는 이 일을 비밀로 하려 했지만, 아니 적어도 다른 식으로 다른 시간에 토르머 게데온에게 말하려 했지만, 간호사 자매의 상처 입은 정의감은 즉각적인 앙갚음을 요구했다. 분명 그날은 처벌로 시작될 참이었다. 기도 시간 이후에 수업에 들어가지 말고 곧바로 교장실로 오라고 했을 때, 그녀는 차라리 기쁠 지경이었다. 수수께끼—지금까지 딱히 수수께끼라고 여기지 않았던, 또 해답이 궁금하지도 않았던—에 대해 끙끙거리며 기억의 파편들로 끼워 맞춘 해답을 찾느라 혼자 있는 것보다는 어떤 일도 더 나았다. 그녀에게 또 무슨 일이 일어났는지를 학급 아이들

검은 교장

에게 설명할 수도, 인사할 수도 없었다. 5학년 학생들의 놀란 눈빛은 교장실 쪽으로 향하는 그녀를 쫓았다. 토르머 게데온이 8시와 9시 사이에 항상 강의가 없는 컬마르도 같이 오라고 한 것을 보면, 담임이 있는 데서 면담을 한 후 담임과 함께 무슨 벌을 줄지 결정하려는 것 같았다. 뭐든 어차피 마찬가지이겠지만, 어쩌면 더 좋을 수도 있다. 옅게 깔린 공포 분위기 속에서 가시화된, 뭔가 구체적이고 거대한 익숙함이니까.

그녀는 생전 처음 집요하게 교장실 문을 쳐다보았다. 문 뒤에서는 아직 그녀를 부르지 않았다. 케레케시의 바르게 쓰인 숫자 4, 찬송가 박자를 정확하게 맞춰야 한다는 허이두 선생님의 요구, 그들이 지켜야 하는 규칙들, 절대 어겨서는 안 되는 금지사항들…. 요새의 모든 일상이 그녀의 눈에 너무도 행복하고 안전한 것으로 비춰졌다. 흑과 백이 확실한 세상, 비열함, 배신, 불명예, 죽음 또는 패배와는 아무 관계없는 엄격한 세상. 이 순간 그녀는 비터이 게오르기너, 5학년 학생일 뿐이었다. 온갖 금지된 물품을 학교에 숨기고 규칙을 어겼기 때문에 마땅히 벌을 받아야 하는 학생. 학교가 엄격하게 다뤄야 하는 반항적인 5학년 학생. 착한 행동에는 칭찬을, 반항하면 벌을. 이 어린 김나지움 여학생은 이제 '지니', '미모 고모의 조카', '어른들 세상에서 자신도 어른이라고 생각했던 허영스런 멍청이'에 대해 잊어도 좋다. 방위군 스파이 축출부의 지시로 비터이 장군에게 접근하기 위하여, 그리고 군인들을 몰살시키고 나라를 파괴하는 이 전쟁을 끝장내려고 비터이 장군과 함께 싸우는 '보이지 않는 전선'의 일당들을 장군을 통해 잡기 위하여 잘

생긴 대위가 그녀에게 구애하기 시작하고 달콤한 말들을 했을 때, 지니는 쿤츠 대위가 자신의 영국식 머리 모양에 홀딱 반해 쫓아다니고 정말 자신과 사랑에 빠졌다고, 그의 소원은 언젠가 그녀와 결혼하는 것이라고 굳게 믿었다. 아버지는 그의 감시를 피해 딸을 아르코드에 데려왔을 텐데, 그녀는 탈출 시도와 어리석은 행동으로 이 안전한 곳을 위험에 처하게 만들었을 뿐만 아니라, 불운하게도 반키가 이 은신처의 비밀을 누설해버린 것이었다. 아비가일이 그녀를 돌보지 않았다면, 그날 밤 쿤츠 페리는 그녀를 분명 이곳에서 빼냈으리라.

교장실에 불려갔을 때 책상 위에는 범행 흔적이 남아 있는 수건이 놓여 있었다. 교장은 컬마르도 잘 볼 수 있도록 금지된 물건들을 펼쳐놓았다. 컬마르는 우울하게 창문 옆에 서 있었다. 물건들 때문이 아니라 사랑하는 제자 비터이에게 또다시 벌을 줘야 한다는 사실이 그를 슬프게 했다. 기녀가 방에 들어오자마자 그는 그녀를 책망하듯이 고개를 저었고 소녀는 머툴러에 어울리도록 시선을 아래로 내리깔았다.

교장은 은색 빗을 들어 올렸다가 역겨운 듯 다시 던지고 나서 일장 연설을 시작했다. 초반에는 불쌍한 조카 토르머에 대해 이야기하기 시작했다. 토르머는 유약한 성격을 지녀서 그러잖아도 통제하기가 쉽지 않다. 비터이 게오르기너가 더 나쁜 것은, 천박하고 아주 형편없는 것을 꿈꾸도록 토르머를 유혹에 빠지게 했기 때문이다. 그래서 평소에 내린 벌보다 더 엄한 벌을 내릴 것이다. 교장의 장황한 말은 전화가 울릴 때까지 이어졌다. 컬마르가 전화를 받으려 하자 토르머 게데온은 놔두라며 머리를 저었다. 연설 도중에 누군가 말을 끊는 것을 그는 좋아하지 않았다. 하지만 벨 소리가 멈추지 않고 상대가 전화를 받을 때까지 재차 계속 울렸다. 비터이 게오르기너에게 항의자, 거짓말쟁이, 교활한 사람, 불순종 죄인이라고 비난하도록, 그리고 요란스런 잡동사니들을 숨기는 학생에게 어떤 미래가 기다리는지 적합한 웅변으로 설교하도록 내버려두질 않았다. 그래서 그는 어쩔 수 없이 컬마르에게 전화를 받아 빨리 좀 조용히 처리하라고 신호를 보냈다. 컬마르 선생님은 "여보세요"라고 수화기에 말한 뒤 바로 덧붙였다.

"네, 바로 그렇게 하겠습니다!" 그는 토르머 게데온 쪽으로 수화기를 건넸다.

"지금 바빠요." 교장은 말했다. "다음에 전화하라고 하세요. 알아서 하라고 했잖소."

"센트터마쉬 카즈미르 씨입니다." 컬마르가 속삭였다. "직접 통화하고 싶다고 하십니다."

교장은 만약에라도 머툴러에 임시 병원을 차리는 것은 말도 안 되는 일이며, 코커쉬 팔 김나지움은 교회 기관이 아니라고 중얼거리더니 마지못해 수화기에 인사했다. 기녀는 책상 위에 놓인, 한때 자신의 것이었던 물건들을 바라보며 생각했다. 몇 백 년 전, 이 건물에서 신학도들이 공부하던 시절에는 불순종하는 사람에게 벌을 주는 감옥이 있었다. 지금도 그 공간이 있긴 하지만 감옥이 아니라 버섯 재배지로 쓰이며, 가끔씩 그 버섯으로 만든 요리가 나오곤 했다. '입술연지나 뭐 그런 물건 때문에 감옥에 가둔다면,' 소녀는 생각했다. '그것도 나쁘지 않아. 그럼 아무도 못 찾아내겠지. 무서울 수는 있지만, 친구들이 방법을 찾아줄 거야. 아비가일은 그곳에도 드나들 수 있을 테고. 적어도 거긴 페리로부터 안전하겠지.' 가고 싶은 곳이 감옥이라니 아주 이상했다.

  교장은 짧게 말했다. 뭔가에 동의했다는 것 외에 그 대답으로 무슨 일인지 알아낼 수 없었다. 하지만 기녀는 별 관심도 없었다. 누가 토르머 게데온에게 전화를 했는지 따위와는 완전히 다른 생각을 하고 있었다. 교장은 '천박한' 보물 하나하나를 기녀의 코앞에 들이댔고, 그녀는 그것들이 언제 어디서 어떻게 머툴러에 들어오게 됐는지, 기지고 들이온 깃은 무엇이고 나중에 아버지에서 받은 것은 무엇인지, 지금까지 어디에 어떻게 숨겼는지 모든 것을 상세하게 얘기해야 했다. 기녀는 화분 틀에 대해서는 고백했지만, 기하학 도형 몸체에 대해서는 침묵했다. 토르머의 잠옷만이라도 들키지 않도록 말이다. 교장은 이 모든 일에서 흉악하기 그지없는 토르머 피로쉬커가 어떤 역할을 맡았는지 오랫동안 캐물었다. 다른 무엇보다 이것이 교장을 흥분하게 만드는 게 분명했다. 컬마르는 아무 질문 없이 그저 우울하게 그녀를 쳐다보았다. 마카사이트 눈을 단 다람쥐 브로치에 대해 캐묻고 있을 때, 다시 전화가 울렸다. 이번에도 컬마르가 받은 다음 수위라고 전했다. 교장은 누구의 방문인지 알고 있으니 손님을 들여보내라고 수화기에 통명스럽게 말했다. 그는 기녀를 교장실에서 내보내며 지금 손님이 있어 면담을 멈춰야 하지만 교실로 돌아가지 말고 복도 밖에서 기다리라고, 손님 접견이 끝나면 다시 부르겠다고 말했다.

컬마르는 교장실에 그대로 머물고 소녀만 밖으로 나왔다. 그녀는 복도 벽에 기대어 머물러 학교의 문장 아래에 걸려 있는 졸업생 보드를 바라보았다. 보드는 수많은 소녀들의 얼굴로 장식되어 있었다. 어제까지만 해도 지루하고 유치하던, 가끔은 지긋지긋하던 그 모든 일들이 아름답고 평화롭고 안전해 보였다. 교장선생님이 특별히 접견하는 사람은 누구일까? 분명 유명한 사람일 거라는 생각이 들자 덜컥 겁이 났다. 혹시 학교 운영위원회 사람이라면 이 층에 올라오자마자 제일 먼저 이렇게 물을 것이다. "아니, 이 여학생은 수업도 받지 않고 복도에서 뭘 하는 거죠?" 그녀는 교장실에서 조금 더 멀리 떨어져서, 개폐식 문을 열고 교구실로 향하는 복도 쪽에 숨었다. 그리고 문 뒤에 선 채, 살짝 벌어진 문틈으로 교장실을 훔쳐보았다. 여기라면 그녀를 부르는 소리에 바로 뛰어갈 수 있을 테고, 손님 눈에 띄어 그 앞에서 창피를 당할 필요도 없을 것이다.

누군가 계단으로 올라오고 있었다. 그를 보고 기녀는 완전히 겁에 질려 손에서 개폐식 문의 문고리를 놓칠 뻔했다. 제복을 차려입은 쿤츠 대위였다. 그는 교장실에 노크하기 전에 허리띠를 고쳐 맸다. 그러고는 좌우도 돌아보지 않고 서둘렀다.

지난밤 아비가일의 메시지를 못 봤다면, 그녀는 그에게 달려가 아무도 떼어낼 수 없는 힘으로 그의 손을 꼭 붙들었을 테고, 또 함께 밖으로 내보내주었다면 추호의 의심도 없이 따라나섰을 것이다. 하지만 지금 그녀는 대위가 사라질 때까지 문과 하나가 된 듯 붙어 있다가 교장실 쪽으로 다시 달려갔다. 그리고 손잡이 쪽에 꼭 붙어 두근거리는 가슴으로 안에서 무슨 이야기가 오가는지 주의를 기울였다. 교장실 안에 있는 듯 모든 말을 이해할 수 있었다. 교장선생님의 말이 시작되는 걸 보니 벌써 인사와 소개를 마친 것 같았다.

"센트터마쉬시 지휘관님한테 말씀 들었습니다. 대위님께서 군 명령으로 우리 기관에 방문하게 되었다고요. 미리 주의드리지만 머틀러 김나지움은 유적지와 같은 곳으로 어떤 형태의 주둔지로도 제외되어 있습니다. 여유 공간이나 기타 가능성이 있는지 물으시는 거라면, 비록 국방 방위 규정에 따라 방위군에게 모든 것을 지원해야 하는 것을 알고 있지만, 죄송스럽게도 우리 기관은 행정부처의 법령으로 군사 목적의 요청에서 제외되어 있다는 것을 말씀드립니다."

"진정하십시오, 교장선생님." 어젯밤 열쇠구멍으로 들리던 바로 그 목소리 ― "지니, 지니, 내 말 들려요" ― 였다. "이건 전혀 다른 일입니다. 비터이 게오르기너라는 학생을 아버지에게 데려가라는 명령을 받았습니다."

'맙소사,' 소녀는 생각했다. '미소와 숨소리마저 거짓이야. 저 사람 말을 믿으면 어쩌지?' 그녀는 겁이 났다. 입술연지를 숨겨놓은 것이야말로 인간 최고의 파렴치한 행동이라고 여기는 교장에게 그들의 의도와 그녀에게 어떤 역할을 맡기려 하는지 이해시킨다는 것은 불가능해 보였기 때문이다. 명령을 받고 온 대령이 거짓말을 하고 있을 거라고, 무슨 이유로 그렇게 생각하겠는가? 교장의 세계에서 거짓말은 주로 학생들이 하는 짓이다.

"정말 안됐군요!" 마침내 컬마르의 목소리도 들렸다. "장군님께 무슨 문제가 생겼나요?"

"사고를 당하셨습니다." 쿤츠 페리가 말했다. "교통사고예요. 상태가 심각한데, 위급하다고 말씀드릴 수 있습니다."

'이건 예외적으로 맞는 말이네.' 소녀는 생각했다. '모든 포로의 생명은 위급하니까. 어제는 심장병이라더니 오늘은 교통사고를 당하셨다고? 이다음 세 번째엔 우리 아버지에게 무슨 문제가 생겼다고 할까?'

만약 교장이 그녀를 불러 페리에게 인계한다면 그녀도 끝이다. 만약 지금 건물 어딘가에 숨는다 해도 찾아낼 것이다. 여기에 토르머 게데온이 모르는 곳은 없다. 머툴러에서 나갈 수도 없다. 밖으로 나간다 한들 아르코드에서 어디로 도망치겠는가? 아비가일에게 의지할 수는 있겠으나, 이 순간 어디에서 무얼 하는지 누가 알겠는가? 아비가일은 지금 그녀가 어떤 위험에 처했는지 상상도 못하고 지난밤에 헛되이 도와주겠다고 약속했는지 모른다. 교장선생님은 이제 곧 복도에 그 소녀가 있다며 부를 것이다. 들어가면 대위의 얼굴을 보고 소리를 질러야지. 아버지는 포로라고, 그가 거짓말을 하고 있다고. 하지만 아무것도 증명할 수 없을 것이다. 어떻게 증명하겠는가? 아비가일의 편지로?

"안타깝지만, 그럴 수는 없을 것 같군요." 교장선생님의 목소리가 들렸다. 토르머 게데온은 보통 다른 사람들보다 천천히 말했지만 이렇게 천천히 말한 적은 처음이었다. "우리는 교칙이 허락하는 한, 비터이 장군의 자녀를 그에게만 직접 인도할 수 있도록 합의했습니다. 지금은 학기 중인 데다 특별 휴가를 허락하는 일은 거의 없기 때문에 어쨌든 협조할 수가 없습니다."

"하지만 장군님께서 위중하시다는데…" 컬마르가 말했다.

"매우 위독합니다." 쿤츠 페리가 중간에 말을 잘랐다. "다시 한 번 말씀드리지만 매우 위독하여 직접 데리러 오실 수 없습니다. 교장선생님께서 책임지실 수 없는 일이에요. 장군님 건강이 다시 회복되지 못하면 학생은 다시는 아버지를 만나보지 못할 겁니다."

"그런 일이 벌어진다면," 기녀는 교장의 목소리를 들었다. "슬픈 일이겠군요. 그 경우에는 제가 하나님 앞에서 심판을 받아야겠죠. 비터이 장군님은 제게 자신 이외의 다른 사람에게 절대 자녀를 넘겨주지 말라고 따로 당부하시기도 했습니다. 자신이 위독하다거나 사망했다는 소식이 들려도, 장례식에조차 보내지 말라고요. 이것이 우리 사이의 합의였습니다. 아버지가 동행하지 않는다면 학생은 3년하고 석 달 후에, 고등학교 졸업 시험을 치르고 난 다음에야 이 학교를 처음 떠날 수 있을 겁니다. 그 기간에 대한 기숙사비와 학비도 지불하셨습니다."

'아버지,' 기녀는 속으로 말했다. '저를 돌봐주셨군요.' 그리고 그녀는 처음으로 아버지가 마지막 유언을 남긴 망자처럼 생각되어 섬뜩한 기분이 들었다. '우리 집이 풍비박산하더라도, 제 뒤에 무언가 남아 있을까요?'

"교장선생님께서는 제가 비터이 장군의 자녀를 부다페스트로 이송하라는 '명령'을 받았다는 사실을 잊고 계신 것 같습니다."

"제가요? 아니요." 토르머 게데온 교장은 대답했다. 가끔은 두려

검은 교장 **403**

위 떨고 어느 때는 지루하고 웃기다고 생각했던 그 목소리가 지금 이 순간만큼은 마치 흔들리지 않는 아르코드처럼, 머툴러 학교 그 자체처럼 진지했다. "아무것도 잊지 않았습니다. 대위님, 명령은 당신이 받았지 제가 받은 게 아닙니다. 제가 볼 수 있는 관청은 아르코드의 주교와 종교 및 공교육부이고, 볼 수 없는 관청은 나의 약속을 지켜주시는 구세주 그리스도입니다."

"다시 생각해보십시오." 그날 밤 정원 문에서 속삭이던 그 부드럽고 알랑거리던 목소리가 이제 거칠고 거의 무례하다시피 화를 내고 있었다. "더 강력한 방법을 강구하고 싶지는 않습니다. 저는 어떻게 해서라도 비터이 장군의 따님을 데리고 가야 합니다."

"그렇게는 안 될 겁니다, 대위님." 토르머 게데온이 대답했다. 기너는 그가 일어나는 소리를 들었다. "안 될 거예요. 제가 직접 학생 아버님께 우리 기관은 자녀를 낯선 사람에게 절대 넘기지 않을 거라고 보장했으니까요. 며칠 전부터 아이에 대한 관심이 비정상적으로 커지고, 학생 일로 수위실의 전화가 불이 나더군요. 그럴수록 더더욱 학생을 인계하는 일은 없을 겁니다. 아쉽지만 지금 저는 해야 할 일이 있어서요. 지금 막 징계 회의를 하던 중이었거든요. 괜찮다면 이 헛된 논의를 마치도록 요청하는 바입니다."

"교장선생님! 제가 하는 말을 잘 새겨들으십시오. 비터이 씨의 따님을 넘겨주셔야 할 겁니다. 교장선생님께서 국방 사업을 지체시켰다는 것을 학교가 느끼지 못해야 할 텐데, 저는 그런 약속을 드릴 수 없군요."

"지금까지 저는 아픈 사람이 딸을 만날 수 있는 기회를 빼앗고 있다고 믿었습니다만," 토르머 게데온이 말했다. "이 일로 국방 사업에까지 지장을 초래하게 되는 거라면 새롭고도 안타까운 상황입니다. 그래도 학생을 인도할 수는 없습니다. 왜냐면 그럴 수 없으니까요. 이 모든 일이 제 개인의 책임이라는 말씀을 하시는 거라면 그것 또한 맞습니다. 제 머리를 걸고 책임을 져야겠지요. 앞으로 제게 일어날 일이란 하나님이 내리시는 것일 따름입니다. 만나 뵈어 행운이었습니다, 대위님. 그리고 마지막으로…"

기녀는 다시 개폐식 문 뒤로 되돌아 뛰어가려다 교장이 말을 끝낼 때까지 기다렸다. 그녀는 너무 기뻐 울먹거렸다. 그리고 아르코드와 검은 사람을 향해, 진허 생각지도 못했던 무언가 뜨겁고 상렬한 사랑을 느꼈다.

"비터이 게오르기너 양을 당신에게 인계할 수 있다면 가장 행복해할 사람이 저라는 것을 말씀드리고 싶군요. 그렇게 까다롭고 짓궂은 학생은 35년 교사 경력에 처음이니까요. 하지만 약속을 했으니 어쩔 수 없습니다. 안녕히 가십시오."

기녀는 복도 코너로 다시 되돌아왔기 때문에 미처 페리의 대답은 들을 수 없었다. 하지만 그가 나오는 것은 봤다. 얼마나 화를 내며 다시 허리띠를 흔들어대는지. 계단을 향해 서두르는 그를 그녀는 생전 처음 보는 것처럼 벌벌 떨면서 지켜보았다. 아래층 대문 소리까지 듣고 나서 그녀가 교장실 문 앞에 섰을 때, 문이 바로 열렸다. 만약 방금 이곳 안에서 무슨 일이 있었는지 듣지 못했다면 그녀는 아무 일도 없었다고 믿었을 것이다. 컬마르는 평소보다 조금 더 얼굴이 상기되어 있었고 교장은 변함이 없었다. 두툼하고 짧은 손가락이 책상 위에 흩어져 있는 증거물을 가리켰다.
"저지른 짓을 어떻게 수습할 건지 생각해봤습니까, 비터이 양?" 토르머 게데온이 물었다. 그는 마치 다른 일에는 관심이 없고 오직 비터이가 마카사이트 눈을 가진 다람쥐를 도대체 쥐도 새도 모르게 어디다 숨겼었는지가 제일 궁금한 듯 죄를 추궁하는 눈빛으로 그녀를 바라보았다. "물론 아니겠죠. 그럴 줄 알았어. 컬마르 선생님, 비터이 게오르기너 양은 내가 다시 지시하기 전까지 절대로 밖에 나갈 수 없습니다. 또한 이 학생에게 가장 가혹한 벌인 교회 예배 참석도 금지합니다. 비터이는 포로입니다."

'알겠어요.' 소녀는 생각했다. '제가 얼마나 당신을 이해하는지 아실까요? 건물에서 나가지 않는 한 위험하지 않으니, 감옥이 아무리 깊고 어두운들 거기 가두고 싶겠죠. 쿤츠 페리보다는 버섯이 차라리 좋은 벗들이니까요.'

"수업에 가도 좋습니다. 내 눈 앞에서 썩 사라져요. 태도 점수를 깎겠소. 컬마르 선생님, 연말까지 비터이 게오르기너 양의 태도가 어찌 되었든 좋은 태도 점수를 줘서는 안 됩니다. 꼭 명심하세요."

"명심하겠습니다." 컬마르가 고개를 끄덕였다. 그는 기녀를 보지 않았다.

"가세요." 토르머 게데온이 말했다. "자네 같은 학생은 쳐다보기만 해도 힘이 드는군." 그는 토르머의 보물을 모두 수건에 쓸어 담아 그대로 쓰레기통에 쑤셔 넣었다. "우리 학교가 대류식 난방이라 아쉽군요. 그렇지 않았다면 학생에게 직접 소각하게 했을 텐데. 어쨌든 이 물건들은 보일러행입니다. 믿어도 좋아요. 컬마르 선생님,

여기 잠깐만 더 남으세요. 아니, 누가 또 방해하는 거람?"

전화벨이 다시 울렸다. 컬마르가 전화를 받았다. 수위의 칼칼한 목소리가 마치 방 안에 대고 말하듯 수화기에서 울렸다.

"교장선생님! 그 대위님이 나가면서 주교님께서 어디에 사시는지, 어느 길로 가야 가장 빨리 도착하는지 제게 물었습니다."

"대답해주었길 바랍니다." 토르머 게데온이 중얼거렸다.

기녀는 나오면서 교장이 컬마르에게 하는 말을 들었다. 주교님은 이웃 주의 흩어진 교구를 방문 중이시라 모레까지 이 도시에 계시지 않는다고, 설사 주교님이 일정을 남겼다 해도 만나려면 이미을 저 미을 돌아다녀야 할 거라고 했다. 길바르트가 뭐라 답했는지는 듣지 못하고 그녀는 다시 자기 반 교실로 뛰어 돌아왔다.

교실은 천국과 같이 평화로웠다. 기구쉬 선생님은 기녀가 수업을 방해하자 책망하듯 주시하며 왜 이렇게 늦었냐고 물었다. "벌을 받느라 교장실에 있었습니다." 그녀는 말했다. "산책뿐 아니라 교회에 가는 것까지 모두 금지됐어요." "아이고, 이 바보." 키쉬 머리가 반키에게 속삭였다. "너무 혼나서 머리가 어떻게 된 거 아니야? 대체 그 검은 교장이 또 어떻게 했길래, 애가 아주 기뻐서 제정신이 아니잖아."

## 게데온 날

수업에 집중하려고 했지만 기너는 그럴 수 없었다. 아비가일에게 편지를 쓸까, 아니면 대위의 방문 소식이 제때에 닿았을 것이라고 믿어야 하나 고민했다. 아비가일의 바구니에 넣을 쪽지 내용도 이미 써놓았지만 아무 의미 없을 것 같았다. 점심시간이 되기 전에 머툴러의 어른들은 컬마르를 통해 누가 왜 기너를 찾아왔는지 모두 들은 것 같았다. 식사 중에 교사 식탁 쪽에서 모든 시선이 시시로 그녀의 얼굴을 찾았고, 학생 식사 자리 옆에 자리 잡은 사감들도 심각하고 걱정스럽게 그녀를 쳐다보았다. 기너는 처벌 학생 중 한 명으로 그날 앞에 나가 서야 했고, 교장은 그녀가 심각한 규칙 위반을 하고 금지된 물건을 숨겼다고 했다. 기너는 일어서서 조용히 듣고 있었다. 마치 혼나는 사람이 본인이 아닌 듯 분해 하지도 않았다. 전날 병실에서 무슨 일이 있었는지 그제야 처음 알게 된 5학년 학생들에게 기너는 점심식사가 끝난 후에 설명을 할 수 있었다. 토르머에게 잡동사니를 주다가 걸렸다고 하자, 학급 절반 가까운 아이들은 그 예쁜 물건들을 압수당했다는 사실에 연민과 슬픔에 빠져 제정신이 아니었다. 다른 절반의 아이들은 기너가 어리석게도 그 보물들을 토르머에게 몽땅 주었다는, 게다가 전혀 안전하지 않은 병실로 가지고 들어가는 식으로 모두의 기쁨과 은밀한 오락거리를 위태롭게 만들었다는 사실에 교장보다 더 심하게 기너를 책망했다.

산책 시간이 되자 기너는 과제를 펴놓고 거실에 혼자 남았다. 머툴러 학교는 고요했다. 복되고 평화로운 고요. 그녀는 과제 글을 읽었지만 이해하지 못했다. 그녀는 아버지를 생각했다. 지금 멀리서 그녀에게 무엇을 바라실까 알아내려고 노력했다. 라디에이터에서 그녀 쪽으로 온기를 뿜어내는 것처럼 아버지가 그녀의 생각에 와닿아 있는 것을 느꼈다. '강해져야 한다.' 소녀는 느꼈다. 어디서 오는 소리인지는 알 수 없었다. 어쩌면 이미 국경 밖에서 오는 메시지일 수도. '강해지거라. 세상에서 가장 소중한 내 딸. 강해지거라. 나도 충분히 강해질 수 있도록 너는 강해져야 한다. 고집부리거나 반항하지 말고, 멋진 계획을 세우지 말고, 지혜로운 충고를 듣고, 자제력을 기르고 강해져야 해. 내가 널 맡긴 사람들이 널 도울 수 있도록 말이다. 만약 네가 운다면, 네가 맞닥뜨린 역경에 진주처럼 부서진다면, 그러면 우리 사랑은 헛되게 돼버리는 거야. 슬퍼하지 말거라! 저녁식사를 하고! 용기를 내! 행복하거라! 어쩌면 우리는 또 만날 수 있을 거야. 이 만남을 위태롭게 하지 말럼. 널 믿을 수 있다는 희망으로 내게 힘을 주렴.'

키쉬 머리 무리는 산책 후에 허이더 씨의 제과점 옆 옷가게에서 아주 예쁜 스카프를 살 수 있다는 소식을 가지고 왔다. 너무 예뻐서 지금이 전쟁 중이라는 사실이 의심스러울 정도라는 것이었다. 이야기를 들으며 기녀는 가끔 고개를 끄덕이는 정도였다. 그녀의 침묵에 친구들은 그녀가 다시 치명적인 일을 당한 탓이라고 했다. 한편 오후에는 사람들이 많이 드나들었다. 교사와 사감들이 차례대로 사저로 사라졌다. 서보는 이름날 때문이라고 했다. 3월 29일이면 모두들 검은 괴물에게 인사를 한다는 것이었다. 게데온의 기분이 좋으면 저녁식사 후에 그들과 계속 함께 머물기 때문에 저녁기도가 조금 늦게 시작되기도 하고, 평소와 다르게 감성적이 될 때면 동아리에서 발표했던 가장 성공적인 종교시들 중 몇 편을 읊어주기도 한다고 했다. 물론 오늘 어떤 일을 허락할지는 알 수 없었다. 왜냐하면 오늘 점심시간에 교장은 아주 어두운 표정이었을 뿐더러, 기녀의 그 잡동사니 사건으로 기분이 별로였을 것이기 때문이다. 게데온 이름날의 특별한 오락거리를 위한 중요 조건은 바로 어떤 것으로도 이 축일의 들뜬 마음에 그림자를 드리워서는 안 된다는 것이었다. 어제 양호실 발각 사태 이후에 축하할 분위기가 남아 있을 것 같지 않았다. 교장선생님은 아마 립스틱 하나를 본 것만으로도 몇 날 며칠을 침울해할 테니까.

저녁식사는 조용히 진행됐다. 저녁에 축제가 있을 법한 징후는 전혀 없었고, 교장도 거의 말이 없었다. 그날은 한 7학년 학생이 낭독을 했는데, 단조로운 목소리로 잘 읽지 못하자 교장이 가끔 신경질적으로 수정해주었다. 이것이 그와 사람들이 대화한 전부였다. 그때였다. 갑자기 식당 문이 쾅 닫히더니, 마치 봄바람이 온 식당을 휩쓸고 지나간 듯 깔깔대는 웃음소리와 움직임이 시작되었다. 모두들 벌떡 일어서서 반짝이는 눈빛으로 차렷 자세를 취했다. 갑작스런 방문 손님에게 큰 소리로 인사하는 것은 규정상 발표 학생만이 낭독을 멈춘 뒤 할 수 있는 일이었다. 7학년 후사르는 다른 학생들을 대신해 곧바로 낭랑하게 소리를 높였다.

"안녕하세요, 하나님의 은총이!"

호른 미치가 식당 문 앞에 버들개지를 팔에 가득 안고 서 있었다. 기녀가 지난번 만났던 노파가 부인 뒤에 서 있었는데, 양팔에 끔찍 놀릴 만큼 큰 짐과 거대한 음료병을 들고 있었다. "획생 여러분, 자리에 앉아주세요." 토르머 게데온이 경직된 태도를 누그러뜨리며 말했다. 그리고 호른 미치 부인을 맞이하기 위해 다른 남자 선생님들과 함께 일어섰다. "하나님의 축복이! 오래 사세요!" 손님이 큰 소리로 말하며 교장의 팔에 엄청난 버들개지를 안겼다.

"바닷물이 발목까지 마를 때까지! 축하하러 왔어요! 오늘 밤은 특히 기분이 좋네요."

"난 그렇지 않소." 교장이 말했다. "오늘 이름날 행사는 없어요, 미치."

"에이, 없긴요." 호른 미치 부인이 웃었다. "오늘 오후에 제게 남은 밀가루를 전부 다 썼어요. 아이들에게 주려고요. 오늘은 멋진 파티가 될 거예요. 머툴러 학생들은 춤을 추고 맛있는 파스타를 먹으며 즐길 거예요, 게데온. 저도 저녁 좀 주세요!"

토르머 게데온이 뭔가 대답하려고 했지만 소리를 내기도 전에 손님은 이미 식당을 가로질렀다. 마치 1학년 학생처럼 어울리지 않는 빠른 속도로 그녀는 배식창을 주먹으로 두드렸고, 이 모든 것을 알 리 없었던 부엌 당번 사감은 놀라서 배식구 문을 열어젖히고 밖을 내다보았다. 호른 미치 부인은 그녀에게 "저 저녁 못 먹었어요! 먹을 것 좀 주세요!"라고 소리쳤다.

 호른 미치 부인에게 식사도구를 가져다주기 위해 머틀러 학교 전체가 움직이기 시작했다. 사감들은 소녀들에게 제자리에 앉으라고 했지만 소용없었다. 주전녀는 사감식의 그 아름답고 느리고 품위 있는 걸음걸이로 직접 식사도구를 가져와 상을 차렸다. 그리고 자리를 만들어주기 위해 교장의 식탁에 놓여 있던 의자들을 밀었다. 토르머의 옆자리에 손님을 앉히려고 허이두 선생님의 자리를 밀어 식탁 끝으로 자리를 옮겼다. 그래서 손님은 교장과 쾨니그 사이에 앉게 되었다. 주전녀가 쟁반을 들고 다가가 호른 미치에게 식사를 마련해줄 때, 그녀는 부인이 아닌 쾨니그를 쳐다보았다. 쾨니그는 그것도 눈치 채지 못했다. 오늘 저녁같이 예외적인 정신 상태에서도 기녀의 주의를 끈 놀라운 일이 있었는데, 그것은 쾨니그가 호른 미치 말곤 정말 다른 누구에게도 눈을 돌리지 않는다는 것이었다. 더구나 그는 부인의 귀에 뭐라고 속삭이기도 했다. 주전녀가 자기 자리로 돌아왔을 때, 그녀의 얼굴은 마치 한 대 맞은 듯이 붉게 상기되어 있었다. '주전녀는 정말 저 여자를 싫어하나 봐.' 소녀는 생각했다. '질투하는 거야. 그리고 이 감정이 부끄럽겠지. 안 그러고 싶겠지만 소용없어.'

 단번에 질서가 무너졌다. 손님은 오늘 낭독자에게도 친애하는 교장선생님을 축하해야 하니 윤리적인 스위스 소녀의 이야기를 하는 대신에 주방으로 달려가 과자 나눠주는 일을 도와주라고 했다. 다만 케이크만은 특별히 교장선생님을 위해 구운 것이니 빨리 교사 식탁으로 가져오라고 했다. 7학년 학생은 행복해하며 재빨리 움직였다. 교장은 벌새가 머리에 앉아 놀란 사자처럼 호른 미치를 쳐다보았다. 이 벌새는 한편으로 사자가 왜 무섭냐며, 겁먹을 필요가 전혀 없다고 노래를 불러댔고, 다른 한편으로 인생은 끔찍하지만 아름다운 것이며, 모든 아름다움 중에 가장 아름다운 것은 최고로 사랑스러운 청춘이라고 노래했다. 기적이 일어났다. 토르머 게데온은 다시 윤리 고양을 위한 글을 낭독하게 하려고 두 번이나 입을 벌려 호른 미치를 부르려 했지만 결국 입을 다물었다. 축복과 행복, 온기가 실내에 흘러넘치는 것을 느꼈다. 그녀 주변의 사람들이 반짝이는 눈빛으로 모두 얼마나 행복해하는지 보았다. 입술연지를 숨겼던 비터이까지도 잠시나마 고민 가득한 얼굴 표정이 사라졌다. 호른 미치는 마술사였다. 이제 그녀는 연설을 하기 시작했다. 마치 사내처럼 일어서서 말이다. 함께 데리고 온 노파는 음료병을 들고 식탁보 뒤를 돌아다니며 컵에 와인을 따랐다. 학생들도 손가락 한두 마디만큼 받았다.

"교장선생님, 건강하세요! 이 학교는 학생들이 죽을 때까지 간직할 수 있는 어린 시절의 추억을 쌓도록 키워주잖아요. 이곳에서 천수를 다할 때까지 교장으로 서 계실 수 있도록, 수많은 행복한 이름날이 계속되기를!"

교장을 감동시키다니, 호른 미치는 마녀가 분명하다. "천수를 다

할 때까지"라니 과장이다. '내가 언제까지 이 자리에 있을까?' 토르머 게데온은 생각했다. '비터이 게오르기너를 인도하지 않는다면?' 그는 잔을 들어 올리고 호른 미치에게 인사했다. 그런 다음에 담임과 학생들한테도 인사를 했다. 머툴러 학교는 모두 함께 같은 움직임으로 잔을 비운 뒤, 잠깐 동안 침묵했다. 웃음을 참지 못하는 1학년생들마저 웃지 않았다. 이 감동은 호른 미치가 오늘 저녁에 여러 오락거리를 계획했으니 식사를 부지런히 해야 좋을 거라고 외치기 전까지 계속되었다. 머툴러 학생들은 사감들의 주의가 소용없을 정도로 큰 소리를 내며 먹기 시작했다. 호른 미치는 무슨 스포츠 경기를 하듯, 손으로 속도를 지휘하며 소리쳤다. "더 빨리! 더 빨리!" 보건 시간에 학생들에게 음식을 왜 천천히 먹어야 하는지, 그리고 잘게 씹은 음식이 위장에 왜 중요한지 수없이 설명했던 의사 선생님도 너무 급하게 먹는 바람에 숨이 막힐 뻔했다. 호른 미치가 박자를 맞추는 동안 선생님들이 전부 서둘러 저녁식사를 하는 모습은 좀 으스스할 정도였다.

쾨니그는 감정을 숨기지 않았다. 멈추지 않고 자신의 연인에게 이야기를 해댔다. 주전너는 거의 고개를 들지 않았지만, 들더라도 교사 식탁 쪽을 쳐다보지 않으려고 조심했다. 평소보다 예민했던 기너는 이날 저녁 주전너의 팔을 쓰다듬고 싶었다. 자신의 마음도 온통 슬픔뿐이라고, 너무 안타깝다고 말하고 싶었지만 사감을 만질 수는 없었다. 사악하기 그지없는 비터이, 오늘도 벌을 받은 비터이가 위로하려 들었다면 사감이 뭐라 말했겠는가? 호른 미치는 잠시 쾨니그의 속삭임을 듣다가 다시 교장 쪽으로 몸을 돌렸다. 그러자 교사 식탁 전체가 웃음바다가 됐다. 다들 너무 재미있게 이야기하며 즐거워했다. 물론 부인이 요청한 일은 허락되었다. 그녀가 원하는 일이라면 무슨 일인들 할 수 없었을까? 식탁들을 옆으로 밀어달라고 요청하자 주전너는 고개를 옆으로 돌리고 정리를 도왔다. 무엇에 홀린 듯 허이두는 축음기를 가지고 들어왔고, 기구쉬 선생님은 가지고 있던 댄스 레코드를 빌려주었다. 그녀가 방에 이런 물건들을 간직하고 있다는 사실을 알게 된 토르머 게데온은 눈을 휘둥그레 떴다. 호른 미치는 아주 큰 소리로 이렇게 말했다. "전쟁이라고요. 내일 일어나보면 무슨 일이 일어나 있을지 누가 알겠이요, 기여운 사람들!" 여기에 무슨 할 말이 디 있겠는기.

곧 세속의 음악이 울려 퍼졌다. 클래식이나 교회 음악과는 완전히 다른 멜로디였다. 머튤러 학교의 고학년 학생들이 얼마나 춤을 잘 추는지 사감과 선생님들은 그저 지켜보기만 했다. 저학년 학생들은 그렇지 못했다. 어리둥절해하며 그저 상기된 얼굴로 어색해했다. 트루트 게르트루드는 그들을 따로 모아 응접실로 데리고 가서 고학년 학생들이 춤을 추는 동안 다른 놀이를 하도록 했다. 그러고는 문에서 고학년 학생들에게 댄스 수업 시간에 짝과 함께 연습하듯이 그렇게 춤춰야 한다고, 안 그러면 서로 엉켜서 엉망이 될 거라고 외쳤다. 5학년 학생 중에서는 토르머만 빠졌는데, 토르머는 갑자기 커버린 반키를 대신해 새로 바뀐 기너의 댄스 파트너였다. 지금 기너는 춤추고 싶지 않았기 때문에 오히려 다행한 일이었다. 기너는 구석에 서서 춤추는 이들을 바라보았다. 그녀는 그들이 전혀 부럽지도 않았고, 어떤 것에도 참여하고 싶지 않았다. 마치 삶에서 소외되어 앞으로도 다시 연결될 희망이 없는 두 소녀처럼, 기녀와 주전녀는 옆으로 치운 식탁과 의자 쪽에 단 둘이 있었다.

"저기 저 학생은 춤을 추지 않는군요." 호른 미치 부인이 말했다. "부다페스트에서 온 소녀네요. 짝은 어디 있죠?"

"아픕니다." 토르머 게데온이 갑자기 어둡게 말했다. "건강하더라도 지금 춤을 출 수는 없을 거예요. 내가 벌을 주었으니까."

"게데온, 벌은 내일 주세요." 호른 미치가 소리쳤다, "오늘은 축일이라고요! 짝이 없어서 내가 대신 춤추는 것을 보고 싶지 않으면 눈을 감아요."

'나는 춤 안 출 거야.' 소녀는 생각했다. 호른 미치에게 묘한 매력을 느꼈지만 그녀의 마법에 굴복하고 싶지 않았다. '그녀가 날 만지거나 즐겁게 하도록 두고 싶지 않아.' 토르머 게데온이 뭐라 대답했지만 아무도 듣지 못했다. 호른 미치는 벌써 교사 식탁에서 일어서서 비터이 게오르기너 앞에 춤을 청하듯 익살스럽게 허리를 굽혔다.

"이 아이에게는 춤이 금지되었습니다." 주전녀가 조용히 말했다. "미치, 들으셨잖아요."

"아휴, 당신들은 왜 예수님보다 더 엄격한 거죠?" 호른 미치가 말했다. "2분 동안 딱 한 번만 저랑 춤추게 해줘요. 이리 나오렴, 부다페스트 소녀야!"

호른 미치 부인은 벌써 기녀를 데리고 나갔다. 부인은 강하고 능숙했다. 그녀는 영국 왈츠 소리에 맞춰 다른 사람들로부터 멀어졌다. 기녀는 미치 부인을 쳐다보지 않은 채 그녀가 이끄는 대로 내버려두고 참았다. 어쨌든 그녀는 모두를 장난감 인형처럼 가지고 놀 테니 말이다.

"오늘 밤 도망가야 한다." 호른 미치 부인이 속삭이며 미소를 지었다. 왼손으로는 교사 식탁 쪽으로 손짓을 했다. "오늘 밤 우리가 여기서 즐기는 동안, 저녁기도가 시작되기 전 9시에 주전녀의 방으로 들어가도록 해. 그리고 행사복을 훔치는 거야. 수위실을 지나가서는 안 돼. 그제 밤에 대위가 널 기다렸던 정원 문을 통해 나가. 9시에 철문이 열릴 거야. 바깥으로 나가면 한 걸음씩 걸어. 등불을 피하고. 얘야, 가만히 서 있지 말고 춤을 좀 춰봐. 그렇게 날 쳐다보지 말고. 살짝 웃으라고."

웃음을 지을 수 없었다. 소녀는 입을 벌린 채 호른 미치 부인을 쳐다보기만 했다.

"이 사람들은 잘해야 단 며칠 동안만 널 쿤츠 대위에게서 보호할 수 있어. 조만간 도시 사령부에서 군인들을 시켜 머툴러 학교 문을 열라고 주교를 압박할 거야. 전쟁 중이니까 국방과 민족을 위한다면서, 네 아버지를 데려간 독일군에게 널 내놓으라고 할걸. 거부할 수 없어. 네가 그들 손에 잡히는 걸 학교가 저항하면 머툴러 학교도 끝장이야. 게데온을 끌어내리고 위원회를 해산시킬 거라고. 웃어!"

기녀는 여전히 웃지 못하고 미치 부인만 쳐다보았다. 허이두가 축음기에 레코드를 갈아 끼웠다. 어떤 여인이 낮은 목소리로 "안녕, 대위님! 안녕, 대위님! 저 밖 전쟁터에서 가끔 저를 생각해주세요"라고 노래했다.

"대위가 널 발견하면 안 돼. 그럼 네 아버지를 더 힘들게 할 거야. 빨리 여기서 사라져야 해. 게데온을 위험에 빠트리는 일 없이 말이야. 이곳에서 넌 항상 갈팡질팡하고 반항심 많은 소녀로 유명했으니까, 네가 도망쳐서 잡히지 않는다 해도 그건 여기 누구도 어쩔 수 없는 일이 되겠지. 우리 집으로 가. 아무도 없을 거야. 내가 노파랑 여기 남아서 네 탈출을 숨길게. 너 혼자서 대문을 열어야 해. 여기 열쇠가 있어. 지금 네 손바닥에 쥐어줄게, 알겠니?"

기녀는 고개를 끄덕였다.

"잘해야 해. 조심하고. 너뿐만 아니라 다른 사람들의 안전도 달려 있어. 9시 조금 전에 방에서 나가. 다른 사람들이 알아차리지 못하게 내가 조치할 테니. 주전녀의 방은 항상 열려 있어. 내가 말한 대로 해야 돼. 네가 옷을 훔친 걸 바로 알아차리지 못하게 네 옷은 침대 밑으로 넣도록 해. 날 그렇게 쳐다보지 말라고 했잖니!"

"당신이 아비가일인가요?" 소녀가 속삭였다.

호른 미치가 크게 웃었다. 너무 크게 웃어서 모두 그녀를 쳐다봤다. 토르머 게데온은 부끄러운 듯 침을 한 번 삼켰다. 호른 미치도 이 학교에서, 지금 학생들을 키우는 머툴러의 엄격한 규율 속에서 똑같이 배웠다. 그런데 자, 그녀의 행동을 보시라. 마흔여덟 살에 아직도 입술연지를 바르는 그녀.

호른 미치는 기녀에게 답하지 않은 채, 이제 충분히 춤을 추었다고 말하며 소녀를 빙글 돌려 의자가 있는 쪽으로 보냈다. 소녀는 한 의자에 기댔다. 발로 겨우 서 있었다. 손님은 교사 식탁으로 다시 돌아가 누군가에게 춤을 추게 하려고 했다. 하지만 교장이 강경하게 항의하자 크게 웃으며 그만두었다. 그녀는 잠시 동안 선생님들과 이야기를 나누더니 갑자기 박수를 치기 시작했다. 그 소리가 너무 커서 춤추던 사람들이 모두 멈출 정도였다. 그녀는 이제 몸을 움직이는 것은 충분히 했으니 보드게임을 하자며, 모두 의자들로 두 개의 원을 만들라고 했다. 그리고 아무나 당번 선생님에게 달려가서 전체 인원 절반만큼의 필기구와 깨끗한 종이를 몇 장 가져오라고, 시간이 흘러가니 빨리빨리 서두르라고 했다. 검은 사람은 밖으로 달려 나가는 무러이에게 이제 그만 놀이를 멈추라고, 종이는 필요 없으니 아무것도 가져오지 말라고 외치려 했지만, 입을 떼기도 전에 그 5학년 학생은 열린 문만 남긴 채 벌써 자리에서 사라지고 없었다. 그는 일어나 조용히 하라고 명했고, 머툴러는 아주 익숙하고도 무서운 목소리에 곧 조용해졌다.

그러자 웃음소리 대신 다른 소리가 들려왔다. 심심하던 당직교사가 뉴스를 듣고 있었는데, 조급했던 무러이가 당직실 문을 닫는 걸 잊었는지 라디오 소리가 식당까지 들린 것이다. "우리 군은 부대 배치를 재정비하고 전선을 일렬 정리했습니다." 아나운서가 말했다. 토르머 게데온은 교사들에게 시선을 돌리지 않고 자신의 손톱을 신중하게 쳐다보았다. 홀 안의 다른 모든 어른들처럼 그는 이 말이 우리 군이 후퇴하고 있으며 전선이 가까워지고 있음을 의미한다는 것을 잘 알고 있었다. "게임!" 그는 자신의 의지와는 정반대로 말했고, 사람들의 얼굴이 환히 빛났다. 검은 사람은 의자에 다시 앉았다. 호른 미치를 향해 빛나는 눈빛은 이제 냉소적이지도, 호탕한 웃음기가 어려 있지도 않았다. 머툴러에는 끔찍한 전쟁으로부터 그들을 보호할 수 있을 만큼 두터운 벽이나 안전한 지하실이 없다는 생각이 들자, 그는 저항을 멈추고 정말 깊은 연민으로 그녀를 바라보았다. '괜찮아요, 게데온.' 호른 미치는 이 말을 생각만 하고 입 밖에 내지는 않았다.

부인은 원을 만들었는지 점검하고 가장 높은 상급생 두 학년을 5, 6학년생들과 떼어 앉혔다. 첫 번째 그룹의 원 한가운데에 자신이 자리 잡았고, 두 번째 그룹의 원 안에 주전녀를 게임 진행자로 앉혔다. 주전녀는 마지못해 굳은 얼굴로 호른 미치가 지정한 곳으로 가 의자에 앉았다. 소녀는 지금 주전녀가 겸허하게, 자신 안의 질투심을 억누르고자 따르는 거라고 생각했다. '주전녀는 호른 미치가 자신의 우월함을 과시하려고 뭔가 시키는 것이라 믿겠지. 아비가일은 내가 대문을 벗어날 때까지 시간을 벌려는 거야. 두 상급학년 학생들이 자리를 뜨지 못하게 하려고 주전녀에게 게임을 리드하게 한 것을 그녀는 꿈에도 모르겠지.'

호른 미치는 이날 저녁을 위한 준비가 잘 되어 있었다. 그녀는 가지고 있던 게임 책자 하나를 사감에게 건네주었는데, 머톨러에서 하던 게임들과는 아주 달랐다. 주전녀의 임무는 자신의 그룹과 문답 게임을 진행하는 것이었고, 책에는 질문과 함께 100까지 번호가 매겨진 답변이 들어 있었다. 게임을 하는 사람은 받은 질문에 답변하기 위해 번호를 하나 말해야 했는데, 책에는 그 번호 옆에 인쇄된 답변이 있었다. 놀라운 결과들이 나왔다. "무엇으로 당신 마음을 얻을 수 있나요?" 첫 번째 질문이었다. 너지 어러디는 생각나는 숫자 하나를 바로 말했다. "29." 그녀 연인의 나이였다. 주전너의 눈이 게임 책자의 번호들을 끝까지 쭉 훑고 나서, 어러디가 말한 번호에 해당하는 답변을 읽었다. "수영초 소스." 8학년생들은 웃음을 참느라 손바닥으로 입을 틀어막았다. 배식창 밖으로 고개를 뺀 요리사 또한 화기애애한 분위기 속에 박장대소했다. 어러디가 야채죽을 질색한다는 것을 모르는 사람은 머툴러에서 아무도 없었다.

"무엇으로 당신 마음을 얻을 수 있나요?" 주전녀가 두 번째로, 어러디의 친구 텐크에게 슬프고 조용하게 물었다. 텐크는 "9"라고 대답했다. 주전녀가 인쇄된 답변을 찾았다. "화물차." 교사들은 얼굴이 새빨개진 텐크와 의자에서 동요하는 8학년 학생들을 깜짝 놀라 바라보았다. 이 대답이 왜 그렇게 웃긴지는 5학년 학생들도 아직 알 수 없었다. 8학년 학생들은 비밀을 공유하지 않았기 때문에, 저 바깥세상에서 텐크의 구혼자가 철도원이라는 사실을 아래 학년의 아이들은 몰랐다.

 5, 6학년 학생들은 호른 미치 주위에 모여 그녀와 함께 게임을 했다. 무러이가 당직실에서 종이와 필기구를 가져오면서 당직교사의 메시지도 함께 가져왔다. 에르지벳 자매가 루페르트의 전화를 받았는데, 그가 오늘 저녁 교장선생님께 전화로 호출을 해도 좋은지 물었다는 것이다. 무러이는 교사 식탁 앞으로 다가가 가만히 심부름 메시지를 전했다. 그녀는 운석이 다가오고 있다는 듯 5학년 학생들을 쳐다보았다. 루페르트는 꼬꼬댁 학교의 교장이었다. 그가 머툴러 학교에 전화를 할 때면 항상 불길한 일이 일어났다. 루페르트는 늘 항의, 신고, 이의를 제기했고, 머툴러 학생이 또 무례

를 범했다고 불평했다. 공립학교가 설립된 이후 기관들 사이에 마찰이 계속되었다. 교장은 무러이를 에르지벳 자매에게 다시 보내며, 오늘 저녁에는 전화를 받을 수 없고 내일 아침에 코커쉬 팔 김나지움에 전화를 하겠다는 말을 전했다. '오늘 저녁은,' 토르머 게데온은 생각했다. '오늘 저녁은 아무도, 아무것도 방해하거나 자극하지 않기를. 정말 이 사랑스런 마녀가 계획한 대로 말이야.'

호른 미치가 제안한 게임은 선생님들도 참여하겠다고 할 만큼 정말 재미있었다. 주전녀의 그룹도 불공평해지지 않도록, 교사들 역시 두 팀으로 나뉘어 모두 학생들과 게임을 했다. 교장만 빠진 채 수줍은 듯 혼자 교사 연단에 남아서 크게 웃는 사람들을 사랑스럽게 바라보았다. 쾨니그는 주전녀 그룹에 일레쉬, 컬마르와 함께였다. 케레케쉬, 허이두, 기구쉬는 호른 미치 그룹에 합류했다. 호른 미치 그룹의 게임은 참신한 아이디어에 근거했다. 종이 한 장을 계속 전달해야 하는데, 처음 시작하는 사람이 아무거나 써서 옆 사람에게 전달한다. 그러면 옆 사람은 이제 글을 쓰는 게 아니라 그 글이 의미하는 것을 그려야 한다. 그림을 그릴 때는 뭘 그리는지 사람들이 보지 못하게 한 다음, 그림이 가려지도록 종이를 접는다. 그리고 옆에 앉아 있는 세 번째 사람에게 전달한다. 그 사람은 이 그림을 보고 무슨 그림인지 글로 적고, 네 번째 사람은 다시 그 글을 보고 그림을 그린다. 다섯 번째 사람은 그 그림이 무슨 그림인지 글로 쓰고, 여섯 번째 사람은 그림을 그리고, 일곱 번째 사람은 그림이 무엇인지 글을 쓰고…. "나중에 잘 보세요!" 호른 미치 부인이 말했다. "종이가 꽉 차면 마지막 사람이 원래 글에 대해 어떤 설명을 하게 되는지!"

 종이는 기녀부터 출발했다. 뭔가 써야 했다. 기녀는 "몇 사람이 깊은 성으로 행진한다"라고 썼다. 그 종이는 키쉬 머리에게 넘겨졌다. 키쉬 머리는 산을 하나 그리고 그 산 위에 성을, 그 아래에는 작은 사람들을 그렸다. 어린아이들이 그리듯 팔과 다리를 성냥개비처럼 그린 그림이었다. 기녀는 문장을 접고 그림을 반키에게 넘겨주었다. 반키는 오랫동안 그림을 쳐다보더니, 한참 뒤 뭘 알아낸 것 같았다. 반키는 그 아래에 "우리는 산으로 소풍을 갑니다"라고 썼다. 이 문장을 그림으로 그려야 했던 서보는 머툴러의 교복 모자가 잘 보이도록 미리가 큰 소녀 두 명을 그렸다. 그리고 오해하지 못하도록 소녀들의 다리 앞에 철도길과 "마트러 산"이라고 쓰여 있는 안내판을 그렸다. 셜름은 그림을 보고 오랫동안 고민하다가 안색이 환해졌다. 저학년 시절 어느 지리 시간에 마트러 산과 강 지형을 잘 설명하지 못한 칠레르와 카티가 함께 혼난 일이 떠오른 것이다. 그래서 셜름은 두 소녀 그림 아래 "칠레르와 가티가 대답을 잘 못했다"라고 썼다. 그다음 차례였던 기구쉬 선생님이 이 문장을 그림으로 그리기란 정말 쉽지 않은 일이었다. 어느 정도 그림 실력이 있던 선생님은 오랫동안 칠레르와 가티를 빤히 쳐다보며 형태를 잡으려 했다.

 호른 미치 그룹에서는 그림을 그리거나 그림을 두고 무엇을 의미하는지 알아내야 했기 때문에 비교적 조용했다. 반면 주전녀 팀은 웃음이 끝이지 않았다. 주전녀가 이제 막 쾨니그에게 질문할 차례가 되었다. "무엇으로 당신 마음을 얻을 수 있나요?" 쾨니그는

"50번!" 하고 말했다. 50번 옆의 대답을 읽는 주전녀의 목소리는 거침없었다. "아무것도 없음. 절대." 에르지벳이 문 사이로 얼굴을 내밀고는 루페르트 교장선생님이 포기하지 않는다면서, 부디 전화를 받아달라고 자꾸 간청한다고 전했다. 검은 사람은 뚱한 얼굴로 "내일"이라고 말했고 에르지벳 자매는 물러갔다.

이렇게 그들은 기녀의 기억 속에 오랫동안 새겨져 있었다. 그녀가 나중에 다시 키쉬 머리와 토르머 사이에 있는 옛 책상에 앉게 되기까지는 정확히 1년이 걸렸다. 더 이상 만날 수 없게 된 사람도 있었다. 그들의 우상이자 가장 사랑했던 컬마르는 그 며칠 후에 징집되어 카르파티아 산맥에서 전사했다. 어러디도 다시 볼 수 없었다. 학교 깃발을 멋지게 들고 걸었던 그녀는 그해 여름 폭격으로 죽었다. 훌륭한 크리스마스 저녁식사를 요리해주었던 에르지벳도 다시는 만날 수 없었다. 그녀는 도서관을 지키려다 머툴러 동쪽 건물에서 불에 타 죽었다. 기녀는 성인이 되어서도 이 마지막 저녁이 자주 떠올랐다. 그녀의 자유가 달려 있거나 삶이 바뀌었기 때문만은 아니었다. 그때 두껍고 낮은 벽 안에서 터지던 웃음소리와 흘러넘치던 흥겨움, 호른 미치 부인의 집까지 가야 하는 소녀를 겁나게 했던 길 밖의 어둠과 위협. 그녀는 그해 게데온 날의 특별했던 이 중성을 나중에 진짜 어른이 되어서야 느낄 수 있었다.

주전녀는 벌써 두 번째 질문을 하고 있었다. "당신을 행복하게 하는 것은?" 그녀가 질문하고 7학년 이게르가 답했다. "41번." 주전녀가 소리 내어 읽었다. "룰렛!" 호른 미치 부인 그룹에서는 그럭저럭 인물 묘사를 완성한 기구쉬 선생님이 서보에게 전달했고 서보는 당연히 알아보지 못하고 아르코드 박물관에 있는 두 소녀의 초상화라고 했다. '겁이 나요.' 기녀는 생각했다. '아비가일, 당신이 도와준다 해도, 제가 해내야 하는 일이 겁나요.'

시간이 이렇게 비현실적으로 빨리 흐른 건 처음이다. 벌써 8시 반이었다. 곧 45분이다. 물론 잠시 나갈 수 있다. 모두 게임에 열중해 있고 그녀에게 관심을 기울이는 사람은 아무도 없으니, 그렇게 긴장할 필요가 없다. "깊은 성" 운운한 종이는 그녀를 떠나 멀리 가 있었다. 새 종이에 셜름이 글을 시작해 그녀에게 넘겼고, 그녀는 이제 그림을 그려 넣어야 했다. 그녀는 어딘지 어색한 그림을 대충 그리고 옆으로 선달했다. 게임에 빠져 있시 않은 두 사람, 기녀와 교장만이 모든 것을 외부적인 시선으로 관찰하고 있었으며, 그 둘만이 누군가 문으로 들어오는 것을 알아차렸다. 선생님들은 토르머 게데온이 체념한 듯 일어나 머툴러 사람들의 오랜 규율에 맞게 애써 문 쪽으로 출발한 후에야 무슨 일이 일어났는지 눈치 챘다. 기녀는 입구에 서 있는 마른 남자가 누구인지 알지 못했지만, 교장의 표정에서 그가 특별한 사람이라는 것을 읽어냈다. 그녀는 놀라서 심장이 덜컥 내려앉았다. 그녀를 잡으러 온 건 아니겠지?

"머툴러, 차렷!" 교장이 씁쓸하게 외쳤다. 철의 손으로 제국을 다스리는 것이 주요 임무라고 여기는 사람만이 느낄 수 있는 씁쓸함이었다. 하필 마녀 호른 미치가 온 학교를 발칵 뒤집어놓은 데다, 음료병들이 구석에 부끄러운 줄 모르고 나와 있고, 사감과 교사들이 경솔한 게임을 하고 있을 때, 오래된 앙숙, 꼬꼬댁 학교의 교장 루페르트가 생애 처음 방문하다니. 교장은 게임에 빠져 있는 사람들이 정신을 차리고 모두 일어설 때까지 두 번 지시를 해야 했다. 호른 미치도 일어서서 반짝이며 영리한 눈을 손님에게서 떼지 않았다.

"안녕하십니까, 교장선생님!" 루페르트 교장이 인사했다. "여기는 정말 즐겁고 행복이 넘치는군요. 캄캄한 바깥에 비하면 진정한 행복의 섬이에요. 이미 모두 다 알고 작별 파티를 열고 있는데 내가 쓸데없이 방해를 했군요. 나와 대화한 당신 비서인지 누구인지가 방해하지 말라고 했는데 말이오. 하지만 난 무슨 일이 일어났는지 당신이 아무것도 모르고 내일 알게 될 거라 생각하고… 내가…"

그의 말문이 막혔다. 5학년 학생 중 아무리 부주의한 아이도 그가 한 말을 이해하지 못하는 학생은 없었다. "내가 뭔가를 알고 있다고 생각했거든요. 국가 기관인 우리 학교와 교회 기관인 당신 학교 사이에 수 세대를 걸쳐 싸우던 게 아무런 의미가 없어지는 일을…"

"들어오시지요." 토르머 게데온이 말했다. "뭐 좀 드릴까요? 저녁은 먹었소?"

"아, 그럼요." 루페르트가 말했다. "감사합니다만, 정말 괜찮습니다. 우리 학교가 아직 있다면 나도 당신을 초대할 텐데. 우리 학교도 괜찮은 곳이니 한 번 둘러보라고, 가능한 한 빨리 답방하라고 말이오. 어쨌든 이 모든 것은…"

그는 다시 말을 끊었다. 그리고 그가 무슨 말을 끝까지 하지 못했는지 모두가 이해했다. "우리가 싸우는 건 정말 의미 없는 일이에요. 토르머, 당신은 이 바보 같은 짓을 누가 왜 시작했는지 기억하나요? 난 못 하거든요. 너무 옛날 일이라 기억이 안 난다고."

"'우리 학교가 있다면'이라니?" 검은 사람이 물었다. 머툴러에는 기도 시간에나 있을 법한 적막이 감돌았다.

"송별회를 열고 있는 거라면 내가 오늘 부다페스트에서 어떤 소식을 갖고 왔는지 당신도 이미 알고 있겠군! 장관이 3월 31일부로 모든 학교를 폐쇄했고, 이틀 후에 이번 학기를 끝낸다는 소식 말이오! 수료식은 4월 4일, 모든 기숙사생들은 귀가하고 8학년만 졸업 시험까지 기다린다…."

토르머 게데온은 루페르트 교장에게 팔을 두르고 조용히 식당 밖으로 나갔다. 그는 인사를 하지 않았고, 학생들도 인사하지 않았다. 아무도 아무것도 지시하지 않은 채, 머툴러의 학생과 교사들은 그냥 서 있었다. 그리고 학기 내내 어떻게든 집에 돌아갈 수만 있기를 꿈꿔왔던 학생들은 놀라서 속수무책으로 자리를 뜬 사람들의 뒤를 쳐다보고 있었다.

'끝장이야.' 기녀는 생각했다. '45분이 지났어. 지금 출발해야 하는데…. 하지만 게임이 중단돼서 모두들 말없이 서서 지켜보고 있잖아. 여기서 어떻게 나가지? 어떻게?'

"어이쿠," 호른 미치 부인이 목소리를 높였다. "왜들 이러실까?! 어머니랑 집에 함께 있는 게 싫은 거예요? 아휴, 바보들 같으니!"

이제 사람들은 그녀를 향해 돌아섰다. 머툴러 학생들의 얼굴에는 미소가 아니라 두려움이 어려 있었다.

"막상 집에 가면 좋아할 거면서," 호른 미치 부인이 계속했다.

"왜 그렇게 슬픈 표정을 짓고들 있죠? 얼마 있다가 헤어져야 한다면, 적어도 오늘은 좀 놀아보자고요. 어차피 내일은 안 돼요. 내일은 교장선생님께서 정신을 차리실 거라고, 자!"

그녀의 눈빛이 교사와 사감들을 쭉 훑었다. 그리고 어른들은 그녀가 뭘 말하는지 이해했다. '도와줘요. 아이들이 무서워하지 않도록 뭔가 해봐요, 우리.'

"새로운 질문입니다." 주전녀가 외쳤다. "다음 질문! 일레쉬 선생님이 가장 좋아하는 것은?

"30번" 화학교사 일레쉬가 답하자, 주전녀가 아주 진지한 목소리로 읽었다. "예쁜 자수가 놓인 속치마!" 주전녀는 자기가 말해놓고는 얼굴을 붉혔다.

웃는 사람이 거의 없었다.

"에이," 호른 미치 부인이 말했다. "여러분, 최악이네! 내가 학교에 다닐 때 '종업'이라는 말을 들었다면 분위기가 정말 달랐을걸요. 시험도 패스, 점수도 패스라고 학생들 모두가 기뻐서 제정신이 아니었을 거라고요. 그런데 여러분은 코를 늘어뜨리고 있다니? 젊은 사람들이 뭐 이리 맥없죠? 여기 하루 종일 엎드려서 기도하느니 집에 가서 노는 게 더 낫지 않아요?"

단 한 명의 선생님도 그녀에게 "아유, 미치는 지금 무슨 말을 그렇게 해!"라고 하지 않는 것이 끔찍했다.

'소용없어.' 기녀는 생각했다. '소용없다고. 분위기가 깨졌어. 다들 정신 차리고 지켜보고 있다고. 아비가일, 당신이 말한 대로 할 수가 없어요. 어떻게 하나요? 끝이에요.'

머툴러 사람들이 서로 머리를 맞대고 속삭이기 시작했다.

"머툴러, 차렷!" 허이두가 소리쳤다. 적절한 구령이었다. 평소와 같은 엄격한 허이두의 카랑카랑한 명령 조 목소리는 익숙하고 안전한 느낌을 주었다. 모두들 다시 일어나 허리를 쭉 폈다. 마치 학생들이 찬송가를 제대로 부르지 못했을 때처럼 허이두는 힘상궂게 쳐다보았다. 기너는 자신도 어른이 된 양 이제 허이두 선생님을 이해할 수 있을 것 같았다. 먼 행성에서 학교를 내려다보는 것 같았다. 패닉보다는 다른 게 낫다. 이렇게 놀라거나 당황하는 것보다 차라리 분노하거나 무식하게 난폭함을 연기하는 것이 더 나았다.

"누가 떠들어도 좋다고 했지?"

학교는 말없이 멈추어 섰고, 주전너의 손에서 게임 책이 축 늘어졌다.

"이 아가씨들은 정말 뭐든 쉽게 질려 하나 봐." 호른 미치 부인이 말했다. "비터이는 누가 발을 땅에 붙여놓은 것처럼 서 있네. 말썽을 부릴 때면 달리기도 잘하면서 말이야. 쓰기 게임이나 문답 게임이 재미없으면 다른 놀이를 할까요?"

"머툴러! 게임 시작!" 케레케시가 수학 시간에 지시하던 목소리로 말했다.

그룹의 원 안으로 들어간 호른 미치는 이제 모두 벽으로 가서 등 돌리기 게임을 하자고 했다. 술래 한 사람이 눈을 가린 채 벽에 서 있는 사람들 쪽으로 더듬거리고 간다. 눈에 수건이 가려져 있으니 술래는 자신이 잡은 사람이 누구인지 알 수 없다. 이때 잡힌 사람이 소리를 내면 술래가 그걸 듣고 누군지 알아맞혀야 한다. 맞추면 자리를 바꾸고, 못 맞추면 맞출 때까지 계속한다.

여전히 아무도 웃지 않았다. 기구쉬 선생님은 어차피 눈을 가린 사람은 마주한 사람이 누군지 볼 수 없는데 왜 모두 등을 돌리고 벽을 쳐다봐야 하느냐고 물었다. "하지만 코나 이마 모양으로 알아차릴 수도 있잖아요." 호른 미치가 설명했다. "목덜미나 어깨만 만질 수 있어요. 누구인지 알아맞히기가 더 어려울 거예요."

"머툴러! 줄을 서세요. 그리고 벽을 보고 서세요!" 일레쉬가 소리쳤다. 루페르트 교장의 등장으로 미친 듯한 게임 분위기는 사라져버렸다. 이제 축일 저녁이 아닌 그냥 학교였다. 학생들은 조용히 줄을 섰다. 호른 미치는 부산하게 뛰어다니며 학생들 자리를 정리했고, 선생님들에게도 게임에 참여해달라고 했다. 어른들도 줄을 섰다. 주저하며 벽에서 돌아선 기너는 호른 미치를 쳐다보았다. 호른 미치는 기너에게 소리 질렀다. "부다페스트에서 온 소녀는 무슨 생각을 하는 거지? 뭘 기다리고 있어?! 이제 곧 9시인데 이렇게 시간을 끌면 어떻게 해!" '다 너 때문에 이러는 거야.' 소녀는 둘만의 새롭고 비밀스런 언어로 이 말들을 번역했다. '네가 나가는 것을 보지 못하게 하려고 모두 등을 돌려 세운 거라고. 도망가! 시간이 가고 있잖아. 최대한 빨리 출발해!' 그녀는 게임에서 지시한 대로 벽을 쳐다보고 있었다. 하지만 어떻게 나가야 할지 도무지 알 수 없었다. 토르머는 없었지만 오른쪽에도, 왼쪽에도 모두 친구가 서 있었다. 그녀가 밖으로 나간다면 알아차릴 것이다. 한쪽엔 키쉬 머리, 다른 쪽엔 반키가 있었다.

"부다페스트 소녀 옆의 학생. 머리 검은 소녀 말이에요. 이름이 뭐죠?" 호른 미치 부인이 물었다. "그 학생 눈을 가립시다!"
머리는 화를 내며 돌아서서 자기소개를 했다. 사실 그녀는 이 게임이 싫었다. 이건 정말 어린 애들이나 하는 게임이다. 언제까지 해야 하는지도 모른 채 눈을 가리고 돌아다녀야 하다니, 생각만 해도 끔찍했다. 잡았을 때 야옹거리는 소리나 낑낑대는 소리만으로 대체 누군지 어떻게 알아맞히란 건가? 호른 미치가 이제 좀 집에 돌아갔으면. 그냥 저녁기도를 하러 가도록, 잠을 자도록 내버려두면 좋을 텐데. 이틀 뒤 학기가 끝나는 거라면, 서로 헤어져야 하는 학급 아이들과 할 말이 너무나도 많았다. 키쉬 머리는 자리에 남아 혹시라도 피해 가길 바랐다.
"어서요." 호른 미치 부인이 말했다. "여기까지 오는 데 얼마나 더 시간이 걸릴까요?"
"키쉬 머리, 이리 나오렴." 컬마르가 말했다. "시간을 끌다니 대체 뭐 하는 거지?"
'참 재미있는 놀이네요.' 키쉬 머리는 호른 미치에게 가면서 속으로 발끈했다. 기녀는 미치의 계획이 뭔지 이제 이해했다. 왼쪽에 서 있던 머리가 밖으로 나가자 그쪽으로 아무도 없게 되었다. 반키가 알아채지 못하도록 기녀는 조심스럽게 1센티미터씩 반키 옆에서 멀어졌다. 호른 미치 부인은 더 재미있게 하기 위해 자신도 함께 게임을 하겠다고 했다. 그녀는 자신의 스카프로 키쉬 머리의 머리를 둘둘 감은 다음 일레쉬의 손수건을 가져와 그것으로 자신의 눈도 가렸다.
"시작!" 그녀가 외쳤다. 이 소리에 세 명이 출발했다. 키쉬 머리는 머툴러 학생들 쪽으로 더듬거리며 나아가기 시작했다. 호른 미치는 곧장 반키에게 다가갔다. 일레쉬의 손수건이 호른 미치의 눈을 완전히 가린 게 아닌 것 같다는 의심이 들 만큼 확고한 걸음걸이였다. 그녀가 반키의 땋은 머리를 잡아당기기 시작했을 때, 기녀는 뒷걸음질 쳐 줄에서 빠져나왔다. 기녀의 빈자리 뒤에는 이제 호른 미치가 서 있었고, 그녀가 반키를 건드릴 때마다 반키는 "꼬꼬댁! 꼬꼬댁!" 하고 괴상한 소리를 질러댔다. 키쉬 머리도 마침내 줄에 이르러 누군가를 쿡쿡 찌르기 시작했지만 상대는 소리를 내지 않고 그저 킬킬거리기만 했다. 기녀는 까치발로 문까지 갔다. "다시 한 번만 소리를 내봐요!" 호른 미치의 말에 반키는 다시 "꼬꼬댁!" 하고 소리를 쳤다. 까르르 웃음소리가 터질 때 기녀는 문을 열었다. 아무도 눈치 채지 못했다. 등을 돌리고 서 있는 선생님과 학생들의 뒷모습이 그들의 마지막 모습이었다. 키쉬 머리는 얼굴도 머리카락도 보이지 않았다. 킬킬거리기만 하던 소녀가 "꿀꿀, 꿀꿀!" 하며 마침내 소리를 냈다. "머툴러, 차렷!", "머툴러, 게임!" 이 일들의 끔찍한 이중성을 이해하기에 기녀는 너무 어렸다. 하지만 살짝 열린 당직실을 조심스레 피해 빈 복도를 달리는 동안 그녀는 느낄 수 있었다. 숨이 넘어갈 것처럼 심장을 두근거리게 하는 것들을. 전쟁. 죽음. 꼬꼬댁.

루페르트 교장은 교장실이나 교사 숙소에 있을 것이다. 충분히 빠르다면 그들을 피할 수 있을 것이다. 설마 돌아가는 루페르트를 대문까지 바래다주기 위해 교장선생님이 정원을 지나가는 건 아니겠지. 창문을 통해 빠져나가는 것을 들킬 정도로 재수 없지는 않겠지. 기녀는 별 문제없이 주전너의 방에 다다랐다. 섬세하고 향기로운 방 안의 질서가 그녀를 맞이했다. 사감의 옷장에는 열쇠가 꽂혀 있었다. 그녀는 앞치마와 옷을 벗고 주전너의 침대 밑으로 쑤셔 넣었다. 긴장으로 무감각하고 뻣뻣해진 손가락들이 거의 말을 듣지 않았다. 옷걸이에 걸려 있던 사감의 행사복을 꺼내 입었다. 옷은 어떻게든 빨리 입었지만 머리띠가 처음이라 힘들었다. 주전너가 옷 입는 모습을 볼 수 없었다는 것을, 이 형편없는 머리띠를 어떻게 매야 하는지 눈여겨보지 않았다는 것을 속수무책으로 자책했다. 뻣뻣한 아마포에 끼워놓은 실 머리핀 두 개를 찾았다. 그걸로 고정시키러 해봤지민 많은 머리를 흰색 머리띠 안으로 집어넣는 게 만만치 않았다. 옷은 기녀에게 크고 길었다. 주전너의 방에 거울이 없는 탓에 옷 입은 모습이 어떤지 볼 수가 없었다.
　이제 정말 출발해야 했지만, 너무 무서워 다리가 후들거리는 바람에 주저앉아야 했다. 기녀는 주전너의 침대 가장자리에 앉아 눈물을 흘렸다. 이미 벌써 길 밖에 나가 있었어야 했다는 것을 알았지만, 주전너의 옷을 입고 복도 밖으로 나가겠다는 결단을 내릴 수가 없었다. 식당에서 누군가 뒤를 돌아보고 그녀가 없어졌다는 사실을 알아차려서 찾고 있다면? 주기도문을 외우고 싶었지만 "이름이 거룩히 여김을 받으시오며" 다음이 어떻게 되는지 생각나지 않았다. 이 사실에 얼마나 놀랐는지 되레 히스테리 행동들이 진정되기 시작했다. 기녀는 일어섰고, 출발했다. 호른 미치의 지시를 완수해야 했다.
　그때까지 복도엔 아무도 다니지 않았다. 물론 이미 정원으로 나 있는 문은 모두 닫혀 있었다. 다시 창문을 통해 내려가야 했는데, 주전녀의 어색한 옷을 입고 하려니 정말 어려웠다. 벌써 세 번째다. 차가운 밤, 제비꽃 향이 가득한 정원을 가로질러 아비가일 석상 옆으로 탈출을 꿈꾸며 달려가는 일이. 세 번째로 대문으로 달려간다. 엊그제 부드럽고 멋진 목소리가 유혹하고 속였던 그 대문. 호른 미치가 약속한 대로 되어 있지 않으면 어떡하지? 누군가 대문이 열린 것을 알아차리고 다시 잠갔다면? 나가지 못한다면? 흰 교회 시계가 낮은 톤의 남성 목소리로 댕, 댕, 댕 9시를 울렸다. 조심스럽게 철제 대문을 밀자 문이 소리 없이 열렸다. 기녀는 밖으로 나왔다. 그러고 나서 꼼짝 못 하고 얼어붙었다.

　머툴러 거리, 벽 바깥쪽, 정원 대문에 한 남자가 길을 막고 서 있었다.

　그녀는 흐느껴 울었다. 뒤돌아 뛰어가려 했다. 여기서 쿤츠 페리의 친구들에게 잡혀가느니, 피치 못할 상황이라면 안에서 당하는 게 나았다. 하지만 도망칠 수 없었다. 남자가 그녀의 손을 잡았다. 실패. '모두 헛된 일이었다'라는 의식이 갑자기 그녀의 눈물을 멎게 했다. 이제 다 마찬가지였다. 모두 마찬가지. 그녀는 꼼짝 않고 서서 조용히 그녀를 데려가기를, 어느 차에 태우거나 걸어서 군대 사령부로, 페리에게로 데려가기를 기다렸다.

　"돌아가지 마세요, 자매님!" 남자가 속삭이며 그녀의 손을 꼭 잡았다. 기녀는 그를 본 적도, 목소리를 들었던 적도 없었다. "참, 수녀님도! 하나님을 섬기는 분이 그렇게 겁이 많으면 어쩝니까? 미치 부인의 집에 다른 길로 가야 해서 내가 여기 서서 지키고 있었어요. 대위와 그 부하들이 머물러 주변을 돌아다니고 있거든요. 그들은 지금 막 자매님이 가려던 텔레키 거리 뒤쪽에 잠복하고 있어요. 자매님이 먼저 가세요. 오른쪽 첫 번째 골목길에 술집이 하나 있을 거예요. 거기 서 있는 제 친구가 길을 알려줄 겁니다. 행운을 빕니다."

  기녀는 낯선 이가 하라는 대로 오른쪽 첫 번째 골목까지 머물러 거리를 따라 앞으로 갔다. 자신이 오랫동안 앓던 사람처럼 비틀거리며 걷고 있다는 사실을 전혀 알아차리지 못했다. 벌네르 씨는 마차 공장 안에서 그녀의 멀어지는 뒷모습을 바라보며 미소 짓더니 넬레기 거리 방향으로 긷기 시작했디. 그리고 아주 씁쓸한 목소리로 노래했다. "헤이, 시계가 9시를 울리네. 밤이라오." 쿤츠 대위는 역겨워하며 몸을 멀찍이 피했다. 그는 그냥 기계로 간단하게 군수품을 생산하지 못하는 현재의 전황이 정말 안타깝다는 생각과 함께, 이렇게 성스러운 전쟁 시기에 조용한 골목에서 취한 노동자들이 배회하도록 내버려두는 것은 정말 추한 일이라고 생각했다.

## 아비가일

기녀는 〈헝가리의 고통〉 석상 옆을 지나 호른 미치의 집으로 가는 길을 알고 있었다. 하지만 지금은 다른 길로 가야 했다. 두려웠지만 이것이 멀리 둘러가는 길이라는 것을 알아챘다. 술집은 쉽게 찾았다. 그 술집 문에 한 젊은 청년이 등을 기대고 담배를 피우고 있었다. 청년은 소녀를 쳐다보지도 않고 마치 어둠에게, 그림자에게 말을 걸듯 말했다. "계속 앞으로 쭉 약국까지, 하지만 더 천천히, 훨씬 더 천천히."

이게 제일 어려웠다. 달리도록 부추기는 본능과 싸우며 행인들이 주전너의 옷을 입고 걸어가는 자신을 무심하게 보고 지나가도록 움직이는 것. 약국은 셔터가 내려진 채, 네모나게 불 켜진 창구만이 약이 나오는 곳을 가리키고 있었다. 기녀는 주저하며 다가갔지만 아무도 보지 못했다. 사각 창 앞에 서서 무슨 일이 일어나길 기다릴 용기도 없었다. 하지만 이것도 약국에 다다르자 해결됐다.

약국 문 아래에서 누군가 말을 걸었던 것이다. 대공 방어 상황의 캄캄한 어둠 속에서 그 사람의 모습은 어디에도 보이지 않았고 그저 목소리뿐이었다. 쿤츠 대위처럼 그녀의 비위를 맞추려는 목소리는 전혀 아니었다. "이제 왼쪽으로 두 번째 골목에서 끝까지 쭉. 호른 미치 부인의 집은 그 길의 끝 맞은편이에요. 그렇게 서두르지 말아요!"

기녀는 더 천천히 가려고 노력했다. 두 번째 골목은 유난히 길었지만 마침내 그 길도 끝에 다다랐고 목적한 곳이 보였다. 달빛이 호른 미치 부인 집의 다락 지붕을 비추었고, 좁은 창문이 멀리서 반짝였다. '기다려야겠어.' 기녀는 생각했다. '어디서도 누구도 다가오는 사람이 없다는 것이 확실해질 때까지. 그러고 나서 호른 미치가 말한 것처럼 내가 대문을 열어야 해. 대문 뒤에는 두어 칸의 계단이 있는 현관 복도가 홀 쪽으로 이어질 거야. 그럼 들어가야지.'

마치 공포의 올가미에 발이 엮인 것처럼 기녀는 멈춰 섰다. 갑자기 온몸에서 힘이 빠져나가 쓰러질 것 같았다. 열쇠, 웃는 얼굴이 끝에 달려 있는 호른 미치 부인의 열쇠를 가져오지 않았던 것이다. 열쇠는 주전녀의 침대 밑으로 던진 앞치마 속에 들어 있었다.

하얀 교회 시계가 이제 9시 반을 울리고 있었다. 기녀는 벽 앞에 멈춰 섰다. 그리고 자신을 멈추게 한 벽에 기대어 하늘을, 달 앞에서 숨바꼭질하는 게으른 구름을 올려보았다. 자신에 대한 연민보다 호른 미치와 그녀를 구하려 했던 사람들이 더 가엾게 느껴졌다. 그녀는 자신이 스스로에 대해 절망하기보다는 객관적으로 더욱 쓸쓸해한다는 것에 놀랐다. 탈출의 희망이 다시 사라졌다. 다시 모든 것이 위험해지고 해결 불가능하다는 것이 거의 확실해졌다. 만약 정신 차리고 더 침착하게 주의를 기울였다면, 열쇠를 거기 놓고 오는 일도 없었을 것이다. 이미 벌써 안전한 아비가일에게 도착해 있었을 것이다.

이제 어떻게 해야 할까? 밤에 주전너의 예복을 입고 길거리를 다니는 것은 적어도 파티복을 입고 산책하는 것만큼이나 눈에 띄는 일이다. 수녀들은 9시 반에 아르코드의 길거리를 혼자 서성거리지 않는다. 어디로 가야 하지? 어디서 호른 미치를 기다려야 하지? 너지 어러디가 말하길, 요즘 밤 시간대에는 군인들이 시내에 자주 나타난다고 했었다. 수위에게 듣기로는 군인들이 석상에 게시문을 건 사람을 계속 찾고 있으며 모든 사람의 신분증 검사를 한다고 했다. 여기서 발각된다면 군인들은 손전등으로 그녀를 비추고, 그녀가 어른이 아니라는 것과 신분증도 없는 어린 소녀가 다른 사람의 옷을 입고 이곳에 서 있다는 것을 알아차릴 것이다. 침묵할 수는 있겠지만 그렇게 한다고 뭐가 달라지겠는가. 이 도시에서 수녀복을 입는 사람은 머툴러 교사들뿐이니, 15분만 지나도 교장과 대면하게 될 것이다.

그녀는 깊은 대문이 달려 있는 어떤 집에 멈춰 섰다. 방공 정전 명령이 내려진 이후, 다른 창들과 마찬가지로 이 집의 창문들도 하나같이 새카맸기 때문에, 집 안에 사람들이 있는지 없는지 알 수 없었다. 그녀는 그 집 대문 아래에 바짝 붙어 서서 호른 미치의 집을 살폈다. 거리에는 인적이 없었다. 자동차 한 대 보이지 않았고 멀리서만 윙윙거리는 엔진 소리, 가끔 기차역에서 기적 소리가 들렸다. 여행객인 양 기차역으로 가볼까 하는 생각도 해봤다. 하지만 그곳에도 군부대가 있으니, 쿤츠 페리의 요원이 숨어 있을지도 모른다. 감히 그런 위험을 무릅쓸 수는 없었다.

그녀는 자신이 지나온 길 쪽에서 발자국 소리가 들려올 때까지 꼼짝 않고 서 있었다. 한 사람이 그녀가 온 방향에서 다가왔다. 걷는 방식과 발자국 소리로 남자라는 것을 알 수 있었다. 기녀는 대문에 바짝 붙었다. 남자는 막 그녀 앞을 지나고 집 앞을 지나쳤다. 그러고 나서 갑자기 멈춰 서더니 주위를 살폈다. '내 숨소리를 들었을 리 없어.' 소녀는 생각했다. '저렇게 멀리서 들을 수는 없어.' 그 순간 느꼈던 두 가지 상반된 바람에 그녀 자신도 깜짝 놀랐다. 저 사람이 빨리 사라져버렸으면, 더 이상 보이지 않았으면 하는 바람과 동시에 저 사람이 되돌아와 자신을 발견하기를, 그리고 바로 죽여버리기를 바랐다. 더 이상 두려움도 희망도 견딜 수 없었기 때문이다.

남자는 허리를 숙이고 땅에서 뭔가를 주웠다. 그가 손에 쥔 것을 달빛이 비추었다. '하나님 아버지, 기절할 것 같아.' 소녀는 생각했다. 그녀는 경직된 손을 이마로 들어 올리려 했지만, 손은 떨리다가 다시 떨어졌다. 저 낯선 사람이 대체 무엇을 발견했길래 저렇게 관심을 갖고 살펴보는지 알 수 없었다. 서툴게 고정했던 주전녀의 머리띠. 그것이 이미 호른 미치의 집 근처 길에 떨어져버려 그녀의 머리에 없었다.

그 사람이 뒤돌아 걷기 시작했다. 기녀는 그가 자신을 찾고 있다

아비가일 **439**

는 것과 1, 2초면 뜻대로 찾아낼 것임을 직감했다. 그는 체계적으로, 대문 아래를 모두 주의 깊게 살폈다. 마침내 그가 소녀의 바로 앞에 섰다. 소녀는 아무 말도, 도망칠 시도도 하지 못하고, 이 낯선 사람이 자신의 팔을 잡고 문 아래에서 끌어내는 대로 내버려뒀다. 아무 힘도 남아 있지 않았다.

"정신을 어디에다 둔 거야? 비터이!" 언젠가 들었던 목소리가 물었다. 하지만 언제 누구에게서 들었던 목소리인지 생각해낼 수 없었다. "머리띠는 왜 던져버렸어? 그걸 내일 사람들이 찾아서 교장 선생님에게 선물로 가져다주라고? 도대체 왜 집 안에 있지 않은 거니, 애야?"

낯선 사람이 기너의 손을 잡고 이끌었다. 쏟아지는 달빛 속에서 낯익은 얼굴이 보였지만, 그녀는 여전히 그가 누구인지 알 수가 없었다. 그의 말에서 그녀는 자신이 탈출에 성공했다는 것, 그가 적이 아니라 알려지지 않은 친구라는 것을 느낄 수 있었다. 하지만 너무 떨려서 아무 말도 하지 못했고, 지금 자신을 호른 미치의 집으로 안내하고 있는 이가 누구인지도 묻지 못했다. 낯선 사람은 골목 입구에서 주위를 둘러보았다. 양쪽 방향에서 오는 사람이 아무도 없는 것을 보고 그는 소녀와 함께 다락방이 있는 집으로 건너와 대문을 열었다. '이분도 열쇠를 갖고 있구나.' 기너는 생각했다. '호른 미치의 집 열쇠는 대체 몇 개일까?'

그들은 집으로 들어갔다. 낯선 사람이 왜 지금까지 들어오지 않았냐며 질문을 해댔다. 기너는 사실대로 말할 엄두가 나지 않아서 다만 무서웠다고 했다. "들어오는 건 무섭고, 밖에 서 있는 건 괜찮고?" 남자가 머리를 흔들었다. "거기 서 있는 건 아주 굉장한 발상이었어! 언제 들어올 생각이었는지 말 좀 해줄래? 미치가 여기 와서 네가 없는 걸 보고 기절할 때쯤 들어오려고 했니? 자, 여기 네 서류들이 있다. 네가 누군지 잘 공부해둬."

남자는 기녀의 손에 서류를 쥐어줬다. 아이는 가짜 출생증명서를 보았다. 이름은 머코 언너, 태어난 해는 기녀와 같았지만 월과 일이 달랐다. 아버지는 머코 언털, 엄마는 트르팍 로잘리어. 아버지의 직업은 공구 수리공, 엄마의 직업은 없음. 종교는 모두 로마 가톨릭, 출생지는 촌그라드주에 있는 볼리터였다.

남자가 호른 미치의 수류 신얼장을 열고 코냑 병을 꺼낸 다음 한 잔 따랐다. 나중에, 한참 후에 유리공 조수 므라즈가 허리 굽은 늙은이가 되고 비터이 게오르기너가 아름다운 아가씨가 된 후에야, 므라즈는 그녀에게 이렇게 말해주었다. 그때 등을 약간 웅크린 채 각진 예복의 어깨 위에 양 갈래로 땋은 머리를 늘어트리고 눈물이 그렁그렁 맺힌 눈으로 호른 미치 부인의 홀에 앉아 있던 그녀의 모습보다 더 감동적인 장면은 본 적이 없었다고. 남자는 응접실 쪽으로 나 있는 문을 열어두고 가끔 바깥에 귀를 기울였다. 그러더니 갑자기 조용히 하라며 손짓했다. 누군가 바깥 대문에서 움직이는 소리를 기녀도 들었다. 남자는 응접실 쪽의 문을 닫고 다시 한 번 몸짓으로 잘 들으라고 주의를 주었다. 곧 응접실에서 소리가 들렸다. 호른 미치가 노파와 도착한 것이었다.

"그러면 이제 오늘 일은 끝났군요." 말소리가 들렸다. "빨리 주무세요, 로저 부인. 오늘 밤에는 제게 필요한 게 더 없을 거예요. 수

고하셨어요. 좋은 밤이었어요, 그렇죠?"

"그럼요." 노파가 말했다. "머툴러에서는 항상 즐거운걸요. 지금 학생들도 미치의 학창시절과 다르지 않으니까요. 그나저나 부다페스트에서 온 그 못된 소녀는 어디에 숨었을까요?"

"뭐, 어디 다락방이나 지하실에 있겠죠. 실컷 울고 나서 나타날 거예요. 부다페스트 아이에게 여기 생활이 그렇게 녹록지는 않을 테니까요. 머툴러의 규칙에 적응하려면 오기가 좀 필요하죠. 잘 자요, 로저 부인."

"안녕히 주무세요, 미치!"

노파의 발자국 소리가 지하실 계단 쪽에서 들렸다. 호른 미치 부인은 홀에서 몇 분 동안 기다리더니 응접실로 들어갔다. 그녀의 얼굴은 상기되어 있었고 커다란 눈은 온통 빛났다.

"므라즈, 안녕하세요?" 그녀는 남자에게 인사했다. 기녀의 의식 속에서 기억의 파편들이 갑자기 하나의 그림을 만들어냈다. 교장실 카펫 위의 물고기들, 깨진 수족관, 반키와 쿤, 젤레미르, 크리에게르의 바뀐 서류들. 그리고 므라즈, 쏟아진 물을 걸레로 닦고 있을 때 마침 교장실로 들어온 그 유리공. "누가 더 빨리 도착했지? 너니, 형제님이니? 안녕, 귀여운 아가!"

"같이 들어왔어요." 므라즈가 말했다. "자매님은 토끼보다 겁이 많더군요. 내가 문을 열어줬어요. 아르파드 거리 끝에 있는 문 아래에서 떨고 있더군요. 머릿수건도 떨어트린 채 말이에요."

"모든 사람이 당신과 나 같은 공모자 타입은 아니니까. 자, 이리 와라, 애야!"

얼마나 수없이 그녀의 특별한 매력에 저항했던가. 얼마나 호른 미치를 증오한다고 믿어왔던가. 기녀는 호른 미치에게 달려가 그녀의 팔에 안겼다. 부인은 아이가 떨고 있다는 것을 느끼고서 꼭 안아주었다. 기녀는 그녀에게 침묵으로 모든 이야기를 했다. 말로 표현할 기운조차 없었다. '아비가일, 금지의 미로 속 황금 실. 아비가일, 우리 아이들의 기쁨의 수호자. 아비가일, 용감한 저항자, 아버지의 동맹자. 멋진 아비가일, 감사합니다!'

"므라즈, 언제 데려갈 거예요?" 호른 미치가 물었다.

"아마도 내일 밤. 경찰도, 대위도 탈출 소식을 모두 알게 된 후에요. 벌네트의 소녀가 지금 기차역에 도착했을 거예요. 몇 분 후면 부다페스트 쪽으로 출발할 테고. 긴장하며 표를 구매하는 모습이 충분히 눈에 띌 거예요. 개표원이 기억할 수 있게 말이에요. 한 번 울어보겠다고도 했는데, 그렇게 한다면 정말 최선이 되겠죠. 그 소녀는 지금 당신 돈으로 대모한테 가는 거라 너무 기쁘거든. 생전 처음 부다페스트를 보는 거니까. 눈은 갈색에 머리카락도 어둡고, 열네 살이 막 넘었어요. 쿤츠는 그 아이를 쫓아 부다페스트로 가겠죠. 비터이 저택에서 그녀를 찾지 못했을 때의 얼굴을 좀 보고 싶네요. 쿤츠 대위가 아르코드에서 출발했다는 보고를 받자마자 나도 머코 언니와 떠날 거예요."

"그럼 이제 재워야겠네요." 호른 미치가 말했다. 그녀는 소녀를 2층으로 안내했다. 그곳은 침실들이 있는 곳으로 기녀가 가보지 않은 곳이었다. 기녀를 데리고 들어간 곳은 아들의 방이었다. 벽난로 선반에는 펜싱 장갑이 놓여 있었고, 벽 옆에 놓인 박물관처럼 커다란 유리 진열장에는 수집된 광물들이 영롱한 빛을 내고 있었다. 방 한가운데에는 구리 경첩으로 둘러싸인 거대한 구체가 서 있었다. 구체의 받침은 마치 책상 같았고, 거대한 구체의 오른쪽과 왼쪽 옆에는 우아한 의자가 하나씩 놓여 있었다.

"욕실은 따로 있어." 호른 미치가 말했다. "여기 위에서 생활해도 아무 소리도 새어나가지 않을 거야. 우리 아들 소리도 한 번 못 들었거든."

정리된 침대 위에는 잠옷과 가운도 놓여 있었다. 기녀가 토르머에게 사준 것과 거의 같은 잠옷이었다.

"옷 벗고 쉬렴. 아침에 내가 깨울 테니. 내가 오기 전까지는 나오지 말고. 새벽에 로저 아주머니를 포도밭에 보내면 아마 하루 종일 거기 계실 거야. 아주머니가 집에서 나가고 나면 더 자유롭게 움직일 수 있을 테지. 잘 자거라."

기녀는 우두커니 서서 호른 미치를 다만 바라보기만 했다. 호른 미치가 조용히 말했다. "말 안 해도 알아. 아무 말 하지 말려무나." 그런 다음 기녀를 그곳에 혼자 내버려두었다. 소녀는 지구본 옆에 놓인 의자에 앉아 그 구체를 쳐다보았다. 생각이 엉망진창으로 엉켜 있었다. 한 가지 확실한 것은 아무리 이 방 안이 안전한 곳이라 해도 혼자 있기 힘들다는 것이었다. 기녀는 아비가일이 나타나주길 바랐다. 그리고 다른 것도 느꼈다. 그녀는 점심을 절반 정도 먹었지만 간식에는 손도 대지 못했고 저녁은 입도 대지 않았다. 마침내 안전한 곳에 있다고 생각하자 정말 괴로울 정도로 배가 고파서 깜짝 놀랐다. 그리고 자신을 구해내기 위해 세심하게 가장 작은 것들까지 계획했던 사람들이 정작 방 안에는 사과 하나 넣어두는 것을 잊었다는 데 웃음이 나왔다. "위대한 문학작품에서는 항상 디테일이 가장 흥미진진합니다." 헝가리어 시간에 쾨니그는 이렇게 가르쳤었다. "세부 내용을 살피는 걸 잊지 마세요." 쾨니그. 겁쟁이에 서투른 쾨니그. 자기가 사랑하는 사람의 정체를 알게 된다면, 호른 미치를 사모하는 것이 얼마나 절망적인 일인지 깨달을 텐데. 아비가일은 아둔하고 감성적인 선생님이 아니라 다른 영웅을 남편으로 선택할 것이다. 하지만 디테일에 대한 이야기는 그의 말이 맞았다. 기녀는 이제야 그가 어떤 말을 했던 것인지 진정으로 이해했나. 배가 고프다는 사실은 이제껏 겪어온 시건, 그녀에게 일어난 사건에 비하면 정말 사소한 일에 불과했다. 하지만 이 디테일이 그녀가 계단을 몰래 내려가, 열려 있는 응접실 문을 부끄럽게 긁게 만들었다. 안에서 이야기를 나누던 사람들은 그녀가 나타나자 바로 대화를 멈췄다. 호른 미치가 밖을 내다보았고, 기녀는 부끄러워하며 오늘 거의 먹은 것이 없는데 빵 한 조각만 줄 수 없느냐며 말을 더듬었다. 부인은 웃더니 소녀를 데리고 안으로 들어갔다. 므라즈 앞의 작은 식탁에 식사가 차려져 있었다. 유리공도 저녁을 먹고 있었다. 호른 미치는 접시와 식사도구를 가져왔다.

"먹으렴, 아가야."

"오늘 손님이 더 올 거라고요." 므라즈는 주의를 시키려는 듯 미치에게 말했다. 호른 미치는 그래서 아이를 재웠는데 너무 배고파하지 않느냐, 이 아이에게도 오늘이 축제 같지는 않았을 거다, 몇 숟가락이라도 뜨게 하고 나면 그다음엔 편히 잘 거다, 라고 했다.

므라즈는 서두르라고 했고, 기녀는 거의 씹지도 못할 정도로 서둘렀다. 갑자기 므라즈가 조용히 하라는 신호를 했을 때, 기녀는 아직 입에 음식을 물고 있었다. 그들은 열어둔 홀 문을 통해 대문 쪽에서 누군가 움직이는 소리를 들었다.

"내가 말했죠!" 므라즈가 말했다. "이미 난 마음의 준비를 하고 있었어요. 애야, 피해!"

"서둘러." 호른 미치도 말했다. 기녀는 계단을 뛰어올라갔다. 방에 올라갔을 때 기녀는 누군가 홀에 들어오고 호른 미치가 비명을 지르는 소리를 들었다. 그 소리에 너무 겁이 나서 그녀는 꼼짝도 못 한 채 더 잘 들으려고 문에 귀를 붙였다. 만약 호른 미치가 들어온 사람을 보고 비명을 지른 거라면 그들이 기다리던 사람일 리 없었다. 그랬다면 소리를 지르지 않았을 테니까. 방문객이 누구라 한들 호른 미치가 뭘 할 수 있단 말인가? 응접실에는 므라즈 씨가, 여기 위에는 그녀가 있다.

아비가일이 마침내 말을 시작했다. 그녀는 물었다.

"우리 집 열쇠는 어디서 난 거죠?"

"앞치마 주머니에서 찾았어요." 주전녀의 목소리가 답했다. 그녀의 목소리는 다른 때와 마찬가지로 차갑고 침착했다. "제 침대 밑에 앞치마가 있었어요. 다른 옷들과 함께 말이죠. 제 예복을 돌려주시겠어요?"

"술 마셨어요, 주전녀?" 호른 미치가 물었다. 그녀는 웃기까지 했다. "무슨 앞치마 말인가요?"

'하나님 맙소사, 부인에게 말을 안 했어.' 소녀는 생각했다. 므라즈 씨에게는 말할 엄두를 내지 못했고, 호른 미치에게는 말하는 걸 깜빡했다. 내가 열쇠를 가져오지 않았다고는 생각도 못 할 것이다. 난 무슨 짓을 저지른 걸까?

"뭔가 일을 꾸미고 있다는 건 알고 있었어요. 그게 무엇일까 저녁 내내 고민했어요. 벽에 서 있었죠. 왜 뒤로 돌아서야 하는지 이해할 수 없었어요. 그리고 비터이가 사라진 게 밝혀지고 나서도 당신은 찾지 말자고, 곧 나타날 거라고 농담을 했지요. 당신은 거기서 모든 것을 혼란시켰어요. 당신 때문에 아이가 도망칠 수 있었어요. 당신 손에 모든 일이 놀아났다고요. 당신은 게데온 축일을 축하하러 왔었죠. 교장선생님께 대단한 이름날을 선시하셨군요."

"당신더러 술 마신 것 같다고 내가 말했죠." 호른 미치가 말했다. "당신은 와인 한 모금에도 취하는 성스러운 여인이니까. 내가 어떻게 비터이를 탈출하게 했는지 설명하지 못할 거예요. 나도 15분 전까지 당신들하고 게임을 하고 있었으니까요. 내 열쇠를 그 앞치마 주머니에서 찾았다고 칩시다. 그렇다면 나한테서 훔쳐낸 열쇠를 비터이는 사용도 못 했겠군요."

"당신이 어떻게 탈출시켰는지는 모르겠지만, 탈출시켰어요." 주전너는 쓸쓸하게 말했다. "예전에도 머툴러에서 몇 가지 문제를 누군가 해결했어요. 내가 아비가일의 능력을 모를 거라고 생각하지 마세요."

잠시 동안 말이 없던 호른 미치는 곧 크게 웃음을 터뜨렸다.

"조각상이 자기가 들고 있던 물동이가 지겨워져서 내려놓고, 받침대에서 내려와 비터이의 손을 잡고 학교에서 나갔다? 그렇군요,

주전너. 나는 당신이 아이들의 미신 이야기를 들은 줄 몰랐네요. 믿는 건 아니겠죠? 하나님의 소명과 어울리지 않을 텐데요?"

"8년 전부터 조각상 뒤에 누군가가 있다는 걸 알고 있었어요." 주전너가 말했다. "머툴러에서 일한 지 3년째 되는 해였어요. 작년에 졸업한 셔르커드 거비가 1학년이었죠. 그 아이가 크게 아팠을 때 제가 옆에서 밤새 간호했어요. 어느 날 새벽에 울면서 종이와 연필을 달라고 하더군요. 거기에 '엄마, 엄마'라고 적고는 내게 그 종이를 조각상 물동이에 넣어달라고 간곡하게 부탁했어요. 그러면 아비가일이 엄마를 보내줄 거라고 하면서요. 당시 그 아이의 부모를 놀라게 할 필요가 없는 상황이었어요. 의사 선생님이 나을 거라고 알려주었거든요. 하지만 너무 열이 많이 나고 불안해하고, 아이 상태는 많이 안 좋았죠. 저는 쪽지를 물동이에 넣었어요. 정말 부끄러웠지만 그렇게 해서 아이는 안정을 되찾았고 바로 잠이 들었으니까요. 그런데 다음 날 밤에 셔르커디 부인이 정말로 방문했어요. 아이가 아프니 빨리 와달라고 머툴러 학교에서 서명한 전보를 받았다고 하더군요. 교장선생님께서는 제가 알린 것으로 아셨고 저는 징계를 받게 되었죠. 교장선생님께서 화내는 게 당연하다고 생각했어요. 누가 전보를 보냈든, 제가 허락하지 않았다면 전보가 갔을 리 없으니까요."

운명이 걸려 있는 이 순간, 소녀는 그들을 보지 못하면 죽을 것 같았다. 그 운명은 그녀의 것만이 아니었다. 아비가일의 것이기도 하고, 어쩌면 주전너의 것이기도 했다. 기녀는 문을 살짝 열었다. 호른 미치 부인의 뒷모습이 보였고 주전너는 정면으로 보였다. 그녀의 얼굴이 타올라 있었다.

"아비가일에 대해 누설하지 않을게요. 믿으셔도 됩니다. 하지만 제 예복과 아이는 돌려주세요. 제가 책임자이니까요. 돌려받으면 바로 갈게요. 예복이 없어졌다고 대체 어떻게 보고하라는 거죠?"

"아이라…." 호른 미치는 방금 전 기녀와 대화하던 것과 거의 같은 목소리로 말했다. "당신, 내가 너무 싫어서 완전히 바보가 된 거 아니에요? 난 장난기가 아주 많은 사람이지만, 조각상과 셔르커디 이야기는 좀 너무했군요. 아비가일이라니! 부끄러운 줄 아세요. 주전너! 우리 집에는 당신 예복이 없다고 이미 말했어요. 비터이는 낭연히 말할 것도 없고요, 나는 아무것도 모른다고요. 하지만 내 열쇠를 찾았다고 하니 돌려준다면 정말 감사하겠군요. 내 핸드백이 저녁 내내 방 안 의자에 놓여 있었으니, 우리가 노는 동안 누구든 손댈 수 있었겠지요. 그런데 그 열쇠를 앞치마에 넣어 결국 당신 침대 밑으로 던져 넣었다니, 열쇠를 꺼낸 사람을 정말 이해할 수 없군요. 하나님의 자녀가 이런 한밤중에 배회해서는 안 돼요. 어서 집으로 돌아가시죠."

주전너는 열쇠를 식탁에 내려놓았다. 문틈 사이로 그녀의 얼굴이 잘 보였다. 기녀는 그녀가 두 번이나 무슨 말을 하려다 결국 아무 말도 하지 않는 것을 보았다. 주전너는 평상시에 사용하는 머리띠를 쓴 채 고개를 끄덕이더니 떠날 준비를 했다.

"주전너." 호른 미치가 뒤에서 그녀를 불렀다.

사감은 멈춰 섰다. 다시 맞은편에 그녀가 보였고, 아비가일은 보이지 않았다.

"머툴러에서 비터이와 함께 놀고 난 이후에는 그 애를 보지 못했어요. 열쇠 일은 미스터리이고 아까 당신이 얘기한 모든 것은 말도 안 돼요. 하지만 오래전부터 당신에게 말하려던 게 있어요. 당신이 존재한다고 생각하는 이 세상 뒤편의 누군가와 저는 상관이 없습니다."

"안녕히 주무세요."

"기다려요! 난 아예 상관이 없다고요. 모르겠어요? 만약 그 사람이 그런 거짓말을 한다 해도, 난 아니라고요. 사실 그 사람은 수 년 전부터 당신을 사랑하고 있어요. 당신이 손을 내미세요. 그 사람은 당신이 너무 걱정돼서 그럴 엄두를 내지 못할 뿐이에요."

주전녀는 더 이상 대답하지 않고 그저 호른 미치를 바라보고 또 바라보았다. 그러고는 몸서리를 쳤다. 소녀도 문 뒤에서 몸을 떨었다. 그때 밖에서 총소리가 났다.

"가야 해요." 주전녀가 말했다. "너무 늦었어요. 어떻게 돌아가죠? 지금 밖에 무슨 소리였죠?"

"총소리였어요. 들었잖아요." 호른 미치가 대답했다. "순찰경이겠지. 누가 사감 수녀를 성추행하지는 않겠지만, 정말 밖으로 내보내고 싶지 않군요. 하지만 우리 집에서 묵고 싶지 않다면 가셔야 할 것 같아요."

"다른 곳에 묵을 수 없다는 걸 아시잖아요." 주전녀가 말했다. "문제없이 집에 도착할 거예요. 하나님께서 도와주실 거예요."

"분명히 그렇겠죠." 호른 미치가 말했다. 기녀는 웃고 있는 그녀의 목소리가 다시 심각해지는 것을 느꼈다. "내가 한 말 잊지 말고 기억하세요. 나는 아무 상관이 없다고요. 알았나요? 오늘 학교에서 예복이 없어졌다고 말해야 한다면, 열쇠 얘기는 하지 말아주세요. 피해를 입을 테니까. 게데온도 이 일로 힘들어질 수 있어요. 봐요, 제가 잘 보관할게요. 이제 더 이상 권한 없는 사람 손에 들어가는 일은 없을 거예요. 설사 비터이가 나타나더라도 그 아이의 운명을 힘들게 하지 말아요."

"아이의 옷에서 뭔가 발견하지 않았냐는 질문을 받지 않는다면요. 하지만 물어온다면 말할 겁니다. 말해야 해요. 거짓말은 금지되어 있으니까요."

시감은 출구 쪽으로 향했다. 호른 미치가 그녀에게 문을 열어주려고 뒤따랐지만 쓸데없는 일이었다. 그들이 위로 향하는 계단에 이르렀을 때 작은 복도 문이 열리더니 쾨니그가 입구에 나타났다. 그는 방금 부인의 집에 들어오면서 사용한 열쇠를 손에 쥐고 있었다. 그는 주전녀와 마주치고서 꼼짝도 하지 못했다.

'아비가일이 거짓말을 했어.' 기녀는 생각했다. 그리고 왜 자기 기분이 나빠진 건지 스스로도 깜짝 놀랐다. 아비가일은 그저 항상 기녀를 도왔고, 지금도 구해주었다. 그리고 주전녀는 계속 벌만 줬으니, 아비가일이 주전녀를 속이려 했다고 비방하면 안 될 것이다. 하지만 주전녀는 트집을 잡거나 캐묻지 않았다. 쾨니그가 이렇게 그녀 집 열쇠까지 가지고 있는데, 아비가일이 그와 아무 관계가 없다고 속이다니. 아비가일을 정말 이해할 수 없었다. 쾨니그가 그녀나 므라즈, 모두를 배신하면 어쩌려고 저러는가? 사람들이 소리를 지르면 겁쟁이 쾨니그는 주저앉아 울어버릴 것이다.

아비가일이 쾨니그를 남자로 생각하고 그가 그녀의 집에 밤낮으로 드나드는 그런 비밀스러운 관계를 맺고 있다는 것이 어쩐지 부끄러웠다.

잠시 동안 모두 그저 말없이 꼼짝 않고 서 있다가 쾨니그가 마침내 뒤편 홀의 문을 닫았다. 그는 빨갰다. 머리엔 모자가 없이 풍성한 흰머리가 이마에 흐트러져 있었다. 주전녀는 바닥을 내려다보다가 갑자기 호른 미치를 쳐다보았다. 그리고 조용히 그녀에게 말했다.

"괜찮아요, 미치."

"당신, 여기서 뭘 하는 겁니까?" 쾨니그가 물었다. 사감이 떠나려 하자 그녀의 길을 막아섰다. "지금 거리로 나갈 수는 없어요. 누군가 기차역에 있는 코슈트 러요시 동상의 목에 현수막을 걸고 받침돌에서 뛰어내렸는데, 그걸 본 순찰경이 총을 쐈어요. 지금 밖에 나가서 돌아다니는 건 좋은 생각이 아닙니다. 근데 왜 여기에 온 겁니까? 토르머 교장은 우리 남자들만 시내에서 비터이를 찾으라고 했는데요."

"저도 찾고 있었어요." 주전녀가 말했다. 그녀는 쾨니그를 보지 않았다. "제가 그 아이 사감이잖아요. 문에서 비키세요. 저는 1분도 당신들과 함께 있지 않을 거예요. 비키라고 말했어요!"

"안 돼요."

"제발 내보내줘요. 신의 이름으로."

주전녀는 마치 아이처럼 울었다. 호른 미치는 어깨를 으쓱하더니 주머니를 뒤져 담배 케이스를 꺼내 담뱃불을 붙였다. 쾨니그는 그저 서 있었다. 기녀는 쾨니그가 미치에게 눈짓으로 뭔가 묻는 것을 보았다. 호른 미치는 턱으로 위층을 가리키고 나서 응접실을 가리켰다. 소녀는 경악했다. 쾨니그도 모두 알고 있다니. 지금 아비가일은 집에 자기 말고도 기녀는 물론 다른 사람까지 더 있다고 알려준 것이다. 쾨니그가 말했다. "그렇다면 이제 상관없군요." 그는 호른 미치의 담배를 가져와 자기도 계속 피웠다. 아무도 더 말을 꺼내지 않는 가운데, 누군가 대문을 두드리며 초인종을 눌렀다. '하나님 아버지,' 소녀는 생각했다. '페리면 어쩌지? 발각되면 어떡해? 나뿐만 아니라 다들 어떻게 될까? 날 숨겨준 아비가일은?'

"문 열어주시죠." 쾨니그가 호른 미치에게 말했다.

부인은 계단 몇 개를 내려가서 현관문을 열었다. 군인들이 우르르 들어왔다. 페리가 아니었다. 그보다 더 나이 들고 직급이 낮은 카르파티아 상등병이 이끌고 있었다.

"불편을 끼쳐드려 죄송합니다. 부인! 하지만 저택을 수색하게 해주십시오. 우리 군인들이 역 광장에서 코슈트 동상에 모욕적인 글을 붙인 사람이 이쪽으로 사라지는 것을 보았습니다. 우리의 임무는 이 기념물을 지키는 것인데, 범인을 거의 잡을 뻔했다가 몇 초 사이로 놓쳤습니다. 이쪽 골목으로 달려 들어갔고, 잠시 동안 발자국 소리가 들리다가 갑자기 사라져버렸습니다. 어딘가로 들어간 거지요. 거리 초입에 있는 어느 집에 숨었을 겁니다. 주위를 살펴보도록 허락해주시겠습니까?"

"그러시죠." 호른 미치는 미소를 지었다. "마음대로 하세요. 하지만 여기엔 아무도 들어오지 않았어요. 우리는 주전너 자매님, 그리고 선생님과 한참 전부터 여기 서 있었어요. 함께 걱정을 하고 이야기도 하면서요. 이분들도 머툴러에서 소녀 한 명이 사라져서 찾아다니고 있거든요. 근처에서 머툴러 교복을 입은 아이를 못 보셨나요?"

"아무도요." 상등병이 대답했다. "이쪽으로 달려오는 남자만 봤습니다. 이 집에 언제부터 계셨나요, 자매님?"

"한 15분은 넘었어요." 주전녀가 숨을 내쉬며 대답했다.

"그럼 선생님께서는?"

주전녀는 잠시 침묵하더니 이렇게 말했다.

"저와 함께 오셨어요."

"그리고 여기 현관에 서 계셨다고요? 문간에서 얘기를 나누셨습니까?"

"여기서요." 주전녀가 대답했다.

"큰 지하실 창문을 봤습니다. 반지하로 내려가봐도 되겠습니까?"

"얼마든지요." 호른 미치가 대답했다. 그녀는 지하실로 향하는 계단으로 가서 소리쳤다. "로저 아주머니, 놀라지 마세요. 군인 손님들이 오셨어요. 사람을 찾는대요. 방을 본다고 하면 문 좀 열어주세요."

주전녀는 벽에 기대어 서서 눈을 감고 있었다. 쾨니그는 피곤한 듯 하품을 한 번 했다. 소녀는 호른 미치의 얼굴은 보지 못하고 목과 꼿꼿한 등만 보았다. '아비가일,' 소녀의 심장이 두근거렸다. '군인들이 여기 위까지 올라오면 어쩌지요? 뭐라고 말하죠? 어떻게

하죠? 살려주세요, 아비가일!'

잠시 후 군인들이 지하실에서 돌아왔다. 그들은 비어 있는 지하실에서 늙은 부인만 발견했는데, 이제 막 침대에서 잠이 깬 상태였다고 보고했다. 상등병은 여전히 떠나지 않았다.

"불편을 드려 정말 부끄럽습니다만, 다락방과 다른 방들도 살펴봐야 할 것 같습니다. 저희가 찾는 사람은 자매님과 함께 오신 여기 선생님처럼 키가 크고 밝은 머리를 한 남자입니다."

"먼저 말씀드리죠." 호른 미치가 격려하며 말을 이었다. "응접실에서 제 시동생이 저녁을 먹고 있어요. 하지만 키가 작은 데다 머리색이 밝지 않고 검은색이에요. 위층 침실에는 다른 사감 자매님이 계세요. 자매님, 들리세요? 방 밖으로 나와보세요. 부끄러워하지 마시고요. 여기 손님들이 모두 볼 수 있게요. 당신에게 구애하지 않을 거라고 내가 장담하죠."

"제발," 상등병은 마음이 상한 듯 말했다. "사감 자매님께 그러지 마세요! 정말 부끄럽게 만드시네요. 자매님은 저 위에서 뭘 하고 있으시죠?"

그가 주전녀에게 물었다. 주전녀는 입술을 적셨다. '물어온다면 말할 겁니다. 거짓말은 금지되어 있으니까요.' 그 기억이 기녀의 놀란 귀에 속삭였다—'이제 다 끝났어. 주전녀는 어떤 일이 있어도, 절대 거짓말하지 않아.'

"쉬고 있었어요." 사감이 속삭였다. "아직 어려서 우리 일을 다는 감당하지 못하거든요."

소녀는 방에서 나와 문 앞에 섰다. 그리고 사람들 모두가 쳐다보고 있는 쪽으로 돌아섰다. '어이쿠,' 상등병은 생각했다. '이건 뭐 아직 어린애잖아. 어떻게 이런 애한테 검은 제복을 입힐 생각을 했을까.' 집주인 여자의 시동생도 탐탁지 않았다. 그는 정말 큰 코냑 병과 함께 저녁을 들고 있었다. 실크 실내 가운 같은 것을 입고 있었는데, 만약 다 큰 성인 남성이라고 생각하지 않았다면, 무슨 여자들이 입는 가운을 걸친 줄 알았을 것이다. 그렇지만 그는 의심할 나위 없이 키가 작고 머리카락이 검었다. 그들이 총을 쏘며 쫓던 사람과 비슷하지 않았다.

상등병은 집주인 부인에게 인사하고 부하들을 데리고 떠났다. 곧바로 이웃집 대문을 아까와 같이 세게 두드리는 소리가 기녀에게 들렸다. 쾨니그는 그들 뒤를 쫓아가 주변을 보고 돌아와선, 양쪽 이웃집 앞과 골목길 초입에 보초가 서 있다고 말했다. 기녀는 안도감에 다리가 후들거려 문 기둥에 몸을 기댔다.

아래층에서는 그녀에 대해 신경도 쓰지 않았다. 두 명 모두 주전녀를 쳐다보았다. 특히 호른 미치와 쾨니그는 똑같은 얼굴 표정을 짓고 있었다. 그들의 눈은 웃고 있기도 했지만, 동시에 감격해 있었다.

"좋은 아침이에요." 호른 미치가 말했다. 아무 의미도 없는 말이었다. "아주 어렵기는 했지만 마침내 깨달았군요. 이제 당신도 완전히 같은 편이 되어버렸으니, 위험에 처하게 할까 봐 결혼을 못하겠다고는 그가 더 이상 말할 수 없을 거예요."

다락방 문에서도 주전녀가 떨고 있는 게 보였다. 재킷을 다시 입은 므라즈는 가득 찬 잔을 들고 홀에 있는 그들에게 다가왔다. 쾨니그는 므라즈의 손에서 잔을 받아 주전녀에게 마시게 했다. 그것을 마신 주전녀는 기침을 했다.

"좋은 코냑이에요." 므라즈가 말했다. "특히 거짓말을 한 뒤에 아주 좋죠. 다음 성찬에 고백할 거리가 있을 거예요. 머툴러에 돌아갔을 때 사람들이 냄새를 맡지 못하길 바랄게요. 하나님의 자녀들이 기절할 수도 있으니."

"들어와요, 므라즈." 호른 미치가 조용히 말했다. 그리고 응접실로 유리공을 데리고 들어가더니 문을 닫았다. 기너는 아비가일처럼 자신도 자리를 피해줘야 할 것 같았지만 그럴 수 없었다. 주전녀는 그를 사랑했고, 너무 사랑해서 거짓말을 했으며, 배신도 하지 않았다. 그 사실이 너무 감격스럽고 아름다웠다. 시간 감각은 없지만, 군인들이 들이닥쳤을 때는 쾨니그가 집에 도착한 지 채 1분도 지나지 않은 상황이었고, 사감과 함께 왔다는 것은 말도 안 되었다. 하지만 상관없다. 중요한 것은 그녀가 폭로하지 않았다는 것이다. 사랑스럽고 선한 주전녀! 지금 기너는 두 사람의 안중에도 없었다. 아무도 그녀에게 주의를 기울이지 않았다. 사감과 상대편은 서로를 바라보고 있었다.

"절반은 알고 있었어요." 아래층에서 주전녀가 말했다. 기너에게 주전녀의 이런 목소리는 처음이었다. 그녀가 이렇게 말할 수 있으리라고는 상상도 못 했다. "절반은 몇 년 전부터 알고 있었어요. 우리 요새에 누군가 숨어 있다는 걸 말이에요. 그가 발을 들이는 곳마다 머툴러 아이들이 울음을 그치곤 했죠. 그래요, 이미 오래전부터 절반은 알고 있었어요."

호른 미치, 아비가일에 대한 이야기였다.

"이제 다른 절반도 알게 됐군요." 쾨니그가 말했다. "처음엔 반쯤 장난이었소. 당신들의 축복된 금지들 속에서 오래전에 시작됐어요. 내가 스물두 살에 초년 교사로 처음 학교에 들어갔을 때, 8학년이었던 호른 미치가 오래된 조각상에게 도와달라고 필사적으로 간청하고 있었지요. 아비가일은 미치가 생각해낸 거예요. 구현될 자격이 있었지. 물론 나중에는 아비가일의 영역이 넓어져서 아이들이 바라는 것과 딱 맞지는 않게 되었고, 그 위험 수준도 토르머 게데온에게 그냥 한 번 들켜도 될 정도를 넘어버렸소. 아비가일은 주전너 자매를 감히 연루시킬 수 없었어요. 너무 오랫동안 당신을 사랑했으니까. 당신을 위험에 처하게 만들까 두려워했어요. 그런데 당신은 내가 오늘 호른 미치에게 온 이유가 정말 뭐라고 생각했던 거예요?"

주전너는 대답하지 않았다. 다만 고개를 숙였다.

"부끄러운 줄 알아야 해요." 쾨니그가 말했다. "죽을 때까지 벌받을 겁니다."

그는 잠시 침묵하더니 계속했다.

"우리 둘 다 비터이 게오르기너를 찾으려고 헛수고를 했으니, 갑시다. 주전너 자매님, 머툴러로 데려다 주겠소. 우리 갈게요, 미치."

므라즈와 호른 미치가 돌아왔다. 므라즈는 넥타이를 다시 매고 길 떠날 채비를 마쳤다.

"어느 정도는 같이 갈 수 있어요." 유리공이 말했다. "이제 거리를 지나가게 해줄 거예요. 소동이 지나갔으니까요. 내일 밤에 아이를 데리러 올게요. 벌네르 씨 딸아이 옷을 가져오죠."

"서둘러라, 비터이." 호른 미치가 소리쳤다. "자매님께서 가져가실 수 있도록 예복을 벗고, 침대 위에 있는 내 가운을 입도록 해. 내려오면 선생님들께 인사드리고."

기녀가 팔에 옷을 걸치고 아래층으로 내려올 때, 그녀는 호른 미치를 존경하는 눈빛으로 바라보았다. '아비가일, 모든 것을 보는 당신, 모든 것을 해결하는 당신, 해결사. 당신은 구제불능 쾨니그까지도 사람을 만드시는군요. 고마워요. 므라즈 씨, 주전너 자매님, 겁쟁이 쾨니그 당신도 제 편에 서주셔서, 쿤츠 페리에게서 구해주셔서 감사해요.' 그녀는 생전 처음으로 쾨니그에게 예의 바르게 인사했다. 호른 미치에게도 허리를 굽혀 인사하고 입맞춤했다. 얼마 후에 대문을 열어 갔다. 주전너도 호른 미치에게 키스했다. 므라즈도. 그렇게 모두 다 떠났다. 마침내 기녀는 아비가일과 단둘이 남았다.

부인은 거리로 나가는 현관문 위에 걸쇠를 밀어 잠그고 나서 의자에 앉았다. 그녀의 얼굴에서 쾌활함이 사라지고 이제야 비로소 마흔여덟 살 넘은 나이가, 피곤함이 보였다. 아마 오늘 밤 그녀 또한 놀랐을 것이다. 소녀는 부인에게 몸을 기댔다. 자신이 얼마나 사랑하는지 그녀에게 말하고 싶었다. 막 말을 꺼내려 할 때 호른 미치가 말했다.

"처음엔 남편을 잃었어. 그다음엔 아들을 잃었지. 무의미하고 아무 상관없는 목적을 위한 전쟁에 다른 사람들까지 나처럼 남편과 아들을 잃지 않았으면 해. 고아처럼 비참해지는 일은 나 혼자로도 충분하니까."

'천 개의 악마' 얼굴을 가진 그녀의 얼굴은 이제 낯설고 씁쓸하게 굳어 있었다. 기녀는 그녀의 팔에 손을 올렸다.

"아비가일은 고아가 아니에요. 남편과 아들, 정말 가족은 이제 없지만… 모두가 아비가일을 사랑하는걸요. 그중 제가 제일 많이요."

한 쌍의 커다란 녹색 눈빛이 기녀를 돌아보았다. 호른 미치는 소리 내어 웃었다. 처음에 기녀가 그토록 싫어하던 예전 그녀의 익살스러운 웃음이었다.

"네가 제일 많이 사랑한다고? 확실하니? 넌 영웅들만 좋아하잖아, 어린 비터이야. 잘생기고 젊은 대위나, 얄미운 목소리로 교장 선생님과 이야기를 나누고 춤추는 쾌활하고 멍청한 부인들 말이야. 그리고 넌 누구에게도 순종적이지 않지. 아비가일을 사랑하는 사람은 주전녀란다. 비터이, 주전녀는 모든 사람들이 그를 우스꽝스럽게 보고 감상적인 늙다리 당나귀처럼 여길 때도 그를 알아보고 걱정했어."

그녀는 말을 멈췄다. 감정이 북받쳐 말이 끊어졌다. 소녀는 다만 그녀 앞에 서 있을 뿐이었다. 기녀가 마침내 깨닫게 된 사실은 이 끔찍하고 아름다운 7개월의 시간이 아무것도 아닌 것처럼 너무나 크고 충격적이었다.

"아비가일을 사랑한다고?" 호른 미치가 물었다. "그러니까 넌 지금 이 순간까지 그게 나라고 생각했다는 거구나. 내가 아는 한 가장 용감하고 순수한 마음을 가진 그 남자가 아니라, 나라고."

호른 미치는 일어서서 기지개를 한 번 켜더니 몇 걸음 걸었다. 마치 자기 자신도 원치 않게 사로잡힌 화를 어떤 식으로든 벗어버리려는 듯했다. 소녀를 다시 돌아보았을 때 호른 미치는 이미 다시 미소를 머금고 있었다.

"가서 자렴, 머코 언니. 쉽지 않은 시간들이었어. 너뿐 아니라 우리 모두에게 말이야."

처음과 같이 호른 미치가 기녀를 위층에 데려다주었다. 호른 미치가 가려고 하자 기녀는 그녀 앞에 섰다. 그냥 서서 자신이 하고 싶었던 말을 필사적으로 찾았다.

"말하지 마." 호른 미치가 고개를 끄덕였다. "항상 모든 걸 말해야 하는 건 아니니까. 이제 자려고 해보렴."

혼자 남게 되자 기녀는 창문을 조금 열 수 있도록 불을 껐다. 차가운 3월의 제비꽃 향기가 집에서처럼, 머튤러 정원에서처럼 흘러넘쳤다. 달이 높이 떠 있었다. 소녀는 하늘을 바라보며 모든 것을 약속하고 위협하는 봄밤을 깊이 들이쉬고 내쉬었다. '아버지,' 그녀는 혼잣말을 했다. '진짜 아버지, 내일부터 전 아버지의 이름을 버려요. 볼리터에서 태어난 머코 언니가 됐거든요. 진짜 아버지, 주교님도 읽었던 그 작문에서 저는 그분이 겁쟁이에 바보라고 감히 그렇게 썼어요. 아버지, 저 멀리 계신 진짜 아버지, 저는 기회가 있을 때마다 매번 선생님을 모욕했어요. 어떻게 하면 갚을 수 있을까요? 이제야 쾨니그 선생님이 아비가일이었다는 사실을 알게 됐어요.'

**옮긴이의 말**

 서보 머그더의 소설 《아비가일》의 번역이 2년 만에 끝났다. 이 작품은 개인적으로도 추억이 있는 작품이라 감회가 새롭다. 외트뵈시 로란드 대학교에서 헝가리 문학 전공자로 유학을 시작하던 때, 헝가리어 읽기 실력이 충분하지 않아 괴로워하고 있을 때였다. 같은 박사과정 헝가리 친구가 읽어보라며 자신의 책장에서 꺼내 빌려준 책이 《아비가일》이었다. 당시에는 읽는 게 힘들다는 나에게 빽빽한 글씨로 가득 채워져 있는, 300페이지가 훌쩍 넘는 두툼한 책을 권하는 친구가 얼마나 야속하기만 하던지, 시간 날 때마다 들여다본다고는 했지만 아주 어렵게, 그것도 거의 1년이 지나고 나서야 되돌려주었던 기억이 있다. 2년 전 《아비가일》을 한국어로 번역하게 되었다는 소식을 그 친구에게 전하니, 자신의 선견지명을 보라며 웃음을 터뜨렸다.
 서보 머그더(1917~2007)는 그때나 지금이나 헝가리에서 가장 큰 대중적인 사랑을 받았던 작가 중 한 명이다. 그녀는 처음 시인으로 등단해 1949년 바움가르텐상이라는 명망 높은 문학상도 수상하지만 시민 출신(여기서 시민이란 봉건적 체제에서 벗어나 근대화에 들어선 헝가리에 나타났던 신흥 상류, 중산층 계급을 의미한다)이라는 이유로 곧바로 수상이 취소되고, 1958년까지 거의 10년 동안 아무 작품 활동을 하지 못했다. 당시 헝가리는 1949년부터 스탈린주의를 모델로 한 라코시 독재 공산당이 정권을 잡았으며, 1956년 혁명이 일어난 이후에야 관대한 문화 정책이 시행되기 시작했던 까닭이다. 그녀는 오랜 침묵을 깨고 발표한《프레스코A Freskó》(1958),《사슴Az őz》(1959)과 같은 작품으로 소설가로서 입지를 굳히게 되었다. 뿐만 아니라 그녀의 많은 소설들이 영화와 드라마, 연극으로 만들어졌는데, 이렇게 각색된 작품으로 더욱더 대중들에게 친숙한 작가가 되었다. 소설《아비가일》도 1970년 발표된 뒤 몇 년 지나지 않아 텔레비전 드라마(1978년)로 제작되어 대성공을 거두었다. 그리하여 이 소설은 헝가리 사람이라면 남녀노소 누구든 꼭 읽어보는 작품으로 자리 잡았다.

서보 머그더는 자전적 경험들이 작품의 소재가 되었음을 공공연하게 자주 언급했다.《아비가일》도 마찬가지였다. 서보 머그더는 데브레첸의 칼뱅파 도치 김나지움을 졸업했는데, 이곳에서 생활했던 작가의 경험이《아비가일》에 등장하는 가상의 도시인 아르코드의 머툴러 학교와 등장인물, 사건 등에 많은 영감을 주었다고 한다. 헝가리는 가톨릭이 국교이지만, 동부 지역에는 전통적으로 칼뱅파 신교가 아주 강하게 자리 잡고 있다. 이러한 지역적 배경,

그리고 1, 2차 세계대전 중 헝가리의 혼란스러웠던 정치 상황 등이 한 소녀의 성장 이야기 속에 생기 있는 필치로 담겨 있다. 역사적인 배경은 묵직하지만, 십대 소녀 앞에 펼쳐지는 삶의 드라마와 흥미로운 모험은 부담 없이 즐길 수 있다.

번역을 하며 이 작품이 결코 쉬운 작품이 아니었음을 다시 한 번 느껴야 했다. 함축적으로 표현된 역사적 사실들을 독자들이 모두 이해하려면 어쩌면 더 많은 주석과 해설이 필요할지도 모른다. 하지만 이 소설은 이야기 자체로 훌륭한 구성을 가지고 있다. 유학 초기 내게 이 작품을 권했던 친구도 분명 이러한 이유로 《아비가일》을 떠올렸을 것이다. 한국 독자들도 흥미롭게 감상했으면 좋겠다. 헝가리의 역사를 잘 알건 잘 모르건, 독자 저마다 다채로운 층위에서 이 소설을 즐길 수 있을 거라 믿는다.

ABIGÉL

## 아비가일

1판 1쇄 펴냄 2022년 9월 19일

지은이　서보 머그더
옮긴이　진경애
편　집　안민재
디자인　룩앤미
제　작　세걸음
인쇄·제책　상지사

펴낸곳　프시케의숲
펴낸이　성기승
출판등록　2017년 4월 5일 제406-2017-000043호
주　소　(우)10885, 경기도 파주시 책향기로 371, 상가 204호
전　화　070-7574-3736
팩　스　0303-3444-3736
이메일　pfbooks@pfbooks.co.kr
SNS　@PsycheForest

ISBN　979-11-89336-51-6　03890

책값은 뒤표지에 있습니다.

이 책의 내용을 이용하려면 반드시 저작권자와
도서출판 프시케의숲에 동의를 받아야 합니다.

이 책은 헝가리문학 진흥을 위한 페퇴피문학재단(www.plf.hu)의
지원 계획 아래 출간되었습니다.

Jelen mű kiadása a Petőfi Literary Fund (www.plf.hu) magyar irodalmat népszerűsítő célkitűzése szerinti együttműködés keretén belül valósult meg.